Moritz Pirol

Hahnenschreie II

ISBN 978-3-938647-16-5

MORITZ PIROL

HAHNENSCHREIE

oder

Hintermänner, Schausteller, Hirtentrompeten,
Mangroven, Urzeiger, Männernetze,
Schichten und Blößen, Salamander am Wege
und Menschen, die gehen

Zweiter Band

>ORPHEUS UND SÖHNE< VERLAG

Umschlag von Wolfgang Mally

unter Verwendung
des mit Feder und Sepia gezeichneten Amuletts "Abraxas" (1809/15)
von Johann Wolfgang von Goethe

*"Kinder werfen den Ball an die Wand und fangen ihn wieder,
Aber ich lobe das Spiel, wirft mir der Freund ihn zurück."*

Schiller

*"Die Lieb' ist freigegeben
Kennt keine Grenzen mehr."*

Novalis

Helmuth

Yan betritt die Buchhandlung mit dem größten Sortiment am Orte und hält, da es sich um einen Selbstbedienungsladen nach Art eines Supermarktes handelt, eigenmächtig nach Thomas Mann und dessen "Versuch über Schiller" Ausschau.

Auf seiner Pirsch durch die Labyrinthe dieses Bücherdschungels vernimmt er plötzlich eine laut vortragende Männerstimme. Neugierig folgt er ihr und entdeckt alsbald einen kleinen alten Mann, der vor einem Regal steht, ein aufgeschlagenes Buch in der Hand hält und bedächtig daraus vorliest. Ein paar andere Kunden sind stehengeblieben und hören ihm zu.

Der alte Mann ist dürftig gekleidet, hat einen schütteren, gleichwohl ungestutzt wuchernden Bart in silbergrauer Farbe und trägt auf dem Rücken einen offensichtlich leeren kleinen Rucksack. Vor ihm, auf einem nur halb gefüllten Regal, stehen eine Thermoskanne sowie ein kleiner Kassettenrecorder, in dessen eingebautes Mikrofon der Lesende hineinspricht.

Yan geht behutsam an dieser rätselhaften Szene vorbei, und das Greislein liest weiter.

Kaum um eine Regalecke gebogen, steht Yan bereits vor den Werken Thomas Manns und findet gerade den Band mit dem benötigten "Versuch über Schiller", als er plötzlich stutzt und seinen Rückweg zur Kasse unterbricht, um der entfernten, aber noch deutlich wahrnehmbaren Stimme jenes vorlesenden Alten zu lauschen. Denn erst jetzt realisiert Yan den rezitierten Text. Um das Regal herum, das den Lesenden vor Yans Blicken verbirgt, hört er mit heller, schon leicht brüchiger, aber heiter zielbewußter und selbstsicherer Stimme einen vertrauten Wortlaut:

"... Und eine dieser unbegreiflich hellen, unbegreiflich mutigen, unbegreiflich gewissenhaften Figuren ist Helmuth Guddat.

Er wird am 8. Januar 1925 als unehelicher Sohn der Arbeiterin Emma Guddat in Hamburg geboren. Er wächst in ärmlichen Verhältnissen auf. Wie seine Mutter und deren Eltern ist er von klein auf Mitglied der 'Kirche Jesu

*der Heiligen der letzten Tage' und somit Mormone. Er tritt der Pfadfinder-
gruppe dieser Gemeinde bei.*

*Kurz nach Helmuths achtem Geburtstag wird Adolf Hitler Reichskanzler.
Dessen Nationalsozialismus fasziniert den ungeworden 'Halberschlossenen'.
Aber schon nach einem Jahr wird die mormonische Pfadfindergruppe staatlich verboten. Dann werden die mormonischen Fortbildungskurse, an denen
der aufgeweckte und vielseitig interessierte Knabe teilnimmt, an ihrer Arbeit und Ausweitung gehindert.*

*Vollends empört ist Helmuth, als seine Glaubensgemeinschaft unter offiziel-
lem Druck ihren jüdischen Mitbürgern keinen Zutritt mehr gewährt."*

Dem lauschenden Yan auf seinem Horchposten ist dieser Text so bekannt,
daß er um die Regalecke zurück und wieder ins Blickfeld des vortragenden
Greises tritt, der vor inzwischen vergrößerter Zuhörerschar unbeirrt weiter-
liest:

*"Dennoch schwärmt Helmuth auch weiterhin noch für den Führer und des-
sen Bewegung. Dreizehnjährig tritt er dem Deutschen Jungvolk bei, bald
danach wird der 14jährige zur Hitler-Jugend 'überstellt'.*

*Aber dort herrscht ein Zwang, der ihn tief verschreckt. Den entwürdigenden
Drill der paramilitärischen 'Wehrertüchtigung' beginnt er zu hassen. Er empört sich über den erzwungenen Kadavergehorsam gegenüber martialisch
stupiden Fähnleinführern, denen der intelligente Junge geistig weit überle-
gen ist.*

*Nach Beendigung des sechsten Volksschuljahres wird er zum sogenannten
Oberbau, einer Art Mittelschule am Brackdamm des Hamburger Arbeiter-
viertels Hammerbrook, zugelassen. Dort gilt er als begabter Einzelgänger
mit guten schulischen Leistungen besonders in Geschichte und Erdkunde.
Seinem Klassenlehrer August Meins sind noch nach vielen Jahren Helmuths
Zielstrebigkeit und seine besondere Fähigkeit, andere Menschen zu beeinflussen, in angenehmer Erinnerung.*

*Zum Schwimmen fährt der 15jährige damals ins Bismarckbad nach Altona.
Hier lernt er Paul, Hans und Jobi kennen. Alle drei sind junge Handwerker
und Kommunisten. Nach dem Schwimmen kommt es zu politischen Gesprächen, die im Bahrenfelder Gartenhaus des Rechtsanwalts Dr. Horn fortge-*

*setzt werden. Helmuth erfährt, daß viele Demokraten aus politischen Grün-
den arretiert und in Konzentrationslager deportiert werden. Auch Jobis Vater, ein arbeitsloser Kommunist, wird wegen illegaler politischer Betätigung
verhaftet.*

*Jobi nimmt Helmuth bald in die elterliche Wohnung nach Ottensen mit, wo
sie, in der Stangestraße 8, heimlich Informationen ausländischer Radiosen-
der abhören. Das ist streng verboten. Helmuth erkennt entsetzt den Unterschied dieser Nachrichten zur Propaganda der Nationalsozialisten."*

Der greise Vorleser muß sich räuspern, drückt die Stoptaste seines Recor-
ders und trinkt in aller Ruhe einen Becher Tee aus seiner mitgebrachten
Thermoskanne. Dabei scheint er seine Zuhörer gar nicht zur Kenntnis zu
nehmen. Ihre Anzahl wechselt überdies. Mancher hört nur eine Passage lang
zu und geht dann weiter. Andere läßt es nicht mehr los.

Yan nutzt die Gelegenheit dieser Unterbrechung, um sich auf einen nahen
Hocker zu setzen. Er ist sehr bewegt. Denn inzwischen erkennt er den vor-
gelesenen Text als eine eigene Arbeit, die er vor Jahr und Tag für eine Anthologie über junge Widerstandskämpfer der deutschen Geschichte schreibt;
das Fernsehen hat zuvor Yans Hinweis auf diesen Stoff nur mit dem müden
Lächeln seines Desinteresses quittiert. Aber die unverhoffte Wiederbegeg-
nung mit diesem Helmuth Guddat rührt Yan nun abermals tief, und er ist begierig, sich selbst aus dem Munde des alten Mannes weiter zuzuhören.

Der Tee ist getrunken und die Stimme wieder klar. Der alte Mann drückt die
Aufnahmetaste und liest weiter:

*"Das Jahr 1941 bricht an. Der Zweite Weltkrieg nähert sich seinem Wende-
punkte und bezieht Sowjetunion und Vereinigte Staaten in die Kampfhand-
lungen ein. Aber noch triumphiert das faschistische Deutschland auf dem
Gipfel seiner militärischen Erfolge.*

*Auch für Helmuth Guddat soll dieses 1941 das ereignisreiche Jahr seiner
Selbstverwirklichung, seiner Offenbarung, seiner Erfüllung werden. Der
Halberschlossene erschließt sich ganz.*

Er ist jetzt sechzehn Jahre alt.

*Mit einem 'überaus guten' Zeugnis seiner Mittleren Reife verläßt er die
Schule am Brackdamm und wird Lehrling für den gehobenen Verwaltungs-*

dienst beim Sozialamt der Stadt Hamburg im Bieber-Haus am Hauptbahn-hof.

Seine Mutter hat inzwischen den Arbeiter Hugo Hübener geheiratet, der Helmuth adoptiert. Erst jetzt also trägt er den Namen, mit dem er in die Geschichte eingeht: Helmuth Hübener.

In seiner Freizeit geht er brav zur Hitler-Jugend, trifft sich weiter mit seinen kommunistischen Freunden aus dem Bismarckbad und arbeitet als ehrenamtlicher Sekretär des mormonischen Gemeindepräsidenten Arthur Zander.

In seinem Kopfe ringen christlich-mormonisch, kommunistisch und nationalsozialistisch gesprenkelte Gedanken miteinander um die Vorherrschaft.

Er beginnt zu lesen. Als Verwaltungsangestellter hat er Zugang zum Hamburger Staatsarchiv und stößt da auch auf längst verbotene Bücher über Sowjetunion und Vereinigte Staaten von Amerika.

Aber im Gegensatz zu den meisten Deutschen liest er auch Hitlers 'Mein Kampf'.

Er studiert auch aufmerksam die deutsche Tagespresse und bemerkt ihre Abweichungen von den Informationen, die er nach wie vor bei Jobi aus dem 'Feindsender' der British Broadcasting Corporation empfängt.

Doch damit ist gleich im Februar zunächst Schluß. Jobi wird zur Wehrmacht eingezogen und bereits ein halbes Jahr später südlich von Leningrad totgeschossen.

Aber schon im März bringt Helmuths Stiefbruder Gerhard aus Frankreich ein Radio mit, das er in der Wohnung der Großeltern am Luisenweg des Hamburger Stadtteils Hamm deponiert. Dort wohnt auch Helmuth während der kriegsbedingten Abwesenheit seiner Eltern. Bruder Gerhard muß zur Wehrmacht, Helmuth läßt das französische Radio der Marke 'Rola' reparieren und sucht dann in seinem Wellensalat nach den deutschsprachigen Sendungen der BBC. Allabendlich hört er von nun an die Spätnachrichten dieses englischen Senders. Er glaubt ihnen mehr als der deutschen Presse und erzählt im Lehrlings- und Freundeskreis, welche Wahrheiten er da erfährt. Wohl möglich, daß er auch manchen der 56 Aufrufe empfängt, die da im BBC ein ihm unbekannter Thomas Mann an 'Deutsche Hörer!' richtet.

Aber Zuhören und Weitererzählen genügen diesem Helmuth bald nicht mehr.

Im Sommer, kurz nach Hitlers Überfall auf die Sowjetunion, beginnt er, auf der Schreibmaschine der Mormonen fortan nicht nur Feldpostbriefe für Glaubensbrüder an der Front zu tippen, sondern nachts auch kleine Handzettel im Formate DIN A 6, auf denen er zunächst kurze Losungen und Aufrufe verbreitet. 'Hitlers Schuld', 'Hitler der Mörder', 'Nieder mit Hitler!' lauten die Überschriften. Er stellt fünfzehn solcher Handzettel in jeweils drei bis fünf Exemplaren her und verteilt sie an Freunde, verschickt sie mit der Post, verstreut sie auf der Straße oder läßt sie in Telefonzellen liegen.

Missionarischer Eifer erfaßt ihn, die tröstlich ungeschönte Wahrheit zu verbreiten. Er weiht gleichaltrige Freunde ein und gewinnt sie als Mitarbeiter: Horst, Rudolf, Karl-Heinz und Gerhard, einen verschworenen Freundeskader, der sich zur Widerstandsgruppe entwickelt. Gerhard ist gleichfalls Verwaltungslehrling in Helmuths Sozialbehörde im Bieber-Haus, Horst kaufmännischer Lehrling und derzeit im Arbeitsdienst, Rudolf ist Schlosserlehrling und Mormone, Karl-Heinz Malergeselle, ebenfalls Mormone und aus der Hitler-Jugend wegen Befehlsverweigerung ausgeschlossen.

Jeder von ihnen kann sich auf jeden verlassen.

Gemeinsam hören sie jetzt die BBC, die Verwaltungslehrlinge stenografieren mit. Daraus stellt Helmuth nun größere, ausführlicher informierende Flugblätter her, die er in mühsamer Abschrift auf den Schreibmaschinen der Mormonen und des Bieber-Hauses vervielfältigt.

Im Abstand von acht bis 14 Tagen entstehen so 21 Ausgaben, jede in zwei bis sieben Exemplaren.

Wie schon in Helmuths Handzetteln geht es auch in den Flugblättern primär um eine Entlarvung und Anprangerung der unwahren deutschen Berichterstattung in Presse und Rundfunk. Stattdessen wird empfohlen, die Wahrheit über Deutschland und den Kriegsverlauf den neun deutschsprachigen Nachrichtensendungen der BBC zu entnehmen, deren tägliche Sendezeiten bekanntgegeben werden.

Aber vorrangig werden die falschen Informationen über das Kriegsgeschehen in der Sowjetunion und in Nordafrika berichtigt und durch Angaben über die wahren Verluste und Zerstörungen an diesen Fronten wie auch bei den gomorrhischen Bombenangriffen auf deutsche Städte kontrapunktiert. Zumal die Unterlegenheit der vielgepriesenen deutschen Luftwaffe Hermann Görings wird bloßgestellt. Hierbei spielt der allgemeine Rohstoffmangel wie überhaupt die miserable Versorgungslage eine Rolle, die mit den unerschöpflichen Reserven der ohnehin vertrauenerweckenden Alliierten verglichen werden.

Allgemein bekannte Reden von Hitler und anderen Repräsentanten dieses Staates werden auf ihren Wahrheitsgehalt analysiert und als unglaubwürdige 'Phrasendreschereien' entlarvt.

Populäre Schwachpunkte wie der Englandflug von Rudolf Heß oder die mysteriösen Todesfälle der Flieger-Stars Werner Mölders und Ernst Udet sowie des Generalfeldmarschalls Walther von Reichenau werden mit Gründen und Motiven aufgedeckt.

Die Aktion 'Eisernes Sparen' mit ihren monatlichen Zwangsabgaben wird als räuberische Methode der Kriegsfinanzierung und weiterer 'Unterjochung der Welt' gebrandmarkt.

Der Überfall von Pearl Harbor wie überhaupt japanische und italienische 'Achsen'-Politik und Kriegsführung werden aller Beschönigungen entkleidet.

Alle diese kritischen Texte werden verfaßt und verbreitet, während Hitler noch uneingeschränkt seine militärischen Siege zelebriert. Schon damals sagt dieser sechzehnjährige Lehrling seinen Lesern, daß der Krieg für Nazi-Deutschland bereits verloren sei. Er prophezeit die Niederlage und ruft zu einer sofortigen Beendigung des Krieges durch einen Sturz Hitlers und die Beseitigung des NS-Regimes auf.

Einige dieser Flugblätter wenden sich an spezifische Adressaten: an die Hamburger Arbeiter, an die Soldaten aller Fronten oder an die Jugend, die sonderlich zum Protest gegen die Zwangsmitgliedschaft in der Hitler-Jugend und zum Ungehorsam gegen die HJ-Führer ermutigt wird:

'Deutsche Jungen!', heißt es da: 'Deutsche Jungen! Kennt Ihr das Land des Terrors und der Tyrannei? [...] Ja, Ihr habt recht; Deutschland ist es, das Hitlerdeutschland. [...] Namentlich Ihr, deutsche Jungen, habt unter diesem

*Gestapo-Terror zu leiden. Euch nimmt man besonders vor und nicht ohne
Grund. >Ihr seid die Zukunft Deutschlands!< Und so werdet Ihr tyranni-
siert und bestraft, wie es kein zweites Beispiel gibt!' "*

Der greise Vorleser hält inne. Er muß die Kassette umdrehen.

Yan beobachtet ihn bei seiner Handhabung. Ihm fällt auf, daß der alte Mann
jetzt ein sehr junges Gesicht hat. Er sieht aus wie sechzehnjährig und leuchtet. Einige Atemzüge lang offenbart es die Einheit seiner Jugend mit seinem
Alter.

Yan verliebt sich in diese magische Mimikry.

Im Nachhinein fällt ihm auch auf, daß dieser Greis in seinem Schiller-Kragen jene letzten Sätze aus Helmuths Appell an die "Deutschen Jungen" gerade mit jugendlich heller, mit ungebrochen strahlender Stimme in den
Raum dieser Buchhandlung geschmettert hat wie den Trompetenruf einer
idealen Welt.

"Komm, wir gehen", sagt eine korpulente Dame des Zuhörerkreises jetzt zu
ihrem Ehemann: "die kennt man doch, diese alte Geschichte – los, komm!"

"Ja, geh schon mal vor", sagt der Mann und entschließt sich zu bleiben.

"Die hat so 'nen Bart, die Geschichte", sagt die Frau schamlos laut und entschwindet im kapitalistischen Bücherdschungel.

Der Kassettenwechsel ist inzwischen beendet, der Greis setzt seine Lesung
aus Yans Dokumentation nunmehr unbeirrt fort:

*"Das erste Flugblatt des Jahres 1942 erzählt uns dann Neues über seinen
jungen Verfasser: denn große Teile sind jetzt in gereimten Versen geschrieben. Plötzlich geht es nicht nur um politische Inhalte und moralische Verantwortung, sondern auch um eine artifizielle Form. Die Verse sind unge-
lenk, ihr Autor offenbar ohne Übung. Es sind die Erstlings-Verse eines
sechzehnjährigen Arbeitersohnes und Bürolehrlings. Aber sie verraten uns
die Emphase, die den jungen Schreiber erfüllt: sein Hochgefühl, seine Lust,
sein missionarisches Pathos. Vielleicht geben Weihnachtstage und Jahreswechsel ihm zusätzlich Muße, Zeit und Stimmung, seinem politisch pragma-
tischen Impetus nunmehr eine spielerische Gestalt, auch böse Humore hin-
zuzufügen, wenn er die Wollsammlungsaktion des Dr. Goebbels glossiert:*

' >Wir stehen im Kampfe, stehen an seiner Wende
Drum gebt alle viel für die Wollsachenspende!<
So bettelte Goebbels und glaubte auch nun,
Man würde es auch seinem Wunsche nach tun.
Man würde still alles vergeben,
Und hätte dann selbst nichts zum Leben.

Ergebnis sehr flau, das kann man schlecht sagen,
So sagt man, sie spendeten Güterwagen.
Ob halbvoll, ob voll oder gar nichts war drin,
Dem Volk kommt zu fragen erst gar nicht in Sinn;
Denn Rundfunk und Fritsche – sie reden geschmiert:
>Der Führer hat alles mit einkalkuliert!<

Ja, Hitler ist schuld, daß das Volk muß berappen
Von seinem Vorrat, dem ohn'hin schon knappen.
Für Hitlers Irrtum zahlt das Volk nun die Kosten,
Was hilft's, Rußland bleibt ein verlorener Posten.
Daß Stalin sein Heer jetzt zum Siege hinführt,
Das hatte der Führer n i c h t einkalkuliert!!

Im Jahr einundvierzig wird alles gebrochen,
So hatte der Führer einst keck gesprochen.
Jetzt trägt der Soldat für den Irrtum die Leiden,
während Hitler verspricht: >Dies Jahr wird entscheiden!<
Es wird sich entscheiden, wenn alles sich >rührt<!
(Und dann hat auch Hitler sich auskalkuliert!)'

Aber hiermit sind Helmuths poetische Bedürfnisse noch nicht befriedigt. Er
vertröstet seine Leser auf die bevorstehende englisch-amerikanische Inva-
sion und verweist sie auf 'das Versprechen aller alliierten Völker', das er
mit Schiller-Versen aus dessen verbotenem Tyrannen- und Freiheitsdrama
'Wilhelm Tell' zum Ausdruck bringt:

'Wir wollen sein ein einzig Volk von Brüdern,
In keiner Not uns trennen und Gefahr!

Wir wollen frei sein, wie die Väter waren,
Lieber den Tod – als in der Knechtschaft leben!

*Wir wollen trauen auf den höchsten Gott
Und uns nicht fürchten vor der Macht der Menschen.'*

*Es ist das einzige Mal, daß Helmuth in seinen Flugblättern Literatur zitiert.
Aber diese drei Verspaare aus dem Rütli-Schwur vom 1. August vor 650
Jahren mag er in ihrer bündig gesprenkelten Zusammenfassung von* fraternité, liberté *und Frömmigkeit als eine klassische und poetisch hohe Formel
seines christlich-kommunistisch antifaschistischen Weltbildes empfinden.*

*Mittlerweile verbessern er und seine Freunde ihre Verteilertechniken und
bauen sie aus. Die Flugblätter werden oft mit faschistischen Überschriften
getarnt, als Kettenbriefe kenntlich gemacht, im Freundeskreis weitergereicht, in Hausfluren ausgelegt, in Hausbriefkästen gesteckt und bei Veran-
staltungen, bei Festlichkeiten und Tanzvergnügungen heimlich in Mantelta-
schen gestopft. Aber todesmutig kleben sie sie auch an Litfaßsäulen oder
befestigen sie an Anschlagtafeln der NSDAP.*

*Meist agitieren sie in den Hamburger Arbeitervierteln Hamm, Hammer-
brook und Rothenburgsort, aber die vielen neuen Mitverschworenen und
der wachsende Kreis von Interessenten ermöglichen die Gründung einer
zweiten Gruppe in Altona. Außerdem beginnt der Versand solcher Kettenbriefe an Frontsoldaten.*

Gestapo und NSDAP werden aufmerksam, aber lange nicht fündig.

*Denn Solidarität und Diskretion der jungen Freunde bewähren sich lücken-
los.*

*Endlich findet sich in Kiel eine Druckerei, wo zwei Angestellte in heimlicher
Nachtarbeit größere Auflagen der Kettenbriefe zu drucken bereit sind.*

*Um seine Informationen aber auch französischen Kriegsgefangenen zu-
gänglich zu machen, bittet Helmuth am 17. und 20. Januar 1942 am gemeinsamen Arbeitsplatz im Bieber-Haus den sprachkundigen Mitlehrling
Werner, zwei seiner Flugblätter ins Französische zu übersetzen.*

*Werner zögert noch, aber sie werden vom Verwaltungsangestellten Hein-
rich Mons belauscht, der auch Stellvertretender Betriebsobmann ist. Er
stellt zur Rede, er denunziert.*

Am 5. Februar 1942 wird Helmuth im Bieber-Haus verhaftet und ins Gesta-po-Gefängnis Fuhlsbüttel gebracht. Dort wird er gefoltert, damit er seine Hintermänner preisgibt. Aber er hat keine Hintermänner. Er hat auch kei-nerlei Verbindung zu anderen Widerstandsgruppen. Er ist ein Einzelkämp-fer, acht Monate und 36 Flugblätter lang. Seine Freunde und Helfershelfer verschweigt er den Folterknechten.

Karl-Heinz berichtet später: 'Seiner Standhaftigkeit trotz Qual und Schlä-gen kann ich es verdanken, daß ich heute noch am Leben bin.' "

Der greise Vorleser stockt, weil seine Stimme plötzlich versagt. Yan be-merkt Tränen in seinen Augen.

Die Zuhörer verharren reglos.

Der Alte zwingt sich zur Beherrschung und liest weiter:

"Sofort nach Helmuths Verhaftung schließt die 'Kirche Jesu der Heiligen der letzten Tage' ihren ehrenamtlichen Sekretär mit sofortiger Wirkung aus ihrer Gemeinde aus.

Auch Gerhard, Rudolf und Karl-Heinz werden verhaftet, eingeschüchtert, bedroht und bespitzelt.

Kriminalkommissar Wangemann und Kriminalsekretär Müssener leiten Verhöre und Folterungen und berichten: 'Erst nach längerem Vorhalten und eindrücklichen Ermahnungen war Hübener zu bewegen, ein Geständnis über den Umfang seiner zersetzenden Tätigkeit abzulegen.'

Aber auch jetzt noch übernimmt er die alleinige Verantwortung für alles."

Hier schluchzt der Lesende einmal kurz auf, liest dann aber tapfer weiter:

"Nach einem halben Jahr in Fuhlsbüttel werden die vier Freunde zur Hauptverhandlung vor dem zweiten Senat des Volksgerichtshofes nach Berlin überführt. Dieser Transport ist Helmuths erste und einzige Reise.

An einem Augusttag 1942, dem später letzten Lebenstage Thomas Manns, findet die Gerichtsverhandlung statt. Sie ist nicht-öffentlich und dauert sie-ben Stunden. Vorsitzer ist Richter Engert, Vizepräsident des Volksgerichts-hofs. Seine Beisitzer sind die Richter Oberlandesgerichtsrat Fikeis, NSKK-

Brigadeführer Heinsius, Oberbereichsleiter Bodinus und Gaugerichtsvorsitzender Hartmann.

Die Anklage des Oberreichsanwaltes wird durch den Ersten Staatsanwalt Dr. Drullmann vertreten.

Die Angeklagten werden durch Pflichtverteidiger vertreten, die lediglich auf die Jugend ihrer Mandanten verweisen.

Helmuth, inzwischen siebzehn Jahre alt, bleibt während der ganzen Verhandlung gefesselt und wird eingangs einem Intelligenztest unterzogen, der aus Fragen nach der NSDAP und deren Parteiprogramm besteht.

Helmuth antwortet, daß ihm seine Religion mehr bedeute als die Ideologie der NSDAP.

Der NS-Staat sei auf Betrug aufgebaut.

Er, Helmuth Hübener, habe der Bevölkerung die Wahrheit sagen wollen.

Er habe daher seine Widerstandsgruppe zu einer größeren Organisation ausbauen wollen, um so am Sturz des NS-Regimes mitwirken zu können.

Dann stellt auch er dem Gericht eine Frage:

'Glauben Sie denn wirklich daran, daß Deutschland diesen Krieg gewinnen kann?'

Diese Frage wird nur indirekt beantwortet. Staatsanwalt Dr. Drullmann plädiert für die Todesstrafe oder aber, da ein Siebzehnjähriger nicht einmal laut damaliger Rechtssprechung hingerichtet werden darf, zumindest für eine lebenslange Haftstrafe.

Das Gericht verkündet sein Urteil nach nur kurzer Beratung und geht teilweise über die Anträge der Staatsanwaltschaft weit hinaus.

Gerhard, Karl-Heinz und Rudolf werden zu Gefängnisstrafen zwischen vier und zehn Jahren verurteilt.

Helmuth aber wird 'wegen Abhörens eines Auslandssenders und Verbreitung der abgehörten Nachrichten in Verbindung mit Vorbereitung zum Hochverrat und landesverräterischer Feindbegünstigung zum Tode und zum Verlust der bürgerlichen Ehrenrechte auf Lebenszeit' verurteilt.

Dieses Todesurteil ist selbst nach damaliger Gesetzgebung rechtswidrig, weil Helmuth noch nicht achtzehn Jahre alt ist. Daher läßt das Gericht seinem Urteilsspruch eine besonders ausführliche Begründung folgen.

Sie beruft sich vorwiegend auf seine überdurchschnittliche Intelligenz, deren einleitende Überprüfung durch das Gericht nun im Nachhinein als arglistige Falle deutlich wird. Ein alter Schulaufsatz über den 'Krieg der Plutokraten' *wird als Erweis seiner Reife eines Achtzehnjährigen bemüht. Auch sein Denunziant, der Stellvertretende Betriebsobmann Heinrich Mons, bestätigt im Zeugenstande die* 'ausgezeichnete und verläßliche Mitarbeit' *des Lehrlings im Sozialamt.*

So werden hier intellektuelle und charakterliche Qualitäten als Indizien für 'das Bild eines geistig längst der Jugendlichkeit entwachsenen frühreifen jungen Mannes' *geahndet:*

'Damit war der Angeklagte wie ein Erwachsener zu bestrafen.'

Die Entscheidung des Gerichtes gegen die beantragte lebenslange Haftstrafe und für die Todesstrafe wird mit der 'Schwere und Gefährlichkeit der Tat' *und mit dem* 'Schutzbedürfnis des Volkes' *begründet.*

Unmittelbar nach dieser Urteilsverkündung richtet Helmuth ein Gnadengesuch an den Reichsjustizminister Dr. Thierack.

Auch sein Stiefvater Hugo Hübener richtet ein Gnadengesuch an den Reichsjustizminister Dr. Thierack.

Auch Helmuths Dienststelle, die Hamburger Sozialbehörde, richtet ein Gnadengesuch an den Reichsjustizminister Dr. Thierack.

Die Hamburger Hitler-Jugend, deren Mitglied Helmuth noch ist, will unnötige Beunruhigungen durch die Hinrichtung eines Kindes verhindern und befürwortet einen Gnadenerweis.

Auch die Hamburger Gestapo befürwortet aus diesem Grunde einen Gnadenerweis.

Das Geheime Staatspolizeiamt in der Berliner Prinz-Albrecht-Straße unterstützt in einem Schreiben an den Oberreichsanwalt beim Volksgerichtshof die vorliegenden Gnadengesuche mit dem beschwichtigenden Hinweis auf Helmuths 'Geltungsbedürfnis' *und* 'Großmannssucht'.

Aber die Reichsjugendführung der Hitler-Jugend schließt Helmuth jetzt, einen Monat nach der Urteilsverkündung, aus der Hitler-Jugend aus und besteht in einem Schreiben ihres Oberbannführers und HJ-Richters Nilli an die Kanzlei des Führers der NSDAP (Amt für Gnadensachen) auf einer Vollstreckung des Todes-Urteils.

Die Kanzlei des Führers der NSDAP (Amt für Gnadensachen) besteht in einem Schreiben an den Oberreichsanwalt beim Volksgerichtshof gleichfalls auf einer Vollstreckung des Todes-Urteils.

Nach einem weiteren Monat trifft nunmehr Dr. Otto Georg Thierack, seit wenigen Monaten Reichsjustizminister, zuvor Präsident des Volksgerichtshofes und Leiter des NS-Rechtswahrerbundes, seine Entscheidung: 'mit Ermächtigung des Führers' *verkündet er in einem Erlaß,* 'von dem Begnadigungsrecht keinen Gebrauch zu machen, sondern der Gerechtigkeit freien Lauf zu lassen'.*"*

Der greise Vorleser hält inne, weil er sich mit seinem Taschentuch die hinderlichen Tränen aus den Augen wischen muß.

Die Zuhörer verharren reglos.

Yan sieht neben sich einen rundköpfig blonden Jungen von etwa sechzehn Jahren, der in ebendiesem Augenblick ahnen läßt, wie sein Gesicht im Greisenalter aussieht. Es ist erloschen, verbraucht und ohne Hoffnung. Einige Atemzüge lang offenbart es die geheime Einheit seiner Jugend mit seinem Alter.

Yan verliebt sich in diese magische Mimikry.

Aber der alte Mann liest jetzt weiter:

"Am 28. Oktober 1942 lesen Helmuths Mutter, seine Familie, seine Freunde im 'Hamburger Anzeiger':

'Der Jugendliche Helmuth Hübener, den der Volksgerichtshof wegen Vorbereitung zum Hochverrat und landesverräterischer Feindbegünstigung zum Tode verurteilt hat, ist am 27. Oktober hingerichtet worden.'

Gleichzeitig verkündet an allen Litfaßsäulen des Deutschen Reiches das obligate abschreckend blutrote Plakat die vollzogene Hinrichtung.

Helmuth ist gestern um 20 Uhr 15 im Berliner Gefängnis Plötzensee enthauptet worden.

Sein Leichnam ist schon eine Woche zuvor per Geheimschreiben des Reichsjustizministeriums dem Anatomischen Institut der Universität Berlin überlassen worden.

Eine Grabstelle ist nicht bekannt.

In seinem Abschiedsbrief soll Helmuth beteuert haben, daß er vom Untergang des Nazi-Regimes überzeugt sei und daß er dem deutschen Volk, zumal der deutschen Jugend eine bessere Zukunft ohne Faschismus und Militarismus wünsche.

Dieser Brief ist neun Monate, eine fruchtbare Schwangerschaft später bei der Bombardierung Hamburgs durch die Operation Gomorrha in Flammen aufgegangen.

Auch Helmuths Mutter und seine Großeltern haben diese Flammen der Operation Gomorrha nicht überlebt.

Noch ein halbes Jahrhundert später ist der gesamte Tatort zwischen Hammer Luisenweg und Brackdamm noch immer fast unbewohnt. Anstelle von Helmuths Mittelschule zwirbelt der TÜV am Ausschläger Wege heute Hamburgs Autobesitzer.

Alle Wohnhäuser hat Gomorrha mitsamt Helmuths Brief und Familie vernichtet.

Werner Krauß spielt in Wien das Zerrbild seines Shylock.

Gnadenverweigerer und Kindermörder Georg Thierack aber, der sich kurz vor Kriegsende noch durch seine Verordnung zur Errichtung von Standgerichten in 'feindbedrohten Reichsverteidigungsbezirken' nachdrücklich in der Hölle anmeldet, nimmt sich vier Jahre nach Helmuths Ermordung, kurz vor Beginn seines eigenen Prozesses, in Nürnberg vorschnell das Leben.

Helmuths Denunziant, der Stellvertretende Betriebsobmann Heinrich Mons, wird nach dem Kriege vor Gericht gestellt und zu zwei Jahren Gefängnis verurteilt."

Der greise Vorleser schweigt. Er schließt das Buch mit Yans Text und betätigt die Stoptaste seines Kassettenrecorders.

Seine Zuhörer verharren reglos.

Dann sagt Yans rundköpfig blonder junger Nachbar mit wiederhergestellt sechzehnjährigem Kindergesicht und couragiert ins allgemeine Schweigen hinein:

"Bei uns im Bieber-Haus gibt es eine Gedenktafel für Helmuth Hübener. Ich wußte nie, wer das ist. Ich arbeite da nämlich in der Behörde."

"Bei uns in Lohbrügge", ergänzt ein junger Mann, "gibt es eine kleine Seitenstraße vom Reinbeker Redder, die heißt Helmuth-Hübener-Weg, da komm ich immer vorbei. Jetzt weiß ich wenigstens, warum die so heißt."

"Und am Millerntor", weiß nun der alleingelassene Ehemann, "parallel zum Holstenwall, da gibt es ein Jugendwohnheim, das heißt Helmuth-Hübener-Haus."

"Wo denn da?" fragt ein anderer.

"Na, Ecke Enckeplatz, im alten Polizeigefängnis Hütten."

"Wo jetzt das Amt für soziale Dienste drin ist?"

"Genau, im Anbau ... "

"Na, das paßt ja: in der Nazizeit saßen da immer politische Gefangene in Vorbeugehaft – wir haben damals da in der Gegend gewohnt ... "

Die beiden Gesprächspartner entfernen sich.

Auch die andern Zuhörer beginnen, sich zu zerstreuen.

Der greise Vorleser stellt das Buch ins Regal zurück und packt Thermoskanne und Kassettenrecorder in den kleinen Rucksack, den er sich dann wieder auf den Rücken schnallt.

Yan tritt zu ihm und redet ihn an. Er bittet ihn, ihm das Buch schenken zu dürfen, er sei der Verfasser.

Sofort sieht der Greis wieder aus wie als Sechzehnjähriger, diesmal wohl vor Freude: "Bücher sind heute so teuer für einen Rentner, darum lese ich mir hier immer alles auf Kassette, was ich haben will. Manches schreibe ich mir zu Hause später ab. Ich habe den Helmuth noch gut gekannt, wir sind Freunde."

Jetzt schießen ihm wieder Tränen in die jungen Augen. "Wäre er vor Gericht nicht so standhaft gewesen, stünde ich heute wohl nicht hier. Ich habe seine Flugblätter verteilen helfen. Ich habe dazu gehört, aber er hat mich auch unter der Folter nicht verraten. Dabei hätte ich damals mein Leben für ihn hingegeben. Ich hätte mich auch für ihn enthaupten lassen. So habe ich damals für ihn geglüht."

"Sie glühen noch heute für ihn. Ich kann das gut verstehen."

"Aber Sie haben ihn nicht gekannt: seine Wahrheitsliebe, seine Unbedingtheit, seine Reinheit. Ein Kind, das sich gegen den Staat erhebt: allein; ohne jede Zuflucht bei Erwachsenen; nur mit einer glühenden Kinderschar im Gefolge – ein Held. Wir waren Kollegen im Bieber-Haus, derselbe Jahrgang, 1925, völlig faschistisch aufgewachsen, keine Ahnung, was Demokratie ist – vergessen Sie das nicht!"

Der alte Mann ist aufgewühlt und brodelt. Er ist auch leicht verwirrt nach der langen Konzentration auf sein fast versprecherloses Vorlesen.

"Wissen Sie, dieser Helmuth Hübener", schwärmt er nunmehr vollends leuchtenden Auges: "der könnte aus einem Drama von Schiller sein. Karl Moor. Der Marquis von Posa – 'Geben Sie Gedankenfreiheit!' Das ist Helmuth Hübener. Oder auch Schiller selbst. Sie haben Helmuths Gedicht gehört, über die Wollsachensammlung. Und den Rütli-Schwur: 'Wir wollen sein ein einzig Volk von Brüdern ... '. Das hätte genau so vom Helmuth sein können. So dachte er. Er trug auch immer den offenen Schiller-Kragen. Wir haben alle für ihn geglüht. Wir waren Wachs in seinen Händen. Aber ich besonders. Er ist das Ereignis meines Lebens. Die Begegnung meines Lebens. Ich liebe ihn noch heute. Haben Sie vielen Dank für das Buch. Sie wissen gar nicht, was mir das bedeutet. Gottes Segen sei mit Ihnen."

Und er schüttelt Yan unter Tränen, mit halberschlossen leuchtendem Knabengesicht über offenem Schiller-Kragen, die Hand.

"Ich begleite Sie noch zur Kasse", sagt Yan, "sonst werden Sie hier noch verhaftet."

"Weil ich ein Geschenk annehme", lacht da der Greis, fast krähend: "das würde diese Geschichte erst richtig rund und voll zum Ende bringen – ich danke Ihnen!"

Und Yan eskortiert den alten Widerstandskämpfer zur ahnungslosen Kassiererin dieses gleichgültig anonymen Kapitalistenmarktes.

Dann trennen sich ihre Wege.

Jeder geht mit einem Versuch über Schiller nach Hause.

377
Magnus und andere

Yan ergänzt die Liste seiner "Blauen Kladde" und notiert

Orest mit Pylades;

Achilleus, der als Jüngling auf Skyros in Frauenkleidern lebt, mit Patroklos, dessen Name ein Anagramm des Wortes Kleopatra ist: ihre Liebe ist immerhin Gegenstand der "Ilias", auch der "Myrmidonen" des Aischylos; sie bietet aber runde zweitausendsiebenhundert Jahre später auch noch dem 86-jährigen Ernst Jünger, der zumindest homo-erotische Träume notiert und seine zweite Ehefrau "das Stierlein" oder "es" nennt, im Alterstagebuch hinlänglich Anlaß, über dieses Paar und den Tod des Geliebten vor Troja sein eigenes Verständnis von "Freundschaft unter Männern" zu definieren: "dem Schmerz des Achilles kommt kein anderer gleich"; aber schon knappe zwei Jahrhunderte zuvor mag der fast 40jährige Friedrich Schiller so absolutes Konzept von Männerliebe und dessen normstiftend zeitlose Fortdauer im Sinne haben, wenn er Goethe zur Niederschrift seiner durchkonzipierten "Achilleïs" drängt und in einer eigenen Xenie dem toten Achilleus bestätigt:

"Nun du tot bist, so herrscht über die Geister dein Geist";

und in so beherrschtem Geiste also, nicht eben frei von Sehnsucht, bedichtet Freund Goethe das gemeinsame Grab dieses Liebespaares vor Troja: "Achilles liegt dort mit seinem schönen Freunde" – *wie später, normen-*

sprengend und ungleich skandalierender, Hans Henny Jahnn mit seinem Geliebten Gottlieb Friedrich Harms im Doppelgrabe auf dem Nienstedtener Friedhof an der Hamburger Elbchaussee; nur daß ins griechische Grab auch noch ein Dritter im Bunde eingebettet wird: Antilochos, von dem Homer berichtet, daß er, zumindest nach dem Tode des Patroklos, dem Achilleus ein so "trauter Genoß" ist, daß er dieser gemeinsamen Ruhestätte für würdig gehalten wird.

Yan notiert ferner

die Dramatiker Sophokles, Nicholas Udall und Ludwig Holberg, Alexis Piron, Fernando Arrabal und Henri Ghéon, EDmond Rostand, William Inge und Publius Terentius Afer (Terenz);

die Generäle Gustav von Kessel, Kommandeur des Berliner Gardecorps, und Nicolas de Changarnier, Christophe Lamoricière und Friedrich Armand Grafen von Schomberg;

die Pop-Musiker Elton John und Ricky Wilson, Billy Preston und David Bowie, Fred Schneider und Holly Johnson;

die Juristen Franz von Accorso aus Florenz und Grafen von Germiny aus Paris, Landesgerichtsdirektor Hasse aus Breslau und Bundesanwalt Manfred Bruns in Karlsruhe;

die Sänger Theodor Reichmann und Peter Pears, Johann Mara und Gregorio Felipe Franchi;

die russischen Zaren Alexander I. und Peter den Großen;

die griechischen Dichter Plutarchos und Artemon, Sotades und Pindaros, Adaios aus Makedonien und Bion aus Smyrna;

die Unternehmer Arndt Krupp von Bohlen und Halbach, Hermann N. Israel und Johannes Fürsten von Thurn und Taxis;

die Maler Sascha Schneider, Peter McGough und Fidus (Hugo Höppener);

die Könige Minos von Kreta und Hieron von Syrakus sowie Friedrich I. von Württemberg, George III. von England und Louis XI. von Frankreich;

die Filmstars James Dean und Richard Chamberlain, Marlon Brando und Marcello Mastroianni;

die Bischöfe Achilles Tatius von Alexandrien und Thiebaut d' Anxigny, Peter Ball und Jean von Orléans;

die Modeschöpfer Roy Halston und Erté, Yves Saint Laurent und Wolfgang Joop;

die Feldherren Epaminondas und Antiguos, Guidoguerra und Gonzalo Fernandez de Cordoba y Aguilar;

die Philosophen Empedokles und Ludwig Wittgenstein (samt seinen Brüdern Hans und Rolf) sowie Marsilio Ficino (der seine Studenten als "Geliebte in Platon" anzureden pflegt) und Giovanni Pico de la Mirandola, die beide eine gemeinsame Seele zu haben glauben;

die Höflinge Prinz Louis Armand de Conti, Prinz Paul von Thurn und Taxis (am Hofe König Ludwigs II. von Bayern) sowie Friedrich von Lichtenberg, der Sadist, und Hofjägermeister Moritz von Wedel (am Hofe des Herzogs Carl August von Sachsen-Weimar);

die Bildhauer Benvenuto Cellini und François Duquesnoy, Francis Lord Leighton sowie Praxiteles (dessen Apollon eine Eidechse tötet);

die Politiker Mao tse Tung und Gaius Maecenas, den englischen Lordschatzsekretär Robert Harley Grafen von Oxford, den russischen Kabinettssekretär Gregor Nikolajewitsch Teplew sowie den deutschen Sozialdemokraten Johann Baptist von Schweitzer, den Zentrums-Abgeordneten Georg Friedrich Dasbach (der auch Kaplan ist) und den Florentiner Bernardo Bembo;

die Schauspieler Ludwig Linkmann und EDouard de Max, Friedrich Joloff und Wilhelm Kunst, Nick Adams und Harry Baer, Laurence Olivier und Alfred Feussner;

die Theologen Nikolaus Ludwig Reichsgrafen von Zinzendorf (Begründer der Herrenhuter), Ulrich von Jungingen (Großmeister des Malteserordens) und Marquis von Larochefoucauld (Großkomtur der Rosenkreuzer);

die Fotografen Wilhelm Baron von Gloeden und Herbert List, Cecil Beaton und Georg Baron von Hoyningen-Huene aus Livland;

die Herzöge Lorenzo de' Medici und Philipp Maria Visconti von Milano, Carl August von Sachsen-Weimar-Eisenach und Pier Luigi Farnese von

Parma und Piacenza (der, ein Sohn von Papst Paul III., zur Ehe mit einer Orsini-Tochter gezwungen wird, als er zehn [zweimal fünf] ist, und ermordet wird, als er 44 ist, weil er, abgesehen von politischen Gründen, auch "die Ehre der Frauen beleidigt", indem er den schönen jungen Bischof von Fornovo zu verführen versucht und dadurch in den Tod treibt, vom päpstlichen Vater aber für solche "jugendliche Unenthaltsamkeit" absolviert wird);

die Entertainer Hape Kerkeling und Ernie Reinhardt, der sich Lilo Wanders nennt;

den Semiologen Roland Barthes, den Psychologen Fritz Morgenthaler, den Grammatiker Jean Rou und den Computer-Erfinder Alan M. Turing (der noch 1952 gerichtlich zur chemischen Kastration verurteilt wird);

die Journalisten Robert de Saint Jean und Klaus Lehmann, Benedict Friedländer und Ben Summerskill, Steve Beery und Claude Borell;

die Abenteurer Claude Alexander Grafen von Bonneval und Theodor Baron von Neuhoff;

die Komponisten Samuel Barber und François Poulenc, Marc Blitzstein und Camille Saint-Saëns;

die römischen Kaiser Julian Apostata und Otho, Nerva und Titus;

die Bühnenbildner Harold Waistnage und Jan Schlubach;

die Päpste Benedikt IX., Johannes XII. und Pius II.;

die persischen Poeten Muslih Sa'dî ed-Dîn und Molana Jalal el Dîn sowie jenen Hâfiz (der eigentlich Schems oder auch Schams ed-Dîn Mohammed heißt und den Saqi besingt);

die Sexualwissenschaftler Hans Blüher und Hans Giese, Volkmar Sigusch und Magnus Hirschfeld (der sich selbst den "Hirten dieser bizarren Herde" nennt);

die Regisseure Luchino Visconti und Ludwig Berger, Hanns Niedecken-Gebhard und Paul Vasil, Hans Man in't Veld und Patrice Chéreau;

die römischen Staatsmänner Lucius Sergius Catilina und Lucius Licinius Lucullus, Lucius Cornelius Sulla und Marcus Antonius;

*den Kulturhistoriker Egon Friedell und den Geologen Franz von Nopcsa,
den Politologen Albert Eckert und den Kunsthistoriker Friedrich Eggers;*

die Pantomimen Bathyllos und Mnester;

die Literarhistoriker John Addington Symonds und Friedrich Gundolf;

*die Schriftsteller Heinrich von Kleist, Henry James und William S. Bur-
roughs, Johann Wilhelm Gleim, Luc Menge Fremiot und Julien Green, Aldo
Busi, Etienne de la Boethie und Christoph Martin Wieland, Jens Peter Ja-
cobsen, Nikolai Archipow und Jacob Michael Reinhold Lenz, Michelangelo
Signorile, Dominique Fernandez und James Baldwin, Lord Alfred Douglas,
Jurij Jurkan und Pietro Aretino, Girolamo Benivieni, Francesco Berni und
Ferrante Pallavicini (der wegen seiner Homosexualität hingerichtet wird);*

den Tänzer Rudolf Nurejew;

*Jean Henri Dunant, den Gründer des Internationalen Roten Kreuzes, und
Lord R. S. S. Baden-Powell, den englisch beamteten Begründer der Pfadfin-
derbewegung,*

*sowie Inga, den norwegischen Widerstandskämpfer gegen die nazi-deutsche
Besatzung,*

*und den ägyptischen Gott Horus, der seinen Bruder Seth "sodomiert" und
schwängert.*

Post scriptum von Jean-Paul Sartre:

*"Das Drama des bürgerlichen Homosexuellen ist ein Drama des Nonkon-
formismus."*

367
Crequi & Sankt Priest

In Thomas Manns also neu erstandenem "Versuch über Schiller" findet Yan
das benötigte Material, um seinen Brief an Raffaele nunmehr am Punkte jener Unterbrechung fortsetzen zu können. Er schreibt:

In diesem Essay nun, lieber Raffaele, zitiert Thomas Mann zunächst den 28-jährigen Schiller mit dessen leichtsinnigem Gelübde:

"Nach meinem dreißigsten Jahr heirate ich nicht mehr. Schon jetzt habe ich die Neigung nicht mehr dazu. Eine Frau, die ein vorzügliches Wesen ist, macht mich nicht glücklich, oder ich habe mich nie gekannt."

Kurz danach, an einem Augusttag, verlobt er sich dennoch, heiratet dann, einen Tag nach Gogols Todestag, und holt auf dem Wege zur Trauung seine Schwiegermutter just in meinem Kahla ab. Doch er heiratet nur die Schwester einer mehr Begehrten, die schon vergeben ist. Aber: "Ich sehne mich nach einer bürgerlichen und häuslichen Existenz", *berichtet er mutlos seinem Freunde Körner über diesen therapeutisch empfundenen Griff nach einem Lebenselixier gegen tiefste Depression und arge Vereinsamung.* "Das ist das einzige, was ich jetzt noch hoffe", *so daß Thomas Mann dann diese kinderreiche Ehe, wohl mit Fug, als einen* "Hafen" *ohne Leidenschaft und Spannung, als Schillers privaten Verzicht auf alles orphische* "Freibeutertum des Geistes" *bezeichnen darf.*

Aber schon in seiner frühen Novelle "Schwere Stunde" *projiziert Thomas Mann sein persönliches* "Gefühl von Unfreiheit", *das er dem Bruder Heinrich nach seiner eigenen Verheiratung gesteht, auf Schillers eheliches Manko,* "nicht allzusehr dein, nie ganz in dir glücklich sein" *zu dürfen oder zu können:* "Bei Gott, bei Gott, ich liebe dich sehr! Ich kann mein Gefühl nur zuweilen nicht finden."

Er mag das auch aus Schillers Äußerung zum jüngeren Heinrich Voß ableiten, daß "die ersten Jahre seiner Ehe traurig gewesen wären". *Schon sechs Monate nach der Hochzeit, im August, erkrankt er jedenfalls, bald lebensgefährlich schwer und um nie wieder zu genesen. Einzig die Kinder, die er* "wie nur die zärtlichste Mutter" *liebt,* "geben mir eine neue Existenz".

Fünfzig Jahre nach seiner Novelle liefert Thomas Mann nun in seinem "Versuch über Schiller" *die eigentliche Motivation für dessen Eheprobleme nach und schreibt klipp und klar:*

"Das große Abenteuer seines Lebens, seine Erfahrung der Passion, der leidenschaftlichen Anziehung und Abstoßung, der tiefen Feindschaft, tiefen Sehnsucht und Bewunderung, des Gebens und Nehmens, der Eifersucht, des schwermütigen Neides und stolzer Selbstbehauptung, der dauernden affektvollen Spannung – war eine Angelegenheit zwischen Mann und Mann, zwischen ihm, dem ganz Männlichen, und jenem, dem er weibliche Artung zurechen wollte [...] – es war sein Verhältnis zu Goethe."

Ihre erste persönliche Begegnung findet, nicht weit von Saalfelder Tropfsteinhöhlen und Knabenschlafsaal der Leuchtenburg, just am 7. September, dem späteren Todestage von Schillers Vater, und just im Rudolstädter Elternhaus jener Charlotte von Lengefeld statt, mit der Schiller da aber noch nicht einmal verlobt ist, und könnte, rechtzeitig verhindernd, als eine jener "Zufälligkeiten" verstanden werden, die Goethe sonst nur allzugern als Lenkung "durch einen unerforschlichen Willen" begreift. Aber diesmal fehlt ihm wohl die Empfängnisbereitschaft für solche Botschaften, und die schicksalhaft soufflierte Verhinderung unterbleibt.

Schiller, der schon früh die "gelästerte Weiberliebe" des anderen, diesen selbst als "alten Hagestolzen" durchschaut, muß noch nach zweijähriger Bekanntschaft bedauern:

"Es fehlt ihm ganz an der herzlichen Art, sich zu irgend etwas zu b e k e n n e n ."

Schiller hat damals seine Weimarer Zweitwohnung in Goethes Nachbarschaft am Frauenplan, "drei Häuser von mir, und wir besuchten uns nicht".

Erst zwei weitere verzögerte Jahre später bemerkt er Goethes "Bedürfnis, sich an mich anzuschließen", um seinen Weg "in Gemeinschaft mit mir fortzusetzen", aber erst der 35jährige Ehemann kann seinem Freunde Körner, noch aus Jena, endlich die überfällige Mitteilung machen:

"Ich werde künftige Woche auf vierzehn Tage nach Weimar abreisen und bei Goethe wohnen [...]. Unsre nähere Berührung wird für uns Beide entscheidende Folgen haben, und ich freue mich innig darauf."

Diese Prophezeiung bewahrheitet sich. Thomas Mann schildert ausführlich, was Schiller selbst das "wohltätigste Ereignis meines ganzen Lebens" und das "schöne Verhältnis" nennt, "das zwischen uns ist".

Er macht mich auch auf Schillers Gedicht "Das Glück" aufmerksam, das auf dem Höhepunkt dieses "schönen Verhältnisses" just zum 1. August des 39-jährigen beendet wird, und klassifiziert es als dessen "tiefstgefühlte" und "allerschönste" Lyrik – "dies Liebesgedicht des Geistes, des Willens, der

'Mühe', der Tugend ans verdienstlos Göttliche, des Schauenden an das Sei-
ende":

"Zürne der Schönheit nicht, daß sie schön ist, daß sie verdienstlos,
Wie der Lilie Kelch, prangt durch der Venus Geschenk!
Laß sie die Glückliche sein; du s c h a u s t sie, du bist der Beglückte!
Wie sie ohne Verdienst glänzt, so entzücket sie dich."

*Diese beziehungsreiche Aufteilung einer Partnerschaft ins grammatisch
Maskuline und Feminine, welches aber, scheinbar beiläufig, mit der androgynen Lilie verglichen wird, wandelt sich schon im nächsten Vers ins männlich Gleichgeschlechtliche, wenn Schiller seinen Blick vom Natürlich-Kör-
perlichen zum Ästhetisch-Künstlerischen erweitert:*

"Freue dich, daß die Gabe des Lieds vom Himmel herabkommt,
Daß der Sänger dir singt, was ihn die Muse gelehrt!
Weil der Gott ihn beseelt, so wird er dem Hörer zum Gotte;
Weil er der Glückliche ist, kannst du der Selige sein."

*Die Neidlosigkeit solcher ungebrochen bewundernden Unterordnung des
Seligen unter den Glücklichen ist sicher ein Symptom für Liebe von Mann zu
Mann.*

*Hierzu fügt sich ergänzend Thomas Manns Hinweis, daß eine meiner goe-
thischen Lieblings-Maximen in Wahrheit von Schiller stammt, der, mit Bezug auf Goethe, bekennt:*

"Dem Vortrefflichen gegenüber gibt es keine Freiheit als die Liebe."

*Diese Liebeserklärung greift Goethe auf, ersetzt freilich Schillers Freiheit,
die ihm immer suspekt bleibt, durch etwas Handfesteres und erwidert das
Geständnis, wenn er die Ottilie seiner "Wahlverwandtschaften" in ihr Tagebuch schreiben läßt:*

"Gegen große Vorzüge eines andern gibt es kein Rettungsmittel als die Liebe."

*Aber da ist Schiller schon tot, wie denn überhaupt Goethes Gefühle für den
Jüngeren, in übertragenem Sinne, sich erst "bei Betrachtung von Schillers
Schädel", also erst im Vermissen, öffentlich zu entfalten scheinen. Jetzt erst
gibt er zu: "Schillers Anziehungskraft war groß". Über ihr Miteinander ge-*

*steht er: "Für mich insbesondere war es ein neuer Frühling". Ähnlich be-
kennt aber schon der 45jährige über ihre ersten Gespräche, daß er "von*
jenen Tagen an auch eine Epoche rechne".

*Aber der solcher Freundschaft "eigentlich Verfallene, immer tief mit ihr Be-
schäftigte, mit ihr Ringende", beschreibt Thomas Mann, "der, dem sie Leid
und Glück jeder Liebesheimsuchung ersetzt, war Schiller, und Goethes Verhalten darin war kühl und affektfern", und er verweist auf jenen explosiven
Brief des 29jährigen, noch hoffnungsvoll unverheirateten Schiller über den
39jährig zurückhaltenden Goethe:*

"Er hat auch gegen seine nächsten Freunde kein Moment der Ergießung. Er
ist an nichts zu fassen [...] Er macht seine Existenz wohltätig kund, aber nur
wie ein Gott, ohne sich selbst zu geben. [...] Ein solches Wesen sollten die
Menschen nicht um sich aufkommen lassen. Mir ist er dadurch verhaßt, ob
ich gleich seinen Geist von ganzem Herzen liebe und groß von ihm denke.
Ich betrachte ihn wie eine solche Prüde, der man ein Kind machen muß, um
sie vor der Welt zu demütigen. Eine ganz sonderbare Mischung von Haß
und Liebe ist es, die er in mir erweckt hat, eine Empfindung, die Derjenigen
nicht ganz unähnlich ist, die Brutus und Cassius gegen Caesar gehabt haben
müssen; ich könnte seinen Geist umbringen und ihn wieder von Herzen lieben."

*Liebe, Vergewaltigung, Mord und Sexualität liegen dergestalt gesprenkelt
lange in der Luft.*

*Statt alledem aber tun die beiden sich schließlich friedlich zusammen und
schreiben gemeinsam jene "Xenien", deren schonunglos aggressive Schärfe
die Umwelt verschreckt und die das erste Produkt eines literarischen* team
works *darstellen:*

"Goethe und ich werden uns darum absichtlich so in einander verschränken,
daß uns Niemand aus einander scheiden und absondern soll", *schreibt er an
Wilhelm von Humboldt über diese sublimierte Vereinigung.* "Es ist auch
zwischen Goethe und mir förmlich beschlossen, unsere Eigentumsrechte an
den einzelnen Epigrammen niemals auseinanderzusetzen, sondern es in
Ewigkeit auf sich beruhen zu lassen ... "

*Goethe ist solche Verschmelzung nur allzurecht. Schon als bei Lektüre von
Schillers Ballade "Die Teilung der Erde", die anderthalb Jahrhunderte spä-*

ter im Zentrum meiner eigenen pubertären Rezitationsprogramme prangt, viele damalige Leser, gar Schillers Intimus Körner, irrtümlich Goethe für den Verfasser halten, schreibt dieser:

"Daß man uns in unsern Arbeiten verwechselt, ist mir sehr angenehm."

Er begrüßt hierbei den offenkundig werdenden Verlust alles spezifisch Individuellen und einen gemeinsam überpersönlichen Schritt "ins allgemeine Gute", so "daß wir eine schöne Breite einnehmen können".

In solchem Sinne auch läßt er just zu Beginn seiner Intendanz den anderen, den eben gleichaltrigen Liebling, Iffland, seinen Egmont auf dem Weimarer Theater in einer dreiaktigen und "grausamen" Bearbeitung von Schiller spielen, den er auch eigene Fassungen von "Iphigenie" und "Stella" machen läßt; aber auch über "Faust" und "Götz von Berlichingen" berichtet der junge Voß, Goethe "dachte nicht daran, daß sein Individuum der Verfasser sei; was ihn begeisterte, war die Idee, die jenen Stücken zu Grunde liegt, und ihm galt es [...] völlig gleich, in wessen Gehirne sie entsprungen sei."

Dienliche Ausweitung also statt Verhaftung an die allzu engen Grenzen der eigenen Besonderheit: das ist ein Gedanke, den ich selbst geradezu brünstig übernehme, weil er jene persönlichkeitsüberschreitenden Intentionen stärkt, wie ich sie Dir, mein sehr lieber Raffaele, in meinem vorigen, wohl verschreckenden Briefe in Bezug auf Deine poetisch-mystische Verschmelzung mit meinem ausbleibenden Severin zum Ausdruck zu bringen versuche.

Bei Goethe finde ich solche Identifikationsgelüste auf beglückend bestätigende Weise vorformuliert, wenn er, noch 55jährig, an seinen Freund Zelter schreibt:

"Freilich haben die Menschen überhaupt gewöhnlich nur den Begriff vom Neben- und Miteinander, nicht das Gefühl vom In- und Durcheinander."

Das aber ist es, was mich an Dir und Severin so fasziniert und was ich überall suche: das Ineinander und Durcheinander mit und von Menschen meiner Wahl oder schicksalhafter Begegnung.

Der Idee eines so schicksalhaften und sublim verschmelzenden Ineinanders und Durcheinanders dient wohl also auch jene unentwirrbar gemeinsame Arbeit an den "Xenien".

"Freunde wie Schiller und ich", *schildert Goethe das noch dreiundzwanzig Jahre nach Schillers Tod,* "lebten sich ineinander so sehr hinein",

wie auch Schiller das damals empfinden mag und, abermals an Wilhelm von Humboldt, beschreibt, daß er derzeit "lieber in Goethes Individualität als in der eigenen lebe".

Goethe bestätigt ihm: "Unsere Zustände sind so innig verwebt, daß ich das, was Ihnen begegnet, an mir selbst fühle".

Tatsächlich ist er während seiner beiden nächsten, jeweils mehrwöchigen Aufenthalte in Jena täglich bei Schiller zu Gast. Er kommt immer nachmittags gegen vier und bleibt bis Mitternacht oder länger, respektiert auch alle sonst so peinlich gemiedenen Krankheitssymptome des leidenden Freundes, dem er vielmehr zu einem Iffland-Gastspiel im Weimarer Theater gar eine Proszeniumsloge bauen läßt, in der der Sieche vom Publikum nicht beobachtet werden kann.

Einige Augenzeugen spüren wohl, was damals in Wahrheit vor sich geht. Beobachter Böttiger berichtet, Goethe arbeite jetzt "bei Schiller in Jena, mit dem er ganz zusammengeflossen ist"*; Schillers Frau bemerkt arglos, es sei* "Beiden dadurch ein neuer schöner Lebensgenuß aufgegangen"*, und deren so einbezogene Schwester Caroline von Wolzogen erwähnt in ihrem Schiller-Buch den* "tausendfältigen Genuß" *ihres* "innigen Verhältnisses".

Für das Titelkupfer des gleichfalls gemeinsam versorgten "Musenalmanachs auf das Jahr 1797" *mit dem Abdruck von über vierhundert gemeinsamen Xenien, berichtet Schiller an Verleger Cotta,* "haben wir einen Centaur gewählt, der die Leier spielt".

Sein tiefes Gefühl für eine solche Verbindung ihrer Kunst mit hengsthaft animalischer Mannbarkeit mag Schiller auch im Sinne haben, wenn er Goethe, den er nur ein einziges Mal "Geliebter Freund!" *zu nennen wagt, seine Hoffnung gesteht,*

"daß wir uns nach und nach in allem verstehen werden, wovon sich Rechenschaft geben läßt, und in demjenigen, was seiner Natur nach nicht begriffen werden kann, werden wir uns durch die Empfindung nahe bleiben."

Solche Liebesbriefe verschließt Schiller mit einem Siegel, das einen Hahn zu Füßen einer Frau zeigt: deren Linke deutet gen Himmel, ihre Rechte aber auf den Hahn. Oder er siegelt mit seinem Familienwappen, das ein Einhorn mit aufwärts ragendem Pfeile zeigt.

Auch Wilhelm, der jüngere Gebruder Grimm, registriert solche Qualität dieses Bundes, als Schillers Krankheiten überhand nehmen: Goethe aber, "wie ein zärtlicher Liebhaber, tat ihm alles zu Gefallen", *und noch der greise August Wilhelm Schlegel spottet über Goethes* "sorgsame Schonung für Schiller, welche der eines zärtlichen Ehemannes für seine nervenschwache Frau glich".

Der junge Heinrich Voß ist Zeuge, wie sich die beiden, zwei Monate vor Schillers Tode, nach beidseitig langen Krankheiten wiedersehen:

"Sie fielen sich um den Hals und küßten sich in einem langen, herzlichen Kusse, ehe eines von ihnen ein Wort hervorbrachte."

Dann ist Schiller plötzlich tot. Zu seinen letzten Worten auf dem Sterbebett soll der Name der Leuchtenburg gehören, deren Lage hoch über der Saale schon der 30jährige an einem andern Maitag vor sechzehn Jahren in einem Brief an die beiden Lengefeld-Töchter preist und die er just aufzusuchen plant, als der Tod ihn daran hindert.

Von den kontroversen Schilderungen der Nachricht dieses Todes lese ich die des jungen Heinrich Voß ausgerechnet im Hafen von Ibiza, und inmitten eines ohrenbetäubenden Höllenspektakels von anlandenden Fährschiffen, hektisch umeinander rufenden Touristen aller Nationen und Sprachen, nervöser rush hour *mit ungeduldigem Autostau und gnadenlos knatternden Mopeds, von Straßenbau mit Batterien von Preßlufthämmern und wieder ablegenden Fährschiffen sitze ich also am Formentera-Pier hinter meinem Campari und weine haltlos über die untröstbare Trauer dieses Verlustes, den Goethe schon spürt und erfragt: aber* "statt ihm zu antworten", *fängt die eingeweihte Christiane Vulpius nur* "laut an zu schluchzen. 'Er ist tot?', fragt Goethe mit Festigkeit. 'Sie haben es selbst ausgesprochen!' antwortet sie. 'Er ist tot', wiederholt Goethe noch einmal, wendet sich seitwärts, bedeckt sich die Augen mit den Händen und weint, ohne eine Silbe zu sagen." *Auch ich sitze da im rüden Hafenlärm der fernen Balearen und weine über dieses Weimarer Weinen, das nichts mehr als ein grenzenloses Lieben ist.*

Erst später, als Schiller schon bestattet ist, gesteht Goethe, sei es mit Hilfe des Horaz oder Vergils, er "verliere nun einen Freund und in demselben die Hälfte meines Daseins".

Gogols Leiden an Puschkins Tod steht jählings mit der Klage auch dieses Verlassenen vor mir, "die ganze Lust meines Lebens" *zu verlieren.*

Vier Monate lang meidet Goethe jede Begegnung mit Schillers Witwe, die er seit ihrer Kindheit kennt und als das Patenkind Charlotte von Steins besonders schätzt. Erst fünf Wochen nach Schillers Tod schickt er ihr ein kondolierendes Billett mit der Erklärung, daß man gern den Anblick derer meide, "die mit uns gleich großen Verlust erlitten haben": *er fühlt sich gleichermassen als Witwe.*

Und tatsächlich erst nach Ablauf eines reichlich bemessenen Trauerjahres heiratet Goethe nunmehr endlich Christiane Vulpius, die seit siebzehn Jahren seine Kinder gebiert, aber während des letzten Jahrzehntes deutlich in den Schatten dieses Freundes geraten ist. Schiller ignoriert sie zeitlebens, nennt Goethes häusliche Verhältnisse "elend", *hofft auf eine Trennung und läßt seine eigene Frau allenthalben gegen diese Rivalin intrigieren.*

Zwar vor seiner Heirat schon, aber erst sieben Monate nach Schillers Tod hat Goethe die Distanz, sich über "Schillers Nekropompe" *zu mokieren, wie sie ausgerechnet in jenem* "Journal für deutsche Frauen von deutschen Frauen geschrieben" *erscheint, dessen Schirmherr Schiller gewesen:* "Mancher Hermaphrodit mag in diesem Werke stehen!"

In der Chiron-Szene seines "Faust II" *schließlich vollzieht er, viel später, im Dialog just mit dem Zentauren einen leicht entschlüsselbaren Vergleich Schillers mit Herkules, dem* "schönsten Mann", *der* "ein geborner König" *und* "als Jüngling herrlichst anzuschauen" *sei; daß Herkules auch Frauenkleider anzulegen und Männer zu lieben pflegt, setzt er bei den Lesern eines solchen Textes wohl als bekannt voraus.*

Vor so innig gesprenkeltem Hintergrunde wird nunmehr die Gemeinsamkeit dieser Dioskuren auf dem Denkmalsockel vor dem Weimarer Nationaltheater wie jene andere in der dortigen Fürstengruft zum Signal einer Paarung und Vereinigung, die möglicherweise tiefer, jedenfalls dauerhafter sind als das, was sie sublimieren.

"Wenn sich die Gleichgesinnten nicht anfassen", *schreibt Goethe in einem Neujahrsgruß an Schiller:* "was soll aus der Gesellschaft und der Geselligkeit werden!"

Und noch der 78jährige bezeichnet es Eckermann gegenüber als "ein Glück für mich [...], daß ich Schillern hatte" *und* "daß im Grunde keiner ohne den andern leben konnte".

Von alledem findet sich freilich kein Wort bei Thomas Mann, obwohl doch er es ist, der diese hohe Männerliebe offen und überzeugend an den Tag bringt. Aber allzu eindeutig erotische, geschweige sexuelle Dimensionen sind ihm in aller Öffentlichkeit wohl doch tabu.

Er ignoriert oder unterschlägt auch so gravierende und folgenschwere Bedingnisse wie Schillers ödipalen Vaterhaß, der sich auf Erzeuger und Landesherrn gleichermaßen aufteilen mag, seine Bruderlosigkeit zwischen drei Schwestern, die auffallend parallele libidinöse Neigung zur Schwester Christophine, die dann gar seinen Meininger Freund, den "Bruder" Reinwald, heiratet und Bruder Fritz damit eifersüchtig macht, ferner die Traumata des 14jährigen auf der "Pflanzschule" der Herzoglichen Militär-Akademie, die schweren lebenslänglichen Neurosen, Depressionen und psychosomatischen Erkrankungen, auch die stark entwickelte Sinnlichkeit und die tatsächliche Glücklosigkeit seiner Ehe – aber die erotisch empfundene Einbindung in die Internats-Freundschaften der "Karlsschüler" nicht minder.

Im mönchischen Jünglings-Ghetto dieser so progressiven wie repressiven Parade-Schule, die allem Weiblichen strikt verschlossen bleibt, blühen mancherlei homo-erotische Verbindungen auf. Schiller selbst, zu idealischen Freundschaften ohnedies disponiert, dokumentiert hier seine frühe Leidenschaft für den gleichaltrigen Mitschüler Georg Friedrich Scharffenstein in einem lakonisch apodiktischen Vierzeiler, den wohl schon der Sechzehnjährige (unter Bezug auf die Freunde Selim und Leander in Ewald von Kleists nicht eben unverfänglichem Gedicht "Die Freundschaft. An Herrn Gleim") verfaßt:

"Sangir liebte seinen Selim zärtlich
Wie du mich, mein Scharffenstein;
Selim liebte seinen Sangir zärtlich
Wie ich dich, mein lieber Scharffenstein!"

Umso dramatischer und absturzhafter empfindet er eine spätere Krise dieser Verbindung, der er, etwa siebzehnjährig, in einem anklagenden Briefe hochfliegend nachtrauert: "o eine Freundschafft wie diese errichtet hätte die Ewigkeit durchwähren können!" *Ungeniert ist hier auch wiederholt von Liebe die Rede.*

Etwa drei Jahre später enden die Verse des Zwanzigjährigen im Stammbuch seines Schulfreundes Christian Ferdinand Moser mit den Zeilen

"Selig ist es, jauchzen, wenn der Freund
Jauchzet, weinen mit ihm, wenn er weint – ",

und ein weiteres Jahr später betrauert der 21jährige den Tod des gleichaltrigen Kommilitonen Johann Christian Wekherlin mit einer "Elegie auf den Tod eines Jünglings", *den er auch* "Meinen Busenfreund, ach! meinen Bruder" *nennt.*

Vom Freundsein dergestalt geradezu besessen, mag sich also schon der Zwanzigjährige nach einem Inspektionsbesuch ihrer Schule durch Goethe und dessen Herzog danach drängen, bei einer Schüleraufführung in seinem ausgelachten Schwäbisch ausgerechnet den Clavigo zu spielen, jene tragische Freundesgestalt des 24jährigen Goethe.

Just mit einem weiteren solchen Freunde, der ihn schon bei erster Begegnung als "äußerst reizende und anziehende Persönlichkeit" *empfindet, tritt er bald danach die Flucht aus der heimatlichen Unfreiheit an: mit Andreas Streicher, den er bereits in Stuttgart einlädt,* "so oft zu ihm zu kommen, als er nur immer wolle", *der dann in Oggersheim immerhin sieben Wochen lang neben ihm im gemeinsamen Bett schläft und der ihm mitsamt dem Gelde für sein geplantes Musikstudium auch gleich den ganzen eigenen Lebensweg irreparabel, aber allerfreundschaftlichst aufopfert.* "Ein Vertrauen", *berichtet Streicher,* "setzte sich zwischen beiden fest, das keinen Rückhalt kannte." *Aber in diesem Oggersheim geht auch ein größeres Gedicht unwiederbringlich verloren, das Schiller selbst ungewöhnlich hochschätzt und das den aufschlußreichen Titel* "Teufel Amor" *trägt. Nur zwei Verszeilen sind daraus erhalten:*

"Süßer Amor, verweile
Im melodischen Flug".

Alles das also verheimlicht Thomas Mann. Er unterschlägt sogar Schillers so überbordende Gefühlsausbrüche dem 29jährigen Freunde Christian Gottfried Körner gegenüber, dem er, selbst 26jährig, nach Leipzig zujubelt:

"O, wie schön und wie göttlich ist die Berührung zweier Seelen, die sich auf ihrem Wege zur Gottheit begegnen. [...] O, mein Freund! [...] Die gütige Vorsehung, die meine leisesten Wünsche hörte, hat mich D i r in die Arme geführt [...]. Der Himmel hat uns seltsam einander zugeführt, aber in unserer Freundschaft soll er ein W u n d e r gethan haben."

Dieser Körner, selbst Oberkonsistorialrat, als Jurist später auch Oberappellationsgerichtsrat und schließlich Preußischer Staatsrat im Berliner Innenministerium, inspiriert und erwidert solche Freundschaft nicht nur ideell und materiell, sondern vor allem auch emotional. Schon in seinem zweiten Brief, noch vor ihrer ersten Begegnung, bietet er Schiller das Du an, denn:

"Wir sind Brüder durch Wahl, mehr als wir es durch Geburt sein könnten."

Solch ein schwärmerisch warmherziges Gefühl für wahlverwandte Brüderlichkeit findet sich dann prompt auch mit ähnlichem Wortlaut im "Don Carlos" wieder, den Schiller just in Körners so stimulierendem Dresdner Freundeskreis vollendet:

"Wir waren Brüder, Brüder durch ein edler Band
Als die Natur es schmiedet."

Derlei literarische Manifestationen betreffend, belächelt Thomas Mann zwar sympathisierend "das verhältnislose Verhältnis" *zu Frauen –* "Amalia, Thekla" – *, aber er verschweigt schon die Hexen, die Schiller in seiner Neufassung von Shakespeare's "Macbeth" als schöne und gutgekleidete junge Mädchen das Weimarer Theater betreten läßt, weil die ihm alles Hexenhafte deutlicher verkörpern mögen als die üblichen alten Vetteln. Mancher Augenzeuge empfindet sie freilich auch als* "kolossale Figuren von männlichem Aussehen" *oder vollends* "Zwittergestalten".

Aber Thomas Mann verschweigt auch die so unübersehbar homo-erotische Liebe zwischen Don Carlos und Marquis Posa (mit ihrem jubelnden "Mein Roderich!" – "Mein Carlos!" als Tonart) wie auch deren Variation zwischen dem vereinsamten König Philipp und jenem Liebe auslösenden "sonderbaren Schwärmer", dem Malteserritter von Posa, obwohl doch schon der 14-

*jährige Tonio Kröger seinem Hans Hansen diesen "Don Carlos" zu lesen
gibt, weil* "es einem durch und durch" *gehe, wenn* "der König geweint hat,
weil er von dem Marquis betrogen ist ... aber der Marquis hat ihn nur dem
Prinzen zuliebe betrogen, verstehst du, für den er sich opfert". *Derlei verschweigt Thomas Mann jetzt.*

Er erwähnt zwar, daß Wallenstein den jungen Piccolomini "wie ein Vater
und mehr als ein Vater liebt", *und zitiert jene* "erschütternde" *Bitte des alternden Feldherrn, die Schillers Intimus Körner in einem Brief an den Autor
unwidersprochen als* "höchstleidenschaftlich" *bezeichnet:* "Max, bleibe bei
mir! Geh nicht von mir, Max!" *– so daß ich Gustaf Gründgens flugs Abbitte
tun muß, dem ich es vor Jahr und Tag als private Geschmacklosigkeit ver-
üble, wie er in Düsseldorf als Wallenstein diese Textstelle spricht, indem er
ausgerechnet von hinten hautnah dicht an seinen Max, den langen blonden
Jürgen Wilke, herantritt.*

*Thomas Mann macht mich einsehen, wie authentisch sein Ex-Schwieger-
sohn Gründgens da den Schiller spielt, aber er verheimlicht dafür in Bausch
und Bogen, wie sehr doch sämtliche Schiller-Dramen hochsinnliche Män-
nerstücke sind, selbst "Maria Stuart" und "Die Jungfrau von Orléans" noch.
Schon seit der erotisch stark aufgeladenen Jünglings-Atmosphäre der "Räu-
ber"-Bande Karl Moors, deren Drama zeitweise den ungleich beziehungs-
reicheren Titel "Der verlorene Sohn" haben soll, bestimmen heiße Gefühle
zwischen Männern diese so emotionalen Stücke, und der ebenso berühmte
wie umstrittene Typus jenes ja keineswegs etwa unerotischen deutschen
Schiller-Jünglings ist sowohl autobiografisch-narzißhaftes Selbstporträt des
Autors als auch Produkt seiner lebenslänglichen Sehnsucht nach dergestalt
absolut idealisierten und heldenhaft-männlichen Moralisten, wie sie seither
die deutschen Ideen und Träume bis in die Pervertierungen von Hitler-Jugend und Rote Armee Fraktion hinein beherrschen.*

*Diese inbrünstig hochfliegende Sehnsucht nach dem idealischen Bruder und
Freund nimmt, zumal beim jungen Schiller, bisweilen eine so exaltierte, fast
hysterische Intensität an, daß ihr Resultat ein schwuler Schwulst sein kann,
der sich vor lauter Begeisterung allzu bedenkenlos über Grenzen des Ge-
schmacks hinwegsetzt und unfreiwillig komisch wird.*

*Wohl 21jährig schreibt er, zum Beispiel, sein Gedicht "Die Freundschaft",
dessen Titel um eine Unterzeile ergänzt wird:* "(aus den Briefen Julius an
Raphael; einem noch ungedruckten Roman)".

*Lieber Raffaele: mein eigener sehr emotionaler Bezug zu den Freundesna-
men Raphael und Julius vermag hier gleichwohl keinerlei mildernden Umstände für Schillers überbordend pathetische Freundschafts-Ekstase ins
Feld zu führen, wenn ich in diesem Gedicht, das er noch fünf Jahre später
als Einlage seiner "Philosophischen Briefe" in der "Theosophie des Julius"
just in das Kapitel "Liebe" einfügt, unter anderem, lese:*

"Raphael, an d e i n e m Arm – o Wonne!
Wag auch ich zur großen Geistersonne
Freudigmutig den Vollendungsgang.

Glüklich! glüklich! D i c h hab ich gefunden,
Hab aus Millionen D i c h umwunden,
Und aus Millionen m e i n bist D u –
Laß das Chaos diese Welt umrütteln,
Durcheinander die Atomen schütteln;
Ewig fliehn sich unsre Herzen zu.

Muß ich nicht aus D e i n e n Flammenaugen
M e i n e r Wollust Wiederstralen saugen?
Nur in D i r bestaun ich mich –
Schöner malt sich mir die schöne Erde,
Heller spiegelt in des Freunds Gebärde
Reizender der Himmel sich."

*Dieser gereimte Brief-Roman über so "ew'gen Jubelbund der Liebe" wird
zwar nie weiter, der philosophische Briefwechsel zwischen Raphael und Julius nie zu Ende geschrieben, dokumentieren aber gleichwohl beide schon in
ihren Fragmenten Schillers emphatische Schwärmerei für Männerpaare
und wie glühend parteiisch sein Herz für dieses Thema schlägt, dessen Formulierung dann dem fast Vierzigjährigen in der Ballade "Die Bürgschaft"
nicht nur ungleich besser gelingt, sondern auch den vermutlich willkommenen Anlaß findet, solche Freundschaft vom Paar auf die Gruppe auszuwei-
ten:*

"Ich sei, gewährt mir die Bitte,
In eurem Bunde der dritte."

*"Let me join your company" nennt das auf den Seychellen jener zwielichti-
ge, aber unwiderstehlich sinnliche Maurice, als er meinen Inderknaben und
mich in unsere obskure Absteige zu begleiten zusätzlich erotisierende Gelüste entwickelt.*

*Mit derlei ist dann aber auch für Schiller der emotionale Weg frei zu jenem
noch größeren "Bunde", in dem alle Menschen Brüder werden und in dem
es keine Schwestern mehr zu geben scheint.*

"Seid umschlungen, Millionen!
Diesen Kuß der ganzen Welt!"

*Das wird dann zunächst von Freund "Raphael" Körner vertont, später mit
Bruder Beethovens Hilfe zum ewig und jubelnd wiederholten Glücksbesitz
so brüderlich geküßter und umschlungener Millionen in der ganzen Welt.*

*Dabei haben wir es hier zweifellos mit einem brünstig-ekstatischen Leitmo-
tiv in Schillers Leben und Werk zu tun:*

"Wem der große Wurf gelungen,
Eins Freundes Freund zu sein ... "

*So euphorisch singt der 25jährige im Leipziger Freundeskreis um Körner.
Zu dessen 31. Geburtstag schreibt er sich selbst in seinem Dresdner Sketch
"Körners Vormittag" nicht zuletzt die Rolle der "Wolfin" auf den namentlich eigenen Leib: der Frau eines Bierfuhrmanns, die in penibel vorge-
schriebener Kostümierung mit "Weiberrock", Haube und Salope, einem är-
mellosen Morgenrock mit Kapuze, an die Komische Alte in Gogols Inter-
natstheater erinnern mag.*

Das alles ist noch vor Schillers Verheiratung.

*Danach wird Georg Gottfried Rudolph etwa neunzehnjährig Schillers Die-
ner, im Laufe von mehr als acht Jahren auch sein Briefschreiber, sein Reisebegleiter, sein Krankenpfleger und sein Vertrauter. Nicht in Charlottes, in
Georgs Armen stirbt Friedrich Schiller.*

*Im letzten Lebensjahr jedoch entwickelt er noch eine besonders intime
Freundschaft zu jenem just zwanzig Jahre jüngeren Heinrich Voß aus Ot-*

terndorf, der Pate seines vierten Kindes wird, aber gleichzeitig auch Favorit Goethes ist, dem Paten bei Schillers drittem Kinde. Dieser Voß bekennt:

"Meine ganze feurige Liebe war zwischen beiden geteilt [...]. Ist wohl je ein 25jähriger glücklicher gewesen?"

Auch den Hofrat Schiller darf dieser ledig bleibende Voß, der später immerhin Professor für klassische Philologie in Heidelberg ist, besuchen, "so oft ich will". *Er tut es wohl auch und kann* "es oft nicht lassen, wenn ich fortging, ihm einen herzlichen Kuß auf seinen Mund zu drücken."

Zu seinem 26. Geburtstag wird er vom astrologischen Mit-Skorpion Schiller in dessen Wohnung mit Gabentisch und Champagner gefeiert.

Wiederholt, ganze sieben Male, begleitet Voß den 45jährigen in dessen letztem Jahr auch zu Redouten, "Pickenicks" *oder jener* "Maskerade", *bei der Schiller mit ihm und vier andern jungen Männern die ganze Nacht zusammensitzt und selbst wieder* "wie ein Jüngling von zwanzig Jahren" *ist. Seine Frau schickt* "nacheinander drei Abgesandte" *zu diesem Tisch,* "um ihn zu bitten, sie nach Hause zu begleiten. Das stand aber dem Schiller gar nicht an; er sagte bei der letzten Botschaft: 'Man will mich durchaus fort haben, aber man soll durchaus seinen Willen nicht haben'."

Denn "der Champagner", *erklärt das der allzu naive Voß und unterschätzt vielleicht die Jünglingsgesellschaft,* "setzte ihn gerade in die Stimmung, in der er das Lied an die Freude gemacht haben muß. Ein solches Wohlwollen und inniges Freundschaftsgefühl [...], Kuß, Händedruck, Miene voll Herz und Seele [...], er häufte eins auf das andere. [...] Wir schwelgten in Wonne. [...] Um drei Uhr gingen wir zu Hause [...]. Vor seiner Hausthüre nahmen wir den zärtlichsten Abschied [...] und dabei haben wir uns wohl zwölfmal geküßt."

Anderntags treffen diese beiden Küssenden sich zur "Jungfrau von Orléans" *in Schillers Theater-Loge:* "Da sagte er mir: 'Nun wollen wir bald einen vernünftigen Champagner auf meinem Zimmer haben; und', raunte er mir leise ins Ohr, 'da wollen wir u n t e r   u n s sein, damit wir nicht gestört werden', wobei er mit schalkhafter Miene auf seine Frau und die Frau von Wolzogen deutete, die dabei saßen. Zugleich erzählte er mir, es wäre gar schön, wenn man auch im Schauspiel, auf athenische Weise, ein Stück aufführte, wo bloß Männer zugegen sein dürften" *und das* "voll Natur und Ungeschminktheit" *sein könnte. Goethe berichtet noch Eckermann über Schillers* "guten Gedanken", *wenigstens* "jede Woche ein Stück bloß für Männer zu geben", *was lediglich an den Weimarer* "kleinen Verhältnissen" *scheitere; er erinnert sich aber gern an das neapolitanische* "Theater des Pulcinell": "es wird nur von Männern besucht".

An Schillers Krankenbett schließlich hält der junge Voß, dem Jean Paul ominöse "Johanneskraft der Liebe" *attestiert, häufig Nachtwachen und* "beruhigte ihn mit Liebkosungen": "Diese Nächte gehören zu den schönsten meines Lebens."

Zu Schillers Beerdigung wird nach offiziellem Turnus just die Weimarer Schneiderzunft als Sargträger eingeteilt. Das verhindern der junge Voß und andere Freunde, indem sie 14 Weimarer Honoratioren zusammentrommeln "und gewiß lauter solche, die es würdig waren, den Verstorbenen zu lieben". *Solche 14 Männer also tragen Schiller zu Grabe.*

In seinem Nachlaß findet sich damals das "Malteser"-*Fragment. Dieser dramatische Entwurf enthält hinlänglich ausführliche Skizzen und Szenarien, in denen endlich sein lebenslänglich vorbereitetes Konzept eines unverhohlen homosexuellen Paares präzise und konsequent geplant wird.*

Schon im Personenverzeichnis werden Crequi und St. Priest offiziell als "Ritter, die sich lieben" *rubriziert. In der Tat sollen sie beide in diesem Stück, dessen Thema ein Männerbund, eine männliche Gesellschaft mit männlichem Ethos, ist und das über keine weibliche Protagonistin verfügt, die Liebesgeschichte in ihrem* "ganzen Umfang" *übernehmen, auch eine echte Liebesszene auf offener Bühne haben:* "Szene des Liebhabers mit dem Geliebten".

"Ihre Liebe", *notiert sich Schiller im* "Schema" *zu diesem Stück,* "ist von der reinsten Schönheit, aber doch ist es nötig, ihr den sinnlichen Charakter nicht zu nehmen, wodurch sie an der Natur befestiget wird. [...]

St. Priest heißt der schöne Ritter, und seine Schönheit gibt ihm gleichsam die Qualität eines Mädchens [...].

Crequi ist eine heftig passionierte Natur, die in ihrem Gegenstand ganz lebt, ihn mit der ganzen Gewalt der Natur umfaßt und keine Grenzen, kein Maß kennt. [...] Seine Leidenschaft ist wahre Geschlechtsliebe und macht sich durch eine kleinliche zärtliche Sorge, durch wütende Eifersucht, durch sinnliche Anbetung der Gestalt, durch andere sinnliche Symptome kenntlich. Auch die Geringschätzung, welche er gegen Weiber – und Weiberliebe [...] zeigt, und der Vergleich, den er damit zum Vorteil seines Geliebten anstellt, gibt den Geist seiner Liebe zu erkennen."

In idealistisch-tragischer Konsequenz folgt dieser Crequi seinem so Geliebten dann auch in den Tod.

In anderen Entwürfen zu diesen "Maltesern" schreibt Schiller:

"Die Liebe der zwei Ritter zu einander muß alle Symptomen der Geschlechtsliebe haben, und sie muß eben durch diesen ihren Charakter auf die Haupthandlung einfließen. Doch ist nur einer der Liebhaber, der Handelnde; der jüngere und geliebte verhält sich leidend. Aber der Liebhaber handelt mit einer blinden Passion, die ganze Welt um sich her vergessend, und geht bis zum Kriminellen. [...]

Die Männerliebe ist in dem Stück", *in dem nur ein einziges Mal eine Frau auftreten soll, die aber stumm bleibt und Männerkleidung trägt, nach Schillers eigener Meinung* "das vollgültige Surrogat der Weiberliebe und ersetzt sie für den poetischen Zweck in allen Teilen, ja sie übersteigt noch ihre Wirkung."

Schiller sorgt aber schon rechtzeitig dafür, daß solche Männerliebe hier nicht als exotischer oder gar psychotischer Sonderfall beiseite geschoben werden kann. Auch Montalto, der Bösewicht dieses Stückes, spitzt sich in gleichem Sinne, wenn auch vergeblich, auf den schönen St. Priest, und dessen Vater La Valette, die eigentliche Hauptfigur mit ihrer gar namentlichen Verweiblichung des französischen Wortes le valet *für Diener, Knecht oder Buben im Kartenspiel, erwähnt verständnisvoll die eigene Leidenschaft* "in den Zeiten der raschen Jugend"; *sie sollte nicht zuletzt wegen ihrer* "Zartheit" *und* "liberalen Güte" *eben Iffland, der ja für Schiller als Liebhaber von Frauen auf dem Theater* "immer abscheulich war", *auf jenen fleichesbrüderlichen Leib geschrieben werden, dessen erotische* "Einschränkungen seines Talents" *dem bedenkenloseren Verehrer Goethe aber* "im mindesten nicht im Wege sind, vielmehr ... " – *vielmehr was? Vermutlich besonders attraktiv erscheinen.*

*Mit einem Wort: mit diesen "Maltesern" wird ein echtes Schwulendrama ge-
plant, und Schiller hat sich siebzehn Jahre lang damit beschäftigt. Das
nimmt seinen Anfang ausgerechnet in jenem Rudolstädter Sommer, in dem
er, unweit meiner Leuchtenburg mit ihrem Knabenschlafsaal, seine spätere
Frau, dann auch Goethe kennenlernt, geht anfänglich noch ganz von der
Gestalt seines ersten männerfreundlichen Malteser-Ritters, des Marquis von
Posa, aus, der hier ursprünglich weiterfigurieren soll, wird durch Lektüre
des platonischen "Symposion", das er bald in seiner Zeitschrift "Thalia" ab-
druckt, nachhaltig stimuliert und vom Herzog Carl August, dem er mit seinem "Don Carlos" schon ein erstes Drama um Malteser- und Männerliebe
widmet, höchstpersönlich mit besonders lebhaftem Interesse begleitet.*

*Auch Goethe fasziniert das Projekt. Schiller offenbart es ihm während jener
beiden Wochen als Hausgast am Frauenplan bei einem zwölfstündigen Bei-
sammensein, nachdem Goethe ihm seine römischen Elegien vorliest, die für
Schiller mit ihrer "Wärme" und "Zartheit" eine "wahre Geister-Erscheinung*
des guten poetischen Genius" *und* "zwar schlüpfrig und nicht sehr dezent
sind, aber zu den besten Sachen gehören, die er gemacht hat".

*Sie ermutigen ihn, Goethe seinen eigenen erotisch so heiklen Plan zu eröff-
nen.* "Und nun läßt er mir keine Ruhe, daß ich ihn [...] vollenden möchte",
*weil er dieses Männerstück als Festaufführung just zum Geburtstag der
Herzogin Luise in seinem Theater herausbringen will: vielleicht als auf-
schlußreiche Erklärung für die Vielgedemütigte.*

Schiller hat sich nicht drängen lassen, obwohl: "Er hat mir viel Lust gemacht, und dieses Stück ist noch einmal so leicht als Wallenstein". *Es wäre
ihm nicht schwer gefallen.*

*Eine erste, in Jamben ausgeführte Szene dieses Dramas, die er an einem
August-Tag in Loschwitz bei Dresden seinem Freunde Körner vorliest, ist
verlorengegangen. Der drängelt seither begierig:* "Wie steht's mit den Rit-
tern von Malta?"

*Aber kaum vorstellbar und gar nicht auszudenken, daß Schiller dieses Pro-
jekt ausgeführt und beendet hätte! Er, der vergötterte deutsche National-
poet, eine allerhöchste Instanz dieses Volkes nicht zuletzt* in moralibus, *hätte
ein Schwulendrama geschrieben, wie es das auf solchem literarischen Niveau bis zum Ende des 20. Jahrhunderts noch immer nicht gibt. Er hätte*

damit die Männerliebe sanktioniert und gesellschaftsfähig gemacht, er hätte damit neue Maßstäbe gesetzt und natürlich auch hierin Nachfolger und Epigonen gefunden: die Geschichte der deutschen Homosexuellen, die deutsche Sitten- und Kulturgeschichte hätten einen anderen Verlauf genommen. Vielleicht wäre es nie zum Paragraphen 175, nie zu Rosa Listen und Rosa Winkeln gekommen, kein Schwuler wäre im Konzentrationslager ermordet, von Adenauers Sbirren gekascht worden ...

Oder hätten die Deutschen sich das alles nicht nehmen lassen und lieber ihren Schiller gleich mitermordend in Sumpf und Kot erstickt und ertränkt?

u)
Der aber stirbt schon über diesem Projekt. Er stirbt in den Armen seines Dieners Georg und jenes Gehilfen Johann Michael Färber, der später in Goethes Dienste tritt und in dessen Auftrag noch nach 21 Jahren im Kassengewölbe des Weimarer Jakobs-Friedhofs Schillers Gebeine identifizieren, fälschen und in jene Fürstengruft überführen hilft, die Carl August just bauen läßt, und mit denen Goethe auch im Tode zusammen zu sein wünscht. Wilhelm von Humboldt bezeugt das in einem Brief an seine Frau und begreift es als "Vereinigung zweier großer Männer". Seinen ersten Plan eines Grabgewölbes eigens für sie beide, wie des Herzogs Architekt Clemens Wenzeslaus Coudray es ihm im Entwurf schon präsentiert, muß Goethe fallen lassen.

Laudator Thomas Mann freilich verheimlicht auch das, wie er sogar jene "Malteser" in seinem repräsentativen Jubiläums-outing unterschlägt. Zwar sieht er Schiller begeistert "umflossen von männlicher Idealität, idealischer Männlichkeit", "männlich in alledem aufs höchste" und mag sich dabei nicht nur der Wortspiele mit seinem eigenen Namen erfreuen, sondern auch auf jenes fast noch pubertär virile Gedicht "Kastraten und Männer" beziehen, das später "Männerwürde" heißt und in dem der etwa zwanzigjährige Schiller gleich eingangs jubelt

"Ich bin ein Mann! – wer ist es mehr?
Wer's sagen kann, der springe
Frei unter Gottes Sonn einher
Und hüpfe hoch und singe!",

denn:

"Zu Gottes schönem Ebenbild
Kann ich den *Stempel* zeigen"

und

"Zum Feuergeist im Rückenmark
Sagt meine Mannheit: Bruder;
[...]
Aus eben diesem Schöpferfluß,
Woraus wir Menschen sprudeln,
Quillt Götterkraft und Genius,
Nur leere Pfeifen dudeln."

Aber in solcher "fast übermäßigen [...] Männlichkeit" *sieht Thomas Mann diesen so hengsthaften Prometheus doch auch* "das Ewig-Knabenhafte" *noch bewahren, und schon in seiner frühen Schiller-Novelle begreift er, daß dessen Werke* "in orphischen Tiefen" *beheimatet und* "Wunder der Sehnsucht", *auch nach* "Körperlichkeit, der Sehnsucht hinüber in die klare Welt" *einer anders gearteten Virilität, der Männlichkeit Goethes sind. Dennoch bewundert er an Schiller da schon,* "daß die Sünde gerade, die Hingabe an das Schädliche und Verzehrende ihn moralischer dünkte als alle Weisheit und kühle Zucht".

Gleichwohl geht Thomas Mann fast allen handfest erotischen Elementen in Schillers so sinnlich disponiertem Leben doch lieber aus dem Wege. Erst der 78jährige wagt mit seinem privaten Briefe an den Berliner Arzt Paul Orlowski, in Schillers abermals betonter "Über-Männlichkeit" *nun doch auch* "unwillkürlich eine starke homosexuelle Komponente" *zu* "vermuten".

Auch Schillers Gefühl für Goethe, "den er mit sehnsüchtiger Freundschaft liebte", *wird vom Stuttgarter Festredner zwar durchaus als* "das zentrale Kapitel seiner Biographie" *erkannt, dann aber mit Nachdruck zu einer exklusiv geistigen Spannung zwischen konträren Polen stilisiert und* "bis zum Symbolischen" *zu einem* "Bund wechselseitiger Bewunderung von Geist und Natur" *gemacht, womit er denn abermals bei seiner eigenen Lebensthematik anlangt.*

s)
Aber das tut nicht nur der Achtzigjährige seinem Jubilar Schiller an. Die Erotik Goethes, seiner literarischen Vater-Imago, wird nahezu Zeit seines

Lebens zu solcher Projektion der eigenen Problematik verwendet. Sein klug analysierender Exeget Claus Sommerhage bemerkt zurecht, "daß es kaum eine Bemerkung Thomas Manns über Goethe gibt, in der das Erotische un-erwähnt bleibt" *– und das angesichts von 14 ausführlichen Goethe-Essays und unzählbar durch das Gesamtwerk versprenkelten Einzelbezügen. Dabei ersetzt ihm Goethes erotische Kosmologie den vorausgehenden Sexualpessi-mismus Schopenhauers. Goethe hilft ihm nicht nur, jene* "Hunde im Souter-rain an die Kette zu bringen" *und die eigene anfangs abgelehnte oder ver-drängte Sexualität zu akzeptieren, sondern sie lieber im literarischen Werk zu kompensieren und zu sublimieren. Bei Goethe lernt er die Synthese aus Göttlichem und Animalisch-Priapischem sowie die Erweiterung von Huma-nität und Künstlertum um das Erotische in allen seinen Erscheinungsfor-men, deren Praktizierung zur Inspiration, zur produktiven Voraussetzung für Kunst werden kann. Künstlertum, lehrt ihn Goethe, heißt auch erotische Souveränität.*

Dabei vollzieht Thomas Mann aber eine gewichtige Akzentverlagerung. Die goethisch wechselseitige Durchdringung von Sinnlichkeit und Kunst identi-fiziert Poesie und Liebe in einem Maße, daß er "heimlich jene meint, wenn er diese betrieb". *So läßt Thomas Mann das seinen Goethe in* "Lotte in Wei-mar" *formulieren und den historischen Goethe verraten. Denn dieser benö-tigt wohl schwerlich eine* "heimliche" *Rechtfertigung seiner Sexualität durch höhere künstlerische Absichten.*

Hier manifestiert sich deutlich, wie aus Goethe auch eine Folie für Thomas Manns Projektionen wird. Erotische Kunst und künstlerischer Eros werden in der zentralen Lebensproblematik Thomas Manns zum Instrument der Vermittlung zwischen Geist und Leben, zwischen Intellekt und Geschlecht, zwischen Männlichem und Weiblichem,

" – weil ich das Productive will, das Weibheit und Mannheit auf einmal",

läßt er seinen "Lotte"-*Goethe eigenmächtig weitermonologisieren. Und:*

"Nicht umsonst seh ich dem wackren Weibe ähnlich. Ich bin [...] Schoß und Samen, die androgyne Kunst [...] Welt-empfangend und welt-beschenkend [...] durch Mittlertum ... ".

Unter der Hand also, mit Hilfe der Androgynie, schleust und schmuggelt Thomas Mann, abermals heimlich, das Homo-Erotische ein. Legitim. Aber er verzichtet durchaus und unübersehbar darauf, den handfesten Homo-Eroten Goethe vorzustellen.

Nichts von Carl August und dessen Herzoglichem Mignon ist bei Thomas Mann zu erfahren, nichts von Schenkenbuch und venezianischen Epigrammen, von Euphorion, Homunculus, Knabe Lenker oder Novelle vom Fischerknaben, geschweige von Winckelmann-Essay, heißen Tagebuchstellen oder brieflichen Liebeserklärungen an Männer; auch die Diener, die Knaben Fritz und Peter, der kleine Paulus, Passavant und der junge Voß werden von Thomas Mann geflissentlich übersehen oder verschwiegen.

So konkrete Fakten passen auch nicht in sein Konzept des Indirekten. Sie sind ihm wohl zu griffig-beweiskräftig, zu profan, zu selbstverständlich und stehen seinem Plan einer listigen und veredelnden, überhöhenden Sublimierung der Homosexualität eher hinderlich im Wege.

Goethes unproblematisch glückliches Liebesleben "zwischen Suleika und Saki", wie es ihm

"Gar manchen werten Freund gebracht
Und manche liebe Frau"

und das ein Rubrizieren verschiedener Arten von Geschlechtlichkeit nicht zuläßt oder, naturbedingt, wirklich gar nicht kennt, ist Thomas Mann in praxi wenig dienlich. "Was Sie Goethes Bisexualität nennen", *schreibt er daher auch dem Dr. Orlowski nach Berlin,* "ist jedenfalls in einer vagen und allumfassenden Exzessivität etwas sehr Schönes, zu höchster poetischer Blüte Prädestiniertes". *Nach so zurechtgedeutetem Muster will er denn auch seine eigenen homo-erotischen Gefühle und Erfahrungen in Literatur umsetzen und im Dienste an Kunst, Gesellschaft und Humanität kultivieren.*

Kultivieren bedeutet aber auch Triebverzicht. Es soll die schuldhaft empfundene Homo-Erotik vom Natürlichen befreien, ins Kulturelle sublimieren und auf diese Weise legitimieren.

Solchem Konzept einer Sublimations-Verdrängung kann bei Goethe nur das im Alter stärker werdende Motiv der Entsagung dienlich sein, das Thomas Mann denn auch in der Tat besonders gern aufgreift und schon in seinem Essay über "Goethe und Tolstoi" als ein Ethos und "eine wesentlich sittigende Sendung" wertet: denn "wo er liebte, so daß große Dichtung daraus wurde [...] – wo es Ernst war, endete regelmäßig der Roman mit Entsagung."

Dabei will er nicht wahrhaben, daß Goethes Entsagung, wo sie denn statt hat, nie und nimmer auf jenen Schuldgefühlen beruht, die ihn selbst so lebens- und werkbestimmend prägen, daß er sie in seiner unbändigen Sehnsucht nach vollständiger unio mystica *kurzer Hand eigenmächtig auch auf Goethe überträgt, dem er in "Lotte in Weimar" die Dechiffrierung in den monologisierenden Mund legt:*

"Gibts irgend was in der sittlichen, der sinnlichen Welt, worein vor allem mein Sinnen sich innigst versenkt hat in Lust und Schrecken dies ganze Leben lang, so ists die Verführung – , die erlittene, die tätig zugefügte – , süße, entsetzliche Berührung [...]: es ist die Sünde, deren wir schuldlos schuldig werden [...] – es ist die Prüfung, die niemand besteht, denn sie ist süß [...] Die Verführung durchs eigene Geschlecht möchte als Phänomen der Rache und höhnender Vergeltung anzusehen sein für selbstgeübte Verführung [...] – so hat Brahma dies gewollt. Daher die Lust, das Entsetzen, womit ichs bedenke."

Lange bevor dieser "Zauberer" solche zentral autobiografischen Sätze formuliert und wie ein Kuckuck in Goethes Nest legt, bringt sein Sohn Klaus, selbst 26jährig wie Goethe bei seiner weiland so erotisierenden Ankunft in Weimar, im eigenen Tagebuche diesen ganzen Komplex auf seinen unliterarisch-telegrammstilartig ausgesprochenen Punkt, wenn er bei Lektüre just des väterlichen Richard-Wagner-Essays notiert,

"daß das Thema der 'Verführung' für Zauberer so charakteristisch – im Gegensatz zu mir. Verführungsmotiv: Romantik – Musik – Wagner – Venedig – Tod – 'Sympathie mit dem Abgrund' – Päderastie. Verdrängung der Päderastie als Ursache dieses Motivs [...]. Bei mir anders. Primärer Einfluß Wedekind – George. Begriff der Sünde – unerlebt. Ursache: ausgelebt. Päderastie. Rausch (sogar Todesrausch) immer als Steigerung des Lebens, dankbar akzeptiert; nie als 'Verführung'. [...] Grundsätzlich nichts abgelehnt. Todesverbundenheit: Teil des Lebensgefühls."

Hier polemisiert nicht nur Sohn gegen den Vater, nicht nur das 20., sondern eigentlich auch das 18. und noch manches andere Jahrhundert gegen die christlich-bürgerlichen Verklemmungen und moralisierenden Sentimentali-

täten des 19. Jahrhunderts. Klaus Mann ist hierin, ohne jede Nachfolge-Ambition, sehr viel goethischer als sein Vater in all seinem Bemühen. Denn Goethe hat seine Sexualität keineswegs nur literarisiert und entsagungsvoll sublimiert. Er hat sie auch, Thomas Mann und all seinen andern Forschern zum Trotz, genüßlich, panerotisch und ohne Schuldgefühle neugierig ausgelebt. Seine Homo-Erotik bildet da keine Ausnahme. Er empfindet sich selbst als "Liebhaber in allen Gestalten" und bedichtet das so:

"Doch bin ich, wie ich bin,
Und nimm mich nur hin!
Willst du beßre besitzen,
So laß sie dir schnitzen."

Das kann Thomas Mann freilich nicht verborgen bleiben. Wohl eben darum läßt er den Goethe seiner "Lotte in Weimar", lapidar und apodiktisch, sagen:

"Bin aus dem Holz, aus dem Natur mich schnitzte. Punctum."

j)
Schon Goethes Vater scheint von Lust und Neugier auf Frauen nicht übermäßig heimgesucht zu werden. Unüblich spät heiratet er erst mit 38 Jahren, dann allerdings an einem Augusttag, und erweist sich wohl auch in dieser Ehe mit "Frohnatur" Aja als nicht eben allzu lustbestimmt und sinnenfreudig: eher als Ehemuffel.

Die nächste Generation wird deutlicher. Zumal Goethes Schwester Cornelia, ein herb männisches Geschöpf, dessen Stirn bereits der Physiognom Lavater als "so männlich doch, als es eine weibliche Stirn seyn kann," *bezeichnet, hat auch für seinen nur fünfzehn Monate älteren Bruder* "nicht die Spur von etwas Sinnlichem. Der Gedanke, sich einem Manne hinzugeben, war ihr widerwärtig", *berichtet er seinem Eckermann. In "Dichtung und Wahrheit" schildert er behutsam, aber unmißverständlich nicht nur Cornelias vielfach erwiderte Neigung zu Frauen, sondern auch die erstaunlich weitreichende geistige Toleranz dieses* "indefiniblen Wesens [...], das weder mit sich einig war noch werden konnte". *Thomas Mann nennt sie das* "weibliche Neben-Ich" *ihres Bruders, dieser selbst seinen* "Zwilling", *seinen* "Magnet" *und beschreibt* "manche Irrungen und Wirrungen", *die sie beide* "beim Erwachen sinnlicher Triebe [...] Hand in Hand" *bestehen. Wiederholt erwähnt er ihrer beider unzertrennliche "geschwisterliche Harmonie" und intime Gemeinsamkeit:*

"weswegen unsre Geselligkeiten [...] immer mannigfaltig, frei, artig, wenn auch gleich manchmal ans Kühne heran, sich bewegen mochten".

Cornelia selbst gesteht (der wenig geeigneten Adressatin Caroline Herder): "Wir waren in allem Betracht miteinander verschwistert."

Dabei ist der sexuelle "Betracht" gewißlich mitgemeint. Schon in seinem ersten Brief an die Schwester just aus dem baritonalen Wiesbaden notiert der 14jährige, was sein amerikanischer Psychoanalytiker Kurt R. Eissler heute als "nahezu unverschleierte Sexualphantasien" und "unverkennbare Penissymbole" identifiziert. Andere Psychologen wie Freud-Schüler Otto Rank, Wilhelm Lange-Eichbaum und Brunold Springer können Goethes gesamtes Liebesleben einzig aus der nie überwundenen infantilen Fixierung auf die Schwester verstehen und deuten seine Probleme mit anderen Frauen von hier aus. Jene androgyne Mignon in "Wilhelm Meister" sei auch symbolisch die Frucht einer solchen Geschwisterliebe.

Die gleichwohl drohende Gefahr einer Verehelichung dieser Schwester mit einem anderen Manne scheint ihm unerträglich: "Wenn meine Schwester heurahtet", *gesteht er dem auch deshalb nur halbherzig umworbenen Käthchen Schönkopf in Leipzig,* "so muß sie fort, ich leide keinen Schwager". *Als er dann gleichwohl einen ertragen muß, urteilt er über diesen ganz untypisch hart:* "Ich empfinde ihn in allem als mein Gegenteil". *Seine rigorose Reserve gegenüber diesem Johann Georg Schlosser steigert dann die Entfremdung des Ehepaars nur bis ins Lebensbedrohliche.*

Als Goethes Lebenswege dieses Geschwisterpaar dann deutlich auseinanderführen, stirbt Cornelia 26jährig im Kindbett eines tief verabscheuten Ehelebens. Bruder Wolfgang verweigert dem Witwer jede Kondolenz und protokolliert in seinem Tagebuche nur "Dunckler zerrissener Tag. Leiden und Träume". *Zielstrebig sucht und ergreift er selbst hinfort die Gelegenheiten zu weiteren Mannigfaltigkeiten, Freiheiten und Kühnheiten auch auf erotischem Gefilde.*

Ein ungeduldiger Generationssprung setzt über seinen diffusen Sohn August hinweg und ignoriert dessen verräterisch larmoyante Klage "Ich habe Vater, ja, ich habe Frau, ich habe Kinder auch, doch keinen Freund". *Seine beiden Söhne, Goethes Enkel, sind dann eindeutig homosexuell und sonst gar nichts: Walther steht in enger Beziehung zuerst zu Robert Schumann, der ihn "moralisch verdorben" und ein "verpfuschtes Genie" nennt, dann zu Carl Augusts Enkel und schreibt Lieder über "Verschwiegene Liebe" und "Das blutende Herz"; Wolfgang schreibt Lieder zur Verherrlichung von "Brüderschaften", auch eines zwölfjährigen Knaben, warnt überdies in seinen anonym erscheinenden "Studentenbriefen" vor Frauen und empfiehlt, sich "durch den Kuß eines Freundes schadlos zu halten"; beide pflegen Männerfreundschaften und bleiben unverheiratet. "Man sagt", notiert sich Ernst Jünger in seinem römischen Tagebuche, "daß die Enkel sich in einer Art Spirale den Großeltern wieder annähern".*

Im Leben dieses Großvaters Johann Wolfgang jedenfalls gibt es zweifellos Phasen, da er solchen Weg seiner Enkel gleichsam vorzuzeichnen und selbst einzuschlagen geneigt scheint. Siegmund Freud und andere Psychologen verweisen hierbei auf das bereits irritierend gesprenkelte Liebes- und Eifersuchtsverhältnis zu seinem Bruder Jacob, der sechsjährig stirbt, als Goethe zehn oder zweimal fünf und ebenso alt wie Gogol ist, als der seinen Bruder Iwan verliert. Sie halten Herder und Schiller für einen Bruder-Ersatz und übersehen dabei wohl noch manchen anderen Kandidaten.

Schon der Ich-Erzähler seiner stark autobiografischen "Briefe aus der Schweiz", diesem Fragment einer nachträglichen Einleitung zu den "Leiden des jungen Werthers", will seine leidenschaftlichen Naturwahrnehmungen um eine Betrachtung auch nackter Leiber ergänzen, denn "vom Meisterstück der Natur, vom menschlichen Körper", gesteht der Jüngling, "habe ich nur einen allgemeinen Begriff, der eigentlich gar kein Begriff ist".

Unter dem Vorwand, als Maler ein Aktmodell zu benötigen, kauft er sich bei einer Kupplerin in Genua eine junge Frau, "meinen Augen ein Fest zu geben". Respektvoll bestätigt er die so betrachtete Schönheit weiblicher Nacktheit. Aber:

"Welch eine wunderliche Empfindung, da [...] die Natur, von der fremden Hülle entkleidet, mir als fremd erschien und beinahe, möcht' ich sagen, mir einen schauerlichen Eindruck machte";

"Der Anblick hat mich nicht aus meiner Fassung gebracht";

"Was sehen wir an den Weibern?".

*Er sorgt dafür, daß auch sein junger Reisebegleiter, möglicherweise jener
Amanuensis ("Hansel"?) Passavant, mit dem er ja "bis um Mitternacht lacht
und jauchzt", sich vor ihm entblößt:*

"Ich veranlaßte Ferdinanden zu baden im See; wie herrlich ist mein junger
Freund gebildet! welch ein Ebenmaß aller Theile! welch eine Fülle der
Form, welch ein Glanz der Jugend, welch ein Gewinn für mich, meine Ein-
bildungskraft mit diesem vollkommenen Muster der menschlichen Natur be-
reichert zu haben! Nun bevölkere ich Wälder, Wiesen und Höhlen mit so
schönen Gestalten ... "

*Das formuliert wohl der Dreißigjährige. Der 47jährige bietet es Schiller für
dessen "Horen" als "wunderliches Zeug" von einer "sehr subjektiven
Schweizerreise" an. Aber noch der Achtzigjährig entwickelt im Gespräch
mit dem Kanzler Friedrich von Müller, seinem Testamentsvollstrecker,*

"daß nach rein ästhetischem Maßstab der Mann immerhin weit schöner, vor-
züglicher, vollendeter wie die Frau sei".

*Doch auch mitten inzwischen, mitten zwischen Jünglings-Emphase und
möglicher Senilität, läßt auch der 57jährige Schillerfreund seinen Stenogra-
fen Riemer notieren:*

"Der Streit, ob die männliche Schönheit in ihrer Vollkommenheit oder die
weibliche in ihrer Art höher stehe, kann nur aus der größern oder geringern
Annäherung [...] an die Idee geschlichtet werden. Nun reicht die männliche
aber mehr an die Idee: denn in ihr hört das Reale auf. Die Männerbrust ist
keine Brust mehr. [...] Des Mannes Bildung geht offenbar über die des Weibes hinaus."

*Und nur zwei Jahre vorher, also 55jährig, bekundet er mit unbefangenster
und einfühlsamster Selbstverständlichkeit sein Mitempfinden und seine Sympathie für Winckelmanns Männerliebe:*

"Finden nun beide Bedürfnisse der Freundschaft und der Schönheit zugleich
an einem Gegenstande Nahrung, so scheint das Glück und die Dankbarkeit
des Menschen über alle Grenzen hinauszusteigen".

*So grenzenloses Glück scheint er etwa in ebenjener Mondnacht zu empfin-
den, wie er sie in einem Gedicht besingt, das der 40jährige, aus Rom zurückkehrend, in seiner ersten Werkausgabe unter dem Titel "An den Mond"
einer seither nicht minder verzückten Verehrerschaft vorstellt. Die achte
und neunte Strophe dieses Poems jubeln nämlich:*

"Selig, wer sich vor der Welt
Ohne Haß verschließt,
Einen Freund am Busen hält
Und mit dem genießt,

Was, von Menschen nicht gewußt,
Oder nicht bedacht,
Durch das Labyrinth der Brust
Wandelt in der Nacht."

*Wohl jeden Leser und so manche Leserin in aller Welt beflügeln und stimu-
lieren seither diese Verse. Einzig Charlotte von Stein, Goethes vormalige
"Sonne" und durch seine eigenmächtige Reise in die mediterrane Sonne Ita-
liens ohnehin zutiefst verstimmt, nimmt nun auch diese Verse an den Mond
übel, der wieder Busch und Tal füllt: liegt doch zwischen den Briefen, die
ihr Verfasser, etwa 28jährig, exklusiv an sie schreibt, auch jene erste, nunmehr also etwa zwölf Jahre alte Fassung desselben Gedichtes; nur heißt es
da in seinen entsprechenden Strophen noch:*

"Selig, wer sich vor der Welt
Ohne Haß verschließt,
Einen Mann am Busen hält
Und mit dem genießt,

Was den Menschen unbewußt
Oder wohl veracht'
Durch das Labyrinth der Brust
Wandelt in der Nacht."

*Nicht die aufschlußreichen Veränderungen von "unbewußt" zu "nicht ge-
wußt" und von "veracht'" zu "bedacht", wie sie in der fünften und sechsten
Verszeile die übliche soziale Reaktion auf Männerpaarung einebnen oder
gar entschuldigen, wohl aber die Entwicklung von "Mann" zu "Freund" am
Busen des Autors, die mir heute fast als Verharmlosung und gefühlige Ver-*

*bürgerlichung einer vorher anarchisch promisken Wahllosigkeit erscheint,
mag bei der Baronin von Stein Empörung über mehr als nur die publikative
Enteignung des einstmals persönlich zugedachten Gedichtes auslösen. Denn
skrupellos und größenwahnsinnig greift sie jetzt selbst zur Feder und
schreibt das ganze Gedicht "nach meiner Manier" und dergestalt um, daß
zumal ebenjene besonders strittige Strophe nunmehr in der Tat kastriert
wird:*

"Selig, wer sich vor der Welt
Ohne Haß verschließt,
Seine Seele rein erhält
Ahndungsvoll genießt, ... "

et cetera.

*Wie viel wohl hätte so prüder Keuschheitsrigorismus da erst angesichts all
jener zahllosen Dokumente umschreiben müssen, die Goethes Interesse
nicht nur für Männer im allgemeinen, sondern im Labyrinth seiner zensu-
rierten nächtlichen Wandlungen speziell für das maskuline Genital belegen!*

*Denn schon der 25jährige legt eine Sammlung an, die er mal "Walpurgis-
sack", mal "Geheimes Archiv wunderlicher Productionen" nennt und deren
erotische Darstellungen in Bild und Text er später, als "Erotica" versiegelt,
seinem Sohn mit der Maßgabe überläßt, sie "entweder zu zerstören oder
sonst darüber zu verfügen". Der Sohn jedoch stirbt früher als er selbst, die
zeitweise als authentisch geltende Weimarer Sophien-Ausgabe seiner Werke
verzichtet auf solche Schätze, und erst 158 Jahre nach seinem Tode erscheinen "Die Erotica und Priapea aus den Sammlungen Goethes".*

*Sie eröffnen den Blick in einen Kosmos sexueller Zeichnungen, Kupfersti-
che, bemalter Keramik, Kleinbronzen und meist phallischer Gemmen. Sie
machen begreiflich, warum Goethe nach der Rückkehr von seinem zweiten
Aufenthalt in Deinem Venedig nicht mehr "Corydon" wie in Straßburg,
nicht "Mignon" wie in den ersten Weimarer Jahren genannt wird, sondern,
wohl von Herder souffliert und hinter vorgehaltener Hand, einen neuen
Spitznamen bei der Weimarer Hofgesellschaft erhält, den Thomas Mann
vermutlich zurecht als "Ekelnamen" begreift: "der Priap". Selbst der libera-
le Wieland sagt ihm jetzt "Priapismus" wie eine peinliche Krankheit nach.*

In der Tat spielen der kleinasiatische Gott Príapos und dessen Darstellung in Bild und Sprache seit den Erlebnissen in Rom und Venedig eine bedeutende Rolle in Goethes Fantasie und Arbeit. Zwei seiner römischen "Elegien" befassen sich mit einer ästhetisch-moralischen Rehabilitation jener superphallischen Gottheit, die allgemein so verachtet und fäkal besudelt ist, daß sie Gefahr läuft, vor der Welt "ein Unflat selber zu werden".

Da nimmt Goethe sich liebevoll so verunglimpfter Geschlechtlichkeit an. Er zeichnet den Príapos und dichtet dann dessen Dank für diese Darstellung als ebenso schöne wie stattliche Potenz:

"Nun, durch deine Bemühung o! redlicher Künstler gewinn ich
    Unter Göttern den Platz der mir und andern gebührt."

Denn immerhin ist dieser schamlose Príapos Sohn des (bisexuellen) Dionysos und der (bisexuellen) Aphrodite. Aber weit über solche Genealogie hinaus geht es hier um einen "gebührenden Platz" für die Sexualität in öffentlichem Bewußtsein und gesellschaftlicher Moral, im Leben wie in der Kunst.

Aber für entsprechend angemessene Placierungen allerorten fehlt Goethe dann bereits in den Epigrammen aus Deinem Venedig das geeignete Vokabular:

"Gieb mir statt der Schwanz ein ander Wort o Priapus
    Denn ich Deutscher ich bin übel als Dichter geplagt ... "

So beginnt er in dieser Zeit, um eine Sprache der wiederaufgewerteten Sexualität zu ringen.

"Griechisch nenn ich dich Phallos, das klänge doch prächtig den Ohren,
    Und lateinisch ist auch Mentula leidlich ein Wort ..."

Er probiert es mit "Glied", mit "Pfahl", mit "prächtige Rute", später mit "Meister Iste", "der brave Knecht", auch "der verfluchte Knecht", auch "der heilsame Teil jenes von Lampsakus" oder aber, in Deinem Venedig, "der eilfte Finger".

Noch vor seiner zweiten Italienreise beschäftigt er sich mit den "Carmina Priapeia", jener anonymen Anthologie von fast hundert lateinischen Epigrammen und Distichen aus dem 1. und 2. nachchristlichen Jahrhundert, zu deren Vorläufern wohl auch Vergil und Ovid, Catull und Tibull, Martial und Horaz gezählt zu werden pflegen. Denn sie alle schon stimmen Hochgesänge auf jenen Príapos "mit seinem riesengroßen Glied und mit entblößtem Unterleibe" *an, wie ihn dann der spätere Anonymus in dieser Sammlung beschreibt.*

Zu dessen also klassisch priapischen Gedichten liefert Goethe im Schutze der lateinischen Sprache kurze Kommentare, in denen er sich mit ihrem Herausgeber, "dem auf die Geschichte des Phallus so versessenen" *Kaspar Schoppe, auch Gasper Schoppius oder Caspar Scioppius, einem fränkischen Philologen des Barock, auseinandersetzt, überwiegend aber mit der sprachlichen Benennung sexueller Vorgänge oder Organe befaßt: priapisch Phallisches herrscht vor.*

Das Pictogramm aus den Buchstaben E (oder C) und D etwa, das einen Psolon abbildet und schon in den Frankfurter "Varia conservanda" des 25-jährigen notiert wird, taucht hier abermals auf:

"C D schreiben und dazwischen einen Pfahl ergibt das Bild
dessen, der dich in der Mitte zu durchbohren ist gewillt."

Goethe beschreibt die Erstellung dieses Pictogramms mittels einer "Stange" auch zwischen den Buchstaben E und D, vergleicht es mit der Technik von Kinderzeichnungen und reicht es später an jenen so mannesbedürftigen Buchstabenmystiker in den "Wahlverwandtschaften" weiter, der sich also wohl nicht zufällig lieber EDuard als Otto nennt. (Aber kein amerikanischer ED heute weiß wohl, daß sich hinter seinem Namen die Summe von glans et scrotum *oder* cock and balls *verbirgt.)*

Mit ungleich philologischeren Erörterungen vergleicht Goethe ferner den psolon *der Griechen mit dem* psolum *der Römer.*

Quasi Príapos selbst aber setzt in Goethes Kommentar dann smerdaleos*, das griechische Wort für schrecklich und gräßlich, mit* merda*, der lateinischen Scheiße, in etymologische Beziehung und beweist den Zusammenhang mit der* mentula paedicorum*, "quam smerdaleam id est terribilem patientibus praedicari audisset", was Manfred Wolter rund zweihundert Jahre später mit dem "Schwanz der Päderasten" übersetzt,* "von dem er [Príapos] gehört habe, daß diejenigen, die ihn erdulden, ihn *smerdaleos*, das heißt schrecklich, nennen und der freilich zurecht als kotig und dreckig bezeichnet werde, da er sich ja mit dem gestrigen Dreck vorzustellen pflege": "hesterno occurrere luto".

Diesen angemessen lateinisch verschleierten Text, der erst 82 Jahre, eine ganze Lebenszeit, nach seinem Tod in der Weimarer Werkausgabe von 1914 publiziert wird, widmet Autor Goethe bezeichnender Weise ausgerechnet seinem fürstlichen Pylades, "dem Herzog August": "Principi Augusto".

Aber schon fünfzehn Jahre früher kann sich der 25jährige, noch in Frankfurt, nicht genug tun, wenn er seinem urfaustisch-prometheischen Fragment "Hanswursts Hochzeit oder Der Lauf der Welt", jenem "mikrokosmischen Drama", ein Personenverzeichnis voranstellt, das vor lauter obszönen Metaphern für das membrum virile *aus allen Nähten platzt. Da gibt es Piphahn, Langhans, Großhans, Schnips, Dr. Saft, Loch-König, Spritzbüchse, Voll Sack, Magister Sausack, aber auch Lappsack, Hengefrizze, Lauszippel, Grindschiepel und manches mehr; noch in seinen "Paralipomena" notiert sich der sehr viel Ältere die Bezeichnung Hauswurz. Denn die phallische Besessenheit, die er jenem Schoppe ankreidet, ist auch bei ihm selbst unübersehbar und hält wohl, an- und abschwellend, lebenslänglich an. Gar Wieland gegenüber, berichtet Karl August Böttiger in seinen Memoiren, äußere Goethe, "daß die ursprüngliche einzige* vis comica *in den Obszönitäten und Anspielungen auf Geschlechtsverhältnisse liege und von der Komödie gar nicht entfernt gedacht werden könne".*

Jene schwelgenden Obszönitäten des Sturm-und-Drang freilich räumen später distanzierteren fremdsprachigen Benennungen den Platz und finden dann gar zum fernen indischen Lingam.

"Und also, ein für allemal",

gesteht "Priap" Goethe schließlich gereimt:

"Der Lingam ist mir ganz fatal."

Dabei wird das Wort "fatal" hier noch in seinem ursprünglichen Sinn als schicksalhaft-schicksalbestimmend begriffen und verwendet. Insofern bleibe die Zufälligkeit jener exhibitionistischen Szene dahingestellt, die ein anderer Carl, der ältere Bruder Fritz von Steins, referiert, wenn er von Goethes "Badeanzug" berichtet, dem "an der Ilm auf der Wiese vor seinem Garten" ein paar Knöpfe "aufgesprungen waren und etwas Großartiges des Körpers

[...] enthüllten, was er doch sorgfältig verhüllt glaubte". *Denn es dürfte ihn vermutlich nur mit Heiterkeit erfüllen, wie Nietzsche sich aus Turin in seinem Briefwechsel mit dem Literarhistoriker Georg Brandes in Kopenhagen quer über ganz Europa hinweg für dessen "einfach göttliche" Theorie begeistert, daß der Name Goethe ursprünglich der Ausgießende bedeute, der den Samen Ausstreuende und Zeugende: "Hengst, Mann".*

Just an König Henri des Dritten, an meines Paulus wie an meinem eigenen Geburtstag nämlich schildert denn auch unser aller 66jährige Mit-Jungfrau Goethe einmal dem Wiesbadener Gesprächspartner Sulpiz Boisserée ihr tiefes Wohlbehagen an jener hinduistischen Legende von der "Entstehung des Lingham":

"Der Gott Schiwa in seiner Wut habe alles zu verbrennen und zu verheeren gedroht, da seien die Götter bei Brahma zu Rate gegangen und Wischnu habe sich in eine weibliche Scheide verwandelt welche überall herumgeschwebt; wie nun der Schiwa in seiner Wut und Grimm hin- und hergefahren im Universo, sei er immer in die Fotze geraten und so gebändigt worden."

Diese präfreudianische Metapher des Hinduismus stellt das weibliche Geschlecht also als lediglich therapeutische Maskerade des männlichen Gottes Vishnu dar, aus dessen Nabel im übrigen eine Lotosblume herauswächst, die als androgyn gilt und seine beachtliche Mimikry erklären mag.

Goethe verweist Boisserée bei diesem Anlaß auf "unendlichen Geist und Weisheit in den indischen Sagen, und er verehre sie sehr hoch ...!": *das heißt, er teilt hier ihre Sicht aufs Weibliche.*

Diese Wertschätzung auch einer so abstufenden Sexualmythologie ist sehr aufschlußreich nicht zuletzt für Goethes vielumrätselte eigene Sexualität. Das Weibliche ist ihm oft in der Tat sehr viel fremder, seine Attraktivität sehr viel komplizierter und gesprenkelter, als die traditionelle Goetheforschung uns das glauben machen will.

Immerhin ausgerechnet während seiner weltberühmten Liebe zu Marianne-Suleika von Willemer sagt er zum selben Sulpiz Boisserée:

"Die Verhältnisse mit Frauen [...] führen zu gar vielen Verwicklungen, Qualen und Leiden, die uns aufreiben, oder zur vollkommenen Leere."

Entsprechend tituliert er denn seine Marianne-Suleika, die als Theaterkind schon oft Küchenjungen, Zwerge, Harlekine und andere Hosenrollen spielt, nur allzu gern als männlichen "kleinen Blücher", "kleinen Kritikus" oder gar "kleinen Don Juan": um sie nur ja nicht an jene "vollkommene Leere" ausschließlicher Weiblichkeit ausgeliefert zu sehen?

Nietzsche dichtet später in seinen "Dionysos-Dithyramben" unverhohlen: "Sei ein Mann, Suleika!". Aber auch schon bei Goethe ist derlei wohl schwerlich als Augenblicksstimmung abzutun. Schon Jahre vorher sagt der 55jährige zum Adlatus Riemer:

"Die Weiber, auch die gebildetsten, haben mehr Appetit als Geschmack."

Und drei Jahre später, wieder zu Riemer:

"Weiber scheinen keiner Idee fähig. [...] Nehmen überhaupt von den Män-nern mehr als daß sie geben."

Eine Frau gar auf Reisen "mitzuführen", läßt der Romheimkehrer die Stroh-witwe Herder lakonisch tröstend wissen, "ist lächerlich, kostspielig und macht weder Spaß noch Nutzen".

Und in den ja sonderlich bekenntnishaften Epigrammen aus Deinem Vene-dig, mein Raffaele, pointiert der Vierzigjährige noch schärfer:

"Alle Weiber sind Ware, mehr oder weniger kostet
Sie den begierigen Mann, der sich zum Handeln entschließt.
Glücklich ist die Beständige, die den Beständigen findet,
Einmal nur sich verkauft und auch nur einmal gekauft wird."

Aber was hier noch zur Not als quasi feministische Sozialkritik ausgelegt werden mag, reicht andernorts tiefer in die männliche Psyche:

"Mädchen wissen sonst nur uns zu ermüden ... ".

Das erinnert an den Schenken Saki, der ja mit gleichem Argument Suleika aus Hatems Schlafgemach vertreibt:

"Deine Wangen, deine Brüste
Werden meinen Freund ermüden."

Aber nicht nur solche Ermüdung, nicht nur Langeweile und "vollkommene Leere" registriert Goethe im Umgang mit Frauen:

"Ein lebhafter Mann, unwillig über das Betragen eines Frauenzimmers ruft aus: Ich möchte sie heiraten nur um sie prügeln zu dürfen." (*"Paralipomena"*)

Denn in der Fischernovelle des "Wilhelm Meister", die Thomas Mann in Kalifornien seiner Familie vorliest und deren "geschlechtliche Unschuld" er "bemerkenswert" findet, wird die hochfliegend jubelnde Liebe der beiden Jünglinge an ihrer Erfüllung gehindert, indem eine Frau, femme très dure, *gebieterisch intervenierend, den Tod des einen der beiden Liebenden verursacht.*

In der Tat zielt Goethes Frauen-Kritik bisweilen sehr tief. Entsprechend groß kann seine Distanzierung sein und sich mitunter zu Mißachtung oder Geringschätzung steigern. Bereits den 23jährigen nennt Herder einen "kalten Weiberhasser".

Auch Charlotte von Stein spürt das schon nach wenigen Monaten ihrer Bekanntschaft:

" ... seine Art, mit unserm Geschlecht umzugehen, gefällt mir nicht. [...] Es ist nicht Achtung genug in seinem Umgang."

Damals ist er 26 und tobt sich neben dem achtzehnjährigen Herzog aus. Im nächtlichen Weimar binden sie einer "ehrbaren" Passantin spaßeshalber die Kleider über dem Kopf zusammen: ein Jugendstreich? Noch vom 45jährigen vertraut die Dichterin Friederike Brun ihrem Tagebuch an, zu Frauen, "die ihm nur schön sind", werde er leicht "Faustinisch-wild", also wohl handgreiflich:

"Sein Ton mit Frauen, die nicht streng auf sich halten, ist nicht fein, und an zarter Grazie fehlt's ihm überhaupt."

Selbst von Christiane Vulpius, Mutter immerhin seiner fünf Kinder, läßt er sich offiziell siezen, obwohl er sie duzt; sie darf auch in seinen Aufenthaltsräumen nicht erscheinen; er besucht sie täglich in ihrem Gesinde-Trakt, aber nie länger als zwei bis drei Stunden. Die Unstimmigkeit ihrer Rhesus-Faktoren mag nicht nur den Tod von vier Kindern verursachen.

Versteh mich mit alledem nicht falsch, mein Raffaele: natürlich gibt es in Goethes Leben viele tiefreichende emotionale Bindungen zu Frauen, gewiß auch viel ernsthafte Bemühung. Aber dieser Bereich ist wohl doch sehr viel weniger plan und eben, als uns das seit zwei Jahrhunderten weisgemacht wird. "Um Goethes Liebesleben steht es rätselhaft. Im Sinne der Normalität ist es eigentümlich ziellos", *schreibt Thomas Mann jenem Dr. Orlowski und hat wohl mit Sicherheit auch sonst recht, wenn er von Goethes Frauenlieben behauptet:*

"Er hat weder Lotte, noch Friedrike, noch Lili, noch die Herzlieb, noch Marianne, noch endlich Ulrike, noch auch jemals Frau von Stein besessen."

Er meint das sexuell und trifft wohl die Wahrheit. Nur darf das nicht im Sinne traditioneller Goethe-Forscher als Keuschheit oder unterentwickelte Sexualität ausgelegt werden; in seiner Häufung und gesetzmäßigen Lebenslänglichkeit wohl auch keineswegs als Entsagung in verzichtend resignativem Sinne. "So liebte ich Marianen", *bilanziert sein weitgehend autobiografischer Wilhelm Meister monologisch,* "und ward so schrecklich an ihr irre; ich liebte Philinen und mußte sie verachten. Aurelien achtete ich und konnte sie nicht lieben; [...] und jetzt, da in deinem Herzen alle Empfindungen zusammentreffen, die den Menschen glücklich machen sollten, jetzt bist du genötigt zu fliehen!" *Denn alle diese und andere Frauen wie zunächst nur* "Philinens Reize konnten die Unruhe unseres Freundes nicht ableiten".

Freud-Schüler Felix A. Theilhaber deutet das in seinem Buch über Goethes Eros und Sexus wohl erstmalig als einen "Mangel an Männlichkeit".

Aber wir beide, Raffaele, wissen, was mit solchem "Mangel an Männlichkeit" *gemeint sein mag, und vermögen anzuzweifeln, daß es sich dabei um einen Mangel handelt. Um einen Mangel just an Männlichkeit gewiß nicht.*

Schon das Ersuchen des 14jährigen Goethe, in die "Arkadische Gesellschaft zu Philandria", *einen geheimen Frankfurter Jünglings-Club mit verräterisch bukolischen Tarnnamen (Alexis, Amint), aufgenommen zu werden, scheitert beim sechzehnjährigen Vorsitzenden, Ludwig Ysenburg von Bury, an Johann Wolfgangs so bezeichneter* "Ausschweifung", *an seinen* "Lastern", *seiner* "untugendhaften Person" *sowie an* "bewußter Begebenheit" – *was immer die sein mag.*

Und noch der 61jährige beichtet Schillers Witwe, "daß mir seit einiger Zeit nichts mehr Vergnügen macht, als Gedichte zu schreiben, die man nicht vorlesen kann!"

Aber der Vierzigjährige bringt aus Venedig das Epigramm mit:

"Alles, was ihr wollt, ich bin euch immer gewärtig,
Freunde, doch leider, allein schlafen – ich halt es nicht aus."

So, mein Raffaele: damit ist nun Deine Frage nach Goethes "Freundschaft und Liebe von Mann zu Mann" wohl hinlänglich beantwortet und somit das definitive Stichwort für Deinen allfälligen Antwortbrief gefallen.

Vergiß dann aber in Deinem Venedig nicht, mir auch auf Shylock's stereotype Frage zu antworten:

"Was gibt es Neues auf dem Rialto: What news on the Rialto?"

Er mag Neuigkeiten von Daniel, jenem "weisen jungen Richter" hören wollen, der Gnade auslösen und ihn vor den Antisemiten schützen könnte. Ich aber kann nicht umhin, Werner Krauß, in gräßlich diffamierender Ghetto-Maske, sei es ohne geklebte Nase, diese klassische Frage orgeln und nach Kannibalismus schnuppern zu hören:

"Was gibt es Neues auf dem Rialto?"

Dabei sehe ich Dich, mein Raffele, mit einem weisen und hübschen jungen Daniel über den Rialto, auch über die Piazza San Marco schlendern und in all Eurem Flirten und Kichern nichts von Antisemitismus und Kannibalismus ahnen. Aber dann merke ich, daß Du das gar nicht bist. Es ist Severin, und ich kann Euch schon wieder nicht unterscheiden. Der junge Daniel an Severins Seite bin ich also selbst, bei meinem einzigen venezianischen Aufenthalt und überhaupt nicht weise. Denn dieser Flirt ist auch kein Flirt, sondern ein handfester Krach, und Severin grollt mir danach ebenso hartnäckig wie Du jetzt in Eurem Venedig. Was aber gibt es Neues auf dem Rialto?

Laß es mich wissen.

Ich erwarte Deine Auskunft in Sehnsucht.

Dein Yan.

Yan trägt seinen Brief zur Post und schickt ihn ins ferne leuchtende Venedig.

Hapi

Auf der gewissenhaft gründlichen Suche nach einem glücklich erlebten Glück, das sich zur Publikation auch im Magazin der *Frankfurter Allgemeinen Zeitung* eignet, hat Yan allmählich den Eindruck, sich mehr und mehr zu verheddern.

Denn mancherlei will sich da absolut nicht zusammenfügen: von Schreiber zu Abonnent ...

So vertagt er denn diese Antwort zunächst und stellt sich unverdrossen der nächsten allgemeinen Frankfurter Frage: *"Ihr Lieblingsvogel"*?

"Kolibri" schießt es ihm spontan als vielfarbig flirrend gesprenkelte Musil-Möglichkeit durch den Kopf ...

denn Romeos Nachtigall bleibt optisch doch allzu anonym ...

die Möwe mit ihren Wunderflügen ist als Morgensterns Emma, der Adler als teutonischer Aar (in seinem Thor-Horst?) wohl allzu diffamiert ...

und die innigstgeliebte, die so seelenverwandte Lerche nur noch eine nostalgische Reminiszenz, ein quasi anachronistisches Fabelwesen, das von seinem jubelseligen Himmelsklettern nie mehr zurückzukehren scheint auf diese ungastlich gewordene Erde ...

ebenso ist auch die Eule nur noch ein vages Ondit ...

... und ebensowenig je zu erblicken wie am Strande von Beau Vallon Bay auf der Seychellen-Insel Mahé jene gar namenlos bleibenden Vogelvölker, die in Geäst und Blattwerk spezieller Bäume vollkommen unsichtbar bleiben, aber allabendlich vor dem Sonnenuntergang aus tiefstem Vogelherzen jene vielhundertstimmige Chorserenade in den Himmel schmettern, die die Eingeborenen Beten nennen: diese Vögel singen nicht, sie beten, daß einem die Ohren platzen, daß die Bäume bersten, und man steht daneben und sieht sie nicht ...

oder bei Caripe in Venezuela jene Guácharos, tagblinde Fettvögel, die zu Abertausenden in der tropfnassen Stalagmiten- und Stalagtiten-Landschaft jener licht- und unerforscht endlosen Höhle des fleischesbrüderlichen *Monumento Natural Alejandro de Humboldt*, wo für Chaima-Indianer die heilige "Welt der Toten" beginnt, ihre Tage verschlafen und sich über blinden Fischen und aggressiven Tausendfüßlern nach Fledermausart mit einem Echolot zurechtfinden, das wie Schnalzen, wie Schmatzen klingt und sich in das ruhelose Jammern und Klagen dieser hühnergroßen Sonderlinge mischt, die nur mit Hilfe eines laut greinenden Lotsenvogels allnächtlich den Ausgang aus dieser Hadeshöhle finden, wenn ihn magische Glühwürmchen illuminieren ...

oder der artverwandt erigible Wiedehopf, der als lateinischer *upupa* um Yans Haus auf Formentera, als arabischer *hudhud* und magischer Liebesbote durch den Koran flattert oder in Goethes "West-östlichem Divan", auch in seinen Briefen an "den kleinen Don Juan" oftmals

" ... über den Weg läuft [...],
Die Krone entfaltend; [...]
Hudhud, sagt ich, fürwahr!
Ein schöner Vogel bist du" –

aber menschenscheu geworden, allzu flüchtig, auch allzu verheiratet und nur noch eine exotische Episode –

wie der doch allzu endemische Kolibri auch ... :

sie alle sind nach wie vor zwar geliebt, aber keinerlei Lieblingsvogel im erfragten Sinne eines intimen Vertrauten und talismanisch frequenten Lebensbegleiters.

Also, der Schwan. Der Schwan? Der Schwan.

Der Schwan besticht in seiner mythischen Heraldik –

und mit seinem ästhetisch so faszinierend ausbalancierten und leiblich lieblichen Proporz –

auch als zentraler Gegenstand immerhin Hatems und seines Saki, also Goethes und seines "kleinen Paulus" –

gar unter titelgebendem Hinweis auf den einschlägig kundigen und schwei-
nischen Horaz –

der wieder seinerseits zweifellos weiß, was Sokrates im "Phaidon" des noch
viel einschlägigeren Platon jenen verzagten Simmias wissen läßt, wenn er
sich selbst als einen *"Genossen der Schwäne"* bezeichnet:

der Schwan sei nämlich ein Diener Apollons und als solcher prophetisch;

daher singe er sogar noch im Tode, aber nicht um zu klagen, sondern weil er
das Gute des Jenseits und die eigene Unsterblichkeit drüben schon freudig
voraussehe ... ;

aber Zeus kommt zu Leda als Schwan, weil sich da dieser lange phallische
Hals als nur allzu probat erweisen mag, jene eineiigen Dioskuren Kastor
und Pollux zu zeugen.

Möglicherweise deshalb und in geheimer Hoffnung hanseatischer Ehefrauen
ist es in Hamburg per Ratsverordnung schon seit dem Barock bei empfindli-
cher Strafe verboten, die stolzen Alsterschwäne auch nur zu beleidigen ...

Aber das alles zählt nicht recht, für Yan: trotz allem.

Denn Richard Wagner und dessen Lohengrin haben ihm, sei es schon bei
der Uraufführung in Weimar, diesen metaphysisch offenbar so begabten
Vogel mit seinem Schwanengesang und all seiner apollinischen Grazie ver-
leidet und ridikülisiert; sie haben ihn inflationiert. "Mein lieber Schwan"
kann Yans liebster Vogel denn doch unmöglich sein.

Überhaupt sollen Schwäne ja arglistig, böse, dumm und arrogant sein, wie
so manche makellose Schönheit ...

Resolut greift daher Yan jetzt zu seinem Schreibstift und notiert für das
Frankfurter Allgemeine Magazin intuitiv:

Mein Lieblingsvogel ist der Hahn.

Er hält inne und liest seinen Satz. Der gefällt ihm, aber genügt so noch
nicht.

Begründung, fügt er also hinzu: *Ich liebe den Hahn in eben seiner wohlvertrauten Einsamkeit inmitten des volkreichen Hühnerhofes, wie er die späte-
ste und tiefste Stunde der Nacht, wenn alle Hennen unweckbar auf ihrer*

Stange schlafen, nutzt, um seine ewig unerfüllte Sehnsucht nach anderen, nach unerreichbar fernen Hähnen endlos in die stille Welt hinauszukrähen, aus deren entlegensten Winkeln ihm unermüdlich die ebenfalls schlaflos sehnsüchtigen Artgenossen brünstige Antwortrufe wiederkrähen: so sehr sehnen sie alle sich nacheinander, daß sie erst zum Finale ihrer Herzensgesänge finden, wenn es hell wird und die so schmucklosen Hühner störend dazwischengackern. Dann verstummen die Hähne im Leid ihrer unverstandenen Einsamkeit und verpassen den lästigen Hennen ihren Hahnentritt: aber so hastig wie möglich, damit es nur bald vorüber ist. Sie schauen bei diesem Geschäft auch nicht zur Partnerin, sondern lieber in den Himmel, von wo sie die reizvollen Rufe ihrer Ideale aufzunehmen pflegen. Gleich im Anschluß aber, so die Kopulation irgend genüßlich und gut gelungen ist, krähen sie wieder in den Himmel hinaus. Denn ihre Inbrunst gehört jenen traumhaften angekrähten Geschlechts- und Leidensgenossen, die sie in Ewigkeit nie zu sehen und zu fassen bekommen.

Gar die ganz jungen Hähne, die just erst zu krähen erlernen, so noch nicht wissen können, daß ihr sehnendes Rufen ewig unerfüllt bleibt, und noch voll Hoffnung sind, rühren mich zutiefst. Wir gehören zusammen, sie und ich; ich bin einer der Ihren.

Das mag auch jener junge Gockel spüren, den ich in Huajuung, einem archaischen Dorfe im südlichen Thailand, in all seiner Schönheit zu fotografieren versuche. Schon von weitem nimmt er mit medialer Sensitivität mein Interesse wahr, erwidert es aufgeregt und entwickelt, sowie ich die Kamera auch nur zu heben beginne, eine nervöse Mischung aus Angst und Neugier, eine positiv-negative Affinität, die ihn auch nicht fliehen läßt. Nicht nur jeden Schritt, auch jeden meiner Blicke registriert und quittiert er noch aus großer Entfernung. Wir haben eine Beziehung, gar kein Zweifel.

Als ich Paulus kennenlerne und ihn zunächst, noch unlateinisch, "Mein Kleiner" nenne, erinnert er mich in all seiner prallen, knapp majorennen und blankgeputzt frischvirilen Leibeslust an solch einen jungen Hahn, und ich nenne ihn so liebevoll einfühlsam wie grenzenlos identifikatorisch kurzer Hand meinen Galletto.

"Was ist das, was heißt das: Galletto?"

"Galletto ist italienisch und heißt so ungefähr dasselbe wie pulcinella."

"Und was heißt pulcinella? Was mit commèdia dell'arte, oder?"

"Pulcinella heißt eigentlich der junge Hahn: das Hähnchen."

"Oh, bitte nicht!" verbittet sich vehement mein Paulus in spe *einen solchen Namen; denn Hähnchen ist diesem denaturierten Großstädter einer späten Geburt leider nur noch jener gräßlich quasikünstliche Brätling des "Wiener Waldes", und Hähnchen als göttlich leuchtendes, göttlich chromatisches Kikeriki ist ihm schon abhanden gekommen. Auch mein humorig verfremdendes Galletto empört ihn geradezu als ein tief irritierendes Mißverständnis seiner persönlichen Besonderheit. Er übersieht dabei, daß ich mich selbst in ihm, meinem Doppelgänger, und also auch in* Galletto wie Pulcinella *verschämt und narzißhaft gockelnd zu spiegeln sehr hahnenhaft lustig bin.*

Als evangelischen Theologen kann ich ihn dann gerade noch beschwichtigen und zu einem Lächeln befrieden, indem ich ihn auf das zählebige Brauchtum calvinistischer Bauern verweise, denen ihre Hähne auch heutzutage noch so unselig triebhaft erscheinen, daß sie sie strikt am geheiligten Sonntag von ihren Hennen trennen, um so aller argen Geschlechtlichkeit im mißverstandenen Namen Gottes Einhalt zu gebieten.

Ich stelle mir das Glück jener calvinistischen Hähne vor, die ihren Tag des Herrn also einschlägig feiern können, indem sie gallosexuell unter sich sind. Eine solche Selektion muß durchaus im Sinne ihres Fleischesbruders Johannes Calvin sein, der auch seine eigene aristokratische Erziehung und fernere Laufbahn einem ähnlich sympathisierenden gallischen Gönner zu verdanken hat.

Paulus muß lachen und folgert, daß es in calvinistischen Gegenden sonntags kein nächtlich-frühmorgendliches Krähen gibt, weil sich die Hähne also just dort ihre Sucht nacheinander ausgiebig und sättigend erfüllen können.

Ich ergänze, daß Fleischesbruder Giordano Bruno, dem der Hahn als immerhin sogar weltbewegender "Sonnenvogel" gilt, seinerzeit dreißigjährig in Genf wegen "uncalvinistischer Ansichten" eingekerkert wird, und mutmaße da einen fatalen Hahnen-Dissens.

"Denn dieser so christlichen Hahnenfeindlichkeit, die das schuldlos-sehnsüchtig krähende Lieblingstier auch in jenes abscheulich verräterische

Leugnen des Apostels Petrus einbezieht, entspräche", instruiere ich meinen widerspenstig theologischen Galletto, *"die eminente Bedeutung, die diesem Vogel – freilich seiten- oder wertverkehrt – in anderen Kulturen einge-räumt wird:*

in Ephesos und sonstigen antiken Kultstätten jener so dominanten Göttin Kybele/Artemis/Diana/et ceteræ werden ja die Priester, admirabel wie in jeder Gesellschaft, nach jenem königlichen Gallos, ihrem Muster der Selbst-entmannung, eben Galli *genannt und sind so unverhofft wieder Hähne: ob-wohl sie doch offiziell* Kapaune *zu sein vorgeben,*

und noch ihr sehr viel späterer Kollege, jener Papst, der schwerlich ka-striert ist, aber in Rom den Karneval verbietet, wird von seiner römischen Gemeinde Pulcinella *genannt;*

in Ghana und Nigeria, im Kongo und auf Sansibar ist der Hahn ein politi-sches Partei-Emblem, im befreiten Kenia wird er Teil des Staatswappens;

und das präromanisch vorchristliche Frankreich wird von den Römern Gal-lien, Hahnenland, von den Franzosen heute Gaule *genannt, was aber auch "lange Stange" bedeutet, so daß jener repräsentative und nasenstarke Prä-sident de Gaulle sowohl "der aus dem Hahnenland" als auch "der mit der langen Stange" ist; noch heute ist der Hahn,* gallus, *eine nationale Personi-fikation der gallisch-gaullistischen Franzosen und ersetzt ihnen das abge-schaffte Staatswappen; freilich heißt er dort inzwischen längst* le coc *und impliziert so den obszönen Doppelsinn auch des englischen* cock;

im Hebräischen heißt der Hahn gewer: *das bedeutet* Der Mann; *er heißt aber auch* tarnegol: *das setzt sich aus* tar *und* gol *zusammen und meint* Bil-dung und Erscheinung von Formen. *Denn für die jüdische Mystik der Kab-bala wiederholen allmorgendlich die Hähne, was zuerst dem Erzengel Ga-briel, jenem "Manne Gottes" und Jäger des Einhorns, geschieht: er steht im Norden, wo kaltes Gleichgewicht und unabänderliche Naturgesetze der Ma-terie herrschen. Um Mitternacht aber, als die Welt schwarz ist und Gott an der Schwelle ihres Verlorengehens oder Unterganges die allgemeine Ver-wüstung bedenkt, wird dieser Gabriel von einem Funken aus dem Norden geweckt. Dieser Funke stammt aus dem Urlicht, das der Kern von allem ist, und ermöglicht überhaupt erst das Bestehen und Fortbestehen all jenes nördlich Materiellen, dessen große Kraft sich im Nordwind zu äußern*

*pflegt. Der also trägt um Mitternacht, in letzter Sekunde quasi vor dem En-
de, einen Funken jenes Urlichtes just unter den Flügel, der dem Gabriel die
Überwindung der Schwerkraft, den Ausbruch aus jeder materiellen Verhaftung und das Schweben durch alle Welten ermöglicht. Der Funke des Urlichtes trifft den schlafenden Mann Gottes also am Punkte seiner Außerge-
wöhnlichkeit, er spürt das und erwacht mit einem Schrei. Dieser Schrei erfolgt in ebenjenem Augenblick, da Gott den Garten Eden wiederbetritt und
mit der* rachamim *beginnt: mit Erlösung der körperlich stofflichen Welt von
der gewaltsamen Logik ihrer Naturgesetze durch Gnade und Liebe, die alles
heilen und wiedererschaffen. Auf den mitternächtlichen Engelsschrei folgt
so die Neuschöpfung des Universums.*

*Dieser Schrei nun und seine Szene werden seither von den Hähnen rings um
den Globus allmitternächtlich neu formuliert und neu zelebriert, sobald ein
Funke des göttlichen Tageslichts ihre Flügel berührt. So ist der Hahnenschrei die Verkündigung von Schöpferkraft, Formwerdung und Erlösung.
Allmorgendlich trägt er in alle Welten, daß Gott die Schöpfung ins Leben
ruft. Allmorgendlich verbannt er damit auch alle negativ widerstrebenden
Dämonen und bösen Geister.*

*So deutet im "Perek Schira" das Kapitel "Lied der Vögel", das nach lange
nur mündlicher Überlieferung heute hebräische Gebetsbücher eröffnet, den
Hahnenschrei bei Tagesanbruch, und Ovajda Josef, sephardischer Oberrab-
biner Israels, auch geistiger Führer der in Jerusalem mehrfach mitregieren-
den Schas-Partei, empfiehlt noch im letzten Jahrzehnt des 20. Jahrhunderts
den Schülern seiner Talmudlektion, alle nächtlichen Geister durch die Imi-
tation von Hahnenschreien zu vertreiben: jedes gerufene "Kikeriki" verkün-
de den neuen Tag und schlage Dämonen in die Flucht;*

*ähnlich, doch anders verstehen auch gute Buddhisten den Hahn als Erwek-
ker jedes Tages und also des Lebens. Mit seinem Rufen ist er ihnen Symbol
allen Anbeginns überhaupt und insofern besonders häufig in ihren sakralen
Manifesten zu entdecken;*

*daher kann ich mir selbst in der chinesischen Kulturgeschichte jenes 'chro-
matisch gesprenkelte Getier', das seit dem 27. vorchristlichen Jahrhundert
zu den Symbolfiguren des Kaisers von China gehört, schwerlich ohne die
Farbenpracht eines gesprenkelten Gockels vorstellen, wie er, viel später,
erst vor etwa zweieinhalb Jahrtausenden, mit elf anderen Tieren auch den*

Buddha auf seinem Sterbelager besucht und dem die asiatische Astrologie denn auch folgerichtig und dankbar einen ganzen Sonnenumlauf widmet: jenes perodisch wiederkehrende "Jahr des Hahnes", in das derzeit sinnig auch meine Geburt fällt.

In solchem Sinne ein Hahn zu sein, wie man hierzulande Jungfrau, Waage oder Zwilling ist, bedeutet in der chinesischen Tradition, sehr bewußt zu leben, auf höchstem Niveau ein Widerspruchsgeist zu sein und sich durch festlich geschmücktes Aussehen die stetig benötigte Bestätigung seiner Umgebung zu sichern, die dann anschließend möglichst dominiert wird; aber das Liebesleben eines solchen Hahnes sei dennoch romantisch. Mädchen freilich, die in solchem Hahnenjahre zur Welt gelangen, bleiben meistens ohne Mann, weil sie eine viel zu laute Stimme haben und sich allzu unbotmäßig, oftmals gar aggressiv verhalten."

"Interessant", räumt Paulus Galletto, leicht gockelhaft, ein; "und weiter?"

"Astrologisch ist der Hahn ein polemisch begnadetes Schreibetalent, ein poetischer Satyr, der sich im übrigen gut mit dem Drachen versteht."

"Mit welchem Drachen? Mit deinem Waran?"

"Das kommt am besten im Jahrtausende alten I Ging zum Ausdruck, in dessen jüngeren, aber gleichwohl ebenfalls Jahrtausende alten und inzwischen zehnflügelig konstruierten Kommentaren an achter Stelle das Schuo Gua entsprechend dialektisch polarisiert:

'Das Erregende wirkt im Drachen, das Sanfte im Hahn'."

"Das Sanfte im Hahn? Der Hahn und sanft?"

"Alles laut Schuo Gua – "

"Und der Hahnenkampf? Der Hahn als Traumsymbol des Streites, des Zankes?"

"Hör weiter zu, du Kampfhahn: 'Das Sanfte, das Eindringende hat den Hahn, der als Wächter der Zeit mit lauter Stimme jene Stille durchdringt, die sich ausbreitet wie der Wind – '."

"Ach so", kakelt Paulus Galletto diabolisch funkelnd: "der Hahn als Widerspruchsgeist, als Störenfried, als Opposition – "

"Hör weiter: 'Das Sanfte ist der Hahn, ist das Holz, ist der Wind, ist die älteste Tochter, ist die Richtschnur, ist die Arbeit, ist das Weiße, ist das Lange, ist das Hohe, ist Fortschritt und Rückgang, ist das Unentschiedene' – "

"Meinetwegen das Unentschiedene", gockelt Paulus erregt dazwischen: *"auch das Lange, das Hohe, die Richtschnur und das Eindringende, meinetwegen. Aber die älteste Tochter? Der Hahn als die älteste Tochter?"*

"Du, selbst der hähnchenhafte Pulcinella, im Italienischen auch ein Hans Wurst und noch in der commèdia dell'arte *sehr wohl ein Mann und gallischphallisch vogelnasiger Macho, hat das grammatikalisch weibliche A am Ende des Wortes: warum wohl? 'Das Sanfte' also",* sinologisiere ich unbeirrt weiter, *"'das Sanfte wirkt in den Schenkeln, die sich verhüllt nach unten verzweigen' – "*

"Na also", kräht Paulus Galletto hysterisch entzückt: *"Die Hähnchenkeulen! Der Wiener Wald!"*

" 'Aber unter den Menschen' ", beharre ich ausdauernd auf meinem Schuo Gua, *" 'bezeichnet das Sanfte nur die mit breiter Stirn, die mit viel Weiß im Auge und die dem Gewinn so nahe stehen, daß sie auf dem Markt das Dreifache bekommen'."*

"Weil sie so klug oder weil sie so gierig sind: unklar!" protestiert das theologische Kakeln des Galletto: *"Denn im buddhistischen Lebensrad der Tibetaner ist der Hahn neben Schlange und Schwein, die sich da übrigens reihum und selbdritt in die Schwänze beißen, das Symbol für eins der drei Grundübel: alles Gierige."*

"Genau", irritiere ich hahnenhaft weiter; *"denn: im Schuo Gua 'ist das Sanfte schließlich auch ein Zeichen der Heftigkeit'."*

"Das Sanfte ist also die Heftigkeit: Kikeriki! Kikeriki! Kikeriki!"

"Das Sanfte ist das Heftige", bestätige ich, *"und der Hahn ist ebendeshalb mein Lieblingsvogel."*

An dieser Stelle beendet Yan seinen Text für das Frankfurter Allgemeine Magazin mit einem fast übergangslos hinzugefügten Zitat aus Ernst Jüngers Pariser Tagebuch: *"Warum ist das Entzücken besonders lebhaft, wenn etwas Urbekanntes wie unser guter Haushahn in unerwarteter Gestalt erscheint –*

*auf Inseln jenseits der altbefahrenen Meere ausgeformt? Das wirkt auf
mich so stark, daß ich zuweilen den Tränen nahe bin. Ich denke, daß sich
uns in solchem Augenblick die unerhörte Dichte der Substanz enthüllt, die
den vertrauten Bildern eigen ist. Ein solches Wesen scheint bis in die letzte
Zelle trächtig; und herrlich in den Zonen blühend, faltet es den Überfluß
aus sich heraus."*

"Aber auf der Osterinsel, also sehr wohl auch *'in den Zonen jenseits der altbefahrenen Meere'* ", versucht Paulus nun, die ganze Partie matt zu setzen,
"kann ein Mann nachweislich ermordet werden, indem man einen Hahn
kopfabwärts, aber lebendig vergräbt und beim Festtreten der draufgeschau-
felten Erde den Namen des Todeskandidaten in eine mitgemurmelte Zauberformel einfügt: der Hahn also als Hinrichtungsinstrument."

"Nein", widerspricht der unüberraschte Yan, "der Hahn als *double*, als Ana-
logon des Mannes: was du dem Hahn tust, tust du mir an, wir sind eins."

Damit haben die Allgemeinen Frankfurter Abonnenten genug zu rätseln und
brauchen nicht auch noch zu erfahren, wie dieser Hahnenkampf zwischen
Yan und Paulus Galletto indessen weitergockelt.

"*A propos*", fragt Paulus nämlich hähnisch-streitbar: "das Huhn ist, beiläufig, nicht dein Lieblingsvogel?"

"Wie bitte? Wer?"

"Nur dessen älteste Tochter, der Hahn?"

"Ganz recht. Mein Lieblingsvogel ist nicht das Huhn. Für den ist mein
Bahnhof nicht gebaut."

"Und für die Henne? Die Glucke? Die Poularde? Die Pute? Die Gans? Kein
Bahnhof?"

"Erst recht nicht. Mein Lieblingsvogel ist der Hahn und basta. Kikeriki."

"Nicht auch der Erpel vielleicht? Entschuldige!"

" ... Nun ja", zögert Yan; "also, sollte er zufällig eine Wildente und insofern
chromatisch gesprenkelt sein: warum nicht?"

"Auch der Ganter? Der Puter? Der Täuberich?"

"Also gut, du hast recht, Galletto, ich gebe es zu: auch das Böckchen, der Kater, der Farre, der Hengst."

"Auch der Eber, der Widder, der Rüde, der Rammler?"

"Auch der Bulle, der Keiler, der Stär und der Hirsch: sie alle sind meine Brüder, das stimmt."

"Dein Lieblingsvogel ist also gar nicht der Hahn. Dein Lieblingsvogel ist der Piephahn: ist der *cazzo, ragazzo*; der angelsächsische *cock*."

Yan holt kurz Luft. Dann erzählt er:

"Als Thomas Mann im kalifornischen Pacific Palisades, bald nach seiner Rückkehr von unserer Weimarer Begegnung, verschmerzen muß, daß sein so liebwerter Pudel Niko(lai?) von einer rätselhaften amourösen Eskapade definitiv nicht wiederkehrt, wendet er sich in seiner Verlassenheit um einen möglichen Nachfolger abermals an Caroline Newton, jene Psychoanalytikerin, Thomas-Mann-Verehrerin und Pudellieferantin. Aber resignierend vermerkt er im Tagebuche: *'Kann mir zu empfohlenem* female *Pudel kein Herz fassen'*. Er besteht auf einem Männchen, das er dann Alger, den aus Algier, aus dem augustinischen Berberlande, nennt und das *'ein süßes Wesen'*, *'rührend niedlich ist ... Ich küßte es'*.

Und eben das kann ich gut nachvollziehen: eine Frage der Treue, der Solidarität, der *fraternité*, der Wahlverwandtschaft, kurz: eine Frage des Herzens und des Stils ... "

"D'accordo, racazzo", solidarisiert sich der leuchtende Galletto mit überraschendem italienischem Wortwitz und kräht.

"D'accordo", offenbart oder outet sich Yan und bezieht sich auf Thomas Mann, der sich schon als lübischer Sextaner, also als er zehn oder zweimal fünf ist, in diesem wahlverwandten Belang über seinen Lehrer erhebt und besser weiß, daß der heilige Stier der Ägypter nur für Griechen oder Römer *apis*, für seine unkolonialisiert genuinen Anbeter und späteren Sympathisanten aber *hapi* heißt. "Die Kuh heißt dort weder *hapi* noch ist sie heilig."

"Und bei den Zikaden", schließt Paulus sich an, "betören uns nur die Männchen mit dem berauschenden Zirpen ihres Trommelorgans."

"Siehst du", sagt Yan. "Und sogar noch bei den Mücken sind mir die Männchen lieber: sie stechen uns nicht."

"Jaja", lacht Paulus: "Männchen ohne Stachel oder Der Hahn ist die älteste Tochter – kikeriki!"

Und Yan gibt zu: "In Thailand heißt der Hahn *gay*."

Kurze Pause, dann:

"Das Huhn allerdings auch. Ununterscheidbar. Da sind beide *gay*."

397
Georg

Zum Rückflug nach Frankfurt stellt Yan sich, wie üblich und vorgeschrieben, viel zu früh am *Airport Ben Gurion* in Lod ein. Der Abfertigungsschalter der EL AL ist noch gar nicht geöffnet. Yan muß warten.

Es ist ein Sabbat. Alles Leben scheint auf sein Minimum reduziert. Auch der Flughafen ist fast menschenleer.

Yan vertreibt sich die Zeit zunächst mit der Lektüre der allenthalben befestigten Hinweisschilder, daß herrenloses Gepäck hier unverzüglich konfisziert werde. Entsprechend patrouillieren spähende Sicherheitsbeamte unentwegt durch die Halle. Einer ist noch sehr jung und besonders hübsch, aber vor lauter Diensteifer unerreichbar selbst für Blicke.

Mit seiner Reisetasche fest und herrisch in der Hand kauft Yan sich daher am unorthodox kompromißlerischen Sabbats-Kiosk eine Broschüre über dieses Lod. Sie informiert ihn, daß es auch Eisenbahnknotenpunkt und Industriestandort für Flugzeugbau, elektronisches Gerät, Zigaretten und Kartonagen sei, unter dem Namen Lydda im biblischen "Tal der Zimmerleute" liege und von jenen "Kindern Benjamin" bewohnt werde, zu denen sich auch der Apostel Paulus zählt. Ein gewisser Semer aus diesem Stamme begründe es nach der Babylonischen Gefangenschaft der Juden im 6. vorchristlichen Jahrhundert. So berichte das Alte Testament in seinem Ersten Buch der Chronik;

zur Zeit des Josua freilich und seiner "Landnahme" von Gilgal bei Jericho aus, behauptet Yans Broschüre, werde Lod zur befestigten Stadt ausgebaut. Das muß dann ein gutes halbes Jahrtausend vor seiner Gründung geschehen sein;

oder es gibt keine Zeit, in diesem gelobten Lande;

denn noch früher, gar 1479 vor Christus, führt der ägyptische Pharao Thutmoses III. dieses Lydda schon in einer Liste besonders wichtiger, sei es magischer Örtlichkeiten. Sein seleukidischer Spätfolger, Demetrius II. Nikator, König nicht nur von Ägypten, sondern auch gleich von Asien, mache im 2. Jahrhundert vor Christus den Juden für ihre erwiesen treue Solidarität in Kriegszeiten sowohl Steuerfreiheit als aber eben auch die hiesige Vogtei Lydda, obwohl die sie vor Urzeiten doch selbst begründen und befestigen, nunmehr zum generösen Geschenk. Das bestätige das Erste Buch der Makkabäer;

noch sehr viel später, laut Apostelgeschichte, heile hier *en passant* auf einer "Visitationsreise" kein Geringerer als Jünger und Apostel Petrus aus Kapernaum und später Samaria, als Samariter quasi und lange genug nach den peinlich berühmten drei Hahnenschreien, jenen seit acht Jahren schon gichtbrüchigen Äneas auf so wundertätige Weise, daß alle Einwohner dieses Lydda staunend und flugs zu Christen werden;

aber das mag nicht lange vorhalten. Denn schon 250 Jahre später, um 300, werde ausgerechnet hier in Lod der historisch im übrigen umstrittene Heilige Georg, ein leidenschaftlich missionierender römischer Offizier von asischer Herkunft aus Kappadokien, im Rahmen der nervösen Christenverfolgung seines Kaisers Diokletian enthauptet und so zum Märtyrer stilisiert; zuvor jedoch rettet er noch im libyschen Sylena eine Königstochter, die Aja heißt wie Goethes Mutter, vor der Opferung an einen gefräßigen Drachen, freilich einzig unter der Bedingung, daß alle Untertanen ihres Vaters sich christlich taufen lassen, und natürlich tun die das;

auf solche Weise gehe dieser Märtyrer von Lod als "Ritter Sankt Georg, der Drachentöter" in die *Legenda Aurea*, als "Siegbringer" in die östliche Christenkirche ein und werde im 13. Jahrhundert als einer der 14 Nothelfer zum

Nationalheiligen ausgerechnet im fernen England, in dessen *Union Jack* sich sein Emblem eines roten Kreuzes in weißem Felde noch heute verberge. *"The George"* an der Kette des Hosenbandordens mache ihn auch zum Schutzpatron dieser höchsten britischen Auszeichnung. Aber mit seinem Attribut einer auffällig langen Lanze werde er später zum Schutzpatron auch von Pfadfindern und sonstigen niedlichen *Boy Scouts*;

gar vielfältig seien seither die Hilfsleistungen dieses Heiligen Georg für bedrängte Briten und sonstige Christen, zumal für Artisten, Pilger und Pferde, was die Bildende Kunst in Mittelalter und Renaissance bis zu Fleischesbruder Raphael hinauf staunenerregend bekunde.

Seinen ritterlichen Beistand gegen heidnische Beschimpfungen wird Yan hier in Georgs Sterbe- und also auch Gottesstadt, dem hellenistischen Diospolis, das auch zeitweilig Georgiopolis heißt und zum Bischofssitz wird, nur allzubald vor seinem heutigen Abflug aus Israel in Anspruch nehmen müssen wie auch dieses Georgs huldvolle Bereitschaft, *"Mut und Tapferkeit gegenüber Religionsfeinden"* zu verleihen.

Weniger akut ist für Yan hier im Flughafen Ben Gurion die Hilfsbereitschaft Sankt Georgs im Falle religiöser Anfechtungen, gegen Schlangenbisse und bei Geschlechtskrankheiten.

Nicht zuletzt Letzteres aber läßt Yans georgianische Erinnerungen in den Kiez des Hamburger Stadtteils Sankt Georg schweifen, wo er ein obszön satirisches Theaterstück aus dem explosiv emanzipatorischen London der frühen siebziger Jahre zur Aufführung bringt. Autor Colin Spencer persifliert da die viktorianisch verklemmte Sexualmoral der insularen Schutzbefohlenen dieses Heiligen anhand eines Mr. George, spießig lustlosen Parsifals des Geschlechtes, der nach sechzehn absolut keuschen Ehejahren seine aphrodisiakisch abgelistete erste Erektion für eine Mutation seines Genitals in einen Sankt-Georgs-Drachen hält, bei dessen Anblick seine noch unentjungferte Ehefrau Mrs. George vor Schrecken sofort tot umfällt.

Yans wahrhaft ausschweifende Georgs- und Gurions-Fantasien werden hier jäh unterbrochen. Eine lautstark geführte Auseinandersetzung macht auf eine soignierte Mrs. George mit makellosem *Oxford English* aufmerksam, die wie um ihr Leben für die Rückgabe ihres offensichtlich brüsk konfiszierten Koffers kämpft. Ihr schützender Georg möge dieser frommen Pilgerin ins

Heilige Land nun just in seinem Lydda beistehen: denn jenes so besonders
hübsche Sicherheitsorgan vom Stamme Benjamins hat, während die Lady
am Sabbats-Kiosk die *Financial Times* ersteht, ihren nah deponierten Koffer
– nicht ganz zu unrecht – als herrenlos diagnostiziert und mit unwiderruflich ehernem Zugriff beschlagnahmt. Die schon eingeleitete Deportation ins
sicherheitshalber vorgeschriebene Freie können Mrs. George und ihr hilfrei-
cher Drachentöter nur durch eine vollkommen schamlose Zurschaustellung
des gesamten Kofferinhalts verhindern, bei der ihnen, mitten in der internationalen Abfertigungshalle, die Beweispflicht totaler Bomben- und Spreng-
satzlosigkeit obliegt. Aber wohl zurecht: denn in ganz Israel rumort gerade
die palästinensische *Intifada.*

Zuschauer Yan observiert jedoch sehr viel weniger die zahllosen Utensilien,
Mitbringsel, Dessous und sonstigen Habseligkeiten der zu so peinlicher
Bloßstellung brutal genötigten Georgspilgerin als vielmehr die divers und
attraktiv verstreuten Muskelspiele jenes in Machterprobung und Schönheit
bezaubernd erglühenden Benjamins von Lydda.

Dabei übersieht Yan verzückt, daß der Abfertigungsschalter der EL AL inzwischen seine Arbeit aufzunehmen beginnt.

Erst als der angelsächsische Krimskrams seine enttäuschende Gefahrlosig-
keit entlarvt und Yan vom schamlos fixierten, aber mittlerweile erblassen-
den Benjaminsorgan nach wie vor ignoriert wird, legt er, umso beflissener,
sein Ticket und Handgepäck unterwürfig am Schalter vor und bittet um einen Nichtraucherplatz.

Aber eine unnahbar strenge junge Kollegin vom Sicherheitsdienst bittet Yan
humorlos beiseite und fordert ihn, schon leicht vorwurfsvoll, auf, ihr einige
Fragen zu beantworten. Wo er zum Beispiel die letzte Nacht verbracht habe?

"In Raahat."

"In welchem Hotel?" Eine Fangfrage: denn in Raahat gibt es kein Hotel.

"Bei Freunden."

"Und wo waren Sie noch?"

"In Tel Aviv, in Ramla, in Rishon Le Ziyyon. Und in Yafo, in Bat Yam."

"Wo noch?"

"Im Negev. Und auf der Apfelsinenplantage Mehadrin."

"Und im Negev wo genau?"

"In Be'ér Sheva."

"Warum in Be'ér Sheva?"

Weil es die Stadt der Patriarchen sei: die Stadt Abrahams, die Stadt Isaaks und Jakobs. Weil ich den Abrahamsbrunnen sehen wolle. ... Und den klassischen Kamelmarkt der Beduinen.

Pause.

"Und warum in Ramla?"

Weil es eine authentische arabische Ortschaft sei.

Minuspunkte! Intifada! Araber!

Schon tritt ein knackiger Mann hinzu und verschärft das Verhör.

"Sind Sie nicht in Jerusalem gewesen?"

"Nein."

"Nicht in Bethlehem?"

"Nein."

"In Kapernaum?"

"Auch nicht."

"Warum nicht? Sind Sie kein Christ?"

"Das kenne ich alles von meinem letzten Besuch in Ihrem Lande."

"Wann?"

"Vor acht Jahren."

Pause.

"Warum kommen Sie immer wieder nach Israel?"

"Wie bitte?" Wird jetzt der Nazi-Erbe der frühen Geburt verhört?

"Warum fahren Sie nicht in die Schweiz? Nach England? Nach Schweden?"

"Das tue ich auch. Aber unser beider Völker haben eine gemeinsame Geschichte. Mir scheint es gut, daß wir uns so oft wie möglich besuchen und bereden."

"Sie sind nervös?"

"Ja."

"Warum?"

"Weil ich es nicht gewohnt bin, so verhört zu werden." (Vorsicht! In Deutschland sind Juden noch ganz anders verhört worden: Mäßigung!)

"Bei Ihrer Einreise haben Sie eine Video-Kamera. Wo ist die geblieben?"

"Gestohlen."

"Wo: in Raahat?"

"Nein, in Tel Aviv. Also, in Yafo. Auf dem Markt."

Jetzt wird Yan wirklich nervös: offensichtlich wird er schon seit seiner Ankunft vor acht Tagen observiert. Jene Video-Kamera ist in Wahrheit als eingeschmuggeltes Gastgeschenk bei den Beduinen in Raahat geblieben; Yan weiß, daß die Stille Post der Beduinen zumindest ebenso gut funktioniert wie der Israelische Geheimdienst; es gibt auch Beduinen im Israelischen Geheimdienst. Jetzt heißt es aufgepaßt.

"Wer sind Ihre Freunde in Raahat?"

"Eine Beduinenfamilie." (Leicht frech und zynisch: denn in Raahat leben nur Beduinen.)

"Und wie lange sind Sie bei denen gewesen?"

"Drei Tage." (Natürlich! Aber keine Ironie mehr!)

"Was ist der Zweck Ihres Aufenthaltes in Israel?"

"Recherchen. Ich recherchiere für ein Drehbuch, für ein Fernsehspiel."

"Über Israel?"

"Nein, über die Beduinen im Negev."

"Warum bleiben Sie dann nur drei Tage in Raahat?" (Fangfrage?)

"Vorher bin ich bei Hakîm, meinem Beduinen-Freund, in dessen Stadtwoh-
nung zu Besuch, in Yafo: mehrere Male, bis er mich zu seiner Familie nach
Raahat mitnimmt." (Die traditionelle Besuchszeit, in der ein Fremder die absolute Gastfreundschaft der Beduinen genießt, beträgt exakt dreieindrittel
Tage. Genau so lange bin ich bei Hakîms Stamm, das hat er, sicher mit
Rücksicht auf seine Familie, wohlweislich von langer Hand so eingefädelt.
Erst dreieindrittel Tage vor meinem festgebuchten Rückflug eröffnet er mir
den Zugang zu seinem Stamm. Wohl damit es auf keinen Fall länger werden
kann. Während dieser dreieindrittel Tage stehe ich dort im totalen Schutz
seiner riesigen fürstlichen Sippe. Länger könnte er ihn vermutlich nicht garantieren.)

"Machen Sie bitte Ihr Gepäck auf."

Zwei weitere Sicherheitsbeamtinnen räumen Yans Reisetasche aus. Kein
Strumpf, kein Buch, keine getragene Unterhose bleibt undurchwühlt. Das
Verhör stagniert so lange.

Mit seinem *Beauty Case* entschwindet die Blondere dann in einem Hinterzimmer.

Die andere betätigt jetzt die Wiedergabetaste seines Diktiergerätes Janus
und hört sich die Schilderung seiner Ankunft in Raahat an. Als handle es
sich um einen Hit der Rockmusik, läßt sie Yans Stimme mit all ihren Texten
in deutscher Sprache überlaut durch den Flughafen Ben Gurion hallen:

*Heute endlich, nach drei Besuchen in Hakîms zivilisatorisch perfekter Stadt-
wohnung, werde ich, wohl nach hinlänglicher Prüfung und Auskultation, für
wert und würdig erachtet, nach Raahat, in die Hochburg der Beduinen, mit-
genommen zu werden. Wir fahren in seinem BMW, der samt Stereo- und
Klima-Anlage Hakîms städtischem Lebensstandard mit goldener Rolex-Uhr
und sämtlichen technischen Schikanen voll entspricht, wie er sie seiner
deutschen Frau wohl schuldig zu sein erachtet.*

*Nur diese Mesalliance verhindert, daß Hakîm, knapp dreißigjährig, seinem
fürstlichen Vater als Scheich ihres Stammes nachfolgt. Aber auch ohne solchen Titel ist er, inoffiziell, das Oberhaupt, der arrivierte und weltgewandte
Kopf ihrer angesehenen und weitverzweigten Sippe, die es freilich lieber sä-*

he, wenn ihr Hakîm der Ehemann einer Frau aus der verwandten und standesgemäßeren Familie des jordanischen Königs wäre. Stattdessen ist er aber nun ein versierter Geschäftsmann und Techniker mit europäischen Erfahrungen. Er beherrscht vier Sprachen, ist angemessen wohlhabend und trifft von Deutschland, von England, von der Schweiz oder von Yafo aus die allfälligen Entscheidungen für das Familien- und Stammesleben in Raahat.

Raahat ist eine künstliche Stadt. Der Staat Israel hat sie je 25 Kilometer östlich von Gaza und nördlich von Be'ér Sheba gebaut, um die Beduinen der Negev-Wüste hier seßhaft zu machen. Jede Familie bewohnt hier nun gleichsam ein Zelt aus Stein: ein Einfamilienhaus in gebührendem Abstand von den Nachbarn. Zwanzigtausend Beduinen sollen hier zu Städtern werden, die ihre Kinder in die Schule schicken.

Aber viele von ihnen errichten sich neben ihrem Steinhaus ein Zelt, wie sie es Jahrtausende lang in der Wüste bewohnen, und halten sich, gar zum allabendlichen Divan der Männer, mit Vorliebe hierin auf. Für Hochzeiten werden unabdingbar Zelte eigens fernab in der Wüste aufgeschlagen.

Bei meiner Ankunft in Raahat lerne ich Hakîms Familie kennen: seine warmherzige Mutter in genuiner Kleidung mit Gürtel, klirrendem Schmuck und schwarzem Kopftuch; seinen Bruder Talal in Jeans und Lacoste-Hemd; dessen Frau und Kinder in modisch-traditionell vermischter Kleidung; diverse Vettern und Onkel in unentwirrbar gesprenkelter Kostümierung und ebenso verschachtelten Verwandtschaftsgraden. Hakîm selbst legt hier sofort seine städtisch europäische Gewandung samt Rolex-Uhr ab und kleidet sich nach zeitlosem Wüstenbrauch wie jene Patriarchen der Genesis.

Er und Bruder Talal laden mich dann zu einem ersten Spaziergang ein. Der führt in die Wüste, direkt in den Negev, der bis vor die Küchentür ihres Anwesens heranreicht, wie es seit Jahrhunderten und unzählbar vielen Generationen Brunnenplatz, also Fixpunkt und Residenz ihres vagierenden Stammes ist. Von hier aus hat auch ihr Vater viele Jahrzehnte lang als Scheich über große Teile des Negev und weit in den Sinai hinein geherrscht und weiden lassen. Ihr Sinai sei aber jetzt ägyptisch.

"Und der Negev?"

"Israelisch."

"Schon. Also auch nicht mehr beduinisch?"

"Der Negev bleibt immer das Land der Beduinen, immer. Denn er ist das Land der Beduinen. Zur Zeit will Israel ihn industriell und landwirtschaftlich erschließen", sagt Hakîm.

"Und militärisch", ergänzt der weniger taktische Talal nicht ohne Nationalstolz. "Südlich von Be'ér Sheba sind die israelischen Atombomben stationiert."

Jetzt sorgt Hakîm dafür, daß unser Wüstenspaziergang nicht mehr lange dauert: nachmittags sei es doch viel zu heiß für mich.

Aber andere Promenaden stehen hier nicht zu Gebote.

Hakîm greift zu einem Spaten und gräbt resolut ein Stück Wüste um, auf daß sie fruchtbar werde.

Die sicherheitsdienstliche Abhörbeamtin drückt Stop- und Rücklauftaste des mißbrauchten Diktiergerätes, ruft einen zuständigen Kollegen herbei und läßt auch ihn die Passage über israelische Atombomben im Negev bei Be'ér Sheba hören. Wortlos lauschen sie gemeinsam dem bedenklichen deutschen Text.

Yan sieht inzwischen durch eine Trennscheibe, deren Milchglas ein Loch hat, wie die Blondine im Hinterzimmer sein *Beauty Case* filzt. Sie öffnet gerade seine Zahnpastatube und stochert mit einem stricknadelförmigen Metallstab in ihrem Inhalt.

Der männliche Abhörexperte verschwindet jetzt nach hinten und nimmt Yans Diktiergerät mit sich: wohl um es zu überspielen oder seinem Vorgesetzten vorzuführen oder beides.

Die verbleibende Mithörerin fragt Yan nach dem genauen Thema seines Fernsehspiels.

Yan referiert gerafft über jene schwarzhäutigen Beduinen, deren Vorfahren vor Jahrhunderten von den arabischen Nomaden auf ihren maghrebinischen Beutezügen gefangengenommen werden.

In seinem Exposé für die Fernseh-Redakteure formuliert Yan das später so:

Diese farbigen Gefangenen werden den weiterziehenden Beduinenstämmen als Sklaven einverleibt, deren Kinder und Kindeskinder gleichfalls Sklaven sind. Als sie im 20. Jahrhundert schließlich freigelassen werden, bleiben sie alle bei ihren Bedu-Stämmen: als absolut gleichberechtigte, voll anerkannte und freie Familienmitglieder. Nur ein einziges Tabu bleibt aus ihrer Sklavenzeit übrig: das Konkubinat mit einer hellerhäutigen Beduinentochter. Darauf steht der Tod, auch heute noch und für beide Beteiligten.

"Ich verstehe", sagt die Sicherheitsbeamtin, "als Deutscher sind Sie an Rassismus interessiert. Aber ich muß Sie enttäuschen: die Beduinen von Raahat sind israelische Staatsbürger, und der Staat Israel kennt keine Todesstrafe wegen Rassenschande. Wir sind hier nicht in Nürnberg. Oder Buchenwald."

Yan begreift, daß er jetzt den Mund halten muß. Also verschweigt er, was Hakîm und Talal und deren Vettern und Onkel ihm schon am ersten Tage beim abendlichen Divan der Männer erklären, während die jüngsten Söhne in ritueller Zeremonie Kaffee und süßen Tee servieren: daß es sich hierbei keineswegs um Rassismus handle; denn nicht die schwarze Haut, sondern seine Abstammung von Sklaven mache einen farbigen Beduinen unebenbürtig in einem Volk, das seit Jahrhunderten nur die Verwandtschaftsehe kennt: ein Beduinenmädchen darf nur einen Vetter ersten Grades heiraten. Das sei Gesetz der Wüste, auch heute in Raahat noch, und verhindere weislich unlösbare Besitzprobleme;

erst kürzlich habe es hier den Fall einer so gesetzlosen Paarung von Dunkelhäutigem und Beduinenmädchen gegeben. Das Mädchen sei dann kurz danach verstorben, und ihr Vetter sitze jetzt wegen Mordes im israelischen Gefängnis. Aber dieser Vetter sei von seiner Familie nur als Strohmann vorgeschoben, weil er erst sechzehn Jahre alt sei und daher nach Verbüßung seiner Strafe noch wichtige Teile seines mannbaren Lebens vor sich habe;

nach dem Gesetz der Wüste müsse in solchem Falle der Vater seine Tochter töten. Aber in Israel müssen Beduinen heutzutage halt mit dreierlei Recht und Gesetz zu leben lernen: dem israelischen, dem islamischen und dem traditionell überlieferten der Wüste; das alles sei bisweilen unvereinbar.

An dieser Stelle wird der Divan der Männer leicht überstürzt beendet und eine der Sitzmatten samt Kissen an Ort und Stelle für Yan als Schlafstätte hergerichtet.

Hakîm bringt Yan eine *djellabîah* als Nachtgewand und erwähnt, daß es seine eigene sei: die Nächte im Negev seien kalt.

Auch zwei Vettern und ein Onkel legen sich, mit gebührendem Abstand, neben Yan zum Schlafen nieder: als Bewachung? Als Ehreneskorte? Aus Zufall? Aus Gewohnheit? Unergründlich.

Als nächtliches Klosett benutzt Yan ein Vordach, das, zumal in der Schwärze der Wüstennacht, nur halsbrecherisch über eine schmale Eisenleiter zu erklimmen ist. Dort dient ein generationenhoher Haufen von Taubenkot als natürliche Latrine. Denn die tagsüber zugänglichen diversen Toiletten mit Wasserspülung *à l'Europe* können nur durch die Schlafräume der Frauen betreten werden.

Anderntags wird zu Yans Rundfahrt durch Raahat nicht zufällig ein junger Schwarzer vom Stamm seiner Gastgeber als Guide zugeteilt: so tolerant geht es hier zu. Aber dieser Dunkelhäutige zeigt Yan auch einen Stadtteil, wo überwiegend Schwarze wohnen: das Ghetto der Sklavenkinder?

Einen andern Stadtteil, den er meidet, zeigt er nur von weitem: dort drohe seinem Stamme noch unverjährte Blutrache und gebiete Vorsicht.

Durch das zerbrochne Milchglas der Trennscheibe beobachtet Yan derweilen, wie die Blondine da mit lackierten Fingernägeln seine Kondomschachtel fleddert.

In diesem Augenblick ertönen Schüsse vor dem Flughafengebäude. Alle Israelis ringsum gehen sofort in Deckung. Yan schaut hinaus und sieht eine hektische Treibjagd, an der sich im Zickzack mehrere Polizeiautos beteiligen. Dann werden zwei junge Araber abgeführt. Die ganze Aktion scheint nur Sekunden zu dauern. Alles beruhigt sich unverzüglich, die Israelis rings um Yan tauchen aus ihrer Deckung auf. Niemand kommentiert den Vorfall. Er scheint hier zum Alltag zu gehören.

Yan muß an den Divan beim Scheich seiner Gastgeber denken, einem wortkargen, in sich gekehrten und unergründlichen alten Mann. Bei rituellem Kaffee und Tee, von den halberschlossen graziösen Knaben des Stammes anmutig kredenzt, schleppt das Gespräch sich zunächst leicht mühsam über Beiläufigkeiten dahin. Keiner richtet eine Frage an Yan. Denn nie fragt ein

Beduine seinen Gast, woher der komme und was er wünsche. Von Yan wissen es außerdem alle sowieso seit langem.

Aber dann kommt Sliman, zu dessen Begrüßung sich alle erheben. Sliman ist der letzte Kamelzureiter des Stammes: ein alter, gleichwohl noch sehr vitaler und kontaktfreudig-gesprächiger Mann, der mit dem Scheich und anderen Greisen nur allzubald eine lebhafte Kontroverse entwickelt, wie man seine Feinde mit Stöcken kampfunfähig schlägt. Die diversen Methoden werden temperamentvoll geschildert und verglichen. Yan kann nur staunend beobachten und die jeweiligen Pantomimen zu entschlüsseln versuchen.

Aber dann trifft Vetter Nimer ein, der in Göttingen Doktorand der Politologie ist. Alle erheben sich wie zur Begrüßung des Kamelzureiters.

Mit diesem politologischen Nimer, einem kühlen und wohlinformierten Analytiker, zieht Yan allzubald Parallelen von den archaischen Stockkämpfen noch der vorigen Generation zu den Methoden der Intifada und zum Verhalten der Beduinen in diesem derzeitigen Bürgerkrieg. Nimer betont diplomatisch die loyal israelische Staatsbürgerschaft aller Negev-Bedus und fragt, ob Yan wisse, was Akkulturation sei. Aber Abdul-Asís, der lange genug bei Ford in Köln arbeitet, um diesem deutschsprachigen Diskurs gut folgen zu können, bekennt sich leidenschaftlich zu ihren palästinensischen Glaubensbrüdern im nahen Gazastreifen. Er steigert sich in einen fanatisch missionarischen Monolog, mit dem er den Islam als einzige Vision und Chance der Menschheit anpreist. Talal und Hakîm verweisen jetzt mäßigend auf die multikulturelle Toleranz des Staates Israel, wo westeuropäisches und islamisches Recht unbeschadet neben dem Bedu-Gesetz der Wüste ihren Platz haben. Nimer ergänzt pointierend, daß dieses Wüstengesetz der Beduinen weitestgehend mit der Gesetzgebung Mosis übereinstimme, die ja allen christlichen Gesetzen zugrunde liege und aus ihrem Sinai stamme ...

Schließlich äußert sich auch der stille Scheich mit einem einzigen Satz: Die Beduinen des Negev haben schon die Türken überlebt; sie haben dann die Engländer überlebt; sie werden nun auch die Israelis überleben.

Rasch versucht Nimer, von so inopportunem Chauvinismus abzulenken, indem er sich erkundigt, ob Yan die neuesten Presseberichte über jene Essenerrollen von Qumran gelesen habe, die ja für Christen so aufschlußreich und folgenschwer seien: jener vielzitierte junge Hirte, der diese Pergamentrollen kurz nach dem Zweiten Weltkrieg leinenumwickelt in zweitausend Jahre alten Tonkrügen einer Höhle südlich von Jericho entdecke, sei Muhammad, ein Beduine aus ihrer aller Stamm; "auch so sind wir also für die Christen wichtig."

Gelächter, neuer Kaffee und Tee aus jungen Hirtenhänden. Auch hier dieser Schenke heiße Muhammad. Gelächter. Warnung Muhammads vor Tonkrügen und Höhlen ...

Jener Beamte, der Yans Diktiergerät entführt hat, kehrt zurück, legt es samt vermutlich wohlüberspielter Kassette auf den Untersuchungstisch zurück und fragt, ob Yan auch Kontakte zu Fernsehleuten in Israel habe.

Yan benennt Zvi Spielmann in Tel Aviv, einen urbanen Produzenten und Chef der bedeutenden Isra-Film. Yan legitimiert sich durch Kenntnis von Spielmanns Telefonnummern, dienstlich wie auch privat. Der Beamte entfernt sich wieder. Nur zu: soll er Zvi Spielmann ruhig anrufen!

Hinter dem Milchglasloch stochern die spitzen und langen Fingernägel der Blondine mit ihrer ominiösen Stricknadel nunmehr in Yans hier jungfräulich gebliebener Gleitcremetube K-Y.

Ihre Kollegin fragt Yan noch, in welchem Hotel er in Tel Aviv gewohnt, ob er Bekannte in Israel habe und welche hiesigen Städte er von seinem ersten Aufenthalt her kenne? Offensichtlich beginnt ihr die Verhörspuste auszugehen. Auch ihre Versuche, Yan in Widersprüche zu verwickeln, scheitern allzubald. Sie zieht es daher vor, in Yans bislang unbeachtet gebliebenem Tagebuche zu schnüffeln. Unmerklich verändert Yan seine Position um zwei Seitenschritte, so daß er, halb über Kopf, kontrollieren kann, was dieses weibliche Sicherheitsorgan da ausspäht. Also gemeinsam lesen sie seine Notizen vom letzten Tage in Raahat:

Morgens erwache ich durch lauthals streitende Männerstimmen. Ich schaue aus dem Fenster und erblicke im morgendlich leuchtenden Gegenlicht des endlos leeren Negev mein so gastliches Brüderpaar, Hakîm und Talal, in einen rapide eskalierenden Wortwechsel verstrickt, der in arabisch unzugänglicher Sprache so maßlosen Zorn entfacht, daß beide gerade ihr Messer zükken. Schreiend springt die warmherzige Stammesmutter mit klirrendem Schmuck zwischen ihre besinnungslos aggressiven Söhne. Wenige schrille

Worte der alten Frau genügen, um sie die Messer verschwinden, den Zorn verrauchen, die Auseinandersetzung beenden zu lassen.

In tiefstem Schweigen schlachten die Brüder dann, rituell behend und mühelos virtuos, einen Hammel für das heutige Festmahl zu Ehren ihres deutschen Gastes, den sie inzwischen für dessen würdig erachten. Denn für Herdenbesitzer gibt es kein größeres Opfer als die Tötung eines ihrer Tiere. Vielleicht haben die Brüder darüber gestritten, ob ich eine solche Ehrengeste auch wert sei.

Während das Tier zum Ausbluten kopfabwärts an einem Baum hängt, fährt Hakîm mich mit Stereo- und Klima-Anlage im BMW nach Be'ér Sheba, wo er Zubehör für die mitgebrachte Videokamera ersteht. Wir besuchen auch einen Notar, einen Arzt, eine ältere Freudendame und einen Ethnologen. Alle sind Beduinen.

Auf der Rückfahrt machen wir Halt an einem veritablen Beduinenzelt mitten in der Wüste. Hier wird die Verlobung zweier durchaus präsexueller Kinder gefeiert, die aber vorschriftsmäßig Cousin und Cousine sind und ihrem Stamm auch künftige Stabilität gewährleisten sollen. Kein fremdes Blut, bitte! Der rituelle Gesang der Frauen wird von rhythmischem Klatschen begleitet und durch kurze schrille Schreie pointiert. Symbolisieren sie Entjunferung und Orgasmus in spe?

Dem schließlich Zurückgekehrten zeigt Bruder Talal, während die Frauen das Essen zubereiten und Hakîm das überwacht, eine Videokassette von seiner eigenen Hochzeit in streng traditionellem Brauchtum, mitten im Negev, mit separatem Männer- und Frauengezelt, separater Braut- und Bräutigamsprozession durch die Wüste, mit Ringwechsel, Salutschießereien, Reiterspielen einer klassischen Fantasîa, mit Frauengesang und Tanz zu Trommeln und rhythmischem Händeklatschen, vier Tage lang, und mit üppigem Festmahl vor dem Höhepunkt der gemeinsam observierten Brautnacht.

Schon während der Vorführung dieser Kassette gibt Talal die Glücklosigkeit seiner damals geschlossenen und gefilmten, inzwischen aber gescheiterten Ehe preis. Mit dieser Frau verbinde ihn nichts mehr.

Anschließend wird gegessen. Nur die Männer essen. Die Frauen servieren. Sie stellen mehrere große Schüsseln auf den Fußboden des Divan-Gemachs. Um jede Schüssel gruppiert sich ein Kreis von Männern in arabischem Lo-

tossitz. Jeder greift sich sein Essen aus der allgemeinen Schüssel. So erübrigen sich Teller.

Yan wird geehrt, indem er mit den Hausherren Hakîm und Talal aus derselben Schüssel essen darf. Sie loben ihn für seine Geschicklichkeit, sogar den Reis mit den Fingern in den Mund zu schieben. Hakîm erklärt ihm, daß es für einen Mann kein saubereres und gesünderes Eßbesteck geben könne als seine eigene Hand und Haut. Das frische Fladenbrot, ergänzt Talal, heiße Matza und sei dasselbe ungesäuerte Nomadenbackwerk wie beim Mazzotfest des jüdisch-christlichen Alten Testamentes: dort ein rituelles Festtagsgebäck, sei es für Beduinen ihr täglich Brot.

Nach der Mahlzeit reicht Talal persönlich Yan Wasserschüssel und Handtuch zum Säubern der Hände.

Plötzlich verabschieden sich die meisten Männer, sehr abrupt. Ein schwarzhäutiger Jüngling wird hereingeführt und vorgestellt. Es ist Akif. Akif ist achtzehn Jahre alt und Beischläfer jenes hellerhäutigen Beduinenmädchens, das deshalb von seiner Familie bereits getötet worden ist. Auch Akif muß für seine Liebe getötet werden. Das steht fest. Keiner sagt es, aber alle wissen es. Meine Gastgeber verstecken ihn nur, weil er von einem niedriger stehenden Stamm geahndet wird und bei ihrem Stamm um Schutz bittet. Solch ein Schutz kann einem Bittenden nicht verweigert werden. Das ist Gesetz der Wüste. Aber es ist auch sehr gefährlich, ihn zu gewähren. Das kann zu langwierigen Stammesfehden führen. Eben deshalb haben sich die andern Speisegäste zuvor so abrupt verabschiedet. Akif ist eine Geheimsache und ein Sicherheitsrisiko.

Er selbst ist sehr aufgeregt, wie er da vor mir steht, fast kindlich noch und mit einer libidinös pubertär verschwollenen und gespannten Gesichtshaut, die unter dem Überdruck seines Spermavolumens gleich aus allen Poren zu platzen droht. Eben deshalb ist er nun ein Todeskandidat.

Akif wird mir nur kurz gezeigt und schnell wieder abgeführt in sein irgend sicheres Versteck, das meine Fantasie sich schrecklich ausmalt. Seine Vorführung ist nur eine Geste des Respekts und des Vertrauens mir gegenüber. Meine Gastgeber wissen, ohne je zu fragen, daß ich hauptsächlich Akifs und seiner Liebestragödie wegen hier bin. Aber vielleicht wollen sie mit seiner

Präsentation auch ihre eigene Humanität vor europäischen Augen demonstrieren.

Als wir wieder allein sind, frage ich Hakîm und Talal weiter nach den Zusammenhängen dieses archaisch gnadenlosen Gesetzes. Auch sie, in ihren Jeans und Lacoste-Hemden, mit ihren goldenen Rolex-Uhren am Arm und ihren Computern und Klima-Anlagen und Spülmaschinen in der Küche, sind der Meinung, daß jede so regelwidrige Paarung mit dem Tode bestraft werden müsse, weil sie für den ganzen betroffenen Stamm eine endlose Schande darstelle, die jeden Angehörigen ewig schmerze. Ein solcher Schmerz könne durch keine andere Strafe geheilt und aus der Welt geschafft werden als durch den Tod.

Ich frage, ob sie ihre eigene Tochter in einem solchen Falle töten würden. Behutsam, wie um meine westeuropäisch ahnungslose Empfindlichkeit ja nicht zu verletzen, gibt Hakîm einleitend zu, daß auch ihm das sehr schwer fallen würde; aber mit einer solchen Schande zu leben, sei noch sehr viel schwerer. Und sehr viel schlimmer.

"Und wenn dein Sohn dasselbe mit einem schwarzen Mädchen täte?"

"Den würde ich verstoßen."

"Aber nicht töten?"

"Ein Sohn kann sich anderswo selbst helfen. Eine Tochter nicht. Die könnte keine andere Existenz mehr finden, deshalb."

"Und stimmt es dann auch, daß Beduinen ihre überzähligen weiblichen Säuglinge lebendig in der Wüste vergraben?"

Hakîm schweigt.

Talal leugnet das hastig.

Dann wechselt Hakîm abrupt das Thema, wünscht mir bald eine gute Nacht und zieht sich zurück.

Ich bleibe mit Talal allein, der in dieser letzten Nacht das Schlafzimmer mit mir teilen zu wollen kund tut.

Während wir unsere Matten und Kissen zurechtlegen und uns ausziehen, weiht Talal mich in die Geheimnisse seines Lebens ein. Als Jüngling habe er seinen Stamm und den Negev verlassen, nach Europa gehen und Schauspieler werden wollen. Aber seine Verheiratung verhindere das. Jetzt fahre er so oft wie irgend möglich wenigstens nach Kairo, um dort ins Theater zu gehen. Das seien die schönsten Stunden seines Lebens. Am tiefsten hat ihn da eine "Hamlet"-Aufführung beeindruckt.

Und im nächtlichen Negev erzählt mir dieser junge Beduine die Geschichte von Hamlet und dessen verzögerter Blutrache.

Den Namen Hamlet spricht er dabei so arabisch guttural aus, daß selbst ich ihn nur noch wie eine Koseform von Hammid zu hören beginne. Überhaupt erfolgt die Übertragung jener Geschehnisse von Hälsingör in den Negev ohne jegliche Schwierigkeit oder Einbuße. Sie sind auch hier ganz nachvollziehbar und zu Hause.

Nach dem Theater, sagt Talal, stürze er sich in das Nachtleben von Kairo, habe dort auch wechselnde Frauen.

Ich muß an den Schott el Dscherîd und jenen phantasmagorisch wirkenden Wegweiser denken, der mich ins zweitausendfünfhunderteinundneunzig Kilometer entfernte Kairo lockt, wo dieser Talal damals, als ich meinen zeigefreudigen Berberhirten entdecke, vielleicht gerade "Hamlet" sieht, bevor er seine Tochter tötet.

Aber von alledem zurück und wieder in der Fron seiner ungeliebten Familie, vertraut mir Talal jetzt weiter an, fliehe er vor lauter Bedrängnis oft in die Wüste. Einzig dort fühle er sich frei und glücklich: mutterseelenallein im Negev. Manchmal nehme er freilich auch eine Frau mit. Aber Frauen seien nur gut für Sex. Mit Frauen gebe es kein Vertrauen, keine Zärtlichkeit und keine Freundschaft. Vertrauen und Zärtlichkeit und Freundschaft gebe es nur unter Männern ...

Jetzt muß ich an den "West-östlichen Divan" und an Goethes Versenkung in den Islam als einen "Beduinenzustand" denken, zu dessen Kennzeichen auch "Liebe, Neigung zwischen zwei Welten schwebend," gehöre ...

Ob Talal denn bisweilen auch mit einem Freund in die Wüste gehe?

"Ja, mit meinem Hengst."

Lacht und löscht das Licht.

Ich bin ratlos, wie ich mich unter Beduinen jetzt zu verhalten, welche Signale ich zu beachten, selbst zu geben oder zu vermeiden habe.

Mit Sicherheit mache ich alles falsch.

Aber es dauert nicht sehr lange, und ich höre den tiefen Atem meines schlafenden Beduinenfreundes Talal ...

Der Sicherheitsbeamte kehrt von seinem Telefonat mit der Isra-Film zurück und richtet Yan Grüße von Zvi Spielmann aus.

"Bitte, Sie können Ihre Sachen wieder einpacken". Das klingt jetzt schon um Nuancen höflicher und versöhnlicher.

Nur seine beiden militanten Kolleginnen wollen noch nicht vor Yan kapitulieren.

"Wo haben Sie denn das her?" fragt die Blonde, als er seine arabischen Kleidungsstücke neu zusammenfaltet und in die Reisetasche legt.

"Von meinen beduinischen Freunden in Raahat."

Richtig hat Hakîm ihm heute morgen kurz vor ihrer Abfahrt seine als Nachtgewand ausgeliehene *djellabîah* zum Abschiedsgeschenk gemacht und abermals darauf hingewiesen, daß er selbst sie oft getragen habe. Das Überlassen getragener Kleidung ist bei Beduinen ein Zeichen brüderlicher Wertschätzung und sehr freundschaftlicher Verbundenheit.

Talal ergänzt sofort die *djellabîah* seines Bruders um das Geschenk seiner eigenen *kaffiye*, seines rotweiß gesprenkelten Beduinen-Kopftuchs, mit obligatem *aqal*, jener klassischen schwarzen Kordel, die es auf dem Kopf befestigt.

Yan zieht Hakîms *djellabîah* an. Talal drapiert *kaffiye* und *aqal* auf seinem blonden Schopfe. Das geschieht sehr ernsthaft, ohne Gelächter und nicht als Mummenschanz, sondern als Zeremonie: als eine Art Taufe, als Ritus einer Initiation, dennoch praktisch-real, ohne falsches Pathos. Schon fühlt Yan sich tief berührt. Aber dann küßt Talal den neugekleideten, neuen Yan sehr zärtlich und brüderlich liebevoll zum Abschied. Und dann küßt Hakîm den neugekleideten, neuen Yan sehr zärtlich und brüderlich liebevoll zum Abschied. Yan fühlt die rare Ekstase seines Schuhtauschs mit Juljus in der

Felswand der Berbería von Formentera in sich aufsteigen und ist ebenso glücklich wie damals.

Also steigt er, beseligt und, um die Gastlichkeit seiner Freunde ja nicht zu verletzen, in der kompletten Montur ihrer Gewandung, in Hakîms BMW mit seiner Klima- und Stereo-Anlage.

Aber kurz vor Lydda rät Hakîm ihm, so lieber nicht den *Airport Ben Gurion* zu betreten. Das könne dort mißverstanden und entsprechend gefährlich werden ...

Aus gleichem Grunde verzichtet Yan jetzt darauf, der fragenden Sekuritäts-politesse jenes Glück zu schildern, das ihm die Schenkung dieser getrage-nen Araberkleidung beschert.

Er erzählt ihr auch lieber nicht, wie Nikolai Gogol seinem unselig orthodo-xen Beichtvater Matwej, für den er just hierzulande, im nahen Jerusalem, betet, jenen finalen Mantel-Tausch vorschlägt. Denn diese Politesse von Lydda begriffe inmitten ihrer Intifada-Bedrohung wohl nur schwerlich et-was von derlei Sehnsucht nach Brüderlichkeit.

Aber an einsamen Hamburger Sommertagen oder wenn sein moslemischer Yussuf ihn besuchen kommt, ruft Yan sich jene Seligkeit von Raahat zu-rück, indem er genüßlich die *djellabîah*, die *kaffiye* und den *aqal* seiner Freunde aus dem Negev anlegt und ihre brüderlichen Gefühle von damals wiederempfindet ...

Doch als jetzt im *Airport Ben Gurion* jene arabisch verdächtig gesprenkelte Freundeskleidung samt sonstiger Siebensachen wieder ordentlich verpackt und transportfähig ist, versucht der versöhnlich hübsche Abfertigungsbeam-te der EL AL Yans polizeiliche Demütigung feinfühlig wiedergutzumachen, indem er ihm eine Platzkarte gibt, die er liebenswürdig lächelnd als *"the ve-ry best – the best we have"* bezeichnet.

Das stimmt dann insofern, als Yans Nachbar in der Maschine sich sehr kon-taktfreudig zeigt und als jüdischen Geschäftsmann deutscher Herkunft vor-stellt, der in Be'ér Sheba zu Hause sei, aber in Frankfurt arbeite und seine gesamte Familie in Buchenwald verloren habe. Umso mehr, sagt er, suche er Verbindung und Freundschaft mit Deutschen, um gemeinsam so archaische Unmenschlichkeiten in aller Zukunft verhindern zu helfen.

Spätestens jetzt kommt Yan die Idee, jene inhumane Lynch-Justiz noch so kultivierter Beduinen in seinem Fernsehspiel mit dem mörderischen Rassismus deutscher Faschisten zu kontrapunktieren und in Parallele zu setzen. Denn hier wie dort schützt Kultur noch nicht hinlänglich vor barbarischen Atavismen. Nur so, begreift er, kann dieser Stoff für ihn und kann ein Deutscher für diesen Stoff überhaupt statthaft sein.

Dabei verdrängt er seine prophetische Ahnung, daß genau diese aktuelle Parallele für das deutsche Fernsehen der auslösende Grund sein wird, sein fertiggestelltes Fernsehspiel zwar scheinheilig zu belobigen, auch offiziell anzunehmen und zu bezahlen, aber nie zu produzieren. Allzu nestkritischer Antifaschismus wird ihm da immer wieder verübelt, er kennt das schon.

Freilich wird einer der mitbestimmenden Machthaber vor rund dreißig Jahren von Severin sexuell erprobt und zu Yans Gunsten wieder verlassen: schließt sich nun via Negev endlich der Kreis eines unverjährten Rachedurstes nach Beduinenart?

477
Silvester

In einer Silvesternacht sitzt Yan allein in seiner Wohnung und denkt an andere Silvesternächte.

Er hat schon in vielen Silvesternächten allein in seiner Wohnung gesessen und an andere Silvesternächte gedacht.

In den Silvesternächten seiner Kindheit lernt er das so. Für seine Eltern ist Silvester ein stilles, introvertiertes Fest, das zu Rückblick und Einkehr Anlaß bietet. Es wird am Weihnachtsbaum, bei Kerzenschein und Musik, mit besinnlich angehobenen Gesprächen oder bedeutend gefühlvollem Schweigen verbracht.

Mit dieser Tradition wird erstmalig gebrochen, als Yan 14 ist: die Erlebnisse von Leuchtenburg und Weimar liegen kurz zurück und signalisieren bereits das nahende Ende seiner Kindheit. Diesmal verbringt er die Silvesternacht

mit seiner Schwester Hanne im ungeheizten und unbeleuchteten Eisenbahn-
abteil eines Zuges von Leipzig nach Westberlin. Ihre Eltern sitzen krimina-
listisch in einem anderen ungeheizten und unbeleuchteten Abteil desselben
Silvesterzuges und rechnen darauf, daß die sowjetischen Kontrollorgane in
Marienfelde so silvesterlich alkoholisiert sind, daß sie pflichtsäumig diese
familiäre Republikflucht von Ost nach West nicht zur Kenntnis nehmen.

Solche Rechnung geht auf. Kein Rotarmist wird sichtbar. Und als der Zug
dann im Anhalter Bahnhof einläuft, hat für Yan nicht nur das Jahr gewech-
selt, nicht nur das kalendarische Jahrzehnt, sondern auch gleich seine Zugehörigkeit zu Staat, Hegemonie und Globushälfte. Mit der Deutschen Demokratischen Republik läßt er auch seine Kindheit hinter sich. Als Silvesterfei-
erlichkeit ist diese Zug- und Fluchtnacht also Tief- und Höhepunkt zugleich.

Silvester als Tiefpunkt erlebt er mit Gudrun in Casablanca, wo es ein Höhepunkt ihrer Marokko-Reise sein soll. Aber schon nach ihrem nachmittägli-
chen Rundgang durch die Casbah fällt es schwer, für ihr festlich konzipier-
tes Silvester-Dîner ein angemessenes Speisehaus zu finden, weil sie bei allen guten Adressen vor geschlossenen Türen stehen. Schließlich müssen sie
froh sein, mit eher unguter Adresse mehr schlecht als recht ihren rechtschaffenen Medina-Hunger stillen zu können;

aber nach karger Mahlzeit stehen sie verloren mitten in einer hermetisch
verschlossenen Araberstadt, in der auch keinerlei Bar oder Nachtlokal den
bevorstehenden Jahreswechsel öffentlich und mit Gästen, gar ungläubigen
Ausländern zu feiern gedenkt. Auch keinerlei *"Rick's Café Américain"*. Gegen zehn am Silvesterabend geht Casablanca schlafen samt Ingrid Bergman
und Humphrey Bogart, und nur mit Bestechung gelingt es Yan und Gudrun
unter beträchtlich tollkühnen Mühen, noch einen letzten Taxifahrer aus seiner Wohnung herauszulocken und sich mit schwankend dubiosem Gefährt
zu ihrem Hotel im dreißig Kilometer entfernten Mohammedia fahren zu lassen, wo die Hotelbar ihnen zwischen hochgestellten Stühlen wenigstens
schnell noch eine schamlos überteuerte Flasche Champagner verkauft, den
sie dann auf ihrem Zimmer aus den Zahnputzbechern trinken: "Prost Neujahr in Casablanca!"

Silvester hingegen als Höhepunkt wohlstandsbürgerlicher Bravheit bei solider deutscher Brauchtumsküche, deutschem Schaumwein und drei kokelnd
schnurzelnden Feuerwerkskörpern vom Balkon in solider Wohngegend: so

verläuft ganz plan- und konventionsgemäß die kollegiale Einladung bei
Claus Helmut Drese, späterem Direktor der Staatsoper Wien.

Silvester wiederum als Tiefpunkt, diesmal primitiver Fantasielosigkeit und
proletarisch-bäuerlichen Stumpfsinns: so erlebt Yan den Jahreswechsel inmitten einer katholisch-franquistisch prüden Engtanzfête in der Diskothek
eines winterlich geschlossenen Touristenhotels auf Formentera, wo die ein-
heimischen jungen Angestellten mit ihren lustlosen Bräuten und bei Bier
oder Fanta die einzige Silvesterfeier der ganzen Insel veranstalten, trist und
kümmerlich ins nächste Jahr hinüberhotten und keinerlei Einfall entwickeln,
wie sie ihren grauen Alltag überdies irgend zu einem Fest gestalten können.

Silvester als funkelnder Höhepunkt mit eingesprenkeltem Tiefdruck: das ist,
in eisigstem Schneesturm, die handverlesen private Festlichkeit bei Boy Gobert in dessen Wiener Haus am Sulzweg, wo er später, traumgemäß, auch
stirbt. Aber noch ist es kurz vor seinem Amtsantritt als Hamburger Intendant und mitten in einem gravierenden Einschnitt seines Lebens;

alles ist hier vom allerfeinsten: das Mahl, die Getränke, die Gespräche, die
Pläne und Hoffnungen – vor allem jedoch die erlesen wenigen, aber hoch-
prominenten Gäste sowie der Gastgeber selbst natürlich samt seinem vorma-
lig geliebten Freunde;

aber Spannung liegt in der vornehmen Luft: eine Aufbruch- und Abbruch-
stimmung, hochfliegend ebenso wie auch niederdrückend, Lachlust wie nervöse Ungewißheit, frohe Erwartung von Neubeginn im neuen Jahr an neuem Platze mit neuen Menschen, Wehmut des Abschieds auch mit Trauer
und Grausamkeit, lauernde Eifersüchte auf all dies Neue und wachsame
Hellhörigkeit für erblühende Sympathien, für schmerzliche Verlagerung von
Prioritäten, Kontakten, Vertraulichkeiten; Untertöne und spitze Bemerkungen mitten im grellen Gelächter, heitere Befreiung mit scheeler Mißgunst
gesprenkelt: der große Wechsel nicht nur zweier Jahre ...

Später in Hamburg dann offiziellere Silvesterabende bei Boy Gobert in seiner Harvestehuder Wohnung, Abteistraße: wieder vom allerfeinsten, aber
weiterkreisig, weniger intim, im Erfolg und vor Ort etabliert und verpflichtet, mit Prominenz aus Kultur und hanseatischer Gesellschaft, weniger lauernd und belauert, gleichwohl schwirrend und sirrend und toxisch gesprenkelt: habt Acht im Neuen Jahr!

Silvester als seelischer Tiefpunkt dann mit böser Lust am Eclat: Yans provozierender Einzug als verwahrlost schmutziges *enfant terrible* ins silvesterlich festlich gestimmte Atlantic-Hotel an der Alster, wie er ihn Paulus beschreibt, und seine tief depressive Mitternachtseinsamkeit, wie er sie Paulus nicht beschreibt, vor der Mini-Glotze des Nobelobdachs ... Schlaftabletten! Am Neujahrsmorgen fehlt dann ein Schuh vor der Zimmertür und stiftet willkommenen Anlaß für Zeter und Mordio und Beschwerde, in was für eine Absteige Yan hier geraten sei: außen so hui und innen also pfui ... als Rache für gestern und Ausgleich, soziale Gerechtigkeit, verdiente Demütigung des Hochmuts und Wollust der Revanche ... ein anarchisch arges Silvester.

Silvester als Höhepunkt und anarchisches Glück, als Glück und anarchischer Höhepunkt: im Hamburger Hafen. Hier sind zehntausend Bären los, und hier geht deren Post ab: "Volkes wahrer Himmel", die Millionenstadt gerät aus den Fugen, ist außer Rand und Band, fraternisiert pauschal, bricht aus und entfesselt sich in totaler *Bambule* ...

Yan geht da kurz vor zwölf mit Yussuf auf die privat geheuerte Barkasse eines Kollegen, die mit Film- und Theaterleuten an Bord durch Hafen und Speicherstadt schippert und das Spektakel des Jahreswechsels, diesen knallig bunten Exzeß, von fließenden archimedischen Punkten auf der Elbe mit gebührendem Abstand und als ambulante Enklave mitzugenießen Gelegenheit bietet.

Kaum an Bord, springt Yussuf schon Yan in den Rachen: er küßt ihn erbarmungslos tief, saugt ihn aus, stülpt ihn um und verschlingt ihn. Die Filmleute gucken. Yan taucht in Yussufs Rachen ab, saugt ihn aus, stülpt ihn um und verschlingt ihn. Die Theaterleute gucken;

die Barkasse verläßt die Landungsbrücken, gleitet elbabwärts den Hafen entlang. Yan und Yussuf bemerken es nicht, sie versinken: Yussuf in Yan und Yan in Yussuf. Die Sektkorken knallen ringsum. Yan küßt Yussuf, Yussuf Yan;

die Barkasse wendet und tuckert elbaufwärts. Die Film- und Theaterleute machen eine Bordpolonaise: Yan und Yussuf inmitten ertrinken ineinander. Die Sektkorken knallen. Die Barkasse passiert die mitternächtlich bizarren Engpässe der historischen Speicherstadt mit ihren gespenstischen Silhouetten. Yan saugt Yussuf, Yussuf Yan aus. Die Sektkorken knallen. Die Bordpolonaise verliert den Verstand und wird Bordgalopp. Yan und Yussuf inmitten ersticken einander, halb mit- und umgerissen vom ekstatischen Bordgalopp. Sie fallen über Hark Bohm;

die Barkasse ist pünktlich im Hafen zurück. Die Sektkorken knallen. Knallkörper knallen. Raketen zischen. Papierschlangen fliegen. Yan und Yussuf penetrieren sich bilingual. Die Glocken läuten. Die Schiffe glasen. Yan ist in Yussufs Schlund. Raketen steigen. Das Feuerwerk knattert, und Yussuf ist in Yans Schlund. Der Hafen leuchtet. Ganz Hamburg leuchtet. Yussuf ertrinkt in Yans Schlund. Die Glocken läuten. Ganz Hamburg strahlt. Die Schiffe glasen, und Yan ertrinkt in Yussufs Schlund. Auch die Film- und Theaterleute küssen sich jetzt. Der Hafen tobt. Ganz Hamburg tobt. Die Schiffe glasen. Die Glocken läuten. Das Feuerwerk knattert und strahlt, und Yan und Yussuf verschmelzen miteinander: *inşallah* ...

Als sie auftauchen, sind sie bei "Vick am Fischmarkt", einer winzigen urigen und total überfüllten Hafenkneipe, dicht an dicht mit Stauern und Kiezlern und Theatervolk, bei Schifferklavier und Klarem und Schwof und Geknutsche, Yan stülpt Yussuf und Yussuf stülpt Yan um, mitten im Schwof bei Schifferklavier, ein bekannter Fotograf starrt Yan an und begreift und fotografiert mit bloßem Gehirn, wie Yan seinen Yussuf und Yussuf seinen Yan immer küßt und küßt und verschlingt und erstickt und aufsaugt und allemacht, mitten im Schwof und bei Schifferklavier und bei "Vick am Fischmarkt" im Stau, ohne Platz, ohne Luft, ohne Sinn und Verstand, Schwof bei Vick und Geknutsche und Silvester im Hamburger Hafen ...

Als Yan und Yussuf gegen Morgen über das Schlachtfeld von Flaschen, von Papierschlangen- und Knallkörperresten gen Landungsbrücken taumeln, muß Yussuf just an der Hafenstraße, die still und friedlich ins neue Kalender- und Kampfjahr dämmert, all den Sekt und den Klaren und das Bier und den Sekt in diese gewaltlose Hafenstraße pullern, und er küßt Yan zum Interruptus und pullert und pullert und Yan kann Yussuf beim Pullern nicht küssen und hält stattdessen seine Hand ins dampfend warme Gepuller hinein und läßt sie bepullern und bepullern, er kann ihn nicht küssen und kann sich nicht helfen und kann da nicht anders und ist glücklich und genießt es und gibt und verströmt sich und will Yussuf verschlingen und ihn fressen und verschlucken mit all dem Gepuller und verfällt und vergeudet sich und löst sich selbst auf in all dem Gepuller vor Glück und Genuß und Verfallenheit und Silvester und Neujahr.

"Was wird das alles geben?" fragt er mit der Hand in Yussufs Gepuller.

Und Yussuf sagt pullernd: "Eine Katastrophe."

"Prost Neujahr."

"Prost Neujahr."

Na, Gott wird schon machen ...

Jahre später spielt Yan mit dem Gedanken, dieses Glückserlebnis mit Yussuf der *Frankfurter Allgemeinen Zeitung* zugänglich zu machen. Deren Leser könnten daraus lernen, wie man zu Silvester einen türkischen Bären losläßt, sein *coming out* gestaltet und sich aller Welt hemmungslos zeigt ...

419
Timaios

Yan geht ins Konzert. In der Aula seiner Göttinger Universität, die so beziehungsreich die Vornamen Georg und August trägt, hört er Erna Berger mit ihrer begnadeten Jahrhundertstimme jenes "Exsultate, iubilate" singen, das Mozart knapp siebzehnjährig, im selben Alter schreibt, in dem Helmuth Hübener enthauptet wird. Auch zu Mozarts Zeiten gibt es Hinrichtungen und himmelschreiendes Unrecht. Es gibt Gewalttaten, Folter und Verstümmelungen. Sie alle hindern ihn nicht zu jubilieren wie in dieser Motette just für einen mißhandelten Kastraten, Venanzio Rauzzini. Denn *"undique obscura regnabat nox – surgite tandem læti"*!

Erna Berger folgt diesem trotzigen Imperativ zur Freude in aller Finsternis mit jener engelhaft frohlockenden Silbersüße, die sie, ein weiteres Mirakel, durch die *obscura nox* der Hitlerjahre bewahrend hinüberzuretten vermag und deren Reinheit und Unschuld, deren überirdische Erlöstheit von den gomorrhisch Überlebenden als ein umso tröstlicherer Zauber empfunden wird, als sie sich in jedem einzelnen Ton überdies mit unwiderstehlich sinnlicher

Freude verbinden. *"Surgite tandem læti!"* rät und ermöglicht Erna Bergers
Gesang zumal, wenn er sich in Mozarts seelenverwandte Dienste begibt und
den katholischen Lilien-Kitsch dieses sakralen Textes in seiner frevelhaft le-
bensfremden Unkenntnis all der inzestuösen Androgynie dieser ominösen
Pflanze auf eine Weise veredeln und weit über sich und uns hinaus in Hö-
hen erheben hilft, die wir wohl überhaupt nur durch Mozart erahnen und als
himmlische Freiheit empfinden: *"psallant æthera cum me"*.

Der kundige Siegfried Wagner attestiert dieser Sängerin eine Knabenstimme
wie weiland die des verschnittenen Venanzio Rauzzini, und tatsächlich de-
bütiert sie auf der Opernbühne mit dem Ersten Knaben der "Zauberflöte",
singt dann zahllose Pagen, Hirten, Friedensboten und andere Knaben, aber
auch geschlechtslose Engel. Wenn Yan ihr zuhört, denkt er an jene Seligen
Knaben aus "Faust II", die sogar das Böse erlösen und den Menschen retten.

Vielleicht deshalb nötigen in der fast gefährlich überfüllten Aula die Besucher dieses Göttinger Konzertes Erna Berger, nicht nur das *"Alleluia"* der
Coda mit der zärtlichen Brillanz seiner Koloraturen noch zweimal zu wiederholen, sie bestehen in ihrer fassungslosen Begeisterung gar auf einem
Dacapo der ganzen Motette und schließlich, nur drei Wochen später, des gesamten Konzertes.

Nach Hause zurückgekehrt, spricht Yan in sein Diktiergerät:

*Beim Verlassen der Georg-August-Aula geraten die in verzückter Begeiste-
rung miteinander verschmolzenen Konzertbesucher in die nachgerade para-
dox anmutende körperliche Umsetzung ihres Seelenzustandes. Ausgang und
Treppenhaus nämlich sind für die wohl elitäreren Zirkel eines anderen Zeitalters gebaut und für den heutigen Massenansturm feuerpolizeilich eher be-
denklich. Jedenfalls kommt es den ganzen rechtwinklig hin- und widerläufi-
gen Treppenaufgang hinab zu einem Gedränge und einem Stau, der durch
Garderobenströmungen noch zusätzliche Blockaden erfährt: bald geht
nichts mehr, der ganze Abgang durch dieses stufige Nadelöhr stagniert. Die
eben noch so entrückten und himmlisch verzauberten Zuhörer ballen und
stoßen sich in allzu irdisch begrenzter Enge, werden freilich auch zu einer
Nähe ihrer Leiber vermocht, die nach überwundener Hemmung einer allgemein freudigen Umarmung und Vereinigung angemessenen Vorschub leisten könnte.*

In diesem Wechselbad aus peinlicher Bedrängnis und nachklingend brüderlich umschlingender Harmonie tritt mir mein linker Nachbar jäh und empfindlich auf den linken Fuß. Erst dadurch nehme ich zur Kenntnis, daß sich im schiebenden und schamlos intimen Körperkontakt dieses postmusikalisch profanen Gedränges ausgerechnet Werner Heisenberg an mich preßt.

Meine Verblüffung ist zunächst so groß wie kurz. Denn schnell genug fällt mir ein, daß dieser epochale Physiker ein berühmt passionierter Musikfreund zumal von Sopranarien, aber schon 14jährig auch ein selbst beachtlich praktizierender Musiker ist und in seinen Memoiren daher eigens begründet, warum er dennoch nicht professioneller Pianist wird:

"Ich glaube, daß man heute in der Atomphysik wichtigeren Zusammenhängen, wichtigeren Strukturen auf die Spur kommen kann als in der Musik. Aber ich gebe gern zu, daß es vor 150 Jahren gerade umgekehrt gewesen ist."

Mozart gar vermöge das Neue seiner Zeit und deren geistig entscheidende Schritte so auszudrücken wie heutzutage nur die Physik, zu deren bedeutendstem Theoretiker Heisenberg wird, indem er jene so abgrundtief gesprenkelte Unbestimmtheitsrelation, hieraus resultierend die noch tiefer gesprenkelte Quantenmechanik entwickelt. Beide revolutionieren Denken und Leben der Menschheit.

Sie lösen den herkömmlich materialen Objektbegriff auf. Sie machen das wahrnehmende Subjekt zum Bestandteil physikalischer Vorgänge. Sie sind das Fundament der gesamten nachfolgenden Technologie des 20. Jahrhunderts und tragen dem erst Dreißigjährigen den Nobelpreis für Physik ein.

Gleichwohl bleibt er lebenslänglich auch der Musik verhaftet, pflegt aktiv die Hausmusik, gibt als Student an der Münchner Volkshochschule Einführungskurse in Mozart-Opern, nimmt noch als Professor in Leipzig Klavierstunden bei Hans Beltz und spielt auf seinem Blüthner-Flügel, der eigens für die Pariser Weltausstellung gebaut worden ist, Beethoven, Schubert und Schumann.

Er lebt in beiden Welten, weiß sie auch organisch miteinander zu verbinden und publiziert im Alter über "die Bedeutung des Schönen in der exakten Naturwissenschaft". *Er vergleicht die Zahlentheorie mit einer Fuge von Bach und identifiziert eine mathematische Beziehung auch als* "die Quelle des

Schönen". *Sein entscheidendes und rauschhaft schlafloses Helgoländer Durchbruchserlebnis zur Theorie der Quantenmechanik ist in Lektüre von Goethes "West-östlichem Divan" eingebettet und wird später so protokolliert:*

"Im ersten Augenblick war ich zutiefst erschrocken. Ich hatte das Gefühl, durch die Oberfläche der atomaren Erscheinungen hindurch auf einen tief darunter liegenden Grund von merkwürdiger innerer Schönheit zu schauen ... "

Dieser Quantentheorie wie auch Einsteins Relativitätstheorie und anderen fundamentalen naturwissenschaftlichen Spitzengebilden spricht er das ausschlaggebende Kriterium schöner Einfachheit zu, die er gegebenenfalls gar zum Prüfstein macht:

"Das kann nicht stimmen. Das ist zu kompliziert. Das ist nicht schön."

Eine stimmige Theorie offenbare einen "letzthin einfachen Zusammenhang" verwirrend vieler Einzelheiten und die "abstrakte Schönheit" ihrer nicht mehr korrekturbedürftigen Abgeschlossenheit. Hier taucht als jeweils entscheidend die Kategorie der Wahrhaftigkeit auf. Heisenberg bezieht sich auf die antiken Definitionen vom simplex sigillum veri *und von der* pulchritudo splendor veritatis: *dem Einfachen als Siegel des Wahren und der Schönheit als Glanz der Wahrheit.*

Die Schönheit der Naturgesetze beruht für ihn primär auf der Wahrheit ihrer fundamentalen Symmetrie, deren auch ästhetische Qualität erst durch zwei jüngere chinesisch-amerikanische Nobelpreisträger widerlegt und weiter vereinfacht wird, von denen der eine Yang heißt.

Heisenbergs Bescheidenheit läßt ihn seinen ästhetischen Altersdiskurs mit dem Hinweis auf zwei Vorgänger beenden: auf Keplers Formel von der Mathematik als einem Urbild von der Schönheit der Welt und, wichtiger noch, auf Plotins Definition des Schönen als "das Durchleuchten des ewigen Glanzes des Einen durch die materielle Erscheinung".

Vor solchem Konzept versucht Heisenberg gern, die Musik als verborgene Mathematik der Kunst zu begreifen.

Insofern also dauert meine Überraschung nur kurz, als dieses Genie der Physik sich da unverhofft als bescheiden anonymer Mozartbesucher und Erna-Berger-Hörer im Treppengedränge an mich preßt.

Yans Diktafon erreicht die Grenzen seiner Kapazität, bevor die Heisenberg-Assoziationen ausgelotet sind. Also vertraut Yan die Fortsetzung seinem Tagebuch an:

Seitdem ich Werner Heisenberg nun an meiner Seite weiß und spüre, ist unser aller Ausgang aus unerfindlichem Grunde vollends zum Stillstand gekommen. Etwas unsichtbar Machtvolles blockiert das Weitergehen, und inmitten vielfacher Empörung und Nervosität ringsum verharren wir beide, Heisenberg und ich, in reglos asiatischer Geduld und Hingabe an den Augenblick, freilich in Tuchfühlung.

Diese Tuchfühlung ist in Wahrheit, durch das Tuch hindurch, eine Körperfühlung. Zumal von der Hüfte abwärts duldet der allgemeine Leiberdruck ringsum keinen noch so diskreten Abstand und Respekt zwischen unsern Oberschenkeln.

Heisenberg ist offenbar ebenso allein hier wie ich; oder unser aller Pulk hat ihn von seiner Frau fort- und schicksalhaft mir zugedrängt. Unbeschadet seiner mehrköpfigen Familie ist er ohnehin zeitlebens ein Männergeselle; zeitlebens bleiben seine Wurzeln in jener Herkunft aus der Pfadfinder- und Jugendbewegung verhaftet, in die er, beim Skilaufen und Wandern im Gebirge, als Gesprächspartner, aber auch als Spiel- und Sportskameraden, die genialen naturwissenschaftlichen Koryphäen unserer ersten Jahrhunderthälfte einbezieht. Selbst seine Frau konzediert, daß er dort "zusammen mit gleichgesinnten [...] die glücklichsten und tiefgreifendsten Erfahrungen" mache. Viele Jahre lang leitet er auch eine Pfadfindergruppe.

In seinem Erinnerungsbuch "Der Teil und das Ganze" schildert er einen lawinengefährdeten Osteraufenthalt mit Niels Bohr, mit Carl Friedrich von Weizsäcker und seinem damaligen Assistenten, dem späteren Nobelpreisträger Felix Bloch, in einer Skihütte, die seine Pfadfindergruppe auf der Steilen Alm am Südhang des Großen Traithen durch handwerklichen Zugriff vor dem Verfall rettet. Während Hitler mit seinem "Tag der nationalen Erhebung" in der Potsdamer Garnisonkirche das deutschnationale Bürgertum ködert und nur zwei Tage später im Reichstag mit dem Ermächtigungsgesetz

*seine schrankenlose Diktatur parlamentarisch absegnen läßt, verbringt da
eine Gruppe genialer Intelligenzen einige weltentrückte Ferientage mit Skilaufen, Bastelarbeiten, Pokerspiel und Grogtrinken, mit Bergwandern und
dem Fotografieren von Gemsen sowie mit eingesprenkelten Diskussionen
über die Sprachphilosophie der Positivisten, über das Tao bei Lao-tse und
solchen Sinn des Lebens, auch über das Positron und weitere Elementarteilchen des Atomkerns. Heisenberg säubert den Herd und kocht, Weizsäcker
deckt das Aluminiumgeschirr auf, das Niels Bohr später spült, und Felix
Bloch hackt Holz; alle sind bärtig und schlafen im selben Raum auf Stroh-
und in Schlafsäcken.*

*Ehefrauen und Freundinnen haben sie alle zu Hause gelassen wie auch bei
zahllosen anderen Männersymposien in Heisenbergs Leben, das leitmotivisch von Symptomen und Valeurs des Männerbündischen geprägt ist. Folgerichtig und wohl auch wahrheitsgetreu gibt er seiner Autobiografie die
Form platonischer Männer-"Gespräche im Umkreis der Atomphysik".*

*Carl Friedrich von Weizsäcker weist die gedanklichen Einflüsse Platons auf
Heisenberg nach, die mit der Lektüre des "Timaios" durch die seinerzeit
ebenfalls siebzehnjährige freiwillige Ordonnanz eines Kavallerie-Schützen-
kommandos während der Kämpfe gegen die Münchner Räterepublik auf
dem Dach eines Priesterseminars in der Ludwigstraße ihren grotesken Anfang nehmen.*

*Wie sich im "Timaios" die Freunde Sokrates, Timaios, Kritias und Hermo-
krates mit den kleinsten Teilen der Materie und deren mathematischen Formen befassen, so tut Heisenberg selbst das später in den Männergesprächen
seines Erinnerungsbuches mit den Kollegen Albert Einstein und Max
Planck, Wolfgang Pauli und Erwin Schrödinger, Paul Dirac und Ernest Rutherford, Enrico Fermi, Fritz Houtermans, Adolph Butenandt und anderen,
vor allen aber immer wieder mit seinem Lieblingsschüler Carl Friedrich
von Weizsäcker und seinem Lieblingslehrer Niels Bohr, dem Nobel-Kolle-
gen und wohl wichtigsten seiner Freunde, mit dem er nach Auskunft seiner
Frau "unauflöslich verbunden war".*

*Diese platonischen Gespräche finden nur zum Teil in Wohnungen und Insti-
tutsräumlichkeiten, fast zum größeren Teil auf Rucksack- und Fußwande-
rungen in Dänemark, in den Alpen, den USA statt, auf Radtouren, Boots-
fahrten, Segelpartien und zahllosen Spaziergängen in Kopenhagen, im*

Yellowstonepark, hier in Göttingen. Stets versucht er da im Dialog, das Innerste der Materie zu ergründen, indem er, inmitten des natürlichen Ganzen, es immer weiter zu teilen trachtet:

"Vielleicht konnte man die Materie immer weiter teilen, aber am Schluß ist es eigentlich gar kein Teilen mehr, sondern man verwandelt Energie in Materie, und die Teile sind nicht mehr kleiner als das Geteilte. Aber was war dann am Anfang? Ein Naturgesetz, Mathematik, Symmetrie? 'Am Anfang war die Symmetrie.' Das klang wie Platons Philosophie im 'Timaios'... "

Wie er diesem Gedanken auf dem Strohsack ebenjener besagten Skihütte der Steilen Alm nachgeht, bettet er überhaupt seine kernphysikalischen Männergespräche lebenslänglich mit Vorliebe in Umgebungen und Situationen, die von der romantisch-gefühlvollen Naturwahrnehmung der Jugendbewegung gezeichnet sind, als er noch mit Kurt und Robert, mit Walter und Rolf, mit Wolfgang und Otto am Starnberger See, im Altmühltal, zwischen Kreuth und Achensee, in der Rhön, im Harz und im Thüringer Walde bei Lagerfeuer, Gitarrenmusik und Landarbeit über die Gesetze philosophiert, die diese so schöne Welt als Ganzes zusammenhalten.

Männergespräche sind es schließlich auch, die Heisenberg bei einem Fußmarsch durch das gomorrhisch brennende Berlin, im Uran-Kreis des Dahlemer Kaiser-Wilhelm-Instituts für Physik, in der widerstandsnahen Berliner Mittwochsgesellschaft mit dem Generalobersten Ludwig Beck, dem preußischen Finanzminister Johannes Popitz, dem Grafen Schulenburg, dem Botschafter von Hassel, Ferdinand Sauerbruch und anderen oder, nach dem Hitler-Krieg, in der gemeinsamen Gefangenschaft von Farm Hall mit den Physikern Otto Hahn, Max von Laue, Walter Gerlach, Carl Friedrich von Weizsäcker und Karl Wirtz führt, als sie dort vom mitverursachten Atombombenabwurf über Hiroschima und Nagasaki erfahren.

In Heisenbergs Umkreis gibt es keine Lise Meitner, keine Irène Joliot-Curie, keine Ida Noddack, und wenn er seine autobiografischen "Gespräche im Umkreis der Atomphysik" seiner Frau, Elisabeth Schumacher, widmet, erinnert mich das just an Goethes Plan einer Festaufführung von Schillers "Maltesern" just zum Geburtstag der Herzogin. Denn an allen Gesprächen seines Erinnerungsbuches nimmt nur ein einziges Mal eine Frau teil. Auch insofern also mag Weizsäcker recht haben, wenn er Heisenbergs Autobio-

grafie als "die einzigen wirklich platonischen Dialoge aus neuerer Zeit" *bezeichnet.*

Heisenbergs Männergeselligkeit bezieht nicht ausschließlich Kollegen ein, bleibt aber gern im eigenen Gedanken- und Forschungsfeld. Mit besonderer Sorgfalt versammelt er auch, zumal als erst 26jähriger Ordinarius für theoretische Physik an der Universität Leipzig, "hochbegabte" *Physik-Studenten aller Nationen um sich, mit denen er die Weiterentwicklung der Quantenmechanik erörtert, aber auch schwimmen geht, Tischtennis spielt, Ski läuft, Tee trinkt und Freundschaften entwickelt, die seine Frau später als* "intensive menschliche Begegnungen" *verifiziert: mit dem Schweizer Felix Bloch, dem Ungarn EDuard Teller, dem Russen Lew Dawidowitsch Landau, dem Deutschen Friedrich Hund.*

Sie alle nennt er seine "netten jungen Physiker". *Ihnen zuliebe verzichtet er noch wenige Wochen vor Ausbruch des Zweiten Weltkrieges darauf, einem Ruf der Columbia University zu folgen und in die USA zu emigrieren. Elisabeth Schumacher, mit der er damals just zwei Jahre verheiratet ist, begreift diesen Verzicht noch in ihrem Erinnerungsbuch nach seinem Tode als eine Entscheidung* "gegen die Familie, gegen ihre Sicherheit, [...] in gewissem Sinne gegen mich" *und* "für alle die, die seine Freunde, seine Gesinnungsgenossen waren".

Ein pädagogischer Eros von sonderlich inniger, gar goethischer Art verbindet ihn damals auch mit dem "weit überdurchschnittlich" *begabten,* "zarten, empfindlichen" *blondlockigen Kommunisten Hans Euler, den er dann bald zu seinem Assistenten macht, und dessen finnischem Freunde Berndt Olaf Grönblom, der gleichfalls bei Heisenberg promoviert und die beide im Krieg ums Leben kommen – vor allen andern aber mit Carl Friedrich von Weizsäcker, dem er, in Kopenhagen, bereits Aufmerksamkeit und Sympathie zu widmen beginnt, als er selbst 25 und Weizsäcker erst 14 ist, und dem er, wenige Monate später, in einem Berliner Taxi zwischen Stettiner und Anhalter Bahnhof, vorab von der noch nicht publizierten Unbestimmtheitsrelation erzählt:* "Ich glaub', ich hab' das Kausalgesetz widerlegt'; *den Neunzehnjährigen führt er mit Niels Bohr zusammen, um dann sein Leben lang in intimer Freundschaft mit beiden verbunden zu bleiben.*

Aus diesen Assoziationen zu den männergesellig gesprenkelten Versuchen meines linken Tuchnachbarn, Atomphysik, Philosophie, Naturromantik,

*Sport, Musik und Freundschaften in einer umfassend allgemeinen Kern-
schmelze zu verbinden, werde ich durch die banale Tatsache aufgeschreckt,
daß das vorübergehend festgestaute Mozart-Publikum aus seiner Blockade
befreit wird und sich treppab dem Ausgang weiter entgegenschiebt. Die
Gier hinauszugelangen ist aber inzwischen bei allen Wartenden so ange-
wachsen, daß das nunmehr einsetzende Schieben und Drängen nur umso
heftiger und kopfloser wird. Auch Heisenberg und ich werden von unsern
Hintermännern rücksichts- und gnadenlos vorwärtsgestoßen und fallen bisweilen fast über unsere Vordermänner, die uns aber in dieser Enge zugleich
auch auffangend vor dem Hinstürzen bewahren.*

*Dabei werden wir so aneinander gedrückt, daß es, jedenfalls mir, mitunter
rechtschaffen weh tut, das Knochengerüst dieses Nobelpreisträgers und
Weltveränderers in meinem Muskel-, Fett- und Nervengewebe imprägniert
zu fühlen. Unsere Umgebung, der es nicht anders geht, macht ihrem Unmut
und Mißbehagen teils in Gelächter, teils aber auch in wahllosen Beschimpfungen Luft. Heisenberg entscheidet sich für hinnehmend geduldige
Schweigsamkeit und eine ökonomische Zurücknahme seiner Energien, die
er für Wichtigeres schonen wollen mag.*

*Er ist hier in Göttingen, wo er schon früher als Student, dann, in jugendbe-
wegt kurzen Wanderhosen und halsfreien Hemden mit Schillerkragen, als
Assistent Max Borns und Habilitant lebt, nunmehr mit dem Wiederaufbau
der vormals Berliner Kaiser-Wilhelm-Gesellschaft beschäftigt, die nach
dem hiesigen Tode Max Plancks sehr sinnfällig auf dessen Namen umbe-
nannt wird.*

*Hier in Göttingen widerspricht er als zwanzigjähriges viertes Semester dem
prominenten Gastdozenten Niels Bohr, und auf einem ersten und folgenschwer prägenden gemeinsamen Spaziergang im frühlingshaften Hainberg,*

*den Goethe mit seinem zweimal fünf- oder zehnjährigen Sohne wegen seiner
Fossilien aufsucht und als "einzig bedeutenden Ort" bezeichnet, drunter
trumpets,*

*und an jenem Ausflugslokal "Zum Rhons" vorbei, wo ich selbst drei Jahr-
zehnte nach Heisenberg als neunzehnjähriges zweites Semester bei Kaba-
rett-Proben zu einem Studentenfest den nicht minder folgenschwer prägen-*

den und rauschhaft beglückenden Verlust meines Zeitgefühls als elementa-
res Symptom kreativer Ekstase erfahre,

*erfährt der junge Werner Heisenberg von Niels Bohr, daß die Stabilität der
Materie "ein reines Wunder" sei, in der Struktur der Atome daher Newton's
Kausalgesetz entkräfte und was es in diesem Zusammenhang mit Max
Plancks Entdeckung auf sich habe, daß sich die Ausstrahlung von Energie
durch ein atomares System stetig ändere; diese Zusammenhänge zu formu-
lieren, scheitere bislang aus Mangel an hinlänglicher Sprache.*

*Auf dem Rückweg stadteinwärts lädt Niels Bohr, der im selben Herbst noch
mit dem Nobelpreis gewürdigt wird, das vierte Semester Heisenberg zu gemeinsamer Forschung nach Kopenhagen ein. An diesem Göttinger Früh-
lingstag, gesteht Heisenberg, beginne hier im Hainberg um den "Rhons"
seine eigentliche wissenschaftliche Entwicklung.*

*Heute ist er hier als Direktor des Max-Planck-Instituts für Physik mit den
Vorbereitungen zu einer Reise nach Washington beschäftigt, wo er im Auftrag der Bonner Bundesregierung über eine eigenständig deutsche Atomin-
dustrie verhandeln soll. Dafür ist wohl gerade er der rechte Emissär, weil
er sich bereits unter Hitler für eine strikt friedliche Nutzung der Kernener-
gie entscheidet und den Bau einer deutschen Atombombe damals verhindern
hilft.*

*Aber schon zehn Jahre vor Hiroschima schneidet Heisenberg bei seinem
Kopenhagener Parkspaziergang mit Niels Bohr und Ernest Rutherford die
damals noch rein theoretische Frage einer technischen Nutzung von Kern-
energie an. Lord Rutherford, den Heisenberg als "Vater der modernen
Atomphysik" verehrt, erwidert damals:*

"Wer von einer technischen Ausnutzung der Atomenergie spricht, der redet
einfach Unsinn."

*Schon drei Jahre vorher aber entdeckt James Chadwick in eben Ruther-
ford's Cambridger Laboratorium jenes Neutron, dessen Existenz Lord Rutherford selbst schon siebzehn Jahre vorher prognostiziert und das nunmehr
seinem Entdecker den Nobelpreis, der Menschheit aber den Schlüssel zur
Kernspaltung beschert.*

Schon damals hält der junge Historiker Paul Langevin dieses Neutron für gefährlicher als Hitler, weil wir es " – im Gegensatz zu ihm – nie mehr loswerden können".

Nur zwei Jahre später löst Enrico Fermi damit in Rom eine Kettenreaktion aus, ohne sie aber als solche zu erkennen; dasselbe geschieht in Paris und Zürich, und nur drei Jahre später tut auch Rutherford-Schüler Otto Hahn in Berlin dasselbe und begreift es schließlich, wenn auch zögernd.

Aber da ist es gottlob schon zu spät, mit der möglich werdenden Atombombe den Zweiten Weltkrieg zu führen, was die Menschheit also der Begriffsstutzigkeit zunächst ihrer großen Physiker, dann aber auch Adolf Hitlers zu verdanken hat, der diese Waffe seiner "weißen Juden", wie er die Atomphysiker diffamieren läßt, nicht versteht und darum verwirft.

Aber er läßt schon gleich nach Kriegsbeginn in Berlin den sogenannten "Uran-Verein" gründen, der dem Kaiser-Wilhelm-Institut für Physik angegliedert und dessen Direktor Werner Heisenberg wird.

Diese Ernennung wird im Ausland als Pakt mit Hitler mißdeutet und löst bei den amerikanischen Atomphysikern Panik und jenen Brief Albert Einsteins an seinen Präsidenten Roosevelt mit der Aufforderung aus, der nazideutschen Atombombe mit dem Bau einer eigenen zuvorzukommen. Über diesen Zeitpunkt sagt Heisenberg später:

"Im Sommer 1939 hätten noch zwölf Menschen durch gemeinsame Verabredungen den Bau von Atombomben verhindern können."

Eine solche Verabredung verhindert er aber selbst: seinen "netten jungen Physikern" zuliebe.

Freilich verhindert er ebenso den befürchteten Bau der deutschen Bombe, indem er mit seinem engsten Mitarbeiter Weizsäcker schon im ersten Kriegsjahr die Möglichkeit eines friedlich nutzbaren Atomreaktors entwickelt, den sie Uran-Brenner nennen. An einem 6. Juni, dem 67. Geburtstag Thomas Manns, referiert Heisenberg vor Reichsrüstungsminister Albert Speer über die technische Kapazität dieses Uran-Brenners, Atomenergie zum Antrieb von Maschinen herzustellen. Speer folgt dieser einseitigen Darstellung und entscheidet sich für eine solche Weiterarbeit und damit gegen die bereits mögliche Konstruktion der Bombe.

*Bei Kriegsende steht dann in einem Felsenkeller der Schwäbischen Alb,
dem bisherigen Vorratsraum des Haigerlocher "Schwanen"-Wirts, der Bau
eines solchen Probe-Reaktors kurz vor seinem Abschluß. Er soll, nach über-
standenem Kriege und Hitler-Regime, einer industriellen Verwertung nukle-
arer Energie zu friedlichen Zwecken den Weg bereiten helfen. Tatsächlich
arbeitet dann in Argentinien das erste Atomkraftwerk, das die Bundesrepublik Deutschland exportiert, mit einem Reaktorkern, wie er damals in Hai-
gerloch für den NS-Uranverein Atomstrom zu erzeugen beginnt, während
Heisenberg auf der Orgel der darüber gelegenen gotisch-barocken Schloß-
kirche Fugen von Johann Sebastian Bach spielt: als Lobpreis Gottes oder
als Stoßgebet mit Bitte um Hilfe und Segen?*

*Hier in Göttingen gründet Heisenberg später jenen Forschungsrat, der die
industrielle Nutzung der Atomphysik auch in der frühen Nachkriegsära an-
regen und überwachen, "der Wissenschaft ein gewisses Recht zur Initiative
in öffentlichen Angelegenheiten verschaffen" soll. Er wird zum Atom-Bera-
ter Konrad Adenauers und setzt mit amerikanischer Zustimmung den Bau
des ersten deutschen Atomreaktors durch.*

*Dieses relativ späte Erreichen seines frühen Zieles einer friedlich genutzten
Atomtechnik gerät dann, noch in seiner Göttinger Zeit, in neue politische
Bedrängnis, als die Bundesregierung mit ihrem Atomminister Franz Josef
Strauß eine Ausrüstung der Bundeswehr mit Atomwaffen ins Auge faßt.*

Heisenberg erkrankt.

*Gemeinsam mit siebzehn anderen Göttinger Atomwissenschaftlern, darunter
auch Otto Hahn, Max von Laue, Max Born und Karl Wirtz, unterzeichnet
und publiziert er gleichwohl jene von Weizsäcker entworfene sogenannte
"Göttinger Erklärung", die Bundesregierung und Weltöffentlichkeit über
das Zerstörungspotential taktischer und strategischer Atomwaffen informiert, einen Verzicht auf solche Waffen empfiehlt und eine Mitarbeit an ihrer Herstellung und Erprobung verweigert.*

*Adenauer versucht unverzüglich, Heisenberg im Sinne seiner Bewaffnungs-
politik umzustimmen. In einem langen Telefonat bezeichnet er die achtzehn
Wissenschaftler als Idealisten, die es auf eine Schwächung der Bundesrepublik abgesehen haben. Heisenberg lehnt das vorgeschlagene Treffen als
sinnlos ab und charakterisiert sich und seine Mitunterzeichner als "nüchter-*

ne Realisten", *die der Bundesrepublik vielmehr eine äußerste Gefährdung
ersparen und sie vor den leichtfertigen Denkmustern überalterter Sicher-
heitskategorien bewahren wollen.*

*Solche Argumentation lehnt Adenauer als unbillige Anmaßung einer kleinen
Minderheit ab, der er sich freilich unter dem Druck ihrer resonanz- und
wählerstarken Öffentlichkeit schließlich fügt.*

*Dennoch resigniert Heisenberg hinfort an seiner politischen Effizienz und
bemüht sich in der verbleibenden Göttinger Zeit um eine Feldgleichung,*
"die ein Materiefeld mit innerer Wechselwirkung beschreibt und möglichst
alle in der Natur beobachteten Symmetrie-Eigenschaften in kompakter Form
darstellt".

*Mit dieser Rückkehr zu einer Weitererforschung der Elementarteilchen im
Atomkern mag er sich im idyllischeren Dienste gefahrloser Theorie erachten. Erst dreißig Jahre später beginnt sich das als teuflischer Irrtum zu entlarven.*

*Denn seit der Zündung von Atombomben über Hiroschima und Nagasaki,
wenn nicht gar schon, seit Enrico Fermis erster Versuchsreaktor drei Jahre
vorher in Chicago zu funktionieren beginnt, ziehen in zunehmendem Maße
und mit nur kurzen Unterbrechungen Wolken künstlicher Radioaktivität um
den Globus. Sie entströmen den Atombomben-Tests der USA, der Sowjetunion, Frankreichs und Chinas, aber auch den Defekten friedlicher Kernkraftwerke in Windscale, im Ural, in Harrisburg, in Tschernobyl, in Hamm-
Uentrop und vielen geheimgehaltenen Reaktorschäden in aller Welt.*

*Schon seit Hiroschima und Nagasaki weiß man, daß außer den unmittelbar
direkten Schädigungen auch Langzeiterkrankungen wie Karzinome und
Lymphopenie, diese lebensbedrohliche Verminderung der weißen Blutkörperchen, eine Folge radioaktiver Einstrahlung sind.*

*Seit den zeitlich benachbarten GAUs und ihrer Kernschmelze im Ural und
im britischen Windscale, heutigen Sellafield, und verstärkt seit den französischen Atomwaffentests über den Berberhirten der Sahara beobachtet man
weltweit ein wellenartiges Ab- und Zunehmen der weißen Blutkörperchen,
das ihre Gesamtzahl gleichzeitig kontinuierlich reduziert. Dieser Leukozy-
tenabfall entspricht den Kurven der jeweiligen radioaktiven* fall outs *und
hat einen Anstieg von Krebs- und Tuberkulose-Erkrankungen sowie eine*

Schwächung des menschlichen Immunsystems zur Folge. Demgemäß größer ist allgemein die Anfälligkeit für Infekte und Allergien, für bösartige Neubildungen und Bluterkrankungen wie Leukämie, und demgemäß hartnäckiger verlaufen sonstige Erkrankungen. Zugleich werden auch Zellveränderungen der roten Blutkörperchen registriert und als eine irritierte "Unruhe der Blutbildung" bezeichnet, die nach dem Super-GAU von Tschernobyl auch als jene Blutbildveränderungen auftreten, die als Mononukleose zu den Vorstadien einer AIDS-Erkrankung zählen.

Zumal seit den Sahara-Explosionen tauchen auch seither typische Befindensstörungen wie Initiativverlust, Depressionen, Müdigkeiten, Nervositäten, Schlafstörungen, Willenshemmung und Hoffnungslosigkeiten zumal bei jüngeren Menschen auf.

Auf der sowjetischen Tschuktschen-Halbinsel leiden infolge dortiger Atombomben-Tests nahezu hundert Prozent der Bevölkerung an Tuberkulose, und das Speiseröhren-Karzinom erreicht dort in zehnfacher Überhöhung des Landesdurchschnitts die absolut höchste Rate der Welt.

Medizinisch neu wie die Leukozytendepression ist seither auch die Zunahme pathologischer Keime in Rachen- und Darmflora, wo sich schwer beeinflußbare Bakterienstämme etablieren, die sich nach Tschernobyl in bislang unbekanntem Maße und hochpathologischer Resistenz häufen. Zu ihnen mögen zu böser Letzt auch die HIV-Erreger zählen.

Unter dem Eindruck solcher Diagnosen wird schließlich international eine Einstellung der Atombombenversuche verabredet. Registrierbarer Rückgang einschlägiger Erkrankungen ist die ermutigende Folge. Aber Frankreich und China, auch USA und Sowjetunion halten sich nur bedingt oder gar nicht an diese Absprache. Überdies entweichen den mittlerweile kaum noch zählbaren Kernkraftwerken in aller Welt fortgesetzt allerkleinste Dosen radioaktiver Strahlung, die als ungefährlich ignoriert werden. Aber sie sind es nicht.

Der sogenannte Petkau-Effekt, nach seinem kanadischen Entdecker benannt, macht ebenjene allerkleinsten Dosen radioaktiver Strahlung als Verursacher schwerer biologischer Schädigungen dingfest. Sie können für Kern, Membran und Saft jeder einzelnen Zelle eines menschlichen Körpers durch die Auslösung hochtoxischer Substanzen, die es in der Natur bisher

nicht gibt, hundert- bis tausendfach gefährlicher sein, als es von den Strah-
lenschäden in Hiroschima bekannt ist. Die Fähigkeit einer derart vergifte-
ten Zelle zur Sauerstoffbindung wird so beeinträchtigt, daß sie zur Krebsbil-
dung neigt. Über Atmung und Nahrung wird krebserregendes Strontium 90
aufgenommen, das sich im Knochenmark anreichert und dort die Blutbildung schädigt. Eingeatmet werden auch radioaktives Tritium, das die Erb-
träger im DNS-Molekül zerstört, und radioaktiver Kohlenstoff, der mutage-
ne Wirkungen und Zellveränderungen zeitigt. Mißbildungen sind die Folge.

Radioaktive Kleinstdosen "in jahrelanger Effekt-Summierung" verursachen
überdies Zellschäden, die das immunologische Abwehrsystem des Körpers
in hohem Maße schwächen und dessen Auseinandersetzung mit eindringen-
den Bakterien und Viren beeinträchtigen. Hiervon sind besonders auch die
abwehrentscheidenden Helferzellen, die T-4-Lymphozyten, betroffen. Entsprechende Wehrlosigkeit des Körpers, zum Beispiel gegen HIV-Erreger,
sind das Resultat. So kann die schleichende radioaktive Verseuchung zu einer Ursache auch für jene rätselhaften Erkrankungen werden, die den Sam-
melnamen AIDS tragen und auf einem Kollaps des Immunsystems beruhen.

Diese permanente Erhöhung der gesamten Umwelt-Radioaktivität mag
nicht zuletzt erklären, warum bei allen nach Hiroschima geborenen Jahr-
gängen die Sterblichkeitsrate global höher liegt als bei älteren Menschen.
Krebs gar bei Kindern ist noch vor einem halben Jahrhundert auf diesem
Planeten so gut wie unbekannt, derzeit allein in Westdeutschland die Diagnose bei jährlich etwa 1200 Krankheitsfällen.

Dieser chronisch zunehmende Petkau-Effekt schnellt nach der Reaktor-Ha-
varie von Tschernobyl sprunghaft in die Höhe. In jenem April, als ich auf
den Seychellen-Inseln Mahé, Praslin und La Digue in den Armen meines
fragilen Inderknaben liege, als der afrikanischere Serge mich dort mit unbe-
grenztem Wohnrecht bei seiner Familie beglückt und jenes rassisch so deli-
kat gesprenkelte Jünglings-Trio mich einen ganzen Tropensonntag und eine abschiedartige Inselumrundung lang das Paradies dieses Planeten im
Urzustand unzerstört heiler Schöpfung erleben läßt: im selben April geht
nicht nur von jenem unseligen Tschernobyl, geht auch vom deutschen Kern-
kraftwerk Hamm-Uentrop und vom amerikanischen Atomwaffentest in der
Nevada-Wüste ein bislang unbekannt hochdosierter radioaktiver Schub um
den Erdball. Die Messungen dieser fall outs betragen insgesamt ein Vielfa-

*ches aller oberirdischen Atombombenexplosionen seit Hiroschima. Der Be-
griff der "Strahlenpest" entsteht.*

*Er umfaßt endemisch und epidemisch gehäufte Erkrankungen an Leukämie,
an Schilddrüsen-, Lippen-, Speiseröhren- und Magenkrebs, an hochpatholo-
gischen Keim-Infekten sowie das rätselhafte Auftauchen des sogenannten
Lake-Tahoe-Syndroms, einer chronischen und fiebrigen Virus-Erkrankung
in AIDS-Nähe. Auch Säuglingssterblichkeit und bizarre Mißbildungen, zumal bei Tieren und Pflanzen, nehmen erschreckend zu.*

*Vor allem aber treten seit diesem April in aller Welt Blutbildstörungen mit
krassen Leukozyten- wie Lymphozyten-Depressionen und Formveränderun-
gen der Blutzellen auf. Die Folge ist eine Immunschwäche, die auch als
Tschernobyl-AIDS bezeichnet wird.*

*Aber schon dreißig Jahre vor diesem April von Tschernobyl schreibt nach
der Zündung jener dreistufigen Wasserstoffbombe am pazifischen Atoll Bi-
kini der amerikanische Zoologe Curt Stern:*

"Jeder Mensch auf der Erde trägt bereits in seinem Körper kleine Mengen
von Radioaktivität, die von den Tests herkommen: 'heißes' Strontium in den
Knochen und 'heißes' Jod in den Schilddrüsen."

*Das bestätigen oder ergänzen seither die Publikationen der Radiologen E.
Mehring und E. J. Sternglass, des Statistikers Jay M. Gould sowie von
Ralph Graeub, Holger Strohm, Otfried Messerschmidt, Robert Jungk, Ruth
Jensen und vieler anderer, auch Tausende von Untersuchungsbeschreibun-
gen für das* United Scientific Committee.

*Sie alle weisen auf den unabwendbaren biologischen Kollaps des Menschen
hin und bleiben relativ unbeachtet.*

*Während mir derlei, querbeet und weniger geordnet, durch den Kopf
schießt, fühle ich Werner Heisenbergs Rist im überfüllten Treppenhaus der
Göttinger Georg-August-Aula an meinem Rist, seine Wade an meiner Wade,
sein Knie an meinem Knie, seinen Oberschenkel an meinem Oberschenkel,
seine Rippen an meinen Rippen und seine Schulter an meiner Schulter.*

*Natürlich weiß ich, daß nicht er, sondern Otto Hahn und Lise Meitner, En-
rico Fermi, die Joliot-Curies und primär James Chadwick die folgenschwere Spaltung des Atomkerns und jegliche katastrophale Kettenreaktion zu*

verantworten haben. Aber ohne Heisenbergs vorausgehende und anschliessende Arbeiten zu den Vorgängen im Atomkern wäre die Erde wohl nicht so verstrahlt.

Der Glaube an die Integrität der Wissenschaft wäre auch nicht erschüttert, deren Unschuld nicht verloren. Seit dem 6. August von Hiroschima sind sie es irreparabel.

Aber an diesem Tage befürchtet Heisenberg in der Gefangenschaft von Farm Hall, nur vierzig Kilometer von jenem Cambridge entfernt, wo bei Rutherford und Chadwick die Katastrophe ihren Lauf nimmt, zwar den möglichen Selbstmord des verzweifelnden Otto Hahn, verneint aber Weizsäckers Frage nach ihrer aller Mitschuld:

"Ich glaube nicht, daß es Sinn hat, hier das Wort 'Schuld' zu verwenden, selbst wenn wir in diesen ganzen Kausalzusammenhang verwoben sind. Otto Hahn und wir alle haben an der modernen Naturwissenschaft teilgenommen. Diese Entwicklung ist ein Lebensprozeß, zu dem sich die Menschheit [...] schon vor Jahrtausenden entschlossen hat. [...] An diesem Lebensprozeß der Entwicklung der Wissenschaft teilzunehmen, kann nicht als Schuld angesehen werden. [...] Wenn wir die Entwicklung der Wissenschaft in dieser Weise als einen historischen Prozeß im Weltmaßstab ansehen, so erinnert deine Frage an das alte Problem von der Rolle des Individuums in der Weltgeschichte. [...] Wenn Hahn nicht die Uranspaltung gefunden hätte, so wären vielleicht einige Jahre später Fermi oder Joliot auf dieses Phänomen gestoßen. [...] Daher kann man dem Einzelnen, der den entscheidenden Schritt wirklich tut, nicht mehr Verantwortung für seine Folgen aufbürden als allen anderen, die ihn vielleicht auch hätten tun können. Der Einzelne ist von der geschichtlichen Entwicklung an die entscheidende Stelle gestellt worden, und er hat den Auftrag, der ihm hier gegeben war, auch ausführen können; mehr nicht."

Ich muß an Hitlers Begriff der "Vorsehung" und an Werner Krauß bei seiner Entnazifizierung denken: wenn nicht ich, dann andre – also ...

Ich muß aber auch an Heisenbergs Kollegen Albert Einstein denken, der gegen Ende seines Lebens, lange nach Hiroschima, eine wichtige mathematisch-astronomische Entdeckung weder aufschreibt noch ausspricht, son-

*dern sich lieber an Weizsäckers These versündigt, daß Veröffentlichung in
der Wissenschaft als Pflicht gelte:*

"Einmal ein Mitmörder an der Menschheit zu sein, genügt mir", *sagt er;
und:* "Am besten ist es, überhaupt nicht zu handeln."

Das ist dann eine Alternative des Möglichkeitssinnes.Oder noch Lao-tses.

*An diesem Punkt werden meine Assoziationen zum tuchfühlenden Körper-
kontakt mit Nachbar Heisenberg jählings unterbrochen, weil rechts und
links hinter uns beiden eine klaustrophobische Panik aufflammt und sich in
hysterisch gewaltsamen Ausbruchsversuchen Platz und Ausgang zu schaffen
trachtet. Unter unartikulierten Rufen und Schmerzensschreien entstehen
zwei kettenreaktive Druckwellen, die Heisenberg und mich im Zentrum ihres
Aufeinanderpralls einwärts zueinander drehen und noch enger aneinander
drängen als bisher schon.*

*Nunmehr stehen wir also frontal zusammengepreßt und in gewaltsam inti-
mem tête-à-tête einander gegenüber. Ich kann nicht umhin, Werner Heisenberg hautnah direkt ins Gesicht zu sehen. Ich sehe sommersprossig gesprenkelten Teint unter aschblond schütterem Haar. Unter aschblond buschigen
Brauen sehe ich pfiffig belustigte Augen von großer Ruhe. Das ganze Gesicht ist ruhig, gütig und friedlich – inmitten all der Hektik ringsum. Es ist
geduldig und freundlich. Es ist bescheiden, unauffällig und eingeordnet. Es
ist heiter, bewundernswert und liebenswürdig. Ich bewundere es. Ich liebe
es. Ich könnte es packen und küssen: auf diese pfiffig-belustigten Augen, auf
das naive Lächeln dieses kindlich unschuldigen Mundes, auf diese Stirn,
hinter der unser aller Weltbild sich irreversibel verändert hat. Ich könnte
diesen Kopf küssen, der unser Weltverständnis revolutioniert: den Revolu-
tions- und Jahrtausendkopf dieses unscheinbaren kleinen Mannes hier vor
mir. Ich könnte ihn leidenschaftlich umarmen und noch näher an mich drük-
ken, mich in ihn drücken, ihn in mich drücken, mit ihm verschmelzen und
kontaminieren in strahlender Fusion, ihn drücken und drücken. Ich könnte
ihn auch zerdrücken. Ihn zerquetschen. Ihm Gewalt antun. Ihn vergewalti-
gen. Ermorden. Erstechen, erdrosseln. Ihn strafen für Strahlenpest und biologischen Kollaps unseres Planeten. Er könnte mir nicht entkommen. Er ist
mir ausgeliefert. Er scheint das auch zu wissen. Tief in der heiteren Ruhe
seiner lächelnden Pupillen glimmt ein ergebenes Wissen um die Unaus-*

*weichlichkeit unserer Situation, die inzwischen, in all ihrer schamlosen Be-
drängnis, zu einem lebenden Bilde einfriert.*

*So verharren wir, Heisenberg und ich, in bizarr harmonischer Unspaltbar-
keit.*

*Dann löst sich der bedrohliche Stau so rätselhaft wie er entsteht, und die
gefangengehaltene Erna-Mozart-Gemeinde gelangt in unverhofft schnellem
Fluß ins Freie und zerstreut sich.*

*Auch Heisenberg und ich verlieren uns ebenso schnell und wortlos aus den
Augen, wie uns jener Lebensprozeß für einige Minuten zusammenquetscht.*

*Zu Hause speise ich zunächst dieses Göttingen als eine durch und durch
magische Örtlichkeit in meinen elektronischen Datenspeicher ein, den es
ohne Heisenbergs Göttinger Fantasie und Berechnungen ohnehin nicht gäbe.*

Dann greift Yan zu jenem platonisch männlichen Erinnerungsbuch, das Heisenberg unter dem Titel "Der Teil und das Ganze" just in jenem selben Jahr
publiziert, als Freund Severin die Konsequenzen schon des Kölner Gomorrha nicht länger zu ertragen gewillt ist und toxische Abgase einatmet, die
schneller wirken als radioaktive Verseuchung.

Yan möchte wissen, welches Fazit dieser Heisenberg aus seinem so eminent
folgenschweren Leben zieht, und liest das Finale seines Buches. Da sind
Heisenberg und Familie bei Erich von Holst aus Riga, einem bedeutenden
Biologen des Max-Planck-Instituts für Verhaltensforschung, in Seewiesen
zwischen Ammer- und Starnberger-See zu Besuch. Inmitten eines idyllisch
heilen Naturpanoramas hört Heisenberg seine beiden ältesten Söhne, Wolfgang und Jochen, mit dem Gastgeber Beethovens Serenade in D-dur musi-
zieren, *"die von Lebenskraft und Freude überquillt und in der sich das Vertrauen in die zentrale Ordnung überall gegen Kleinmut und Müdigkeit
durchsetzt. In ihr verdichtete sich für mich beim Zuhören die Gewißheit,
daß es, in menschlichen Zeitmaßen gemessen, immer weitergehen wird, das
Leben, die Musik, die Wissenschaft ... "*

Damals weiß er freilich noch nichts von Tschernobyl und Strahlenpest, von
Petkau und AIDS. Er weiß auch nicht, daß am Ende dieses von ihm gepräg-

ten Jahrhunderts jeder menschliche Organismus fünfhundert Substanzen aufweist, die er noch nicht enthält, als Heisenberg den Nobelpreis bekommt.

Drei Wochen später geht Yan zur Wiederholung von Erna Bergers Mozart-Konzert. Vergeblich und umso sehnsüchtiger hält er im Publikum Ausschau nach seinem Intimus Heisenberg.

Aber der ist nun wohl schon mit seiner Argumentation für die bevorstehenden Washingtoner Verhandlungen zugunsten deutscher Kernkraftwerke unterwegs. Yan stellt ihn sich freundlich rechnend am Lagerfeuer eines Pfadfinderzeltes im Naturschutzgebiet des Nationalparks Yellow Stone vor, während Erna Berger hier den *"animæ beatæ"* ihrer heils- und erlösungsbedürftigen Zuhörer wieder mit seliger Knabenstimme und überirdischer Engelssüße anrät, sich nicht nur mitten im nächtlichen Dunkel der *"obscura nox"*, sondern erst recht und trotz allem an jedem einzelnen nunmehr *"strahlenden Tage"* (*"Fulget, amica, dies"*) in Freuden aufzurichten:

"Surgite tandem læti!"

Sie weiß, was sie singt. Auch sie ist zu Fuß durch das brennende Berlin gelaufen, obwohl auch sie mühelos hätte emigrieren können. Freiwillig also sitzt sie mit den Berlinern im Luftschutzkeller, versteckt sich vor Tieffliegern im Straßengraben, läßt sich ausbomben und ihr Haus verbrennen. Aber *"surgite tandem læti"*.

"Meine Kunst konnte Gewalt und Zerstörung nicht vergessen machen", untertreibt sie in ihren Memoiren, *"aber sie half doch, Menschen zu erquicken und zu trösten."*

Yan und jeder, der sich bisher geängstigt hat oder *"qui timuistis adhuc"*, erquickt sich so an diesem tröstlich himmlischen Lobgesang: *"psallant æthera cum me"*.

Yan und jeder ist beseligt.

Exsultate! Iubilate!

Junior

Besagter Baré Marupiara, der Yan in Puerto Ayacucho, jener kleinen Hauptstadt des riesigen *Territorio Amazonas*, über indianische Namensvexiere
aufklärt, bringt zu ihrem Orinoko-Schippern im Sassafras-Bongo auch seinen fünfjährigen Sohn mit.

Yan fragt nach dem Namen des Kindes.

"Junior" – in angelsächsischer Phonetik.

Dieser Indianer-Junior fällt zunächst durch seine Unauffälligkeit auf. Er ist
ruhig, leise, wortkarg und ohne jene verzappelte Nervosität, die man europäischen, gar nordamerikanischen Kindern zugestehen zu müssen gewohnt
ist. Junior quängelt auch nie, will nicht in steter Sprunghaftigkeit irgendetwas haben oder machen, hat keine widerspenstigen Extrawünsche, ist kein
aufdringlicher Mittelpunktsaspirant mit kindischen Herrschaftsansprüchen.

Eine Orinoko-Tour solchen Ausmaßes scheint für ihn ebenso neu zu sein
wie für Yan. Aufmerksam und interessiert stellt er Fragen, deren väterliche
Beantwortung er konzentriert in sich aufnimmt und zu Anschlußfragen verarbeitet.

Unaufgefordert ist er auch stets behilflich: beim Einsteigen, beim Ablegen,
beim Zureichen von Getränken und Utensilien, später, im idyllischen Sei-
tenarm einer Lagune mit Süßwasserdelphinen, auch bei der Zubereitung der
Mahlzeit: da fischt er, unbeauftragt, mit improvisierter Angel, professioneller Geduld und gutem Erfolge.

Die ganze Tour über ist er ein angenehm guter Kumpel, ein zuverlässig und
hilfsbereit einfügsames Mitglied ihrer Mannschaft, auch noch als die Exkursion strapaziös und ermüdend wird, weil ein Dauerregen sie erbarmungslos
heimsucht und der scheinbar so träge Orinoko unverhofft zu toben, mit ihrem Einbaum drohend zu spielen beginnt.

Als dieser Junior da müde wird, plärrt er nicht, sondern schläft im Sitzen,
auf der Bootsbank an den Vater gelehnt, im strömenden Regen, bei kräfti-
gem "See"-Gang.

Der Vater läßt ihn schlafen. Überhaupt läßt er ihn gewähren. Wenn der Junge sich ahnungslos gefährdet, verbietet er weder noch schimpft er, sondern erklärt: "Wer die Finger über den Bootsrand im Flußwasser spielen läßt, ist für solche Fahrten ungeeignet, weil er Kaimane anlockt." Das genügt und wirkt.

Und Marupiara siezt seinen Sohn. Tatsächlich redet er den Fünfjährigen mit Sie an. Das mutet Yan anfangs spaßig, wie ein väterlich gutgelaunter Scherz an. Aber keiner der beiden lacht dabei; für beide ist es eine gewohnte Selbstverständlichkeit. Ein Vater bringt seinem Sohn da Respekt entgegen. Er behandelt ihn nicht als untergeordneten Dümmling, nicht als ahnungslos und entwicklungsbedürftig Halbwertigen, nicht als unfertiges Erziehungs- und Modellierungsobjekt; er behandelt ihn als vollwertig gleichgestellten Partner, den er nicht herablassend, sondern ebenso höflich anredet wie jeden anderen Mann.

Dieser Vater akzeptiert seinen Sohn als Mann.

Von Mann zu Mann liegt ihre Unterscheidung einzig im Alter. Darum nennt Marupiara seinen Sohn nicht bei dessen Taufnamen, sondern eben *junior*, den Jüngeren im Sinne von jünger als der Ältere, so wie er selbst als der Senior eben lediglich älter ist als der Jüngere. Dieser jeweilige Komparativ schreibt die wechselseitige Beziehung aufeinander beschwörend fest: jünger als; älter als.

Die angelsächsische Phonetik mag dabei einer erhöhenden Verfremdung dienen, wie Yan auch aus seinem eigenen emotionalen "Mein Kleiner" eben Paulus macht und Europäer sich, zumal in früheren Zeiten, mit Vorliebe des Lateinischen oder Griechischen bedienen, um sich über Gedankenlosigkeiten ihres allzu gewohnt eigenen Idioms ins Bewußtere zu erheben.

Marupiara aber siezt seinen Junior nicht nur: er nennt ihn auch "Señor". Zum ersten Mal wird Yan der Zusammenhang, die verborgene Identität von Señor und Senior bewußt. Dieser Baré-Indianer bezeichnet seinen Sohn sowohl als Junior wie auch als Senior: *"Junior: por favor, Señor!"* Junior ist also auch Senior, Senior folglich wohl auch Junior. So hebt Marupiara sogar ihre einzige Unterscheidung, jene Altersdiskrepanz, unmerklich auf und solidarisiert sie miteinander zu einer Einheit gleichgestellter Männer.

Marupiaras Frau und Junior's Mutter hält sich derweil im nördlich äonenfernen Maturín, angeblich im Krankenhause ihrer heimatlichen Provinz Monagas, in Reichweite ihrer elterlichen Familie auf. Die beiden Männer sind miteinander allein.

Das wundersame Ergebnis ihres Umgangs ist, daß dieser fünfjährige Junior sich in der Tat auch wie ein Senior geriert. Er verfügt, selbst ganztägig, über jene ausgeglichene Heiterkeit eines abgeklärten Senioren.

Abends in Puerto Ayacucho, beim genüßlichen Verzehr von landesüblich geknofeltem und schmetterlingsartig aufgeklapptem Orinoko-Fisch im "Rincón de Apure", erzählt Marupiara dann unter vier Augen, als Junior im Bett ist, vom abnormen Zauber dieses Halberschlossenen, der eine geradezu graziöse Weisheit und eine frühreife Vernunft entfalte, die so alt anmute wie die Welt. Marupiara quillt gleichsam über von wundersamen Geschichten und Äußerungen dieses Sohnes. Natürlich ist er stolz und froh; vor allem aber steht er fassungslos vor diesem Mirakel in Sohnesgestalt.

Yan muß zuerst an den "Kleinen Prinzen" von Saint-Exupéry, dann aber, akuter und weniger märchenhaft, an Chris Griscom denken, jene nordamerikanisch gesprenkelte Marketing-Sensitive aus Santa Fé, die zwischen all ihren neuen, esoterisch klugen und gutverkäuflichen Denkanstößen und Lebensimpulsen auch nachdrücklich davon spricht, *"daß alle heute geborenen Kinder Wesenheiten eines großen Lichts sind, die sich ausgesucht haben, in dieser Zeit geboren zu werden, um uns durch diese Dunkelheit zu helfen, durch diesen Trichter, den wir zur Zeit durchqueren. [...] Sie sind gekommen, um uns zu schützen."*

Was leicht wie Yankee-Kitsch aus New Mexico anmuten mag: diesem Junior des Baré-Indianers in Puerto Ayacucho traut Yan tatsächlich zu, solche "Wesenheit eines großen Lichts" zu sein; er kann sich auch vorstellen, daß Kinder wie dieses ihm selbst und allen andern und diesem ganzen Planeten in letzter Sekunde noch Schutz und Hilfe, gar Rettung bringen.

Allerdings müßten sie sich sputen. Aber vielleicht ist ihre scheinbar unkindliche Reife in solchem Sinne bereits ein beschleunigender Zeitraffer, der langfristige Entwicklungsphasen zweckdienlich überspringt.

401
Paul

Aus Venedig kommt der schon sehnsüchtig erwartete Brief von Raffaele, der sich aber immer noch eines lakonisch knappen und leicht ironischen Stils bedient:

"Lieber Yan!
Danke für Deinen Brief mit der weiteren Entschleierung Goethes. Ich erlaube mir, hiesige schwule Germanisten mit diesen Bloß- und Richtigstellungen zu erschrecken, zu beglücken, aber auch in weiteren venezianischen Lokalpatriotismus hineinzustimulieren.

Im Übrigen muß ich Dir leider mitteilen, daß ich Dich ja bisweilen so anschauen mag wie Dein Severin, dessen Probleme mit Deinem Perspektivwechsel aber schon seit vielen Jahren nicht mehr teile, weil sie Dein achtzigjähriger Goethe mir in seinem Brief vom 15. Februar 1830 an Freund Zelter mit einem einzigen überzeugenden Satz nachhaltig ausgetrieben hat. Leider habe ich den hier nur in italienischer Übersetzung zur Hand:

'Un avvenimento importante, lo si sentira raccontare nella stessa città in un modo la matina, in un altro la sera.'

E basta. Con ciò è detto tutto. È così: der ganze Perspektivwechsel kurz und bündig ausformuliert und für mich seit diesem Satz gar kein Thema mehr, sondern ein Axiom. Von Dir erbitte ich ihn jetzt freilich im deutschen Original.

Dennoch bedeutet mein Bekenntnis zu diesem Rezept eines realistischen Umgangs mit der Vergangenheit durchaus nicht, daß ich nun Deine angekündigte Paul-Ehrenberg-Story mit ihren 'Abgründen der Liebe und des Todes' nicht mehr lesen will. Ganz im Gegenteil: erzähl sie, so ausführlich wie möglich,

Deinem wißbegierigen und intimitätenlüsternen Raffaele."

Yan antwortet Raffaele postwendend:

Lieber Raffaele –
danke für Dein Goethe-Zitat: es bestätigt in der Tat auf abermals wunder-
bar einfache und einleuchtend konkrete Weise meine Theorie eines Perspek-
tivwechsels einzig durch Zeitverbringen, Abwarten, sabr. *In originalem*
Goethe-Deutsch heißt das so:

"Ein bedeutendes Ereignis wird man in derselben Stadt abends anders als
am Morgen erzählen hören."

Aber den eigentlichen Sinn und Nutzen eines so verwirrend abwartenden
Perspektivwechsels von Morgen zu Abend definiert er schon neunzehn Jah-
re vorher in seinen "Tag- und Jahresheften":

"Ganz allein durch Aufklärung der Vergangenheit läßt sich die Gegenwart
begreifen".

Diese Gesetzmäßigkeit eines so verwandelnden sabr *findet sich übrigens,*
auch nicht übel, schon beim jungen Thomas Mann in einem Briefe just sei-
ner Ehrenberg-Zeit so zum Ausdruck gebracht:

"Es gilt, in aller Stille und Geduld abzuwarten, bis Alles wieder, leicht und
von selbst, ganz anders wird – und das thut es, zuverlässig, zu seiner Zeit."

Umso veränderter und aufschlußreicher also muß sich jener 1. August in
Weimar nach nun mehr als vierzig Jahren ausnehmen, wenn die Zeit dafür
sorgt, daß auch jene damals noch streng geheime Liebe Thomas Manns zu
Paul Ehrenberg inzwischen in all ihrem so gesprenkelten Facettenreichtum
öffentlich ausgestellt ist und alles in ein abermals anderes Licht taucht.

Ich hoffe, es ist Dir recht, wenn ich Dir zu diesem Thema Auszüge aus einer
Abhandlung schicke, die ich gerade für eine Anthologie über große Liebes-
paare der deutschen Literaturgeschichte schreibe. Ich habe mir hierfür das
Liebespaar Thomas Mann – Paul Ehrenberg ausgesucht.

Deinen schwulen Germanisten zuliebe sei aber noch vorausgeschickt, daß
in Eurem Venedig nicht nur Goethe sich zum männerkundigen Priap mau-
sert, sondern daß auch der 21jährige, also just majorenne, aber trotzdem
noch rechtschaffen "ungewordene" und jedenfalls erotisch reichlich uner-
fahrene Thomas Mann rund 14 Jahre vor Wladyslaw oder Tadzio, also zur
Zeit von ebendessen Geburt und noch keineswegs im "Grand Hôtel des
Bains" am Lido, sich drei geheimnisumwitterte Wochen lang so spurenlos

*aufhält wie später in Paris, um anschließend brieflings von "ermüdenden
und strapaziösen Erlebnissen" in diesem "buhlerischen" Venedig zu mun-
keln, "in die ich mich mit einer bedauerlichen Energie vertieft habe, wie ich
sie meiner Jugend zugutehalten muß". Gerade der allzu diskrete Umgang
seines erotisch so dezenten Biografen Peter de Mendelssohn mit diesen "ermüdenden und strapaziösen Erlebnissen" seiner jugendlichen Energie läßt
Zweifel weder an ihrem sexuellen Charakter noch an dessen spezifischem
Tabu aufkommen.*

*Drei Jahre später mögen diese venezianischen Durchbruchs-Erlebnisse er-
leichternd dazu beitragen, daß Thomas Mann sich bald nach seiner Rückkehr ins heimische München Hals über Kopf, aber auch so problem- wie
heillos in den jungen Paul Ehrenberg verliebt.*

*So, und nun meine Abhandlung. Sie besteht aus zwei Teilen, dem biografi-
schen Anlaß und seiner literarischen Umsetzung. Ich erlaube mir, Dir eine
Fotokopie der Korrekturfahnen zu schicken und sie am Rande mit rotem
Filzstift gelegentlich um einige persönliche Assoziationen zu ergänzen, die
dann nur für Dich bestimmt sind.*

Ich umarme Dich jetzt schon, aber faustinisch:
Dein Yan.

Diesem Brief ist also in Fahnenform ein Essay beigefügt. Die noch fehlende
Überschrift wird quasi durch eine römische Zahl ersetzt:

I.
*Paul Ehrenberg, ein August-Geborener wie so viele wichtige Menschen im
Leben Thomas Manns, ist damals 23, ein früh mutterloser, früh erfolgreicher sächsischer Maler und in München Mitglied der Luitpoldgruppe wie
auch der Künstlergenossenschaft. Seine impressionistisch beeinflußten Porträts, Landschaften, Stilleben und Tierbilder werden in vielen wichtigen
Münchner Ausstellungen gezeigt. Überdies ist er ein begabter Amateurgei-
ger, der sich "zwischen Violine und Pinsel" zunächst nicht entscheiden
kann und mit seinem neuen Freunde Thomas oft gemeinsam die Geige
streicht.*

*Aber noch attraktiver macht ihn für den wohl seine nachgewiesene physiog-
nomische Ähnlichkeit mit Armin Martens, jener unerreicht "zarten und se-
lig-schmerzlichen" lübischen Gymnasiumsliebe, so daß der in beiden Fällen*

nur ein Jahr ältere Thomas Mann noch rund dreißig Jahre später in seinem "Lebensabriß" von einer alarmierenden "Auferstehung meiner Empfindungen für jenen zugrunde gegangenen blonden Schulkameraden" spricht und sich damals, in ungewohnter Spontaneität, mit diesem Paul sofort duzt. Denn, apostrophiert er ihn in seinem 4. Notizbuch: "Du kamst so lebensvoll daher ... ".

Dabei mag freilich auch jene tief vexatorische Besetzung und Verbundenheit mit dem Vornamen Paul ins Gewicht fallen. Thomas Manns halb brasilianische Mutter hat nicht nur einen besonders geliebten jüngeren Bruder namens Paolo, den "Fratzenpaul"; sechzehnjährig verliebt sie sich überdies vehement und vermutlich lebenslang in ihren väterlich abgelehnten Schwipp-Schwager, den holsteinischen Gutsbesitzerssohn Stolterfoht, dessen Vorname Paul ist –

Mit rotem Filzstift am Rande angemerkt: " – und der später in meines eigenen Vaters Geburtsort Riga sein Leben verbringt: vielleicht kennt er da meinen Großvater; oder die beiden lieben sich sogar, wer weiß!"

– und nach dem wohl sie später ihren zweiten Sohn, eben Thomas, nicht einfach Thomas, sondern an erster Stelle und in erster Linie Paul nennt und seither, vielleicht als einen Stellvertreter und Vize-Paul, in deutlicher Bevorzugung vor ihren anderen Kindern liebt.

Sohn einer lateinamerikanischen Mutter ist denn auch schon in jener frühen Novelle "Der Wille zum Glück" von Paul Thomas Mann jener deutlich autobiografische Paolo, der, lebensunfähig krank, einzig durch seine "Begier nach Vereinigung mit blühender Gesundheit", eben seinen Willen zum Glück, den Tod so lange bezwingt, bis er, am Morgen nach jahrelang ersehnter Hochzeitsnacht, "keinen Vorwand mehr, zu leben" hat und unverzüglich stirbt. Dieser Paolo, noch vor der Begegnung mit Paul Ehrenberg erdacht, auch niedergeschrieben und im August des 21jährigen Autors publiziert, ist bereits Maler.

So ist denn dieser Name Paul, als er plötzlich in Ehrenbergs Gestalt "so lebensvoll", nämlich blond und blauäugig daher und auf Thomas Mann zu kommt, durchaus ein gutes Stück Selbst für diesen zum Narzißmus so disponierten jungen Mann.

*Aber Konträres mag denn doch ausschlaggebender sein als die Valeurs so
betörender Duplizität. Denn dieser Paul verkörpert in der Tat jene lebensvoll "blühende Gesundheit", mit der schon der damals 24jährige Paul Thomas Mann sich ebenso unbändig zu vereinigen sehnt wie jener Paolo Hof-
m a n n seiner Novelle.*

*Als er Paul Ehrenberg kennenlernt, ist er tief in der abschließenden Arbeit
an den "Buddenbrooks" versunken und entsprechend isoliert, gar weltflüch-
tig.* "Es waren meine gekränktesten, scheuesten, einsamsten Jahre", *gesteht
er dem Jugendfreunde Otto Grautoff.* "Vollkommen ernst gemeinte Selbstabschaffungspläne" *beschäftigen ihn:* "den Tod als eine Möglichkeit aufzu-
fassen, zu ihrem Gegentheil, zum L e b e n zu gelangen". *Das gesteht er
seinem Bruder Heinrich ebenso wie, im selben Briefe, die Heilung von solcher* "Melancholie, Scheu und Reizbarkeit" *durch ein* "unbeschreibliches,
reiches und unverhofftes Herzensglück", *so daß er, wieder zu Grautoff,* "des
Lebens Hand ergreife, sobald es sie mir lachend entgegenstreckt".

*Das genau tut dieser Paul Ehrenberg mit seiner unkomplizierten Heiterkeit,
seiner fröhlichen Geduld und herzlich zutraulichen Anhänglichkeit, sei es
mit seiner spontanen Oberflächlichkeit, die den jungen Autor der "Buddenbrooks" zu Fahrradtouren, zum Besuch von Schwabinger "Bauernbällen"
und zum Steinewerfen auf leere Bierflaschen verleitet.*

"In der Hauptsache herrscht ein tief freudiges Erstaunen vor", *verharmlost
Thomas Mann in seinen gleichwohl zutiefst offenbarungssüchtigen, zutiefst
vorzeigegierigen Briefen an Bruder Heinrich seinen unterdrückten Jubel
und sein Glück:* "über ein in diesem Leben nicht mehr erwartetes Entgegenkommen". *Dennoch handle es sich durchaus nicht um eine Liebesgeschichte*
"im gewöhnlichen Sinne, sondern um eine Freundschaft, eine – o Staunen!
– verstandene, erwiderte, gelohnte Freundschaft", *von der er freilich zugibt,
daß sie bisweilen* "einen etwas zu leidenden Charakter annimmt". *Aber zu-
meist ist seine Stimmung euphorisch:* "im Übrigen lobe, liebe und lebe ich
[...], so ist das Ganze einfach ein Fest. [...] Mein sentimentales Bedürfnis,
mein Bedürfnis nach Enthusiasmus, Hingebung, Vertrauen, Händedruck,
Treue, das so lange bis zur Auszehrung und Verkümmerung hat fasten müssen, es schwelgt nunmehr ... ".

*Seine Briefe an Paul sind gleichwohl kühler, weniger geständnisfreudig, be-
müht problemlos und alltagsbezogen.* "Jederlei Respect vor der 'Liebe' ",

frotzelt er 25jährig in solch einem Brief, "aber weiter kommt man ohne ihr. Eine Weisheit übrigens, die mirselbst *[sic!]* ziemlich widerlich ist."

Denn auf der Rückseite eines Porträtfotos schickt er dem Freund ein Ge-dicht, das ihn selbst als "Ehrgeizig, eitel, liebegierig / Verletzlich, eifersüch-tig, schwierig" *schildert,*

"Doch mit dem Vorzug, daß er D i r
Von ganzem Herzen zugethan!"

Das ist unmißverständlich direkt ein Geständnis seiner Liebe.

Realisiert sich die auch sexuell? In seinem 7. Notizbuch notiert sich Thomas Mann ein Gespräch mit Paul:

"Wir sprachen über Geschlechtlichkeit, über die prekäre Lage, wenn man Weiber nicht mag [...]. Ich möchte ihm, von hier ausgehend, meine Empfin-dungen für ihn beleuchten, möchte ihm sagen (auch wenn es nicht wahr sein sollte), daß diese Freundschaft [...] als Reinigungs- und Erlösungsmittel von der Geschlechtlichkeit auf mich gewirkt hat."

Aber das möchte er nur sagen; er sagt es wohl nicht – eben weil "es nicht wahr sein sollte"*?*

Immerhin bezeichnet er sich Paul gegenüber als "so schwach, so leicht ver-führt" *und berichtet Bruder Heinrich, mit Bezug auf diesen Freund, von* "Erlebnissen, die sich nicht erzählen lassen und deren Andeutung natürlich wie Renommage wirkt".

Im Notizbuch schildert er Paul "morgens nach dem Aufstehen, mit verschla-fenem, frisch gewaschenem Gesicht [...], indeß seine Lippen aufgeworfen sind", *und schon in einem frühen Brief apostrophiert er seinen* "lieben Pau-lus" *mit einem "Hamlet"-Zitat als* "gnädige Frau".

Pauls Briefe an Thomas Mann sind "verloren" *wie die des Weimarer Her-zogs an Goethe, also vernichtet: wegen allzu verräterischer Deutlichkeit? Wie auch immer: rund dreißig Jahre später noch vermerkt Thomas Mann in seinem Tagebuch über diese Liebe:* "Ich bin [...] sogar glücklich gewesen und durfte wirklich in die Arme schließen, was ich ersehnte".

Sogar Peter de Mendelssohn springt, sicher nicht leichtfertig, über seinen eigenen puritanisch prüden Schatten und notiert Thomas Manns "innige Beziehung" *zu Paul Ehrenberg, ihre* "intensive homoerotische Freundschaft" *und* "sehr starke homoerotische Bindung".

Maler Paul porträtiert seinen Thomas damals auch – "weil es uns beiden Spaß macht", *und zeitweise hängt dieses inzwischen verschollene Gemälde neben Pauls "Hetzjagd" im Münchner Arbeitszimmer des Abgebildeten.*

Thomas Mann will Paul im Gegenzug seinen zweiten Novellenband widmen: "Meine Erkenntlichkeit kennt keine Grenzen". *Aber dieser Novellenband kann vorerst nicht erscheinen –* "oder auch einen Abschnitt von 'Buddenbrooks', den er kennt und liebt: – was nun zuerst erscheint." *Denn die bevorstehende Erstausgabe seines Romans soll kapitelweise nahestehenden Personen zugeeignet werden: Schwester Lula, Bruder Heinrich, Freund Otto Grautoff.*

Für Paul wird eine Widmung des 9. Kapitels beschlossen und zur "fixen Idee": "Es ist der selbstverlorene Wunsch, etwas zu thun, etwas zu opfern, ihm irgendetwas darzubringen", *schreibt er an den eingeweihten Otto Grautoff,* "vielleicht auch ein wenig der Wunsch, ihn meine Macht sehen zu lassen, ihn ein wenig zu beschämen, indem ich seinen Namen 'prangen lasse' ".

Dem so Bedachten gegenüber verschleiert er seine Motive: "Ich würde mich damit erstens nothdürftig für das Porträt revanchieren, und dann würde es mir auch sonst Spaß machen." *Da aber* "keine besonderen Beziehungen zwischen einem Theil des Romans und Deiner Person obwalten, so habe ich einfach die Kapitelgruppe für Dich ausgesucht, von der Du einiges schon kennst [...]. Es schien Dir damals zu gefallen ... ".

Der Wortlaut dieser so langatmig vorbereiteten Widmung, die, wie alle jene Zueignungen, aus späteren Ausgaben wieder verschwindet, ist dann aber betont, gar verdächtig unverbindlich und leicht herablassend, weil nur ja unverfänglich:

"Paul Ehrenberg, dem tapferen Maler, zur Erinnerung an unsre Münchner musikalisch-litterarischen Abende."

Paul protestiert gegen solche Formulierung und wird von ihrem Verfasser beschwichtigt:

"Das Wort 'tapfer' hat [...] mit 'wacker' im Sinne etwa von 'gediegen aber unbegabt' nicht das Allergeringste zu schaffen. Vielmehr liegt zunächst die

Richtung aufwärts, ein ideales und frohes Emporstreben, ein Excelsior! darin ausgedrückt; dann ist aber auch Dein künstlerisches Verhältnis zur Natur, der frische und r ü c k s i c h t s l o s e Wahrheitssinn Deiner Schule darin einbegriffen. Sonst nichts. [...] Bei mir privatim kannst Du, mein Lieber, noch einiger anderer Adjektive sicher sein. Der lieben Mitwelt gegenüber habe ich mich mit 'tapfer' begnügt. Und dabei bleibt's."

Dabei bleibt es nicht. In der zweiten Auflage läßt Thomas Mann das angefochtene "Tapfer" weg und macht die ganze Widmung dadurch nur noch umso indifferenter.

Oder deutet sich in so kühler Formulierung bereits die innere Entfremdung und beginnende Trennung an? Denn allzubald schon sieht er in Paul nur noch jenen "rechtschaffenen, ungetrübten, kindlichen, ein bißchen eitlen, aber unbeirrbar treuherzigen Kameraden", *der er wohl auch ist. Gerade das ist anfangs zwar in seiner langentbehrten und unzugänglichen Gegensätzlichkeit so betörend und verführerisch. Aber dann beginnt er, nur zum Beispiel, eine stetige Redewendung des Geliebten zu beanstanden: sein* "in netter Weise". *In netter Weise ist Paul* "so gewöhnlich", *zumal* "wenn er viel mit Collegen etc. zusammengewesen".

Thomas Mann muß sich die Unzulänglichkeit dieses Partners eingestehen: "Berge und Abgründe". *Zuerst glaubt er, daß gerade das ihn reize. Dann bezichtigt er sich selbst:* "Meine nervöse Constitution und philosophische Richtung hat die Sache unglaublich compliziert"; "nur die verfluchte Nervenschwäche bringt immer wieder das Leidende und Sehnsüchtige hinein."

Bald fängt er, notgedrungen und ironisch platonisch, zu unterscheiden an: "Das Glück ist nicht: geliebt zu werden [...]. Das Glück ist: zu lieben und kleine Annäherungen an den geliebten Gegenstand zu erhaschen" – *amare amabam.*

Also gilt es, "sich nach Liebe bis zum Sterben zu sehnen und dennoch jeden zu verachten, der einen liebt" – *amare amabat.*

Hierauf reagiert der verachtete Paul, "der sich merkwürdig viel gefallen ließ", *mit einem* "Entgegenkommen, das nur durch große Achtung zu erklären", *so daß er* "bei wirklichen Verachtungskundgebungen höchstens sagte 'Das ist ja recht freundlich'."

Später gesteht Thomas Mann: "Die Mischung aus Sehnsucht und Verachtung, die ironische Liebe war mein eigentlichstes Gefühlsgebiet."

Aber so saure Trauben pflegen auch hoch zu hängen. Pauls wahllos gesprenkeltes, vielleicht gar neurotisches Kontakt- und Geselligkeitsbedürfnis, das ihn pausenlos flirtend umtreibt, macht Thomas schwer zu schaffen:
"Übrigens ist er für den Flirt geboren und nicht für die Liebe oder die Freundschaft. Auch unsere Freundschaft ist ein Flirt, und ich bin ganz sicher, daß sie weniger Reiz für ihn hätte, wäre sie es nicht."

In aller Unschuld flirtet und lacht und tanzt Paul mit "Weibern und Cumpanen", oft auch mit der jungen Maler-Kollegin Lilly Teufel, deren Name nach Lage der Dinge eine hämische Erfindung des eifersüchtig mißtrauischen Thomas Mann sein könnte. Denn drunter warten trumpets.

Vollkommen eifersüchtig nämlich und mit den "Posaunenstößen" eines tief verletzten und zornigen Briefes beklagt er sich schließlich bei dem rastlosen Faschings- und Ballbesucher:

" W o   ist der Mensch, der zu mir, dem Menschen, dem nicht sehr liebenswürdigen, launenhaften, selbstquälerischen, ungläubigen, argwöhnischen aber empfindenden und nach Sympathie ganz ungewöhnlich heißhungrigen Menschen, Ja sagt – ? U n b e i r r b a r ? [...] Wo ist dieser Mensch?!? –
T i e f e S t i l l e ."

Dieser Aufschrei erfolgt, als die "Buddenbrooks" gerade mit hymnischen Resonanzen ihren Siegeszug anzutreten beginnen. Ihr Autor registriert "alle diese Ruhmes-Wische" mit der Befürchtung, daß just in diesem Augenblick vermeintlichen Triumphes der gleichzeitig "gänzliche Mangel an menschlicher, persönlicher Zuneigung, Zutraulichkeit, Anhänglichkeit, Freundschaft allmählich auch die produzierenden Kräfte in mir zu lähmen beginnt".

Das Gegenteil ist der Fall. Sein Glück, solange es ungetrübt ist, macht den emsigen Thomas so "faul" wie selten in seinem Leben: "Gearbeitet habe ich nicht diesen Winter, sondern nur erlebt, sehr menschlich gelebt", gesteht er in einem Brief an Duzfreund Kurt Martens, mit dem er auch zwanzig Jahre später noch, wie mit kaum je einem sonst, "über mann-männliche Erotik" zu diskutieren wagt.

Zu schreiben beginnt er vielmehr erst wieder, je mehr er sich von diesem "Erlebten" zu distanzieren genötigt sieht. Im Abstand wird das genossene Leben mit Paul zum Stoff, der Lebende wieder zum Beschreibenden. Zunächst ist es nur eine kleine "psychologische Studie" namens "Die Hungernden", deren erzählender Literat sich auf einem Opernball inbrünstig, aber vergeblich nach einer jungen blonden Lilli (Teufel?), summa summarum aber auch nach deren Galan, "dem jungen Maler", mit jenem Lebenshunger des Außenstehenden verzehrt, dessen Aussichtslosigkeit ihn als Vereinsamten unter die verstoßenen Asozialen der menschlichen Gesellschaft einreiht.

Diese Studie wird bald zu einer Novelle erweitert und heißt dann "Tonio Kröger": aus Lilli (Teufel?) wird Inge Holm, aus dem "kleinen Maler" jener Hans Hansen, in dem die Schülerliebe Armin Martens also mit ihrem Nachfolger und potenzierten Ebenbilde Paul Ehrenberg zu unvergänglich klassischer Einheit verschmilzt.

Damit ist der Bann gebrochen, das gelebte Gefühl wird wieder literarisiert und der geliebte Paul zum ergiebigen Beobachtungsgegenstand für Thomas Manns "7. Notizbuch" jener ersten Jahre des beginnenden 20. Jahrhunderts.

Geplant wird damals auch eine Erzählung mit dem unauffällig indifferenten, aber komplexen und verheißungsvoll androgyn verschleiernden Titel "Die Geliebten". Das enttäuschend Inadäquate seiner Leidenschaft für Paul will Thomas hier in zeitgemäßer Tarnung auf ein heterosexuelles Paar übertragen: aus dem geigenden Maler Paul wird ein Geiger mit dem nur allzu gewöhnlichen Namen Rudolf Müller, und seinen eigenen Part besetzt Thomas Mann mit Adelaide, einer Dame der gehobenen Gesellschaft.

Das im Notizbuch reichhaltig angesammelte Material zu dieser Erzählung gibt, biografisch weitgehend authentisch und detailgetreu, die Liebesgeschichte zwischen Paul und Thomas wieder. Der Stoff entwickelt sich so ergiebig und nimmt so viele weitere Figuren in sein Arsenal auf, daß Thomas Mann ihn schließlich als Kernstück in einen größer konzipierten Münchner Gesellschaftsroman einmünden lassen will, der "Maja" heißen und unsere Menschenwelt als ewig verschleiertes Blendwerk, gar ihre Männerbande als sehnsüchtig begehrte Illusion entlarven soll.

Aber weder dieser "Maja"-Roman noch dessen novellistische Frühform "Die Geliebten" wird ausgeführt und tatsächlich geschrieben. Andere, nicht minder schwule Projekte, Friedrich der Große und Felix Krull, treten dazwischen. Freilich mag Thomas Mann auch mit zunehmend enttäuschter Entfremdung vom unzulänglichen Geliebten sein akutes Interesse an Paul Ehrenberg verlieren. Nur zwei Monate nach jenem gereimten Geständnis auf der Fotorückseite, er sei ihm "von ganzem Herzen zugethan", *lernt Thomas Mann, in einem August, Katia Pringsheim kennen, was zu* "Wirren und wilden Zerwürfnissen" *mit Paul Ehrenberg führt.*

Aber schon als diese Katia fünf ist, wird sie, zusammen mit ihren vier Brüdern und in den Pierrotkostümen eines Maskenfestes, vom Münchner Hof-Maler Friedrich August von Kaulbach gemalt; und schon als Thomas ausgerechnet 14 ist, schneidet er aus einer Illustrierten diesen damals sehr populären "Kinderkarneval" *aus und heftet ihn sich mit Reißnägeln über sein Lübecker Schreibpult.*

Bei ihrem persönlichen Kennenlernen, andere 14 Jahre später, hat nun, teuflisch, wiederum Nikolai Gogol seine kupplerische Hand im Spiel. Noch in der unentschiedenen Phase seiner "Werbung" *(und als sein mütterliches Zuhause just am Münchner Nikolai-Platz liegt!) führt Thomas Mann seine noch sphinxhafte Katia* "auf Freiersfüßen" *und an einem August-Abend ins Theater aus und ausgerechnet in Gogols* "Revisor", *wo ein korrupter Beamter –*

Marginalie des roten Filzstifts: " – oder Kaufmann?"

– so lachhaft dargestellt wird, daß es bei der einvernehmlichen Blickverständigung des jungen Paares über derlei Komik zu einer "Kopfdrehung" *Katias kommt, in der Thomas,* "von einer ganz befreiten, objectiven und artistischen Heiterkeit erfüllt", *eine so verräterisch ausdrucksstarke Offenbarung ihres* "Gaminartigen" *wahrnimmt, daß er in dieser Entdeckung jenes* "positive Resultat des Abends begrüßte", *das er niemals wieder vergessen könne.*

Nur wenige Wochen später ist er dann mit diesem lausbübischen "Gamin" *verlobt (*"auch kein Spaß", *wie schon zitiert:* "ein absorbierender Zustand"*). Aber sein Briefwechsel mit Paul, der seinen beruflichen Aufträgen –*

Rotes Aperçu am Rande: " – sei es in mein arschdurchbohrtes Posen zu irgend einem Wladyslaw – "

*– nachreist, stagniert da schon seit einem Jahr. Als Thomas und Katia bald
danach heiraten, nennt der junge Ehe-Mann das einen* "sonderbaren und
sinnverwirrenden Vorgang", "und ich wunderte mich den ganzen Tag, was
ich da im wirklichen Leben angerichtet hatte, ordentlich wie ein Mann".

Seine Mutter, die ihren Liebling nicht hergeben, jedenfalls kennen mag,
"war ja *nie* mit dieser Wahl einverstanden" *und schüttet brieflings dem erstgeborenen Heinrich gegenüber ihr leidendes Mutterherz aus:* "T.s Heirat!
Könnte man mir garantieren, daß *nach* der Hochzeit alles gut würde, [...]
wenn Tommy aber wieder frei wäre (NB. auch sein Herz!), so glaube ich,
wäre mir ein Stein von der Seele."

*Auch "Tommys" Seele mag da von einem solchen Steine belastet werden.
Denn noch der 76jährige notiert sich einen Traum, in dem überraschend
Katias Vater, der diese Heirat erst zur "guten Partie" macht,* "mich [...]
auf die Wange küßte. Ich dachte, nun ja, er ist ja über neunzig".

*Paul gratuliert zwar telegrafisch zu dieser also auch mütterlich angezwei-
felten Hochzeit mit wem auch immer, zieht sich dann aber so verletzt wie
rigoros zurück und heiratet bald selbst: ebenjene Malerkollegin Lilly mit
dem beziehungsreichen Nachnamen Teufel –*

Rotes Aperçu: " – den auch mein Severin sich pseudonym zuzulegen plant,
als er in Essen, unter meiner Regie, einen wirklich brillanten Luzifer spielt
und mir hiernach in seinem Kölner Ehrenfeld, zur Erinnerung und ahnungslos, Thomas Manns in ebenjener Ehrenberg-Zeit entstandenes Drama 'Fio-
renza' schenkt und als 'Luzi' signiert."

Thomas Mann bezeichnet diese Lilly (Lilith?) damals als "kleine Teufelin"
*und baut all dieses Geschehen Jahrzehnte später in einen weltberühmt wer-
denden Teufels-Pakt ein.*

*Ihre "Flitterwochen" verbringen Thomas und Katia im Luxushotel "Baur au
Lac" in Zürich . Dort leidet Thomas bald an einer* "schrecklichen Constipa-
tion", *wie sie auch Schiller nach dubioser Eheschließung in letztendlich le-
bensbedrohlichen Ausmaßen kennenlernt, und sehnt sich* "nicht selten nach
ein bißchen mehr Klosterfrieden und [...] Geistigkeit"*; es mag sich dabei um*

*etwas handeln, was Goethes Enkel in Rom eine "körperliche Verzweiflung"
nennt. Auch Gogol kennt sie genau.*

*Ehefrau Katia indessen muß flugs eine Zürcher Gynäkologin aufsuchen, die
sie vor Schwangerschaften warnt. Dabei heiratet Katia diesen* "leberleiden-
den Rittmeister", *nach eigenem späteren Geständnis,* "nur, weil ich Kinder
haben wollte".

*Präzise neun Monate später wird denn auch das erste Kind geboren, das
aber beide Eltern enttäuscht, weil es eine Tochter ist. Trotzdem wird es
nicht in Wüstensand verscharrt. Die Mutter gesteht in ihren "Ungeschriebenen Memoiren":* "Ich war sehr verärgert. Ich war immer verärgert, wenn
ich ein Mädchen bekam, warum, weiß ich nicht."

*Und der junge Vater berichtet dem Bruder Heinrich von seiner "Enttäu-
schung":* "denn ich hatte mir sehr einen Sohn gewünscht und höre nicht auf,
es zu thun. Warum? ist schwer zu sagen. Ich empfinde einen Sohn als poe-
sievoller, mehr als Fortsetzung und Wiederbeginn meiner selbst unter neuen
Bedingungen. Oder so. Nun, es braucht ja nicht auszubleiben. Und vielleicht bringt mich die Tochter innerlich in ein näheres Verhältnis zum 'anderen' Geschlecht, von dem ich eigentlich, obgleich nun Ehemann, noch immer nichts weiß."

*Schon zwei Tage nach der Geburt dieses Kindes mit dem "anderen" Ge-
schlecht wird holterdiepolter vorab und handschriftlich, quasi als Erster,
Paul Ehrenberg informiert:* "Lieber! Ich habe das Vergnügen, mich Dir als
Vater und Papa vorzustellen. Ein wohlgestaltetes Mädchen hat den Weg ins
Räumlich-Zeitlich-Causitätliche gefunden. Möge es sie nicht gereuen! Dein
Thomas Mann."

*Mutter Katia nennt diese Tochter gleich Erika: nach ihrem Lieblingsbruder
Erik, mit dem sie enger noch als mit ihrem Zwillingsbruder und eng genug
verbunden ist, um Ehemann Thomas schon allzubald nach der Hochzeit
Stoff und Anlaß für den geschwisterlichen Inzest seiner skandalierenden Novelle "Wälsungenblut" zu liefern.*

*Der kleinen Erika steuert er selbst einen zweiten Vornamen bei und nennt
sie Julia: nach seiner eigenen Mutter wie auch nach seiner älteren Schwester, die sein Sohn Golo später, Goethe-analog, als "das weibliche Neben-
Ich" seines Vaters bezeichnet.*

*Das zweite Kind dieser Ehe, den ersehnten Sohn, nennt Katia dann Klaus
nach ihrem eigenen Zwillingsbruder, der solche Verschwägerung auffallend
befürwortet und über den sie vierjährig sagt:* "Wo wir beide als Menschen
gekommen sind, da hat man sich geirrt und gemeint, ich bin's Mädel, aber
ich bin der Bub." *Ihre Mutter bestätigt, Katia sei als Kind* "allem Mädeltum
abgeneigt" *und tausche schon vierjährig unter dem Weihnachtsbaum ihr
Puppenservice gegen die Pistole von Zwillingsbruder Klaus. Den nennt
Schwiegermutter Julia Mann damals einen* "bildhübschen Jungen", *die eigene Familie aber gern* "die Närr" *und Schwager Thomas zunächst einen*
"höchst erfreulichen jungen Mann", *den er, Jahrzehnte später, im kalifornischen San Diego beobachtet, wie er in einem Restaurant ihrem* "reizvollen"
*portugiesischen Kellner-Schenken aus Honolulu mit opulentem Trinkgeld
auch seine Telefonnummer in Los Angeles zusteckt.*

*Seinem so schon stigmatisierten Sohne Klaus aber gibt Thomas Mann noch
den Namen seines eigenen Bruders Heinrich (sowie das väterliche Thomas)
mit auf den nur umso schwerer vorbelasteten Weg. Aber als Klaus Heinrich
hat er ja schon lange vor der Geburt dieses so getauften Sohnes in* "Königliche Hoheit" *einen ebenso autobiografischen wie gefährdeten Romanhelden konfiguriert.*

Mit diesen vielfachen familiären Hypotheken und der "übergroßen Heiklig-
keit" *so libidinös verwobener Besetzungen also wachsen die beiden ersten
Kinder einer Ehe auf, die der junge Gemahl und Vater als ein* "strenges
Glück" *ironisiert. Sohn Klaus schreibt später in seinem autobiografischen*
"Wendepunkt" *über diese Eltern,* "das satte und sentimentale Behagen tri-
vialen Eheglückes hätte zu ihr so wenig gepaßt wie zu ihm [...]; eher handel-
te es sich wohl [...] um ein Bündnis zwischen zwei Einsamen und Empfindlichen, die gemeinsam einen Kampf zu bestehen hofften, dem jeder für sich
vielleicht nicht gewachsen wäre".

*Zumal seines schwulen Vaters Entschluß zu Ehe und Kindern deutet Klaus
als einen* "Versuch, jene 'Sympathie mit dem Tode' zu überwinden [...], jener süßen und gefährlichen Verlockung zu begegnen [...]. Welche Macht
war groß genug, um es aufzunehmen mit diesem dunklen Zauber? [...] Wieviel Scham wird zu überwinden, wieviel Opfer werden zu bringen sein!?"

*Wohl niemand weiß, seit wann genau die junge Ehefrau über die Männer-
sehnsüchte ihres Gatten informiert ist. (Notizbuch:* "Völlig darf ich mich ihr

ja doch nicht mittheilen.") *Später geht sie damit souverän um. Aber die
schwere und anhaltende Erkrankung der 28jährigen an Lungentuberkulose
erfolgt zwar bald nach der mutmaßlichen Ermordung ihres väterlich ver-
bannten Lieblingsbruders Erik, den Sohn Klaus ihr, wohl nicht ohne Grund,
wiederholt als den adäquaten Geliebten und Ehemann andichtet, aber sehr
möglicher Weise auch in Zusammenhang mit der offenbarten Homosexualität ihres Mannes. Der weiht dann das erste eigene Haus in der Münchner
Poschingerstraße mit jenem "Herrenabend" ein, während Katia im Sanato-
rium liegt.*

*Von Paul Ehrenberg will aber schon der junge Vater nichts mehr wissen.
Doch nach dem Tode seiner Schwester Carla, nur fünf Jahre später, bedankt er sich, just an einem 12. August, seinem eigenen späteren Sterbetage,
für Pauls Kondolenzbrief:* "Ich würde dir sehr gern die näheren Umstände
mündlich erzählen, Dich überhaupt gern wiedersehen. Willst Du uns nicht
einmal mit Deiner Frau besuchen? [...] Stets Dein Thomas Mann."

*Überhaupt scheint ihm mit zeitlich zunehmendem Abstand und fortdauern-
der Ehe die Bedeutung dieser frühen Passion eher sichtbarer zu werden.
Noch als Paul dem 44jährigen zum Bonner Ehrendoktorat gratuliert, notiert
sich dieser:* "Glückwunsch von Paul Ehrenberg, der mich rührte. Ich habe
ihn geliebt, und [es] war etwas wie eine glückliche Liebe ... ". *Sein Dank-
schreiben ist entsprechend erinnerungssolidarisch und resignativ:* "Ach, ja,
das Läben. Nun sind wir schon bald alt, und dann sterben wir".

*Aber so weit ist es damals noch durchaus nicht. 14 Jahre später kommt es
sogar noch einmal zu einer Verstimmung von Gewicht und Dauer, als Paul
den 57jährigen Nobelpreisträger bittet, ihm Geld zu leihen. Der überläßt
ihm zwar achthundert Mark, erinnert sich aber, 74jährig, in seinem Tagebuch noch sechzehn Jahre später (und noch nach unserem Weimarer Treffen also) an Pauls* "schlechtes Benehmen in jener Geldsache". *Nazizeit und
Emigration mögen ihren Kontakt unterbrechen und eine Rückerstattung verhindern.*

*Dennoch ist Thomas Mann imstande, schon ein Jahr nach der Geldaffäre,
anläßlich einer New Yorker Tischrede und entsprechender Recherchen in
alten Notizbüchern, die tiefgreifende Bedeutung seiner Liebe zu* "jenem
Paul" *sich selbst und seinem Tagebuch gegenüber einzugestehen.*

Rotes Aperçu am Rande: "Meine Mutter geht just damals im fünften Monat mit mir schwanger."

Vor allem ein fragmentarisches Gedicht aus jener Frühzeit ist es, das den alternden Wagnerianer jetzt so anrührt und von der Größe seiner Liebe zu Paul überzeugt:

"Dies sind die Tage des lebendigen Fühlens!
Du hast mein Leben reich gemacht. Es blüht – –
O horch, Musik! – An meinem Ohr
Weht wonnevoll ein Schauer hin von Klang –
Ich danke Dir, mein Heil! mein Glück! mein Stern! –
[...]
Was war so lang?
Erstarrung, Oede, Eis. Und Geist! Und Kunst!
Hier ist mein Herz, und hier ist meine Hand
Ich liebe Dich! Mein Gott ... Ich liebe Dich!
Ist es so schön, so süß, so hold, ein Mensch zu sein?"

"Dreißig Jahre und mehr sind darüber vergangen. Nun ja, ich habe gelebt und geliebt, ich habe auf meine Art 'das Menschliche ausgebadet'. [...] Aber ein Überwältigtsein, wie es aus bestimmten Lauten der Aufzeichnungen aus der P[aul] E[hren-berg]-Zeit spricht, dieses 'Ich liebe dich – mein Gott, – ich liebe dich!', – einen Rausch, wie er angedeutet ist in dem Gedicht-Fragment 'O horch, Musik! An meinem Ohr weht wonnevoll ein Schauer hin von Klang – ' hat es doch nur einmal – wie es sich wohl gehört – in meinem Leben gegeben."

Diese herausragend unike Bedeutung seiner Liebe zu Paul wird dann, eben dreißig Jahre später, noch ausführlicher dargelegt: "Die frühen A*[rmin]* M*[artens]*- und W*[illri]* T*[impe]*-Erlebnisse treten weit dagegen ins Kindli-che zurück, und das mit K*[laus]* H*[euser]* war ein spätes Glück mit dem Charakter lebensgütiger Erfüllung, aber doch schon ohne die jugendliche Intensität des Gefühls, das Himmelhochjauchzende und tief Erschütterte je-ner zentralen Herzenserfahrung meiner 25 Jahre."

Daß diese "zentrale Herzenserfahrung seiner 25 Jahre" *nicht an eine Frau, sondern eben an einen Mann gebunden ist, deutet er jetzt gar als* "mensch-lich regelrecht", *als das naturgegeben Normale,* "und kraft dieser Normali-

tät kann ich mein Leben stärker ins Kanonische eingeordnet empfinden, als
durch Ehe und Kinder".

*Mit dieser beiläufig scheinenden Tagebuchnotiz macht der seit dreißig Jah-
ren scheinbar so glücklich verheiratete Vater von sechs Kindern all jene
Rechtfertigungen und Motivationen ungültig, mit denen er inzwischen seinen Bruch mit Paul um jener Eheschließung als* "lebensgutwilliger Bravheit", "bürgerlicher Befestigung" *und* "sittlicher Lebensform" *willen zu legitimieren und sakramental gutzuheißen versucht.*

*Davon ist jetzt, nach drei Jahrzehnten, keine Rede mehr. Jetzt fühlt er sich
einzig durch jenes* "Himmelhochjauchzende und tief Erschütterte" *seiner
Liebe zu Paul Ehrenberg in die Gesetzmäßigkeiten menschlichen Lebens
eingebunden.*

*So kann es denn wohl auch nicht wunder nehmen, daß noch nach einem
weiteren Jahrzehnt der fast Siebzigjährige sich veranlaßt fühlt, seine literarisch bereits fixierte Leidenschaft für Paul Ehrenberg in Gestalt des so
reichhaltig vorliegenden Materials zum alten Novellenprojekt* "Die Geliebten" *nunmehr* "nahezu restlos" *(Peter de Mendelssohn) in seinen vermeintlich letzten und umso bilanzierenderen Roman, den* "Doktor Faustus", *in ex-
ponierter Position einzubeziehen:*

"Gedenken an P. E., der nun sonderbar ersteht in seiner Jugendgestalt und
sie im Roman auch spielt."

Und als dieser Roman fertig ist: "Benützt ist eine Liebesleidenschaft, transfiguriert, die mich vor 50 Jahren, nicht unglücklich, beherrschte. Das erstaunliche Entgegenkommen ist aufgenommen."

Nachsatz von rotem Filzstift: "Der zweite Teil dieses Essays folgt mit separater Post, sobald mir seine Korrekturfahnen vorliegen. Erst durch ihn, lieber Raffaele, bekommen diese Liebesgeschichte und mein 1. August in
Weimar ihre makabre Brisanz. Dein Y."

383
Hamlet

Seitdem er weiß, daß Träume die Wahrheit sagen können, macht Yan seine Eintragungen ins "Nachtbuch" mit sonderlich aufmerksamer Sorgfalt.

Auf Formentera notiert er eines Morgens:

Heute nacht erscheint mir meine Mutter im Traum und informiert mich un-umwunden, sie sei ermordet worden.

Es ist dieselbe Nacht, in der sie vor zwei Jahren einen Schlaganfall erleidet, der ihr sofort das Bewußtsein, nach einigen Wochen auch das Leben raubt.

Es ist die Nacht vom 24. auf den 25. Juli, also von Severins und Katia Manns Geburtstag zum Geburtstag meiner Schwester Hanne, des ersten Kindes meiner Mutter.

Schon am hierauf folgenden Morgen notiert Yan in sein "Nachtbuch":

Formentera, 26. Juli.
Heute nacht erscheint mir abermals meine Mutter im Traum und wiederholt unumwunden, sie sei ermordet worden.

Seitdem kommt Yan sich, wenn er seinen Vater und dessen neue Frau be-sucht, so schnöde wie Hamlet in Hälsingør oder Kairo vor, nachdem diesem wiederholt der Geist seines Vaters erschienen ist: zumal als seine seither insgeheim unweigerlich bezichtigte Stiefmutter eines Nachts besucheshalber in seinem eigenen Bett schläft, in just welchem seine Mutter ihm im Traum erscheint und unumwunden mitteilt, sie sei ermordet worden.

An seinem eigenen Geburtstag vertraut Yan dann viele Jahre später in We-sterland auf Sylt, abermals auf einer abgekapselt konzentrierten Insel, sei-nem "Nachtbuch" an:

Etwa zur Stunde meiner Geburt träume ich heute morgen, daß meine Mutter unter einstürzenden Autos verschüttet wird.

Ich beschließe, sie nicht darunter hervorzuholen. Sofort mache ich mir des-halb die heftigsten Vorwürfe. Denen begegne ich in meinem Traum mit dem Argument, daß alles ja nur ein Traum und die langwierige Organisation solch einer Auto- und Bergungsaktion viel zu langweilig sei, um auch noch en détail geträumt zu werden.

Später setzt der Traum sich aber fort. Ich komme zum Bergungsmanöver hinzu: aber meine Mutter ist weg; unter den eingestürzten Autos ist sie nicht zu finden.

Ich denke sofort an das österlich leere Grab von Golgatha, das Auferstehung signalisiert, also Todesüberwindung und Ewiges Leben.

So erklärt mir dieser Traum am Geburtstage des zweiten und letzten Kindes meiner Mutter, wieso sie mir am Geburtstage ihres ersten Kindes im Traum erscheinen und mich zwei Jahre nach ihrem Tode unumwunden informieren kann, sie sei ermordet worden.

Oder ermorden Kinder ihre Mütter schon mit der Geburt?

Und: welche Wahrheit sagt der Traum?

Noch am selben Geburtstagsvormittag nach diesem zweiten Traume fügt es sich, daß Yan, nachdem er den Traum in seinem "Nachtbuch" festhält, fast übergangslos weiterschreibt und die ersten Sätze seiner "Saga von Lamai" zu Papier bringt.

203
Detlef

Im Solarium einer Hamburger Männersauna wird Yan auf betörend verheissungsvolle Weise von seinem rechten Sonnen-Nachbarn angeblinzelt.

Dieser Nachbar liegt auf dem Bauch, hat den Körper eines David oder Corydon und läßt Yan von seinem Gesicht zunächst nur ein auffordernd freches Auge sehen.

Im weiteren Verlaufe dieses Flirtens offenbart er dann aber *peu à peu* auch sein ganzes milchbärtig hübsches, spitzbübisch lächelndes Knabengesicht, *peu à peu* auch seine kokett gedrehte, ebenmäßig marmorne, alabasterglatt ungewordene Saki-Fassade mit überraschend ausgewachsener, provozierender und provozierbarer Männlichkeit: ein Page, ein Eleve, ein Kadett.

Von Sonnenbett zu Sonnenbett steigt die Voltzahl.

Dieser Detlef sieht aus wie fünfzehn und behauptet, achtzehn, im übrigen Vollwaise, Heimkind und Tischlerlehrling in Malente zu sein. Yan glaubt ihm anfangs alles, bald nichts mehr. Denn allzu schnell verstrickt sich Detlef in Widersprüche und durchschaubar gesprenkelte Lügen. Freilich lügt er mit dem bestrickenden Charme eines Gamin und den Tentakeln erotischer Kennerschaft.

Dennoch zögern sie beide es tunlichst hinaus, sich anzufassen.

Aber Detlef weiß Yan raffiniert zu stimulieren. Mitten im allgemeinen Getümmel des Durchgangsverkehrs zwischen Sonnenbank, Schwimmbad und Bar vermag er Yan schon bald zur schamlosen Exhibition seiner unübersehbaren Revolte unter dem Frottéschurz zu provozieren:

"Zeig ihn! Los, zeig ihn!"

Und Yan folgt genüßlich und hündisch widerstandslos solchem zielgenauen Kommando dieses kundigen Knaben. Immer wieder, inmitten des Kommens und Gehens ziellos rennender Männer, die scheinheilig drüber hinwegsehen:

"Zeig ihn noch mal! Los, zeig ihn! Du zeigst ihn jetzt, los!"

Und Yan offenbart sich wieder und wieder, total und ragend, ein grenzenlos schamloser Príapos mit Goethes horazischem *"Pfahle, der dir rot von den Hüften entspringt"* – in Lampsakos oder Efes oder Rom oder Weimar, wo immer.

Bei solcher Kulmination aber belassen Detlef und Yan es in taktisch kluger Dosierung.

Als Detlef drei Tage später Yan nachts um drei telefonisch in dieselbe Sauna bittet, um ihn dort auszulösen, sind Yans Kombinationen so weit gediehen, daß er ihn plan auf den Kopf zu als Strichjungen ausmacht.

Detlef, wieder im gnadenlos grellen UV-Licht der kuppelnden Sonnenbank, reagiert cholerisch und verwahrt sich noch ausfällig aggressiv. Yan läßt ihn wüten, bis er nicht weiter weiß und gesteht. Heimkind und achtzehn sei er tatsächlich, aber nach dem frühen Verkrümeln der Mutter zuerst seinem prügelnden Vater, dann dem Heim, jetzt kürzlich seinem zahlenden Gönner entlaufen, seither obdach-, natürlich auch arbeitslos und also auf Anschaffe angewiesen. In die Sauna komme er nur zum Schlafen. Aber wenn er die Aufenthaltsdauer der Eintrittskarte verpennt, müsse er jeweils Sympathisanten alarmieren, die seine Rückkehr zum Strich dann aus Mitleid, aus Schwäche, aus Brunst oder Liebe spendabel freikaufen.

Yan tut das aus sozialem Impetus und in der Hoffnung, den verwahrlosten Jungen noch retten zu können.

Er löst ihn aus und nimmt ihn nach Hause, erspart ihm den Strich. Yan offeriert eine Gegenwelt. Er befreit den Jungen von den Zwängen seiner Misere und will ihn entfalten lassen, was bislang verhindert, unterdrückt und verschüttet werden mag.

Detlef blüht auf. Erleichtert und fröhlich verschlingt er, was Gudrun ihm bereitwilligst mitkocht und auf ungewohntem Familientische serviert.

Detlef will ausgehn. Wohin? In die Spielhalle. Dort hält ihn der Zerberus jeweils für minderjährig und führt Ausweiskontrollen durch. Dann flippert der nachweislich Achtzehnjährige wie ein glückliches Kind, das endlich spielen darf und nicht sorgen muß. Er flippert, verbissen und endlos, er verflippert ein Vermögen, wenn Yan nicht energisch Einhalt gebietet. Er flippert virtuos und genießt seine einzige Meisterschaft. Er lehrt auch Yan das Flippern, um die Wiederkehr zu erleichtern. Detlef will immer nur flippern. Wohin gehen wir? Flippern. Er ist süchtig, aber spielsüchtig. Süchtig nach diesem onanistischen Spiel für vereinsamte Kinder.

Wenn Yan diese Sucht zu mäßigen oder bremsen versucht, packt Detlef wieder sein Jähzorn. Er will sich von seinem Spielplatz und einzigen Lebensinhalt nicht entwöhnen lassen. Er krakeelt und kocht über. Er droht mit Abgang. Yan läßt ihn gehen. Er geht.

Eine Nacht später, um drei, bittet er Yan telefonisch, ihn aus der Sauna auszulösen. Yan tut es natürlich und bleibt weiter pädagogisch enthaltsam. Detlef soll begreifen, daß Yan ihm hilft, auch ohne daß Detlef mit seinem Körper dafür bezahlen muß. Das ist für Detlef so ungewohnt wie befreiend. Stundenlang lümmelt er sich in Yans Bett, aber Yan wird am Schreibtisch zum Hennecke und kümmert sich nicht um den hübschen Bettgast.

Der hört dann Radio: Sport oder Rock. Nach Flippern ist Radiohören sein Schönstes. Jedesmal wenn er mit Yan in der Rothenbaumchaussee am Norddeutschen Rundfunk vorbeifährt, liest er auf dessen Turmuhr die Zeit ab und weiß dann auf die Minute, welcher Moderator jetzt Dienst oder gerade Feierabend hat.

Aber auch Radiohören im Bett hat seine Zeit. Das Radio wird langweilig, der Moderator wechselt, und das Bett weckt Leibeslust.

Da Männer sein Geschäft sind, läßt sie ihn von Frauen träumen, die er für unerreichbar, weil unbezahlbar hält. Als Yan von seinem Schreibtisch endlich aufsteht, macht Detlef den Vorschlag, gemeinsam vom Straßenstrich in Sankt Georg eine Nutte aufzureißen. Yan glaubt, was Besseres zu wissen, und geht mit ihm ins Eros-Center der Reeperbahn. Dort im Kontakthof läßt keins der rabiaten Mädchen sich auf eine Triole ein: alle bestehen auf einem Quartett. Letztendlich auf teuer erkauftem Liebeslager, soll Yan seine rätselhafte Beziehung zu Detlef entschleiern. Er gibt ihn als seinen Sohn aus, der sich vom Vater zum heutigen 18. Geburtstag einen mündigen Puffbesuch wünsche, allein aber dafür zu schüchtern sei: also!

Das leuchtet den Damen ein und genügt, um für mehrfach hochgezinkten Preis nun endlich ein kümmerlich tristes Gummigewichse in Gang zu setzen. Die Mädchen sind ebenso lustlos wie Yan, und der Geburtstagsschüchterling Detlef verliert hier auf fremdem Hoheitsgebiet seine sonst so vorlaute kesse Lippe, wird vom schmucken Kadetten und alabasterglatten Gamin zum so zaghaft verschreckten Bubi und Muttersöhnchen, daß seine mütterliche Hetäre sich recht als Kinderverzahrerin vorkommen mag. Stricher und Nutte: das geht wohl nicht gut zusammen. Die Nutte ist für den Stricher, der Stricher für die Nutte nicht ganz der rechte Freier, denkt Yan belustigt inmitten.

Umso länger streckt sich das mechanische und leidig unergiebige Wienern hin.

Aber mal muß ein Ende auch hierfür sein, und Vater und Sohn werden aus schlechten Freiern wieder zu guten Kumpeln, die sich auf ausführlicher Sause von Bar zu Bar als Männer und rechte Kerle zurückzumausern ein unwiderstehlich gieriges Bedürfnis haben. Dazu muß Bier in großen Mengen fließen. Detlef schüttet es sich als Verdurstender und in Riesenmaßen in seinen bodenlosen Schenken-Schlund. Das graue Nuttenbübchen erblüht da wieder zum blitzblank geröteten Alabasterdavid, zumal in gesprenkelten

Männerlokalen, wo er die Spielregeln kennt. Er strahlt und quasselt. Wohl noch nie hat ihm jemand so viel Bier spendiert. Wie aus Angst, dieser Traum könne enden, überhetzt er seinen Konsum. Doch er genießt ihn sichtlich. Er sprudelt und kichert. Er ist froh. Ist er glücklich? Seine Rede fließt über. Sein Gekicher fließt über. Seine kleine Seele fließt über. Es gibt keinen Strich, kein Heim, keine Freier mehr. Er fließt über. Saki ist selig. Saki ist Saki.

Auf dem Heimweg zeigt er Yan gegen Morgen seinen Stammplatz, wo ihn, abseits vom Überangebot des Hauptbahnhofs, seine Freier zu finden pflegen: just vor dem Bieber-Haus.

Yan fröstelt es jäh.

Just vor dem Eingang des Bieber-Hauses, wo Helmuth Hübener ein und aus geht und ein humanes Deutschland zu retten trachtet, wo er verhaftet und abgeführt wird, steht also vier Jahrzehnte später dieser ratlose kleine Altersgenosse und bereitet auf seine Weise clever, zeitgemäß und zielstrebig seinen Ruin vor, weil er mit seinem Leben nicht weiter weiß. Dieses Bieber-Haus wird zum magischen Minusort sicher für jeden, dem es zum Standort oder gar zum Verhängnis, zum Schicksal wird, als es, jahrzehntelang, Behörden für Ausländer, Heimatlose und Asylanten beherbergt. Ein arger, ein schwerer Platz voller Angst und Not und Verzweiflung und Wut.

Für Detlef ist er heute morgen Vergangenheit. Er glaubt nur, hohnlachend, seinen bisherigen Gönner und abgehalfterten Schlummervater unter den suchenden Freiern der Frühschicht auszumachen, und fragt, ob Yans Kühlschrank zu Hause noch Bier offeriere.

Zu Hause braucht Detlef dann aber kein Bier, sondern einen schnellen Eimer für all das getrunkene Übermaß, das sein überforderter Körper energisch und hochbogig wieder hinausschießt. Die Kotzerei nimmt kein Ende, entgiftet, befreit und erschöpft.

Der kleine Kadett vom Strich am Bieber-Haus fällt in sich zusammen, in Yans bergendes Bett, aber noch immer nicht Yan, sondern Morpheus in die klammernden Arme und unverzüglich in Tiefschlaf.

Nur wenige Stunden später wird Yan durch Nässe im Bett wieder wach. Seine Hände tasten Feuchtes ringsum. Er vermutet Weitergebrochenes. Aber

Detlef schläft tief und reglos. Yan macht Licht an. Sein ganzes Bett ist vollgeschissen. Mit gigantisch gesprenkelter Ladung aus Dünnbier und Dünnschiß und Puffschiß und Strichschiß vom Scheißstrich am beschissenen Bieber-Haus hat es sich diese verschissene, heimatlose Kinderseele zum Scheißhaus auserkoren: Detlef ist zuerst nach oben, dann nach unten explodiert. Zuerst hat sein Schlund, dann sein Darm sich von all dem angestauten Dreck seines Lebens befreit.

Yan betrachtet die ekle Bescherung und weiß seither, wie eine Katharsis aussieht.

Er erkennt auch, wie der Versuch, sich und seinen Psolon von Detlefs *lutum hesterum* oder gestrigem Kot oder Scheiße oder *merda* zurück- und reinzuhalten, lächerlich mißlingt und zum Bumerang wird, der ihn, ironisch, gar *in toto* besudelt. Es gibt keine Reinheit. Oder: dem Reinen muß auch das Unreinste rein sein.

Andern Abends lacht der regenerierte Detlef sich tot und läßt sich mit endlosen *dacapi* schildern und vorspielen, wie der schlaftrunken selbst halb besoffene Yan durch jene verdächtige Nässe aufwacht und in der flüssigen Scheiße herumtastet, dann den besudelten Detlef im Tiefschlaf abduscht und mit eigenem Bier- und Brummschädel auch noch die Bettwäsche wechselt.

"Erzähl nochmal", sagt Detlef und wischt sich die Lachtränen aus den Augen: "Also, du wachst auf, und was fühlst du? Erzähl! Los, erzähl! Deine Finger spüren was Feuchtes – und dann?"

Und er schreit vor Lachen. Nochmals und nochmals. Erst kotzt er, dann scheißt er, dann lacht er sein ganzes Elend aus sich heraus.

Erschöpft sinkt er Yan um den Hals. Sie halten sich in den Armen. Sie halten sich fest. Mehr geschieht nicht. Yan bleibt pädagogisch Asket, und für Detlef ist Sex noch dasselbe wie Geld und Geschäft.

Yan hat Zeit.

Detlef nicht. Was machen wir jetzt?

Bloß nicht schon wieder flippern gehn!

Was dann?

Sie fahren zum Schwimmen in ein neues Hallenbad an der Ostsee. Die Hinfahrt, an Gogols und Thomas Manns Badeplätzen in Travemünde und Timmendorf vorbei, ist sehr vergnüglich. Sie schwatzen und lachen und singen zusammen, ein Herz und eine Seele. Sie gehen zusammen in eine Kabine und ziehen sich gegenseitig aus. Die Voltzahl steigt, aber nichts passiert. Sie legen ihre Siebensachen symbolisch in denselben Schrank. Sie duschen zusammen. Sie sind ein Herz und eine Seele.

Sie gehen ins Schwimmbecken. Yan schwimmt los. Detlef testet das Wasser nur mit den Zehen. Es ist ihm zu kalt. Er geht wieder duschen. Yan schwimmt, Detlef duscht, Yan schwimmt. Yan schwimmt. Detlef duscht wohl noch immer. Er kommt und kommt nicht wieder. Macht er Bekanntschaften unter der Dusche, schafft er an?

Yan geht nachschauen. Unter der Dusche ist Detlef nicht. Yan sucht ihn überall, auch an ihrem gemeinsamen Spind. Dessen Schlüssel steckt im Schloß. Yan öffnet ihn. Detlefs Kleidung ist weg. Auch Yans Lederjacke ist weg – mitsamt Portemonnaie. Nur Paß, Führerschein und Autoschlüssel liegen noch in seinen Schuhen. Aber auch Detlef ist weg.

Yans Versuch, eine Seele zu retten, ist fehlgeschlagen.

Ein Jahr später geht nachts um drei Yans Telefon. Detlef fragt, ob Yan ihm noch böse sei. Er wolle ihm das Geld wiedergeben. Wie wäre es morgen abend um neun im Dammtorbahnhof?

Andern Abends um neun wartet Yan im Dammtorbahnhof vergebens. Detlef kommt nicht.

Zwei weitere Jahre später trifft er ihn unverhofft in der Männersauna. Detlef wird von einem älteren Mann eskortiert. Ihre Bekanntschaft ist offenbar jung: sehr lebhaft und wortreich und angeregt. Detlef ist stark gealtert und trägt ein kleines viriles Lippenbärtchen. Er muß jetzt 21 sein. Sein Glanz ist erloschen. Aus dem blanken Kadetten ist eine graue Maus geworden, aus dem Marmor-David ein Verwaltungs-Azubi, vielleicht gar aus dem Bieber-Haus.

Detlef übersieht Yan. Er meidet nicht nur den Blick von Auge zu Auge, auch jedes heimliche Lauern im Rücken. Yan spürt das. Auf keinen Fall will

Detlef seinen jetzigen Gönner wohl argwöhnisch machen und nimmt sicherheitshalber Yan überhaupt nicht zur Kenntnis.

Vielleicht erkennt er ihn auch tatsächlich nicht mehr: nach so vielen Jahren und Gönnern und Rettern ...

421
Nepomuk

Als Yan die Korrekturfahnen zum zweiten Teil seiner Abhandlung über Paul Ehrenberg erhält, schickt er ein Duplikat, wiederum mit roten Filzstiftmarginalien versehen, sofort an Raffaele nach Venedig.

II.
Thomas Manns Idee zum "Faustus"-Roman ist dieselben vier Jahrzehnte alt wie seine Liebe zu "jenem Paul" Ehrenberg:

"Vormittags in alten Notizbüchern. Machte den 3 Zeilen-Plan des Doktor Faust vom Jahre 1901 ausfindig. Berührung mit der P*[aul]* E*[hrenberg]*- und Tonio Kr*[öger]*-Zeit. Pläne 'Die Geliebten' und 'Maja'. Scham und Rührung beim Wiedersehn mit diesen Jugendschmerzen. / Man kann die Liebe nicht stärker erleben. Schließlich werde ich mir doch sagen können, daß ich alles ausgebadet habe. Das Kunststück war, es kunstfähig zu machen." *(68-jährig im Tagebuch)*

Dieses Kunststück wird mehr als vierzig Jahre verschoben, weil es den Abschluß von Werk und Leben bilden, "den Stoff eines ganzen Lebens" verarbeiten und ein "Vermächtnis" sein soll, wie es wohl nur in bilanzierendem Rückblick möglich wird.

Zu so hochfliegendem Schwanengesang ist aber nunmehr Eile geboten, weil schon in seinem "Lebensabriß" der noch 55jährige Thomas Mann "im halb spielerischen Glauben an gewisse Symmetrien und Zahlenentsprechungen in meinem Leben" vermutet, der Maßgabe seiner Mutter zu folgen und siebzigjährig "das Zeitliche zu segnen". Fast 68jährig beginnt er endlich mit der Arbeit an diesem auf knappe dreihundert Seiten veranschlagten "letzten"

Roman. Just drei Jahre später und nach Beendigung eben des 34. Kapitels mit der Entstehung von Adrian Leverkühns Oratorium "Apocalipisis cum figuris" ist auf Seite 500 noch durchaus nicht das Finale erreicht, als Thomas Mann jäh an Krebs erkrankt. Sein Karzinom breitet sich just in der Lunge aus wie weiland Ehefrau Katias mysteriöse Tuberkulose.

Als er jetzt in Chicago, wo vor vier Jahren Enrico Fermi den ersten Atomreaktor strahlen läßt, operiert wird, ist Thomas Mann siebzig Jahre und zehn Monate alt. Seine Mutter stirbt im Alter von 71 Jahren und fast sieben Monaten. Ein Endspurt scheint sich also abzuzeichnen.

Wenn Thomas Mann aber diese "späte Prüfung cum laude", nämlich mit "einem fast sensationellen klinischen Erfolg" und lebendig besteht, so führt er das später oft und gern auf den unfertigen Roman zurück, der ihn noch brauche, also Lebensenergien spende. "Andererseits", erfährt sein Tagebuch, "ist sicher der schreckliche Roman zusammen mit den deutschen Ärgernissen an der Erkrankung schuld", die ihn ein knappes Jahr nach Hitlers Ende in unmittelbare Todesnähe bringt. "Es war das Buch, das mich verzehrte." Das Signal ist unübersehbar, das nahende Lebensende avisiert.

Aber dem "Faustus"-Roman fehlt noch ein Entscheidendes: die Ausgestaltung oder "Durchführung" der bislang nur vorbereiteten Geschichte jenes Rudolf Schwerdtfeger, des Freundes, hinter dem sich, als Modell, Paul Ehrenberg verbirgt. Im Novellenprojekt "Die Geliebten" heißt er noch Rudolf Müller, ist aber schon Geiger wie nun auch Rudi Schwerdtfeger, dessen neuer Nachname und Mitgliedschaft im Zapfenstößer-Orchester jetzt auf fast schlüpfrig obszöne Weise die sexuellen Implikationen schon vorankündigen.

Kaum genesen, begibt sich Thomas Mann, noch vom Tode gezeichnet, unverzüglich und im Monat August an die Ausarbeitung dieses zentralen "Faustus"-Motivs. Rudi Schwerdtfeger, dieser einschmeichelnde Blondkopf aus Dresden, diese "Flirt-Natur" und "blauäugige Belanglosigkeit" mit ihrer "einnehmenden Gewandtheit" und "Lust am Gesellschaftlichen", dieser "eifrige Salonbesucher", "jeden gewinnende Fant und Mann aller Stunden" ausgerechnet ist es, bei dem der Komponist Adrian Leverkühn zum ersten und einzigen Mal in seinem Leben "menschliche Wärme" findet und dessen "beherztes Ausharren [...] das Menschliche in mir frei machte, mich das Glück lehrte", – "man kann beinahe sagen: den Tod überwand".

Die autobiografischen Bezüge auf das Ehrenberg-Erlebnis sind unübersehbar. In die "diamanten-eisigen Einöden",

in denen der vereinsamte Künstler und Intellektuelle des 20. Jahrhunderts (oder schon seit dem ewig fröstelnden Gogol) sein verzweifelt steriles Leben verbringt und aus der blockierenden Produktions- und Kulturkrise seiner erschöpften Epoche um jeden Preis in eine sei es erkaufte Inspiration und in die Enthemmung eines produktiven Schein-Rausches zu flüchten versucht (wie er aber nur des Teufels sein und mit striktem Liebesverbot belegt sein kann) – :

in die trostlose Kompliziertheit so desolat diabolischer Vereinsamung dringt flirtend und "schlichten Sinnes", "in netter Weise" *und mit* "stahlblauen Augen" *dieser* "leichte Vogel" *Rudi als das leibhaftig* "liebe Leben" *ein und erobert mit seinen* "herumkriegenden Talenten" *Adrians in gogolscher Eiseskälte erstarrtes Herz.*

Das gelingt ihm durch "ungewöhnliche Treuherzigkeit", *durch* "Zutraulichkeit" *und* "Zutunlichkeit", *die leitmotivisch anwachsen und als so* "erstaunlich", *so* "entfesselt", "durch viel persönlichen Charme unterstützt", "durch nichts abzuschrecken" *und als so* "unermüdbar" *wie* "unverwüstlich" *bezeichnet werden, daß Dr. phil. Zeitblom, Adrians allwissendes* alter ego, *es schließlich als* "kecken Anschlag der Zutraulichkeit auf die Einsamkeit" *beschreibt. Ines Rodde aber, in Rudolf ebenso heillos verliebt wie Adrian, bezeichnet den blonden Geiger als* "einen reinen Menschen" – "daher seine Zutraulichkeit, denn Reinheit ist zutraulich".

Diese doppelte und parallele Liebe Adrians und jener Ines zu Rudi Schwerdtfeger ist ein Konstrukt mit tiefen Wurzeln im Autobiografischen. Unschwer ist an der Geschichte dieser Frau der Lebensweg Julias oder Lulas, der ältesten Schwester Thomas Manns, jener gleichfalls August-Geborenen, abzulesen, die hier wohl zurecht als das sobezeichnete "weibliche Neben-Ich" *ihres berühmten Bruders weitergelten mag.*

Dessen zwiespältige Liebe zu Paul Ehrenberg hat sein Exeget Hans Wysling, sicher richtig, in Adrians Verachtung einerseits und das Leiden der Ines andererseits authentisch aufgeschlüsselt. Schwester Lula freilich hat den leibhaftigen Paul Ehrenberg, der sie, "beinah kniefällig", *vor ihrer falschen Ehe mit Bankdirektor Löhr zu bewahren trachtet, schwerlich jemals geliebt, wohl aber, in ihrer aller Kindheit, jenen von Bruder Thomas damals gleichfalls so angehimmelten Mitschüler Armin Martens, der sich reziprok nicht in Thomas, wohl aber in dessen weibliches Neben-Ich Lula verliebt.*

Armins Schwester Ilse, die noch als Achtzehnjährige, in München, eine nie genauer bezeichnete, aber wechselseitig sehr warmherzige Sympathie mit Thomas Mann verbindet, berichtet später über das emotionale Kreuz und Quer und Quiproquo dieses Geschwisterquartetts, wie es sich in der näch-sten Generation con variazioni *zwischen Klaus und Erika Mann mit Gustaf Gründgens und Pamela Wedekind auf reichlich gesprenkelte Weise wieder-holt.*

Zur Triole reduziert, mag es sich nun im "Doktor Faustus" zwischen Adrian Leverkühn, Rudi Schwerdtfeger und Ines Rodde-Institoris ebenso manife-stieren wie seinerzeit schon zwischen Tonio Kröger, Hans Hansen und Inge Holm.

Adrian selbst empfindet jene unabschreckbare und so zielsicher werbende Zutraulichkeit dieses "zum Gewinnen und Erobern geborenen" *Konzertmei-sters der Zapfenstößer als unwiderstehliche Verführung, nennt sie ein* "Wunder der Unbeirrbarkeit" *und verweist sie, wohl zurecht, in die Bereiche des Unerklärlichen, des Mirakulösen und Magischen. Sein* alter ego, *jener bürgerlich umso profanere Dr. Serenus Zeitblom, sieht Rudis hemmungslose Flirt-Natur gar* "im Lichte einer absolut naiven, kindischen, ja koboldhaften Dämonie", *die zu* "behexen" *vermag und die er, nur allzugern und -oft, als* "elbisch" *bezeichnet: wenn er von der* "elbischen Bindung" *an Adrian oder der* "elbischen Flirt-Natur" *dieses* "elbischen Platonikers" *berichtet.*

In einem Brief an Ervino Pocar –

Rotes Aperçu am Rande: " – Deinen Landsmann und Übersetzer des 'Doktor Faustus' , als der das Wort elbisch ins Italienische verwandeln muß",

– definiert Thomas Mann diesen schon in "Lotte in Weimar" verwendeten Begriff des außermoralisch Elbischen als "'naturgeisterhaft', auch 'zweideu-tig', 'neckisch', 'vexatorisch', 'unberechenbar', 'elementarisch'. Schwerdtfe-gers Flirt-Charakter und 'unbeirrbare Zutraulichkeit' hat solche Einschläge, und wenn er sich dabei einen 'Platoniker' nennt, so fügt Serenus das Beiwort hinzu, um diese Bezeichnung in etwas zweifelhaftes Licht zu setzen."

Denn platonisch, wie Rudi sogar seine veritablen Kohabitationen mit Ines Rodde-Institoris empfindet, bleibt nunmehr "diese Verführung der Einsamkeit durch eine nicht abzuschreckende Zutraulichkeit" *keineswegs, von der Thomas Mann vielmehr in seiner* "Entstehung des 'Doktor Faustus'" *lapidar behauptet, daß* "das Homosexuelle eine koboldhafte Rolle spielt".

Unmittelbar nach Rudis Uraufführung von Adrians Violinkonzert im Rahmen eines sogenannten "Anbruch-Abends" *im Wiener* Ehrbarsaal *nämlich kommt es, zwar noch nicht in Adrians Absteige in der ominösen* Herrengasse, *wohl aber im liebevollen Schutze der mäzenatenhaft unsichtbar kuppelnden Gastlichkeit einer Madame de Tolna,*

deren Doppelgängertum mit jener Nadjeschda von Meck unsern Leverkühn gar zu einem einschlägig anverwandten Wiedergänger Pjotr Iljitsch Tschaikowskijs pervertiert,

in den luxuriösen "Dix-huitième-Gemächern" *des ungarischen Gutsschlosses Tolna an den* "heiteren Gestaden" *des Plattensees und inmitten einer durchaus* "archaischen, vorrevolutionären" *Bevölkerung nunmehr endlich auch zur sexuellen Besiegelung dieser so elbischen Freundschaft, gar Liebe zwischen dem verteufelt asketischen Komponisten und seinem Teufelsgeiger.*

Eine genaue Beschreibung, wie Thomas Mann sie sonst jeglichem Geschehen zumal in diesem "Faustus"-*Roman zuteil werden läßt, wird von jenen geschlechtlichen Vorgängen in der fernen Puszta verweigert.* "Man kann sich Leverkühn in der Situation nicht vorstellen und mag es nicht", *schreibt er, sechs Jahre später, seinem amerikanischen Yale-Doktoranden Frank Donald Hirschbach.* "Ich selbst mochte es nicht und habe dem Leser die Vorstellung möglichst fern gehalten, obgleich ich glaube, in der 'Verführung der Einsamkeit durch die Zutraulichkeit' bis zum Äußersten gehen zu müssen. Gerade dieser Roman geht überall bis zum Äußersten."

Wie auch sonst nur allzugern geht hier also der so süchtige Homo-Erot Thomas Mann jeder plastisch-handgreiflichen Beschreibung homosexueller Praktiken abermals scheu oder gar unwissend aus dem Wege. Freilich mag er im Falle dieser Tolna- und Puszta-Vorgänge jenes "Äußerste" *gerade eben nicht als solch ein* "Äußerstes" *zeigen wollen, was es wahrscheinlich ist, um Adrians Hoffnung noch jede Chance zu geben, eine so liebevoll sexuelle Vereinigung mit einem Geschlechtsgenossen sei für ihn, wie Thomas*

Mann es Theodor Wiesengrund Adorno gegenüber schon früh konzipiert,
"ein Mittel, das Liebesverbot, Kälte-Gebot des Teufels zu umgehen".

Hier mag nun wieder jene "protestantisch-puritanische ('bürgerliche')
Grundverfassung" *aus Lübeck oder Kaisersaschern ihre arge Rolle spielen,
wie er sie schon in seinem alten Brief an Carl Maria Weber selbstbezichti-
gend kritisiert. Sie macht ihn nicht nur* "zu gescheit und kalt und keusch
fürs Element", *sondern disponiert ihn so auch überhaupt erst für jenes satanische Verdikt schon im 10. Kapitel des Volksbuchs vom Doktor Faust,
das Thomas Mann also variiert:*

"Liebe ist dir verboten, sofern sie wärmt. Dein Leben soll kalt sein – darum
darfst du keinen Menschen lieben."

Filzrote Anfrage am Rande: "Friert Gogol deshalb immer und überall, sogar
in Rom: 'Ich friere und friere immer mehr [...]. Ich muß immer herumren-
nen, um mich zu erwärmen. Kaum habe ich mich etwas erwärmt, als mich
wieder ein Schüttelfrost überfällt.[...] Die geringste Kälte bedroht mich wie
ein Schneesturm. [...] Bei einer Zimmertemperatur von achtzehn Grad friere
ich entsetzlich ... '."

*Umso lieber aber nutzt Adrian Leverkühn in all seiner eigenen eisigen Ein-
samkeit die bürgerlich diffamierte Homo-Erotik als eine hoffentlich nicht
mitgezählte Ersatzbeziehung und als letztlich ungültigen Notausgang ins
vorenthaltene und bisweilen doch sehr entbehrte menschliche Miteinander,
gar Ineinander oder Durcheinander: ins wärmende Gefühl.*

*Darum ist es nur folgerichtig, wenn Dr. Zeitblom in seiner allwissenden
Teilhaberschaft und keineswegs ohne Eifersucht Rudis und Adrians exotische Puszta-Paarung als* "dämonisch umwitterte Abwandlung", *als* "unna-
türliche Alterierung des Verhältnisses von Ich und Nicht-Ich" *und als keineswegs erhöhend, sondern vielmehr als* "beglückende Erniedrigung" *kritisch verfremdet und im Vergleich zu heterosexueller Partnerschaft hinlänglich abwertet, um es schließlich als* "Triumph seiner kindischen Dämonie"
einzig dem entschuldbar elbischen Rudi Schwerdtfeger und dessen "kobold-
hafter Werbung" *anzulasten.*

*Dabei ist die eigene lebenslänglich manische Fixierung dieses humanistisch
biderben Studienrates auf Rudis also nunmehr unleugbar Geliebten zwar
gewißlich frei von aller bewußten Fleischeslust, aber in einer später gestri-*

chenen Passage des XXXVIII. Kapitels gesteht er so linkisch weltfremd wie eindeutig, daß "in meinem Leben das Interesse der Freundschaft dasjenige an den ehelich-hausväterlichen Verbundenheiten stark überschattete". *Nicht zuletzt deshalb bezeichnet Thomas Mann ihn in einem Briefe an Freund Reisiger als einen* "Eifersüchtigen", *an den Pariser Buchhändler Martin Flinker bezüglich Adrians sogar als ausdrücklich* "sorgenvoll in ihn verliebt [...], vernarrt in seine 'Kälte', seine Lebensferne, seinen Mangel an 'Seele' ".

Solche Vorliebe des deutschen Bürgers für das brutal Satanische ist sicher nicht eben unpolitisch gemeint und stellt im Romantext selbst eine nicht minder elbische "Verfallenheit" *dieses Ehegatten einer Helene Ölhafen, eine* "Liebe" *und* "Hingebung" *an den bevorzugten Freund her, deren identifikatorische Verschmelzung einen eigenen durchaus besitzanmeldenden und eheähnlichen, aber niemals praktizierten Eros entwickelt und umso lieber auf Adrians Zurückhaltung, gar Erfolglosigkeit bei Frauen hinweist. Sei doch schließlich auch dessen musikhistorisch revolutionäre Erfindung der Zwölftontechnik in seinem Leipziger Brentano-Zyklus anhand der Tonreihe h - e - a - e - es (Hetera Esmeralda) auf dem Text* "O lieb Mädel, wie schlecht bist du" *entwickelt und entspreche insofern auch in seiner ästhetischen Umsetzung jenem teuflischen Liebesverbot.*

Der also argumentierende und insofern gar homo-erotisch kuppelnde anhaltinisch-bayrische Altphilologe Dr. Zeitblom ist aber nicht nur mit seinem Schulkameraden Adrian Leverkühn, sondern, logisch, auch mit dessen heimlich zumindest partiellem Urbild Thomas Mann auf ebenso elbische Weise identisch und wohl nicht zuletzt in homoeroticis *dessen bürgerlich puritanisches Sprachrohr, wenn er sich eigens in einer verquast gesprenkelten Abhandlung mit scheinheilig vorgetäuschtem Verständnis dennoch von der faktischen Homosexualität seines doppelten* alter ego *distanziert.*

Thomas Mann streicht zwar später diesen Diskurs, aber sein selbstquälerisches Bemühen, die homosexuellen Tatsachen dieses Romans wieder zu verschleiern und ins Ungreifbare abzudrängen, prägen noch wochenlang die nagenden Tagebuch-Notizen zu jenem August-Kapitel: "Betrachtungen über gleichgeschl. Liebe vielleicht als zu direkt weglassen", "Möglichkeit des geheimnisvollen Verschleierns", "Unzufriedenheit mit der Abhandlung über die Homosexualität". *Andererseits reizt ihn die Situation, daß hier in seinem Erzähler Dr. Zeitblom ein* "gebildeter Mann [...] mit Ernst und Würde um die Erkundung der recht eigentlich unergründlichen Erscheinung" *des Homosexuellen bemüht ist, als höchstwillkommene Okkasion einer endlichen Offenbarung dieses Eros mit den Mitteln wohlbeherrschter Ironie. In diesem Dilemma entscheidet er letztendlich so:* "Knappe Kondensierung, Diskretisierung der Äußerungen über Adrian-Rudi". *Das alles bleibe doch lieber nur der* "homosexuelle Untergrund, meist unfaßbar".

Hierin äußern sich Thomas Manns damals noch strikte Geheimhaltung seiner eigenen Homosexualität und die Angst vor ihrer unvermeidlichen Preisgabe in diesem so spezifisch autobiografischen Roman. Es äußert sich aber, weit über so private Befürchtung hinaus, auch seine lebenslänglich kultivierte und literarisierte Sicht aller Homosexualität als einer schuldhaften Verführung zu unstatthaft orgiastischem und chaotischem Todesrittertum dieses unfruchtbar orphisch-narzißtischen Eros.

Insofern kommt es durchaus an Kindes Statt zu Adrians Komposition eines Rudi gewidmeten Violinkonzertes, um das der Konzertmeister jener Zapfenstößer seinen Geliebten tatsächlich bittet wie um ein Kind und als "symbolischen Ausdruck" *für sein Bedürfnis nach einer* "Reinigung, gewissermaßen, von den andern Geschichten"*:*

"Einverleiben wollt' ich es mir [...] und es hegen und pflegen [...] wie eine Mutter, denn Mutter wäre ich ihm, und Sie wären der Vater, – es wäre zwischen uns wie ein Kind, ein platonisches Kind ... ".

In solchem Sinne wohl schreibt Adrian dann jenes Violinkonzert mit einem "Andante amoroso" *im Ersten Satz seinem Rudi dermaßen* "auf den Leib"*, daß Dr. Zeitblom die aus dem Rahmen fallende gefühlige* "Menschlichkeit" *dieses vergleichsweise moderaten und unradikalen Produkts als einen seiner unwürdigen Abstieg in ästhetische Niederungen und als* "die Apotheose der Salonmusik" *geißelt.*

Im späteren Wahnsinn seiner voll ausbrechenden Paralyse freilich bekennt Adrian sich zur Vaterschaft überdies eines veritablen Sohnes von "Fleisch und Blut" *und bringt sie in verwirrten, aber einleuchtenden Zusammenhang mit seinem Irrglauben, daß er,* "als des Teufels Mönch, lieben dürfte in Fleisch und Blut, was nicht weiblich war, aber um mein Du in grenzenloser Zutraulichkeit warb, bis ich's ihm gewährte".

Seine fleischliche Verbindung mit Rudi assoziiert also Adrian in der Hellsicht zusammensprenkelnder Geistesverwirrung mit seinem leiblichen Neffen Nepomuk, der ebendeshalb Echo genannt wird und dessen Liebreiz, gerade als er fünf ist, "unbeschreiblich" *sei.*

Echo Nepomuks "anbetungswürdige Lieblichkeit" *hat bei aller Kindlichkeit auf so wundersame Weise auch* "etwas Ausgeprägt-Fertiges und Gültiges", "etwas lieblich Lehrendes und Botenhaftes", *daß sie* "etwas wie Glückseligkeit [...] und zärtliche Erwärmung der Herzen" *ringsum und bei jedermann verbreitet, als sei dieser* "kleine Wundermann" *just* "vom Himmel gefallen".

Rotstiftiges Aperçu am Rande: "Mir selbst stehen, wenn ich über diesen Echo lese oder nun gar schreibe, als dessen gleichaltrige Doppel- oder Wiedergänger immer jener mirakelhaft artverwandte, wenn auch dunkler getönte Indianer-Junior vom Orinoko, freilich auch jene neumexikanischen *"Wesenheiten eines großen Lichts"* und nicht zuletzt mancher goethische Knaben-Genius vor Augen."

In einem Brief an den österreichischen Philologen Jonas Lesser verweist Thomas Mann, der seinen Dr. Zeitblom auf Echos "Engelsmienchen" *jene* "Heiligung" *beobachten läßt,* "die man dem auf Erden Neuen, halb Fremden und Unbewanderten zugesteht", *auf Echos Verwandtschaft mit dem ebenso ungewordenen Euphorión in Goethes* "Faust II". *Doch Lion Feuchtwangers Ableitung dieses Nepomuk* "von Goethes Verliebtheit in Felix Mendelssohn" *und Zusammenstellung mit Hanno Buddenbrook empfindet dessen Autor als* "ganz unsinnig".

Versuche späterer Leser, Echo gar mit Goethes androgyner Mignon zu vergleichen, werden von Thomas Mann je nach Sympathie des Täters als "in Gottes Namen richtig" *begrüßt oder als* "an den Haaren herbeigezogen" *abgeschmettert.*

Gleichwohl nennt er ihn selbst, seiner jüngsten Tochter schreibend, "eine Art Ariel" *und bezieht im Text des Romans* "das leicht schwebende Dasein" *und* "die Herabkunft des himmlischen Kindes", *das er auch als* "fast überirdisch", *als* "Epiphanie" *eines* "Gotteskindes" *bezeichnet, in Adrian Leverkühns damalige Vertonung der Lieder jenes ja durchaus androgynen Ariel aus Shakespeare's* "Sturm", *in diese liebevoll komplizenhafte Umsetzung der Texte in die* "schwebende, kindlich-hold-verwirrende Leichtigkeit" *jenes*

Luftgeistes und Zaubergehilfen im Reiche Prospero's mit ein. Serenus Zeit-
blom spricht von einer "holden Erscheinung" *und registriert deren* "seltsame In-sich-Geschlossenheit, ihre Gültigkeit als Erscheinung d e s   K i n -
d e s auf Erden, das Gefühl von Herabgestiegensein und, ich wiederhole es,
lieblichem Botentum, das sie einflößte".

Rotes Filz-Aperçu: "Daß Thomas Manns Bettlektüre während der abschließenden Arbeit an diesen Echo-Kapiteln ausgerechnet Novellen von
Gogol sind, vermerke ich als Schlafgast der Leuchtenburg mit beglückter
Verblüffung, aber ohne direkte Einsicht etwa in einen anderen Zusammenhang als einen generell allgegenwärtigen."

Denn Thomas Manns Modell und Vorbild, sein Urbild für diesen liebreizen-
den Himmelsboten Nepomuk ist eingestandenermaßen einzig sein Enkel Fri-
do.

Sohn seines geigenden Sohnes Michael, am Vortag eines 1. August, dem To-
destage Franz Liszts, zur Welt gekommen und "Amerikaner von Geburt ",
vereinigt dieses Kind brieflings aufgelistetes "deutsches, brasilianisches, jü-
disches und schweizerisches Blut" *und ist in solcher Sprenkelung sofort der*
konkurrenzlose Liebling seines berühmten Großvaters, der diesen Knaben,
zumal als er einschlägig fünf ist, in Briefen und Tagebüchern nicht müde
wird, als "ein rührendes Wunder an Lieblichkeit", "ein rechtes Elfenprinzchen", *vorschnell gar als seine* "letzte Liebe" *zu feiern und mit Epitheta wie*
"reizend", "herzgewinnend", "entzückend", "anmutig", "treuherzig", "graziös", "bezaubernd" *und* "zauberhaft" *zu überfluten.*

Schon "einschmeichelnd", *zumal aber das unzählbare* "Elfenhaft" *kommt*
bekannt vor und bestätigt zunächst den Echo des Romans abermals als "einen elfenhaft idealisierten Frido". *Wenn aber auch dessen literarische Um-*
setzung leitmotivisch als "Elfe", "Elfenprinzchen" *oder* "kleiner Gesandter
aus Elfenland" *gepriesen wird, dessen* "länglich ausladendes" –

Rot: "Jürüken- ?"

Köpfchen durchaus "von blondem Haar" *bedeckt ist und dessen* "reiner" *Au-*
genaufschlag ausgerechnet "von klarstem Blau" *ist und im* "süßen Licht
dieser in azurenem Lächeln zu ihm aufgeschlagenen Augensterne" *auch*
noch eine "Urreinheit" *verkündet:*

*dann ist die leibliche Abstammung dieses Nepoten Nepomuk vom einschmei-
chelnd reinen, blauäugig blonden, penetrant elbischen Rudi Schwerdtfeger
und dessen Urbild Paul Ehrenberg schwerlich zu leugnen. Insofern ist er
ein agamogenetischer Sohn der elbischen Liebe auch Adrian Leverkühns
und Thomas Manns.*

*Nun ist das Elbische in seiner leicht anrüchig neckischen Zwielichtigkeit na-
türlich nicht ganz dasselbe wie das makellos reine Elfenhafte. Beide aber
leiten sich etymologisch wie inhaltlich von Alben, von Elfen, vom alt- und
mittelhochdeutschen* elbi *oder* elbe, *also von segensreich wohltätigen und
überaus schönen Lichtgestalten der germanischen Mythologie her und sind
"vexatorische" Naturgeister, die zwischen Menschen und Göttern vermitteln, demnach für uns hienieden nur allzu faszinierend, betörend, verführerisch und liebenswert sind.*

*Also liebt der gogolisch vereinsamte Intellektuelle und Künstler Adrian Le-
verkühn diese beiden blonden, blauäugigen und identischen Alben und
Lichtgestalten: Rudi und Echo.*

Es sind seine einzigen beiden Lieben, und darum tötet er beide.

*Den Rudi Schwerdtfeger infiziert er wohl schon in der geschlechtlichen Um-
armung nicht ohne Vorsatz mit seiner tödlichen Krankheit. Aber er ermordet ihn, vor deren Ausbruch, zusätzlich auch noch strategisch. Er lockt ihn
in eine tödliche Falle. Er kalkuliert, er inszeniert mit Hilfe Shakespeare's
und Marie Godeaus, jener* femme dure, *eine sehr tief greifende Rivalensitu-
ation und macht Ines, dieses schwesterliche und krankhaft eifersüchtige
"Neben-Ich", zu seinem verlängerten Mörder-Arm, dem er seinen Rudi zielgenau ausliefert – wenn auch nicht eben ans Messer.*

*Der Plan ist des Teufels. Nach einem Konzert der Zapfenstößer führt die ah-
nungslose Ines ihn aus und erschießt, eine andere* femme dure, *ihren Rudi
"mit seinem lockig aufstrebenden Blondhaar", seinen "in ehrenwerter Erhitzung sogar ein wenig verschwollenen" blauen Augen und seinen "leicht aufgeworfenen Lippen" mitten in der vollbesetzten Straßenbahn nach Schwabing, während an deren Rädern und oberer Kontaktstange "kalte Flammen
zischend in ganzen Funkenschwärmen zerstoben".*

*Dieser Mord in der Straßenbahn und inmitten elektrischen Höllenfeuers ist
in Wahrheit eine "uralte Conception" Thomas Manns und noch früheren*

*Datums als das ganze "Faustus"-Projekt. Insofern kann es mit Fug als seine
eigentliche Keimzelle gelten.*

*Die Beendigung einer verbotenen Liebe durch Tötung des Geliebten taucht
als Idee zu jener Zeit auf, als der 27jährige Thomas Mann seine derzeit
noch lebendige Liebesbeziehung zu Paul Ehrenberg in jener Novelle "Die
Geliebten" ihren Niederschlag finden lassen will, in der er sich selbst hinter
der unglücklich liebenden Dame namens Adelaide verbirgt.*

*Damals erfährt er durch die Zeitung von einem just in Dresden, Pauls Ge-
burtsort, erfolgten Mord: in der Straßenbahn habe eine unglücklich liebende Ehefrau und Dame der Gesellschaft ihren langjährig qualvoll Geliebten,
einen jungen Orchester-Musiker, kurzer Hand erschossen.*

*Unverzüglich nutzt Thomas Mann damals seinen Geburtstagsbrief an die
22jährige Dresdnerin Hilde Distel, um ihr einen ganzen Fragenkatalog zu
diesem Mordfall zu unterbreiten.*

*Hilde Distel, später Opernsängerin, ist mütterlicherseits weitläufig mit Tho-
mas Mann verwandt und eine enge Freundin just seiner Schwester Lula,
überdies eine Pflegeschwester des früh mutterlosen Paul Ehrenberg, der so
oft als ihr leiblicher Bruder gilt, daß auch Thomas Mann ihn nun in diesem
Geburtstagsbrief als ihren, aber auch schon "beinahe" als seinen eigenen
Bruder bezeichnet. Durch diese Hilde lernt er diesen Paul gar kennen, in
den Hilde selbst zuvor glücklos verliebt ist.*

*Hilde ist außerdem auch mit beiden Teilen jenes tragischen Dresdner Lie-
bespaares persönlich bekannt und soll nun den jungen Autor mit authenti-
schem Material und "Détails" "zu einer wundervoll melancholischen Liebesgeschichte" versorgen.*

Rot am Rand: " '(Die >Fabel< ist ja unendlich gleichgültig, aber man muß
doch eine haben, nicht wahr?)' – diesen vielzitierten Satz, der natürlich auch
mir sehr in meinen Lamai-Kram paßt, schreibt Thomas Mann in ebendiesem
Brief an Hilde Distel und in diesem schauerlichen Zusammenhang, wenn
auch nur in Klammern."

*Eine solche Materialbelieferung, weiß Thomas Mann, sei von Hilde zwar
vielverlangt,* "aber wir Artisten sind eben [...] von einer ganz renaissancehaften Rücksichtslosigkeit".

Die literarisch ohnehin interessierte Hilde spielt auch mit und liefert wunschgemäß, eine vorbildlich brave Ausfüllerin seines Fragebogens, "die ganze Geschichte von ihren Uranfängen bis zu dem Schluß- und Knalleffekt".

Mitten während seiner Liebschaft mit "jenem Paul" also denkt Thomas Mann bereits an ihre gewalttätige Beendigung. Scherzhaft droht er Paul schon anläßlich seiner eigenen damaligen Florentiner Liebelei mit Mary Smith, ihm gegebenenfalls "Meuchelmörder zu dingen". Denn was er in den "Geliebten" im Inkognito jener Adelaide noch selbst zu exekutieren gedenkt, läßt Thomas Mann 44 Jahre später in einem kalifornischen August dann jene Ines Rodde, sein transfiguriertes schwesterliches Neben-Ich oder weibliches alter ego, *als eine so gedungene Meuchelmörderin ausführen. Tagebuchnotiz im frühen* statu nascendi: *"Zweifel, ob [...] Therese Rodde (Lula) die Mörderin Schwerdtfegers sein soll."*

Aber auch Adrian Leverkühn als eigentlicher Initiator und Urheber dieses Meuchelmordes im "Faustus"-Roman ist ja, trotz Nietzsche, Hugo Wolff und Robert Schumann als Modellfiguren, so sehr ein eigenes Konterfei Thomas Manns wie kaum ein anderer seiner sämtlich hochebenbildlichen Protagonisten. Insofern ist seine Ermordung Rudi Schwerdtfegers auch ein Anschlag Thomas Manns persönlich auf Paul Ehrenberg.

Richtig hält noch der 66jährige im kalifornischen Tagebuch eines 19. September die Identität dieser beiden Opfer fest: "Erinnerte meinen Jugendplan 'Die Geliebten', den Mord an dem gefälligen Geiger (P. E.)".

In solchem Kontext mag es zu verstehen sein, daß er die ganze Beschäftigung mit diesem Stoff noch mit Argumenten zu verhindern oder zu vermeiden versucht, die er in der selten praktizierten Form eines Gedichtes im Tagebuch festhält:

"Gestern nachmittag im Dunkeln dichtete ich mir folgende Verse:

Warum lähmst du deine Schwingen,
Quälest dich mit alter Scham?
Lebe frisch in neuen Dingen
Und vergiß den toten Kram!"

Den eigentlichen Grund aber für so beschämend brutale Beseitigung des Geliebten liefert Thomas Mann schließlich in Adrian Leverkühns paralytischem Schlußgeständnis, in dem sich dieser vor geladenem Kreise selbst unverhohlen als "Mörder" bezeichnet. Er beichtet sein Liebesverhältnis zu Rudi Schwerdtfeger und folgert: " 'Darum mußt ich ihn töten und schickte ihn in den Tod nach Zwang und Weisung.' "

Den rätselnden Spekulationen späterer Leser hilft Thomas Mann überdies auf die rechte Spur, wenn er, in Briefen an den Kritiker Julius Bab, plakativ motiviert, daß Adrian Rudi ermordet, "weil er ihn liebt" und "weil ihm die Liebe verboten ist".

Verboten wird sie ihm damals vor über vierzig Jahren in München wie auch lebenslänglich von der außermenschlichen "Kälte" künstlerischer Umsetzung und Wiedergabe, die er im "Doktor Faustus" schließlich thematisiert und nach Gogols Vorgabe zum "Teufelswerk" deklariert.

In Rot, am Rande: "Aber der Teufel, der solches gängelt, ist nun keineswegs jene Lilly gleichen Namens, um derentwillen Pauls junger Liebhaber frühe weibische Eifersuchtsqualen erleidet und Rache sinnen mag."

"Bei alledem", hilft Peter de Mendelssohn, "sitzt der Teufel natürlich in ihm selbst, ist eine Projektion seiner eigenen Seele – nämlich seine Kälte."

Diese Kälte nun macht Adrians poetische Hellsicht im paralytischen Zusammenbruch auch für den Tod des kleinen Echo Nepomuk verantwortlich, der, wie Adrian später selbst, an einem Augusttag und unter höllischen Qualen stirbt. Die medizinische Diagnose einer Cerebro-spinal-Meningitis wird da zum Vorwand, denn Krankheitserreger und Todesursache ist in Wahrheit der tödliche Basiliskenblick des lieblosen Satanskünstlers.

Schon als Theologiestudent in Halle hat Adrian bei jenem Privatdozenten und Dämonologen Eberhard Schleppfuß lernen können,

"daß eine unreine Seele durch den bloßen Blick, sei es willentlich oder auch unwillkürlich, körperlich schädigende Wirkungen an anderen hervorbringen könne, an kleinen Kindern zumal, deren zarte Substanz für das Gift eines solchen Auges besonders anfällig war".

Umso wissender klagt Adrian am Kranken- und Sterbebett des geliebten Elfen:

"Welche Schuld, welche Sünde, welch ein Verbrechen [...], daß ich meine Augen an ihm weidete!"

Nach so frevelhafter Kindestötung durch den Bösen Blick des Künstlers, der sich als so todbringend wie ein Basilisk, jenes jüdisch-christliche Fabelwesen, empfindet, das, ohne jeden weiblichen Anteil, nur aus einem Hahnenei entsteht und den Oberkörper eines Hahns mit dem Unterleib eines Drachen verbindet, sticht eine Tagebuchstelle erschreckend ins Auge, die Thomas Mann nur wenige Wochen nach Abschluß dieses Faustus- und Teufelsromans notiert:

"Überhaupt gerechte Besorgnis wegen all der Opfer des kalten Blicks."

Unmißverständlich meint er damit die vielen Personen seines Freundes- und Bekanntenkreises, die, mehr oder minder verfremdet, mehr oder minder erkennbar, als Urbilder seiner Romanfiguren wehrlos seiner renaissancehaften Basilisken-Rücksichtslosigkeit haben herhalten müssen wie eben Paul Ehrenberg und Enkel Frido. "Schlimm, schlimm."

Gattin Katia gegenüber beklagt er "die 'Morde' dieses Buches" *und exemplifiziert aus seinem engeren Freundeskreis den Schriftsteller Hans Reisiger, den Bühnenbildner Emil Preetorius, den Maler Walter Geffcken und die Schriftstellerin Annette Kolb. Viele andere, selbst seine eigene Mutter, seine beiden tragisch verstorbenen Schwestern, auch die befreundete Nürnberger Bibiothekarin Ida Herz, die ebenso befreundete Psychoanalytikerin und Pudellieferantin Caroline Newton, der Komponist Hermann Hans Wetzler und der Literarhistoriker Josef Nadler, selbst Schillers letzter Urenkel, der Kulturhistoriker Karl-Alexander Freiherr von Gleichen-Rußwurm, wären zu addieren.*

"Jene 'Morde' ", *bezichtigt sich Thomas Mann,* "habe ich mit der Lungenoperation bezahlt, die mit dem Werk in unzweifelhaftem Zusammenhang stand". *Aber, rechtfertigt er sich:* "Das rücksichtslos Autobiographische (unverleugnet) zusammen mit dem Montagehaften macht [...] den tief erregenden Radikalismus des Ganzen."

Bei manchem dieser mißbrauchten und ausgeplünderten "Mordopfer" seines kalten Künstler-Blickes, den er freilich auch mit der Fähigkeit zu lachen in gogolesk tief ursächlichem Zusammenhang sieht, bittet er in ausführlich erklärenden Briefen (an Reisiger, an Preetorius, an die Kolb) um Verständ-

*nis und gütige Nachsicht; anderen (wie Arnold Schönberg und Adorno)
dankt er mit literarischem Denkmal ("Entstehung des Doktor Faustus"),
wieder anderen (Ida Herz) streitet er jede Porträtierung lebhaft ab.*

Nur Frido und Paul, den beiden Urbildern der de facto *Geliebten und Ermordeten, gegenüber schweigt er beharrlich, sei es schuldbewußt, sei es
lauernd, ob sie es denn bemerken und anmahnen oder wie denn sonst sie
reagieren mögen.*

*Bei Enkel Frido scheint er auf dessen allzu große Jugend zu setzen, die ei-
nen Roman wie diesen "Faustus" noch gar nicht zur Kenntnis nimmt.* "Möge
er's gut und heil, ohne Chock und Trauma überstehen!" *Er überschüttet den
Jungen auch weiterhin mit seiner Vorzugsliebe, beschäftigt sich viel mit
ihm, singt dem Achtjährigen* "mit Bogen und Pfeil, schlank und lieblich",
verführerisch, aber erfolglos seine heimliche Privathymne, "Mit dem Pfeil,
dem Bogen", *vor, liest ihm auch fast täglich etwas vor und läßt, an einem
nebligen Augusttag mit dem Feuer spielend, gar Hans Christian Andersens
Märchen von der kleinen Seejungfrau nicht aus, das in Adrians und Echos
Geschichte eine so fatale Bedeutung hat. Ein Test mit "Des Kaisers neue
Kleider" stößt auf kindliche Abneigung gegen solche Entblößung. Also erzählt er ihm von jenem Schaukelpferde seiner eigenen Kindheit, das er
"zärtlich geliebt" und dem er "noch einmal den Arm um seinen Nacken legen" möchte;* "es hieß Achill, ich selber taufte es so" *– infolge einer "frühen
Beschäftigung mit der 'Ilias' ". Informationen des Enkels auch über den sexuell dazugehörigen Patroklos sind nicht überliefert.*

Den Heranwachsenden nimmt Thomas Mann dann später gern als "langbei-
nig", *als* "sehr anziehend und leicht beunruhigend für die Zukunft" *durchaus auch erotisch zur Kenntnis.* "Jedes Wiedersehen mit Frido bewegt
mich". *Er findet ihn* "hübscher als je" *und notiert sich nicht nur den* "Liebreiz", *sondern auch* "ein feines Näschen, schöne Augen, liebliche Wangen"
sowie die "reizende, elfenhafte Art des kleinen Frido, sich zu bewegen, zu
laufen, sich zu wenden": *schon mit Hermesbeinen?* "Abends hatte er vergessen, mir Gute Nacht zu sagen, und ich ging zu seiner Freude zu ihm hinauf.
[...] Außerordentlich lieblicher Anblick des kleinen Frido im Schlummer".
Im eigenen Schlummer träumt er, "daß Frido eigentlich ein Mädchen sei,
was mir sehr unlieb war", *auch daß er schon den Dreijährigen, als er selbst
in geträumtem Tode taumelt, gleichwohl tanzend* "aufhob und küßte". *Sehr*

geschmeichelt registriert er mehrmals die Gier des Knaben, auf seinem Schoße zu sitzen, und vermerkt: "Der kleine Frido, erregt, sagte wiederholt 'Auf Wiedersehn' und küßte mir die Hand, erregt". *Als er* "von dem anmutigen Wesen des kleinen Frido" *einmal* "besonders entzückt" *ist und ihn abends in dessen Schlafzimmer begleitet, küßt ihn dort der Achtjährige unverhofft auf den Mund,* "was mich etwas erschüttert". *Hinfort küssen sie sich häufig, der Junge den Alten sogar* "immer" *und fast noch begieriger, gar* "erregt vor Freude" *und auflauernd* "unter vier Augen". *Unterwegs gehen sie manchmal Arm in Arm oder Hand in Hand, und der Elfjährige fragt da den 76jährigen,* "warum ich nicht mit ihm badete". *Es ist jetzt eine* "Freundschaft mit ihm", *und der Plan, den Jungen ganz ins großelterliche Haus zu nehmen, wird von ihrer beider Seelen lebhaft begrüßt, nur von der Vernunft verhindert. Ihn stattdessen ins deutsche Elite-Internat nach Salem zu geben, wo schon sein Onkel Golo unter* "jesuitenhafter Sexualrepression" *argen Schaden nimmt, verhindert der Großvater mit fast hysterischer Energie. Denn als der Zwölfjährige in einer Weihnachtsaufführung seiner Schule ausgerechnet die Rolle der Jungfrau Maria spielt, kommentiert Thomas Mann diese Besetzung nur mit einem eingeklammerten Ausrufezeichen. Trotzdem hat er beim Versuch seiner Töchter Erika und Monika, den Halberschlossenen übereifrig schon als homosexuell zu rubrizieren, zunächst seine Zweifel; jedoch:* "Im übrigen – sei es."

Wohl umso mehr genießt er Fridos "einschmeichelndes Wesen", *das ihn nun* "freundlich und zutunlich" *an Rudi Schwerdtfeger alias Paul Ehrenberg erinnern mag, als eine* "goldene Herzenssache". *Denn* "die Gefühlsnachwirkung der Echo-Zeit ist unauslöschlich". *Noch in seinem Todesjahre schreibt er an die befreundete Lavinia Mazzucchetti,*

Rotes Aperçu: "Deiner Landsmännin und Kollegin, einer Germanistin, die 'Lotte in Weimar' und manches andere von Thomas Mann in Deine Sprache übersetzt – "

er selbst habe nun "durch das Kind Echo im 'Faustus' eine Bindung" *an Frido,* "die etwas irgendwie Heiliges für mich hat"*: eben die eigene literarische Verwendung veredelt oder adelt den Enkel und feit ihn! Und in schuldbewußter Besorgnis verweist der Großvater den Heranwachsenden, der ihm immer sein* "Echo von einst" *bleibt, auf die Präsenz eines Schutzengels.*

*Noch drei Monate vor dem eigenen Tode beschwichtigt Thomas Mann seine
Skrupel, an Robert Faesi schreibend:*

"Gottlob hat der Kleine seine Ermordung durch den Bösen gut überstanden.
Er ist jetzt schon fast fünfzehn geworden und [...] weiß nichts davon, daß
ihn einmal der Teufel geholt hat, aber ich fühle mich immer etwas in seiner
Schuld und freue mich an jedem Jahr, um das er älter wird."

*Trotz dieser unübersehbaren Angst vor argen Spätfolgen des eigenen Basi-
lisken-Blickes läßt Thomas Mann es sich nicht nehmen, an einem Märchen
des dreizehnjährigen Frido, das eine Expedition in die Hölle schildert, persönlich mitzuwirken. Als aber der 14jährige einen Roman zu schreiben beginnt, der in einem österreichischen Dorf spielt und dessen Held ausgerechnet Adrian heißt, reagiert der erschreckte Großvater mit brüsker Ignora-
tion, noch auf dem Totenbette. Stattdessen lobt er, quasi ablenkungshalber,
Fridos Komposition einer Sonate und ebnet damit den (nicht minder adria-
nischen) Umweg des Kindes zur Musik und in eine Dirigentenlaufbahn, bevor es sich jäh zu einem erschreckend faustisch-leverkühnischen Studium
just der Theologie entschließt, aber katholisch wird und durch Umtaufe das
obligate Echo auf den stigmatisierten Frido loswerden, einen neuen Namen
annehmen will: ausgerechnet Paul, aber wohl weder nach seinem geistigen
Vater Ehrenberg noch auch nach dem leiblichen Opapa, sondern ausdrücklich nach dem faszinierend asketischen Apostel in Ephesos.*

*Erst seine spätere akademische Karriere als Psychologe beendet alle diese
bestürzend elbischen Bezüge zum "Faustus"-Roman und hilft dem Gezeichneten, jene literarische Brandmarkung als überirdischer Todesbote endlich
abzuschütteln, die ihm* "sein Lebtag lang wie ein Fluch anhaftet" *und zuvor
einer* "mysteriösen" *Persönlichkeitsspaltung bedarf, damit er* "sich von diesem negativen Ich zu befreien" *vermag, mit dem jener großväterliche Ab-
usus seine junge Person belastet.*

*In seinem autobiografischen Roman "Professor Parsifal" schildert Frido
Mann später sein schizophrenes* alter ego, *das sich als "Echo" und den
"goldlockigen Elfenprinzen" eines "berühmten Buches" bezeichnet, diese
Rolle dann aber mit ins frühe Grab und endgültig aus der Welt nimmt. So
entledigt sich Frido seiner poetischen Bürde mit poetischen Mitteln. Insgeheim umso folgerichtiger lautet denn auch der erste Satz seines Befreiungs-
buches:* "Mein Großvater war tot."

Allzusehr fühlt sich der damals Fünfzehnjährige als literarisches Material, als privates Spielzeug und Papagei eines "Übervaters" mißbraucht, den er beiläufig auch als "Seine Majestät" glossiert.

Umso erschreckender mutet Fridos spätere Eheschließung mit ausgerechnet Christine, der Tochter Werner Heisenbergs, an, der als abermaliger "Übervater" einen zweiten Teil von Fridos Leben machtvoll überschattet.

Mit seinem so mühsam abgeworfenen Vorgänger verbinden diesen gigantischen Schwiegervater nicht nur Weltruhm, Wucht ihres geistig-vitalen Volumens und die Lust an Männergeselligkeit, sondern, keineswegs zuletzt, auch ihrer beider Musikalität und spezielle Vorliebe für Schuberts Klavier-Trio in B-dur wie für Händels "Messias".

Am Rande, rot: " – mit jener Sopranarie *'Er weidet seine Herde, dem Hirten gleich'* , von der Frido Mann, der es als Urbild eines weltberühmten Himmelsboten wissen muß, sagt, sie *"steige vom Himmel herab"*.

Jenes Schubert-Trio opus 99 aber hört Thomas Mann auch nach der Niederschrift von Adrians Geständnis seines Doppelmordes an Rudi und Echo ausdrücklich

"in Sinnen über den glücklichen Zustand der Musik, den es darstellt, über die Schicksale der Kunst seither, über das verlorene Paradies",

nachdem schon der achtzehnjährige Heisenberg den zweiten Satz dieses Trios in der Ahnung musiziert,

"daß wir die große Epoche der europäischen Musik für endgültig vergangen"

zu erachten haben.

Seinen geliebten "Messias" aber, dessen Hirten- und Herdenarie sich Werner Heisenberg noch auf dem Sterbebette vorspielen läßt, hört Thomas Mann, sein Schwipp-Verwandter in spe, *just am Abend nach seiner "Kondensierung" und "Diskretisierung" jener homosexuellen Beziehung zwischen Adrian Leverkühn und Rudi Schwerdtfeger und mag dabei unumgänglich dessen Urbildes Paul Ehrenberg gedenken.*

Denn der bleibt allenthalben so unerwähnt, so "diskretisiert" und unbeachtet wie keines von all den andern kalt und lachend "gemordeten" Opfern

*dieses Buches, obwohl er, "auch keine Schattenexistenz", den eigentlichen
dramaturgischen Kontrapunkt des Romanes liefert:*

*sein geigendes und einschmeichelndes Konterfei Rudi Schwerdtfeger ist
Adrians einziger vollkommen außerteuflischer, weil wirkliche Liebe auslö-
sender Gegenspieler und dramatischer Spannungspol nicht nur des "Doktor
Faustus", sondern, in mancherlei Mimikry, des gesamten Œuvres seit den
"Hungernden" und "Tonio Kröger" in der Frühzeit. Immer stehen insgeheim
Person und Begegnung Paul Ehrenberg hinter all den geliebten blauäugigen Belanglosigkeiten von Hans Hansen bis Rudi Schwerdtfeger. Dessen
Funktion nunmehr als Kontrahent gar Luzifers mag, als Lebensresümee, der
tief verborgene Grund dafür sein, daß Thomas Mann, nachdem er Adorno
jenes todbringende Pfeifferinger Gespräch zwischen Adrian und Rudi, also
zwischen sich selbst und Paul Ehrenberg vorliest, seinem Tagebuch anvertraut:* "Nie hat mich, dabei bleibt es, eine Arbeit so erregt und bewegt".

Und an Hans Reisiger schreibt er über dieses "wunderliche und äußerst persönliche Werk": "Es ist [...] in einem Zustand tiefer Erregung, tiefer Aufge-
wühltheit und Preisgabe geschrieben", *sei eine* "dämonische Wiedergabe
und Bloßstellung meines eigenen Lebens" *und enthalte* "soviel Unheimlich-
Autobiographisches", *daß es* "im Grunde", *so an Wilhelm Emanuel Süskind,
den Münchner Kollegen,* "ein Geheimwerk" *sei,* "dessen Öffentlichwerden
mich tief erregt". *Und nur zum Tagebuch:* "Im Grunde ein radikales Bekenntnis".

*Denn nirgends wie nun im "Doktor Faustus" wird öffentlich, wie viel jene
frühe Liebe zu Paul Ehrenberg lebenslänglich für Thomas Mann bedeutet.
Dennoch bleibt Paul sein einziges "Mordopfer", das nicht nur ohne Brief
und Bitte um Verständnis, sondern ohne auch nur die kleinste Erwähnung
im Nachwort der "Entstehung des Doktor Faustus" oder in einem der zahllosen Briefe über Genese und Personal dieses Buches bleibt. Noch immer
verweigert der mehr als Siebzigjährige sich einer direkten Preisgabe seiner
homo-erotischen Liebe. Paul Ehrenberg ist noch nach fast einem halben
Jahrhundert ein absolutes Tabu.*

*Wohl aber umso mehr begnügt Thomas Mann sich weder mit der Übertra-
gung von Dreisilbigkeit und dreifachem E des Ehrenberg zu Schwerdtfeger
noch mit der subkutanen Häufung von anspielungsreichem Vokabular im
Roman, das sich vom* Ehrbarsaal *über* Ehrfurcht, Ehrgeiz *und* ehrenwerte

Erhitzung bis zu manch anderer Ehren-*Kombination erstreckt, noch auch mit Adrians Besichtigung der Leipziger* Paulus-*Kirche; in jenem letal finalen Gespräch, in dem Rudis Lebensleistung als einziger todüberwindender Glücksbringer gepriesen wird, der Adrian* "zum Du bekehrt", *bilanziert Leverkühn dies Problem:*

"Man wird vielleicht nichts davon wissen, es in keiner Biographie schreiben. Aber würde das seinem Verdienst Abbruch tun, die *Ehre* schmälern, die ihm insgeheim gebührt?"

Noch zweimal wiederholt er dann den Hinweis auf dieses Verdienst,

"von dem die Nachwelt vielleicht nicht wissen, vielleicht auch wissen wird" *und* "das der Welt vielleicht ein Geheimnis bleiben wird, vielleicht auch nicht".

Tochter Erika als kritische Lektorin mit Rotstift mißdeutet den tiefen Sinn dieser Wiederholung als triviale Bestechungsabsicht Leverkühns und drängt auf Reduzierung. Aber es bleibt dabei: Thomas Mann muß es dreimal sagen, um vor dem Hahnenschrei und seinem "Paulus" *kein verleugnender Petrus zu sein, der er dennoch ist.*

Denn nur auf dem Umweg über jenes spätpublizierte, wenig bekannte 7. Notizbuch vom Jahrhundertanfang ist Paul Ehrenbergs Schlüsselfunktion für Leverkühn, Gesamtwerk und dessen Autor zu rekonstruieren.

Nach dem immensen internationalen Echo auf den "Faustus"-*Roman mag Thomas Mann eine Reaktion Paul Ehrenbergs erwarten, sie gar ersehnen. Denn just als die letzten Sätze des* "Faustus" *geschrieben werden, berichtet nach zwölfjährigem Hitler-Schweigen ein Brief des gemeinsamen Jugendfreundes und Kollegen Walter Opitz, Paul mit seinem schwankenden Charakter gehe es schlecht, er befinde sich im vogtländischen Plauen und liege dort im Krankenhaus. In Thomas Manns Antwort an Opitz wird die vormals so ärgerliche Geldaffäre nachgesehen, denn*

" 'jener Paul' war freilich ein Maler, dem viele, viele gleichen, aber ein reizender Kerl und wohl eigentlich eine meiner großen Leidenschaften – ich kann es nicht anders sagen. Schlechtes Benehmen? Die Zeit forderte wohl garzu dringend zu schlechtem Benehmen auf, und wenn man war wie viele, viele, so benahm man sich eben wie sie alle".

Aber als Thomas Mann dann im Jahre des 200. Goethe-Geburtstags

Rotstift: " – und unserer Weimarer Begegnung",

von der Frankfurter Pauls-Kirche kommend, in München ist und dort gleich zweimal, "beim Empfang der Akademie im Prinz Karl Palais und noch einmal in der Hotel-Halle", *Pauls jüngerem Bruder Carl, dem Musiker, begegnet, hält er vergeblich auch nach Paul eine vermutlich sehnsüchtige Ausschau.*

"Paul tauchte nicht auf", *schreibt er, nach seiner Heimkehr, an Walter Opitz und vermerkt auch in seinem Tagebuch*

"das sich Unsichtbarhalten Pauls [...] das sich aus seinem schlechten Benehmen in jener Geldsache [...] vollkommen erklären läßt. Er mag es mir nachtragen."

Daß Paul den "Faustus" gelesen und über sein Konterfei ebenso irritiert sein mag wie über seine beiden "Ermordungen", scheint ihm, da es ja als fundamentale, als existenzielle Liebeserklärung gemeint ist, nicht in den Sinn zu kommen.

Aber auf der Autofahrt nach Weimar lehnt er die offiziell vorgeschlagene und festlich vorbereitete Huldigungsstrecke über Wartha und Eisenach ab, wiewohl er feierlichen Ehrungen sonst nicht eben aus dem Wege zu gehen pflegt. Als Sendboten der ostzonalen Regierung und Kulturszene holen Klaus Gysi, Vater des späterhin viel berühmteren Gregor, und Johannes R. Becher ihn in Bayreuth ab. Becher, derzeit Präsident des Kulturbundes zur demokratischen Erneuerung Deutschlands und Mitinitiator mehrfacher Einladungen wie auch des Ehrendoktorats der Ostberliner Humboldt-Universität, ist ihm spätestens seit seinem Eintreten für dessen mit Index bedrohten Friedensroman "Levisité" vor gut zwanzig Jahren und wohl auch als jener unselige Todesbote vertraut, der seinem Sohne Klaus vor 14 Jahren beim Pariser Schriftsteller-Kongreß "Gegen Krieg und Fascismus" als Erster mitteilt, daß sich René Crevel, Eissis Geliebter, das Leben genommen hat.

Jetzt in Bayreuth muß Becher in den sauren Apfel beißen, daß Thomas Mann die organisierten Ovationen in Wartha unbegreiflicher Weise ausschlägt und hartnäckig "auf anderer Route" besteht. Diese verlangte Route führt aber über Plauen – ebenjenes Plauen, das Sohn Golo schon vor 24

Jahren auf ähnlichem Transit streift und dessen "trostlose Häuser" als "tief deprimierend" schildert: "Dort zu wohnen!"

Dort soll jetzt Paul Ehrenberg wohnen.

Jetzt, an einem Sonntag und just Echo Fridos 9. Geburtstag, ist dieses Plauen "bei bleiern-lähmender Hitze menschenleer", wie Eskort Georges Motschan es in seinem Reisebericht beschreibt. Es ist so menschenleer, daß es auch seinen Einwohner Paul Ehrenberg nirgendwo zu entdecken gibt, auch nicht zufällig in jenem HO-Restaurant, wo Becher und Gysi, ahnungslos, zum Mittagessen einladen und Thomas Mann ins kokett oder schuldbewußt vorgelegte Beschwerdebuch eine höfliche Belobigung einträgt – vielleicht weil er in diesem anagrammatischen Plauen seines Paul wenigstens eine Thomas-Mann-Straße erblickt, die er als "Potjomkinsches Dorf" belacht und in geheimer Hoffnung für die Adresse seines Paulus halten mag. "Mit der Straße wenigstens", bemerkt er in seinem späteren Reisebericht "Germany Today", "hatte es seine schlichte Richtigkeit". Sie wird auch nicht, wie im oberfränkischen Marktredwitz bei Bayreuth nach dem Weimar-Besuch, in Goethestraße zurückgetauft.

Aber Paul Ehrenberg taucht auch in dieser Thomas-Mann-Straße nicht auf.

Mit rotem Filzstift, am Rande: "Umso gespenstischer und elbischer muß es Thomas Mann anderntags in Weimar anmuten, als er dort, wenn auch in Nachfolge wiederum seiner gestrigen Kumpane aus dem Bayreuther Gästebuch, eben Hitlers, Görings und jener Urgroßtante Emmy Sonnemann, just *Ehrenbürger* dieser Stadt wird: nur ein leicht überhörbarer, sei es thüringisch mißverständlicher Buchstabe trennt ihn da noch vom *Ehrenberger*. Vier Tage später, am 5. August, wird er auch noch *Ehren*vorsitzender des Schutzverbandes der Deutschen Schriftsteller und *Ehren*mitglied der Vereinigung der Verfolgten des Naziregimes.

Aber all dieses *Ehren*-Maß ist wohl erst voll, als vor dem Liszt-Haus auch noch ich mich, einschmeichelnd, zutraulich, blond und in blauäugiger Reinheit, eben als einen *Ehrenberg*-Schüler präsentiere. Vielleicht verschlägt auch das ihm die Sprache und macht ihn so stumm. Dann stünde ich da für vieles, hielte ihm für vieles meine naive Ehrenberg-Schulter zu kompensatorisch nachhaltigem Tätscheln hin."

Thomas Mann kann nicht wissen, daß zum selben Zeitpunkt im Münchner Hotel "Vier Jahreszeiten" ein Brief des Bruders Carl Ehrenberg vergeblich auf ihn wartet. Er erreicht ihn erst achtzehn Wochen später, am 3. Dezember, im transatlantisch und transkontinental kalifornischen Pacific Palisades und enthält die Mitteilung:

"Von Paul soll ich Dir schönste Grüße ausrichten. Er bedauert sehr, nicht anwesend sein zu können, zumal er – in Erwiderung eines vor langer Zeit von Dir ihm erwiesenen Freundschaftsdienstes – Dir gern ein kleines Bild dediziert hätte, das er Dir nun vielleicht nach drüben senden darf."

Solche Geste von Werk zu Werk und von Widmung zu Widmung mag den Empfänger tief bewegen. "Vielleicht kommt es noch", *hofft er im Tagebuch.*

Aber es kommt nicht. Denn als Thomas Mann das liest, ist Paul Ehrenberg schon seit sieben Wochen tot. Er stirbt am 14. Oktober: fast auf den Tag zwei Jahre nach Erscheinen des "Doktor Faustus", inmitten der weltweiten Diskussion über Adrian Leverkühn und dessen Mordopfer Rudi Schwerdtfeger, einen Tag vor Nietzsches Geburtstag und vor dem Todestage des "Faustus"-Verlegers S. Fischer, einen Tag nach dem Sterbetag von Thomas Manns Vater und am selben Tage, an dem Goethe seine Christiane heiratet und an dem vor sechzig Jahren der 14jährige Paul Thomas unter August von Kaulbachs "Kinderkarneval" (mit Katia Pringsheim) an ein "Liebes Fried" den ersten Brief schreibt, der überhaupt von ihm überliefert ist und der mit seiner unterschriftlichen Berufsangabe "Lyrisch-dramatischer Dichter" gleichsam den sichtbaren Anfangspunkt jener Laufbahn markiert, auf der "sein erster und einziger menschlicher Freund" nunmehr am Jubiläumstage auf der Strecke bleibt.

Paul stirbt auf einer Reise, an den Folgen einer Operation am unverhofft perforierten Magen und also an einem Defekt des Verdauungstraktes, an dessen Funktionsproblemen Thomas Mann lebenslänglich, spätestens seit seiner Hochzeitsreise leidet, mit der er damals seine Liebe zu Paul offiziell und formal beendet.

Paul stirbt in Hof, wo Thomas und Katia Mann nur wenige Wochen zuvor, eben auf jener widerborstig umgeleiteten Fahrt von Bayreuth nach Plauen, schon als amerikanische Staatsbürger, die welten- und hemisphärentren-

*nende Grenze von West nach Ost passieren. Makaber hellsichtig quasi heißt
es von dieser Stadt schon im "Doktor Faustus":*

"Eines Tages standen [...] die Amerikaner im oberfränkischen Hof."

*Ohnehin ist in diesem Roman das Wort Hof eine meistgebrauchte Vokabel
durch die vielfache Schilderung und Erwähnung von Adrians anhaltisch elterlichem   H o f   Buchel bei Weißenfels und sein Lebensende auf dem verblüffend identischen   H o f   der Schweigestills,*

Rotes Aperçu: "die, beiläufig, ausgerechnet Max und Else heißen wie meine
eigenen Eltern"

*in jenem oberbayrischen Pfeiffering bei Waldshut. Von Rudi Schwerdtfeger
gar, der als jener Rudolf Müller der "Geliebten" noch Mitglied des   H o f -
Orchesters ist, heißt es, er hätte es auf Adrian "gleichsam abgesehen" und
"machte ihm den H o f ", indem er [...] die Damen darüber vernachlässig-
te".*

*Also vorbelastet und stigmatisiert ist seit diesem Schlüsselroman das Wort
Hof. Die Stadt ist es für Thomas Mann gewiß schon durch die Reise seines
damals erst halberschlossenen Verführers August von Platen, die auf dem
Wege nach Leipzig über Bayreuth und dieses Hof, auf dem Rückweg gar sowohl über Plauen wie auch über Hof führt, aber nicht minder durch Goethes Reise nach Karlsbad, die*

Rot, am Rand: "zuerst in meinem refiets-geschnitzelten Kahla, dann jedoch,
bevor sie im Kurbad zu eingestandenen *'kleinen Abenteuern'* führt,"

*in ebendiesem Hof Station macht, wo Goethe einsam und ungefeiert seinen
70. Geburtstag verbringt und sogar übernachtet. Schon sehr viel früher bezeichnet er in einem Brief an Schiller den umjubelten Jean Paul, der unter
armseligsten Bedingungen an ebendiesem Orte lebt, als den "armen Teufel
in Hof".*

*Aber erst vor 35 Jahren passiert schließlich auch schon Sohn Klaus dieses
Hof mit Gefühlen in recht faustisch-teuflisch-leverkühnischem Kontext und
brandmarkt es in seinem Tagebuch als "scheußlichen", "miesen" "Nazi-
Grenz-Treffpunkt" "voll von den verhaßten Fähnchen".*

Dabei mag ihm schwerlich bewußt sein, daß knapp ein halbes Jahrhundert zuvor seine Großmutter Julia Mann, also Thomas Manns damals 37jährige Mutter, auf der vermutlich einzigen größeren Urlaubsreise ihrer Ehe mit dem Nachtzug von Leipzig nach München just an einem Augusttag abends um "10 Uhr in Hof" *ist,* "wo mir sehr übel wurde", *wie sie in ihrer* "Reiseskizze unserer 1888er Reise" *zu vermerken für wichtig genug hält.*

Nicht vergessen sei, daß Thomas Mann sich schon vor der Begegnung mit Paul Ehrenberg in seiner frühen Novelle "Der Wille zum Glück" *selbst in jenem jungen Maler konterfeit, den er, damals schon, Paolo Hofmann, Hof-Mann, nennt und der an der Liebe stirbt.*

Schwerlich an der Liebe, wohl aber in einem August, nur einen Tag nach dem späteren Todestage Thomas Manns, stirbt, fast 84jährig, ein anderer Maler Hof-Mann, jener auch im August geborene authentisch-leibhaftige Münchner Jugendstil-Künstler Ludwig von Hofmann, der eben 14 ist, als Thomas Mann, sein später leidenschaftlicher Verehrer und Käufer, geboren wird. Anno 14 erwirbt der Hofmanns Ölgemälde "Die Quelle", *das nackte Jünglinge beim Baden darstellt und* "in das ich mich diesen Winter bis über beide Ohren verliebte". *Dieses Bild hängt dann, vielfach belächelt, in der Münchner Diele über Thomas Manns Kamin, später im Zürcher Arbeitszimmer, wo auch Besucher André Gide es sofort bemerkt und als fleischesbrüderliches Signal registriert.* "Ich liebe die hohe, neue, festliche Menschlichkeit Ihrer Kunst", *huldigt Thomas Mann diesem Hof-Mann, von dessen Arbeiten er* "auch sonst viel schöne jugendliche Körperlichkeit, namentlich männliche" *in seinem Tagebuche preist,* "die mich entzückt. Ich liebe sehr seinen Strich und seine arkadische Schönheitsphantasie." *Aber in sein kalifornisches Schlafzimmer hängt er dann als anderen Hof-Mann* "den jungen Bauern von van Gogh". *Zu dieser Zeit notiert er sich schon:* "Frido den Hof gemacht".

Aber in diesem sobelasteten Hof bereits drei Jahre nach Pauls Tode einen Vortrag zu halten, lehnt er ab.

Rotes Aperçu: "Sehr elbisch, all dieses Höfische."

Die Nachricht von Paul Ehrenbergs Sterben in ebenjenem Hof und seiner Beerdigung in München ist von Bruder Carl, aber auch, überraschend, von Pauls Sohn unterzeichnet, "von dessen Existenz ich nichts gewußt hatte".

Dieser Sohn aus Pauls erster Ehe mit Lilly Teufel heißt aber nicht Nepomuk, sondern Wolfgang – eben wie Goethe, der mystisch agamogenetische Übervater.

Aber seinen Kondolenzbrief schreibt Thomas Mann nicht an dieses flaschenteufelhaft auftauchende Echo seiner Liebe, diesen Wolfgang Ehrenberg, sondern doch lieber an den vertrauten Bruder, von dem er wissen will, ob Paul auf dem Schwabinger Friedhof begraben sei – also, wo jene mörderisch finale Trambahn ihres Romanes hinfährt.

Paul liegt in der Tat auf dem Schwabinger Friedhof begraben, wo jene mörderische Trambahn ihres Romanes hinfährt.

Erst nach dieser abschließenden Identifikation von Paul und Rudi gesteht der kondolierende Thomas Mann, die Erinnerungen an Paul "haben nie aufgehört, einen glücklichen Gefühlswert in meinem Leben zu bilden, von dem Wärme und Helligkeit ausgingen".

Sicher ist Wärme hier als existenzieller Gegensatz zu jener mörderischen Kälte des "Faustus"-Romans, wenn nicht gar seines ganzen Lebens gemeint. Insofern ist sie jetzt das denkbar schönste Bekenntnis.

"Ich hoffe, er hat nicht viel zu leiden gehabt. Es lag doch auf ihm [...] wohl am meisten Sonne, und solchen, denen das Leben hold war, gönnt es meist auch ein sanftes Ende."

Pauls "Außenbleiben", wie Thomas Mann nach Goethes Vorgabe das Sterben nur allzugern umschreibt, ist innerhalb von zehn Monaten der dritte von vier Sterbefällen in Thomas Manns allerengstem männlichen Umfeld. Er selbst ist mit Hilfe des "Doktor Faustus" dem Lungenkrebs entkommen. Aber der Tod zieht seinen Kreis unübersehbar enger. "Meine Erzählung eilt ihrem Ende zu", *schreibt Dr. Zeitblom,* " – das tut alles. Alles drängt und stürzt dem Ende entgegen, in Endes Zeichen steht die Welt."

Yan beendet nun auch seinen Begleitbrief zu den Korrekturfahnen und schreibt, mit beibehaltenem rotem Filzstift:

"Ich bin mit alledem noch nicht am Ende, lieber Raffaele. Aber am 31. August jenes Goethe-Jahres mit dem ersten Deutschland-Besuch des Emigranten notiert sich Thomas Mann in sein kalifornisches Tagebuch:

'Der Monat, der mit dem Tag in Weimar begann, ist am Ende.'

Nur sechs Jahre später stirbt er selbst in diesem Monat.

Auch Erika, seine Lieblingstochter, stirbt in einem August.

Auch mein Severin.

Dein Yan.

427
Napoleon und andere

Yan kann nicht umhin, sich einzugestehen, daß ihn beim Weiterführen der "Blauen Kladde" sein jungfräulicher Sammeltrieb manisch im Griff hält.

Seine neuen Eintragungen sind

die Philosophen Johann Georg Hamann und Parmenides von Elea, Libanios und EDuard von Mayer aus Estland, Herodot und Sir Francis Bacon (samt Bruder Anthony Bacon);

die englischen Feldmarschälle Horatio Herbert Kitchener Earl of Khartoum und Sir Bernard Law Viscount Montgomery of Alamein (der immer ein Foto des charismatischen Nazi-Marschalls Erwin Rommel, seines offiziellen Gegners, bei sich trägt: als Ersatz für die ersehnte persönliche Begegnung);

die Maler David Hockney und Richard Hallgarten, Duncan Grant und Giulio Romano (dessen Bild "Männer, eine Frau ins Wasser werfend" man auch aus dem Weimarer Goethe-Haus kennt), ferner Luca Signorelli und Simeon Solomon, Paul Ehrenberg und Andrea del Verrochio, Aubrey Beardsley und Salome, Gösta Adrian Nilsson und Elisar von Kupffer;

die Päpste Sixtus IV., Johannes XXIII. (der abgesetzt wird) und Leo X.(der bei der "Unzucht" mit einem Knaben stirbt), der Erzbischof Thomas Becket von Canterbury und Otis Charles, amerikanischer Bischof der anglikanischen Episkopalkirche, sowie der Reformator Theodor Beza aus Genf und der humanistische Theologe Erasmus von Rotterdam (der sich lateinisch

Desiderius, *den Sehnsüchtigen, nennt, in Venedig einem pseudo-akademisch griechischen Freundeskreise von Platon- und Pindarlesern angehört und von seinem Mäzen im sei es kupplerischen Bett des jungen Hieronymus Aleander aus Friaul einquartiert wird);*

die Modemacher Perry Ellis und Bill Gibb, Rudi Gernreich, Jean Paul Gaultier und Tommy Nutter;

die römischen Kaiser Trajanus, Domitianus, Commodus und Manuel I. von Ostrom;

die Kunsthistoriker Wilhelm Heinrich Wackenroder und Eustache de Lorey, der Literarhistoriker Johann Diederich Gries, der Wirtschaftswissenschaftler John Maynard Keynes und der Geschichtsphilosoph Niccolò Macchiavelli;

die Könige Jean II. der Gute, Louis XIII. und Louis XVIII. von Frankreich, ein Amyntas und Archelaos von Makedonien, Gustav III. und Karl XII. von Schweden, James I. und Richard I. ("Löwenherz") von England, Christian II. von Dänemark, Schweden und Norwegen sowie Karl I. von Württemberg;

die Regisseure Charles Dullin und Helmut Baumann, L'Herbier und Andreas Meyer-Hanno, Terence Davies und Gregg Araki, Marc Allégret und Gus Van Sant, Amos Gutman und Derek Jarman, James Whale und John Schlesinger

sowie der Filmemacher Rosa von Praunheim;

der österreichische Generalstabschef Oberst Alfred Redl, der FBI-Chef J. EDgar Hoover, der Berliner Stadtkommandant Kuno ("Tütü") Graf von Moltke, der thessalische Söldnerführer Menon, der kaiserlich-russische Generalleutnant Pjotr Michailowitsch Lunin wie auch der Wehrbeauftragte des Deutschen Bundestages Generalleutnant Helmuth von Grohman und jener wilhelminisch Kaiserliche Generaladjutant Dietrich Graf von Hülsen-Haeseler, der bei einer Ballettdarbietung vor adeligen Offizieren im Tütü tot zusammenbricht;

die Komponisten Peter Cornelius und Sir Arthur Sullivan, Peer Raben und Franz von Holstein, Gian Carlo Menotti wie wohl auch Frédéric Chopin;

*die englischen Politiker John Hervey Lord Ickworth und Christopher Smith,
Sir Peter Hayman und George Selwyn, ihre deutschen Kollegen Holger
Doetsch, Manfred Pauli und Michael Schmidt, der griechische Staatsmann
Solon, der sowjetische Politiker Georgij Wassiljewitsch Tschitscherin und
der neonazideutsche Agitator Michael Kühnen sowie Albert Speer, Hitlers
Rüstungsminister und Favorit (der seinem Führer und Gönner tunlichst verschweigt, daß er verheiratet ist, später auf dessen Wunsch fünf Kinder hat,
von denen er eingesteht, daß er sie "für"Hitler zeuge, denn er sei ihm "hö-
rig" und fühle sich dabei "glücklich": "seine einzige Liebe war Hitler", resümiert seine Gesprächspartnerin und wohlinformierte Biografin Gitta Se-
reny, es sei eine "unausgesprochene Liebe, die sie aneinanderband, eine
Liebe, die sie brauchten, forderten und auch erhielten". Noch Filius Albert
Speer junior glaubt, "daß da was dran ist" und bestätigt "die gegenseitige
Abhängigkeit" der beiden);*

*der griechische Meergott Poseidon (der seinem Geliebten, dem Tantaliden
Pelops, geflügelte Rosse schenkt);*

*die Kabarett-Direktoren Paul Schneider-Duncker und Louis Leplée (der
Édith Piaf entdeckt und ermordet wird);*

*die Zeichner Christian Wilhelm Allers und J. C. Leyendecker, "Tom of Fin-
land" und der Buchillustrator Laurence Housman;*

*der kursächsische Premierminister Heinrich Reichsgraf von Brühl und der
deutsche Reichskanzler Max Prinz von Baden, der englische Gouverneur
von New York: EDward Hyde Cornbury (auch Dritter Earl of Clarendon)
sowie Jean-Jacques Regis de Cambacérès (der als Zweiter Konsul neben
Napoléon Bonaparte und dessen Erzkanzler dafür sorgen mag, daß in den
Gesetzen seines für ganz Europa so maßgeblich werdenden "Code Napoléon" keinerlei Paragraph gegen die Homosexualität enthalten ist);*

*die römischen Autoren Decimus Iunius Iuvenalis und Lucius Livius Andro-
nicus, Phaedrus und Gaius Plinius junior (der an Drachen glaubt);*

*die Schauspieler Sir Ian Mc Kellen und Heinz Fangman, Wilhelm Bendow
und Hermann Hendrichs, Anthony Sher und Jon Laxdal, Michel Serrault
und Stephen Fry, Charles Butterworth und Carlos Thompson, Peter Chatel
und Kurt Raab, Otto Graf und Utz Richter, Jan Hendriks und Werner Po-*

chath, Rolf Pulch und Jean Marais (den Ernst Jünger in seinen "Strahlungen" beifällig als "einen Antinous aus dem Volk" bezeichnet);

die Prinzen Gustav von Schweden, Gaston d'Orléans und Franz Joseph von Braganza, Friedrich Leopold junior, Friedrich Heinrich und Eitel Friedrich von Preußen sowie Jonatan, der Sohn König Sauls von Israel;

die Tyrannen Kritias und Peisistratos von Athen sowie Polykrates von Samos;

die Dramaturgen Kurt Hirschfeld und EDuard Erich Freytag;

der Kalligraph Ernst Glöckner und die Rhetoren Frederik Cygnaeus und Marcus Fabius Quintilianus;

die Dichter Anakreon und Torquato Tasso, Rainer Maria Rilke und Ibn Dawûd, Abu Nowâs (der um 800 das Masturbieren und öffentliche Ausschweifungen preist) sowie Friedrich Freiherr von Hardenberg (der als Novalis "Sämereien" publiziert und bekennt, daß er sich für den angebeteten Friedrich Schiller und dessen erträumte Erwiderung seiner Passion "eine Geliebte aus dem Herzen gerissen" hätte);

die Kurfürsten Johann Friedrich I., der Großmütige, von Sachsen und August der Glückliche von Gotha und Altenburg sowie Alexander Ansbach Markgraf von Bayreuth, Konradin Herzog von Schwaben und Friedrich von Baden, Titular-Herzog von Österreich;

die Filmstars Anthony Perkins und Helmut Berger, Ramon Novarro und Richard Burton, Richard Gere und Divine, die eigentlich Harris Glenn Milstead heißt;

die griechischen Poeten Lukianos und Alkaios aus Mytilene, Rhíanos aus Kreta sowie Stesichoros aus Himera und Theokrit aus Syrakus;

die Travestie-Künstler Marcel André und Barbette;

die Aristokraten Josef Freiherr von Fürstenberg und Emmerich Graf von Stadion, Ritter Jacques de Rusticci und EDward Onslow Lord Tylney, die Marquis von Anglesey und von Townshend, die Earls of Euston und Findlater, Ahasverus Graf von Lehndorff, Comte Robert de Montesquiou und der lothringische Edelmann Etienne Benjamin de Chauffours (der wegen seiner Homosexualität hingerichtet wird);

die Dirigenten Leonard Bernstein und Sylvain Cambreling;

die preußischen Offiziere Major Johannes Graf zu Lynar und Gardehaupt-
mann von Tschirsky;

die Liedermacher Rainer Bielfeldt, Robert Lang und jener Bruno Balz (den
die Gestapo wegen seiner Männerlieben verhaftet und dessen Texte für Za-
rah Leanders Gesänge sich in schwulem Kontext von ihrem NS-politischen
Mißbrauch befreien und neu erschließen: "Kann denn Liebe Sünde sein?
Darf es niemand wissen, wenn man sich küßt?" *Auch:* "Davon geht die Welt
nicht unter". *Und:* "Er heißt Waldemar"; *oder aber, stracks aus promisker*
Subkultur:

"Ich kenn' den Jimmy aus Havanna und den Johnny aus Hawaii:
Matrosen, Matrosen, Matrosen ahoi!",

so daß er dann für Heinz Rühmann dichten kann: "Das kann doch einen
Seemann nicht erschüttern");

ferner die Sportler Bob Paris und Diagoras von Rhodos, David Kopay und
Pelé, Detlev Matzen und Greg Louganis sowie Heinz Bonn(der in Hanno-
ver ermordet wird);

der ägyptische Pharao Akhenaten, Kaiser Rudolf II. von Habsburg und Kai-
ser Napoleon I. von Frankreich (mit seinem Marschall Michel Ney und dem
Leibmamelucken Rustan);

die Fernseh-Moderatoren Ron Williams und Hermes Phettberg;

die Schriftsteller Thomas Carlyle und Allen Ginsberg, August Kopisch und
Max Jacob, Hubert Selby und Giorgio Bassani, Friedrich Heinrich Jacobi
und Maurice Sachs, Patrick White und Antonio Gala, Hervé Guibert und
Otto Zarek, Alfred Tennyson und Kurt Hiller, Pierre Loti und Roger Peyre-
fitte, Robin Maugham und Lytton Strachey, Arthur Lyon Raile und Armi-
stead Maupin, Henry Benrath und Saki, Paul Bowles und Catulle Mendès,
Ludovico Ariosto und Alexander Freiherr von Ungern-Sternberg, E. M.
Forster und Rolf Italiaander, Heinrich Bulthaupt und René Crevel, Adolf
Friedrich Graf von Schack und Richard Barnefield (mit seinem Gedicht-
Zyklus "The Affectionate Shepheard"), *Donatien Alphonse François Mar-*
quis de Sade und Giacomo Girolamo Casanova, Klaus Mann und Konstan-
tin Kavafis (samt Bruder Paul), Friedrich Maximilian Klinger und Paul

Léautaud, Marcel Jouhandeau und Michail Alexejewitsch Kusmin, Johann Kaspar Lavater und Frederick William Rolfe, Marquis Adolphe de Custine und Christian Reichsgraf zu Stolberg-Stolberg, Théophile de Viau und Wjatscheslaw Iwanowitsch Iwanow, Charles Coypeau, genannt d'Assoncy, und Jacques Vallée, Sieur de Barreaux sowie Claude le Petit und Jacques Chausson (die beide wegen ihrer Homosexualität hingerichtet werden),

ferner Heraklés, lateinisch Hercules oder "Der mit dem großen Penis", Sohn des Zeus, Halbgott, Held und Schenke der Götter (dem immerhin Hermes sein Schwert, Apollon seine Pfeile schenkt und der für die Lyderkönigin Omphale drei Jahre lang in weiblicher Kleidung Frauenarbeit verrichtet, aber gleichwohl den Eurysthenes, den Iolaos, den Hylas und unzählbar viele andere Männer liebt, so daß Goethe vielleicht deshalb seinen Freund Schiller in "Faust II" eben als Hercules codifiziert),

sowie der griechische Sänger Thamrys (der durch seine glühenden Gefühle für den Hyakinthos die Männerliebe entdeckt, dann alle Welt das Schwulsein lehrt):

auch seinen Landsmann Straton aus Sardes (der im 2. Jahrhundert den Phallos des jungen Agathon als "kleine Eidechse" besingt, was sich aber ganz nur dem erschließt, der jenes eine von den zahllosen Gedichten dieses Knabenpanegyrikers kennt:

"Dreierlei Stellungen gibt es unter den Schwänzen der Jungen,
  Freund Diodoros. Vernimm, wie man die einzelnen nennt.
Den, der, gereift zwar, noch gar nicht berührt ward, nenne den Lalu;
  Kokko den anderen, der eben zu schwellen beginnt;
den, der von Händen sich aufreizen ließ, bezeichne als Saura.
  Wie der endgültige heißt, weißt du schon sicherlich selbst."

Hierzu muß bekannt sein, daß saura *auf griechisch die Eidechse heißt.*

Auf Thai heißt sie tukgä; *aber das ist jene deutlich größere Art, die diesen Namen von ihren ähnlich klingenden Rufen ableitet und ihn aus anderen Gründen auch zur belustigenden Bezeichnung eines menschlichen Phallos ausleiht).*

Post scriptum: Karl Kraus berichtet 1902 in seiner "Fackel" von jenem preußischen Minister, dem der Berliner Polizeichef eine Liste aller Persönlichkeiten vorlegt, gegen die wegen Verstoßes gegen den Paragrafen 175 ein Gerichtsverfahren angestrengt werden soll; der Minister liest die Liste und sagt: "Furchtbar feudale Gesellschaft! Muß man sich rein schämen, daß man da nicht drauf steht!"

223
Benjamin

Endlich findet Yan den richtigen Masseur.

Benjamin ist 24 und ein sensitiv begnadeter Mensch. Er massiert nach der Methode Gerda Boyesens, jener norwegischen Therapeutin, die psychische Beschwerden nicht durch beichtende Couch-Gespräche, sondern durch Perestaltik, ihre Dialektik von Trivialität und Tragik und eine eigens entwickelte biodynamische Massage heilt.

Yan kommt zwar ohne solche Beschwerden zu Benjamin, kehrt aber jeweils geheilt zurück. Er kommt erschöpft, überarbeitet, ausgelaugt und geht gekräftigt, beschwingt, auf den Flügeln ungeahnter Energien nach Hause. Er kommt ferienreif und geht zutiefst rekreiert, regeneriert, mit nie besessenen Kräften.

Außerdem scheint er dann irgend zu leuchten oder zu strahlen. Auf dem Rückweg, in der S-Bahn, auf den Bahnhöfen, auf der Straße fixieren ihn die Passanten aufmerksam und fasziniert, auch mit deutlich erotischem Interesse. Gar sexuelle Erfolge fallen da jäh vom Himmel. Er kann das nur mit stimulativ veränderter Ausstrahlung erklären. Gerda Boyesens Methode und Benjamins goldene Hände bewirken das bei Yan in glücklicher Synthese.

Benjamin scheint ein helles, heiteres Geschöpf. Er sieht aus und leuchtet wie ein Kleiner Prinz, blondschopfig und lächelnd und weit außerhalb aller gesellschaftlichen Normen und Konventionen, anspruchslos und unabhängig von Geld, Besitz und Absicherungen. Er scheint vogelfrei.

Yan gegenüber wird er bald zutraulich und gibt Geheimnisse seines Lebens preis.

Yan könnte sich mühelos in ihn verlieben, wenn nicht so klar wäre, daß Benjamin das nicht will. Was er lieber will, weiß er aber selbst nicht. Er weiß nur, was er nicht will. Eigentlich will er alles nicht. Er ist rastlos und unzufrieden. Darum ist er schon bei vielen Psychiatern und Gurus gewesen und bis nach Indien gereist. Aber die können ihm da alle auch nicht sagen, was er will.

Benjamin befindet sich chronisch in einer Identitätskrise. Daß er Yans und anderer Klienten Identität mit goldenen Händen zu stabilisieren vermag, genügt ihm nicht zur Findung der eigenen. Auch sexuell scheint alles ungeklärt oder anders gewünscht. Vor Homosexuellen hat er verdächtig hysterische Ängste. Nur die Zärtlichkeit seines eigenen Bruders, mit dem er sich wechselseitig massiert, macht ihn glücklich.

Also ist Yan von Anfang an respektvoll bemüht, ihre Berührungen und die körperlich unumgänglichen Gemeinsamkeiten dieser Massage eindeutig unerotisch zu gestalten. Das ist nicht immer leicht. Schon gleich beim ersten Mal verharren Benjamins goldene Hände ahnungslos, aber lange und intensiv genug auf Yans ausnehmend empfänglichen erogenen Zonen, um die Gefahr einer Erektion heraufzubeschwören. Um das dem heiklen Benjamin zu ersparen, denkt Yan schnell an seinen sehr unerfreulichen und aussichtsschwachen Prozeß vor dem Landgericht München gegen ein betrügerisches Tourneetheater.

"Was ist los?" bricht der sensible Benjamin sofort ihr rituelles Schweigen.

"Wieso?"

"Dein Herz fängt plötzlich an zu rasen. Du hast Herzrasen. Ist dir nicht gut?"

"Doch, alles bestens. Mir kam nur was Stressiges in den Sinn."

"Versuch, es zu vergessen. Laß dich fallen. Gib dich hin."

Yan tut das fortan, ist freilich vor neckischen Anfragen seiner Potenz in Zukunft nicht mehr ganz sicher.

Um abschreckende Fehldeutungen zu verhindern, bringt er das beiläufig unproblematisch zur Sprache. Benjamin erwidert scheinbar souverän: "Kannst ruhig einen hochkriegen, das stört mich überhaupt nicht."

Also läßt Yan sich von nun an ungebremst fallen, wenn Benjamin ihn massiert, er gibt sich bedenkenlos hin und auf, er öffnet sich Benjamins goldenen Händen vorbehaltlos und grenzenlos.

Die Massagen entfalten jetzt ihre volle Blüte.

Jeweils nach beendeter Behandlung wickelt Benjamin Yans Körper dann wie eine Mumie liebevoll in ein Laken ein, überläßt ihn einer ausklingenden Meditation und kauert sich selbst, in der meist wortkargen, aber gefühlsstarken Harmonie eines gemeinsam vollbrachten Weihe-Aktes, neben Yan auf den Boden. Ihre Intimität empfindet Yan da als Glück.

Yan und Benjamin sind auch beide im Sternbild der Jungfrau geboren.

Energiegeladen und attraktiv geht Yan dann jeweils vondannen.

Unmerklich steigern sich aber indessen Benjamins Krisen.

Mitten in solch einem harmonisch-intimen Ausklang fragt Benjamin, nach etwa halbjährigem Massieren, unverhofft nach Yans Sexualität: ob er derzeit sexuell aktiv sei; ob er eigentlich schwul sei. Er, Benjamin, habe kein gutes *"feeling"* mehr bei diesen Massagen: er komme sich wie gekauft vor, um Yan einen Ersatz für mangelnde Sexualität zu liefern, das sei ungut.

Yan versichert ihn seiner gerade besonders ausgelasteten und gut befriedigten Geschlechtlichkeit.

Trotzdem legt er eine längere Massierpause ein und wartet, bis Benjamin ihn anruft und die Irritation bedauert.

Ein weiteres Jahr lang geht nun alles gut mit den beiden. Benjamin bekämpft seine Neurose überdies durch kreative Versuche. Er baut eine *Band* auf, mit der er selbstgeschriebene Songs musiziert, und ist bei ersten öffentlichen Auftritten aufsehenerregend erfolgreich. Zu seinem Debüt lädt er auch Yan ein, widmet ihm auch, vom Podium herab moderierend, gleich mehrere seiner Titel.

Aber kurz nach diesem Erfolgserlebnis beginnt er abermals eine psychotherapeutische Behandlung. Da scheint nun seine verirrte Sexualität nicht länger geschont zu werden. Auch sein Massieren mag da hinterfragt werden.

Jedenfalls sitzt er jetzt eines Tages nach vollbrachtem Werk sehr unharmonisch belastet und distanziert dicht neben Yans Mumie auf dem Boden und bittet sie, von nun an zur Massage die Unterhose nicht mehr auszuziehen – "ist dir das selbst nicht auch peinlich?"

"Überhaupt nicht."

"Aber eigentlich sind wir doch völlig fremde Leute füreinander?"

"Das finde ich gar nicht mehr. Mir ist auch klar, daß deine Massage so gut funktioniert, weil ich mich dir völlig anvertraue, vorbehaltlos: mich aufmache, preisgebe, schamlos."

"Das ist sicher richtig. Aber ich könnte das gar nicht so. Wieso kannst du das? Bist du so aufgewachsen, so erzogen?"

"Im Gegenteil. In meinem Elternhaus ist alles ein Geheimnis: Gefühle sowieso und der ganze Körper erst recht. Alles, was die Kleidung bedeckt, ist da gar nicht vorhanden. Man zeigt es nicht, man erwähnt es nicht, und man berührt es schon gar nicht. Die ersten paar Jahre lang geht das scheinbar gut. Aber als ich dann zehn bin, zweimal fünf, da höre ich meine Eltern einen Zeitungsbericht erörtern, demnach ein baltischer Rittergutsbesitzer von Bolschewiken öffentlich ausgepeitscht worden sei.

Die Vorstellung dieser Prügelszene erregt mich ganz ungemein: aber keineswegs etwa mein Mitleid für den Geschlagenen. Nachts liefert sie mir vielmehr neue Gründe für meine chronische Schlaflosigkeit. Ich sehe sie leibhaftig vor mir, den entblößten Arsch des Barons, sie verschlägt mir den Atem. Ich beginne, sie nachzuspielen, jede Nacht. Ich werfe die Bettdecke ab, lege mich auf den Bauch, ziehe die Pyjamahose herunter und versohle mir vor einer glotzenden Volksmenge meinen blanken Arsch.

Das klappt nur notdürftig und läßt mich mehr und mehr nach einem befriedigenderen Nachvollzug trachten. Ich finde ihn bei meinem Vetter Kai, der, ein Jahr jünger als ich, unser chronischer Hausgast und mir nachgerade sklavisch ergeben ist. Unter mühsam ertüftelten, pseudo-wissenschaftlichen und pseudo-politischen Vorwänden bewege ich Kai, jene Szene des gedemütigten Junkers nachzustellen. Kai folgt meinen Regieanweisungen in hündischer Unterwerfung. Wenn wir allein zu Hause sind, muß er in meinem Zimmer so auf den mäßig hohen Kachelofen klettern, daß sein Oberkörper flach auf dem Ofen liegt, während die Füße in halber Höhe auf dem Sims stehen. In dieser angewinkelten Stellung muß er seinen Arsch entblößen, und ich schlage ihn, wobei ich an die bolschewistischen Zuschauer denke. Dann tauschen wir die Rollen. Das kostet mich eine unbeschreibliche Überwindung, die zugleich eine maßlose Erregung mit sich bringt, zumal im Gedanken an die schamlos glotzenden Zaungäste."

"Wahnsinnig", sagt Benjamin, "aber ganz was andres: präpubertäre sadomasochistische Frühformen oder sowas – "

"Das habe ich lange auch gedacht", sagt Yan, "und mich ein bißchen geschämt. Und niemandem je davon berichtet. Bis mich Jahrzehnte später bei sexueller Gelegenheit mein damaliger Freund und Geliebter Juljus mit gemeinsam erbeuteten spanischen Ziegenfesseln ans Bett bindet und zu flagellieren versucht. Das ist aber ernüchternd reizlos für mich. In der getauschten Rolle des Schlägers gar muß ich dann über die dünne Banalität des Geschehens vollends lachen.

Aber zuvor die Fesselung stimuliert mich in ihrer radikalen Auslieferung so maßlos, daß ich jenes frühe kindliche Rollenspiel mit Vetter Kai ganz anders zu sehen und zu deuten beginne."

"Wie denn?"

"Warte. In der Pubertät ist mein größtes Problem, daß ich keine öffentlichen Toiletten frequentieren kann, ohne von gnadenlos himmelstürmenden Erektionen heimgesucht zu werden. Noch ärger ergeht es mir damals mit irgend gemeinschaftlichen Duschräumen. Allein der Gedanke an eine solche Entblößung meines ängstlich verheimlichten Genitals *coram publico* läßt es mir jeweils fast die Hose sprengen.

Gleichwohl zerbreche ich mir damals fiebernd den Kopf, mit welchen Vorwänden sich erreichen ließe, daß ich mit meinem damals intimsten Schulfreund, der, quasi probehalber, schon Julius heißt wie meine spätere Schicksalsbegegnung und mit dem ich bei obligater Nachkriegs-Stromsperre im stockdunklen, aber vollbesetzten Wartezimmer eines Arztes ebenso heiß begierig wie aber keusch und prüde heimlich schmuse –,

daß ich mit diesem Julius also ein gemeinsames Wannenbad nicht etwa zu Hause, sondern in der Städtischen Badeanstalt nehme."

Yan hält inne.

Benjamin fragt schnell: "Und tut ihr das?"

"Natürlich nicht. Auch das verhindert mein puritanisch fundierter Priapismus, für den ich mich damals noch schäme, statt froh zu sein."

"Und was hat das jetzt alles hier mit unserer Arbeit zu tun?"

"Warte, Benjamin. Als ich 14 bin, kehre ich aus einem Landschulheim in der thüringischen Leuchtenburg und aus Weimar zurück. Ich bin da Goethe und Thomas Mann, bin Schiller und einem brünstigen Knabenschlafsaal begegnet. Türen beginnen, sich mir sesamartig zu öffnen; ich versuche hindurchzublinzeln, aber passiere noch keine.

Ich lebe damals in einer Kleinstadt der Sowjetischen Besatzungszone in Sachsen-Anhalt. Sie ist ein Eisenbahnknotenpunkt und verfügt daher über zwei Bahnhöfe. Der 'Berliner Bahnhof' liegt an der Strecke Leipzig – Bitterfeld – Berlin, der 'Sorauer Bahnhof' an der Strecke Halle – Eilenburg – Zary/Polen, die infolge von Nachkriegswirren und Streckendemontage fast lahmgelegt ist. Nur selten hält da noch ein Zug. Entsprechend vereinsamt und verwahrlost, entsprechend erloschen und leblos ist diese ohnedies abgelegene Station.

Durch Zufall verschlägt es mich eines späten Herbstnachmittages, bei eingebrochener Dunkelheit, in diese Gegend. Vollständige Einsamkeit, also beschwichtigende Menschenleere läßt mich meine geschilderte Hemmung überwinden und mit schon schmerzhaft praller Blase das Pissoir dieses totgesagten Bahnhofs betreten. Das Pissoir hat keine Tür. Es hat auch keine Lampe und ist ebenso dunkel wie draußen der frühe Herbstabend. Herbstabende sind für einen September-Geborenen von je her verführerisch erotisierend, das kennst du sicher. Das Pissoir ist leer, gottlob. Trotzdem bin ich natürlich viel zu erigiert, um pinkeln zu können."

"Wieso das denn?"

"Na, wegen der Bloßstellung meiner Heimlichkeit in öffentlich zugänglichem Raum, natürlich. Ich warte also sehr lange und hoffe, daß die Spannung nachläßt. Aber sie steigert sich vielmehr. Unverrichteter Dinge eile ich also blasengepeinigt in die hermetische Dezenz des heimischen Badezimmers zurück. Aber seither führen mich fast allabendlich Spaziergänge zum

Pissoir jenes Sorauer Bahnhofs. Viele bange und hochgespannt elektrisierte Minuten lang stehe ich da allein in der Kälte mit dampfendem Atem und blankem Riesengestänge vor einer dreckigen und stinkenden Vorkriegswand in der Finsternis und bebe in panischer Erwartung, daß jemand hereinkommt. Je länger keiner kommt, desto länger stehe ich da und warte und bebe und bange und dampfe und halte und genieße dabei ein ganz neues, ganz unbeschreibliches Glück.

Viele Abende geht das so, in aller Unschuld. Der Weg zum Sorauer Bahnhof ist bald der ersehnte Höhepunkt jedes Tages.

Bis einmal tatsächlich weither hallende Schritte sich nähern. Mir droht das Herz zu zerspringen. Ein wildfremder finsterer Mann kommt da zu mir in meine dampfende Dunkelheit herein. Aber er ist noch auf der Schwelle, da flüchte ich schon mit eilbeinigst eingezogenem Psolon und bin weg, noch ehe er Posten beziehen und aufknöpfen, zeigen oder gucken, pinkeln oder wichsen kann."

"Das verstehe ich alles nicht", sagt Benjamin: "Ist das nun eine Klappe oder nicht? Oder was?"

"Das kann ich dir leider nicht verraten. Damals weiß ich noch nichts davon, daß es Klappen gibt. Ich weiß auch noch gar nicht, daß es Schwule gibt. Oder daß man onanieren kann. Ich weiß überhaupt nichts von irgendeiner Sexualität. Ich bebe nur."

"Aber die Situation ist schon eindeutig klappenartig, oder?"

Nanu.

"Aber rein instinktiv. Das ist ja das Aufregende daran. Für mich ist die Klappe so keine Erfahrung oder Verführung der schwulen Subkultur, sondern eine ureigene Erfindung. Blindtastend und kindlich naiv schaffe ich mir damals in der totalen Unentschiedenheit jener 14 Jahre meine Klappe selbst. Ich will schon gesehen werden, wage aber noch nicht, mich zu zeigen. Das beweist mir das unversaut Archaische, das unverführt Atavistische einer Klappe."

"Wahnsinn. Und seitdem? Ich meine später: wie ist es da mit Klappen, also: richtigen Klappen?"

"Na, du gehst ja ran. Aber warte, mein Benjamin. Vorher stehe ich noch nachts um eins plötzlich als achtzehnjähriger Tramper und tumber Tor aus der deutschen Nachkriegsprovinz mit noch völlig unmodischem Rucksack auf der verruchten *Place Pigalle* in Paris. Fassungslos tappe ich mit meiner Bürde durch all die feilgebotenen Nuditäten zur nahen Jugendherberge hin, die zu dieser nächtlichen Stunde noch durchaus offen steht und deren Betten fast sämtlich leer sind. Erst nach und nach füllen sie sich mit vielfach zeigefreudigen jungen und älteren Männern, die ihre international prallen Phalloi waagerecht oder vertikal von Lagerstatt zu Lagerstatt oder andern Morgens auch unter der Dusche genüßlich demonstrieren oder gar *publice* um eine Ladung Sperma erleichtern. Das alles geschieht für mich in einem damals unerreichbar fernen Lande Orplid, das aber leuchtet – das kann ich dir sagen!"

"Und seitdem zeigst du dich dann auch selbst in Klappen?"

"Nein, das verhindert zunächst die Kunst. Ich gehe zum Theater, zum Fernsehen, ich inszeniere, ich spiele gar, und ich schreibe. Solange ich so publik machen kann, was ich bin und denke und fühle oder wie ich bin und denke und fühle, steckt meine puritanisch verheimlichte Leiblichkeit noch gern und geduldig zurück. Nur selten noch irrlichtern der kommunistisch erniedrigte baltische Nacktarsch oder die heißkalte Pißluft im *dark room* des Sorauer Bahnhofs durch meine anderwärts ausgelastete Fantasie.

Erst als ich längst berühmt bin und meiner arg strapazierten Kreativität nach stressig wilden Jahrzehnten eine wohlverdiente Muße zur Rekreation gönne, zieht es mich erstmals, mit all meiner Prominenz, in die abscheulichsten Urinale in aller Welt, um endlich da auch meinen so grausam eingekerkerten Körper zu lüften und anschauen zu lassen.

Das erweist sich als ungeahnt lustvoll, bisweilen orgienhaft, exzessiv, und wird zur Sucht. Es gibt die Klappensucht, Benjamin, das weißt du vielleicht: nicht weniger herrisch als jede andere. Du wirst da zum Virtuosen einer differenzierten Vielzahl von heimlich öffentlichen Signalen und Praktiken und nur allzubald zum versierten *Habitué* im Belauern und Einschätzen brünstiger Situationen und geiler Männer inmitten eines wortlosen, aber vibrierenden Szenarios aus Blicken, Entblößungen, Demonstrationen, Griffen und separaten oder mutuellen Masturbationen zu zweit oder in Gruppen, die in Momenten tollkühn kopfloser Ekstase ohne Rücksicht auf arglose Pisser ringsum zu wildlings enthemmter *Fellatio* übergehen. Ein anderer verlangt, daß ich ihm in seinen Hosenstall hinein ejakuliere. Wieder ein anderer ist unter knöchellanger Hirtenpelerine vollkommen unbekleidet und will zwischen heterosexuell unsensiblen Wasserlassern an Ort und Stelle penetriert werden.

Allmählich weißt du dann auch, wer dich da besonders stimuliert, und wartest geduldig, bis ein Soldat die Latrine betritt oder ein Müllkutscher oder ein Dunkelhäutiger oder sonstiger Exot, gar ein Matrose. Andere lauern Geschäftsleuten und vermeintlichen Bankbeamten, andere Vollbärten, andere wieder nur Epheben auf. Vollends in der Hamburger Universität finden in den Toiletten just des "Philosophenturmes" sexuelle Exzesse auch durch die Guck- und Wichslöcher der Trennwände zwischen den Scheißkabinen statt.

Es gibt keinen Ort von höhervoltiger Spannung als eine florierende Klappe. Ihre Magie beruht zutiefst auf regelwidrigem Zeigen am falschen Ort, der aber gleichwohl der allerrichtigste ist. So, jetzt weißt du das. Du bist der Erste, Benjamin, vor dem ich davon spreche. Dem ich das bekenne. So sehr entblöße ich mich auch vor dir, begreife das; schätze das."

"Und jetzt bist du also klappensüchtig?"

"Nein, das bleibt eine Phase. Seitdem ich wieder künstlerisch produziere, ist es vorbei. Nur wenn ich für das Fernsehen schreibe, packt es mich manchmal wieder."

"Wieso denn das?"

"Weil ich in diesen Drehbüchern, gar für Serien, nicht zeigen darf, wer ich bin. Da will dann der Psolon ins Rampenlicht, stellvertretend. Aber wohliger hat er sein Publikum in der Sauna. Oder im Schwimmbad, beim Dauerduschen. Oder aber beim richtigen Kunstmachen, also indirekt."

"Das verstehe ich nicht."

"Sein Intimstes veröffentlichen ist eine Wollust, Junge, die man zum Leben braucht. Wer sich die nicht verschafft, erstickt. Wer Geist oder Körper nicht wonniglich preisgibt, der verkümmert und geht ein. Und je hermetischer du dich verbirgst, desto inbrünstiger explodiert eines Tages deine Offenbarung. Nur wer sich hingibt, findet sich. Warum sonst trittst denn du jetzt, mein Benjamin, in Rock-Konzerten auf?"

"Das ist aber gar keine pure Wollust, du. Ich habe da große Probleme mit den Leuten. Darum will ich auch immer, daß du und alle Freunde kommen. Eigentlich will ich nicht vor jedem spielen."

"Ja, man zeigt sich nur dem gern, von dem man weiß, daß er gern und wohlig genüßlich zuschaut. Als Kind werde ich von einer ehrgeizigen Klavierlehrerin zum Auftritt bei einem öffentlich werbenden Schülerkonzert gezwungen. Aber ich will mich da nicht präsentieren. Das arge Mißverhältnis zwischen solch einem süßlichen Publikum und meinem knäbisch unzulänglichen Mozart-Menuett läßt mich damals meine Darbietung mit einem kleinen Skandal und meine pianistischen Bemühungen bei dieser Gelegenheit ein- für allemal beenden.

Später habe ich jahrelang unüberwindliche Unlust, mich einem Premierenapplaus zu zeigen. Als das ganze Haus meinen Namen ruft, verlasse ich fluchtartig das Theater. Man will sich nur dem zeigen, den man sich aussucht, weil er angemessen hinsieht. Neugierigen und Indiskreten verschließe ich mich fast noch rigoroser als Interesselosen. Aber was ich dir da alles erzähle, Benjamin: deine Boyesen-Therapie scheint das beichtende Couch-Gespräch keineswegs zu meiden, sondern vielmehr ganz besonders listig zu provozieren."

"Was ist eigentlich", lenkt Benjamin sanft und behutsam ab, "aus jenem Julius deiner Schulzeit geworden, mit dem du gern öffentlich in die Badewanne gestiegen wärst? Seid ihr noch befreundet?"

"Nein", nutzt Yan diesen Themenwechsel aus: "Jahrzehnte später taucht er noch einmal auf, als promovierter Holzkaufmann und CDU-Mitglied, mit maßloser Geldgier und herrschsüchtig sächsischer *femme dure* als Ehefrau. Gespürlos will er unsere unwiederholbare Knabenfreundschaft reaktivieren und mit Gudrun und mir einen Silvesterabend just in jenem wohlfeilen Amüsiertheater verbringen, wo ich kurz zuvor meinem andern, dem schicksalhaften Juljus ("mit Jott" in der Mitte) als Requisiteur und Hilfsinspizient ein dringend benötigtes Dach verschaffe und wo der dann, nur kurz nach ebendiesem Silvester, wegen seiner RAF-verdächtigen Lohnsteuerkarte mitten in der Vorstellung verhaftet wird. Mit diesem richtigen Juljus steige ich, vor wie nach seiner Untersuchungshaft, oft und sehr wollüstig, gemeinsam in Badewannen. So schließen sich Kreise."

"Und seit ich dich massiere", unterbricht plötzlich Benjamin: "gehst du da mehr oder seltener in Klappen?"

"Überhaupt nicht. Wieso?"

"Nur so."

Und das Gespräch verläuft sich, die Therapie ist beendet.

Aber zur nächsten Massage behält Yan, aus Rücksicht und Höflichkeit, seine Unterhose an. Doch zu so stickiger Verhüllung genötigt, verbirgt sich auch seine Seele ganz. Sie macht sich so nicht auf, läßt sich so nicht fallen, gibt sich nicht preis und nicht hin. Sie ist sich ihres Zuschauers nicht mehr gewiß, der ihr Herzrasen registrieren würde. Und Benjamins goldene Hände ergrauen sofort. Der bisherige *corriente* stellt sich nicht wieder her. Die Intimität ist zerstört. Die Massage mißlingt.

Yan wartet auf Benjamins Widerruf. Der bleibt aus. Sie trennen sich wortkarg.

Yan fährt energielos, ohne Leuchtkraft und allgemein unbeachtet nach Hause.

Benjamin ruft auch nicht mehr an.

Yan sucht sich dann einen andern Masseur, den die Inbrunst einer Preisgabe nicht in der eigenen Wagenburg aufstört und verschreckt.

Er findet einen. Aber dem fehlen Benjamins goldene Hände. Die fehlen dann allen seinen Nachfolgern.

Yan ist zuversichtlich, daß er Benjamin eines Tages, sei es in einer Klappe wiedersieht, und überläßt sich inzwischen geduldigem *sabr*.

67
Johannes

Einladungen zu Talk-Shows im Fernsehen pflegt Yan beharrlich auszuschlagen. Allzu wenig ist er willens, sein Leben und seine Produkte in wenigen Minuten auf eine fehlerhafte Faustformel zusammenschrumpfen zu lassen. Auch derlei Überschwemmung mit schiefen Fragen und irreparablen Mißverständnissen geht er ebensogern aus dem Wege wie einer offenkundigen Ausbeutung seiner Person als Vorwand für onanistische Selbstdarstellung mancher Moderatorin.

Er sagt erst zu, als seine vermessen und anachronistisch gescholtenen Mindestforderungen unverhofft dennoch erfüllt werden sollen. Tatsächlich wird er also allein befragt, ganze 45 Minuten lang und nur zu vereinbarten Themenkomplexen, für die er sich selbst kompetent erachtet.

Das spielt sich dann so ab:

MODERATORIN: Tja, Sie sind also Regisseur. Außerdem schreiben Sie. Sie übersetzen auch, gleich aus mehreren Sprachen, und bearbeiten Bühnenstücke. Zeitweise sind Sie auch Chefdramaturg, zeitweise Generalintendant, gleich für Oper, Schauspiel und Ballett, Sie sind Drehbuchautor und Hörspielautor, arbeiten auch als Regisseur für Fernsehen, Hörfunk und Theater gleichermaßen, gelten als Experte für politisch-historische Revuen, was immer das sein mag, und sind Doktor der Philosophie. Wie geht das alles zusammen? Geht es überhaupt zusammen? Oder tun Sie das alles nur, weil Sie nichts richtig können? Was sind Sie überhaupt von Beruf?

YAN: Also –

MODERATORIN (unterbricht): Ich meine, was haben Sie gelernt? Haben Sie überhaupt was gelernt, und üben Sie alle diese Tätigkeiten gleichzeitig aus? Oder nacheinander: immer, wenn eine danebengeht?

YAN: Tja –

MODERATORIN (unterbricht): Kommen Sie sich nicht manchmal schizophren vor?

YAN (schweigt.)

Pause.

MODERATORIN: Ja, da schweigen Sie. Wollen Sie mir nicht antworten, oder wissen Sie selbst nicht, wie Sie das machen? Können Sie mir nicht antworten?

YAN: Doch.

MODERATORIN: Aber?

YAN: Auf welche Ihrer vielen Fragen jetzt, genau?

MODERATORIN: Also, zunächst mal: was machen Sie am liebsten?

YAN: Proteus spielen.

MODERATORIN: Proteus, Proteus? Moment mal.

YAN: Oder Chamäleon.

MODERATORIN: Nicht alles auf einmal, bitte. Schön der Reihe nach, ja? Also erst einmal Proteus – nur für unsre Zuschauer: ist das nicht der mit dem Feuer?

YAN: Nein, der Robben-Hirte in der Nilmündung.

MODERATORIN: Welcher Robbenhirte in der Nilmündung?

YAN: Na, Proteus. Oder Loki.

MODERATORIN: Wieso Loki? Die Frau von Helmut Schmidt?

YAN: Nein, Loki ist ein germanischer Gott, der sich gern in Frauen, Fliegen oder Flöhe verwandelt.

MODERATORIN: Ist ja zum Schreien. Also, zaubern können Sie auch noch?

YAN: Und Sie: können Sie radfahren?

MODERATORIN: Ja, natürlich. Ich habe schon als kleines Mädchen immer gern –

YAN (unterbricht): Dann haben Sie keinen Führerschein?

MODERATORIN: Aber ja. Den habe ich schon gemacht, als ich –

YAN (unterbricht): Und fahren Sie auch mal Eisenbahn?

MODERATORIN: Mit Leidenschaft. Zu komisch. Und wissen Sie, warum? Ich bin mal, da war ich –

YAN (unterbricht): Dann haben Sie aber Angst vor dem Fliegen?

MODERATORIN: Ganz im Gegenteil. Aber was soll das alles?

YAN: Ich meine, sind Sie schon immer Moderatorin in solchen Talk-Shows: Ihr Leben lang?

MODERATORIN: Nein, erst seit kurzem. Vorher habe ich hauptsächlich –

YAN (unterbricht): Aber jetzt wollen Sie Moderatorin bleiben, in solchen Talk-Shows: lebenslänglich?

MODERATORIN: Um Gottes Willen! Am liebsten würde ich ja auch mal –

YAN (unterbricht): Aber zur Zeit ist das Ihre einzige Tätigkeit: Moderatorin in dieser Talk-Show – sonst nichts: stimmt's?

MODERATORIN? Aber überhaupt nicht! Was meinen Sie, was ich sonst noch alles mache! Soll ich Ihnen das mal aufzählen?

YAN: Lieber nicht.

MODERATORIN: Aha, da haben wir's: Kommunikationsschwierigkeiten. Aber das ist *Ihr* Problem. Reden wir also über Ihr Regieführen. Sie inszenieren ja immer seltener. Sind Sie nicht mehr gefragt? Oder verlangen Sie zu viel Geld? Was war Ihnen denn die liebste von Ihren rund hundert Inszenierungen? Oder Ihr größter Reinfall: was war Ihr größter Reinfall? Sie waren doch Regie-Assistent bei – Moment mal! (Ablesend:) Bei Heinz Hilpert und Leopold Lindtberg und Hans Lietzau und Erwin Piscator und bei Gott weiß wem. Lauter erste Adressen. Aber die haben alle bis zum Schluß inszeniert. Sie nicht. Zu viele Reinfälle? Nun, geben Sie es schon zu. Wir haben keine Zeit.

YAN: Ich habe sehr viel Zeit. Außerdem bin ich, wie es aussieht, noch nicht "am Schluß" und könnte also durchaus noch einiges inszenieren.

MODERATORIN: Was denn am liebsten? Was wäre Ihr Traumstück?

YAN: Und dann ist das mit dem Inszenieren auch so eine Sache.

MODERATORIN: Wieso, inwiefern: welche Sache?

YAN: Wenn man jung ist, findet man es ganz wundervoll, eine Inszenierung nach der andern zu machen: weil man da so schön wegtauchen kann aus allem, sich von einem Kosmos in den andern drücken –

MODERATORIN: Und was hat das mit Loki Schmidt zu tun?

YAN: Jetzt unterbrechen Sie mal 'ne Weile nicht.

MODERATORIN: Ich unterbreche nicht, ich moderiere.

YAN: Brauchen Sie gar nicht: ich bin ja moderat. Ich denke, Regie führen ist eigentlich mehr was für junge Leute. Obwohl man es frühestens kann, wenn man älter ist.

MODERATORIN: Bißchen widersprüchlich, nein?

YAN: Doch. Man kann es erst später, aber man will es nur früher: solange man selbst nichts zu sagen hat. Weil man noch niemand ist. Da kann Inszenieren eine gar köstliche Flucht vor sich selbst in ständig wechselnde Verwandlungen und Schein-Existenzen, in Ersatz-Existenzen sein. Mangels eigener schmückt man sich mit Schillers und Shakespeare's schönen Hahnenfedern. Inszenieren als Persönlichkeits-Prothese. Darum brüllen und kaprizieren sich auch viele Regisseure so überheblich und unsouverän.

MODERATORIN (von ihrem Spickzettel ablesend): Und welche prominenten Schauspieler haben denn unter Ihrer Regie schon gespielt? Und gab es da Spannungen, Probenkräche, Abreisen – erzählen Sie!

YAN: Aber wenn man dann langsam selbst was zu sagen, was mitzuteilen oder auszudrücken hat ... dann inszeniert man nur noch Stücke, die einem in den eigenen Kram passen. Also, wenige. Oder man verändert Stücke nach eigenem *gusto*. Also, peinlich. Oder man schreibt sich die Stücke selbst. Oder aber: man macht eben ganz was anderes.

MODERATORIN (von ihrem Spickzettel ablesend): Und gibt es auch erotische Spannungen zwischen Regisseur und Schauspielerinnen? Was spielt sich denn alles so auf der berühmten Besetzungs-Couch ab: das interessiert unsere Zuschauer und Zuschauerinnen am meisten, erzählen Sie!

YAN: Außerdem geht Inszenieren über Menschenkraft. Jedenfalls im Theater. Was man da wirklich leisten müßte, kann keiner. Viel zu schwer.

MODERATORIN: Oh, manche können es sehr gut. Was halten Sie denn von Peymann?

YAN: Es gibt auch immer weniger Stücke.

MODERATORIN: Das stimmt nicht. Oh, es gibt so viele Stücke, die nie gespielt werden. Kennen Sie – na, wie heißt es noch mal? Ein tolles Stück. Und als Intendant hat man doch auch so viel Macht.

YAN: Man hat Ohnmacht.

MODERATORIN: Genau, und Ruhm. Als Regisseur ist man berühmt. Man ist prominent. Man ist bekannt.

YAN: Ja, wie Bernhard Goetzke.

MODRERATORIN: Genau. Moment mal: Bernhard Goetzke? Dieser Maler?

YAN: Nein, dieser verhärmte alte Mann ohne Zähne, der mich, als ich Anfang zwanzig und Regie-Assistent bin, nach einer Leseprobe ängstlich und unterwürfig anspricht, weil er zur Einpassung seines Gebisses probenfreie Tage brauche, die ihm aber um Gottes Willen nicht nachteilig ausgelegt und angekreidet werden mögen.

Es handelt sich aber um eine Paradeproduktion zu Ehren der großen Hermine Körner in der Titelrolle, mit einem Aufgebot allererster und hochprominenter Schauspieler um sie herum –

MODERATORIN (schnell dazwischen): Wer denn so alles?

YAN (unbeirrt): – und mit dem programmierten Anspruch auf absolute Sonder- und Spitzen-Qualität: eben der großen und allseits zurecht so vergötterten Hermine Körner zuliebe.

MODERATORIN: Kenn ich nicht.

YAN: Entsprechend rigid also reagiert meine preußische Zwanzigjährigkeit auf das spielverderberisch anmutende Ansinnen dieses bißlos mümmelnden Bittstellers, der ohnehin nur in der allerletzten Szene und am Rande zur Statisterie einen fast textlosen "Retter der Tiere" darstellen zu dürfen das große Glück hat. Ich selbst bin mir nicht zu schade, neben ihm einen "Retter der Pflanzen" zu spielen. Er solle sich also gefälligst zur Verfügung halten.

Das hört Martin Held und nimmt mich väterlich beiseite: "Du, das kannst du nicht machen. Das ist Bernhard Goetzke." Ja, ich weiß: unser Retter der Tiere. "Nein, Bernard Goetzke ist der müde Tod. Bernhard Goetzke ist Filmgeschichte. Ein Filmstar. Der Star von Fritz Lang aus der Stummfilmzeit. Aus den 'Nibelungen'. 'Der müde Tod'."

Eine Legende.

"O Entschuldigung: das wußte ich nicht."

"Niemand weiß es mehr. Das ist es ja. Aber laß ihn jetzt nicht zahnlos und unwürdig betteln."

Seither weiß ich, was Prominenz ist.Wir sind Mikroben.

MODERATORIN: Sie meinen Mimosen. Künstler sind Mimosen.

YAN: Sie sind Mikroben. Wie alle. Sich selbst in diesem Kosmos als Mikrobe begreifen, sich in die Schöpfungsgeschichte als Mikrobe einordnen: nur das heißt, die Dinge so sehen, wie sie sind. Es ist realistischer als die übliche Selbstüberschätzung in Glanz und Gloria. Denn *sic* –

MODERATORIN (quick): Kennen Sie auch Gloria von Thurn und Taxis?

YAN: *Sic transit gloria*, auch des Kinos.

MODERATORIN: Ach, vom Transit. Ist ja witzig. Wo denn?

YAN: Aber eine so realistische Mikrobenbetrachtung lähmt nur allzubald. Sie lähmt unsern Willen zum Überleben. Weil es so unwichtig scheint, wie lange eine Mikrobe mitmacht. Als Mikrobe gibt man schnell auf. Insofern ist Realismus also spielverderberischer und lebensfeindlicher als jene weitverbreitete Illusion von Wichtigkeit, Bedeutung und Ruhm. Insofern sind nüchterne Einsicht und Erkenntnis, sind Forschung und Wahrheitsliebe nur selbstmörderisch; also tödlich. Insofern erweist sich solche Kultiviertheit als lebensfeindlich. Lebensfreundlicher, weil lebensgieriger und also lebensfähiger sind da doch aufgebläht ellenbogenstarke Kulturlosigkeit und Dummheit. Was wollen Sie noch von mir wissen?

MODERATORIN: Mögen Sie Spiele? Wir machen jetzt ein Spiel. Ich sage immer den Anfang eines Satzes, und Sie beenden ihn, wie Sie mögen. Verstehen Sie, wie ich das meine? Wir probieren's einfach mal. Also, los:

Wenn ich Bundeskanzler wäre –

YAN: Ich möchte noch über ein anderes Hemmnis beim Inszenieren sprechen. Es sind in der Tat die Schauspieler. Zuerst bewundert und liebt man sie. Sie becircen, betören, verführen einen. Wenn sie gut sind, sind sie ein Gotteswunder, in das man sich Hals über Kopf vergafft.

MODERATORIN: Wenn ich mein Leben wiederholen könnte, würde ich –

YAN: Dann arbeitet man mit ihnen und wird nüchterner. Aber wie pädagogischen gibt es auch kollegialen Eros: eine sympathetische Affinität und Intimität auf der Basis gemeinsamer Professionalität und gemeinsamer Produktivität, gemeinsamer Verantwortung, auch jener Solidarität im Handwerklichen einer Profession. Das hat noch durchaus etwas Stimulierendes und Elektrisierendes, Motivierendes. Es ist erotisch.

MODERATORIN: Na, bitte. Aber am meisten bereue ich –

YAN: Aber nach der Probe geht man mit ihnen noch ein Bier trinken und erstarrt. Weil sie so herrschsüchtig sind, so gefallsüchtig, so kaltherzig und treulos, so brutal. Sie verraten, sie verletzen, sie unterdrücken einen bedenkenlos, und man leidet darunter sehr.

MODERATORIN: Wenn ich drei Wünsche frei hätte –

YAN: Allmählich begreift man, daß die meisten von ihnen neurotische Egomanen sind und an argen psychischen Defekten leiden. Sie kranken an Liebeshunger und gieren nach Anerkennung um jeden Preis. Ihr Narzißmus, ihr Exhibitionismus sind pathologisch. Für einen Szenenapplaus oder einen Lacher verkaufen sie ihre Seele, ihre Mutter und jeden Freund.

MODERATORIN: Im Urlaub würde ich am liebsten mal –

YAN: Wer ihrem Aufstieg nicht länger dienlich ist, landet gnadenlos in ihrem Abfalleimer. Und da begreift man langsam, wie armselig, wie geschädigt und gebeutelt, wie rettungslos verloren sie sind. Kein Erfolg, keine Liebe kann diesen unersättlichen Offenbarungs- und Anbietungsmonstern je genügen. Sie beginnen, einem leid zu tun.

MODERATORIN: Toll. Erotisch reizvoll ist für mich eine Frau, wenn sie –

YAN: Aber man lernt, mit ihnen zu leben, indem man sie skrupellos instrumentalisiert. Man schlägt Funken aus der Misere ihrer unterernährten Seele und verzinst dieses perverse Kapital, das sich nicht selten in pures Gold verwandeln läßt, solange man kein humanes Verhalten erwartet. Lustig ist das zwar nicht gerade.

Aber dann gibt es ja noch die Mysterien.

MODERATORIN: Wenn ich der reichste Mann der Welt wäre, würde ich –

YAN: Es gibt Schauspieler, die so sensitiv oder anpassungsfähig oder opportunistisch oder artverwandt oder begabt oder genial sind, daß ich mit ihnen verschmelze. Sie verstehen mich ohne Worte. Ich hole nur Luft, und sie sagen schon "Okay" oder "Ich weiß" oder "Stimmt" und spielen dann haargenau so, wie ich es mir denke. Sie denken dann meine Gedanken und fühlen meine Gefühle, wie ich sie denke und ich sie fühle. Sie werden ich. Ein Mirakel. Erschütternd, erregend und herzbewegend.

MODERATORIN: Meine drei liebsten Autotypen sind –

YAN: Solch eine *unio mystica* ist orgastisch. Sie ist ein Glück, sie beseligt. Um ihretwillen lohnt sich das Ganze.

Aber meistens geht das nicht lange gut. Die Nähe ist zu groß, die Intimität zu gefährlich. Aus dem Beruf, aus dem Spiel, aus der Kunst, der Artistik wird allzubald Ernst. Es geht an die Existenz.

MODERATORIN: Alles bestens. Wenn ich mich zwischen Monogamie und Polygamie entscheiden müßte –

YAN: Solche Symbiosen werden bestenfalls sexuell.

MODERATORIN: Aha. Erzählen Sie!

YAN: Aber das sind die glimpflichen Fälle, das erlebe ich nur zweimal. Häufiger ist Verfallenheit: qualvoll sich hinziehende Hörigkeit, meist auf beiden Seiten; noch häufiger ist kopflos jähe Flucht in den Alkohol; manche heiraten sich auch; andere retten sich in Haß. Die delikatesten Fälle enden in scheinbar grundlosem, aber irreparablem Zerwürfnis: wohl weil diese Intimität ihnen unerträglich wird und sie erstickt. Manchmal erstickt sie tatsächlich.

MODERATORIN: Sehr, sehr schön das alles. Eine tolle Sendung. Und wer sind Ihre Lieblingsschauspieler?

YAN: Solche Identität erstickt, weil sie in den Lebensraum des persönlichen Geheimnisses eindringt. Sie erzwingt einen Offenbarungseid, der lebensbedrohlich sein kann. In mehreren Fällen führt meine Verschmelzung mit einem so wahlverwandten Schauspieler zur Zerstörung seiner Ehe, zu abgrundtiefer Irritation.

Manchmal führt sie auch zu seinem Tode: indem ich in ihm zutage fördere, was er sich selbst ein Leben lang verbirgt. Ich sehe die Lüge, das Problem, den Defekt, seine Grenzen, eine Unzulänglichkeit seines Lebens, und mit meinen Augen sieht er sie plötzlich auch selbst, aber kann nicht anders und weiß nicht mehr weiter und fühlt sich überfordert und kriegt keine Luft mehr. Einer nimmt sich schon während der Proben das Leben; ein anderer ahnt bei den Proben prophetisch sein Ende und erkrankt sofort nach der letzten Vorstellung an hastig letalem Karzinom; mehrere sterben, mit oder ohne Alkoholexzeß, nach der äußeren Abnabelung. Einer, der Allerverschmolzenste, rettet sich noch im letzten Moment und gibt, im Wissen um seine außergewöhnliche Begabung, schnell den Beruf, dann auch jeden Kontakt zu mir auf.

MODERATORIN: Und wie sieht nun Ihre Zukunft aus?

YAN: Tödlich. Aber jetzt schlage mal ich eine Spielregel vor. Sie schweigen ab jetzt, und ich erzähle den Zuschauern, was ich in der restlichen Sendezeit noch dringend zu sagen habe. Das wäre ja wohl auch der Sinn des Ganzen. Klar? Es geht also um den Tod. Wie verkrafte ich, in das Sterben meiner intimsten Partner so auslösend, sei es schuldhaft, dennoch schuldlos unweigerlich einbezogen zu sein? Was passiert da in Wahrheit? Was ist dieses Sterben? Was ist Töten?

MODERATORIN: Aber das ist jetzt nur ein Spiel. Ich schweige nur im Spiel. Nicht im Ernst. Einverstanden? Im Ernst würde ich als Moderatorin nie und nimmer schweigen, verstehen Sie?

YAN: Damit muß ich ins Reine kommen. Das ist das zentrale Problem. Diese intimen Schauspieler sind ja wahrscheinlich nicht die einzigen, die man tötet. Was weiß man, an wessen Tod man noch alles mitarbeitet und beteiligt ist, jeder! Unser ganzer Planet lebt vom Töten. Alles Leben lebt vom

Töten. Nur wer tötet, überlebt. Ob Fleisch- oder Pflanzenfresser, ob Jäger oder Sammler: auch der Mensch ernährt sich von andern Lebewesen, anderm Leben. Das bedeutet: er existiert nur, indem er tötet. So ist er konstruiert. Und so ist der ganze *Bios*, zumindest auf diesem Sonnentrabanten, konstruiert. Analog wohl der ganze Kosmos. Insofern ist es richtig so. Wenn es nicht richtig wäre, würde es nicht funktionieren. Aber es funktioniert. Seit Jahrmillionen, Jahrmilliarden.

Also ist Töten die *conditio absoluta sine qua non*.

MODERATORIN: Was heißt das für unsere Zuschauer?

YAN: Also kann Töten nicht grausam sein. Töten an sich, als Fakt. Grausamkeit ist eine moralische, keine biologische, keine natürliche Kategorie. Angesichts einer natürlichen *conditio absoluta* verbieten sich alle moralischen Kategorien. Ein rigoroser Moralismus, der das Töten als zu grausam erfolgreich unterbände, hätte längst alles Leben vernichtet. Gelebt wird nur noch, weil getötet wird. Jeder tötungsfeindliche Moralismus ist in Wahrheit lebensfeindlich.

Das begreifen die Hominiden, unsere Vorfahren vor Jahrmillionen, als sie sich als Fleichfresser vorfinden. Fleischfresser bekommen Fleisch für ihre Sättigung nur, indem sie jagen. Jagen heißt Tiere töten, bei Kannibalen auch Artgenossen, jedenfalls Leben töten. Im Gegensatz zum Vegetarier, rekonstruiert der Anthropologe Sherwood Washburn in Princeton, verzehrt der Jäger seine Nahrung nicht mehr allein. Jagen hat Teilen der Beute, Versorgung der Gruppe, Zusammenarbeit, gegenseitige Abhängigkeit und schließlich alles das zur unweigerlichen Folge, was wir inzwischen als Zivilisation bezeichnen. Gerade dieses spezifisch Humane also ist ein Fazit eben des Tötens. *"Der Mensch ist ein Mensch und kein Schimpanse"*, resümiert der amerikanische Schriftsteller Robert Ardrey axiomatisch, *"weil er Millionen und Abermillionen Jahre lang tötete, um leben zu können."*

Für Moral ist in solcher Weltordnung kein Platz. *"Das Leben ist nicht heikel"*, schreibt Thomas Mann im "Doktor Faustus", *"und von Moral weiß es einen Dreck."* Daß er das, vorsichtshalber, den Teufel sagen läßt, mag eine Reverenz vor der vermeintlichen Christlichkeit seiner Lesergemeinde sein. Denn Töten als grausam zu verurteilen, ist eine relativ spätzeitliche Zimperlichkeit ohne vitale Beweiskraft und eine humanistische Sauce, die erst Moses auf dem Berge Sinai, nicht weit von Raahat und mitten im Territorium der Beduinen, anrührt: wohl aus sozialer Taktik, etwa um das skrupellose Vergraben weiblicher Babys und das noch skrupellosere Beseitigen sexuell irgendwie fehlgetretener Frauen ein wenig zu reduzieren –

MODERATORIN: Na, das ist ja vielleicht ein Hammer!

YAN: – vielleicht also aus bevölkerungspolitischen Rücksichten, was weiß ich!

MODERATORIN: Wo haben Sie denn sowas her? Wo steht das? Bloß zum Nachschlagen für unsere Zuschauerinnen: Moses, Moses? In der Bibel?

YAN: Der moralisch noch unversaute frühzeitliche Mensch vor Moses hat mit dem Töten ebensowenig Probleme wie mit dem Sterben überhaupt, weil er der göttlich ursprünglichen biologischen Konzeption noch nicht entfremdet ist. Für ihn ist Sterben etwas Natürliches, also etwas Gutes. Also kann auch Töten nichts Widernatürliches sein. Es dient dem Natürlichen und entspricht der unentrinnbaren göttlichen Konzeption.

Hinzu kommt wahrscheinlich, daß Sterben für ihn noch nicht Sterben im heutigen Sinne von Wegwerfen, keine Abfallbeseitigung, keine Entsorgung ist. Ein Sterbender verläßt damals nur die derzeitig hiesige Hülle – lebt aber ohne sie selbstverständlich weiter, weil er ein göttliches Geschöpf, im Göttlichen geborgen, Teil des Göttlichen und insofern natürlich selbst ohne jedes Ende, selbst ebenso ewig ist wie das Göttliche.

Und hier etwa sehe ich nun endlich auch einen Ansatz zur Theodizee, auf die ich überhaupt nur hinauswill.

MODERATORIN: Unsere armen Zuschauer und Zuschauerinnen!

YAN: Sie muß unser zentrales Thema bei allem Theater-, Bücher- und Filmebasteln sein. Wie ist das Göttliche mit der mörderischen Geschichte dieses Planeten vereinbar? Es ist so vereinbar: Sterben ist nichts Schlimmes. Es ist was Gutes. Auf ihm beruht das Universum: alles, was ist. Nur was nicht ist, stirbt nicht. Gott weiß das. Der Mensch weiß es auch.

Aber Moses irritiert ihn und läßt ihn abtrünnig und moralisch werden. Gott freilich braucht sich an dessen zweimal fünf Gebote überhaupt nicht zu halten. Auch ans fünfte selbst nicht. Offenbar wüßte er gar nicht, warum man eigentlich nicht töten sollte: hat er doch eigens und listig alles eben darauf gegründet. Er selbst hat das Töten erfunden. Er selbst ist der Obertöter. Er tötet alle. Er tötet alles. So gnädig ist er. Johanan, Johannes, Jan, Hanno.

Darum braucht er auch nie, wenn der gelehrige Mensch sich in riesigen Massen selbst vernichtet, verhindernd oder mäßigend einzuschreiten, was mosaische und sonstige Saucenschlemmer auf ebenso einsichtslose wie anmaßend inkonsequente Weise von ihm verlangen.

Auch ein Massaker widerspricht also nicht dieser göttlichen Konzeption. Auch die unzählbaren Massaker der menschlichen Geschichte nicht. Auch die Kriege nicht. Auch Hiroschima nicht. Auch Auschwitz nicht. Weil Sterben eben nicht Aufhören, nicht Beseitigen ist, sondern Grundkonstrukt. Vermutlich macht es da gar keinen Unterschied, ob etwas "lebt" oder "tot" ist. Weil es immer im Ganzen, im Göttlichen ist, nie hinausfällt. Nichts fällt je hinaus. Es gibt kein Außerhalb. Auch Töten macht also keinen Unterschied.

Einen Unterschied und argen Verstoß bereitet es nur humanistisch-moralischen Konzeptionen inner- und außerhalb des beduinischen Sinai. Aber solche Konzepte sind, indem sie zu töten verbieten, ihrerseits widernatürlich.

Sie sind auch scheinheilig. Denn sie verurteilen jegliches Töten, aber ohne zu zeigen, wie ohne ein Töten gelebt werden kann. Schäbigerweise gestatten sie auswegshalber das Töten alles außermenschlichen Lebens, als sei das nicht ebenso göttlich geschaffen und ebenso göttlich gewollt und ebenso göttlich. So fügen sie ihrer Widernatürlichkeit, ihrer Scheinheiligkeit auch noch die Hybris hinzu, sich besser zu dünken als andere Göttlichkeiten.

Alle religiösen und moralischen Konzeptionen, die das Töten verdammen, haben überdies seit Jahrtausenden keinerlei Hemmung, im Dienste an ihrer eigenen Idee auch Hekatomben von Menschen zu opfern. So halten sie ihre ohnehin anzweifelbaren Programme nur mit Hilfe fundamentaler Verdrängungen und ihrer Scheinmoral sowie durch ein Verhalten aufrecht, das nach ihren eigenen Kategorien unverzeihlich schuldhaft ist.

Nur ohne alle solche Scheinmoral kann ich mit dem Wissen um Auschwitz überhaupt weiterleben. Auch weiter Gedichte und Drehbücher schreiben, auch Regie führen, also Stücke, Dramatiker, Schauspieler töten und dennoch im Reinen mit mir und dem Göttlichen sein.

Das möchte ich hiermit bekanntgeben. Wie hoch schätzen Sie Ihre Einschaltquote?

MODERATORIN: Die haben Sie uns heute kräftig vermasselt, mit Ihren Monologen, vielen Dank! Ich frage mich nur, wie ein Mensch wie Sie und mit solchen Ansprüchen überhaupt noch schreiben und inszenieren kann. Wahrscheinlich kommen Sie deshalb nicht zu Potte. Weshalb machen Sie überhaupt noch Kunst, ich meine, als Mörder?

YAN: Als *Hommage à Dieu.*

MODERATORIN: Adieu, adieu? Soll das Ihr Schlußwort sein, kurz und bündig?

YAN: Wie Sie wollen. Kunst ist für mich ein Versuch, die Erfindungen des Göttlichen so, wie sie nun einmal sind oder uns erscheinen, wahrzunehmen, aufzugreifen und erkennend und anerkennend widerzuspiegeln.

MODERATORIN: Na, Servus. Und was sind da Ihre nächsten Pläne? Oder Projekte? Aber ganz schnell!

YAN: Ich schreibe, ganz langsam, ein Buch mit Essays über Themen, die tabu sind.

MODERATORIN: Oh, là-là! Das klingt ja nun wieder pikant. Erzählen Sie doch! Zum Beispiel?

YAN: Zum Beispiel über das Verbrecherische des deutschen Fernsehens; über den Anachronismus des Theaters; über Penis-Typen; über die schmerzhaft absurde innere Unmöglichkeit von Demokratie; über Nikolai Gogol; über die Pflicht des höher entwickelten Menschen, androgyn, also auch homosexuell zu sein, und ein Hohelied auf den Exhibitionismus. Gute Nacht.

Damit erhebt sich Yan, läßt die verdutzte Moderatorin wortlos sitzen und verläßt das Fernsehstudio.

Diese Talk-Show wird nie gesendet und nie mehr erwähnt.

Yan besucht seine Schwester Hanne im Ruhrgebiet. Deren Kinder sind mittlerweile flügge und aus dem Hause; Ehemann Reinhard, jener todesmutige Treibgutsammler von Formentera, ist seit kurzem pensioniert.

Yans voriger Besuch liegt so lange zurück, daß er jetzt über die vielen Skulpturen rechtschaffen überrascht ist, die fast im Übermaß die kleine Wohnung zieren.

Reinhard ist eigentlich Konditormeister. Das will damals seine Familie so und duldet keinen unmündigen Widerstand. Aber der Zweite Weltkrieg zerschießt ihm die körperliche Voraussetzung für diese Tätigkeit. Bei seinen diversen Ersatzberufen in trostlosen Behörden-Positionen entbehrt er dann am schmerzlichsten die Modellierarbeiten des Konditors: jene Rosen, Täubchen und Störche aus Marzipan oder Zuckerguß, die unbegrenzt fantastischen Aufbauten ausgefallen exotischer Torten zu Hochzeiten, Jubiläen und Konfirmationen. In den Verwaltungsämtern seines Nachkriegslebens verkümmert auf erstickende Weise derlei kreative Umsetzung von Fantasie und Energie in süße Materie. Mit Hilfe der Volkshochschule beginnt er daher zu bildhauern. Diese Feierabend- und Freizeitbeschäftigung wird bald zu seinem Lebensinhalt, und Köpfe, Figuren, Reliefs machen die schlichte Vierzimmerwohnung am Rande des Industrdiereviers bald zur eigenen Galerie.

Yan betrachtet Reinhards neueste Arbeiten in Ton, Hölzern oder Gips und registriert erfreut die riesigen Hähne, die makellos und prall eben das zum Ausdruck bringen, was dieses männliche Tier zu Yans heftig-sanftem und sehnsüchtig einsamem Lieblingsvogel macht.

Besonders der größte, inmitten mehrerer sonderlich bizarrer Treibgut-Reliquien aus dem *Mare Nostrum* placiert, tut es Yan auf fratern gesprenkelte Weise dermaßen an, daß er ihn Reinhard abkaufen will. Der aber überrascht Yan nun vollends mit der Weigerung, sich auch nur von einem einzigen seiner Hähne zu trennen, und bietet Yan stattdessen ein Pferd in Gips und das steinerne Relief einer Raubkatze als Geschenk an. Yan kapriziert sich natürlich auf den Hahn und bittet Reinhard, einen weiteren Hahn als Auftragsarbeit zu modellieren. Aber Reinhard muß passen: seit seiner Pensionierung ist er auch als Bildhauer in den Ruhestand getreten, weil ihn diese Arbeit körperlich wie nervlich zu sehr erschöpfe.

"Dafür sammelt er jetzt Kalendertage", spottet Ehefrau Hanne und korrigiert sich sofort, noch spöttischer: "also, Augusttage, exklusiv. Er sammelt Augusttage."

"Ich eigentlich auch", kommt Yan seinem Mithahn spontan und solidarisch gegen weibliche Ironieversuche zur Hilfe.

"Na, vielleicht könnt ihr welche tauschen?" spitzt Hanne ihr scheinbares Unverständnis zu.

"Gut möglich", greift Yan kollegial den Fehdehandschuh auf. "Ich könnte dir, Reinhard, zum Beispiel einen 1. August anbieten ... ".

Kurzes Stocken; dann: "Also, sagen wir, den 1. August vor rund fünfhundert Jahren, als Girolamo Savonarola, 38jährig, seinen entscheidenden Durchbruchserfolg als Sittenprediger verzeichnet und sein Florenz seither zu einem demokratisch-asketischen Gottesstaat zu machen versucht. Oder hast du den schon in deiner Sammlung?"

"Nein, weil ich mich mehr auf das 20. Jahrhundert konzentriere", erwidert Reinhard leicht schuldbewußt.

"Ein Fehler", wirft Hanne überraschend dazwischen: "aber mir glaubt er ja nicht!"

"Für mich", sagt Reinhard unbeirrt, "ist der 1. August halt der Ausbruch des Ersten Weltkriegs. Den hat jeder in seiner Sammlung, auch die Schlacht bei Tannenberg gegen die Russen, noch im selben August, die Hindenburg und Ludendorff schließlich, zwei Jahre später zwar, aber wieder an einem Augusttag, zu den verhängnisvollen militärischen Entscheidungsbefugten auf deutscher Seite macht."

"Reinhard sammelt nämlich nicht einfach irgendwelche August-Ereignisse, sondern nur die Katastrophen dieses Monats", erläutert Hanne. "Darum unterschlägt er gern, daß der Erste Weltkrieg auch im August endlich sein so herbeigesehntes Ende einläutet: mit Ludendorffs *schwarzem Tage* am 8. August, als die deutsche Verteidigung unter dem alliierten Gegenangriff definitiv zusammenbricht und militärisch das eigentliche Kriegsende da ist. Das übersieht er einfach."

"Stimmt", lacht Reinhard, "aber dafür ist auch der Ausbruch des Zweiten Weltkriegs für mich ein August-Geschehnis. Zwar wird offiziell erst am Morgen des 1. September *seit 5 Uhr 45 zurückgeschossen'*, aber Hitler plant das schon für den 26. August und provoziert die Polen – wie alle Welt – bereits diesen ganzen Monat über; jener auslösende Überfall polnisch verkleideter SS-Leute auf den Sender Gleiwitz findet dann am 31. August statt. Dazu gehört auch, daß am 23. August Hitlers Ribbentrop und Kollege Molotow mit dem berüchtigt grinsenden Stalin im Rücken jenen deutsch-sowjetischen Nichtangriffspakt unterzeichnen, der Polen zerstückelt und der ja dann auch euch beide, Yan und Hanne, als heimgeholte Heimatlose nach Polen verpflanzt."

"Das hat auch sein Gutes", wirft Yan im Gedanken an manchen Wladyslaw dazwischen, und Hanne ergänzt: "Außerdem findet auch dieser Zweite Weltkrieg sein Ende wieder in einem August, aber echt: als Japan kapituliert, am elften."

"Richtig", trumpft Reinhard auf, "aber erst nach den Atombomben von Hiroschima am 6. und Nagasaki am 9. August. Auch echte August-Ereignisse! Und das geht dann gleich weiter so, im August. Nur vier Jahre später explodiert die erste sowjetische Atombombe Ende dieses Monats, und vier weitere Jahre später heizt dann die erste sowjetische Wasserstoffbombe, wieder im August, wohl am zwölften, den Kalten Krieg erst richtig an."

"Thomas Manns Todestag", wirft Yan ein.

"Den hat er noch nicht", triumphiert Hanne und offenbart abermals, wie involviert auch sie in dieses bizarre Sammelsurium ist.

"Und wieder in einem August", beharrt Reinhard auf seinen globalen Katastrophen, "zünden die Franzosen in der Sahara einen besonders potenten Atomwaffentest und lösen zumindest in Afrika und ganz Europa einen entsprechend gigantischen *fall out* mit verheerenden Leukopenien aus."

"Was ist das?" fragt Yan und denkt an seine Knutscherei mit Heisenberg.

"Eine krankhafte Verminderung der weißen Blutkörperchen", dolmetscht Hanne: "also, gefährliche Abwehrschwäche des Immunsystems."

"Und an einem 24. August zünden die Franzosen ihre erste Wasserstoffbombe." Reinhard bleibt bei seinem Thema. "Viele Jahre später versucht die
ganze Welt vergeblich, sie von einer weiteren Sequenz von Nuklearversu-
chen auf dem Mururoa-Atoll abzubringen: die ganze Welt und einen ganzen
August lang. Ist doch verrückt. Oder nicht? Oder das hier: Hindenburg, dieser August-Held, stirbt auch im August, am zweiten, was Hitler veranlaßt,
sich sofort im selben August auch das Amt des Reichspräsidenten zu usurpieren und als 'Führer und Reichskanzler' Allmacht zu praktizieren – "

"Und an einem 11. August", ergänzt Yan, noch in Reinhards Satz hinein,
"Helmuth Hübener zum Tode verurteilen zu lassen."

"Wer ist das denn?" fragt Hanne, aber Reinhard überrollt ihre Frage:

"Auch die Besetzung Kuweits am 2., mit Golfkrieg und brennendem Öl als
Folge, und der Putsch in der Sowjetunion am 19., mit dem Sturz Gorba-
tschows als Folge: alles im August."

"Aber auch die Potsdamer Beschlüsse", weiß Hanne, "als völkerrechtliches
Ende der Nazi-Herrschaft, werden an einem 2. August unterschrieben; und
die Schlußakte von Helsinki, als europäische Friedenssicherung durch die
KSZE an einem 1. August; und die ersten freien Parlamentswahlen finden in
der Bundesrepublik Deutschland am 14. August statt – "

"Richtig: zur Vorbereitung des Mauerbaus am 13. August", kontert Reinhard defätistisch.

"Nein", pariert Hanne, "als mahnender Hinweis auf die Atlantik-Charta vom
selben 14. August: jenen unvergeßlichen Versuch Roosevelt's und Churchill's, eine freiheitlich-demokratische Weltordnung festzuschreiben."

"Trotzdem", erinnert Reinhard, "wird in einem August auch die SA gegründet, am 3., und am 26. findet mit der Ermordung des konservativen Vize-
kanzlers Matthias Erzberger, weil der im Wald von Compiègne den frieden-
stiftenden Waffenstillstand mit den Alliierten unterzeichnet, eins der ersten
politischen Attentate in der jungen deutschen Demokratie statt."

"Dafür wird am 12. August ein so pazifistischer Politiker wie Gustav Strese-
mann deutscher Reichskanzler!"

"Ja, und akzeptiert an einem 29. August den Dawes-Plan für arge Reparationszahlungen an die Alliierten!"

"Vielleicht", greift Yan beschwichtigend in die absehbare Haarspalterei ein, "sollte man das Magische dieses Monats doch nicht nur in diesem Jahrhundert suchen ... "

"Siehst du", sagt Hanne begeistert und strafend zu Reinhard, "das sage ich doch: man muß es einordnen. Schon der Prager Friede zwischen Deutschland und Österreich wird, vor 130 Jahren, am 23. August geschlossen."

"Und sechzig Jahre vorher", assistiert ihr Yan, "findet am 6. August mit dem Rücktritt Kaiser Franz des Zweiten jenes (Un-) Heilige Römische Reich Deutscher Nation sein begrüßenswertes Ende."

"Und am 31. August wird in Paris der erste Präsident einer demokratischen französischen Republik gewählt", ergänzt Hanne.

"Nachdem dort", hilft ihr Yan, "an einem 26. August die 'Déclaration des droits de l'homme et du citoyen' von der revolutionären Nationalversammlung angenommen und allen späteren freiheitlichen Staatsverfassungen zum Vorbild und Fundament wird."

"Das ist die 'Erklärung der Menschen- und Bürgerrechte' ", hilft Hanne, sofort solidarisch, ihrem fremdsprachlich unbewanderten Konditormeister.

Aber der rächt sich jetzt endlich für die lange Überrumpelung durch das Geschwisterpaar, holt mit gestautem Atem gleich viel weiter aus und verweist auf die katastrophengefolgte erste südamerikanische Landung des Columbus an einem 5. August im karibisch nördlichen Venezuela.

"Auf der Halbinsel Paria, nicht allzu weit von Cumanà: das kenne ich gut", sagt Yan und versucht, das Ehepaar von seiner August-Besessenheit abzulenken; "in dieser ältesten spanischen Siedlung ganz Amerikas, wo auch der mitjungfräuliche Alexander von Humboldt später seine legendäre Reise durch den südlichen Teil dieses Kontinents startet, werde ich, inmitten von Leguan-Herden sozusagen, zum Augenzeugen des ersten dortigen Banküberfalls, einer wahren Zeitenwende also, eines historischen Tages und kulturellen Umbruchs."

"Wann genau?" fragt Reinhard.

"Am 5. August."

"Na, Maßarbeit", hakt Reinhard nach: "präzise zur Feier des Jahrestages jener allerersten columbianischen Einbrecher und Diebe – "

"Die aber auch in einem August", hält Yan sofort dagegen, "jeweils am 7., in Carácas und bei Boyaca von Simón Bolívar empfindlich geschlagen werden: wenn auch erst gute dreihundert Jahre später."

"Ja, und gleichfalls am Anfang des Monats", versucht auch Hanne noch einmal, die Ehre der Menschheit zu retten, "an einem 1. August, gute fünfhundert Jahre früher, wird am Vierwaldstätter See der 'Ewige Bund der Waldstätte' und mit dem legendären Rütli-Schwur die Schweizer Eidgenossenschaft, ein demokratisches Staatswesen, gegründet, das seither sieben friedliche Jahrhunderte lang der ganzen Welt ein gesellschaftlich-politisches Vorbild liefert."

"Und noch einmal gute dreizehnhundert Jahre vorher", assistiert ihr Yan, "findet an einem 1. August die Seeschlacht von Actium statt. Sie begründet immerhin das Römische Imperium, also das erste Weltreich."

"Und ebenfalls Anfang August", setzt Reinhard auch diesmal drauf, "findet die klassische Zerstörung Jerusalems durch die Römer statt: am 10. August vor gut 1900 Jahren brennt da der Tempel. Und Ende des Monats", fügt er spöttisch hinzu, "vom 23. auf den 24. August, wird in Paris die Bluthochzeit der Bartholomäusnacht gefeiert: mit circa zwanzigtausend ermordeten Hugenotten."

"Aber im Kirchenjahr", flüchtet sich Hanne nunmehr in historisch gesprenkeltere Gefilde, "da ist dieser Monat immerhin besonders reich an menschenfreundlichen Feiertagen: am 10. August zu Ehren des Heiligen Laurentius – "

Reinhard: "Ja, nach dem man die Sternschnuppen im August als Laurentitränen bezeichnet: als Tränen eines Gefolterten!"

Hanne: " – und am 24. August zu Ehren des Heiligen Bartholomäus – "

Reinhard: " – dessen Attribut das Messer ist, nicht nur für Hugenotten!"

Hanne: " – und am 15. August Mariä Himmelfahrt zur Eröffnung der sogenannten 'Frauendreißiger', jener besonders gnadenreichen Zeit, in der sogar
giftige Pflanzen und Tiere ungefährlich und wohltätig sind – "

Reinhard: " – ja, und mit dem 29. August mittendrin, an dem die Enthaup-
tung Johannes des Täufers festlich begangen wird!"

Hanne: "Du bist schrecklich. Aber am 6. August feiern die katholischen
Christen die Verklärung Christi."

Reinhard: "Richtig – in Erinnerung ihres blutigen ungarischen Sieges unter
Janós Hunyadi über die Mohammedaner bei Belgrad.

In dieser Gegend ist übrigens noch heutzutage der August besonders blutig,
immer noch wegen religiöser Probleme, die dann ab einem 30. August von
der NATO militärisch gelöst werden sollen. Nein, nein – der August hat es
in sich: ein dämonischer Monat!"

Hanne (schwach werdend und schon fast geschlagen): Aber am 1. August
wird auch Petri Kettenfeier begangen."

"Ja, und?"

"Na, immerhin wird da so ein Apostel und Kirchengründer aus seinen Fes-
seln befreit: wie durch ein Wunder!"

"Vielleicht ist diese Entfesselung eher als Katastrophe zu bewerten, wenn
ich mir so die Geschichte des Christentums auf den Spuren dieses Petrus ansehe. Übrigens ist auch Napoleon in diesem Monat geboren, und Erich Honecker auch: zwei wirklich finstere August-Figuren."

"Aber mit Honecker hat auch Herder Geburtstag und mit Napoleon Matthias
Claudius: zwei helle Figuren. Und im August geboren ist auch Goethe. Und
Hegel."

Hanne hat flugs eine Liste zur Hand: "Und Shelley und Tennyson. Und
Knut Hamsun und Maeterlinck und Leonard Bernstein und Claudel und
Mauspassant und Elisabeth Bergner und Théophile Gautier und John Gals-
worthy und Michael Jackson und Guilleaume Apollinaire und Heinrich
Schlusnus und Nikolaus Lenau und Bill Clinton und König Ludwig II. von
Bayern, auch Isis und Osiris, auch deren Geschwister samt Brudermörder
Seth, auch Itzhak Perlman und Sean Connery und Arnolt Bronnen und Mel-

ville und Hitchcock und Saroyan und Wolfgang Völz und Lavoisier und Joachim Ringelnatz und Alfred Döblin und Ingrid Bergman und – "

"Ingrid Bergman ist auch im August gestorben", liest Reinhard prompt von seiner Gegenliste ab. "Genau wie Lenau. Und wie Franz Werfel und Bertolt Brecht und Klabund und Lope de Vega und Nicolaus Cusanus und Joseph Conrad und Martin Opitz und Jakob Burckhardt und Pater Kolbe und Marilyn Monroe und Nietzsche und Chamisso und Baudelaire und Schelling und Balzac und Pascal und Ludwig Thoma und Rabindranath Tagore und Hans Christian Andersen und Elvis Presley und Pietro Mascagni und Horst Janssen und Lady Diana und Friedrich der Große und dessen geliebter Graf Keyserling, auch sein Bruder, Prinz Heinrich von Preußen, und – "

"Hör auf!" ruft Hanne, und Yan sagt: "Im August stirbt auch mein Guru Wilhelm Emrich. Und an Goethes August-Geburtstag stirbt im Maghreb der Heilige Augustinus, *'inmitten seiner Hausgenossen'*. Aber solche Listen kann man natürlich von jedem Monat aufstellen. Überhaupt: in jedem Monat haben Natur und Weltgeschichte so einiges angestellt, aber auch zuwege gebracht – "

"Aber keine zwei Weltkriege", pariert Reinhard unwiderleglich; "auch keine Atombombenabwürfe."

"Und keinen Goethe", assistiert ihm seine *femme dure* jetzt wieder, sei es dialektisch, gegen Yan, "und keine alljährlichen Sternschnuppenschwärme".

"Nein, nein", beharrt Reinhard auf seiner manischen Sammlung: "Im August sind Dämonen am Werk. Schon jener gespenstische Vesuv-Ausbruch, der Pompeji zerstört, im August. Oder zum Beispiel das Brauchtum des Hahnenschlagens. Kennst du das Hahnenschlagen, diese bestialische Quälerei von Hähnen bei den alljährlichen Erntefeiern im August?"

"Aber dieser Monat wird nach dem Ehrennamen eines sonderlich bedeutenden römischen Kaisers benannt, nach Augustus: das heißt der Erhabene."

"Erhaben ist er ja auch, auf seine Weise", gibt Reinhard zu, "im Sinne von sich abheben, reliefartig hervortreten, abstechen, sich fürchterlich unterscheiden von den andern Monaten. Übrigens ist dieser Kaiser dann in eben seinem Monat auch selbst abgekratzt, am 19. August in Nola am Vesuv, ganz unerhaben."

"Ich habe einen italienischen Freund", versucht Yan wieder abzulenken, "Raffaele in Venedig, einen Linguisten, der fabelhaft deutsch spricht. Nur mit dem Wort August hat er Schwierigkeiten. Immer betont er den Monat auf der ersten Silbe und den männlichen Vornamen auf der zweiten: immer, unbelehrbar. Wohl weil diese aufgeteilte Entwicklung des Wortes auch allzu sinnlos ist: Aúgust, Augúst. Was soll das? Umgekehrt würde es mir noch eher einleuchten."

Aber Reinhard duldet keine phonetischen Spiele und zerstreuenden Spekulationen, sondern bleibt unbeirrbar bei seiner fixen Idee: "Und ich weiß auch, warum dieser Monat so diabolisch ist. An seinem ersten Tage, dem 1. August, so glaubt das Volk seit Jahrtausenden, sei Luzifer aus dem Himmel verstoßen und 'wie ein Blitz' auf die Erde gestürzt. Seitdem geht es hier so satanisch zu, besonders natürlich im August."

"Aber Luzifer ist nicht Satan. Das sage ich dir jetzt zum tausendsten Mal. Luzifer ist ein gefallener Erzengel und Träger des Lichtes: Luzi-fer!", bäumt Hanne sich auf: "Goethe glaubt, daß von Luzifer *'alles übrige Sein ausgehen sollte'*, weil ihm *'die ganze Schöpfungskraft übertragen war'*. Aber mein Reinhard will das nicht glauben. Was glaubst denn du, Yan?"

"Was ich glaube? Ich glaube – wie es zweifellos magische Orte gibt, mag es auch magische Zeiten geben, die unenträtselten Gesetzen unterliegen. Wenn ich zum Beispiel morgens ohne Wecker aufwachen darf, so geschieht das fast immer genau im Augenblick meiner Geburt, um fünf vor halb neun: die morgendliche Wiederkehr aus dem Schlaf als Wiedergeburt; der Zeitpunkt scheint lebenslänglich einprogrammiert. Das ist magisch für mich, und vielleicht ist ja auch dieser Monat August für die Menschheit so eine magische Zeit. Kann ja sein. Ich selbst habe eins meiner schönsten und wichtigsten Erlebnisse, einen absoluten Höhepunkt, am 1. August, mein schlimmstes und bisher bedrohlichstes, den absoluten Tiefpunkt, am 14. August."

"Und unsere erste Tochter wird im August geboren", mahnt Hanne ihren Ehemann.

"Im alten Ägypten zum Beispiel wird am 29. August Neujahr gefeiert, weil mit diesem Datum der Nil wieder anzuschwellen beginnt. Aber bei uns ist der August die Zeit des Erntens, des Sammelns", fügt Yan hinzu. "Er ist der Sammel-Monat. Warum sammelst du ausgerechnet August-, warum nicht

Februar-Tage? Früher heißt er auch der Ährenmonat. Und natürlich ist eine Korn- oder Brot-Ähre ein durch und durch magisches Wunder wie auch die Nilschwelle und wie alle Fruchtbarkeit."

"Etwas Positives, richtig!" greift Hanne zu und vereinfacht ungut.

"Aber vielleicht ist so ein ganzer Monat doch eine etwas zu lange Zeitspanne, um deren ungesprenkelte Dämonie zu beweisen. Warum konzentriert ihr euch nicht lieber auf ein einzelnes Datum, auch auf einen Ort, das machte solche Magie plausibler. Deutschland am 9. November, zum Beispiel: das wäre ein präziserer und unwiderleglicherer Beweis für magische Zeiten."

Hanne zeigt sich für diesen Vorschlag aufgeschlossen.

Reinhard schweigt.

"Man kann alles sammeln", sagt Yan und greift in seine eigene Zitat-Sammlung: " *dann wird es zu Gold, wie von Midas berührt'*. Das weiß auch Ernst Jünger, ein manischer Sammler, in seinen "Subtilen Jagden": jeder, der irgendwas sammelt, nehme *'eine winzige Facette am Stein der Weisen wahr. Doch allen gemeinsam ist das Licht, das aufglänzt, und die Lust, mit der es wahrgenommen wird'*."

Aber in Reinhards Augen erkennt Yan währenddessen jene unbeirrbare Hartnäckigkeit wieder, mit der er damals in einem August auf Formentera unter akuter Lebensgefahr das Brett mit den rostigen Nägeln aus dem aufgewühlten Meer birgt. Diesmal ist sie auf das Treibgut des Monats August fixiert. Das ist wie eine Infektion.

Reinhard ist ein echter Sammler.

247
Kovokmali-Jamburamali

Anderntags fragt die aufmerksame Hanne, inwiefern denn jener geschilderte Banküberfall von Cumanà angeblich ausgerechnet "inmitten von Leguan-Herden" erfolge, und Yan erzählt:

*Dieses Cumanà, vorweg, ist die Hauptstadt der Provinz Sucre, wo der vier-
saitige Cuatro, eine indianische Ukulele, zu Hause ist. Landesüblich patrio-
tisch ist es nach Antonio José de Sucre, jenem Mitstreiter und Marschall Simón Bolívars, nach dessen "Gran Mariscal de Ayacucho" und Befreier Pe-
rus wie Ecuadors, benannt, der aber 35jährig, als erster Präsident Bolivi-
ens, von nationalchauvinistischen Gegnern seiner großcolumbianischen
Utopien meuchlings ermordet wird. Sein Geburtsort Cumanà nun also, an
der Mündung des hiesigen Manzanares ins* Mar Caribe *und am riesigen, pittoresken Golf von Cariaco südlich der bergig-salzigen Halbinsel Araya gelegen, wird aber nicht erst von den perlengierigen Spaniern besiedelt und
unter der Bezeichnung Nueva Toledo zu deren erster amerikanischer Nie-
derlassung.*

*Schon lange vorher heißt er Cumanà und ist die wichtigste südkaribische
Küstensiedlung der Kumanagoto-Indianer, deren nuancierte Sprache sich
auch durch einen ungemein differenzierten Wortschatz für sexuelle Vorgänge auszeichnet. Männerliebe heißt da* yhurupar, *ihr aktiver Partner* yhuru-
paket, *der passive* huarazo *und sich ficken lassen* tuhuanequempe huaze. *"*

Yan bemerkt, daß Hanne, Mutter gleichwohl von drei Kindern, rot wird,
und kehrt zäsurlos zur Geschichte der Kumanagotos zurück:

*Unter ihren heroischen Kaziken Kayaurima, Yare, Paramacay und Parama-
coni setzen sie von hier aus den kastilianischen Usurpatoren resoluten Widerstand entgegen. Als jedoch in Cumanà der Dominikaner Bartolomé de
Las Casas aus Sevilla zu seinem utopischen, aber von der Katholischen Majestät abgesegneten Friedenskolonialismus an Land geht, gibt es hier schon
weder* huarazos *noch* yhurupakete, *es gibt überhaupt keine Missionsopfer
mehr: weil es keine überlebenden Menschen mehr gibt.*

*Es fragt sich, ob Las Casas in jener enttäuschenden Indianer- und Opferlo-
sigkeit wenigstens die eigentlichen Ureinwohner dieses Landstrichs zur
Kenntnis nimmt, die hier damals wie seit Jahrmillionen und auch heute
noch die Gegend unverändert dominieren. Es sind Leguane, eine von etwa
siebenhundert Arten. Unter Verwendung ihrer ursprünglichen Benennung
durch die Indianer werden sie von den Zoologen als Grüner Leguan klassifiziert: lateinisch* Iguana iguana (in Gedanken: wie Stolberg-Stolberg, Pau-
lus-Paulus, Forn Forn?).

*Als ich am Stadtrand von Cumanà in einem Hotel logiere, das, übersetzt,
"Die Pilgerstäbe" heißt und mich natürlich sofort an den schon doppelt rep-
tilienköpfigen, doppelgeschlechtigen* Caduceus, *jenen mantisch-magischen
Hirten-, Herolds- und Glücksstab des musisch-literarisch so erfindungsrei-
chen, folglich vermittelnden Herden- wie Wegegottes, auch Schutzherrn gogolscher und sonstiger Kaufleute sowie trompetenden Pilgerlotsen Hermes,
somit an Friedrich Schillers so sinnlichen Vers*

"Den Caduceus schwingt der zierlich geschenkelte Hermes"

*erinnert oder eben, auf römisch, an den Merkur, dann aber gleich auch an
Wieland, den "Merkur" von Weimar, und dort nicht zuletzt an Goethes hermetischen, also alchimistisch-hermaphrodisisch beeinflußten Stab, der ihm,
komplementär zur spiral gewährenden Winde, das vertikale Prinzip des
Männlichen und somit alles Bedürftigen symbolisiert,*

*– da finde ich mich unverhofft zwischen diesen leuchtend grünen und so
konträr horizontalen Salamandern wieder, die hier leise und möglichst unauffällig, aber vollkommen unverschreckt Gelände, Gebüsch und Gestein,
gar Gebäude beherrschen.*

*Denn gleich an meinem ersten karibisch leuchtenden Morgen liegt solch ein
Leguan, reglos, knallgrün und einen guten Meter lang, jählings im Korridor
der "Pilgerstäbe" vor mir: mitten in seiner Evolution zum Drachen. Sichtlich hat er weniger Angst vor mir als ich vor ihm und seiner chromatisch so
grellen Drachenhaftigkeit, die mich abermals an hermetische Alchimie denken läßt, wo der Drache viele Eigenschaften des merkurischen Metalls, zumal dessen elbisch elementare und radikal konsequente Doppelnatur verkörpert. Insofern auch sei ein Drache doppelgeschlechtig; er befruchte und
gebäre sich selbst. Als Uroboros wird er da zum schlangenhaften Symbol,
das sich selbst in den Schwanz beißt und so die Einheit aller denkbaren Gegensätze, eine natürliche* coincidentia oppositorum, *in endloser Kreisform
und kurzschlußartig herbeiführt.*

*In der Tat, sehe ich, hat mein immer noch reglos schauender Leguan im Ho-
telflur keinen Schwanz mehr: hat er ihn sich, ein leibhaftiger, androgyner
Uroboros, selbst abgebissen? Aber er wächst schon, bemerke ich als Mimo-
senkenner, wieder nach. Bei unsereinem wüchse nichts nach.*

Mein hermaphrodisischer Uroboros von den Pilgerstäben starrt mich weiterhin reglos und furchtlos an. Er fixiert mich. Er bannt mich mit dem Bannstrahl seines allwissenden, gleichwohl gnadenlos wißbegierigen Basiliskenblickes, der so tödlich sein kann wie sein giftiger Atem. Schon vor zweitausend Jahren weiß der jüngere Plinius, den immerhin der noch jüngere Marcel Proust in unser aller Fragebogen als einen seiner "Lieblingshelden im realen Leben" schätzt, daß dieser Basilisken-Atem Kräuter verdorren läßt und Felsen sprengt, und ein weiteres halbes Jahrtausend vorher klagt bereits Jeremia, jener jüdische Prophet, ein solcher Basilisk könne weder beschworen noch bezaubert werden. Im Alten Orient, im abendländischen Mittelalter und bis ins Barock hinein wird er daher in seiner so gesprenkelten Kreuzung aus Drache und Hahn als ein Symbol für Teufel und Tod begriffen.

Aber hier in der präcolumbianischen, prähistorischen Karibik gelten andere, unbekannte, aber wohl freundlichere Gesetze: denn mein Basilisk läßt mich unversehrt ziehen, ohne freilich sich selbst von der Stelle zu rühren, mitten in diesem morgendlich leuchtenden Hotelflur hermetischer Pilgerstäbe. Ich entkomme verschreckt durch einen Seitenausgang für Dienstboten und übernehme erleichtert den Part des Flüchtigen. Uroboros schaut mir nur gnadenlos eindringlich nach und behauptet seine Position durch doppeldeutiges Nichtstun und sabr.

Aber ich weiß, daß so plötzliches Auftauchen von Chimären und Ungeheuern im Aberglauben alter Völker eine Zeitenwende ankündigt, und beobachte von nun an umso begieriger und allerorten, im Garten, am Swimming Pool, an den Mülltonnen, unter den Ping-Pong-Tischen, am Eingangs-Portal und rings im Umkreis um "Die Pilgerstäbe" diese aufmerksam wachen und gnadenlos registrierenden Tiere mit ihren körperlang gezackten Hahnenkämmen, ihren orangeroten Kehlsäcken und den vorgeschichtlich alten Gesichtern, die mich unweigerlich an jene Granitfelsen gemahnen, die in Ciudad Bolívar, dem klassisch-historischen Angostura am Orinoko, wahllos zerstreut herumliegen, lajas *heißen und schwarz, aber gute 1,6 Milliarden Jahre alt sind. Denn zweifellos sind diese Leguane Nachfahren von Kovokmali-Jamburamali, jenem bisexuell ineinander verhakten Doppel-Krokodil, das im Urmeer der neuseeländischen Yatmül-Papúa lebt und sich viel später erst allmählich in Himmel und Erde aufteilt.*

Solche Abkunft macht auch jene Mitteilung des sehr viel jüngeren I Ging verständlich, daß die malaiisch benachbarten und weltweit ausschwärmenden Geckos recht eigentlich Angst-Überwinder seien und sogar noch bei einem Erdbeben die Ruhe bewahren: wohl eben eingedenk und bezüglich jenes elementar noch ungesonderten und insofern ungefährdet sicheren Urahnen Kovokmali-Jamburamali.

Und obwohl dessen junge, venezolanisch grüne Ururenkel meine hiesigen "Pilgerstäbe" als kopfstarke Population vital dominieren, scheint mir innerhalb ihrer Gruppe oder Familie auch jeder Leguan als mutiger Einzelgänger und angstloser Sonderling zu leben. Mein freundschaftlich schulterklopfender Kellner und Schenke, der ausgerechnet wieder Jesús heißt, weiß beim Biertrinken am westlichen Knutschstrand auch zu berichten, daß jeder einzelne Leguan seine eigene Speisekarte entwickele. Meist, aber nicht immer Vegetarier, bevorzuge jedes Exemplar eine andere Pflanzen- oder Tierart, manch eines auch Mehlspeisen oder Hühnereier (mit Hahnen-Embryonen?) aus der Pilgerküche.

Ebenso individuell ist ihre Färbung. Grundsätzlich sind die Männchen leuchtender und heller grün als die Weibchen. Aber jedes grünt anders. Wohlgefühl, Häutungsphase und Umgebung tun wohl noch ein Übriges, die jeweilige Farbnuance zu variieren.

Eines Sonntags jedenfalls, als die präcolumbianische Ruhe der Pilgerstäbe durch den Wochenend-Auftrieb kinderreich angepilgerter Großfamilien aus Carácas aufgeschreckt wird, liege ich in der Mittagshitze lässig und wohlbeschattet zwischen Pool und jener überdachten und leicht erhöhten kleinen Bühne, die das Hotel, ähnlich jenen nostalgischen Konzertmuscheln ferner Nord- und Ostseebäder, zur abendlichen Belustigung seiner Pilger mit veritabler Lichtrampe und Lautsprecheranlage parat hält.

Aus unerfindlichem Grunde ist der Boden dieser Bühne mit knallgrüner Auslegware bedeckt, die aus Plastik besteht, aber wie ein frischer Rasenteppich aussieht.

Mitten im mittäglich lärmenden Treiben der entfesselten Großstadtkinder sehe ich, wie ein besonders großes, gut anderthalb Meter langes und saftig grünes Leguan-Männchen beiläufig unauffällig, aber zielstrebig unsere grüne Bühne erklimmt. Ich bewundere das Farbbewußtsein dieses scheinbar so

evolutionsfrühen Kriechers und halte seinen Bühnenauftritt für einen risiko-
freudigen Versuch, sich in all dem caraquensischen Lärm, grün auf Grün,
in sonderlich sichere Deckung, gar ein Versteck zu begeben, wo er sich für
unsichtbar hält.

Eine so archaische Echse kann ja nicht wissen, daß diese wie jede Bühne
gerade nicht verbirgt und verheimlicht, sondern zur Schau stellt, veröffent-
licht und so schutzlos exponiert wie kein anderer Platz auf diesem bedrohten Planeten sonst. Ich hätte es ihr sagen, sie warnen können: ich kenne die
Indiskretion von Bühnen. Stattdessen notiere ich mir genüßlich, wie pervers
hier der Wunsch nach Sicherheit in Verborgenheit und Tarnung kraß in sein
Gegenteil mündet und zu gerade gefährlich brutaler Bloßstellung führt. So
kann also just ein Inkognito zu totaler Publikation gereichen. Ab und Weg
kann so auch Hin sein. Hinaus ist dann Hinein.

Aber mein unergründlicher Leguan-Bruder scheint da in all seiner Doppelnatur ganz anders und prähistorisch angstlos zu denken. Beiläufig unauffällig, aber zielbewußt steuert er auf der unbarmherzig offenen Bühne nun deren besten, weil allerexponiertesten Platz an: vorn in der Mitte, wo Tenöre
und Primaballerinen ihre virtuosesten Glanz- und Paradenummern zelebrieren, weil sie dort zweifellos noch vom billigsten Seitenplatz, also von
wirklich jedermann gesehen, bewundert und akklamiert werden können.

Genau auf dieser zentralen Star-Position verharrt nun also mein Bruder Leguan und scheint auf Applaus zu warten. Der bleibt auch aus, weil sein Publikum tierblind und anthropozentrisch nur mit sich selbst, seinem Pool-
und Sonnenbaden, mit Gummibällen oder brüllender Radiomusik befaßt ist
und prähistorische Basiliskenauftritte gar nicht mehr wahrzunehmen geneigt oder befähigt ist.

Außerdem gleicht sich das eben noch hellfrische Grün der Iguana iguana
inzwischen total dem leicht dunkleren Ton des Bühnenbodens an und ver-
ringert auch dadurch jeden szenischen Effekt dieses ohnehin viel zu uneitel
inszenierten Zeitlupen-Auftritts. So kann, notiere ich umso genüßlicher,
auch die hemmungsloseste Selbstdarstellung ihr Gegenteil bewirken und zur
totalen Unscheinbarkeit gereichen. Ein Hier wird so auch zum Ab und Weg.
Hinein ist dann Hinaus.

*Aber mein Leguan scheint sein Bemühen um Publikum noch nicht aufzuge-
ben. Unverwandt seine Star-Position behauptend und mit schamlos bösem
Basiliskenblick über die Rampe ins Publikum starrend, hievt er sich jetzt
nach weltweiter Echsen- und Drachenart auf steif gestreckten Beinen, die
diese verwunschene Vorhaut an archaische Erektionen im Niger-Bogen der
südlichen Sahara gemahnen mögen, vom grünen Boden in die größte ihm
mögliche Höhe empor. So verharrt er dann abermals in erwartungsvollem
sabr.*

*Keine Beachtung und kein Applaus. Kein Bravoruf für sein Artisten-Kunst-
stück.*

*Also tut er, was einem in solcher Lage wohl einzig übrig bleibt. Er scheißt
auf dies unaufmerksame Publikum und setzt vor allen Leuten und ungeniert
einen kräftigen Haufen Leguan-Exkremente genau auf diesen so exponierten
und privilegierten Primadonnen- und Protagonistenplatz.*

Auch das nimmt niemand wahr.

*Also trollt er sich wieder, ebenso beiläufig unauffällig wie bei seinem hell-
grünen Auftritt.*

*Aber noch nachts, als auf dieser Bühne ein kümmerlich tuntiges, hoffnungs-
los erloschenes Wichtelmännchen im deplacierten Kostüm der fernen Provinz Mérida, mit armseliger Perücke unter dem Sombrero und mit den verwahrlosten Fingernägeln des Struwwelpeter in unvergleichlich fantasie-
und lustloser Weise für die europäischen Pilger auf den vier Saiten des ein-
heimischen* Cuatro *aufspielt, sehe ich sonnengetrocknet und eingeschrum-
pelt den Scheißhaufen meines Leguans vor dem imaginären Souffleurkasten
und direkt zu Füßen des talentlos zupfenden Gitarristen liegen, und außer
mir kann jetzt niemand mehr solche Spur lesen, geschweige enträtseln, was
da auf dieser Bühne zu Ukulelenklängen präsentiert wird. Das Inkognito
des Demonstrierten ist jetzt perfekt.*

*Längst ist inzwischen Bruder Leguan ungerührt kaltblütig von seinem mit-
täglich allzu gesprenkelten Vexierbad aus Heimlichkeit und schamloser Exhibition in den Schoß seiner ringsum behutsam regierenden Herde und unter den Schutz anonymen Gesteins zurückgekehrt, wo er* in memoriam *seines
seligen Barden aus Tennessee eine zünftig unterkühlte Nacht des Leguan
verbringt.*

Die Dialektik von Geheimnis und Selbstdarbietung ist da ins Reich seiner Träume verbannt, das Hotel mit den Pilgerstäben achtloser Caraqueños und all seinen zivilisatorischen Installationen als Hommage und angemessene Opfergabe entlarvt, die die zweibeinig pilgernden Neuankömmlinge den Ureinwohnern zum Gastgeschenk machen, um sie gnädig zu stimmen.

Sie nehmen auch solche Geschenke, gar in Gestalt von Hahneneiern und Mülltonnen, durchaus an; aber ob sie sich davon gnädig stimmen lassen: das ist noch lange nicht entschieden. Wozu auch die Eile? Das hat Zeit – und sei es die nächsten 1,6 Milliarden Granit- und Basiliskenjahre ... falls die erekten Novizen so lange durchhalten, ehe sie weiterpilgern: ins Irgendwo oder Nirgendwo ...

Schließlich sind sie Menschen, die gehen, und keine Iguana iguanas, *die bleiben.*

Yan schweigt.

"Ein Glück, daß du die nicht sammelst", sagt Hanne zu Reinhard.

"Keine schlechte Idee", sagt der und lacht überhaupt nicht. "Bei siebenhundert Arten könnte sich das lohnen."

319
Eissi

Yan wird von einem schwulen Literaturverein eingeladen, zum 40. Todestage Klaus Manns einen Vortrag zu halten. Denn die Veranstalter stehen ihm nah genug, um zu wissen, wie stark er sich von diesem Thema und seinem Personenkreise betroffen fühlt.

Als Yans Manuskript fertig ist, liest er es probehalber Gudrun vor, deren versierter Kunstverstand ihn in solchen Situationen instinktsicher auf Unklarheiten oder die Gefahr der Langeweile hinzuweisen vermag.

Seine heutige Lesung bleibt lange ohne Unterbrechung:

*Meine Damen und Herren: Vater Thomas nennt es, trotz allem, "mein"
Jahr. Denn er ist Jahrgang 75 und wird nun 75. Dazwischen liegen die tie-
fen Einschnitte seines 25. und 50. Geburtstages, die in der Tat einen 25-
Jahres-Rhythmus suggerieren. Denn 1900 erscheinen und triumphieren
"Buddenbrooks", 1925 "Der Zauberberg". Was erscheint und triumphiert
nun im 75.? Erst mal gar nichts.* Ihm selbst ist nur eine "Fünfer und Zehner-
Ordnung" *seines Lebens bewußt. Lediglich zwei abermalige Goethe-Vorträ-
ge werden gehalten, einer davon in Frankfurt und Weimar, beim ersten
Deutschland-Besuch des Exilanten.*

*Was geschieht sonst? Der Tod. Zwar noch nicht sein eigener, aber deutlich
wird er gewarnt. Er wird eingekreist. Vier Männer seines Lebens sterben
just in "seinem" Jahr. Es sind die vier, die ihm gewiß am nächsten stehen.*

*Aber in seinen Briefen, an Julius Bab, an Agnes E. Meyer, betrauert er nur
drei. Den vierten verschweigt er: Paul Ehrenberg, den Geliebten – jenes
Leitmotiv im Œuvre und Tabu seines veröffentlichten Lebens. Die drei andern registriert er:* "Wie nahe steht der Tod! [...] Ich bin recht erschüttert
und müde von all den Abschieden [...], alle in einem Jahr."

*Der erste ist Viktor, sein jüngster Bruder. Thomas ist einschlägige 14, als
Vikko geboren wird. Der ist eigentlich aus der Art geschlagen: ein spätge-
borenes Nestküken, dessen heimlich angezweifelte Abkunft den vielleicht
freiwilligen, jedenfalls allzu frühen Tod des offiziellen und gemeinsamen
Vaters beschleunigen mag. Daher wächst dieses Kind nicht in Lübeck, sondern als Bayer auf und mag als Siebzehnjähriger einen August-Urlaub in
Laboe an der Kieler Förde und bei einem Manöver der Kaiserlichen Marine
als zumindest aufregend exotisch empfinden; denn Mutter Julia referiert:*
"Vicco immer bei den Matrosen u. Soldaten, nachts in ihrem Zelt geschlafen, rechts ein Matrose, links ein Matrose".

*Wiewohl einem Theaterkapellmeister angedichtet oder zugetraut, wird Vik-
tor als einziger Bruder nicht Künstler, sondern Diplomlandwirt, der lange
für die Bayrische Handelsbank tätig ist. Gleichfalls als einziger Bruder
bleibt er, ein* "Biedermann" *und angepaßter Mitläufer, in Hitlers Deutschland, profitiert dort, sozial und beruflich, vom jüdischen Exodus, lebt so als
Bankdirektor in Schwabing und leitet im Zweiten Weltkrieg als Reserveoffi-
zier aus dem Ersten eine landwirtschaftliche Wehrmachtsdienststelle in der
Etappe; seine Verwandtschaft mit den berühmten Brüdern im Exil verleug-*

net er damals tunlichst. "Wegen angeblicher Mißhandlung französischer Gefangener" *wird er nach Ende der Nazizeit vorübergehend verhaftet: in seiner Autobiografie verschweigt er das.*

Vier Jahre nach seinem Hitler stirbt Viktor Mann nun einen Tag nach dessen 60., neun Tage nach seinem eigenen Geburtstag und neun andere Tage vor Hitlers Todestag: am 21. April und 30. Geburtstag seines Neffen Michael oder "Bibi", des jüngsten Sohnes von Thomas und Katia Mann.

Viktor stirbt so unverhofft, daß Bruder Thomas sich in seinem kalifornischen Tagebuch "Schock und viel Nachdenken" *notiert:* "über die Fügung des Vorangehens dieses Nachkömmlings, der noch nicht 60 war". *Ehefrau Katia informiert die Familie und macht sich vermutlich zum Sprachrohr ihres Mannes, wenn sie, nicht eben unironisch, an Sohn Klaus schreibt:* "Ist doch immer ein rechter Chock, wenn einer so plötzlich aus dem Bild verschwindet [...]. 'Unerwartet verstorben' klingt ja eigentlich nicht nach natürlichem Ende, aber das lag ihm doch wohl so wenig, daß es wohl nur ungeschickt ausgedrückt ist."

Sohn Klaus, der gerade selbst wieder zwei Selbstmordversuche hinter sich hat, greift den mütterlichen Verdacht nur allzugern auf und schreibt, schon aus Cannes und nicht minder ironisch, an Schwester Erika: "Himmel, welch Überraschung! Ich war doch bis zum Schreckhaften erstaunt. Inzwischen traf auch eine Todesanzeige von Tante Nelly ein – wiederum so seltsam formuliert, daß man gar nicht umhin kann, an Freitod zu denken." *Und noch eine Woche vor dem eigenen Tode insistiert Klaus in einem letzten Brief an Mutter und Schwester:* "Ich will wissen, wie mein Onkel Viktor gestorben ist."

"Onkel" Viktor *stirbt durchaus nicht freiwillig, sondern an jählings auftauchender, nicht erkannter, falsch behandelter* Angina pectoris. *Aber Bruder Thomas läßt in seinem Kondolenzbrief an Witwe Nelly eine andere Todesvermutung anklingen. Dieser Kondolenzbrief wird erst spät, nach rund drei Wochen und in New York, schon mitten im* "Trubel der Abreise" *nach Europa und quasi zwischen seinen 14 Gepäckstücken geschrieben und weiß* "von meinen eigenen Empfindungen zu schweigen". *Denn, auch nicht unironisch:* "Ihr wart so lange, so fest zusammengehörig", *obwohl er weiß und im Tagebuch festhält, daß Vikko* "simpel gewesen zu sein" *und diese* "entsetzliche" *und* "denn doch gar zu gewöhnliche" *Nelly, die er am 1. August just bei Ausbruch des Ersten Weltkrieges heiratet,* "reichlich betrogen zu haben scheint". *Aber keineswegs deshalb verlautbart selbige während des Zweiten Weltkriegs, sie* "habe den Namen Mann nun überhaupt satt".

Jetzt bedauert Thomas Mann diese jähe Witwe und beklagt, "daß unser Viko im Augenblick seiner besten Hoffnung [...] dahingehen mußte". *Damit bezieht er sich auf dessen autobiografische und unmittelbar vor dem Tode eben fertiggestellte Familiengeschichte* "Wir waren fünf", *die er im Tagebuch später wegen ihrer* "Lügenhaftigkeit, gutmütigen Beschönigung, Selbst- und Familienverherrlichung und dabei Talentiertheit" *als* "ganz kuriosen Fall" *rubriziert.*

Das nahe Beieinander seines Todes mit der Beendigung dieser Memoiren, die Viktors literarisches Debut darstellen, lassen in der Tat psychische Zusammenhänge möglich erscheinen. Seine Nachforschung in den Unklarheiten zumal seiner eigenen Geburt und Existenz, auch zum Tode des offiziellen Vaters mag seine Lebensbasis in hinlänglichem Maße erschüttern. Überdies kann seine starke Bindung an die Mutter, deren Lebenswandel ihm bei der Niederschrift seines Buches fragwürdig werden mag, lebensgefährlich brüchig werden.

Eine solche Auslegung würde in all ihrer Unbeweisbarkeit eine spätere familiäre Entsprechung im ungeklärten Tode jenes Neffen Michael finden, an eben dessen Geburtstag Viktor stirbt.

Michael Mann, Thomas' und Katias dritter Sohn und sechstes Kind, "Bibi" *genannt wie das geschlechtslos musizierende Wunderkind jener väterlichen Novelle, selbst Vater von* "Echo" *Frido wie noch einem zweiten Sohne aus einer Ehe, die er neunzehnjährig mit einer Schulfreundin seiner Schwester eingeht, aber dennoch in seinen menschlichen Beziehungen weniger an Frauen, mehr an Freundschaften wie der von Don Carlos und Marquis Posa orientiert, stirbt, 28 Jahre später, nachdem er die bislang testamentarisch geheimgehaltenen Tagebücher seines Vaters öffnet, liest, redigiert und zur Publikation eben fertigstellt. In diesen Tagebüchern erfährt er nicht nur von seiner eigenen unerwünschten Empfängnis und der gewollten, aber versäumten Abtreibung, sondern auch von väterlichen Geringschätzungen seiner Begabung und Ablehnungen seiner ganzen Existenz:* "Gestehe mir, daß ich froh sein werde, wenn er weg ist. Sein Wesen ist mir nicht lieb". *Nach diesen Aufschlüssen, die ihn in Freundesaugen sich* "selbst verlieren" *lassen* und "verrückt machen", *stirbt Michael, dieser dichtende Geiger, Germanist und Alkoholiker, nach mehreren früheren Selbstmordversuchen, mit deren erstem schon der Siebzehnjährige speziell den Vater zu provozieren trachtet, nunmehr in einer amerikanischen Silvesternacht an Barbituraten und Alkohol, deren rechte Dosierungen ihm durchaus geläufig wären.*

Kurz vorher liest er Freunden, gute 28 Jahre auch nach dem Freitode seines Bruders Klaus, ein Gedicht über "Die am Brüderlichen gemessenen Heimfahrten" vor.

"Also Freitod", will Gudrun klären.

"Niemand weiß das", sagt Yan und liest weiter:

Aber die Parallele zu Onkel Viktors Tod nach der Aufarbeitung unerfreulicher Familiengeschichte ist unübersehbar. Viktor ist gerade 59, Michael fast 58, als sie just nach solchem Erlebnis sterben.

Diesem jüngeren Viktor folgt schon zehn Monate später auch der andere, der ältere Bruder in den Tod: Heinrich Mann. Er stirbt nur zwei Wochen vor seinem 79. Geburtstag an einer nächtlichen Gehirnblutung im kalifornischen Santa Monica und entgeht so der bevorstehend mühsamen Übersiedlung in das damalige Ost-Berlin, wo er Präsident der Dichterakademie in diesem neugegründeten sozialistischen Staate werden soll. Aber spätestens seit dem schließlich gelungenen Selbstmord seiner alkoholsüchtigen zweiten Frau, jener anderen und 46jährigen Nelly, vor einem Jahrfünft, ist er gebrochen und lebensmüde. Der Tod erlöst ihn nur.

Heinrich Mann stirbt nur einen Tag nach dem Todestag seiner Mutter, wie Bruder Thomas ihr später, in vorausgeahntem Zusammenhang, zwei Tage vor ihrem Geburtstag nachfolgt.

Nach Bruder Heinrichs Tod nun notiert er im benachbarten Pacific Palisades seine eigene "natürliche Erschütterung ohne Widerstand gegen dies Geschehen, da es nicht zu früh kommt und die gnädigste Lösung ist". Gleichwohl trifft es ihn tief. Bruder Heinrich, vier Jahre älter und lebenslanger Bezugs-, oft auch Kontrapunkt, ist zweifellos "ein Stück von ihm". Wenngleich sie schon als Kinder, elf- und fünfzehnjährig, ein ganzes Jahr lang, nach den "Betrachtungen eines Unpolitischen" dann noch sehr viel anhaltender nicht mehr miteinander sprechen, sind solche Krisen immer nur

*Zeichen der Verletzung, der Empörung und Leidenschaft, nie der Gleichgül-
tigkeit, der Fremdheit.*

*Gemeinsam, fast Hand in Hand, werden sie in Rom zu Schriftstellern.
Gleichzeitig schreibt ahnungslos jeder eine Novelle unter dem Titel "Enttäuschung". Der damalige Plan eines gemeinsam verfaßten "Gipper"-Romans
wird einzig den Geschwistern Carla und Viktor zuliebe gegen das "Bilder-
buch für artige Kinder" fallengelassen, das in der Bilanz dann ihr einziges
Gemeinschaftswerk darstellt.*

*Aber schon in den "Buddenbrooks" versieht Thomas den Achten Teil mit ei-
ner Widmung* "meinem Bruder Heinrich, dem Menschen und dem Schriftsteller, zu Ehren". *Das ist ein Ausweis allerinnigster Verbundenheit, wie sie
auch in den Briefen, zumal der Frühzeit, durch eine außergewöhnliche Of-
fenheit deutlich wird. Vollends in der gnadenlosen Polemik der "Betrachtungen eines Unpolitischen" diagnostiziert der psychologistische Exeget
Claus Sommerhage eine tief passionierte Bruder-Rivalität mit durchaus ho-
mo-erotischer Komponente;* "als Formel: Heinrich Mann, der männlich
Werbende um das Weibliche einerseits, und andererseits Thomas Mann, der
weiblich Werbende um das Männliche".

*Thomas Mann selbst mag das nicht anders sehen. In seinem "Notizbuch 7"
mit Eintragungen des 26- bis 30jährigen skizziert er jene ungeschriebene
Novelle "Die Geliebten", in der Paul Ehrenberg für den jungen Liebhaber,
Thomas Mann selbst für die liebende Adelaide Modell steht; in deren Ehemann Albrecht wird unverkennbar Bruder Heinrich porträtiert:* "Ein blonder Langschädel, elegant, mit glattem, gescheiteltem, etwa geöltem Haar
[...]. Den Mund überhängender blonder Schnurrbart, blaue Augen von ed-
lem Ausdruck. Typus des eleganten jungen Gelehrten [...]. Dabei Koketterie
mit Romanentum."

*Dieser Albrecht also, der später in der "Königlichen Hoheit" als älterer
Bruder des Prinzen Klaus Heinrich wiederkehrt, wird hier von Thomas
Mann zu seinem eigenen Ehepartner deklariert. Von hier aus läßt sich, wohl
mit Recht, vermuten, daß jener blonde und blauäugige Jüngling, der als Gegenstand erotischer Sehnsucht leitmotivisch Thomas Manns gesamtes Œuvre durchzieht, primär und zuallererst der vorgefundene ältere Bruder Heinrich ist. Ihm gilt sein ewig unerfülltes Verlangen; in ihn verliebt er sich immer wieder aufs neue. Als "zornig" bezeichnet wohl ebendeshalb noch der*

61jährige einen Traum, in dem Bruder Heinrich "eine bleiche Mischung mit Papa einging".

Vielleicht auch ebenfalls deshalb mag er Heinrichs argentinische Verlobte Ines Schmid nicht leiden und distanziert er sich verächtlich von Heinrichs beiden Ehefrauen, deren zweite, jene andere Nelly, er "ordinär", "entsetzlich", "betrunken, laut und frech", auch "Schreckliche Trulle", aber meist "Das Weib" oder gar "eine arge Hur' " nennt und weitestgehend schneidet; bei beiden Hochzeiten fehlt er, sei es unter fadenscheinigen Ausreden, obwohl er bei der ersten sogar noch Trauzeuge sein soll. Heinrich fehlt aber auch schon demonstrativ bei Thomas' Hochzeit, und mit Schwägerin Katia bleibt er zeitlebens beim distanzierten, distanzierenden Sie.

Das alles läßt nur auf unbezwingbare Eifersucht auf beiden Seiten schliessen. Richtig verletzt noch im kalifornischen Exil den fast siebzigjährigen und weltweit vergötterten Thomas eine damals selten gewordene "Verherrlichung des Bruders durch das nur hier siedelnde aktivistische Literatentum"; denn sie erfolgt "auf meine Kosten. Auferstehung alter Qual". Aber als nach Erscheinen des "Doktor Faustus" zwei Mitglieder der schwedischen Akademie eine abermalige Verleihung des Nobelpreises für Literatur an Thomas Mann vorschlagen, denkt dieser an den bislang noch unprämiiert gebliebenen Bruder und notiert sich: "Wie glücklich wäre der gemeinsame Nobel-Preis!" Denn immerhin schreibt er schon dreißigjährig und noch aus München an diesen so quälend beunruhigenden Nebenbuhler: "Das Bruderproblem reizt mich immer". Und als Heinrich nun stirbt, legt Thomas auf seinen Sarg einen Kranz mit dem Schleifentext "Meinem großen Bruder in Liebe".

Geschwisterlieben sind daher mitsamt Inzest ein beliebtes Thomas-Mann-Motiv vom "Wälsungenblut" über "Königliche Hoheit" bis zum "Erwählten".

Umso begreiflicher ist Thomas Manns "Erschütterung meines Central-Nervensystems" nun nach Heinrichs Tod. "Wußte immer, wie es mir zusetzen würde." Vier Tage später liest er seiner Familie abends Totengedichte von Matthias Claudius und jenen "großartigen" "Chor der Toten" von Conrad Ferdinand Meyer vor:

"Wir Toten, wir Toten sind größere Heere
Als ihr auf der Erde, als ihr auf dem Meere ... "

Denn Heinrichs Tod bedeutet für Thomas zugleich auch das Zurückbleiben als "der Letztausharrende von Fünfen", "ein entlaubter Stamm".

Seine beiden Schwestern nämlich sind schon lange tot, die eine seit 39, die andere seit 22 Jahren. Beide sterben durch Selbstmord.

Carla, die Jüngere, ist Schauspielerin in Zwickau, Düsseldorf, Reichenberg, Königshütte, Flensburg, Nürnberg, Göttingen, Metz und Mülhausen –

"O Gott, die Ärmste", sagt Gudrun und weiß, wovon da die Rede ist.

"Ja, und in Göttingen", antwortet Yan, "hat sie ihr möbliertes Zimmer eben in jener Goßlerstraße, wo ein halbes Jahrhundert später ich als erstes Semester meine Bude bei Frau Flachsbarth miete."

"Bestimmt dasselbe Zimmer", höhnt Gudrun und klingt in ihrem gutartigen Spott unverhofft wie Schwester Hanne. Aber Yan liest einfach weiter:

In Göttingen, erinnert sich Mutter Julia noch ganze zwölf Jahre nach Carlas Tode in einem Brief an Heinrich, befinde der spätere Schriftsteller Theodor Lessing in einer Theaterkritik, "daß Carla Mann vollkommen für das *Burgtheater* geeignet sei!, u. sie war es wohl auch – aber nichts – nichts kam so, wie sie es ersehnte".

Als derselbe Theodor Lessing, ein antisemitischer Jude, Philosoph und dilettierender Bildhauer, den die Nazis eines sehr viel späteren Augusttages ermorden und dessen Shakespeare-Statue heute im Gebüsch des Weimarer Ilm-Parks allmählich zuwächst, sich nur wenige Jahre nach jener Göttinger Theaterkritik mit Bruder Thomas Mann in eine rasiermesserscharfe Schmuddel-Polemik verstrickt, die um ein Haar sogar zum Duell führt, bezeichnet er Carla jedoch im grollenden Nachhinein als

"eine junge Schauspielerin, die ihre resignierte Chaiselongueexistenz mit heroischer Sehnsucht nach einem Millionär, mit der Politur ihrer sehr schönen Hände und vieler Romanlektüre ausfüllte".

Tatsächlich hat Carla als Schauspielerin wenig, als schöne Frau bei den Männern freilich so viel Erfolg, daß Bruder Viktor beobachten kann, wie sie "ihre Wirkung an jedem männlichen Objekt erprobte". *Doch sie spielt nur mit allen, auch mit Carl, dem Bruder Paul Ehrenbergs.*

Denn seit ihrer Pubertät ist sie allzu eng und libidinös auf Bruder Heinrich bezogen, der ihrer beider heikle Leidenschaft mehrfach in Literatur verwandelt. Im elsässischen Mülhausen befreit sich Carla schließlich durch ihre Verlobung mit dem reichen Industriellensohn Arthur Gibo. Aber ihr Düsseldorfer Verehrer Alfred Flechtheim, Arzt und Großneffe Heinrich Heines, stellt ihr weiter nach, erpreßt sie wohl auch erotisch.

Einmal gibt sie ihm nach. Das beichtet sie dem Verlobten: "Une fois je t'ai trompé." Dann schluckt sie sofort, erst 29jährig, jenes Zyankali, das sie von Flechtheim hat und schon lange in einem Totenkopf namens Nathanael mit sich führt. Bruder Heinrich, der sie "das geliebteste Wesen" nennt, hört im Augenblick ihres Todes bei einer Bergwanderung in Südtirol ihre Stimme seinen Namen rufen. Sie stirbt bei ihrer Mutter im oberbayrischen Polling, das im brüderlichen "Faustus"-Roman zu jenem Pfeiffering mutiert, wo auch der Knabe Echo und Adrian Leverkühn sterben. Carla wird an einem 2. August in München beerdigt.

"Entschuldige mal", unterbricht jetzt Gudrun wieder mit eigener Stimme. "Ich denke, dein Thema ist Klaus Mann? Oder?"

"Richtig. Ich spreche von Klaus Mann. Oder zum Thema Klaus Mann": *Dessen Tante Julia oder Lula, als dritte zwischen Thomas und Carla an einem lübischen Augusttag geboren, verliebt sich zuerst in jenen ja auch von Bruder Thomas geliebten "lockeren Zeisig" Armin Martens. Bei dem ist ihre Verliebtheit erfolgreicher und willkommener als seine. Zusammen mit Armins Schwester Ilse besuchen sie in jenem vierfachen Quiproquo die Tanzstunde, als Thomas 14 und Lula zwölf ist.*

Als Lula 23 ist, heiratet sie in München jenen gut 14 Jahre älteren Bankdirektor Dr. Josef Löhr, der zunächst aber zwischen ihr und ihrer gleichnamigen Mutter unentschlossen schwankt. Jedenfalls liebt er Lula ebensowenig wie sie ihn. In zwei Geburten bringt sie drei Töchter zur Welt, aber wie Cornelia Goethe ekelt sie sich vor der geschlechtlichen Unersättlichkeit ihres Mannes, die sie bald nur noch mit Hilfe von Morphium erträgt.

Trotzdem hält sie die familiäre Fassade mit so großbürgerlicher Contenance aufrecht, daß die angeheiratete Rivalin Katia sie als "sehr etepetete" glossiert und selbst die libertineren Geschwister Heinrich und Carla jeden Kontakt mit ihr über Jahre meiden. Bruder Thomas hingegen bedauert sie zwar in ihrem "trostlosen Ehe-Elend", respektiert aber die konventionell korrekte Bürgerlichkeit dieser Schwester, die Sohn Golo ja später zum "weiblichen Neben-Ich" seines Vaters deklariert.

Der übernimmt diesen Terminus von den Geschwistern Goethe und verwendet ihn selbst später auch im "Erwählten", wo Bruder Wiligis seine inzestuös geliebte Schwester gleichfalls als "mein süßes Neben-Ich, Geliebte" bezeichnet.

In der Tat ist Lula auch als wichtige Stofflieferantin wesentlich an den "Buddenbrooks" beteiligt, Thomas später ihr Brautführer. Umso degoutierter verurteilt er ihre heimlichen Amouren, gar mit Dr. Hugo Eggel, dem Ehemann ihrer Freundin Ilse Martens: der mag sie an deren früh geliebten Bruder Armin erinnern, der sich ja auch bei Thomas lebenslang in Doppel- und Wiedergängern reinkarniert.

Überhaupt liebt Lula gern Ärzte mitsamt ihren Rezeptblöcken für Morphine. Als Gatte "Jof" nach 22jähriger Ehe stirbt, hat sie endlich freie Bahn. Aber der soziale Abstieg, auch in finanzielle Engpässe, belastet sie ebenso wie die Untreue ihres letzten Galans. "Ich weiß, ich bin Rokoko", sagt sie und empfindet sich nicht mehr zeitgemäß. Fast fünfzigjährig nimmt sie sich das Leben.

"Sie erhängte sich", *sympathisiert später Neffe Klaus,* "der viel von ihr hat" *(Thomas Mann), in seinem autobiografischen "Wendepunkt":* "Sie war stets sehr bürgerlich und fein gewesen [...], dabei aber heimlich ausschweifend, mit einem melancholischen Penchant für Narkotika und gutaussehende Herren des gehobenen Mittelstandes. Einerseits die forcierte Feinheit, andererseits die Gier nach Morphium und Umarmung. Das war zuviel, sie unterlag, griff zum erlösenden Stricke. [...] Könnte ich beten, ich betete für diese arme Seele."

Bruder Thomas trifft dieser Freitod sofort als das, was Sohn Golo einen Blitz nennt, "der dicht neben ihm niedergegangen war". *Wie selbstverständlich hält er an Lulas Grab die Trauerrede; und noch zwanzig Jahre später taucht dieses weibliche Neben-Ich, das Golo als einen* "selbständig gewordenen Splitter seiner eigenen Seele" *bezeichnet, als Adrian Leverkühns Komplizin und Opfer in den beiden Schwestern Rodde des "Faustus"-Romans auf, von denen die eine den geliebten Geiger Rudi Schwerdtfeger, die andere sich selbst ermordet. Lula steht für beide Modell, und Carla mag assistieren.*

Als diesen beiden Schwestern, mit denen Thomas Mann sich nach Golos Auskunft "nicht nur verwandt, sondern halb identisch fühlte", *nunmehr auch die beiden Brüder, nahezu gleichzeitig, in den Tod folgen, findet Thomas in Heinrichs Nachlaß ein tägliches Pensum* "obszöner Zeichnungen" *des fast Achtzigjährigen*: "dicke nackte Weiber. Das Sexuelle in seiner Problematik bei uns Geschwistern",

Solches Lebensdilemma, als familiäre Gemeinsamkeit begriffen und fatalistisch eingeordnet, schultert er nun als müder Erbe in einem Brief aus Pacific Palisades an Julius Bab: "Übrig gelassen und allein, muß man sehen, wie man es noch eine Weile so weiter treibt, bis die Erlaubnis kommt, wie man hier sagt, 'to join the majority'."

"Schöner Satz", sagt Gudrun.

"Ja", sagt Yan: "das Produkt eines solchen Jahres." Dabei denkt er frivol an den verführerischen Seychellen-Maurice und dessen freches Begehren, *"to join your company"*; aber unverzüglich liest er weiter:

"Denke viel an all die Vorangegangenen, Vermoderten." *Das schreibt Thomas Mann sich am 19. September dieses Totenjahres in sein Tagebuch.*

"Na, gratuliere", reagiert Gudrun spontan: "wie alt wirst du denn damals?"

"Sechzehn", sagt Yan, "und habe unsere Weimarer Begegnung just hinter mir – freilich ohne zu realisieren, daß es damals, beim Ritterschlag vor dem Franz-Liszt-Haus am 1. August, gerade zehn, also zweimal fünf kurze Wochen her ist, daß sich Sohn Klaus in Cannes das Leben nimmt. Das mag, denke ich, selbst in diesem Todesjahre ein Verlust sein, der für Thomas Mann noch schwerer zu bewältigen ist als jenes *"Außenbleiben"* von Viktor, Heinrich und Paul. Laß mich weiterlesen – vielleicht ab hier:"

Klaus ist Thomas Manns zweites Kind, aber erster Sohn und insofern also "Fortsetzung und Wiederbeginn meiner selbst unter neuen Bedingungen".

"Er hatte den Blick des Vaters", *bestätigt Schwester Monika, und von allen Kindern ist er physiognomisch der Mutter am wenigsten ähnlich; dafür gibt es so manches Foto von ihm, auf dem er so manchem Foto Paul Ehrenbergs ähnlich sieht, zumindest als Typus.* In effigie *also und im Geiste mag er so sehr dessen agamogenetisches Kind sein, wie Knabe Echo der Sohn ihrer Transfigurationen Adrian Leverkühn und Rudi Schwerdtfeger im "Doktor Faustus" ist.*

Richtig nennt Thomas Mann dann diesen Klaus schon in dessen zehntem Lebensjahr "unser liebenswürdigstes Kind". *Umso lieber auch mag er es hören, wenn die Kolleginnen Annette Kolb und Ida Boy-Ed oder andere Gäste die Ähnlichkeit des hübsch heranwachsenden fünfzehnjährigen "Eissi" mit dem Vater oder gar noch mit dessen Vater entdecken. Überhaupt mag ein narzißhaftes Wiedererkennen und lustvolles Identifizieren im Spiele sein, wenn Thomas Mann sich am Anblick seines pubertierenden Sohnes zunehmend delektiert.*

Seit Klaus zwölf ist, notiert der Vater im Tagebuch seine Freude, "einen so schönen Knaben zum Sohn zu haben" *und ihn* "phantastisch entblößt in seinem Bett" *zu sehen. Er findet ihn* "in schwarzem Sammtanzug mit weißem Fallkragen besonders anmutig", "kurz geschoren mit schiefem Scheitel hübsch zu sehen" *und beim Theaterspielen in "Schneider Fips"* als "Liebhaber mit Schnurrbärtchen gewinnend". *Den Dreizehnjährigen beschreibt er aufmerksam als* "schön und kräftig", "sehr angenehm und liebenswürdig". *Als Klaus dann aber ins so verfängliche Alter eines 14jährigen hineinwächst, spitzt sich das väterliche Wohlgefallen gefährlich zu:*

"Das Mannwerden Eissi's zu betrachten, ist mit wunderlichen Empfindungen verbunden [...] seine bloßen Beine sind kolossal". *Er läßt ihn seine* "Neigung merken, indem ich ihn streichelte", *und ist* "nach Tische zärtlich mit Eissi", "zu dem ich mich neuerdings sehr hingezogen fühle".

Schließlich dann, selbst gerade 45jährig: "Verliebt in Klaus."

Aber sofort der Versuch einer künstlerischen Sublimation: "Ansätze zu einer Vater-und-Sohn-Novelle".

Aus der mag zunächst nichts werden, zumal ihn dieser Sohn "zur Zeit bezaubert", *so daß der Vater eine solche Verdrängung dieser Bezauberung in Literatur doch lieber noch verdrängt. Denn:* "Entzücken an Eissi, der im Bade erschreckend hübsch. Finde es sehr natürlich, daß ich mich in meinen Sohn verliebe."

*Nur wenige Zeilen später, beides einen einzigen Tag nach Ehefrau Katias
37. Geburtstag, notiert er:* "Eissi lag mit nacktem braunen Oberkörper le-
send im Bett, was mich verwirrte [...] Es scheint, ich bin mit dem Weiblichen endgültig fertig."

Als Klaus ihm jetzt "eine weltschmerzlich zerrissene Novelle" *zu lesen gibt,
kritisiert er die zwar, aber* "an seinem Bett unter Zärtlichkeiten, über die er
sich, glaube ich, freut". *Den fast 14jährigen, der schon* "in seinem gestr[eif-
ten] Matrosenanzug reizend anzusehen" *ist, überrascht er dann aber eines
späten Abends* "völlig nackt vor Golo's Bett Unsinn machend" *und registriert:* "Starker Eindruck von seinem vormännlichen, glänzenden Körper,
Erschütterung."

*An dieser Stelle hält Peter de Mendelssohn, diskreter Herausgeber dieses
Tagebuches, eine schamhafte Auslassung für angebracht, die nun viel vermuten läßt. Denn das Wort* "Erschütterung" *ist bei Thomas Mann leitmotivisch und zuverlässig das Signal für jene* "Wirkung, die Unzucht und Wollust, wenn ihre Tiefen sich auftun, auf mich auszuüben pflegen". *Es ist ein
Signal für extreme Grenzüberschreitung und allerernsteste sexuelle Betrof-
fenheit. Das zieht sich durch* opus *und Dokumente.*

Diesmal gar, angesichts seines vormännlichen, knäbisch noch nicht "gewordenen" *nackten Sohnes, ist diese Erschütterung ernst genug, um noch am
selben Tage seine sexuelle Unlust im Ehebett zu protokollieren:* "infolge
von Wünschen, die nach der andern Seite gehen. Wie wäre es, falls ein Junge 'vorläge'?"

Katia freilich reagiert auf diese Impotenz ihres Mannes "nicht im Geringsten beirrt oder verstimmt [...]. Die Ruhe, Liebe und Gleichgültigkeit, mit
der sie das aufnimmt, ist bewunderungswürdig". *Also scheut er sich auch
nicht, sich, just am 1. August ebendieses Jahres seiner inzestuösen Entflam-
mung für Klaus, mit Katia* "über 'Blutschande', d. h. sinnliche Liebe des Vaters" *zu seinem Kinde zu unterhalten,* "einen Fall, den ich für sehr natürlich
erklärte". *Freilich transfiguriert er, diplomatisch, das Objekt der väterlichen Begierde in eine* "die Mutter jugendlich wiederholende Tochter". *Aber
das ist als eben transfigurierende, als transvestierende Kostümierung leicht
durchschaubar.*

*Denn seine eigene gedankliche Konsequenz aus solchen Gelüsten erscheint
schon anläßlich jener ersten Entdeckung des* "phantastisch entblößten"
Klaus als Tagebuchnotiz wiederum über einen 19. September:

"Jemand wie ich 'sollte' selbstverständlich keine Kinder in die Welt setzen.
Aber dieses Sollte verdient seine Anführungsstriche. Was lebt, will nicht
nur sich selbst, weil es lebt, sondern   h a t   auch sich selbst gewollt,   d e n n
es lebt."

*Vitale Lebensfähigkeit wird hier mit sei es inzestuösem Selbstbegehren iden-
tifiziert. Männlich leben heißt demnach einen Sohn machen und den begehren.*

"Wau!" ruft Gudrun.

"Warte", sagt Yan und liest weiter:

*Ähnlich versteht der schweizerisch neutrale Adolf Muschg schon die rätsel-
hafte Beziehung von Goethes Wilhelm Meister und dessen Sohn Felix als*
"das A und O des Romans" *und deutet sie als* "das Eigenste im Zustand der
Trennung": "eins und doppelt wie Vater und Sohn. Gegeneinander und miteinander führen sie den Prozeß ihrer Identität; sie sind die lebende Probe auf
die Vereinbarkeit des Getrennten. Sich selbst anzunehmen im andern, das ist
eine Bildungsidee, deren Konsequenz weit ins Soziale hinausreicht [...] .
Aber die 'Wanderjahre' führen diesen gesellschaftlichen Austausch auf ein
Urverhältnis zurück – dessen Partner nicht mehr das sich fortpflanzende
Paar ist, sondern das gleichgeschlechtliche, zur steigernden Selbstverwirklichung [...] bestimmte."

Eben in solchem Sinne sagt Felix zu Vater Wilhelm: " 'Wenn ich leben soll,
so sei es mit dir!' " *Und aus Vater und Sohn werden Brüder:* "Du bist ein
wahrer Mensch! rief Wilhelm aus; komm, mein Sohn! komm, mein Bruder,
laß uns in der Welt zwecklos hinspielen, so gut wir können!" *Vater und
Sohn als Dioskuren in zwillingsbrüderlich eheähnlicher Lebensgemein-
schaft.*

*Dasselbe weiß und sagt in ganz anderm Kontext sogar noch ein jüdischer
Religionsphilosoph wie Martin Buber:*

"Vater und Sohn, die Wesensgleichen, sind die unaufhebbar wirklichen
Zwei, die zwei Träger der Urbeziehung".

Als Klaus fünf ist, muß seine Mutter für zweimal fünf Monate ins Lungensanatorium. Die Kinder sind außer ihren Gouvernanten einzig dem Vater überlassen, der in dieser Phase ehelicher Abstinenz nicht nur unweigerlich einen engeren Kontakt zu den Kindern hat, sondern überdies eben damals den "Tod in Venedig", jene Liebesgeschichte eines alternden Dichters und Päderasten, schreibt: wie der sich nach einem "vormännlich" ungewordenen Knaben verzehrt.

Klaus will gleichzeitig, als er fünf ist, "mit dem bösen Geflüster der Albträume" *vertraut werden und sich nach dem großen Busen der Haushälterin sehnen dürfen:* "Das Leben eines Fünfjährigen ist voll von Problemen und Komplikationen."

Gute dreißig Jahre später wird mit dem Knaben Echo im "Doktor Faustus" solch ein fünfjähriger Sohn einer Lungenkranken der tödlichen Liebe eines alternden homosexuellen Künstlers ausgeliefert. Vielleicht steht hierfür also neben dem vielzitierten Enkel Frido nicht zuletzt doch auch Sohn Klaus Modell.

Als der schließlich 14 ist, wird er konfirmiert, mit der goldenen Uhr seines "ähnlichen" Großvaters beschenkt und insofern deutlich, auch als Enkel, in die patrilineare Generationenfolge von "Fortsetzung und Wiederbeginn" einbezogen. Erst als er später seinem Vater auch sexuell "ähnlich" und also schwul genug ist, um keine Söhne zu haben, begehrt der virtuelle Großvater Thomas ersatzweise den Sohn seines zeugungslustigeren Fortsetzers Michael (Bibi), ebenjenen Frido, "der, zierlichst gewachsen, in seinem Höschen, wie ein Elf wirkt" *und dem er, als dieser schließlich gar seinerseits* "nun 14½, lang aufgeschossen, hübsch" *und* "mit lieben Augen" *(*"occhi mia vita"!*) diese großväterliche* "Bindung an ihn [...] auch spürt und erwidert", *ausgerechnet an einem 12. August, nur fünf Jahre vor dem eigenen "Außenbleiben",* "zum Abschied einen langen, innigen Kuß auf des lieben Kindes Schläfe" *drückt.*

Der leibliche Vater dieses lieblichen Frido, Michael (Bibi) Mann, ist — seinerseits sechzehnjährig und just als sein Vater registriert, "was für ein hübscher Junge Bibi geworden ist" — *plötzlich* "merkwürdig zärtlich-zudringlich" *zu Bruder Klaus, zu dem er dann noch neunzehnjährig eine "seltsame Beziehung" pflegt, und Klaus wiederum wiederholt mit Schwester Erika in mysteriöser Reprise den innig libidinösen "Zusammenhang" zwischen Onkel*

*Heinrich und Tante Carla oder zwischen Mutter Katia und deren Bruder
Erik: samt Todesopfer – denn jeweils bleibt eines der betroffenen Geschwister auf der Strecke.*

Aber noch steht zwischen dem dreißigjährigen Klaus "und dem dunklen Tal
der Verheißung – immer noch, immer noch, immer – die Schwester": *Erika, vom Vater wegen ihres* " 'leichtsinnigen' Liebeslebens", *von Schwester
Monika als* "Schwester-Gespielin" *des Bruders glossiert, die den schwer
Gefährdeten also noch ans Leben bindet, bis sie sich selbst, laut Monika,*
"immer mehr auf den Vater kaprizierte".

*Als Klaus, noch zwanzigjährig, seine Verlobung mit Pamela Wedekind löst
und mit Schwester Erika, die damals ihre Ehe mit Gustaf Gründgens beendet, eine Weltreise antritt, geben sich die exzentrischen Geschwister in Amerika kurzerhand als jene* "Mann-Zwillinge" *aus, als die sie sich wohl in
Wahrheit ebenso empfinden wie weiland Goethe und seine Schwester Cornelia.*

Vier Jahre später schreibt Klaus ins Münchner Tagebuch, daß sein Leben
"eigentlich nur mit E[rika] zu teilen wäre"; *aber er weiß:* "uns nicht beschie-
den". *Dieser gewollte und geistig wie seelisch vollzogene Inzest scheitert an
der sexuellen Fixierung auf das eigene, das väterlich okkupierte Geschlecht.*

"Hilfe!" platzt Gudrun dazwischen.

"Was ist?" fragt Yan.

"Na, reichlich chaotisch, das Ganze."

"Ja, gesprenkelt. Hör weiter!" Und er setzt seine Lesung fort.

*Im Gegensatz zum ängstlich verheimlichenden Vater lebt Klaus seine schon
früh offen eingestandene, früh und kokett zur Schau gestellte und früh literarisch publizierte Homosexualität genüßlich und in vollen Zügen aus.*

*Als seine 14jährige Anmut den Vater so erschüttert und gefährdet, scheint
er zwar selbst nur literarische Interessen zu haben:* "Oft will mir scheinen,
daß ich nur damals, als Dreizehn- und Vierzehnjähriger wirklich zu lesen
verstand." *Er liest alles, querbeet. Aber am meisten faszinieren und beeindrucken ihn schon früh ausgerechnet die Fleischesbrüder Sokrates, Nietzsche, Rilke, Hermann Bang, Stefan George, Gide, Cocteau, der inzestuöse*

Morphinist Georg Trakl und Novalis mit seiner verführerischen Ver-
schmelzung von Lust und Tod, Kleist zumal als Selbstmörder, dem "auf
Erden nicht zu helfen war", *sowie Walt Whitman mit seinen Zeilen* "Denn
lebendig sind sie, die Toten; (vielleicht die einzig Lebendigen, einzig Wirklichen)".

Aber er lernt, nicht zuletzt durch abendliches Vorlesen des Vaters, auch
schon Gogol kennen, dessen "Mantel" *ihn früher als andere richtig erken-*
nen läßt: "Nicht nur Dostojewskij 'kommt aus ihm', auch Kafka. (Auffallen-
de Verwandtschaften!)"

All dieses aufgesogen Gelesene wird unverzüglich in eigene Produkte umge-
setzt: "Ich fürchte, daß die Anzahl der 'Bände', die ich als Vierzehn- oder
Fünfzehnjähriger hergestellt hatte, sich auf Hunderte belaufen haben muß."
In einer Abhandlung versucht der etwa 14jährige, "die Nicht-Existenz Gottes ein- für allemal [zu] beweisen", *so daß Vater Thomas mit seiner These*
recht zu haben scheint, man sei "mit vierzehn, fünfzehn Jahren fertiger und
schicksalbewußter, als die Erwachsenen annehmen".

Aber Klaus selbst weiß schon allzubald: "Es gibt nichts Gespalteneres und
Gegensätzlicheres als die Seele des vierzehnjährigen Knaben."

Unter diese "Gegensätze" *mögen die geheimen Kontrapunkte zu seiner lite-*
rarischen Besessenheit, vielleicht auch schon das häusliche Theaterspielen
mit Nachbarkindern im selbstgegründeten "Laienbund Deutscher Mimiker"
zählen: in Theodor Körners Lustspiel "Die Gouvernante" *übernimmt der*
Zwölfjährige, nach Gogols Vorbild und von der schriftlichen Rezension des
Vaters so gestreichelt wie gebeutelt, bereits eine Frauenrolle: Luise; später,
in ebenso gogolesken Internaten, tritt er fünfzehnjährig und "inbrünstig" *mit*
Schwester Erika als problematisches Liebespaar Leonce und Lena, sech-
zehnjährig als Nonne, schließlich gar als Tod in Szene.

Aber jene Luise von Theodor Körner, dem Sohn von Schillers angehimmel-
tem Wahlbruder Christian Gottfried und augustgefallenen Adjutanten jenes
legendär "wilden, verwegenen" *Freiheitskämpfers Lützow, stellt der vor-*
männische Klaus Mann an der Seite seines Spielkameraden Ricki Hallgar-
ten, Gelehrtensohnes aus der Münchner Nachbarschaft, dar, der da, drei-
zehnjährig, Körners Franziska spielt.

Spätestens seit dieser Franziska und ihrer Luise sind Ricki und Eissi die engsten Freunde. Sie bleiben es lebenslang.

Das ist nur kurz. Denn Ricki, *der für Klaus* "den komplizierten, beunruhigenden Reiz eines morbiden Hirtenknaben" *entwickelt, sich selbst als nicht nur bisexuell, sondern* "hysterisch-panerotisch" *bezeichnet und* "durchaus bereit und fähig [ist], die Süße dieses Lebens zu genießen" *(Klaus Mann), geht gleichwohl zielsicher auf den Freitod wie auf eine* "etwas anrüchige Lustbarkeit" *zu. Im allerunerwartetsten Augenblick eines andern Maitages eben vor gemeinsamer Orientreise erschießt er sich 27jährig, als die Faschisten just das Land erobern.*

Klaus fühlt sich, als sei ihm "ein Stück lebendiges Leben herausgeschnitten". *Drei Jahre später notiert er sich, wie sein Bruder Bibi, damals sechzehn,* "die bewußte (bis zu welchem Grade bewußte?) Kopie Rickis" *wird und deutet das lakonisch als brüderliche Eifersucht: ein* "Kinder-Trauma. Wie tief reicht es?"

So eng wie mit Ricki ist Klaus dann wohl nur noch mit dem augustgeborenen und "höchstgeliebten" *René Crevel befreundet. Der ist zwar nicht Maler wie Ricki, sondern Schriftsteller wie Klaus und publiziert Titel wie* "La mort difficile", "Mon corps et moi" *und* "Êtes-vous fou?". *Aber sonst sind sie sich als seine* "zwei liebsten Freunde" *auch darin ähnlich, den Tod zu lieben und das Leben zu fürchten.* "Beide", *bilanziert Klaus,* "waren von der Angst besessen, wahnsinnig zu werden, wenn sie leben blieben".

René nimmt sich 35jährig und nach zehn-, zweimal fünfjähriger Freundschaft mit Klaus das Leben, als dieser, selbst 28jährig, sich in Paris eben anschickt, auf dem Ersten Internationalen Schriftstellerkongreß für die Verteidigung der Kultur gegen Krieg und Faschismus *eine Rede zum Thema Humanismus zu halten. René, den Surrealisten ebenso nah stehend wie den kontroversen Kommunisten, ist Mitglied des Kongreß-Comités. Auch er soll eine Rede halten. Stattdessen nimmt er Phanodorm und dreht den Gashahn auf,* "weil er die Welt für wahnsinnig hielt": "Je suis dégouté de tout" *hinterläßt er auf einem Zettel. Johannes R. Becher fungiert damals telefonisch als naiver Todesbote.*

Das Unglück geschieht schon drei Jahre, "nachdem mein anderer Herzensbruder und liebster Kumpan Selbstmord begangen hatte". *Sie bleiben nicht die einzigen.* "Ich habe mehr Freunde durch Selbstmord [...] verloren als durch Krankheit, Verbrechen oder Unglücksfälle. [...] Unter denen, die mir am nächsten waren, kam diese Neigung nur zu häufig vor. [...] Jedesmal stirbt ein Stück von mir mit; jedesmal fühle ich mich selbst um einen Grad bereiter werden. Nach so vielen Abschieden wird der eigene leicht."

Nüchtern sieht Klaus den Zusammenhang von Todeswunsch und Männerliebe: "Man huldigt nicht diesem Eros, ohne zum Fremden zu werden in unserer Gesellschaft [...]; man verschreibt sich nicht dieser Liebe, ohne eine tödliche Wunde davonzutragen. 'Wer die Schönheit angeschaut mit Augen – Ist dem Tode schon anheimgegeben ... '. Platen wußte es." *Und Hermann Bang. Und Tschaikowskij. Viele andere. Auch Hölderlin weiß es:* "Leicht zerstörbar sind die Zärtlichen."

Klaus Mann weiß es auch: "Es gibt keinen Trost." *Aber noch versucht er zu leben: er schreibt mit immensem Fleiß; mit publizistischer Militanz führt er einen heroischen Kampf gegen die Faschisten; er verliebt sich, er hat Freunde: immer andre, immer neue. Keinen mehr so lange wie Ricki und René, die er aber wiederzufinden sucht.*

Er entdeckt den "Zauber des geistreich abgewandelten 'Noch-Einmal', des erinnerungsbeladenen 'Immer-Wieder' ". *Er macht sich das* déjà vu *zum Kriterium.* "So stellen auch die hingegangenen Freunde sich wieder ein." *Einer erinnert an Ricki:* "keine Kopie des Ersten, Eigentlichen, aber ihm doch auf rührende Art verwandt". *Ein anderer ist wie René:* "Ich erkannte den Blick, die Stimme. Es war ein Wiedersehen."

Yan unterbricht seine Lesung und schweigt. Er denkt an Raffaele und Severin, auch an Orest und Pylades, an Ovid und Goethe, an Augustinus und *"eine Seele in zwei Leibern"*.

"Was ist los?" fragt Gudrun. "Geht es nicht weiter?"

"Doch", sagt Yan, "es geht noch weiter." Er setzt seine Lesung fort:

Die Zahl derer, die Schwester Monika seine "Freunde, Freundchen" *nennt, ist Legion. Die Zahl seiner Liebschaften ist Legion.* "Fast alle gefallen mir, Packträger, Kellner, Liftboys u.s.w., weiße oder schwarze. Fast alle sind sie mir angenehm. Ich könnte mit a l l e n   schlafen." *Der Stil ist promisk.* "Ich schäme mich nicht", *schreibt er sich dreißigjährig auf,* "daß ich meinen

Samen verschwende [...]. Die Wollust hat ihren Sinn, ihre mystische Rechtfertigung i n   s i c h – : das habe ich schon mit 14 Jahren gewußt."

*Woher? Durch wen? Just als er 14 ist, holt sich sein Vater von der "bewun-
derungswürdig gleichgültigen" Mutter Katia jenes Placet zur "sehr natürlichen Blutschande". Keine drei Wochen später bezieht er sich in einem August-Brief an den schwulen Verlaine-Verleger Paul Steegemann beiläufig
auch auf Dostojewskij, der* "ein Kinderschänder gewesen sein" *solle: für
Thomas Mann eine allerbeste Adresse und patrilinear ermächtigende Autorität!*

Denkt Klaus an solche Wollust seiner 14 Jahre, wenn er fortfährt: "Ich be-
jahe jede Verschwendung, die ich mit meinen Kräften [...] treibe. Hierher
gehört sowohl die wahllose Unzucht, als auch die Neigung zum Gift"?

*Damit meint er zunächst noch die Droge, nach der er süchtig, von der er so
abhängig wird wie vom sexuellen Rausch.*

*Er kauft sich seine Räusche. Schon 26jährig, notiert sich der attraktive Emi-
grant in Paris, habe er* "die Liebe nur für Barzahlung gemacht: ich mußte
zahlen. Matrosen, Masseure, Strich. Aus zwei oder drei Fällen, die ich anders wollte [...], wurde nichts. Die Kraft, irgendeinem einzelnen Fall inniger
und ausführlicher nachzugehen, ist nicht da."

"Warum nicht?" fragt Gudrun: "Mit 26?"

"Hör weiter", sagt Yan und liest:

"Da es 'Pech' in diesen letzten Dingen kaum gibt, muß eine Schuld, ein Versagen bei mir sein."

Bisweilen genügt ihm schon der Konjunktiv: "Oh toi, que j'eusse aimé! [...]
Es wird wahrscheinlich nie zum Treiben kommen. Mais: l'amitié tendre; la
tendresse amicale." *Die Sehnsucht ersetzt da dem Vereinsamenden jede
Wirklichkeit. Er ist allein, er ist ratlos, er ist heimatlos.*

*Er bleibt es. Zeit seines Lebens ist er ohne eigene Bleibe. Er haust in Hotels.
Oder "zu Hause", bei den Eltern: beim Vater. Immer wieder kehrt er zum
Vater zurück. Eigentlich löst er sich nie ganz. Er bleibt der Sohn dieses Vaters, der ihn bei einer Abreise vom Balkon herab zurücklockt:* "Und komm
heim, wenn du elend bist". *Er ist elend, und er kommt* "heim". *Immer wie-*

*der. Auch mit Freunden, Freundchen und Liebhabern, die hier, zumal vom
Vater souverän (oder neugierig? Oder sehnsüchtig?) geduldet werden.
Manchmal gehen sie selbdritt ins Kino. Mutter Katia kommentiert, sie und
ihr Mann werden immer jeden Freund und jede Freundin ihrer Kinder akzeptieren und willkommen heißen – "und wenn es eine Eule ist". Seitdem
werden hier alle Mitgebrachten unterschiedslos Eule genannt.*

*Nur einmal wird der Vater energisch: als er selbst, eben 52, seine Liebe
zum siebzehnjährigen Klaus Heuser zelebriert und der 21jährige Sohn sein
Rivale zu werden droht. Da wird der scheue Vater gar nachlesbar brieflings
zum barschen Kämpfer: "Eißi ist aufgefordert, freiwillig zurückzutreten und
meine Kreise nicht zu stören."*

Der Filius pariert wohl prompt und nicht nur aus Rücksicht.

"Er siegt, wo er hinkommt", *notiert sich Klaus auch bei anderer Gelegenheit* – "Werde ich j e aus seinem Schatten treten?"

So bleibt das Verhältnis immer gespannt. "Es traute der Ältere dem Jüngeren auch nicht", *weiß Zweitsohn und Bruder Golo,* "sah Verzerrungen seiner
selbst in ihm, der eigenen, überwundenen Morbidität, sah eine untergegan-
gene Schwester in ihm, mißbilligte, Moralist und strenger Arbeiter an sich
selber, seines Sohnes 'Privatleben', kurz, empfand auch Widerwillen ihm gegenüber, und zwar sehr bald; einen 'schlaffen Träumer' nennt er das schwer-
kranke Kind" *schon in dessen zehntem Jahr. Als es erwachsen ist, nennt es
den Vater* "oft gedankenlos grausam".

*Trotzdem kommt es nie zum Bruch. Der Vater weiß zu genau über die eige-
nen Anteile an diesem Sohnesleben:* "Den tobenden Vater werde ich nie
spielen", *gelobt er im Tagebuch nach einer Krise:* "Der Junge kann nichts
für seine Natur, die ein Produkt ist."

"Produkt?" fragt die schnelle Gudrun dazwischen: "was für ein Produkt
denn? Oder wessen Produkt?"

"Na, wohl des Vaters", sagt Yan und liest weiter:

Klaus begreift: " 'Große Männer' sollten wohl doch keine Söhne haben ... ".

*Was aber führt diesen mutig und konsequent emanzipierten Sohn dann im-
mer wieder ins Vaterhaus, von dem er genau weiß, daß er hier "mit Z[au-*

berer] unter dem gleichen Dach auf eine längere Weile nicht leben kann"? *Was hält ihn hier, das ihm andernorts fehlen mag?*

Hierüber tüfteln seit Jahrzehnten ganze Heerscharen von spitzfindigen Psychologen und Literarhistorikern. Wilfried F. Schoeller, zum Beispiel, beschreibt die "Kalamitäten", die Sohn und Vater aneinanderbinden und zitiert schon vage das postume väterliche Eingeständnis einer Schuld. Marianne Krüll spekuliert über wechselseitige Verführungen und verteilt insofern moralische Schuldsprüche: "War es Klaus gelungen, den Vater zu verführen, wie er sich schon seit seiner frühen Kindheit gewünscht hatte? Hatte er den Vater dazu verführt, ihn, den Sohn, als Verführer zu sehen? [...] Offenbar erkannte er, daß er eine Verführung für den Vater darstellte. Wie sehr er selbst wiederum vom Vater verführt wurde, der Verführer des Vaters zu sein, das konnte Klaus nicht sehen."

Gerhard Härle vollends sieht in Klaus die "self fulfilling prophecy" *des Vaters und legt die Meßlatte von Kriterien wie Identifikation, Delegation, Projektion, gar Mißbrauch an. Unter sexuellem Mißbrauch versteht er* "auch subtilere Formen von Benutzung des Kindes für die Triebbefriedigung" *des Vaters, die aber deshalb nicht minder destruktiv seien. Sie bestehen hier nicht zuletzt aus dem väterlichen "Auftrag",* "die Liebe zu verwirklichen, die der Vater sich versagte, und gleichzeitig an ihr zu scheitern, um den Verzicht des Vaters [...] zu rechtfertigen".

Damit sei die Zerstörung des Sohnes programmiert, weil der eine, der Vater, "den Horizont seiner Seinsmöglichkeiten erweitert oder stabilisiert, indem er den anderen in der autonomen Entfaltung seiner Seinsmöglichkeiten behindert". *Insofern spricht Härle von einer* "Vernichtung" *des Sohnes durch den Vater.*

Als Vehikel diene hierbei nicht zuletzt ihrer beider Homosexualität. Rivale Bertolt Brecht, verdächtig aggressiver Polemiker gegen alle Homo-Erotik, witzelt prompt billig, aber spürsicher über die anale Symbiose dieser beiden Männer Mann.

Denen ist ihre Situation wohl nicht eben unbewußt. Klaus ist der Erste, der sich Luft verschafft. Achtzehnjährig schreibt er seine Novelle "Der Vater lacht". Hier porträtiert er seinen Vater als jenen korrekten Ministerialrat Hoffmann (Hoff-Mann; Hof-Mann?), der seine "gar zu unweibliche" Toch-

ter Kunigunde, ein transvestiertes Selbstbildnis des jungen Autors, so lange streng zu kritisieren pflegt, bis die Tochter den Vater zielstrebig und erfolgreich verführt. Da lacht der Vater endlich.

Auf dieses frühe literarische Manifest eines vollzogenen sexuellen Inzests reagiert Vater Thomas lange nur indirekt. Seine prinzipielle Sanktionierung von "Blutschande" liegt ja mit der Novelle "Wälsungenblut" auch schon vor, als Klaus in diese inzüchtige Erblast hineingeboren wird. Dessen ungemein tapferen nächsten Befreiungsschlag, das literarisch autobiografische coming out *des fast Neunzehnjährigen als bekennender Homosexueller in seinem Roman* "Der fromme Tanz", *beantwortet der Vater mit dem kaum verschlüsselten, dafür umso geringschätziger kritisierten siebzehnjährigen Sohn Bert in seiner Novelle* "Unordnung und frühes Leid", *wohl aber auch mit seinen zeitgleichen Verurteilungen hemmungslos ausschweifenden Schwulenlebens in seinem Essay* "Über die Ehe".

Klaus als der Zwielichtige, aber auch als der überaus Anmutige und Verführerische scheint dennoch gleichwohl für so betörende Protagonisten wie Felix Krull und Joseph Modell zu stehen, für welch letzteren er mit seinem eigenen "Alexander"-Roman und dessen Mythenkreis schon zuarbeitet. Schließlich wird gar ein nützlicher Umweg über Gustaf Gründgens nicht gescheut. Dieser schillernd gesprenkelte Freund, Kollege und Schwager nämlich, mit dem sich Klaus Mann in seinem autobiografischen "Wendepunkt" partiell gar zu identifizieren scheint und mit dem ihn in der Tat viel biografisch Gemeinsames verbindet, dient nicht nur für Felix Krull zur ergiebig rheinischen Vorlage. Sein späterer Teufelspakt mit Hermann Göring, wie Klaus Mann ihn in seinem inzwischen populären "Mephisto"-Roman verdammt, taucht, variiert, im "Faustus"-Roman des Vaters wieder auf, wo Adrian Leverkühn sich auf solche Gründgens-Weise die Garantie seiner künstlerischen Potenz einhandelt.

All dieses wechselseitige Geben und Nehmen von Figuren, Motiven und Themen, das bisweilen wie rivalisierender literarischer Inzest anmuten mag, findet bei Klaus wie bei Thomas Mann jeweils erst im Schwanengesang seinen befreienden, erlösenden und abschließenden Ausdruck. Vorher belastet und befruchtet es beider Werk und Leben.

Klaus greift vierzigjährig den Stoff jener "Kindernovelle" wieder auf, mit der sich der Zwanzigjährige damals gegen die väterlichen Verunglimpfun-

gen in "Unordnung und frühes Leid" zur Wehr setzt und die er bereits als amerikanischer Soldat zu einem englischsprachigen Bühnenstück neu zu formulieren versucht. Daraus wird nun gegen sein Lebensende das deutsche Drama "Der siebente Engel". Es zeigt jene tödlichen familiären Verstrikkungen seiner Kindheit auf, seine Mutterbindung, seine Opferrolle, vor allem aber Haß und Liebe dem übermächtig beherrschenden Vater gegenüber, mit dem er sich erst nach gewaltsamem Tode auf dem Meeresgrunde "ergötzen und befreunden" *kann:* "Schließlich sind sie eins – eins miteinander, eins mit der Tiefe." *Dieser Opfertod endlich ermöglicht die vorgezeichnete, aber lange verweigerte, endgültig versöhnende und erlösende Verschmelzung von Vater und Sohn.*

Erst nach dieser Aufarbeitung, die in Szene zu setzen sich freilich kein einziges Theater je bemüßigt fühlt, kann Klaus Mann schließlich jener Todessehnsucht nachgeben, die in diesem Drama familienpsychologisch begründet wird, gleichwohl fast sein gesamtes Leben stigmatisiert.

Bruder Golo bestätigt später, daß Klaus schon "unglaublich früh und mit unglaublicher Zähigkeit" *an Freitod denkt. Gar als Sechzehnjähriger, dem nach heimlicher Weimar-Reise* "nur das kleine Sterbezimmer Goethes" *als* "der einzige Ort dieser Reise [...] in allen Einzelheiten" *erinnerlich bleibt, jongliere er, gesteht der 25jährige seiner ersten Autobiografie, in bizarrer Verspieltheit* "mit der schrecklichen und süßen Idee des Selbstmordes":

"Zu allen Formen der Selbstvernichtung war man schon fest entschlossen. [...] Aufhören wollen [...]. Begierde des Siebzehnjährigen."

Damit sähe er sich in respektabler Gesellschaft mit anderen Dichterkindern (Schnitzlers Tochter, Hofmannsthals Sohn, seinem eigenen Bruder Bibi) und mit einer Sequenz allerengster Freunde: "Alle Menschen, zu denen ich mich hingezogen fühle und die sich zu mir hingezogen fühlen, möchten (oder wollten ...) sterben."

Die meisten tun es auch eigenmächtig, und "das schaurige Ende, das es mit ihnen a l l e n nimmt", *gereicht ihm zu* "Ahnungen des eigenen Untergangs": *jedesmal, weiß Bruder Golo, fühlt Klaus sich* "mitbetroffen; als ob jeder Blitz näher an ihn herankäme".

Daher werde schon das Frühwerk seiner ersten Romane, Dramen und Novellen, seiner Essays und Reportagen zu einem breit gefächerten Spektrum "traum-glaubhafter" *Selbstzerstörungen. Folgerichtig kann Marianne Krüll später den autobiografischen "Wendepunkt" des 35jährigen als "Buch der Selbstmorde" registrieren.*

Aber darin spiegelt sich natürlich eine eigene Affinität, die sich zunächst als erdrückendes Gefühl der Einsamkeit und als Einsicht äußert, "daß ich NIE geliebt werden KANN, wo ich lieben MUSS, und daß ich deshalb den Tod will als Erlösung". *Solche Schwermut steigert sich.* "Immer s c h w e r e Attacken von Traurigkeit", *vertraut er dreißigjährig seinem Tagebuch an:* "Vor dem Einschlafen hole ich immer die Todes-Vorstellung herbei. Wer wird da an meinem Lager sitzen? Niemand? [...] 'Aber ein Engel wird sich meiner erbarmen'."

Diese hellsichtige Vision pervertiert sich schon früh zu einer Sehnsucht nach erlösendem Tode, zum immer inbrünstigeren, geradezu süchtigen und wohl unkokett-ehrlichen Todeswunsch: "Ich erwarte den TOD als den Augenblick, in welchem Wollust und Traurigkeit – gewaltiger als in irgendeiner Lebensstunde – Eins werden."

Wohl solche Verschmelzungs-Ekstase entzückt an einem August-Tag schon den 28jährigen: "Wie fühle ich den gnadenvollen Blick des TODES." *Aber da ist ihm bereits seit Jahren der Gedanke an Selbstmord* "immer vertrauter" *geworden:* "Nichts als der Wunsch zu sterben", *schreibt er 26jährig ins Tagebuch:* "Übrigens keine Spur von Todesangst. Der Tod k a n n nur als Erlösung empfunden werden. Sicher war es auch für den Ricki nicht schlimm."

Yan pausiert rätselhaft und kommentarlos, aber nur kurz. Dann fährt er fort:

Aber seit Rickis Selbstmord flüchtet sich Klaus zunächst in die Drogensucht, aus der es für ihn keine Rückkehr gibt und die er zeitweise um Alkoholexzesse ergänzt. Als ihn in Budapest der Prager Arzt Dr. Robert Klopstock, dessen Freund Franz Kafka in seinen Armen stirbt, anläßlich eines Entwöhnungsversuches fragt, " w a r u m   ich eigentlich Morphine genommen habe", *antwortet er* "einfach: 'Weil ich gerne sterben möchte'." *Denn er weiß:* "Die Gier nach der Droge ist kaum zu unterscheiden von der Lust auf den TOD" *(31jährig im Tagebuch)* – "zu tief in mir die Lust des Unterliegens".

Diese Lust ersetzt allmählich die Suche nach einem Lebenssinn: "Ich
KANN, ich d a r f nicht lange leben. Ich bin ZU mächtig angezogen von
der anderen Seite – das muß seinen Sinn haben."

*Im Oktober des fast 36jährigen, der seinen publizistisch gescheiterten
Kampf gegen Hitler nunmehr in der amerikanischen Armee mit Waffenge-
walt fortsetzen will, steigern sich die Depressionen des kommunisten-,
schwulen- und intellektuellenfeindlich Hingehaltenen ins Unerträgliche. Tagelang lautet, beschwörungsartig und suggestiv, die einzige Eintragung ins
Diarium* "Der Todeswunsch", "Der Todeswunsch", "Der Todeswunsch –
sonst nichts" – "Ich wünsche mir den Tod. Der Tod wäre mir sehr er-
wünscht. Ich möchte gern sterben. Das Leben ist mir unangenehm. Ich mag
nicht mehr leben. Es wäre mir äußerst lieb, nicht mehr leben zu müssen. Der
Tod wäre mir entschieden angenehm. Ich wünsche mir den Tod."

*Fünfmal versucht er vergeblich, das Warten auf so herbeibeschworenes
Sterben durch eigene Initiative abzukürzen, das letzte Mal nur ein knappes
Jahr vor seinem definitiven Tode: in Santa Monica, bei geöffnetem Gashahn
und durchtrennten Pulsadern, von unbarmherzig indiskreter Neugier der
Skandalpresse verfolgt und anläßlich einer verletzenden Unzuverlässigkeit
seines damaligen Geliebten, jenes zwielichtig straffälligen und* "eklatant unwürdigen" *Harold, den Thomas Mann in seinem Tagebuch als* "gutmütigen
und nichtssagenden jungen Arbeitsmann" *observiert und der überdies am
selben 8. August Geburtstag hat wie ausgerechnet sein eigener Paul Ehrenberg.*

Klaus wird noch einmal "gerettet" *und notiert schon fünf Tage später:* "Und
immer noch wäre ich liebend gerne tot".

*Sein Therapeut prophezeit eine Wiederholung nach neun Monaten und irrt
sich dabei nur um knappe sechs Wochen: noch hat Klaus gut zehn, zweimal
fünf Monate zu leben, die aber keine zehn guten Monate sind.*

*Seit der Entlassung aus der Armee an einem Augusttag nach Ende des Krie-
ges registriert er* "Unsicherheit. Entwurzeltsein. Ekel." *Dem zwölfjährigen
Kampf gegen Hitler, seinem Lebensinhalt, folgt die Leere und Lehre der Er-
nüchterung, daß die postfaschistische Welt keineswegs sehr un- oder antifa-
schistisch, sondern nach den neuen Gesetzen des anschließenden Kalten*

*Krieges wiederum und ebenso gnadenlos gegen alles Linke, alles Intellek-
tuelle, auch gegen alle Hitlerfeinde ausgerichtet sei.*

In seinem erst postum erschienenen Essay über die "Heimsuchung des europäischen Geistes" *ruft er daher die Intellektuellen aller Länder zu einem
provozierenden Massensuizid auf:*

"Hunderte, ja Tausende von Intellektuellen sollten tun, was Virginia Woolf,
Ernst Toller, Stefan Zweig, Jan Masaryk getan haben. Eine Selbstmordwel-
le, der die hervorragendsten gefeiertsten Geister zum Opfer fielen, würde
die Völker aufschrecken aus ihrer Lethargie, so daß sie den tödlichen Ernst
der Heimsuchung begriffen, die der Mensch über sich gebracht hat durch
seine Dummheit und Selbstsucht."

Sein letztes Projekt, "The Last Day", *soll in solchem Sinne ein* "Roman der
intellektuellen Verzweiflung" *werden und vom letzten Tage je eines schei-
ternden amerikanischen und Ost-Berliner Schriftstellers handeln, die in
Mord und Selbstmord enden, als sie sich auf die jeweils andere, vermeintlich bessere Seite des Kalten Krieges hinüberzuwechseln genötigt sehen.*

Dieser Roman, von dem nur noch wenige Seiten entstehen, soll "The Last
Day" *heißen, weil Klaus Mann seit Hitlers Schändung der deutschen Sprache nur noch englisch schreibt und sich als amerikanischen Schriftsteller
empfindet: das* "steigert noch dies unsägliche Gefühl" *der Vereinsamung,
denn* "jetzt stocke ich in zwei Zungen".

*Tatsächlich stagniert das Fabuliertalent dieses früher so sprudelnden Viel-
schreibers schon seit zweimal fünf Jahren und in jedwedem Idiom:* "Warum
kann ich nicht mehr schreiben? Was ist mit mir los? [...] Bin ich am Ende?
[...] Was ist es? Das Benzedrin? Irgendeine geistige Lähmung?"

*Die Lähmung wird sicher auch von der zunehmenden Erfolglosigkeit verur-
sacht. Das Scheitern seiner amerikanischen Zeitschrift* "Decision" *wie vorher schon der Amsterdamer* "Sammlung" *ist noch nicht verschmerzt. Die im
Exil entstandenen Bücher werden weder gekauft noch verlegt, neue von ihren Auftraggebern abgelehnt. Ein römisches Filmprojekt mit Roberto Rosselini endet vor dem Kadi, je ein englisches und amerikanisches verlaufen
im Sande. Der Langenscheidt Verlag zu arger Letzt lehnt in Gestalt eines
Georg Jacobi noch 14 Tage vor dem Tode die deutsche Fassung seines*
"Mephisto" *mit der besonders deprimierenden Begründung ab, dessen Mo-*

dell Gustaf Gründgens spiele "hier bereits eine sehr bedeutende Rolle".
Auch sonst gibt dieses Nachkriegsdeutschland ihm allzu deutlich zu verste-
hen, daß "man mich dort nicht will"

Entsprechend wächst der finanzielle Notstand und macht ihn zum abhängi-
gen Bittsteller beim Vater, zumal mit wachsender Misere die Drogensucht
kostspielig wieder zunimmt, gar zum damals noch raren Heroin führt. Sei-
ne Beine sind zerstochen und entzündet "von diesen verdammten Injektio-
nen", *die nicht mehr stimulieren, sondern überleben helfen sollen. Einmal*
ist das Morphium so gestreckt und gesprenkelt, daß er in Nizza zur "détoxi-
cation" *in die Klinik muß. Oft löst es euphorische Schübe aus, in denen er*
hektisch schreibt und agiert. Dann wieder stürzt es ihn in abgrundtiefe De-
pressionen, von denen die letzten Tagebücher überquellen: "Alles geht
schief" – "Unendliche Traurigkeit" – "Fühle mich schlecht, schlecht,
schlecht ... völlig niedergeschlagen, unfähig i r g e n d   e t w a s   zu tun".

Umso größer ist das Gefühl der Einsamkeit, so daß "zu der nationalen und
politischen Isolation eine fast komplette persönliche Einsamkeit kommt"*:*
"Den ganzen Tag allein (mit leichten 'Ausfallerscheinungen') – sehr einsam,
deprimiert" – "Den ganzen Tag allein mit Inj*[ektionen]*."

Auch Schwester Erika, Stütze und Bezugspartnerin seines ganzen Lebens, ist
seit des Vaters Krebsoperation fast ausschließlich, was Bruder Golo später
"Assistentin, Editorin, Unterhalterin und Hofnärrin" *des Vaters nennt. Die-*
ser selbst wünscht sich, daß dieses "mein Lieblingskind", *das als seine Mit-*
arbeiterin bisweilen zum männlichen Pseudonym Homer Smith greift, fortan
"als Sekretärin, Biographin, Nachlaßhüterin, Tochter-Adjutantin bei uns
lebt", *und notiert bereits einen eifersüchtigen* "Traum von Erika und dem
Verhältnis, das sie 'in Kissingen' mit einem mir unlieben Mann unterhalten".

Klaus jedenfalls muß, ungewohnt, auf sie verzichten.

Er hält sich an unzählbaren, immer wahlloser aufgegriffenen und kürzestfri-
stigen Männerliebschaften schadlos, die es nicht immer gratis geben mag.
In Rom sind es Ado, Guido, Oreste und Piero, in New York jedenfalls ein
Jim und ein Chester, in Stockholm ein Bengt, in Florenz Livio, EDuardo,
Sergio, Giuseppe, Pierre und Arari, in Neapel Renato und ein anonymer
Araber, in Amsterdam Henk und Joop und Jaap und Johnny, gar ein Adri-

*an, und mancherorts mehr sind es noch viele andere: eine andere Droge,
die sein zwanghaftes Reisen zusätzlich motivieren mag.*

*Die Unrast dieses lebenslänglichen Reiseneurotikers nimmt gegen Ende so
erschreckende Ausmaße an, daß Wilfried F. Schoeller sicher zurecht dieses
"Umherirren" als eine "Weigerung" deutet, "an einem bestimmten Ort sich
aufzuhalten". Allein in den letzten beiden Jahren vor dem Tode reist er von
Zürich nach Amsterdam, von Amsterdam nach Zandvoort, von Zandvoort
nach Amsterdam, von Amsterdam nach Noordwijk, von Noordwijk nach
Amsterdam, von Amsterdam nach Paris, von Paris nach Amsterdam, von
Amsterdam nach Kopenhagen, von Kopenhagen nach Stockholm, von Stock-
holm nach Uppsala, von Uppsala nach Stockholm, von Stockholm nach Am-
sterdam, von Amsterdam nach Wiesbaden, von Wiesbaden nach Baden-Ba-
den, von Baden-Baden nach Mainz, von Mainz nach Germersheim, von
Germersheim nach Mannheim, von Mannheim nach Freiburg, von Freiburg
nach Genf, von Genf nach Bern, von Bern nach Zürich, von Zürich nach
Aarau, von Aarau nach Freiburg, von Freiburg nach Basel, von Basel nach
Zürich, von Zürich nach Porto Ronco, von Porto Ronco nach Zürich, von
Zürich nach Porto Ronco –*

"Stop mal", unterbricht Gudrun. "Porto Ronco: fährt da nicht auch der Severin immer hin?"

"Ja", sagt Yan, auch Porto Ronco verbinde die beiden. "Von Porto Ronco
fährt Klaus Mann dann wieder nach Zürich" – *von Zürich nach Prag, von
Prag nach Wien, von Wien nach Salzburg, von Salzburg nach München, von
München nach Frankfurt, von Frankfurt nach Amsterdam, von Amsterdam
nach Dem Haag, vom Haag nach Amsterdam, wo er sich zu töten versucht,
dann weiter nach Berlin, von Berlin nach Frankfurt, von Frankfurt nach
Amsterdam, von Amsterdam nach New York, von New York nach Pacific
Palisades zum Vater, von Pacific Palisades nach Santa Monica, wo er sich
zu töten versucht, von Santa Monica nach Palo Alto, von dort wieder nach
Santa Monica, dann nach New York, von New York wieder nach Amsterdam, von Amsterdam nach Dem Haag, vom Haag nach London, von London nach Glasgow, von Glasgow nach New York, von New York nach Pacific Palisades zum Vater, von Pacific Palisades nach New York, von New
York nach Amsterdam, von Amsterdam nach Paris, von Paris nach Marseille, von Marseille nach Cagnes-sur-mer, wo er sich zu töten versucht, von*

dort nach Cannes, von Cannes nach Marseille, von Marseille nach Cannes, von Cannes nach Nizza und von Nizza wieder zurück nach Cannes.

Alle diese Reisen finden unter den Verkehrsbedingungen der Nachkriegsjahre, also mühsam, comfortlos und meist ohne jeden zwingenden Anlaß statt. Aber die Psychologen kennen das Symptom eines pathologischen Wandertriebes und deuten ihn als Flucht aus dem Elternhaus und vor dem Inzestkomplex, dem ja auch Urvater Ödipus zunächst eskapistisch zu entrinnen versuche. Solche Nestflucht sei eine typische Horror-Reaktion auf übermächtige Fixierungen und oft mit der Gabe zu poetischer Kompensation verbunden. Solche Flüchtlinge werden Schriftsteller. Gogols, Goethes, auch Schillers Fliehen seien insofern protoypisch. Aber sogar bei Tieren sei der Wandertrieb schon eine prophylaktische Verhütung inzestuöser Vermischungen.

Insofern schließt sich also der Kreis auch des Lebens von Klaus Mann und nimmt jenen Horror vor dem Inzest in die Kette seiner traurig gesprenkelten Selbstmordmotive mit auf.

Seine Geschwister scheinen das zu wissen. Schwester Erika berichtet der frühen Verlobten Pamela Wedekind von seinen "umnachtenden" *Depressionen:* "Natürlich entstammen sie der tiefsten, der entscheidenden Schicht seines Wesens, so wie es nach allem, was ihm widerfahren, schließlich war."

Und Bruder Golo spricht von einer Krankheit der brüderlichen Seele und erklärt sie "aus der 'Erbmasse', welche man jedoch, wenn es um diese eine Person geht, besser außer acht läßt". *Klaus sei nämlich keineswegs, wie oft vermutet,* "am Vater gescheitert": "Gescheitert [...] ist diese Identität, welche bei einem anderen Vater allerdings eine andere gewesen wäre."

Golo fragt sich auch, "unter welchen Bedingungen er es vielleicht n i c h t getan hätte", *und gibt die gnadenlose Antwort:* "wenn der Vater, sagen wir im Winter 49, gestorben wäre. Zum geringeren Teil wegen der Erbschaft, die ihm dann zufließen mußte, zum anderen aus tiefergehenden Gründen."

Der Vater stirbt aber im Winter dieses vierfachen Todesjahres durchaus nicht selbst, sondern delegiert auch noch seinen Tod an den erstgeborenen Sohn und macht sich, nach gesundem Überleben seines Karzinoms und fast 74jährig, im Frühjahr auf eine jener belächelten "Ehrenreisen" *ins ferne*

*Europa, gar zur Verleihung des ost- und westdeutschen Goethe-Preises
nach Weimar und Frankfurt auf.*

"Da die Frankfurter Visite", *spöttelt Klaus noch eine Woche vor seinem Tode in einem Brief an Mutter und Schwester Erika,* "ja so ziemlich mit der
Etablierung des Westdeutschen Staates koinzidiert, läge es doch nahe, daß
man dem Vater die Präsidentschaft anböte. [...] Dieser Präsident wäre in
b e i d e n Zonen akzeptabel. [...] Das Dichterschicksal würde sich bedeutend ründen, es wäre eine fette Pointe für die Biographen da. [...] Und was
für eine schöne Familienpolitik wir machen könnten! [...] Ich würde dafür
sorgen, daß nur Schwule gute Stellungen kriegen; der Verkauf des heilsa-
men Morphium wird freigegeben; E*[rika]* amtiert als Graue Eminenz in Go-
desberg, während der Vater in Bonn mit dem russischen Gesandten Rhein-
wein schlürft ... ".

Aber einer solchen Heimkehr "im Schatten" *des westlich wie östlich dann
tatsächlich überschwänglich akklamierten Vaters entzieht er sich doch lieber rechtzeitig, bevor der umjubelte Thomas Mann noch deutschen Boden
betritt und die deprimierende Zeremonie ihren Lauf nimmt. Golo nennt diesen Zeitpunkt einen* "nicht uncharakteristischen Zufall".

*Er mag mit dem inneren Zeitpunkt entschwundener Jugend zusammenfallen,
die diesen frühreif strahlenden Jüngling, der vom Vater nicht hätte gezeugt
werden* "sollen", *seinem sichtbar werdenden Alter ausweichen und ins extrem Ungewordene ewiger Knabenhaftigkeit zurückkehren läßt: schon in
seinem verheißungsvollen Frühwerk bedient er sich nur allzugern der Zeit-
angabe* "Vor dem Leben".

"Warum begeht man Selbstmord?" *fragt Klaus Mann schon 14 Jahre vorher
in seinem autobiografischen* "Turning Point" *und antwortet sich selbst:*
"Weil man die nächste halbe Stunde, die nächsten fünf Minuten nicht mehr
erleben will, nicht mehr erleben k a n n . Plötzlich ist man am toten Punkt,
am Todespunkt."

Der ist für ihn erreicht, als ein New Yorker drugstore *ihm unter Mithilfe
ausgerechnet jenes inzwischen immigrierten und von Vater Thomas US-pro-
tegierten, nunmehr aber* "idiotisch" *genannten Arztes Dr. Klopstock ein
ganzes Paket Entwöhnungsmittel schickt, die auch mißbraucht werden können.*

Klaus Mann hinterläßt keine einzige Abschiedszeile. Sein letzter Brief vom Vortag bedankt sich mit argem Spott bei Mutter und Schwester in Stockholm: "Weiß es auch sehr zu schätzen, daß Ihr Euch inmitten festlichen Hochbetriebs ein wenig Zeit für eine krankhafte Einsiedlerin und neurotische Maus vom Munde abspart."

Seine letzte Tagebucheintragung gilt Louis, seinem letzten Bettgenossen, einem Bediensteten der Zanzi-Bar in Cannes – wohl einem Schenken, immerhin.

Er steht im 43. Lebensjahr: wie Nikolai Gogol, als der sich das Leben nimmt.

In seinem kleinen Hotelzimmer in Cannes stirbt Klaus Mann am 21. Mai.

Es ist auf den Tag einen Monat her, daß "Onkel" Viktor so "unerwartet verstirbt".

Genau an diesem Todestage aber seines Sohnes verbrennt vor vier Jahren im kalifornischen Pacific Palisades Thomas Mann "in Ausführung eines lang gehegten Vorhabens" seine Tagebücher: ein anderes Manifest seines eigenen Lebens, das er damals, kurz vor der Krebserkrankung, zu Ende gehen wähnt. Es sind vor allem jene verräterischen Diarien, in denen er seine Liebe zu ebenjenem Klaus Heuser fixiert, den er seinem Sohne Klaus zu überlassen, den er mit dem zu teilen damals durchaus nicht willens ist.

"Wie wir beide damals nicht willens sind, unsere Liebe und unser Bett mit Severin zu teilen", *wirft Gudrun dazwischen:* "Komisch. Obwohl er so oft darum bat. Ich muß schon andauernd an ihn denken. Warum bloß: ich meine, Selbstmörder kennt man doch sonst noch viele."

"Weil Severin", *hat Yan sofort parat,* "sich ebenso wie Klaus Mann fast lebenslänglich und zielgenau auf seinen Freitod zubewegt, zuinnerst ganz unbeirrbar, wie mit elektronisch garantierter Treffsicherheit. Das macht die beiden so ähnlich."

"Ich weiß noch wie heute", sagt Gudrun, "als ich es dir sagen muß, daß Severin tot ist."

"Ja, ich auch noch", sagt Yan: "vor dem Thalia Theater in Hamburg, nach einer Abendprobe."

"In unserm roten Fiat, damals. Ich habe unbeschreibliche Angst, es dir zu sagen, aber – "

"Aber?"

"Du bleibst ganz ruhig. Bist nicht einmal überrascht. Weil du es kommen gesehen?"

"Vielleicht auch. Obwohl es dann doch sehr plötzlich da ist. Aber außerdem – "

Yan spricht nicht weiter.

Gudrun: "Außerdem was?"

Yan: "Aber das weiß ich erst zwanzig Jahre später, ganz plötzlich, es springt ins Bewußtsein. Du sagst mir 'Der Severin hat sich umgebracht', und den Bruchteil einer Sekunde lang, noch vor dem Erschrecken, dem Schock, dem Entsetzen, der Trauer, dem Vermissen, noch vor alledem, da gibt es, für den Bruchteil einer Sekunde und in den tiefsten Schichten meines Unterbewuß-ten, da gibt es ein Lachen und eine Freude, viel kürzer als eine Sekunde, und dann werden sie verdrängt, vom Bewußtsein, vom Erschrecken, von der Trauer. Zwanzig Jahre später weiß ich plötzlich, daß da vorher ein Lachen ist, wie ein Glück."

"Weil er endlich seine Ruhe hat, meinst du, nach all der Quälerei?"

"Ich glaube, das ist bei allen Todesnachrichten so: primär und zuallerinnerst wissen wir genau, daß das eine sehr schöne Botschaft ist. Denn es ist gut so."

"Im Sinne von Heimkehr und ewigem Frieden, also religiös?" fragt Gudrun.

"Das weiß ich nicht. Vielleicht. Ein atavistisches Wissen. Schrecken über einen Tod ist ganz tief innen eine Freude. Vielleicht weil da was definitiv und unabänderlich, wirklich unwiderruflich ist. Unstörbar fest. Schon das hat was Tröstliches."

"Wie du das so sagst", lächelt Gudrun, "siehst du aus wie mein Vater."

"Außerdem", fährt Yan fort, "wissen wir wohl auch, daß da ein Verlust gar nicht stattfindet. Im Gegenteil. Das vorher Gefährdete wird festgeschrieben.

Erst jetzt ist es unzerstörbar. *'Die Trennung ist letzter Beweis'.* Es ist gut so und für immer."

"Und wie reagiert damals Thomas Mann?"

"Der fährt nach Weimar und besucht das Franz-Liszt-Haus – "

Yan wird durch eine aufdringlich phonstarke Lautsprecherstimme unterbrochen und übertönt, die auf der Straße alle Anwohner zum sofortigen Verlassen ihrer Häuser auffordert, weil bei Straßenarbeiten eine Sprengbombe aus dem Zweiten Weltkrieg entdeckt worden sei. Es bestehe allgemein Lebensgefahr, und schon beginnt eine Sirene, Alarm zu heulen.

"Drunter überall trumpets", sagt Yan und fährt mit Gudrun in den Wald.

257
Jens-Peter

Yan pinkelt im Pissoir des Frankfurter Hauptbahnhofs.

Ein eiliger Reisender stürzt herein, gepäcküberladen und sein höchstens fünfjähriges Söhnchen im Schlepptau. Offenbar ist es höchste Eisenbahn. Pappa stellt gleich am Eingang seine sämtlichen schweren Koffer und Reisetaschen und Plastiktüten knallend auf den Fliesenboden, das Söhnchen als Wächter daneben und stürzt in größter Dringlichkeit weiter zur Pinkelwand, strullt auch sofort und verhaltungslos mit hörbarem Hochdruck aggressiv und unerschöpflich gegen die vergilbten Kacheln.

Das Söhnchen verliert indes schnell die Lust, das Gepäck zu bewachen. Es schaut sich ein bißchen im Raum um und tritt dann zögernd, aber von Wißbegier getrieben, an die fremden Onkels heran, die da alle wortlos und mit abgewandtem Gesicht ringsum an den Wänden stehen und zu warten scheinen.

Pappa strullt vor sich hin, und Söhnchen tritt zwischen zwei solche fremden Onkels und inspiziert, was die da so geheimnisvoll in der Hand halten und was sie damit machen.

Die beiden Onkels lassen diese Inspektion verblüfft, aber wehrlos, leicht geniert oder gar genüßlich über sich ergehen. Yan und einige andere Onkels verkneifen sich mühsam ein kleines Lachen. Aber Pappa, der immer noch unabkömmlich an seine Strecke Pißwand gebannt ist, ruft strullend, hochnotpeinlich und hallend durch den Raum: "Nicht gucken, Jens-Peter! Nicht gucken!"

Jetzt guckt Jens-Peter erst recht. Das Beguckte wird ja immer guckenswerter. Auch alle andern gucken hin, alles guckt, und Yan kann sich sein Lachen nun nicht mehr verkneifen.

199
Klaus

Yan sitzt im Theater hinter seinem Schreibtisch und arbeitet still in sich hinein.

Plötzlich geht die Tür auf, und ohne anzuklopfen oder zu grüßen, kommt der Schauspieler Klaus Löwitsch herein.

Vor wenigen Tagen hat er in Yans Theater mit den Proben zu einer englischen Komödie begonnen, aber Yan und er sind sich noch nie persönlich begegnet.

Klaus Löwitsch schließt jetzt die Tür hinter sich.

Weiterhin gruß- und wortlos geht er ruhig auf Yan zu, tritt hinter den Schreibtisch und dicht an Yan heran. Mit beiden Händen faßt er Yans Kopf und küßt ihn kräftig auf den Mund.

Dann läßt er Yans Kopf wieder los, geht ruhig und wortlos hinaus und schließt die Tür hinter sich.

Verdutzt sitzt Yan hinter seinem Schreibtisch und spekuliert, was das zu bedeuten haben könne.

Anderntags sitzt Yan wieder im Theater hinter seinem Schreibtisch und arbeitet still in sich hinein.

Plötzlich geht die Tür auf, und ohne anzuklopfen oder zu grüßen, kommt Klaus Löwitsch herein.

Er schließt die Tür hinter sich, baut sich vor Yans Schreibtisch auf und spricht. Er bittet für den gestrigen Vorfall um Entschudigung, er sei ein wenig betrunken gewesen.

Spricht's und geht ruhig wieder hinaus, schließt die Tür hinter sich.

Verdutzt sitzt Yan hinter seinem Schreibtisch.

Schade, denkt er, daß diese Erklärung jetzt im Raum steht. Aber wahrscheinlich stimmt sie auch gar nicht.

Seither sind Yan und Klaus Löwitsch sich nie mehr begegnet.

Ohne die Erklärung wäre das Ganze noch schöner: ohne Vorspiel, ohne Nachspiel, ohne Geschichte, ohne Drama – einfach ein hübscher Fakt, weiter nichts; ein gelebter Moment, unergründlich wie ein Märchen und schön.

Das bleibt es aber auch so.

389
Mano

Wenn Yan sich in Formentera aufhält, entfallen seine rituellen Abendspaziergänge, weil die nächtlichen Wege über Stock und Stein dort in gnadenloser Finsternis nicht passierbar sind.

Nur in Mondnächten läßt sich da lustwandeln. Namentlich bei Vollmond zelebriert Yan daher regelmäßig eine große Wanderung: in magischer Kreisform, in der es kein Hin und Zurück, nur ein Vorwärts, freilich im Sinne des Uroboros gibt, jenes alchimistischen Schlangendrachen, der sich selbstisch und gefräßig in den eigenen Schwanz beißt und dessen archetypisches Symbol wohl ebendeshalb der kreisrunde Vollmond ist. Neuere Psychologen

nennen ihn Schwanzfresser und erklären ihn samt und sonders zum Symbol
des Unbewußten.

Solche Uroboros-Wanderungen also unternimmt Yan in Formentera bei
Vollmond.

Wenn er den hochgewachsenen und märchenhaft-verwunschen bemoosten
Pinienwald verläßt, der noch zu seinem Anwesen gehört, biegt er bei Jose-
fas Finca, die dann schon seit Stunden den Tiefschlaf ihrer einsamen alten
Bewohnerin beschützt, nach links in jenen mehrfach Haken schlagenden ur-
zeitlichen Weg ein, über den allein der Zugang nach Ca'n Parra, jene biblisch anmutende Gegend, führt, die Yan ja "das heilige Land" zu nennen
pflegt, weil sie so auserwählt ist.

Just in Vollmondnächten liegt hier ein unbeschreibbar weltferner Friede
über dieser kaum besiedelten Mandel- und Feigenlandschaft mit ihren unbe-
hütet schlafenden kleinen Herden gesprenkelter Schafe und Ziegen, ihren
scheinbar prähistorischen halbhohen Feldsteinmauern, aus deren Spalten
und Höhlungen jetzt hurtige Siebenschläfer lugen, und mit den ärmlichen
Fincas, deren gleichwohl zeitlose Häuser in ihrem unerfindlich esoterischen
Goldenen Schnitt, zumal nachtschlafen und vom Mondlicht gesegnet, unantastbare Ewigkeit verkünden.

Die Stille ist absolut. Ihre Lautlosigkeit wird selbst von den Fledermäusen
respektiert, die vollkommen tonlose Töne zu peilen wissen, wenn sie ebenso
jählings spitzwinklige Haken schlagen wie die uralten Landwege unter ihnen. Nur die Heimchen unterbrechen bisweilen das strikte Gesetz dieses allgemeinen Schweigens und versuchen, in kurzen Anfällen, auf kleinen
Glöckchen ein Flötenstakkato zu spielen, aber als schämen sie sich für diese
Ruhestörung, bleiben sie dabei unter nahen, gleichwohl unauffindbarem Gestein auf ewig unsichtbar. Niemand kennt sie von Angesicht.

Yan läßt Antonio Simóns Gehöft, dessen aufmerksamen Hirtenhund schon
wenige Worte von Yans vertrauter Stimme ebenso besänftigen wie, mittel-
bar, auch dessen meilenweit aufgeschreckte Artgenossen und hellhörige
Mitwächter, inmitten eines Opuntienhaines links liegen, schleicht dann,
nach doppeltem Hakenschlag des mondhellen Feldweges, quasi auf Zehen-
spitzen, an jener besonders golden geschnittenen rechten Finca vorbei, in
der der verdächtige *sobrino* jetzt den leichten Greisenschlaf der so liebwer-

ten Rosa de Ca'n Parra noch beschützt oder schon belauert, und biegt dann kurz hinter dem längst wieder steinzeitlich befriedeten Drehort seines Fernsehfilms nach links ab, von wo ihm, aus dem architektonischen Ferien-Provisorium eines deutschen Venerologen, das mondnächtliche Flötenspiel einer einsam sehnsüchtigen Geliebten verführerisch entgegenschmachtet.

Yan bleibt stehen und lauscht, wie sich der warme Wind vom Meer in diesem phallischen Hohlholz auf süße Verlockungen, im Gezweig all der stämmigen Mandelbäume ringsum auf anzüglich säuselndes Wispern und Kichern versteht. Denn dieser Seewind weiß noch genau, wie in solcher Mondnacht aus dem schlafend ermächtigten Göttervater Zeus ein Same zur Erde tropft und dort den Agdistis zeugt, der ein Hermaphrodit wird, den übermenschlich schönen Attis liebt und die andern Götter dadurch so beunruhigt, daß sie ihn doch lieber entmannen und zur penislosen Großen Mutter Kybéle (oder Artemis oder Diana) werden lassen, die sich in Ephesos die Stierhoden umhängt, von dämonisch apersonalen Phallos-Schwärmen umgeben und befruchtet wird, aber auch Phallos-Opfer annimt und heillos androgyn bleibt.

Aus ihrem abgeschnittenen eigenen Phallos aber entsteht der Mandelbaum, der mit seinen hodenförmigen Nüssen natürlich entsprechend fruchtbar ist, dessen vorlaut frühe Frühlingsknospen so verführerisch betören wie kaum eine andere Blüte sonst und in all ihrer phallischen Fruchtbarkeit sogar zu schwängern und so schöne Jünglinge zu zeugen vermögen wie jenen phönizischen Adonis, den sich die schwanzlose Kybéle dann anstelle all der schwärmenden Phallos-Dämonen und in aberwitzigem Inzest zum Liebhaber erkiest, in noch aberwitzigerer Eifersucht zur Selbstkastration verleitet und in Frauenkleider steckt: den Adonis!

Das alles erzählt der Seewind im 2. Jahrhundert nach Christus dem Griechen Pausanías aus Manisa bei ebenjenem Smyrna, vorher und nachher auch manchem andern und heute, in ähnlich gesprenkelter Mondnacht, dem staunend lauschenden Yan, der fast schaudernd aus dem Labyrinth dieser Flöten- und Mandelverlockung ausbricht und sich beim Weitergehen in den befreienden Ausblick aufs offene Meer zu retten vermag, das da, hinter besonders hochwüchsig pittoresker Pineta in lunarem Gegenlicht, mit majestätischer Opulenz den silbernen Lichtweg des hochgestiegenen Mondes nachzeichnet, um in millionenfach bebendem und spielerisch gebrochenem Reflex auch Land und Himmel so magisch zu verzaubern, daß die Tsimshian-Indianer in Nordwestamerika den Mond ebendeshalb gar als Vorraum und einzigen Zugang zum Himmel verehren.

Yan kann das nachempfinden, als er jetzt den Durchgang zwischen den friedlich schlafenden Fincas von Aaron Keydar, jenem allseits erotisierenden israelischen Bildhauer, und dem gar international so gefragten Designer Philippe Starck passiert. Schräg vor ihm nämlich erklimmt dieser strahlende Himmelsvorraum schon die halbe Höhe seiner ewig unabdingbaren Himmelsbahn.

Erde und Weltall baden in seinem betörenden, verwirrenden und so unsagbar besänftigenden Leuchten, das noch dem dunkelsten Winkel sein Licht gibt und dennoch nicht hell ist im Sinne gleißend blendender Sonnenklarheit. Mondlicht ist milde. Es brennt nicht, es heilt. Es hilft und fördert. Es löst das Chromatische in farblosen Schimmer auf. Es ist gütig. Es ist wundertätig und gnädig. Es dient dem Wachstum. Es begünstigt Pflanzen, deren Samen bei nächtlichem Vollmond in die Erde gelangen. Es verführt Mensch und Tier zu Brunst und Zeugung, wie es schon Himmel und Erde zu Brunst und jener Zeugung verführen mag, von der auf rätselhaft weit gesprenkelte Weise in aller Welt die frühesten Mythen dieses Welt-Elternpaares künden: wie es als Mann und Weib, als Vater und Mutter aufeinander liegt und eine doppelgeschlechtige, eine erst sehr viel später getrennte Einheit und Urheimat und Liebe ist. Es ist, als hätt' der Himmel die Erde still geküßt.

Auch der Mond, der dieser fruchtbaren Urkopulation das Licht hält, gilt daher vielen Naturvölkern noch als ungespalten androgyn. Seine wechselnden Phasen, sein Wachsen und Schwinden, seine Fülle und seine Absenz werden bei Sioux-Indianern als wechselndes Geschlecht empfunden. Die Botokuden nennen den "großen Mond" ihren Vater und den "kleinen Mond" Mutter. Für Buschmänner hingegen ist umgekehrt der Vollmond weiblich und der Neumond männlich. Auch für brasilianische Mura-Indianer wie später für die rhodesische Hochkultur der Luba-Lulua im zentralen Kongo und der Hungwe im Mashonaland ist der Mond ein riesiger Zwitter, der abwechselnd, eben phasenweise, Mann oder Frau ist. Die Akan-Völker an der Goldküste gar begreifen den Mond als Erscheinung von Nyame Amowia, ihrer obersten Gottheit persönlich, die strikt androgyn ist.

Auch die altorientalischen und -mediterranen Mythen zumal der griechischen Hochkultur neigen zu einer bisexuellen Deutung lunarer Göttlichkeit, wie sie noch in der orphischen Selene nachleuchtet, von der man also mancherlei denken mag, wenn sie den schönen Hirten Endymíon auf dem Berge Latmos einzig im Schlafe dermaßen zu beseligen weiß, daß er Zeus um also ewigen Schlaf bittet. Fünfzig Töchter und kein Sohn seien so unbewußt selenischem Bei-Schlaf entsprungen.

Jedenfalls bezeichnet auch noch Platons "Symposion" das ursprünglich dritte, das "mannweibliche", das schwule Geschlecht des Menschen als Ausgeburt eben des Mondes.

Aber auch die Omaha-Indianer wissen, daß es der Mond ist, der Jünglinge *"mixuga"* oder schwul macht und als *"mysterious"* gelten läßt, weil sie auch fortan unter seinem lunisch launischen Einfluß stehen: der Mond habe Macht über alle Schwulen.

Die Sioux-Stämme der Dakota-, die Sauk- und die Fox-Indianer glauben, daß der Mond in einer geträumten Offenbarung den Geschlechtswandel junger Schamanen veranlasse und ihr ganzes weibisches Leben als Berdaschen oder kultische Transvestiten bewache und dirigiere.

Und noch für die Alchimisten des christlichen Mittelalters erzeugen in Abwandlung taurisch-altsemitischer Weltbilder unser aller Mond und Sonne als ein ebenso untrennbar ineinander verschränktes Doppelwesen wie Yang und Yin jenen hermaphrodisischen *filius philosophorum*, der als das androgyne Wesen an sich gilt, Hermes oder Merkur heißt, mit mannweiblichem Kopfe auf dem doppelgeschlechtigen Welt-Ei steht und einen Drachen tritt, dessen Geschlecht nicht weniger gesprenkelt ist. Freilich nehmen der elterliche Mond als Quecksilber und die Sonne als Schwefel vorher jenes "Bad der Philosophen", dessen Wasser die Badenden, ergo auch das Quecksilber als Element der Weisheit, durch und durch androgyn macht. *"Sonne und Mond"* ist denn auch die Antwort des sogenannten pythagoräischen Katechismus auf seine Frage *"Was ist das: die Insel der Seligen?"*

Yan läßt jetzt auf seiner pityusischen Insel der Seligen die nicht minder alchimistisch in Mondlicht gebadete und selig schlummernde Finca Mariano Platés zu seiner Rechten hinter sich und geht in den leise anschwellenden Ton eines sehnsüchtig improvisierenden Saxophons hinein. Der erhebt sich

aus jener schläfrig dem Mondlicht hingegebenen Finca, deren Besitzer Yan
noch kurz vor seinem Tode kennenlernt und dessen großzügige Gastfreundschaft sich damals fast lebensbedrohlich über all seine Armut hinwegsetzt.
Jetzt wird sein Haus von einer blonden *femme dure* aus dem Rheinland ge-
nutzt, die den Touristen am Strande süßes Nationalgebäck verkauft. Aber
ihr dunkelhäutiger Liebhaber verzückt nun Schaf und Siebenschläfer und
Fledermaus und Yan und Ziege und eine ganze Herde einzelgängerisch
knabbernder Kaninchen mit seinem wehmütigen Blues, der so mondestrun-
ken und süchtig ist, daß Yan sich an jenem freien Platze, von dem drei so
verheißungsvoll entgegengesetzte Wege weiterlocken, vor der gegenüber-
liegenden Finca Ca'n Petit auf eine Mauer setzt und dem verschlafenen Kakeln des Hühner- und Hahnenvolkes lauscht, das in halber Höhe von Wa-
cholder- und Feigengeäst durch dieses Konzert aus New Orleans und dessen
indiskreten Zuhörer irritiert und in seinem ominös unbequemen Stangen-
schlaf gestört wird.

Nach kurzem Innehalten mit aufgerichteten Löffeln suchen die Kaninchen
unbeirrt weiter nach sprießenden Mimosen und bestehen in dieser Voll-
mondnacht dreist auf ihrer Verwandtschaft mit jenen Hasen, die schon seit
Jahrhunderten im Lande Wakwak am Indischen Ozean, aber auch im fernen
England als bisexuelle Mondwesen Verwirrung stiften, weil sie ihr Geschlecht einfach wechseln zu können scheinen. Vielleicht eben deshalb verbietet Moses ihren Genuß, wer weiß das noch? Hase im Mond ist jedenfalls
auch ein von Menomini-Indianern verehrtes mythisches Motiv; die Inder
deuten die Flecken im Mondgesicht als flüchtigen Hasen, und androgyne
Ballettänzer aller Nationen haben gern eine mondlichtig erotisierende Ha-
senpfote im Trikot. *"Noch fragen sich die Zoologen"*, weiß auch Ernst Jünger, *"ob diese gewaltige Sippe aus den Beuteltieren oder unmittelbar aus
den Reptilien hervorgegangen sei"*: auch das Kaninchen also eine Echse?

Beseligt schluchzt das Saxophon über dieses Hasen- und Hahnen-Paradies
im Mondlicht hin.

Es ist tief in der Nacht.

In den Hohlräumen und Fugen des Gemäuers unterhalb Yans haben tiefge-
kühlte Eidechsen gerade ihre unstörbar kaltblütigen Tiefschlafträume und
ahnen nicht, daß sie allesamt verwunschene Dogon-Vorhäute aus dem Niger-Bogen sind, geschweige daß es einen Mond gibt. Den bekommen sie ihr

ganzes Eidechsenleben lang nie zu Gesicht. Vielleicht entwickeln sie sich ja deshalb zu Kaninchen.

Hinter Yan scheinen sich die Hähne und Hühner auf dem Gestänge schneller an ihren musikalischen Zaungast zu gewöhnen als die Siebenschläfer dieses Territoriums, die noch lange beunruhigt aus unverhofften Mauerspalten auftauchen, um Yan auf die Lauterkeit seiner vorgeblichen Friedlichkeit zu prüfen. Sie blicken offenbar auf schlechte Erfahrungen mit seinesgleichen zurück.

Aber Yan rührt sich nicht, auch wenn diese rattenhaften Nager, die sich in mancher Mondnacht gern mit Kaninchen paaren sollen, ihn fast hautnah inspizieren. Er lauscht dem verschmachtend chromatischen Saxophon aus New Orleans und muß an jene frischgeschossenen Ratten, die ihm im nordöstlichen Thailand als Kaninchenbraten serviert werden, dann aber auf seinem Mauerplatz zunehmend an die Steinschichten jenes tell es-Sultan in der Mondstadt Jericho denken. Auch das Mazzotfest mit gesäuertem Fladenbrot, Schoparim und abgeschnittenen Vorhautschnipseln, die sich im Niger-Bogen zu Eidechsen verwandeln, wird hier in Jericho ausschließlich bei Vollmond gefeiert. Jerach heißt ja bei den Kanaanitern der Mond, Jarich bei den Phöniziern und Ugaritern gleich der Mondgott, den die Sumerer in der ur-alten südbabylonischen Mondstadt Ur lieber Sin oder Nannar nennen und als Vater des Sonnengottes oder überhaupt als "Herrscher der Götter" und "Herrn von Ur" anbeten.

Drunter trumpets.

Oder saxophones.

So sitzt also Yan da auf dem mondübergossenen Ur-Gemäuer seines pityusischen Jericho und macht sich seine eigenen Gedanken über das Geschlecht dieses Mondes, der sich jetzt über die ganze Insel und fernab auch über die Silhouette der Nachbarinsel Ibiza und ihres bizarr pittoresken Felsens Sa Vedra ergießt. Er ergießt sich. Sein Licht ist ein Erguß.

Yan weiß, daß dieser Mond für viele, gar die hiesig lateinischen Völker, eine Frau, ebenjene *luna*, ist. In frühen Mythen gilt sie als Gattin oder Schwester der männlichen Sonne.

Aber schon in jenem spanisch-lateinischen Volkslied, das die catalanische
Montserrat Caballé auch in manchem andern Lande populär macht, wird
von einer jungen Zigeunerin erzählt, die vom Monde einen Sohn bekommt,
"hijo de la luna", und getötet wird, weil sie den für sich behalten will: aber
Vater Mond gibt seine Söhne nicht frei.

Hat das Saxophon aus New Orleans da nicht eben über solchen *hijo de la luna* improvisiert? Überhaupt, erinnert sich Yan, sollen bei Vollmond nur
Söhne gezeugt werden, heißt es.

Und wie er sich da auf seinem steinzeitlichen Hochsitz zwischen phallischen Mandelbäumen im Erguß dieses milchigen Lichtes badet, besinnt Yan
sich jählings auf das altdeutsche *Lunen* oder *Launen* als Bezeichnung eines
mondähnlichen Stimmungswechsels, auf *lunig* für mondsüchtig und *läu-
nisch* für wetterwendisch, folgerichtig dann auch auf den grammatisch
männlichen Mond, einen schönen Jüngling, den seine germanischen Vorfahren Mano nennen und zum Namenspatron ihres *manatac*, auch des heutigen
Montags, machen, ferner aber auch auf den *dschan* der Thais, für die der
Mond, zumal in orangefarbener Tönung, ein Mönch ist, und auf jenen
"Mann im Mond", den jedenfalls die Deutschen in den Kratern des Voll-
mondes zu identifizieren lieben, vollends schließlich auf arische wie semiti-
sche Mythen, die den Mond als Ehemann oder Bruder der weiblichen Sonne
begreifen und feiern; auch den Tscherokesen in Nordamerika und den Uau-
pe am Amazonas gilt der Mond als Bruder der Sonne, der seine Schwester
defloriert und heiraten will: eben für dieses abwegig heterosexuelle Gelüst
wird er mit Minderung seiner Leuchtkraft bestraft, für die Eskimos gar von
der Sonne mit Asche beworfen, die man noch heute in den Flecken seines
Antlitzes sehen kann, und für alle in jene Diasopra nahe der Erde verbannt.

Dort ist für Yan zumal sein unbeirrbares An- und Abschwellen ein unwider-
legliches Signal potenter Männlichkeit. Dabei entstehen, an- wie abschwellend, Sichelformen mit phallisch exhibitionierten Bock- oder Widderhör-
nern in alle Richtungen des Kosmos und lassen allerorts Leben und Früchte
anschwellen. Dieser himmlische Schwellkörper befruchtet ganz wie ein
Stier, ein Bock, ein Hahn. Er befruchtet auch Poeten und Priester. Friedrich
Schiller nennt ihn, in einem seiner "Turandot"-Rätsel, gar einen Hirten *"mit
schön gebogenem Silberhorn"*, und als *"kräftigen Jungstier mit dicken Hörnern, vollkommenen Gliedmaßen, voller Kraft und Üppigkeit"* preisen die

Assyrer diese Mondsichel schon in ihren Gebeten des 7. Jahrhunderts vor
Christus und nennen sie den *"Erzeuger der Götter und Menschen"*. Auch zu
den kabbalistischen Symbolen der Mondsphäre gehören die Genitalien des
Mannes.

In solchem Sinne lebenstiftend, aber auch -bewahrend erachten den Mond
nach jüngsten Computer-Simulationen gar die Astrophysiker des Pariser *Bureau des Longitudes*. Sie erweisen, daß einzig die Anziehungskraft dieses
Trabanten die Polachse der Erde davor bewahre, so schlingernd zu torkeln
wie bei anderen Planeten, und hierdurch auch Temperatur-Schwankungen
verhindere, die jedenfalls höhere Lebensformen ausschlössen. Diese Anziehungskraft des Mondes sei in all seiner milden und wechselhaften Kleinheit
gleichwohl so gewaltig, daß sie täglich zweimal die Kontinente der Erde um
etliche Zentimeter anhebe. In den Wassermassen der Ozeane bewirkt sie abwechselnd aufgetürmte Flutberge und fallengelassene Ebbetäler. So wiederholt der Mond hienieden spiegelbildlich seinen allnächtlich entblößten
Wechsel und Wandel.

Wohl eben deshalb gilt er schon den Mythen früher Naturvölker auch als
der Herr aller Meere, Ströme und Quellen, selbst des ungreifbarsten Gewässers in der tiefsten Tiefe, auch aller Feuchtigkeiten und Körpersäfte, also alles wachsend Lebendigen und jeglicher Vegetation.

So ist er in solchen Urzeiten schon der virile Befruchter nicht nur für Felder,
Herden und Beutetiere, sondern auch für Frauen. Bei Chaco- und Papúa-,
bei Maori- und Jivaro-Völkern, aber auch bei Menomini-Indianern und frühen Ägyptern ist dieser männliche Mond der mythische Gatte sämtlicher
Frauen, die er sehnen und gieren, die er schwach werden und bluten, die er
empfangen und stark werden läßt. Sein Rhythmus ist auch ihrer. Seine Magie ist ihre. Darum ist er ihrer aller zugeordneter Bezugspunkt, ihre Gottheit,
ihr Herr. Er ist ihre Beziehung, ihr Liebhaber und eigentlicher Gatte oberhalb des irdisch-fleischlichen "Mit-Gatten", der ihn nur vertritt und in seinem höheren Auftrage agiert. Denn der wahre Herr des weiblichen Lebens
ist der Mond.

Darum gilt er auch als Herr des Backens und Webens, des Spinnens, des
Flechtens, des Töpferns und als Erfinder von Kleidung und Körperschmuck.
Seine eben mondhaft launische Unberechenbarkeit ist auch Schirmherr aller

jähen Intuition, aller Einfälle und Ideen, des unsystematisch Spontanen, der plötzlichen Inspiration.

Wohl eben wegen alldessen sprechen analytische Psychologen wie Erich Neumann vom Monde als der *"archetypischen Mitte der weiblichen Geist-Animus-Welt"*. Dieser lunare Animus, die männliche Geist-Seite in allem Weiblichen, regiert daher auch über alle Emotionen, alles Erotische, Orgiastische und wortlos Musikalische, er regiert das irrational Dämonische unserer Seele.

Also regiert er nun auch Yans nächtlich beseligtes Sitzen und Fühlen auf der zeitlos mondübergossenen Ur-Mauer zwischen Siebenschläfer, Fledermaus, Rosmarin, Ölbaum, Heimchen, Hahn und Schaf und Palme und Mandelhoden und Stille.

Das farbige Saxophon ist eingeschlafen.

Yan geht also weiter, dem rechten Wege und seinem schwanzfressenden Kreise folgend, an Carmen Escandell Ferrers weit ausgebreitetem Gehöft vorbei, wo jetzt selbst deren so mitteilsam durchdringende Stimmbänder endlich Ruhe haben und sich im Schweigen des Mondschlafes regenerieren – oder horch: äußert sich ihre stets wohlinformierte Herzlichkeit auch noch jetzt im Schlafe? Nein, selbst ihr Hund schlägt nicht an – Ca'n Parra fällt von hier aus breit und in kaum verhohlener Neigung zum Meer hinunter, von dem jetzt ein hellblau leuchtender Dunst empor und über das befriedete, ein beglücktes Mondland hinweg bis zu Yan hinauf steigt.

Die Nacht vertieft sich, eine Uhr könnte jetzt die Geisterstunde verkünden.

Yan nähert sich dem Doppelgehöft von Ca'n Rufina und Ca'n Toni de na Platera, wo der Weg, immer schmaler, an der eigenen Vertikalen gar irre wird: nur noch als S-Kurve wagt er, sich zwischen den nah beieinander stehenden alten Fincas hindurchzuwinden und zum rechten Engpaß, zum indiskreten Hohlweg und aufdringlich vorlauten Urian, einem unerwünschten Kanal und eher privaten Isthmus inmitten zweier familiärer Bastionen zu werden – eine penetrante Schneise und Landenge im hochvoltig aufgeladenen Spannungsfeld zwischen Längs und Quer.

Schon bei Tageslicht scheut Yan die zwar unanfechtbar offizielle, auch gar nicht vermeidbare, dennoch als indezent empfundene Passage durch dieses unverhoffte Nadelöhr. Richtig ballen sich hier in unerklärbarem Stau Energien, die sich dann oftmals abrupt und sehr beängstigend in erschreckend profanen Geschehnissen gewaltsam entladen.

Tags freilich geschieht derlei nie. Tags über mag die Trennungslinie des Weges so frequentiert sein, daß sie die Querverbindungen rigoros durchschneidet, die sich erst bei Einfall von Dunkelheit und Menschenschlaf wieder aufbauen können. Wenn dann, gar bei Mondlicht, in wiederhergestellter, ungetrübter Balance von rechts nach links wie links nach rechts, ein Lotrecht querkommt, erdet sich all die reizbar zusammengebraute Frequenz in irgendeinem Kurzschluß und Knall.

Für Yan tritt erschwerend hinzu, daß sich die Kreisform seiner schwanzbeisserischen Uroboros-Wanderung eben hier, in diesem unguten Isthmus, von Hinweg zu Rückweg, von Aufbruch zu Heimkehr umpolt und in unbeachteten Tiefen also eine urdramatische Peripetie erfährt: die gegenströmige Kraftverlagerung von Fliehkraft zu Schwerkraft, von Schub zu Bremsung.

Bei seinem letzten Mondgang attackiert ihn hier jäh, in Sekundenschnelle inmitten des lautlos lunaren Gnadenzaubers dieses männlichen "großen Mondes", ein riesiger schwarzer und tobsüchtig-mordlustig zähnefletschender Höllenhund, wohl Zerberus persönlich, und fällt wie ein Dämon des Bösen über Yans Seele her, die gerade weit ihre Flügel ausspannt und durch die stillen Lande fliegt, als flöge sie nach Haus. Umso entsetzlicher ist der Überfall.

Einen runden Mondzyklus vorher läßt dieser Dämon mit höhnischem Grinsen Yan just hier in die Hosentasche fassen und konstatieren, daß eine Naht sich plötzlich gelöst und seinen Hausschlüssel irgendwo unterwegs in diesem steinigen, nächtlich umso unübersichtlicheren Ca'n Parra hat herausfallen lassen: eine Katastrophe mit unabsehbaren Folgen in diesem quasi prävilisatorisch "heiligen Lande" und also ein Herzensschreck und -schock, der alle Mondromantik mit teuflischem Hohngelächter in handfeste Scherben irdischen Alltags zerschlägt.

Und abermals 28 Nächte vorher bleibt Yan hier das nervöse Herz fast stehen, als er, der S-Kurve folgend, unverhofft einen riesig fetten Altfrauenarsch vor sich sieht, der sich, nackt und kalkig weiß und selbst ein käsiger Vollmond, dem leuchtenden Gevatter am Himmel entgegenwölbt, dann mühsam schwankend nieder- und untergeht, sich in die ausgetrocknete, steinige Ackerkrume eines mondüberfluteten Weinbergs preßt, um auf diese Weise altüberlieferte, vielfach erprobte Linderung und selenische Heilung jedweden Unterleibsübels zu finden.

Und weitere zweimal 14 Nächte früher, als Yan auf diesem ganzen kreisrunden Uroboros-Vollmondweg von seiner lunar enorm stimulierten Katze, einem Weibchen mit mächtigem Animus, begleitet wird, das sich ansonsten mit lüstern schnüffelndem und sabberndem Schnäuzchen am Männerschweiß in den abgestreiften Kleidungsstücken von Freund Juljus aufzugeilen liebt, hier und heute nacht jedoch durchaus nicht dem alltäglichen Fischgeber, sondern mit all der Inbrunst seines so leidenschaftlichen Geschlechtes einzig den magisch leuchtenden Verführungskünsten jenes himmlischen Liebhabers und mythischen Begatters folgt –

– da prescht an besagtem ungutem Isthmus ein anderer, nicht minder wutschnaubender und hysterischer schwarzer Riesenhund des Höllenrachens um eine friedlich schlummernde Gebäude-Ecke und macht der beseligten Katze einen so gnadenlos infernalischen Garaus, daß sie sofort von diesem mondesglücklichen Erdboden verschwunden ist und sich erst nach mehreren Tagen wieder bei ihrem Fischgeber einstellt, als der seine inselweite Suche nach dem verschreckten oder totgeglaubten Tier gerade tränenreich und ergebnislos abbricht.

So elbisch, so magisch, so dämonisch also geht es in dieser unerklärlichen Schleuse zu, wenn der Mond voll ist. Das weiß Yan nunmehr und betritt sie also in heutiger Augustnacht nur umso gewärtiger.

Friedlich und scheinbar arglos liegt sie im Zauber dieses vollen und dennoch halben Lichtes da und schweigt ihr postmitternächtlich abgrundtiefes Schweigen. Yans leichte Schritte bekommen einen ebenso leichten Hall, als sie den Hohlweg betreten. Der Hall verstärkt sich inmitten all der Lautlosigkeit von Fledermäusen, Agavenblüten, Hodenbäumen und Thymianduft. Der Hall verstärkt sich. Dann versetzt er sich. Er klappt nach. Er hat ein kleines Echo. Oder geht da noch jemand?

Der Biegung des Engpasses folgend, steht Yan plötzlich vor einem kleinen Jungen. Der Junge ist nur mit einem kurzen Höschen bekleidet. Er geht gruß- und blicklos an Yan vorbei. Yan schaut ihm nach. Da bleibt auch der

Junge stehen und wendet sich um. Er schaut zu Yan. So stehen sie beide da und schauen sich an, in der Geisterstunde, bei Vollmond, im unguten Isthmus.

Dann löst sich der Junge von seinem Fleck und geht langsam auf Yan zu. Er kommt immer näher, in ebener Bewegung, immer näher. Jetzt ist er nah genug, um stehenzubleiben. Aber er bleibt nicht stehen. Er geht weiter und kommt noch näher, noch näher. Jetzt ist er hautnah, gleich gibt es Tuchfühlung von Höschen zu Hose.

Da erst bleibt der Junge stehen. Jetzt erst kann Yan sein Gesicht erkennen. Es hat asiatische Augen und Wangenknochen. Es ist etwa zehn, zweimal fünf Jahre alt und asiatisch. Es ist sehr schön. Der Junge schweigt. Er schaut Yan in die Augen und schweigt. Sein Blick ist offen und unerbittlich auf Yans Augen gerichtet. Sein Blick ist ernst: ohne ein Spurenelement von Lächeln oder Humor über die rätselhafte Begegnung und ihr Beieinanderstehen. Auch ohne Spurenelemente von Neugier oder Mutwillen oder Sehnsucht oder Wehmut oder Trauer oder Wut oder Aufforderung, auch ohne Frage: nur ernst. Dieser Blick ist unendlich ernst. So ernst wie dieser Blick ist das Leben wirklich.

Ihre Augen sind ineinander versunken. So stehen sie da, in all der Lautlosigkeit und all ihrer Nähe, in diesem überwältigenden Mondlicht.

Yan ist es, der dieses Schweigen schließlich nicht mehr erträgt. Er fragt den Jungen in landesüblichem Spanisch, was er wolle: "Que quieres?" Keine Antwort, der ernste Blick. Yan wechselt die Idiome: "What do you want?", "Qu'est-ce que tu veux?" Der ernste Blick und keine Antwort. "Was willst du denn?", "Tu hablas Español?" Der ernste Blick und Schweigen. Ist der Junge taubstumm? Oder geisteskrank? Will er Geld? Ist er ein Bettler? Oder Stricher? Nachts um eins in Ca'n Parra? Oder verarscht er Yan?

Aber dieser todernste Blick.

So stehen sie beide da, in diesem Hohlweg im Mond. Yan weiß, daß sofort etwas passieren muß. Daß der Junge ihn umarmt. Oder ihm in die Hose faßt. Oder zu weinen anfängt. Oder sich auszieht. Oder ihm ein Messer in den Rücken sticht. Nah genug stehen sie für alles das.

Yan graut es.

Ruhig tritt er einen Schritt zurück. Der Junge bleibt stehen. Rückwärts geht Yan drei weitere Schritte. Der Junge bleibt stehen und schaut ihm ernsthaft nach.

Yan wendet sich langsam um und geht ruhig und todesmutig vondannen. Aber Schauer laufen ihm seinen schweißüberströmten Rücken hinauf und hinunter. Noch immer ist er auf ein Messer gefaßt.

Aber auch das geschieht nicht. Lautlos flitzen nur die Fledermäuse um seinen Kopf. Im nahen Ur-Gemäuer versucht ein Heimchen sein Glöckchenstakkato. In den Mandelbäumen kichert die Brise des Gezeitenwechsels.

Yan beschleunigt seine Schritte, die aber ohne Nachklapp, ohne Echo bleiben.

Ein erster Hahn, *"der als Trompete dient dem Morgen"* und *"is the trumpet to the morn"*, kräht meilenfern und allzu früh, nach hiesigem Inselbrauch. *"Dann darf kein Geist umhergehn, sagen sie"*, weiß schon Hamlets Höfling Marcellus, und Herzensfreund Horatio bestätigt, sei es in Kairo oder im "Tonio Kröger": auf eines Hahnes *"Mahnung,*

Sei's in der See, im Feu'r, Erd' oder Luft,
Eilt jeder schweifende und irre Geist
In sein Revier:

The extravagant and erring spirit hies
To his confine."

Jetzt erst wagt Yan sich endlich umzuschauen. Der Junge ist weg. Ihr Tatort liegt in friedlicher Unschuld mitten im Zauber des Vollmonds. Der Hahnenschrei hat den Bann gebrochen. Er hat den Spuk vertrieben: auf erwärmend mitbrüderliche Weise. Andere Hähne antworten jetzt von kreuz und quer, ein geerdetes Netzwerk kameradschaftlicher Solidarität, das die Geisterstunde hilfreich beendet.

Yan geht schnell nach Hause und glaubt, einem Dämon begegnet zu sein. Er weiß, daß der Mond auch als Herr über Zauber und Magie, über unter- und übermenschliche Geister und elbische Wesenheiten gilt, bei vielen Völkern rings um den Globus und seit Jahrtausenden. Schamanen und Propheten, Priester und Poeten rufen seine Hilfe an und lassen sich von ihm erleuchten. Er vermittelt ihnen Weisheit und Begeisterung, Liebe, Inspiration und Hilfe.

Aber auch asiatische Knaben?

Die Hähne krähen jetzt pausenlos und steigern sich exzessiv aneinander.

Mehrere Jahre später lernt Yan hier auf einer Mondschein-Party bei jener
Geneviève aus Paris im Gespräch mit Philippe Starck und Aaron Keydar
auch einen deutschen Mann kennen, der in der kleinen Finca am Rande jenes magischen Hohlweges wohne und auf Befragen von seinem siamesischen Adoptivsohn berichtet.

Adoptivsohn?

Mit aller gebotenen Behutsamkeit schildert Yan ihm seine vollmondnächtli-
che Begegnung mit diesem Knaben. Der "Vater" zögert verräterisch und
sucht nach Ausflüchten. Er scheint peinlich berührt, wie zur Preisgabe einer
wohlgehüteten Heimlichkeit genötigt. Endlich gibt er zu, daß der Junge bei
Vollmond bisweilen im Tiefschlaf sein Lager verlasse und somnambul zu
wandeln beginne; aber nicht immer, nur ganz selten. Gründe und Genaue-
res: nein, davon wisse er nichts.

Yan ist da also einem Mondsüchtigen begegnet: einem, den der männliche
Mond noch süchtiger macht als jeden andern auch. Von Freund Jürgen, dem
Ethnologen, erfährt er, daß der Mond bei fernen und frühen Völkern auch
als Herr der Ekstase, des Rausches, der orgiastischen Begeisterung, aller Besessenheit verehrt werde.

Von wem mag dieser Knabe ekstatisch besessen werden, wenn der große
männliche, heimatlich mönchische Mond sich füllt?

Zumindest Freudianer wissen, daß solcher Lunatismus bei labilen Menschen
mit vegetativen Afferenzen und motorischer Ansprechbarkeit besonders in
vorpubertärem Alter die noch nicht ausgelebten sexuellen Bedürfnisse aus-
drücken kann, zumal wenn diese sich mit sehnsüchtiger Erinnerung an früh-
kindliche Erotik verbinden. Im Falle einer zusätzlichen Disposition zu spezifischer Muskelerotik ist für den jugendlichen Nachtwandler die Lust auf
Muskelbetätigung größer als die süßeste Verführung zum Schlaf, das Bedürfnis nach körperlicher Initiative stärker als nach passivem *sabr* im Bett.
So soll denn auch der Weg des juvenilen Noctambulen meist in ein anderes
Bett, möglichst der Eltern oder eines geliebten, oft auch geschwisterlichen
Stellvertreters führen, um mit dem dann die Rollen von Vater und Mutter

nachzuspielen. Das kann nur nachts geschehen, weil es bei Tageslicht verboten oder verpönt ist.

In der Bewußtlosigkeit des Schlafes, die weder Verantwortung noch Schuld kennt, kann jegliches Tabu straf- und folgenlos gebrochen werden. Zumal gleichgeschlechtlichen Gelüsten suchen Mondsüchtige auf diese Weise skrupellos nachgehen zu können. Der Vollmond hält dabei die Lampe. Er erleuchtet den weiten Weg in die allerfrüheste Kindheit und Heimat, sei es ins sinnenfreudigere Thailand mit dessen orangefarben gewandeten Mönchen, und mag den Lunatiker durch seine runde Fülle auch an erste sexuelle Kindheitseindrücke erinnern. Besagte Freudianer erwähnen da besonders die frühe Faszination durch den Anblick eines vollmondig nackten Arsches: auf Weinbergen oder wo auch immer.

Überhaupt sei dieser Wandel in spärlicher Bekleidung oft auch mit erinnertem oder aktuellem Exhibitionismus verbunden, der sich umso besser erfüllen und befriedigen könne, wenn er sichtbar beleuchtet und angestrahlt wird.

Mit einsetzender sexueller Praxis, wie auch immer, höre der Hang zum Lunatismus meist auf, der also als nur vorläufig und stellvertretend zu verstehen sei.

Yan hat keine Mühe, solche Deutungen auf seine mitternächtliche Begegnung mit dem kleinen Thai in jener dämonisch hohlen Gasse von Ca'n Parra zu beziehen.

Der vage Pseudo-Vater spielt da freilich eine suspekte Rolle. Er berichtet auch eifrigst, daß der adoptierte Knabe inzwischen ins heimatliche Thailand zurückgekehrt, dort Mönch geworden sei und für Befragungen oder sonstwas also nicht mehr zur Verfügung stehe.

Wenn Yan in späteren Jahren bei nächtlichen Vollmondwanderungen wieder jenen dämonischen Engpaß betritt, ist er jeweils vergeblich, aber mit kindlicher Sehnsucht auf die lunige Wiederkehr dieses vormännlich-ungeworden schlummernden kleinen Prinzen mit den hohen Wangenknochen und dem so ernsten Blick seiner schräg gestellten Augen gefaßt.

Aber den Tatort speichert er in seiner Kollektion magischer Örtlichkeiten, solche Mondnacht unter elbischen Stunden.

407
Werner und Horst

Yan spürt ein Brennen in der Harnröhre und sagt das nächste Triolentreffen mit Horst und Werner sicherheitshalber ab.

Dann geht er zum Venerologen. Der diagnostiziert einen Tripper.

Yan sagt, er halte eine sexuelle Infektion für ausgeschlossen.

"Ach, wissen Sie", sagt der Venerologe kameradschaftlich, "was uns die Frauen da immer so erzählen!"

"Nein", sagt Yan, "das ist es nicht: Askese, in der fraglichen Infektionszeit. Es sei denn, das berühmte Bierglas – "

"Das gibt es nicht."

"Oder eine Türklinke – "

"Völlig ausgeschlossen. So gut wie ausgeschlossen. Ohne klassischen Infektionsherd gibt es keine Infektion. Aber was soll das alles *après*: so ein Tripper ist heute eine frohe Botschaft für uns Venerologen. Weil wir ihn so schnell und problemlos kurieren können wie nichts anderes. Unsere liebsten Fälle, leider viel zu selten. Ich schreibe Ihnen was auf. In acht Tagen kommen Sie zur Kontrolle, und fertig ist der Lack!"

Nach 14 Tagen ruft Horst an und lädt Yan zu seinem Geburtstag ein: "Und sonst so? Wie geht es deiner Harnröhre?"

"Danke, die ist wieder einsatzbereit."

"Was ist es denn nun gewesen?"

Yan glaubt, Horst anstandshalber informieren zu müssen. Vielleicht hat ja auch der den klassischen Infektionsherd in oder an sich und ignoriert oder unterschätzt ihn, ahnungslos. Sicher ist also sicher.

"O Gott", sagt Horst. "Und wo holt man sich sowas?"

"Ein Rätsel", sagt Yan. "Nach Adam Riese höchstens bei dir, das letzte Mal. Denn sonst war nichts, in der betreffenden Zeit. Aber das würdest du dann ja wissen: ?"

"Na, Hauptsache, du bist wieder zu haben. Ich freue mich schon. Bis dann. Also tschüs."

Andern Tages, wohl nach Beratung mit Werner, meldet Horst sich wieder: leider komme ganz unverhofft seine arme Schwester zum Geburtstag, extra aus der ehemaligen DDR, den ganzen weiten Weg und mit großen Problemen, eine harte Frau: ob Yan das verstehe?

Yan versteht: er wird ausgeladen. Den Ossis ist seine kurierte Gonorrhöe zu leprös.

"Auf ein andermal", tönt Horst, schon scheinheilig, aus dem Telefon. "Ich rufe dich an."

Yan soll also nicht anrufen. Er tut es auch nicht.

Auch Horst ruft nie wieder an.

Yan ist es recht. Genug ist auch genug. Und "mal muß ein Ende sein": sogar mit west-östlichen Triolen.

Aber nach mehr als einem Jahr trifft er Werner und Horst unverhofft wieder: bei einer *Jack-off-Party*, nur in Unterhöschen und Schuhen, zwischen masturbierenden Grüppchen. Werner täuscht Wiedersehensfreude vor, überspielt die Entfremdung und signalisiert Reparaturbedürfnis.

Oder er heuchelt.

Denn Horst in seinem modischen Tanga bleibt unnahbar und gibt unversöhnliche Kränkung zu erkennen. Er spricht nicht mehr mit Yan. Er ist pikiert.

Yan geht endlich ein Licht auf: er hätte ihn damals vor dem Tripper nicht warnen dürfen; das wird ihm seither als Beleidigung, gar herablassend von West nach Ost, als Bezichtigung und Verleumdung, als unverzeihliche Besudelung verübelt – als würden alle Bürger der ehemaligen Deutschen Demokratischen Republik jetzt Geschlechtskrankheiten einschleppen! Der abgehalfterte Nationalstolz von anno dunnemals fühlt sich frisch getroffen und verletzt.

So setzt sich das deutsche Ost-West-Problem im schwulen Einheitsalltag fort.

Yan spürt nur noch Ohnmacht und läßt die Affäre auf sich beruhen.

Sie können zusammen nicht kommen, die Trennung ist viel zu tief.

Mit vertauschten Rollen.

519
Chin und andere

Yan hat für seine "Blaue Kladde" das Material zu neuen Eintragungen zusammengesammelt. Es sind

Pu Yi sowie andere Kaiser von China (die sich außer ihren Ehefrauen auch geschminkte und gepuderte Lustknaben halten), der römische Kaiser Aulus Vitellius, der deutsche Kaiser Heinrich IV., der Aztekenherrscher Montezuma II., der ägyptische Pharao Amenhotep oder Amenophis IV. (der sich selbst Echnaton nennt, mit Nofretete verheiratet ist und seinen Geliebten Semenchkare zum Mitregenten macht), sowie Tamerlan der Große, der als Timur-Lengg vom Schafhirten zum Emir des mongolischen Weltreichs aufsteigt;

die Verleger Friedrich Radszuweit und Paul Steegemann, Gottlieb Friedrich Harms und Christian von Maltzahn-Vanselow sowie Heinrich Simon (der in Washington von einem Liebhaber erschlagen wird);

die Musiker Peter Allen und John Lennon, Jimmy Sommerville und Jean-Pierre Barda, Neil Tennant, Rufus Wainwright und Paul Lekakis;

der griechische Heros Theseus mit Peiríthoos, dem König der thessalischen Lapithen;

die Filmstars Erroll Flynn und Tyrone Power;

die Parlamentarier Alan Amos und Ben Bradshaw, Adam Bock und Ralf Kuklinski, Stefan Reiß und Barney Frank, Maximilian Pfeiffer und Farid Müller, Lutz Kretschmann und Hubertus Prinz zu Löwenstein-Wertheim-Freudenberg;

die Maler Albrecht Dürer, Paul Höcker und Paul Gauguin, Ernst Jäger-Corvus und Attila Richard Lukacs, Carl Philipp Fohr und Johann Heinrich Füssli, Don Bachardy und David McDermott, Werner Gilles und Rudolf Schlichter, Werner Heldt und Andreas Walser, Ludwig Meidner und Walter Spies, Carl von Zastrow und Otto Meyer-Amden, der Illustrator und Glasmaler Melchior Lechter sowie Rinaldo Hopf und die malenden Duos Pierre & Gilles und Gilbert & George;

die Diplomaten Axel Freiherr von Varnbüler und Paul von Below-Schlatau, Georg Reichsfreiherr von und zu Franckenstein und James Hormel, Alfred Graf von Bülow und Albert Graf von Dietrichstein-Mensdorff-Pouilly, Kai Köster und Raymond Lecomte, Carl Joseph Graf von Firmian und Erich Franz Sommer, Johann Georg Rist und Kajetan Mérey von Kapos-Méré;

die Publizisten Oswalt Kolle, Manuel Gasser und George Davis, Thomas Cassidy, Elmar Kraushaar und John Francis Hunter, Micha Schulze, Martin Butzkow und Tom Kuppinger, Friedrich von Gentz, Johannes Werres und Wolfgang Max Faust, Harry Wilde, Michael Förster und Michael Merschmeier, Larion Gyburc-Hall, Richard Plant und Hans Freimark, Rudolf Jung-Burkhardt, Claus Gillmann und Theodor von Wächter, Peter Schult, Johannes Nohl und Otto Kiefer, Adam (von) Müller, Richard Meienreis (alias J. E. Meisner) und Günther Graf von Schulenburg sowie Theo Haubach (von den Nazis ermordet), Senna Hoy oder Johannes Holzmann (von den Sowjets ermordet) und Botho Laserstein (vom Hitlerstaat verfolgt und vom Adenauerstaat in den Selbstmord getrieben);

die Regisseure George Cukor und Howard Hughes, Jonatan Briel und Nevill Coghill, Erik Charell und Horst Gnekow, Cyril Collard und Marcus Lachmann, Hans Deppe und Karl-Heinz Streibing, Michael Brynntrup und Peter Kern, Alexander Hunzinger und Peter Sieglar;

der Kölner Regierungspräsident Franz Grobben, der Berliner Senatspräsident Ernst Morwitz, der ostfriesische Ständepräsident EDzard Mauritz Freiherr von Innhausen und Knyphausen, der holländische Präsident Gozewijn

*de Wilde, der Weimarer Oberkammerpräsident Johann Christoph Schmidt,
der Ministerialdirektor im NS-Reichsinnenministerium Helmut Nicolai, der
Regierungsrat Erich Gisevius, der Neumärkische Kriegs- und Domänenrat
Friedrich Wilhelm Peter Lamprecht, der australische Bürgermeister Ralph
McLean, der Kölner Stadtrat Johann Greveroide, der Würzburger Staatsar-
chivdirektor Joseph Friedrich Abert, Oberbürgermeister Elditt im west-
preußischen Elbing und Harvey Milk, Stadtrat in San Francisco, Hans
Fritzsche, Leiter der Rundfunkabteilung im NS-Propagandaministerium,
und Astor Leoncelli (der als Oberstallmeister des bayrischen Kurfürsten
wegen seiner Männerlieben enthauptet wird);*

*die Schauspieler Douglas Lambert, Anton Diffring und Conrad Veidt, Man-
fred Seipold, Mathew Anden und Amadeus August, Raymond Burr, Peter
Lorre und Jens Bertold, Kurt Brüssow, Sal Mineo und Ernst Meibeck, Karl
Kronenberg, George Nader und André Eisermann, Herbert Franz, Rupert
Everett und Miguel Levin, Hartmut op der Beck, Karl Meier ("Rolf") und
Erich Ponto, Hans Henninger, Manasse Herbst und Markus Hoffmann, Bro-
der Hinrichsen und Harry Pauly ("Pauline Courage") sowie Jürgen Ohlsen
(den die Nazis ermorden);*

*die Päpste Sixtus V. und Alexander VI., Clemens VII. und der pansexuelle
Honorius II., der päpstliche Nuntius von Branciforte und Kardinal Alidosi
in Pavia (jener schließlich ermordete miese Günstling des Papstes Julius
II.), ferner der Ordensmeister Heinrich von Rheinfelden und der Domvikar
Max Griot, die Theologen Johann Joachim Spalding und Titus Neufeld, Pa-
stor Thomas Friedhoff (der die erste deutsche Kirche für Homosexuelle leitet), der Theologie-Professor Canaan Banana, der auch Staatspräsident von
Simbabwe wird, der Stuttgarter Hofprediger und Konsistorialrat Johann
Valentin Andreae, die Theosophen und Okkultisten Charles Webster Lead-
beater und Wilhelm Hübbe-Schleiden sowie Bischof Damiani (der schon im
11. Jahrhundert mit seinem "liber gomorrhianus" eine systematische Aufli-
stung aller homosexuellen Praktiken erstellt);*

*die Chansonniers Georgette Dee, Romy Haag und Tim Fischer, Zazie de
Paris und Jörg Zadow, der sich Sophie White nennt;*

*die Aristokraten Eberhard Burggraf und Graf zu Dohna-Schlobitten und
Maximilian Egon II. Fürst zu Fürstenberg aus dem Hause der Grafen von
Urach, Georg Prinz von Preußen aus dem Hause Hohenzollern und Emil*

*Reichsgraf von Schlitz aus der Linie von Görtz, Sergej Großfürst von Ruß-
land und jener russische Fürst Jussupow, der die Ermordung des Rasputin
zumindest mitverantwortet, sowie Ritter Richard Puller von Hohenburg, Edler von Haspisperch (oder Habsberg) und Hermann von Hohenlandenberg
(die alle drei als "Sodomiten" verbrannt werden);*

*die Fernsehmoderatoren Werner Veigel und Jürgen Domian, Matthias
Frings und Ralph Morgenstern;*

*die Bildhauer Ludwig Thormaehlen, Frank Mehnert (alias Victor Frank)
und Adolf (von) Hildebrand;*

*der deutsche Botschaftssekretär Ernst vom Rath und dessen 17jähriger
Mörder Herschel Grynszpan (der mit seinem Pariser Attentat in Deutschland einen willkommenen Vorwand für den antisemitischen Massenpogrom
der sogenannten Reichskristallnacht liefert);*

*die Modemacher Isaac Mizrahi und Giorgio Armani, Sergio Galeotti und
Fred Spillmanns, Reimer Claussen und Alexander McQueen;*

*die Unternehmer Eberhard Freiherr von Bodenhausen, genannt Degener
von Degenershausen, und Robert Boehringer, der Bankier Ernst Cassel und
die Börsenmakler Hans Friedmann und John Vernon Bouvier III.;*

die Mäzene Harry Graf von Kessler und Hasso von Veltheim-Ostrau;

*die Tänzer Willi Luschnat, Heinz Schwarze und jener Alastair (recte Hans
Henning von Voigt), der auch Graphiker, Dichter und Übersetzer ist;*

*die Journalisten Hans Scherer und Gerhard Beer (oder Tedd Ursus), André
Ratti und Andreas Salmen sowie EDuard Rhein und Walter D. Schultz, Pro-
grammdirektor des Norddeutschen Funkhauses Hannover;*

*die hoheitlichen Günstlinge Gustav Mauritz Graf von Armfeldt (bei König
Gustav III. von Schweden), Dietrich Graf von Keyserling ("Schwan von Mi-
tau" und "le cher Césarion", den Friedrich der Große bedichtet und mit dem
er zusammenleben will), Michael Gabriel Fredersdorf (gleichfalls bei
Friedrich dem Großen) und Graf de la Roche-Aymon (beim brüderlichen
Prinzen Heinrich von Preußen);*

*der spartanische Feldherr Pausanías, der britische Feldmarschall Douglas
Haig und der österreichisch-türkische General Maximilian Emanuel Graf*

von Stein (alias Ferhad Pascha), die Admiräle Louis Lord Mountbatten und de la Susse, der Generalfeldmarschall Albrecht Prinz von Preußen (samt Sohn Friedrich Heinrich Prinz von Preußen) und der Generalleutnant Friedrich Rudolph Graf von Rothenburg ("zweiter Caesarion" bei Friedrich dem Großen), die Generalmajore Carl Ulrich Graf von Bülow und David (von) Neumann, der Kriegsrat Johann George Scheffner und der deutsch-amerikanische General Friedrich Wilhelm (von) Steuben, zu dessen Andenken in den Vereinigten Staaten alljährlich die beliebte "Steuben-Parade" abgehalten wird;

der Architekt Philip Johnson sowie die Filmarchitekten Herbert Kirchhoff und Bill Lauch;

die NS-Reichstagsabgeordneten Hellmuth Brückner (auch Oberpräsident von Schlesien), Karl Ernst (auch SA-Obergruppenführer, Preußischer Staatsrat und SA-Führer von Berlin), Hans Hayn (auch Leiter der "SA-Gruppe Sachsen"), Hans Adam von Heydebreck (auch Gruppenführer der SA in Pommern und als solcher von der SS ermordet), sowie EDmund Heines, geschäftstüchtiger Erfinder des Nazi-Braunhemds, Stellvertreter Ernst Röhms als SA-Führer (und mit diesem von der SS ermordet),

ferner Reichsjugendführer Baldur von Schirach, der NS-Ministerialdirektor Dr. phil. Joachim Haupt im Reichsministerium für Wissenschaft, Erziehung und Volksbildung, SS-Hauptsturmführer Dr. med. Werner Heyde (auch Kreisamtsleiter im Rassepolitischen Amt und mit der "erbbiologischen Überwachung" der Konzentrationslager beauftragter Leiter der Euthanasie-Zentraldienststelle "T 4"), ferner Dr. med. Karl-Günther Heimsoth (der in seiner Dissertation den Begriff "Homophilie" in die Sexualwissenschaften einführt, zum Freundeskreis um Ernst Röhm gehört und insofern von der SS ermordet wird) wie auch die SA-Standartenführer Julius Uhl und Hans Joachim Graf von Spreti-Weilbach (der Ernst Röhms Adjutant und letzter Geliebter ist);

die Humoristen Pepsi Boston und Robert Benchley;

die Dramatiker Euripides und Tony Kushner, George Kelly und Sir James M. Barrie, Reinhard Goering und Zacharias Werner, James Kirkwood und Daniel Call, Friedrich Wolf und René Ehrsam, Brendan Behan und Johann Friedrich von Cronegk;

der Terrorist Andreas Baader und der legendäre britische Nationalheld Robin Hood;

die Dirigenten Hans Dittmer und Max Neuhaus;

die neofaschistischen Aktivisten Bela Ewald Althans und Russel Veh, Michel Caignet und Manfred Huck;

die deutschsprachigen Dichter Simon Dach, Paul Fleming und Wolfgang Berthold; Johann Christian Günther, Ernst Ortlepp und Immanuel Jakob Pyra; Christian Fürchtegott Gellert, Ernst Wilhelm Lotz und Walter Wenghöfer; Ludwig Christoph Heinrich Hölty, Hans Anton und Bernhard Graf von Uexküll-Gyllenband; Hugo von Hofmannsthal, Eberhard Bechtle und Johann Nikolaus Götz; Friedrich Gottlieb Klopstock, Hans Ehrenbaum-Degele und Wilhelm Waiblinger; Friedrich Rückert, Casimir Ulrich Boehlendorff und Ulrich Arwegh von Bülow; Johann Peter Uz, Johann Prechtler und Johann Benjamin Michaelis; Christian Renatus Graf von Zinzendorf, Friedrich (von) Matthisson und Johann Mayrhofer, der etwa vierzig Liedertexte und zwei Libretti für Franz Schubert schreibt;

die Sexualwissenschaftler EDwin Bab und Karl Friedrich Jordan (alias Max Katte), Ferdinand Karsch-Haack und Rudolf Klimmer, Richard Linsert und Eugen Wilhelm (oder Numa Praetorius) sowie Karl Maria Kertbeny (oder Benkert), der sich zeitweilig bei Franz Liszt einquartiert und später den Begriff "Homosexualität" prägt;

die Fotografen Joe Ziolkowski und Ingo Taubhorn, Jürgen Baldiga und Wilhelm Plüschow, Rolf von Bergmann und Roger Lips, Wilfried Forster und Henry Gretschmer, Bruce Weber und Michael Taubenheim;

die französischen Wissenschaftler Jean Maillard und Leominier; die Soziologen Alphons Silbermann und Siegfried Rudolf Dunde, Rüdiger Lautmann und Norbert Elias, Martin Dannecker und Werner Ziegenfuß; die Archäologen Erich Boehringer, Otto Magnus von Stackelberg aus Estland und Paul Hartwig, Botho Graef und Hans von Prott; die Zoologen Alfred Kinsey, Carl Bolle und Benedict Friedlaender; die Literarhistoriker Max Kommerell und Stefan Reichert; die Physiker Robert Boyle und Alfred Schmid; die Pädagogen Johann Friedrich Herbart und Gustav Wyneken; die Physiologen Otto Heinrich Warburg und Samuel Thomas (von) Soemmering; die Historiker Bonfadio, Friedrich Wolters und Johann Friedrich Böhmer, Dieter

*Cunz und Ernst Kantorowicz, Golo Mann und Detlev Peukert, Woldemar
Freiherr von Uexküll-Gyllenband und Christian Friedrich Wurm; die
Kunsthistoriker Conrad Fiedler und Christoph Adolf Isermeyer, Johannes
Guthmann und Karl Ernst Osthaus, Kuno Graf von Hardenberg und Hans
Rose, Carl Friedrich von Rumohr und Heinrich Woelfflin; die Germanisten
Rudolf Fahrner, Frank Fischer und Norbert von Hellingrath; die Philoso-
phen Tommaso Campanella und Karl Morgenstern, Havelock Ellis und
Carl Joseph Windischmann; die Psychologen Otto Weininger und Gustav
von Allesch Edler zu Allfest; die Kulturhistoriker Jacob Burckhardt, Hans
Licht (oder Paul Brandt) und Percy Gothein (der von den Nazis ermordet
wird); der Astronom EDmond Halley, der amerikanische Jurist Harold G.
Carswell, der Ethnologe Georg Forster, der Anglist Johann Arnold Ebert,
der Geograph Albrecht Haushofer, der Politologe Dieter Runze, der Orien-
talist Hellmut Ritter, der Musikologe Gustav Donath, der Theater- und
Filmwissenschaftler Karsten Witte und der griechische Grammatiker Skythi-
nos aus Teos;*

die Sänger Hanns Beer und Karl Friedrich Wilhelm Giebel;

*die Könige Agamemnon von Mykene (mit seinem Argynnos), Agesilaos und
Kleomenes von Sparta, Henry II. von England und Karl XV. von Schweden
und Norwegen sowie Pomeree II. von Tahiti, David von Judäa und Friedrich Wilhelm II. von Preußen (zumindest mit dem Ehemann seiner Geliebten, dem Geheimkämmerer oder Kammerdiener Rietz), Ernst August I. von
Hannover und Wenzel I. oder Václav IV. von Böhmen wie auch William II.
von England (inmitten eines Hofstaats von langhaarigen Jünglingen in
Frauenkleidern);*

die Choreografen Gerhard Bohner, Lindsay Kemp und Jörg Burth;

*die Großherzöge Carlo I. und Carlo II. von Parma und Cosimo de' Medici
von Florenz, Friedrich Franz III. von Mecklenburg-Schwerin, Leopold von
Baden und Ernst Ludwig von Hessen, die Herzöge August von Sachsen-Go-
tha, August-Wilhelm von Braunschweig-Wolfenbüttel, Friedrich IV. von
Österreich, Karl EDuard von Sachsen-Coburg und Gian Gastone de' Medi-
ci, Friedrich II. von Anhalt-Dessau und sein Bruder Aribert Erbprinz von
Anhalt-Dessau, die Ducs de Berry und de Montmorency sowie Erzherzog
Ludwig Victor von Habsburg, ein Bruder des Kaisers Franz Joseph;*

*die Filmproduzenten David Geffen, Laurence Mark und Rick Leed sowie
der Musical-Produzent Cameron Mackintos;*

*die griechischen Dichter Phanoklẽs und Philóstratos, Athénaios und Askle-
píades aus Gamo, Bakchylídes aus Kéos und Likýmnios aus Chíos, Kallíma-
chos aus Kyréne und Meléagros aus Gardara, Théognis aus Megára und
Íbykos aus dem calabrischen Region;*

*die Offiziere Carl Theophil Guichard (auch Quintus Icilius), Friedrich von
Fugger-Hoheneck und Claus Schenk Graf von Stauffenberg (der als Hitler-
Attentäter in die Geschichte eingeht);*

die Kabarettisten Norbert Bischoff und Robert T. Odeman;

*die deutschen Politiker Carl Heinrich Becker und Isaac von Sinclair, Dieter
Zierer und Carl Victor von Bonstetten, Rémon Morschett und EDmund
Glaise von Horstenau, Peter Maßmann und Max Fechner, Volker Beck und
Martin Ernst von Schlieffen;*

die Artisten Roy und Siegfried;

die chinesischen Lyriker Su Dung-Po und Sia Ling-yün;

*die Popsänger Daryd Hall und Marc Almond, Richard Fairbrass und Paul
Rutherford, Jermaine Stewart und Johnny Mathis, Jean Guidoni und Pat-
rick Lindner, Pierre Bernac und Rex Gildo, George Michael und Jürgen
Marcus;*

*die Kunstsammler Nathaniel Rothschild, Philipp (von) Stosch und Hermann
Götting, Fritz von Farenheid-Beynuhnen und Lothar Berfelde, der sich
Charlotte von Mahlsdorff nennt und auswandert;*

*der Stellvertretende Kommandant des KZs Treblinka Max Bielas, der SA-
Sturmbannführer Hans Hugo Daniels (Adjutant des Kommandanten im KZ
Sachsenhausen), und Theodor Eicke (KZ-Kommandant in Dachau);*

*die antiken Epigrammatiker Antípatros aus Sidon und Dioskorídes, Statilius
Flaccus und Marcus Tullius Laureas, der auch Ciceros Sekretär ist;*

*die Wirtschaftsmanager Steven Fields und Sven Kielgas, Thomas Schuma-
cher und Andreas Deja, Manfred Salzgeber und Lauren Lloyd sowie der
Musikmanager Brian Epstein;*

die Intendanten Clemens Reichsfreiherr von und zu Franckenstein und Bolko Graf von Hochberg;

der nazideutsche Wirtschaftsminister Walther Funk, der britische Kulturminister Chris Smith und der pfalzbayrische Wissenschaftsminister Graf Thürheim (den Schiller als den Mignon seines eigenen Jugendfreundes Friedrich Wilhelm von Hoven bezeichnet);

die Schriftsteller Thomas Lovell Beddoes, Johannes R. Becher und Samuel Johnson; Marcel Khill, Wilhelm Arent und Fjodor Michailowitsch Dostojewskij; Norman Douglas, Ewald von Kleist und Aleister Crowley; Erich Ebermayer, Heinz Birken und Thornton Wilder; Emil Mario Vacano, Walter Flex und Carl Egell; William Beckford, Arnolt Bronnen und Denys Sanguin de Saint-Pavin; Salomon Mosenthal, Friedrich Forster, von dem jenes Kinderstück "Der kleine Muck" (mit Spitzi in Frau Ahazis Schatzkammer) stammt, und Giovanni della Casa, der auch geistlicher Legat von Venedig ist; ferner Jakob Stutz, Udo Aschenbeck und Alexander Schirjajewez; Claude de Chauvigny Baron de Blot, Charles Sealsfield und Luigi del Riccio;Isidore Ducasse, der sich Comte de Lautréamont,Erwin Ritter von Busse, der sich Granand und Antonio degli Beccadelli, der sich Panormita nennt, sowie Paul Lietzow, Lothar Helbing und Eric Jourdan; EDward Fitzgerald, Clemens Brentano und Heinrich Hössli; Etienne Jodelle, Frank Dohl und Dantes Lehrmeister Brunetto Latini; Théodore Leclercq, Peter Martin Lampel und Samuel Foote; Merle Miller, Hanns Fuchs und Wolfgang Cordan; EDward Cracoft Lefroy, Max Barth und Jean Lorrain; Walter Horatio Pater, Hans Bielefeld und Poliziano (oder Angelo Ambrogini Bassi); John Wilmot Earl of Rochester, Thomas Wizenmann und Friedrich Huch; Nicolas Vandœuvre, John Henry Mackay und Horace Walpole; Kurt Martens, Kurt Münzer und Johann Georg Jacobi; Markus Commerçon, Franz Joseph von Bülow und Baby Neumann; Enzio Hauser, Joseph Freiherr von Eichendorff und Juan Goytisolo; Yves Navarre, EDuard Bertz und Phil Andros (!); Chester Kallman, Valentin Havekenthal (oder Valens Acidalius) und Vachel Lindsay; Carlo Emilio Gadda, Klamer Schmidt und John Rechy; Harold Robbins, Christian von Kleist und A. E. Housman; Hart Crane, Wolfgang Koeppen und Michael Sollorz; Howard Ashman, Salomo Friedlaender (alias Mynona) und Jean-Louis Bory; Samuel Delaney, Alexander Ziegler und Patrick Dennis; Ronald M. Schernikau, Eugen Ludwig Gattermann und Wilfried Owen; Brian Howard, Melchior Grohe und

Jean Desbordes; James Stern, Johannes Guttzeit und Richard Möhring (oder Peter Gan); Sagitta, Otto Heinrich Reichsgraf von Loeben und REX; Jewgenij Charitonow, Wolfgang Hellmert (recte *Adolf Kohn) und Ernst Brandes; Heimito von Doderer, Peter Hamecher und Mario Wirz; Reinaldo Arenas, Werner Helwig und Gavin Lambert; Glenway Wescott, Kuno Raeber und EDmund White; Severo Sarduy aus Cuba, Otto Freiherr von Taube aus Estland und Péter Nádas aus Ungarn; Wilhelm Heinse, Gustav Regler und Paul Monette; James Agee, Christian Lävin Sander* (alias *Christoph Bachmann) und Sergej Alexandrowitsch Jessenin, der auch mit Isadora Duncan verheiratet ist; Lutz van Dijk, Wilhelm von Schütz (auch Schütz-Lacrimas) und Wystan Hugh Auden (der mit Erika Mann verheiratet ist, sich bei der Musterung durch die* US-Army *als homosexuell bekennt und* "mit Schimpf davongejagt wird"); *Gustav Steinbömer* (alias *Gustav Hillard), Walter Vogt und Ewald Tscheck (oder St. Ch. Waldecke); Hans Siemsen und Nikolai Alexejewitsch Kljujew (der auf dem Transport ins sowjetische Arbeitslager stirbt) sowie Willem Arondeus und Johan Brouwer (die beide als Widerstandskämpfer gegen die nazideutschen Besetzer erschossen werden);*

eine Clique am Hofe König Louis des Vierzehnten von Frankreich, zu der ein so wohlinformierter FAZ-Informant wie Marcel Proust den Herzog Philippe I. von Orléans (immerhin einen Bruder des Königs, sowie den Sohn des Königs, jenen "kleinen *(Louis Bourbon de)* Vermandois"), *ferner den Prinzen Ludwig von Baden und den Herzog von Brissac, aber auch den großen Molière zählt; er nennt auch die Namen Brunswick und Charolais sowie die Marschälle Louis François Herzog von Boufflers und Louis II. von Bourbon, vierten Prinzen von Condé (*"den großen Condé"), *zu denen sich überdies die Chevaliers de Lorraine und de Chatillon, die Marquis d'Effiat und de Bellay, der Baron de Bellefort und Marcel de Volonne, viele unbenannte Höflinge und Offiziere, aber auch die Feldherrnkollegen Henri de Latour d'Auvergne Vicomte de Turenne und jener populäre Prinz Eugen von Savoyen-Carignan gesellen (der seine Laufbahn als preiswerter Strichjunge beginnt und noch später als* "Madame Putana" *verspottet wird);*

fast alle der mehr als vierzig römischen Soldatenkaiser, die im 3. und 4. nachchristlichen Jahrhundert oft nur durch Akklamation ihrer Truppen ernannt werden, während in Sparta König Leonidas schon im 5. Jahrhundert vor Christos die Kampfmoral seines Heeres zu steigern weiß, indem er aus homosexuellen Paaren einen Kader zusammenstellt, der in besonders verschworenem Zusammenhalt gemeinsam zu kämpfen ebenso fest entschlossen ist wie gemeinsam zu sterben: denn ihre Liebe, rühmt noch Richard Wagner, verbinde diese "Liebesgenossenschaften zu Kriegsabteilungen und Heeresordnungen", *die umso mehr* "zur Rettung des bedrohten oder zur Rache für den gefallenen Geliebten nach unverbrüchlichsten, naturnotwendigsten Seelengesetzen" *bereit und imstande seien. Kurz vor Schlachtbeginn, weiß der Historiker Sosikrates, wird in dieser Armee daher* "Eros geopfert": "weil in der Freundschaft der beieinander Stehenden Heil und Sieg liege";

nach diesem Vorbild machen in Theben noch hundert Jahre später die Feldherren Epameinondas und Pelopidas eine "Heilige Schar" *von 150 Freundespaaren zum besonders harten und für undurchdringlich geltenden Kern ihrer Streitmacht im historisch so erfolgreich ausgewiesenen Kampf gegen Athen und Sparta;*

in Makedonien greift König Philippos II. dieses Beispiel auf und stellt an die Spitze seiner Armee mit Vorliebe schwule Offiziere;

in Preußen sorgt Prinz Heinrich, jener Bruder Friedrichs des Großen, dafür, daß sein Regiment nur aus schwulen Soldaten besteht;

in Rom schenkt Iulius Cæsar nach erfolgreichen Raubzügen jedem seiner Soldaten einen Sklaven zu beliebigem Gebrauch;

fernab im traditionellen Japan ist bei den Samurai, jener angesehenen und späterhin gar höchststehenden Krieger- und Vasallenkaste, die Männerliebe weit verbreitet und innerhalb ihres strengen Ehrenkodex auch wohlgelitten und so anerkannt, daß jeder dieser Feudalritter in Begleitung eines jungen Liebhabers in den Krieg zu ziehen pflegt;

auch bei den kriegerischen Maori in Neuseeland wird an einen zaubermächtigen Zusammenhang zwischen Homosexualität und Kriegsglück, zwischen Erektion und Schlachtverlauf geglaubt: ton *heißt dort sowohl tapfer wie potent;*

in Neukaledonien gibt es eine Waffenbrüderschaft der Männer, die auf gemeinsamer Sexualität basiert;

auf den Fidschi-Inseln pflegen je zwei Männer einen Waffenbund zu schliessen, dessen Ethos einer lebenslänglich treuen Ehe gleicht und dessen Partner als Mann und Frau bezeichnet werden;

bei den Niam-Niam am oberen Nil hat jeder Krieger einen Burschen, der alle Funktionen einer Ehefrau übernimmt;

über Militär und Krieg als Stimulans zu Rausch und Verzückung, gar "Steigerung des Lebensgefühls" einer konservativ heroisch orientierten Virilität und exklusiv abgezirkelter sinnlicher Schicksalsgemeinschaft ist nicht zuletzt in Thomas Manns reaktionären, damals aber zeitgemäßen "Betrachtungen eines Unpolitischen" im Ersten Weltkrieg, schon bald danach jedoch auch wieder in seiner politisch wetterwendischen Berliner Rede "Von deutscher Republik" nachzulesen: "Heißt es nicht, daß der Krieg mit seinen Erlebnissen von Bluts- und Todeskameradschaft, der harten und ausschließlichen Männlichkeit seiner Lebensform und Atmosphäre das Reich dieses Eros mächtig verstärkt habe? Die politische Einstellung seiner Gläubigen pflegt nationalistisch und kriegerisch zu sein, und man sagt, daß Beziehungen solcher Art den geheimen Kitt monarchistischer Bünde bilden, ja, daß ein erotisch-politisches Pathos nach dem Muster gewisser antiker Freund-Liebschaften einzelnen terroristischen Akten dieser Tage zugrunde gelegen habe." *Generalstäbe, Offizierscorps, Kadettenanstalten und Kriegsmarine zumal im wilhelminischen Preußen und in dessen Aristokratie sind Beleglieferanten für die zwar absolut geheime, aber weitgesprenkelt grassierende Praktizierung solcher Erotik in der Armee;*

aber auch die närrisch anmutende Vorliebe des preußischen "Soldatenkönigs" Friedrich Wilhelm I. wie gleichfalls des württembergischen Herzogs Karl Eugen für ihre "langen Kerls" und Hitlers oder Himmlers "Elite" hochgewachsener Männer in der SS und mindestens 1,83 Meter großer Kerle in der sobenannten Leib (!)-Standarte SS "Adolf Hitler" mögen zumindest eine psychische Spielart militärischer Männerliebe sein

wie wohl auch jenes "Miteinander", das noch Ernst Jünger, Offizier in beiden Weltkriegen, zu seiner Ordonnanz empfindet und in dem er, laut Pariser Tagebuch, selbst in Hitlers großdeutscher Wehrmacht "noch etwas vom alten Verhältnis zwischen Ritter und Knappen" lebendig finde: "daher trenne ich mich schwer von ihm";

die antiken Kreter versuchen, militärische Angriffe durch vorausgehende sexuelle Aktionen ihrer Krieger günstig zu beeinflussen, da sie Eros, wie Dichter Phaídimos überliefert, für den Gott halten, "der am besten die Kriegslust schürt";

auch die karthagische Söldner-Legion bildet eheähnlich enge, aber homoerotische Gemeinschaften heraus, von denen Gustave Flaubert berichtet: "Bisweilen blieben zwei Männer blutüberströmt stehen, fielen einander in die Arme und starben unter Küssen";

bei den Janitscharen, jenen türkischen Eliteregimentern, denen die Ehe verboten ist und die sich aus islamisch zwangskonvertierten Kriegsgefangenen und christlichen Knaben rekrutieren, besteht die kleinste militärische Einheit aus je einer Zweiheit von Asker, *einem älteren Krieger, und* Oghlan, *einem Pagen, der dem aktiven Vorgesetzten auch sexuell zur Verfügung steht;*

selbst in religiös motivierten Armeen etwa der Kreuzritter, der Malteser oder Johanniter und der Deutschmeister ist die Liebe von Mann zu Mann durchaus üblich: im französischen Templer-Orden des 12. und 13. Jahrhunderts wird den Novizen schon beim sexuellen Aufnahmeritual mit Arsch- und Penisküssen ausdrücklich die Erlaubnis zu gleichgeschlechtlicher Liebe erteilt; später wird dieser Orden ebendeshalb angeschuldigt und verboten, viele seiner schwulen Ritter werden verbrannt, als letzter Jakob von Moley.

auch die spätmittelalterlich puristischen Sekten der Waldenser und jener Albigenser, die sich selbst "Die Reinen", *Katharer, nennen, werden verbreiteter Männerliebe bezichtigt; aus dem Begriff Katharer wird im Deutschen etymologisch der verleumdete Ketzer;*

die Vereinbarkeit von strikter Religiosität und Männerliebe betonen noch im 18. und 19. Jahrhundert auch die russischen Sekten der flagellanten Chlysty (zu deren Mitgliedern gar der junge Rasputin gehört) und die Kastraten der Skoptsy: in beiden Gruppierungen wird Homosexualität nicht nur toleriert, sondern auch mit prophetischen oder sonstig mystischen Fähigkeiten verbunden und, sei es unbewußt, in einen großen kulturgeschichtlichen Zusammenhang gestellt;

denn wie in vielen anderen frühen Religionen gehört die Homosexualität auch bei Hetitern, Chaldäern und Juden bis ins 7. vorchristliche Jahrhundert hinein zu den unverzichtbaren Bestandteilen des religiösen Kultes;

aber schon der Schamanismus vieler Naturvölker zumal in höheren Pflanzerkulturen verbindet in aller Welt die jeweilige Religiosität mit spezifischer Homosexualität, indem er mädchenhafte Knaben schon früh als Frauen aufwachsen und leben läßt, zu religiösen Zwecken als passive Homo-Eroten verwendet, sie an Männer verheiratet und wegen ihrer magischen Kräfte verehrt und privilegiert:

besonders im präcolumbianischen Amerika ist die Tradition solcher schamanistischer Transvestiten in allen Sprachgruppen und Kulturprovinzen zumal des Nordens, bei Sioux-, Huronen-, Algonkin- und Maskoki-Indianern, weit verbreitet. Im Westen und Südwesten Nordamerikas ist bei Sahaptins, Ute-Schonen, Pueblos, Flatheads, Mohaves und anderen Yumas wie auch bei den kalifornischen Achumavi-, Atsugewi- und Yuki-Stämmen und den Völkern Floridas dieses gesprenkelte Amt eines Opferpriesters, Arztes und Barbiers, der mit Dämonen verbündet und daher auch Wahrsager, Zauberer und ebenso gefürchtet wie angesehen ist, fest in den Händen dieser Transvestiten; sie werden hier meist als berdasch *bezeichnet, was den Tulalip-Indianern aus Washington "halb Mann, halb Frau" bedeutet und obligate Frauenkleidung impliziert, aber ursprünglich auf das persische* barach *für den Prostituierten oder das arabische* bardag *für den Sklaven zurückgeht. Oft leben diese indianischen Berdaschen auch im Konkubinat mit den politisch Mächtigen ihres Stammes;*

Dakota-, Sauk- und Fuchs-Indianer wählen beim jährlichen Ikukua-Fest der Päderasten, wie es auch Sioux- und andere Algonkin-Stämme feiern, einen besonders auffallenden Berdaschen zum Medizinmann, der fortan eine soziale unantastbare Position einnimmt und als heilig gilt;

auch beim Saatfest der mexikanischen Huichol und dem ebenso religiös verstandenen Erntefest der mittelamerikanischen Pima- und Maricopa-Indianer finden nicht nur homo-erotische Tänze und Gesänge, sondern auch handfeste schwule Aktionen statt;

bei den Pueblo-Indianern Neu-Mexikos werden effeminierte Homo-Eroten mujerados *genannt, zu Frauen erklärt und künstlich impotent gemacht, um bei religiösen Orgien agrarischer Frühlingsfeste und anderer Geheimriten als passive Sexualpartner allerseits zur Verfügung zu stehen. Sie werden wegen ihrer Besonderheit sehr verehrt und sind eine staatliche Institution;*

noch zahlreicher stellen bei den Krähen-Indianern in Montana schwule Männer mit tuntigem Habitus eine sozial isolierte, aber elitäre Klasse dar und werden bo-te *genannt:* "nicht Mann, nicht Frau";

bei den Illinois-Indianern am Mississippi, aber auch bei den Sioux in Louisiana und Florida werden solche Berdaschen an religiösen Riten und Zauberfesten beteiligt und gelten wegen ihrer außergewöhnlichen Lebensführung als würdevoll erhabene manitus *oder* "gottbegnadete Auserlesene", *denen deshalb politische und magische Funktionen übertragen werden;*

oft ziehen sie auch als Wanderprediger oder Lehrer, als Mythen- und Märchen-Erzähler, die gehen, oder Sänger ihrer Stammesgeschichte über Land und genießen die allgemeine Anerkennung ihrer künstlerisch übernatürlichen Erwähltheit;

bei den Diné oder Navajos in New Mexico werden sie als nad-le *bezeichnet, schon in ältesten Mythen als besonders glücksbringend empfunden, mit den wichtigsten Berufen betraut und wegen ihrer religiösen und künstlerischen Bedeutung oft auch als Sänger, Hexer und Geburtshelfer eingesetzt;* "die Alten", *referiert Ferdinand Karsch-Haack,* "sagen": *diese* nad-le "wissen alles und können die Arbeit von Männern wie von Frauen tun. Sie bringen Reichtum und Fruchtbarkeit in eine Familie. Sie sind die Führer wie Präsident Roosevelt. Man muß sie achten. Sie sind heilig. Wenn es keine *nad-le* mehr gibt, geht die Diné-Kultur zu Ende" – *die spanischen conquistadores werfen sie ihren Doggen zum Fraß vor;*

in Mittel- und Südamerika ist die Verbindung von Homosexualität und Religion nicht weniger typisch: zumal bei den mexikanischen Maya-Völkern gehört der Männersex zum religiösen Leben in Tempelgebäuden, die mit homo-erotischen Abbildungen und Tonfiguren geschmückt sind;

auch bei den mexikanischen Totonacos, den peruanischen Yuncas, den brasilianischen Tupi-Stämmen, den chilenischen Arancauern sowie den Moluchen und Puelchen in der argentinischen Pampa pflegen Priester, Magier und Ärzte meist Berdasch zu sein, sich auch zu prostituieren und ihre traditionsbewußte Sexualität durch unentwirrbare Verbindung mit religiösen Riten, zumal an Festtagen und mit Kaziken oder auch anderen Machthabern, zu sanktionieren und zu heiligen;

im mexikanischen Pánuco und bei andern Völkern in Yucatan entwickelt sich auch ein Phallos-Kult, der mit Prostitution kombiniert wird und sich bis zu Florida-Indianern wie zu Natchez-Stämmen in Louisiana und Texas ausweitet;

diese Vermischung von Religiosität und Homosexualität bleibt nicht auf die amerikanischen Naturvölker beschränkt:

in China wird schon im 9. Jahrhundert Päderastie zu Ehren der Götterbilder betrieben;

auch bei den sibirischen Tschuktschen und Korjaken werden Knaben, die auf Veranlassung eines Geistes besonders weiblich sind, von klein auf zu Schamanen und Medien herangebildet, deshalb in Frauen verwandelt, mit Männern (möglichst ihrer Verwandtschaft) verheiratet und zum respektierten Familienoberhaupt gemacht, dessen Anweisungen absolut verbindlich, weil vom beschützenden Geiste eingegeben sind;

auch bei den Itelmen auf Kamtschatka, den Jakuten im Kolmja-Distrikt, bei asiatischen Eskimos und auf den Aleuten werden frauliche Schwule zu Schamanen, Zauberern oder Traumdeutern und als Glücksbringer hervorstechend einflußreich;

die zentralasiatisch mongolischen Skythen verehren ihre kultischen Transvestiten, die meist aus vornehmen Familien stammen und als besonders gottgewollt angebetet werden;

in Indien kennt jedenfalls die Vallabha-Kaste auch kultisch Transvestierte, die als spirituelle Leitfiguren gelten. Arische Aristokraten kultivieren hier männerbündisch exklusive Brüderschaften;

auf Borneo sind die basire *der Olo Ngadju eine exklusive, hochgeehrte und gutbezahlte Klasse von Homo-Eroten, die sich weiblich verhält und kleidet, mit Männern verheiratet und die angesehenen Berufe eines Priesters, Sängers, Arztes oder Zauberers ausübt. Bei kultischen Festlichkeiten fungieren sie als Sakralprostituierte und erleichtern dadurch die Angleichung an bisexuelle Gottheiten, deren Vermittler und Günstlinge sie sind, so daß sie alle Geheimnisse und Zaubermittel kennen, jedes Haus von Übel und Unheil reinigen und jedermanns Lebenszeit festsetzen können. Ihr Votum gilt als Gotteswort, und sie stellen auch jeweils den Oberpriester;*

*im Norden Borneos gibt es bei den See-Dajak Männer, die im Auftrag über-
natürlich inspirierter Träume Frauenkleidung anlegen, Männer heiraten
und umso geachteter sind, je weiblicher sie sich gebärden; wer sich diesem
Auftrag verweigert, ist des Todes. Sie heißen* manang bali *und haben als
Heiler, Hexer, Zauberer oder Friedensrichter, oft auch als Dorfhäuptling
einen großen Einfluß auf die Gestaltung des sozialen Lebens;*

*bei den Bugi und Makassaren auf Sulawesi (Celebes) werden homosexuelle
Zauberer und Priester* bissus *genannt, die göttlicher Herkunft und von einem höheren Geiste beseelt sein sollen, als heilig gelten und sehr beliebt
sind. Im südlichen Königreich Wajo werden auffällig weibliche Knaben von
ihren Eltern als Transvestiten erzogen und an einen Fürsten verschenkt, bei
dem sie zu großem weltlichem Einfluß gelangen;*

*bei den Hova und Sakalaven auf Madagaskar werden Homosexuelle als
Träger einer übernatürlichen Macht respektiert, meist Tänzer, Sänger oder
Dichter und als* sarimbavy *bezeichnet, die sich zum Geschlechtsverkehr ein
mit Fett gefülltes Ochsenhorn zwischen die Oberschenkel klemmen;*

*in Afrika werden zumal bei den Kwanyama, den Cilenge-Humbi und den
Kimbundu der Ambo-Völker zwischen Angola und dem Südwesten wie auch
bei den Ondonga der südwestlichen Bantu-Stämme die* oma-senge *oder*
ovimbanda *als selbstbewußt passiv homosexuelle Medizinmänner oder Zauberer sozial respektiert;*

*auch in Angola gibt es viele Zauberer, die sich als Frauen fühlen, kleiden,
verhalten und verheiraten;*

*im Königreich Kongo wird der weiblich gekleidete Erste Oberpriester als
"Große Mutter" angeredet und mit absoluter Immunität ausgestattet, die
ihm auch ungestraft korrupt oder kriminell zu sein erlaubt;*

*bei den Warundi-Bantus in den Wahuma-Staaten wird der Priester, der oft
ein Transvestit ist, als Vermittler und Vertreter des obersten Gottes Rikiranga, deshalb auch als Prophet und Heiliger verehrt, weil Rikiranga immer in
ihm wohne;*

*in solcher Tradition also steht auch der thebanische Seher Teiresías, von
dem die klassische abendländische Literatur mit Vorliebe berichtet, daß er*

*sowohl blind als auch hellsichtig, von dem sie aber meist verschweigt, daß
er außerdem sowohl Mann als auch Frau ist;*

*aus Mesopotamien mit seinen Wurzelkulturen für ganz Asien und den orien-
talisch-mediterranen Raum stammt mit dem Kybéle- und Attis-Mythos nicht
zuletzt in Ephesos das Bemühen einer Annäherung an Gottheiten durch alle
Arten von Verweiblichung, zu denen damals primär die Opferung der Genitalien oder anatomische Entmannung, seither in aller Welt die stellvertretend symbolische Frauenkleidung der meisten Priester gehört;*

*sie wird auch heute noch, weltweit, vom gesamten katholischen Klerus ge-
tragen, der allein in Deutschland zu vierzig bis fünfzig geschätzten Prozen-
ten insgeheim homo-erotisch orientiert ist und insofern jenen traditionellen
Vorstellungen immer noch gerecht wird, die das Homosexuelle als den prä-
destinierten Vermittler zum Übernatürlich-Göttlichen begreifen;*

*Renaissance-Papst Sixtus IV. mag daher keine theologischen Schwierigkei-
ten haben, seinen Kardinälen den offiziell beantragten sexuellen Umgang
mit Knaben gegen Bezahlung einer Sondersteuer zu gestatten. Der deutsche
Volksmund nennt solche klerikale Päderastie "eine wälsche Hochzeit".*

*Diese kultisch und meist auch gesellschaftlich privilegierten Positionen, die
die Homosexuellen also bei Kultur- wie Naturvölkern als auserwählte Aus-
nahmemenschen und besonders begabte Prominenzen in sozialen Sonder-
gruppen ausweisen, stehen meist vor einem religiösen Hintergrund oder für
Gottheiten, die zumindest androgyn, wenn nicht gar selbst homosexuell
sind:*

*für die Itelmen auf Kamtschatka, bei denen fast jeder Mann außer seiner
Frau auch einen offiziellen erotischen Freund hat, gilt Kutka, ihr oberster
Gott und Weltenschöpfer, als besonders wollüstiger Homosexueller;*

*die peruanischen Khetchuan und viele andere Indianerstämme führen ihre
erotischen Praktiken auf die Homosexualität ihrer Götter zurück und lassen
sie daher von schwulen Priestern und mit Lustknaben als gottwohlgefällige
Verbindung mit den Überirdischen im Tempel zelebrieren;*

*im guatemaltekischen Vera Paz, wo die Homosexualität bei den Maya-
Quiche-Indianern allgemein anerkannt und religiös geheiligt ist, gilt der
Gott Chin als ihr Schutzpatron, der diese Liebesart bei den Menschen auch*

persönlich einführt. Der übergeordnete Hochgott Tepeu kucumatz gilt dort als Mann und Frau, als Vater und Mutter;

die Olo Ngadju auf Borneo glauben an Mahatara, der nach der Schöpfung des Weltalls nicht etwa Mann und Frau, sondern zwei Jünglinge schafft, die so lange in einträchtigem Frieden miteinander leben, bis sie, nach vielen Jahren, Frauen heiraten, sich zu streiten und Krieg zu führen lernen;

bei Dakota-, Sauk- und Fuchs-Indianern berufen sich alle Transvestierten auf ein Geheiß des Mondgottes, bei den kalifornischen Yuki auf einen anderen mächtigen Geist, und im mexikanischen Yukatan pflegen aufgereihte Maya-Männer im Tempel ihre Penisse seitlich zu durchbohren und mit einer durchgefädelten Schnur zu einer sexuell solidarischen Gemeinschaft zu verbinden, um mit dem herausspritzenden Genitalblut die angebetete Gottes-Statue zu salben;

auf der indonesischen Insel Ambon wird Gott als "Vatermutter Himmel" angerufen und beschworen;

in Indien wechselt der spätbrahmanische Gott Shiva wie auch mancher andere Hindu-Gott oftmals sein Geschlecht, wird insofern als bisexuell empfunden und mit lingam *und* yoni *als Hermaphrodit dargestellt;*

ähnlich wird bei den Khasi in Assam die höchste Gottheit sowohl als Er-Gott wie auch als Sie-Gott bezeichnet und als bisexuelle Einheit angebetet;

androgyne Gottesvorstellungen gibt es seit Ende der vedischen Zeit auch im hinduistischen Synchretismus, im semitisch-"alarodischen" Raum und im "dravidischen" Indien;

im austroasiatischen Bondo wird der Hochgott Singi-arke als Sonne und Mond, als Vater und Mutter verehrt,

und in der Sassanidenzeit wie auch danach gilt im alten Persien der zoroastrische Gott Zervan als mannweiblich und bisexuell;

aber auch die sumerische Magna Mater ist eine mannweibliche Himmelskönigin;

die babylonische Ischtar, die als Venusstern abends weiblich und morgens männlich ist, hat nur homosexuelle Priester und ist auch persönlich im Krieg wie in der Liebe bisexuell;

*auch als armenische Anaitis, kappadokisch-phrygische Kybéle und griechi-
sche Artemis ist sie androgyn und verbindet sich mit dem ebenso bisexuellen
phönizischen Adonis (oder syrischen Attis), einem Sohn der Smyrna mit deren Vater und Vegetations- oder Frühlingsgott, der in orphischen Hymnen
als Jüngling wie aber auch als Jungfrau besungen wird, dessen Priester
schwul sind und von dem noch der byzantinische Patriarch Photius zu kol-
portieren weiß, daß er für Aphrodite ein Mann, für den Apollon aber eine
Frau sei;*

*aber auch Aphrodite selbst ist bisweilen bärtig und ebenso mannweiblich
wie auch viele andere griechische Götter: Míse, Dionysos, Mẽtis, Protogo-
nos, Irikepaigos oder der drachenartige, aber leuchtende Phánes (oder
Pan), Hermaphróditos mit seinem väterlich-mütterlich zusammengespren-
kelten Namen natürlich, dessen Bruder Eros persönlich sogar und deren
beider vielbemühter Vater Hermes, zu dem Homer immerhin den Zeus sagen
läßt: "dir ja das angenehmste Geschäft ist's, / Männern gesellig zu nahn":
als Frau oder Mann? Zeus selbst freilich ist nicht nur Göttervater und Liebhaber zahlloser Göttinnen und Frauen, sondern zugleich auch unsterbliche
Jungfrau;*

sogar den Germanen gilt ihr Feuergott Loki, der in der Edda als rög vättr,
*ein passiver Päderast, erwähnt wird und später dem deutschen Kaiser Wil-
helm II. den Spitznamen liefert, als Zwitter. Erdgott Nerthus-Njörd ist abwechselnd männlich und weiblich, wie auch andere wanische und chthoni-
sche Gottheiten als androgyn gelten;*

*der litauisch-ostpreußische Erdgott Potrimpos ist mannweiblich, und der
estnische Waldgeist Metsik wechselt sein Geschlecht, wie auch die ägyptischen Götter das können;*

*solche bisexuelle Mythik geht auf einen einheitlichen "Weltmythos" zurück,
dessen Zentren zwischen China und dem nubisch-libyschen Raum liegen
und der sich in jahrtausendelangen Völkerwanderungen global verbreitet
und zum Weltbild aller archaischen pflugbäuerischen Hochkulturen aus-
bildet:*

*sein Leitmotiv sind Himmel und Erde, die als kopulierendes Ehepaar und
Welt-Eltern eine bisexuelle oder geschwisterlich inzestuöse kosmische Ur-
Einheit oder auch jenes Welt-Ei darstellen, das erst später in Oben und Un-*

ten, in Männlich und Weiblich aufgespalten wird. Bei den Bambara an Niger und Senegal enthält das elterliche Ur-Ei sogar die beiden männlichen Zwillinge Pemba und Faro. Dieser sonst jedoch meist bisexuelle Primär-Mythos ist am stärksten und folgenreichsten am östlichen Mittelmeer und in Vorderasien, beeinflußt dort sumerisch-babylonische Mythen und orphische Kosmogonien, die Theogonie Hesiods und später zuerst die Gnosis, dann auch die Kabbala, zu deren Sprecher sich noch heutzutage nicht zuletzt jener Efraim Fischl Jehoschua Weinreb aus Lemberg macht:

"Mann und Frau existieren auch im [einzelnen] Menschen selbst als Männliches und Weibliches. Das Männliche im Menschen ist das Verborgene, das Weibliche das Erscheinende. Fortwährend vollzieht sich im Menschen die Suche nach der Verbindung zwischen dem Geheimen und dem Offenbaren";

ähnlich denkt auch die barocke Mystik Jakob Böhmes, der in seiner "Gnadenwahl" die Vision eines idealen Adam beschreibt, "der war kein Mann, kein Weib, sondern beydes". Und noch Winckelmann zitiert brieflings seinem 26jährigen livländischen Baron Friedrich Reinhold von Berg eine Ode des Abraham Crowley "auf platonische Liebe", in der es heiße:

"I thee both as man and woman prize.
For a perfect love implies
Love in all capacities";

im Asiatischen vollends hat solches Menschenkonzept schon lange vorher viele indonesische Mythen, vor allem aber die chinesische Yang-Yin-Philosophie zur Folge, und schon mehrere Jahrhunderte vor unserm Christus fordert vermutlich Lao-tse im 28. Abschnitt seines "Dao-De-Jing":

"Erkennt eure Mannheit,
Bewahrt eure Weibheit!" ;

so bisexuelles Menschenbild löst aber auch Nachfolge-Kulturen aus, die, zum Beispiel, bei Platon, in Talmud und Alchimie, in Manichäismus und Hinduismus Spuren hinterlassen,

und findet sich dann auch schon bei angrenzenden Naturvölkern wieder, besonders in Vorder- und Hinter-Indien, in Indonesien und Polynesien sowie in Amerika bei Sioux, Cheroki, Zuni, Quiche, Tlapaneken, Araukanern und Azteken;

bei den afrikanischen Dogon im Niger-Bogen gibt der Wassergott Nommo jedem Wesen eine männliche und eine weibliche Zwillingsseele, so daß jedes Neugeborene zunächst sexuell indifferent, später körperlich zwar einseitig festgelegt, geistig aber lebenslang androgyn ist: jeder Mensch sei eins im Körper, aber zwei im Spirituellen;

auch beim westsudanischen Mandingo-Volk der Bambara gilt jeder Mensch als männlich und weiblich zugleich;

in der rhodesischen Hochkultur von Unter-Kongo bis Venda und bei den Zande in Nordost-Kongo wird jede menschliche Seele für unabdingbar bisexuell gehalten;

auf dem indonesischen Ambon sieht man eine Trennlinie den menschlichen Körper und auch seine Genitalien in je eine männliche und weibliche Hälfte aufteilen;

bei den Hereros gilt erst der beschnittene Knabe als "nicht mehr Mädchen";

bei vielen anderen afrikanischen Stämmen tragen Knaben vor ihrer Beschneidung oder Initiation in die Knabenschaft strikt Mädchenkleidung;

in Indien ist der Purusha des letzten Ringveda-Buches das menschliche Urwesen, das noch zweigeschlechtig ist und dessen Verwandte, der persische Gayomard, der chinesische Pan-ku und der nordische Ymir, sämtlich bisexuell disponiert sind;

in China fixiert das I Ging schon im 12. Jahrhundert vor Christus die sehr viel ältere Philosophie vom Gleichgewicht des männlichen Yang mit dem weiblichen Yin und überliefert damit das konsequenteste und bestdurchdachte Konzept einer unentwirrbar bisexuellen Humanität;

Siegmund Freud schließlich, der zugibt, daß in seinem eigenen Leben "die Frau nie den Kameraden ersetzt" habe, vermutet in jedem Menschen auch eine zumindest latente Homosexualität;

auf solcher Basis einer generellen Doppelgeschlechtigkeit aller Menschen erklärt sich auch die tradierte Vorliebe für Homosexualität in ganzen Stämmen und Völkern:

die Männer der Bángela im Cassandsche-Tal des Kongo heiraten ihre Frauen nur unter kommerziellen Aspekten; ihre Erotik findet allgemein unter Männern statt;

im nördlichen Malekula auf den Neuen Hebriden hat bei den Big-Nambas jeder Mann einen Knaben zum Freund und Gatten, der ihm sexuell bedingungslosen Gehorsam schuldet, bis er beschnitten wird und selbst einen Knaben zum Freund und Gatten erhält;

bei den Kimberley wie allen anderen Völkern im nördlichen Australien hat jeder Mann zum Zwecke der täglichen Masturbation seinen persönlichen Liebesknaben;

bei den Papúa in Neu-Guinea leben alle unverheirateten, also zumindest phasenweise alle Männer in gemeinsamen Männerhäusern, in denen die libidinösen Bedürfnisse durch allgemeine homosexuelle Orgien befriedigt werden. Dabei gibt es strenge Regularien, die für jeden jungen Mann ab einem bestimmten Zeitpunkt seiner Pubertät den täglichen Geschlechtsverkehr mit einem reiferen Mann für obligatorisch erklären: nur so können Kräfte weitervermittelt werden;

auch im Psalter des Alten Testamentes mag eine solche Wohngemeinschaft der Juden gepriesen werden, wenn der 133. Psalm vom "Segen der brüderlichen Eintracht" *spricht und* "ein Lied Davids im höhern Chor" *singt:* "Siehe, wie fein und lieblich ist's, daß Brüder einträchtig beieinander wohnen!";

in der Karibik gibt es jedenfalls um 1700 noch getrennte Sprachen für Männer und Frauen: die Männer verstehen zwar das Idiom der Frauen, würden es aber für ihre Antworten nicht verwenden, "falls die Weiber so verwegen wären, sie in ihr anzureden" *statt in der dritten, ihrer gemeinsamen Sprache für unerläßliche Verständigungen; aber die Sprache der Männer,* "die im Krieg gewesen sind", *bleibt für Frauen und Kinder ein Geheimnis;*

solche Misogynie und Ausschließlichkeit von Männerbünden und männerbündischen Gesellschaften führt Ethnologe Will-Erich Peuckert auf pflanzerzeitliche Matriarchate zurück, in denen sich Männer von der Herrschaft der Frauen zu emanzipieren beginnen: sie tun das in Opposition zur naturgegebenen Familienstruktur der Frauen durch eine künstliche Vergesellschaftung; ihre Mittel hierbei sind Exklusivität, Geheimnis und Maskenrecht, insofern auch Feindschaft und Urfehde gegen alle Nichteingeweihten,

*also gegen die Frauen. Vor denen wird besonders auch die männliche Do-
mäne des Metaphysischen, Spirituellen und Religiösen als Privileg des Ver-
borgenen bewahrt und geheimgehalten. In solchen Sozialenklaven sind
dann homophiler Eros und Sexus nur noch ein folgerichtig natürliches
Komplement;*

auf der Insel New Britain schließen sich im Nordosten die Männer zu ingiet,
*uralten Zauber- und Geheimbünden, zusammen, bei deren Initiationsfesten
ausnahmslos jeder Novize auch in homosexuelle Körperliebe öffentlich eingewiesen wird;*

*auf ebenso unumgängliche Weise erweitert auch bei den Amoxa, Ama-zulu,
Kamilaroi und anderen südafrikanischen Bantu-Völkern während ihrer Ini-
tiations- oder Beschneidungsfeste ausnahmslos jeder Knabe oder junge
Mann seine bislang meist nur sodomitischen Hirtenerfahrungen um nunmehr handfeste homosexuelle Aktionen;*

*aber am Kilimandscharo lügen die Männer der Dschagga ihren offenbar
mißtrauischen Frauen vor, daß ihnen bei der Beschneidung auch der Anus
zugenäht werde: sicher ist sicher;*

*in solchem Kontext begreift der amerikanische Theologe Morton Smith auch
die christliche Taufe noch als einen ursprünglich homosexuellen Initiations-
ritus;*

*auf den Fidschi-Inseln folgt solcher offiziell obligatorischen Einweihung in
homosexuelle Praktiken beim Beschneidungsfest für jeden Mann eine dauer-
hafte und leidenschaftliche Verbindung mit einem Freund;*

*bei den Initiationsfeierlichkeiten der brasilianischen Mura-, Maranha-,
Mauhé- und Canixana-Stämmen am Amazonas, aber auch der Arawaken
auf den Antillen kommt es gar reihenweise zu gegenseitiger erotischer Aus-
peitschung von Männerpaaren;*

*bei vielen australischen Völkern gibt es überdies eine Beschneidungsvarian-
te, die ethnologisch als Introzision bezeichnet wird und bei der der ganze
Penis an seiner Unterseite von der Eichel meist bis zum Hodensack aufge-
schnitten wird: dadurch entsteht eine Spalte, die für homosexuelle Praktiken
mit Knaben und Jünglingen spezielle Reize und quasi-weibliche Möglichkeiten schafft. In Queensland, zumal bei den Pitta-Pitta in Boulia, werden die-*

se introzisierten Männer folgerichtig meko-maro genannt: Vulva-Besitzer.
Bei den Niol-Niol schließt solch ein operierter Wamba mit einem noch nicht
operierten Walebel eine eheähnliche und durchaus sexuelle Lebensgemein-
schaft, die bis zur Introzision des Jüngeren anhält, der sich dann seinerseits
einem Walebel verbindet;

auf Tahiti, den Sandwiches und anderen Südsee-Inseln werden solche offiziellen Männerehen nicht nur für begrenzte Zeit, sondern lebenslänglich geschlossen und von Priestern begünstigt, auch feierlich eingesegnet, weil so
ein göttliches Vorbild befolgt werde;

auch bei den Seminóle-Indianern in Florida, bei den texanischen Tejas und
den kalifornischen Acagchemen gibt es offizielle Ehen zwischen Männern;

bei amerikanischen Eskimos auf Kadjak hat ein Transvestit bisweilen sogar
zwei legale Ehemänner;

bei den Ojibwa-Indianern der kanadischen Algonkin sind mit den agokwas,
den Berdaschen dieses Stammes, auch Ehen üblich. Der Häuptling der
Ojibwas pflegt sich zwei Frauen und einen agokwa zu halten;

bei den Laches der columbianischen Coconuco-Indianer ist Homosexualität
offiziell nur ein Privileg des Königs, aber jeder sechste Sohn einer Mutter
wird gesetzlich zum Kinäden bestimmt;

bei den kalifornischen Yuma wird jeder verstorbene Berdasch durch den
nächstgeborenen männlichen Säugling ersetzt, der zu so weiblicher Lebens-
und Liebesweise erzogen wird, später jedem ledigen Mann sexuell zur Verfügung stehen muß und sich für seinen Lebensunterhalt von jedermann nehmen kann, was er will;

zu einer staatlichen Institution wird die Männerliebe auch bei den Choco-
Indianern in Panama, wo König Tarechas ganzes Hofgesinde und sein gesamtes Kriegsheer schwul sind. Der Bruder des Königs und etwa vierzig
Männer in dessen Hofstaat sind Berdaschen: die Spanier werfen auch sie
ihren Doggen zum Fraß vor;

bei den Virginia-Indianern ist König Powhatan auch das religiöse Oberhaupt einer insgesamt päderastischen Gesellschaft;

*in Guatemala muß jede Gemeinde zwei Jünglinge an ein staatliches Kna-
benbordell der Olmeken-Indianer liefern;*

*bei den Cuevas, Caretas und anderen columbianischen Stämmen ist es aus-
ser so offiziell verordneter Knabenprostitution auch üblich, daß jeder Kazi-
ke und jeder sonstige Mächtige sich einen eigenen Harem mit Jünglingen
hält;*

*in Brasilien ist in fast allen Indio-Völkern die Homosexualität so stark ver-
breitet, daß es jeweils eine ganze Kaste von Männern gibt, die offiziell verpflichtet ist, für solche Gelüste zur Verfügung zu stehen;*

*bei den peruanischen Khetchuan-Völkern ist die männliche Homosexualität
so überwiegend, daß Roca, der erste Inka-Herrscher, seine Schwester Ma-
ma Cura heiratet, um so die heterosexuelle Ehe demonstrativ und offiziell
wieder einzuführen. Alle Schwulen läßt er verbrennen;*

*aber auch in Mexiko und Nordamerika ist die Homosexualität allgemein so
üblich, daß jeder Indianerstamm seine Berdaschen hat;*

*im Nordosten Sumatras ist bei den Atschinesen die öffentlich praktizierte
Homosexualität in allen Schichten und bei allen Festlichkeiten ein allgemein respektiertes Bürgerrecht, das auch als Ausweis von gesellschaftli-
chem Prestige gilt: jeder Vornehme zeigt sich mit einer möglichst großen
Knabenschar, und der Bijo, das Staatsoberhaupt, spiegelt seine Macht auf
offiziellen Reisen in einer Eskorte von zwölf Lustknaben;*

*doch schon im Sodom der Genesis wollen die männlichen Einwohner unbe-
dingt mit den beiden exotischen Besuchern ihres vorbildlich gastfreundli-
chen Mitbürgers Lot ihr sexuelles Vergnügen haben; aber nicht etwa nur einige wollen das, auch nicht viele, sondern ausdrücklich alle, "jung und alt,
das ganze Volk aus allen Enden": das ganze Volk jener Sodomiter will Sex
mit fremden Männern – alle;*

*und im frühen Kreta ist die Päderastie eine so fest ritualisierte Einrichtung,
daß Eltern die Entführung jedes Sohnes durch einen Mann ihres Vertrauens
inszenieren, der dann zwei Monate lang der gesellschaftliche und erotische
Betreuer und Beschützer des Knaben ist und oftmals darüberhinaus dessen
Liebhaber bleibt;*

Aristoteles, der Geschichtsschreiber Diodor von Sizilien und andere Kenner berichten übereinstimmend, daß "die" Kelten, summa summarum also, auf ihren Tierfellen am kalten Boden "eine außerordentliche Leidenschaft für den Verkehr mit Männern an den Tag legen", "offen die männliche Liebe ehren", *anderen Männern bedenkenlos sexuelle Angebote machen und beleidigt sind, wenn diese abgelehnt werden;*

auch bei den Banda im westafrikanischen Guinea finden homosexuelle Aktivitäten in aller Öffentlichkeit statt;

bei den norditalischen Etruskern des ersten vorchristlichen Jahrtausends ist Homosexualität sogar religiöses Gebot;

auch bei Indianervölkern der Andenländer, bei mongolischen Skythen, indonesischen Atschinesen und Dajaks, im westlichen Neu-Guinea, in Neukaledonien, bei maghrebinischen Karthagern und den westafrikanischen Ewe im Königreich Dahomey, dem heutigen Benin an der sogenannten Sklaven-Küste von Oberguinea, ist Männerliebe nicht nur weit verbreitet, sondern auch Volkssitte, Bürgerrecht oder staatlich geförderte Institution wie im frühen Europa bei Normannen, Albanesern und dorischen Griechen;

im antiken Griechenland ist sie in einem Maße gang und gäbe, daß die Römer später ihre eigenen homo-erotischen Ausschweifungen als "das griechische Laster" *bezeichnen;*

aber schon Euripides und Aristophanes bezeugen, daß prähistorische Jäger und mythische Heroen ihres Landes traditionell meist misogyn sind und "aus Abscheu der Frauen" *lieber einsam und jungfräulich im Gebirge leben;*

in Athen gibt es später nicht nur einflußreiche Genossenschaften von Freunden und Männerbünde, die sich Hetärien nennen, sondern auch staatliche Knabenbordelle;

im dorischen Megara findet am Grabe des schwulen Atheners Diokles alljährlich im Frühling ein öffentliches Wett- und Preisküssen junger Männer statt;

besonders im dorischen Sparta aber wird die Männerliebe nicht nur toleriert, sondern allgemein so begünstigt und gefördert, daß sie das gesellschaftliche Leben dominiert und Frauen sich − sicher ist sicher − sogar in der Hochzeitsnacht als Männer verkleiden. Im benachbarten Argos kleben

*sie sich bei dieser Gelegenheit sogar falsche Bärte, um ihre Gatten gewiß-
lich zu stimulieren;*

*ebenso kostümieren sich später in Rom und Milano, im Venedig und Flo-
renz der Renaissance die Huren, wenn sie geschäftstüchtig sind, für den
Dienst als Knaben, weil ihre Chancen dann ungleich größer sind;*

aus dem damaligen Florenz, dem sobezeichneten "neuen Sodom", *ist ein
Predigt-Zitat des katholischen Savonarola überliefert, der seiner Gemeinde
vorhält:* "O wie viele Sodomiter sind unter den Bürgern! Mehr noch: a l l e
sind in dieses Laster verstrickt!";

*sein heiliggesprochener Kollege Anselm, Erzbischof von Canterbury, plä-
diert daher schon um 1100 für eine milde Bestrafung dieser Sünde, da sie
"so weit verbreitet ist, daß deswegen kaum jemand auch nur errötet";*

*im elisabethanischen England demonstriert ein modebewußter Lebemann
seine sexuelle Potenz, indem er außer seiner Geliebten auch einen Knaben
am Arm hat, wenn er öffentlich promeniert;*

*und noch im 18. Jahrhundert gilt ein englischer Mann, der in London eins
der zahlreichen* molly houses *besucht, wo man sich mit Transvestiten ver-
gnügt, nicht einmal als homosexuell: so normal ist das;*

*die Franzosen wiederum bezeichnen später ihre eigenen homosexuellen Ak-
tivitäten als* bougerie *und bezichtigen damit die brasilianischen Bugres-In-
dianer als ihre Sittenverderber oder, vielleicht noch häufiger, als* "le vice
allemand", *das deutsche Laster.*

Darin werden sie von Thomas Mann bestätigt, der "diesen Gefühlsbezirk"
zunächst "für etwas eigentlich Angelsächsisch-Germanisches" *hält, dann
aber, in seinen* "Leiden an Deutschland", *einen Zusammenhang von Homosexualität mit Konservativismus und Kriegertum entdeckt und zugibt, sie sei
"bei allen militärischen Völkern zu Hause, zum Beispiel beim deutschen,
das [...] ein homoerotisches Volk ist".*

*Eben aus so martialischem Geiste mag Joseph Goebbels ausgerechnet auf
einer Amtswalterinnentagung der NS-Frauenschaft erklären:* "Die nationalsozialistische Bewegung ist ihrer Natur nach eine männliche Bewegung.
[...] Das ungeheuer große Gebiet der Politik muß der Mann einschrän-
kungslos beanspruchen."

Das bestätigt noch fast sechzig Jahre später der Journalist und Filmemacher Michael Schmidt, der todesmutig unter bundesrepublikanischen Neonazis recherchiert: "Die Naziszene ist eigentlich eine reine Männergesellschaft – mit allen dazugehörenden Bestandteilen wie Chauvinismus, Militarismus und auch Homosexualität. Die ebenso dazugehörende latente Schwulenfeindlichkeit entspringt dabei oft schlichter Rivalität. [...] Der nicht geringe Anteil homosexueller Aktivisten, besonders in Führungspositionen, dürfte ungefähr dem bei den Funktionären im Dritten Reich entsprechen."

Aber gegen so denunzierende Festlegungen kommt allen friedliebend antifaschistischen Schwulen zunächst kein geringerer als Platon zu Hilfe, der sie in seinem "Symposion" als gerade besonders "vorzüglich für die Angelegenheiten des Staates" bezeichnet und runde zweitausendfünfhundert Jahre später noch von Ernst Jünger ergänzt wird: "Kein großer Staatsmann ist ohne die weibliche Komponente"; *aber schon gute drei Jahrtausende vorher nennt jener legendäre Lykurgos sie (laut Plutarch) die einzigen wahrhaft rechtschaffenen und nützlichen Staatsbürger, weil sie zur Freundschaft fähig seien.*

Wirklich findet man solche Freunde denn, auch in Deutschland, gruppen- und scharenweise bei Pfadfindern und Wandervögeln, bei Mönchen und Freimaurern, in Sport- und Gesangvereinen, bei Büroangestellten und Köchen, bei Modemachern und Medizinern, bei Friseuren, Theologen und Designern, bei Matrosen und Floristen und bei Schauspielern und Kellnern und Schenken ... Im Disneykonzern der amerikanischen Germanen sollen inzwischen vierzig Prozent der 63 000 Mitarbeiter homosexuell sein.

Dabei ist es von Einzelfreundschaften zu Männerbünden nur noch ein kleiner Schritt. Aber anders als in pflanzerisch-bäuerlichen Gesellschaften sind diese Zusammenschlüsse des männlichen Bürgertums keine Knabenschaften mehr, auch keine Jünglingsvereine, sondern esoterische Organisationen überwiegend reifer Männer: Innungen, Gilden, Hansen, Akademien, Logen von Illuminaten, Freimaurern und Rosenkreutzern oder Clubs von Kriegsveteranen, von Rotariern und "Lions", von Sportlern. Männliche Exklusivität verbindet sich da auch und gerade in Deutschland oft noch lange mit Einweihungs- und Aufnahmeritualen, denen sexuelle Elemente durchaus nicht fehlen. Unbekleidete Unterwerfungszeremonien gibt es noch bei aufgeklärten Freimaurern, und die norddeutsche Hanse, ursprünglich ein Ver-

bund eheloser Exportlaufleute, kennt noch im Übergang von Mittelalter zu Neuzeit ein misogynes Zusammenleben in Männerghettos und alljährliche Initiationsfeierlichkeiten, zu denen außer Alkohol, Musik und Mutproben speziell auch Wasser-, Rauch- und Haupt- oder "Burgspiel" gehören: hierzu müssen die kaufmännischen Aspiranten sich an den sobezeichneten Schütt-Staven entblößen, den Kopf in einen Sack stecken und auf allen Vieren ihren nackten Hintern von vier bäuerlich kostümierten Hansebrüdern mit Maiengerten, andern Ruten oder gar Spießen blutig schlagen lassen.

Nicht zuletzt vielleicht in so hanseatischer Tradition reagiert noch vor dem Ersten Weltkrieg der 37jährige Lübecker Bürgerssohn Thomas Mann in einem Brief an Jakob Wassermann auf dessen Roman "Der Mann von vierzig Jahren" mit dem Hinweis, es sei "bezeichnend, daß das Gegenstück zur femme de 40 ans von einem Deutschen kommt; wir interessieren uns im Grunde alle mehr für die Seele des Mannes, als für die der Frau".

In dieses nationale Interesse bezieht er aber auch den männlichen Körper durchaus ein. Spätestens nachdem er, 58jährig, in einem Berner Kino die Verfilmung von Manfred Hausmanns "Abel mit der Mundharmonika" sieht, hält Thomas Mann im Tagebuch ein entsprechendes Spezifikum deutscher Filmkunst fest: "die Freude an jugendlichen Körpern, namentlich männlichen in ihrer Nacktheit. Das hängt mit der deutschen 'Homosexualität' zusammen."

Umso erfreuter registriert er im Tagebuch ein Votum seines Kollegen und Freundes Bruno Frank, der nach privater Dichterlesung aus dem "Doktor Faustus" "bewegt und eingenommen von der 'Deutschheit' der Liebesgeschichte" *zwischen Leverkühn und Schwerdtfeger (oder Thomas Mann und Paul Ehrenberg) spricht.*

Dem assistiert kein Besserer als ausgerechnet Hitlers oder Himmlers Reinhard Heydrich, der "nicht unerhebliche Bevölkerungsschichten" *der Deutschen für homosexuell hält und auf seiner Rosa Liste zur Ermordung vormerkt.*

Thomas Mann wiederum faßt zusammen: "Die Deutschen, oder die deutschen Juden, die das stellen, haben sehr Recht: es gibt im Grunde nichts 'Schöneres', und der Gedanke, daß dies 'Schönste' das allergewöhnlichste ist und 'alle Tage vorkommt', den ich im 'Joseph' ausdrückte, ließ mich wieder lächeln."

Mit diesem kompetenten Hinweis auf die selbstverständliche Alltäglichkeit der Homosexualität von alttestamentarischem Ägypten bis hin zum Deutschland des 20. Jahrhunderts beendet Yan seine heutigen Eintragungen in die "Blaue Kladde".

Aber als obligates *post scriptum* fügt er einen Satz aus Goethes "Wahlverwandtschaften" hinzu:

"Der Mann verlangt den Mann; er würde sich einen zweiten erschaffen, wenn es keinen gäbe."

Tatsächlich ist ja Adam, der wie alle Hirten des Vorderen Orients an geschlechtlichen Umgang nur mit Tieren gewohnt ist, mit seiner ersten Gefährtin gar nicht zufrieden. Laut Jalkut, kabbalistischen Kommentaren zumal des Rabbi Rëuben ben Hoschke Cohen, macht Gott diese erste Frau nicht aus demselben Staube wie Adam, sondern aus Schmutz und Sediment. So entsteht eine Dämonin, deren Name Lilit aus dem hebräischen lejl für Nacht oder dem babylonisch-assyrischen lilitu für einen weiblichen Dämon abgeleitet wird. Aus dieser Verbindung gehen Asmodi, Dämon der Begierde und des Zorns, sowie andere Plagegeister hervor. Denn Mutter Lilit will in der Position des Beischlafs mit Adam nicht die Unterlegene, sondern eine Ebenbürtige sein: "Warum muß ich unter dir liegen?" Adam fühlt sich daher genötigt, ihren sexuellen Gehorsam zu erzwingen, und verliert sie so: sie verläßt ihn zugunsten lüsterner Dämonen am Roten Meere, denen sie täglich mehr als hundert lilim oder Dämonenkinder gebiert. Das überliefern glaubhaft so Sprichworte wie Erläuterungen der Alfa Beta diBen Sira. Aber der babylonische Traktat Schabbat berichtet, daß Lilit, haßerfüllt, menschliche wie auch eigene Kinder erdrosselt und träumende Männer im Schlafe rittlings verführt oder tötet wie nach ihr auch griechische Hexen oder Lamien im Gefolge der Hekáte. Denn weil sie sich rechtzeitig vor dem Sündenfall absetzt, bleibt Lilit bis auf den heutigen Tag unsterblich;

dem vereinsamten Adam baut Gott nun also eine andere Gefährtin. Sie heißt hebräisch Chawah oder Mutter alles Lebenden, aber griechisch, als Ehefrau des männerliebenden Heraklés, heißt sie Hebe, sonst auch Heba, Hebat, Chebat oder Chiba und deutsch eben Eva. Als Adam sie in ihrer vollen-

deten Schönheit erblickt, erfaßt ihn, diesen anderen Heraklés, ein unbezwingbarer Widerwille gegen sie. Das bezeugen übereinstimmend die frühmittelalterlichen Thora-Kommentare der Genesis Rabba, des Midrasch Abkir, des Awot diRabbi Nathan und des Babylonischen Sanhedrin. Sie alle wissen auch genau, daß Gott nun diese mißliebige Chawah oder Eva seinem Adam erspart und sie entfernt: wohin, weiß aber niemand mehr.

Manche von ihnen, auch noch der Leviticus Rabba, die Tanchuma Tasria und Solomon Buber, Jalkut Genesis und Midrasch Tehillin wie auch die Babylonier mit ihrem Brachot, Eruwin und dem Gilgamesch-Epos, schließlich die spätantiken Gnostiker, denen Ehe und Zeugung nur des Teufels sind, und auch noch jener jüdische, aber platonisch-stoizistische Philosoph Philon von Alexandria, ein Zeitgenosse Jesu von Nazareth,

sie alle halten Adam für einen Zwitter mit ursprünglich männlichem wie weiblichem Körper Rücken an Rücken; die Griechen nennen ihn diproposon *= doppelgesichtig oder* androgynos *= Mann-Frau. Da dieses Konstrukt sich im Alltag kaum bewährt, halbiert es Gott, indem er aus einer adamischen Rippe jene neue Eva macht, die er, jedenfalls in Martin Luthers Sprache, lieber als "Männin" ("l'andrinette") bezeichnet, so daß Adam sich mit ihr nicht paaren darf. Er scheint das auch gar nicht zu wollen.*

Aber mit wem mag dieser abgerippte, also immer noch einsame erste Zwitter sich dann vermischen und delektieren? Etwa mit einem Schlangenmännchen? Oder mit den Cherubim? Doch wieder mit den Böcken seiner Herde? Oder, erst später, mit seinen Söhnen, die er so selbst zu Rivalen, zu Mörder und Opfer macht?

Oder wieviele Rippen fehlen ihm eigentlich?

Und war es wirklich Rippe, was ihm weggeschnitten wurde? So mancher jüdische Mystiker weiß, es sei vielmehr sein "Schwanz" gewesen: um jede Kopulation mit Eva ab ovo *zu verhindern. Auch Aphrodite immerhin, just Liebesgöttin der Griechen, entsteht aus dem abgeschnittenem Genital des Uranos.*

Fragen über Fragen.

Goethe mag also recht haben: *"Der Mann verlangt den Mann; er würde sich einen zweiten erschaffen, wenn es keinen gäbe."*

443
Massimo

Yan fährt Ende August nach Rom und wohnt dort, auf halber Strecke zwischen Caracallas Thermen-Ruinen und Mussolinis Weltausstellungs-Torso, in anderer Duce-Architektur an der Piazza dei Navigatori.

Von je einem lebendigen und einem mumifizierten Gecko auf der mussolinesken Riesenterrasse heimelig behütet und inspiriert, protokolliert er dort nächtens, was ihm tagsüber auf seinen Fußmärschen durch diese jedenfalls zeitlose Stadt begegnet, in einem "Römischen Tagebuch":

Rom, 30. August.

Von Stazione Termini, wo ich zwischen den bunt und kontrovers kostümierten Reisenden aus aller Herren Ländern nach den legendären Strichjungen dieses Bahnhofs ebenso vergeblich Ausschau halte wie natürlich auch nach deren wehmütig erinnertem Stammfreier Pasolini, dessen letztes Abenteuer hier seinen Ausgang nimmt, fahre ich mit der heikel codifizierten Linie A der untergründigen Metropolitana zur Piazza del Popolo, von der ich aber unterwegs im überfüllten Zuge bald feststelle, daß sie hier keine eigene Haltestelle annonciert.

Also frage ich meinen Stehnachbarn, wo ich am besten aussteigen soll. Er versteht mich nicht, er ist fremd hier. Der nächste ebenso. Auch der übernächste und dann alle, den ganzen durchgezwängten Waggon entlang: lauter Portugiesen, Argentinier, Mexikaner und Lombarden, von denen auch kein einziger zur Piazza del Popolo will. Endlich peile ich eine dicke alte Frau an, die von originell abstruser Häßlichkeit und so alltäglich-häuslich gekleidet ist, daß ich sie für eine Frau Nachbarin aus dem fraglichen Stadtteil zu halten kaum umhin kann. Aber im Augenblick meines erkundigenden Atemholens kommt sie mir mit römischer Schnelligkeit zuvor und fragt ihrerseits mich: "Komme ich mit diesem Zuge nach Cinecittà?" Touché. Was will dieses Monstrum in den Filmstudios? Als Komparsin für Fellini arbeiten? Aber warum fragt sie ausgerechnet mich? Sehe ich etwa aus wie zur

306

Branche gehörig? Verschreckter Kontrollblick ins spiegelnde U-Bahn-Fenster.

Schon viel früher aber verlasse ich am Piazzale Flaminio meinen Zug und stehe dann unverhofft auf jener riesig, oval und leer in der Morgensonne daliegenden Piazza del Popolo, durch deren gleichnamige Porta in Postkutschen-Zeiten jeder nordeuropäische Ankömmling wie zum Beispiel Königin Christine, aber auch Pionier Winckelmann, auch Goethe noch, auch Gogol, von der Via Flaminia her dieses Rom betritt. Hier beginnt es.

Damals finden hier die offiziellen Empfänge prominenter Gäste, aber auch Hinrichtungen statt, und rings um den zentralen phallischen Obelisco Flaminio, *den Fleischesbruder Augustus aus Ägypten importiert und Fleischesbruder Papst Sixtus V. später hier aufstellen und mit aufgesetztem Kreuz sich selbst entfremden läßt, scheine, notiert Goethe, "das ganze Jahr Carneval zu sein". Denn das ganze Stadtviertel profitiert vital und genüßlich von den Steuern der hier geschäftigen Prostituierten.*

Heute lümmeln hier nur einige rucksäckige blonde Freaks mit ihren Colaflaschen herum.

Gleich links vom alten Stadttor der Porta del Popolo lasse ich Santa Maria del Popolo wahrhaft links liegen: jene dämonisch doppelt belastete Augustiner-Basilika, die Papst Sixtus V. fleischesbrüderlich auf dem Grabe des hier noch lange spukenden Kaisers Nero errichten läßt und deren Altar durch den jungen Ordensbruder Martin Luther, 27jährigen Gast des benachbarten Augustinerklosters, und dessen skrupulös überdehntes Messelesen derartig entweiht wird, daß dieser Opfertisch nach vollzogener lutherischer Reformation nicht länger sakral verwendet werden darf. Trotzdem oder eben deshalb hängt ausgerechnet hier das Tafelbild der damaszenischen "Bekehrung des Heiligen Paulus" von Fleischesbruder Caravaggio.

Aber an alledem gehe ich schnöde vorbei und steige zielstrebig die Rampe zum Pincio empor, zu dessen Füßen hier im damaligen Hôtel Russie auch Pionier Magnus Hirschfeld fleischesbrüderlich absteigt. Aber weder am belvedere *der klassischen Aussichtsterrasse noch auch weiter parkeinwärts in den Gärten Luculls, wo ein Narcissus die verruchte Kaiserin Messalina als* femme dure *ermorden läßt und Gogol spazierenzugehen liebt, oder weiter zur Villa Medici hin entdecke ich jene* cruising area, *wie Klaus Mann*

*und andere Experten sie erwähnen. AIDS mag auch in diesem elysischen Pi-
niengarten aller klassischen Fleischesneugier den aktuellen Garaus machen.*

*Nach weitbogiger Wanderung durch den botanischen Reichtum der Villa
Borghese, hinter deren Casino Goethe auf einer Lichtung die Versfassung
seiner "Iphigenie" beendet, kehre ich, schon fast sehnsüchtig, zur Piazza del
Popolo zurück, um mich an deren Südende zwischen den beiden traditionellen Cafés für das Rosati zu entscheiden und dort für den zweiten Teil meiner
heutigen Exkursion zu stärken.*

*Er führt mich, gleich zwischen den beiden anderen, wiederum ignorierten
Marienkirchen,* dei Miracoli *und* in Monte Santo, *hindurch, auf den Corso,
jene schnurgerade Geschäftsstraße, die von der Piazza del Popolo zielsicher zum fernen Capitol führt.*

*Aber schon nach wenigen hundert Metern stehe ich auf der linken Straßen-
seite vor der Hausnummer 18-20: hier, in der damaligen* Casa Moscatelli
und "incontro al Palazzo Rondanini", *wohnt Goethe.*

*Selbst 37- bis 39jährig, lebt er hier in Wohngemeinschaft mit jungen deut-
schen Künstlern:*

*mit Johann Heinrich Wilhelm Tischbein zumal, dem 35jährigen, aber hinge-
bungsvoll devoten hessischen Maler und* "herzlichen Freund", *den er durch
Männersammler Lavater kennt, den hier in Rom besonders* "die schönen
nackten Körper der Antike" *faszinieren und der sofort an Lavater meldet,
dieser neu eingezogene Goethe sei* "ein w i r k l i c h e r M a n n, wie ich
in meinen ausschweifenden Gedanken ihn zu sehen mir wünschte"; *hier im
gemeinsamen Quartier am Corso, wo Tischbein sich* "zu mir wie ein ge-
machter Mann zum Jünglinge verhält", *entsteht auch dessen berühmtes Gemälde von* "Goethe in der Campagna", *auf dem Goethe neben einem Basrelief just mit Orest und Pylades* "auf denen Ruinen sitzet und über das
Schicksal der menschlichen Werke nachdenket" *und wie es zweihundert
Jahre später sogar jene Rosa de Ca'n Parra auf Formentera noch studiert,
entschlüsselt und kritisch kommentiert;*

*mit Christian Georg Schütz, 28jährigem Landsmann aus Frankfurt, der spä-
ter Goethes "Römisches Carneval" illustriert,*

und mit Friedrich Bury, dem mädchenhaften 23jährigen aus demselben Hanau, in welchem Gogol seinen lieben Jasykow "mit der Zunge" kennenlernt: "eine passionirte Existenz", *die für Goethe* "mit zur Staffage jener glücklichen Gegend gehört" *und die er, mit Bezug zumindest auf seinen Liebling Fritz von Stein, als* "Fritz den Zweiten" *bezeichnet,* "den ich liebhabe"*; aber er ist auch, nach jenem Vorsitzenden der* "Arkadischen Jünglingsgesellschaft" *in Frankfurt der zweite Bury in Goethes Leben; diesen jetzigen Fritz empfiehlt Goethe mehrfach als Maler weiter, als* "brav und gut" *und protektioniert ihn nach Kräften, denn* "er hat viel an mir verlohren"*; nach Goethes Abreise erbt er dessen zurückgelassene* "Kunstsachen"*, aber auch Zimmer und Bett, die er, am nächsten 19. September, dem Besucher Herder* "mit Tränen in den Augen" *präsentiert; erst viele Jahre später, als* "der gute talentvolle Bury" *wiederholt nach Weimar kommt und Goethe sich* "nach altem Herkommen leidenschaftlich angegangen" *sieht, entstehen Burys Kreidezeichnungen von Goethe. Aber in dessen Gelbem Saal am Weimarer Frauenplan hängt dann auch seine Tizian-Kopie in Öl:* "Irdische Liebe".

Später holt Goethe auch Johann Heinrich Meyer, den 27jährigen Schweizer Maler, Kunsthistoriker und Schüler von Johann Kaspar Füßli, immerhin Winckelmanns Freund, aus Stäfa bei Zürich in dieses Haus am Corso, und just Fleischesbruder August Platen zitiert in seinem Tagebuch die Auskunft des zeitweilig miteinwohnenden Schweizer Bildhauers Joseph Christen, "Goethe und Meyer wären so gute Freunde"*, daß sie* "in Rom immer in einem Bette geschlafen" *hätten, denn* "Goethe hätte damals viel Satirisches in seinem Wesen gehabt"*: vermeintlich Satyrhaftes. Immerhin lädt Goethe diesen* "Kunscht-Meyer"*, mit dem er sich dann in Venedig* "aufs neue von Grund aus verständigt" *und* "nur desto inniger verbunden" *fühlt, schon bald, mit einem August-Brief, nach Weimar ein, um sich selbst damit* "eine neue Aussicht aufs Leben" *zu geben:* "Da wir nun zusammen gehören, so müssen wir auch unseren Lebensgang zusammen leiten, auf jede Weise". *Acht Jahre lang sind sie am Frauenplan dann Hausgenossen, und Goethe hält den Freund und dessen* "englische Güte des Herzens" *für* "unschätzbar in jedem Sinn". *Meyers Kunstreisen bieten Anlaß für eine blühende Korrespondenz mit wechselseitig nimmermüden Versicherungen von Wertschätzung, Vermissen und Sehnsucht. Nicht einmal Schiller, geschweige sonst wen bittet Goethe am Ende seiner Briefe so oft wie diesen Meyer:* "Lieben Sie mich"*, und seinerseits bestätigt er dem Intimus noch nach siebenjährigem Zusam-*

menleben: "Daß wir uns gefunden haben, ist eines von den glücklichsten Ereignissen meines Lebens; ich wünsche nur, daß wir lange zusammen auf diesem Erdenrunde bleiben mögen." *Das klingt wie ein Ehegelöbnis, "bis daß der Tod uns scheidet". Es wird noch mehrfach wiederholt, wenn Goethe in tiefer Erregung den Wunsch äußert, Meyer nur ja nicht zu überleben.*

Bis zu ihrer beider Tode, der dann fast ebenso gleichzeitig eintritt, wie jener Joseph Christen das seinerzeit prophezeit, bleibt Meyer, der just unter demselben Datum stirbt wie auch Paul Ehrenberg, tatsächlich Goethes engster Vertrauter: "Es ist ein herrlicher Mensch." *Noch in* "Lotte in Weimar" *beschreibt Thomas Mann seine* "innige Zärtlichkeit" *und* "stille Liebe" *zu Goethe.*

Zeitweilig wohnen hier im Corso-Hause auch der junge Lavater-Günstling Johann Heinrich Lips, jener "talentreiche Bauernknabe"*, mit dem und Bury Goethe in der Sixtinischen Kapelle die* "Männlichkeit" *Michelangelos studiert, und der junge Frankfurter Komponist Philipp Christoph Kayser, mit dem Goethe schon zuvor über männerbündische Freimaurer korrespondiert und den er aus seinem* "abstrusen Leben in Zürich" *nach Rom lockt, weil er zu den Menschen gehöre,* "durch deren Nähe man gesunder wird". *Durch ihn lernt Goethe die Musik von Palestrina kennen, und mit ihm plant er, folgenlos, zusammenzuarbeiten; hier im Corso 18-20 gibt Kayser gerngehörte Hauskonzerte, zu denen Bury auch seine römischen Sänger-Freunde mitbringt.*

Die intime Wohngemeinschaft und freundschaftliche Geselligkeit mit diesen musischen Jünglingen, deren damalige Zeichnungen "ein außerordentliches Maß an Vertraulichkeit im Persönlichen verraten"*, mag ihre Licht- und Schattenseiten haben.* "In diesem Künstlerwesen"*, schreibt Goethe in einem jener Briefe nach Weimar, die er später in der* "Italienischen Reise" *publiziert,* "lebt man wie in einem Spiegelzimmer, wo man auch wider Willen sich selbst und andere oft wiederholt sieht." *Und Friedrich Müller, ein ausserhalb dieses Kreises lebender deutscher Maler und Autor eigener* "Faust"*-Szenen, bezeichnet in einem Brief an den* "priapischen" *Fleischesbruder Wilhelm Heinse, seinen engen Freund, diese meist kleingewachsenen, bescheidenen und wortkarg anschmiegsamen Jünglinge als* "schale Schmachtlappen" *oder Goethes* "Leibgarde"*, ihn selbst in dieser Corso-Gemeinschaft als* "Staatsgefangenen" *und (transvestierten)* "Achill unter den

Weibern von Skyros", wie er später als Federzeichnung von Heinrich Kolbe über der Eingangstür zu Goethes Kleinem Speisezimmer am Frauenplane dokumentiert wird.

Zu solcher Darstellung mögen freilich Goethes anfänglich ängstlich gehütetes Inkognito und seine vielfach ungesellige Isolation beitragen, die ihn tagelang nicht sein Zimmer verlassen läßt, aber nötig sein mag, um hier, in dieser umtriebigen Casa Moscatelli, *seinen Arbeiten an "Iphigenie" und "Tasso", an "Egmont" und "Faust", an "Erwin und Elmire", der achtbändigen Gesamtausgabe sowie seinen ersten Spekulationen über Farben nachgehen zu können. Er widersteht daher* "allen, die mich in die Welt ziehen wollten": "weil die Welt nicht gibt, sondern nimmt".

Desgleichen schreibt er gegen Ende seiner römischen Zeit an den herzoglichen Brotherrn Carl August: "Ich habe mich in dieser anderthalbjährigen Einsamkeit selbst wiedergefunden; aber als was? – Als Künstler!" *Dabei mag er sich zunächst noch als sogenannt "bildenden" Künstler verstehen. Denn er zeichnet, malt und modelliert hier, studiert systematisch Perspektive und Anatomie, bringt Landschaften, Akte und Architektur zu Papier. Wenn er, in Gesellschaft oder gern auch allein, diese Wohnung an der damals noch ländlichen Peripherie beim nahen Stadttor jeden Morgen nach neun Uhr verläßt und den Corso stadteinwärts zu seinen vielfältigen Erkundigungen hinuntergeht, führt er meist Zeichenblock und Stifte mit sich, um später Tausende von Zeichnungen nach Weimar heimzubringen.* "Wie moralisch heilsam ist mir es dann auch, unter einem ganz sinnlichen Volcke zu leben ... ".

Er pflegt sich dabei als Maler und Johann Philipp Möller aus Leipzig vorzustellen und wird von den Römern Moller, Miller oder Filippo genannt.

Da aber dieses ganze erlebnisträchtige Quartier seiner hiesigen Wohngemeinschaft derzeit nicht zugänglich ist, ziehe denn also auch ich nun das anderthalb Kilometer lange Lineal eben seiner Via del Corso, damaliger wie heutiger Achse Roms, stadteinwärts und versuche, mich für die Offerten dieser traditionsreichen Geschäftsstraße zu interessieren.

Im Mittelalter noch zur Hetze fraterner Stiere benutzt, dient sie in ihrer makellosen Geradlinigkeit ganze Jahrhunderte lang als ideale Rennstrecke für Pferde-Corsi, ist dann, schon zu Goethes, umsomehr zu Gogols und erst

*recht zu Thomas Manns Zeiten der elegante Boulevard für die Kutschen-
fahrten der* bella gente *und die Promenade für den sogar päpstlich tolerier-
ten* "freien und unterhaltsamen Verkehr" *eines gesellig flanierenden Bürgertums. Heute sind Stiere, Pferde und Kutschen durch chaotisch exzessiven,
gleichwohl sensibel improvisierten Autoverkehr verdrängt. Auch der mar-
morweiße Triumphbogen, den Kaiser Claudius im 1. Jahrhundert über dieser innerstädtischen Fortsetzung der nördlich externen Via Flaminia zur
Erinnerung an seine siegreiche Heimkehr von der Eroberung Britanniens
errichten läßt, ist längst entfernt.*

*Trotzdem ist dieser Corso, heute wie schon unter Goethes Augen, mit seinen
Palazzi der Rondanini, Ruspoli, Fiano, Chigi, Doria und Bonaparte auf der
einen und der Marignoli, Sciarra, Odescalchi und Salviati auf der gegen-
überliegenden Seite nach wie vor hauptsächlich eine Einkaufsstraße. Die
damaligen Trödler, Geschirrhändler, Flintenmacher, Modistinnen, Uhrma-
cher, Knopfdreher, Buchhändler, Metzger und Bader haben hier heute
ebenso ihre zeitgemäßen Nachfahren wie Kaffeebrüher, Wurstbrotmacher,
Kuttelverkäufer, Brat- und Garköche.*

*Aber rechter Hand lasse ich zunächst das Grabmal des Augustus, dieses
zweitausend Jahre lang überwucherte und vielfach geschändete Bunker-
Mausoleum mit heutigem Konzertsaal und benachbartem* "Alfredo Origina-
le", *jener* urbi et orbi *klassischen Pasta-Küche, schon bald danach aber
auch den barocken Kuppelbau von San Carlo al Corso links liegen, obwohl
er von Goethe beim täglichen Vorübergehen als* "galanter" *Ort für Kupple-
rinnen ausgemacht wird und als* "National"-*Kirche der Lombarden meine
Sehnsucht nach Landsmann Raffaele in seinem Venedig akut stimuliert.*

*Nur wenige hundert Meter weiter liegt, ebenfalls rechts und schon etwa in
der Mitte des Corso, die Piazza Colonna mit dem Regierungssitz im Palazzo
Chigi, in dem Mussolinis Außenminister Graf Ciano rauschende Faschings-
feste feiert, und dem nahen Parlament im Palazzo di Montecitorio. Sie benennt sich nach der vierzig Meter hohen Säule inmitten, die mit Luni-Marmor und kulturhistorisch aufschlußreichen Reliefs den stoischen Kaiser und
Germanenbezwinger Mark Aurel feiern soll, dessen krönendes Denkmal
freilich schon vor vierhundert vatikanischen Herrschaftsjahren gegen eine
Statue des ephesischen Apostels Paulus ausgetauscht wird. Dennoch bleibt
diese Säule die letzte Reminiszenz an das riesige seinerzeitige* campus Mar-

tius, *wo Militär und Sport, Demokratie und Religion der Römer eine so unentwirrbar gesprenkelte wie divertente Vermischung eingehen.*

Hier im Zentrum dieses Marsfeldes ist es, wo vor erst hundert Jahren der damals 20jährige Thomas Mann, als "ärmlicher und halb verwahrloster Junge" *in eine fanatisierte Menschenmenge eingekeilt, ein Freilicht-Konzert mit Musik seines schwülen und schwülstigen Götzen Richard Wagner hört:* "Wagner-Demonstration auf der Piazza Colonna!"

Maestro Vessella, "Verkünder der deutschen Musik in Rom", *dirigiert da das Städtische Orchester und die Totenklage um Siegfried.* "Jedermann weiß, daß es Skandal geben soll. Der Platz ist gedrängt voll, alle Balkons sind besetzt", *beschreibt Thomas Mann das zwanzig Jahre später in seinen* "Betrachtungen eines Unpolitischen" *als eines seiner größten Erlebnisse in Rom und Indiz für sein* "Recht auf Patriotismus" *noch beim Kriegsausbruch im August 1914:*

"Man hört das Fragment zu Ende. Dann beginnt in der ganzen Runde der Kampf zwischen ostentativem Beifall und nationalem Protest. Man schreit 'Bis!' und klatscht in die Hände. Man schreit 'Basta!' und pfeift. Es sieht aus, als ob die Opposition das Feld behaupten werde", *denn* "wütende Italianissimi" *wollen das Podium stürmen,* "das von den Musikern mit ihren Instrumenten verteidigt wurde. [...] Aber nie vergesse ich, wie unter Evvivas und Abassos zum zweiten Mal das Nothung-Motiv heraufkam, wie es über dem Straßenkampf der Meinungen seine gewaltigen Rhythmen entfaltete, und wie auf seinem Höhepunkt [...] ein Triumphgeheul losbrach und die erschütterte Opposition unwiderstehlich zudeckte ... "

Und noch im "Doktor Faustus" *läßt Thomas Mann seinen Adrian Leverkühn den* "Nachmittagskonzerten der Munizipalkapelle auf der Piazza Colonna" *lauschen.*

Ungleich harmonischer, dennoch ungleich anarchischer und offenbarender erlebt hier andere hundert Jahre vorher auch Goethe die römische Volksmenge und schildert sie in seinem "Römischen Carneval", *der eben hier auf dem Corso Zentrum und Höhepunkt zu haben pflegt. Er empfindet hier* "dieses moderne Saturnal" *als ein* "Fest allgemeiner Freiheit und Losgebundenheit":

"Wie nun an beiden Enden des Corso sich bald das Getümmel verliert, desto unbändiger häuft sich's nach der Mitte zu, und dort entsteht ein Gedränge, das alle Begriffe übersteigt [...]. / Niemand vermag sich mehr von dem Platze, wo er steht oder sitzt, zu rühren; die Wärme [...], das Geschrei so vieler Menschen, die nur um desto heftiger brüllen, je weniger sie ein Glied rühren können, machen zuletzt selbst den gesundesten Sinn schwindeln; es scheint unmöglich, daß nicht manches Unglück geschehen" *müsse.*

Nur ein halbes Jahrhundert später schildert auch Gogol diesen römischen Karneval: in einem Brief an Freund Daniljewskij, dann in seinem Fragment "Rom": "Jetzt ist Karneval. Rom ist außer Rand und Band. [...] Alles ist auf der Straße, alles in Masken. [...] Auf dem Corso ist regelrechter Schnee von dem geworfenen Mehl. [...] Die Freiheit ist erstaunlich."

Vollends nach Einbruch der Dunkelheit kompensiert ein ebenso freiheitliches wie populäres Brauchtum allgemein tiefliegende Aggressionen, Ressentiments und unterdrückte Mordlust. Jedermann versucht, dem andern die Laterne, die Lampe, die Kerze als Symbol seines Lebenslichtes auszublasen, und begleitet das mit der Drohung "Sia ammazzato!"

Dieses "Sei totgeschlagen!" wird hier für Goethe "zum Losungswort, zum Freudengeschrei, zum Refrain aller Scherze, Neckereien und Komplimente. / So hören wir spotten: Sia ammazzato il Signore Abbate che fa l'amore. Oder einen vorbeigehenden guten Freund anrufen: Sia ammazzato il Signore Filippo. [...] / Alle Stände und Alter toben gegeneinander, man steigt auf die Tritte der Kutschen, kein Hängeleuchter, kaum die Laternen sind sicher, der Knabe löscht dem Vater das Licht aus und hört nicht auf zu schreien: Sia ammazzato il Signore Padre! Vergebens, daß ihm der Alte diese Unanständigkeit verweist: der Knabe behauptet die Freiheit dieses Abends und verwünscht nur seinen Vater desto ärger."

Inmitten all solcher Entfesselung und eben hier, mitten auf diesem Corso, resümiert Goethe, "daß Freiheit und Gleichheit nur in dem Taumel des Wahnsinns genossen werden können, und daß die größte Lust nur dann am höchsten reizt, wenn sie sich ganz nahe an die Gefahr drängt und lüstern ängstlich-süße Empfindungen in ihrer Nähe genießet".

In solchem Sinne registriert er nicht nur die karnevalistisch derb enthemmten Darstellungen von Zeugung, Geburt und Tod, sondern überhaupt, wie diese "schmale, lange, gedrängt volle Straße an die Wege des Weltlebens" *erinnere.*

Zumal die allgemein entfesselte und preisgegebene Berdaschenlust der kostümierten Römer, wie sie später auch der prüdere Gogol nicht übersieht, findet hier Goethes aufmerksames Interesse. Er beobachtet junge Männer, "geputzt in Festtagskleidern der Weiber aus der untersten Klasse, mit entblößtem Busen und frecher Selbstgenügsamkeit [...]. Sie liebkosen die ihnen begegnenden Männer", *sagen ihnen lauthals "O fratello mio, che brutta putana sei!" oder treiben sonst,* "was ihnen Laune, Witz oder Unart eingeben". *Gerade das einfachere Volk vergnüge sich auf solche Transvestitenweise; auch* "die Kutscher wählen meistenteils die Frauentracht" *und heben, dergestalt vogelfrei und rebellisch, einfach ihre Freundinnen neben sich auf den Bock; aber:* "diese sitzen denn gewöhnlich in Mannstracht an ihrer Seite". *Denn* "da die Frauen ebensoviel Lust haben, sich in Mannskleidern zu zeigen, als die Männer, sich in Frauenkleidern sehen zu lassen", *so passe sich manche* "die beliebte Tracht des Pulcinell" *an.*

Einen solchen Pulcinella sieht Goethe dann nicht ohne Wohlgefallen und sicher mit mancherlei Assoziation ein großes Horn um die Hüfte tragen, um "durch eine geringe Bewegung" *damit unmißverständlich priapisch* "die Gestalt des alten Gottes der Gärten in dem heiligen Rom kecklich nachzuahmen".

Wenn der Karneval verebbt, folgt Goethe den feineren Masken "in die Schauspielhäuser", *auf deren Bühnen er abermals Männer in Frauenkleidern antrifft: wie in der Antike, die,* "wenigstens in den besten Zeiten der Kunst und der Sitten, keine Frau das Theater betreten" *lasse.* "Derselbe Fall ist noch in dem neueren Rom", *referiert er später im "Teutschen Merkur" mit seinem engagierten Bericht über* "Frauenrollen, auf dem Römischen Theater durch Männer gespielt":

"Ich fühlte ein mir noch unbekanntes Vergnügen und bemerkte [...], daß bei einer solchen Vorstellung [...] der Gedanke an Kunst immer lebhaft blieb [...]. Ebenso entsteht ein doppelter Reiz daher, daß diese Personen keine Frauenzimmer sind, sondern Frauenzimmer vorstellen. Der Jüngling hat die Eigenheiten des weiblichen Geschlechts in ihrem Wesen und Betragen studiert; er kennt sie und bringt sie als Künstler wieder hervor; er spielt nicht sich selbst, sondern eine dritte und eigentlich fremde Natur. [...] Man empfand hier das Vergnügen [...], nicht durch Natur, sondern durch Kunst unterhalten zu werden, nicht eine Individualität, sondern ein Resultat anzuschauen."

Dabei übersieht er aber nicht die außerkünstlerisch private Lust solcher Schauspieler am abverlangten Berdaschentum und ihre "besondere Leidenschaft, sich in ihrer Kunst vollkommen zu zeigen. Sie [...] suchen, sich ihres eigenen Geschlechts so viel als möglich ist, zu entäußern. Sie sind auf neue Moden so erpicht wie Frauen selbst; sie lassen sich von geschickten Putzmacherinnen heraus staffieren, und die erste Actrice eines Theaters ist meist glücklich genug, ihren Zweck zu erreichen."

Von alledem ist Goethe so fasziniert, daß er gar seinem dreimal fünf- oder fünfzehnjährigen Günstling Fritz von Stein nach Weimar berichtet, daß hier ein römischer Färber die Mirandolina des Goldoni so gut spiele, "daß nichts zu wünschen übrig blieb. Auch die Tänzerinnen der großen Oper sind Männer, die allerliebst ihre Künste ausführen".

Aber er verkennt keineswegs, daß das "Allerliebste" *an solchem Transvestitentum nicht nur in der künstlerischen Leistung liegt.* "Die neueren Römer haben überhaupt eine besondere Meinung", *läßt er die Leser des* "Teutschen Merkur" *erfahren,* "die Kleidung beider Geschlechter zu verwechseln. [...] Es ist sehr auffallend, wie beide Geschlechter sich in dem Scheine dieser Umschaffung vergnügen, und das Privilegium des Tiresias so viel als möglich zu usurpieren suchen."

Damit deutet er im Rahmen des damals Schicklichen an, was er in einem selten nachgedruckten Briefe an Herzog Carl August sehr viel unverblümter beim Namen nennt, wenn er "ein sonderbar Phenomen" *erwähnt,*

"das ich nirgends so starck als hier gesehen habe, es ist die Liebe der Männer untereinander. Vorausgesetzt daß sie selten biß zum höchsten Grad der Sinnlichkeit getrieben wird, sondern sich in den mittleren Regionen der Neigung und Leidenschafft verweilt; so kann ich sagen, daß ich die schönsten Erscheinungen davon, welche wir nur aus griechischen Überlieferungen haben (S. Herders Ideen III Band pag. 171) hier mit eigenen Augen sehen und als ein aufmercksamer Naturforscher das phisische und moralische davon beobachten konnte. Es ist eine Materie, von der sich kaum reden, geschweige schreiben läßt, sie sey also zu künftigen Unterhaltungen aufgespart."

Da Goethe dem Herzog im selben Briefe auch beschreibt, wie unerreichbar in Rom die Frauen und wie "unsicher" und gefährlich die erreichbaren seien, lassen sich jene aufgesparten "künftigen Unterhaltungen" in Weimar mühelos imaginieren.

Sie mögen sich auch auf seine römischen Elegien und nicht zuletzt auf deren 21. beziehen, in der Goethe den Gott Amor als seinen allmächtigen Gebieter bezeichnet: denn auch im Falle verschmähter Frauenliebe lasse der generell eine Verweigerung keineswegs durchgehen, und

"Mann erhitzt er auf Mann".

Entsprechend vielschichtig gesprenkelt ist denn wohl auch gleich die erste jener exotischen Elegien auszulegen, wenn sie ein erotisches Fazit seiner römischen Tage zieht:

"Eine Welt zwar bist du, o Rom, doch ohne die Liebe
Wäre die Welt nicht die Welt, wäre denn Rom auch nicht Rom."

Eben in solchen Zusammenhang ist dann schon Goethes hiesige Begeisterung für jenes anonyme pseudo-antike Gemälde von Anton Raphael Mengs einzuordnen, auf dem Schenke Ganymed von Jupiter geküßt wird: "Ich habe es gestern gesehen und muß sagen, daß ich nichts Schöneres kenne als die Figur Ganymeds." *Schwerlich kann er dabei sein eigenes Gedicht vergessen, in dem er vor einem guten Dutzend von Jahren aus dem Munde eben dieses göttlich geküßten Kreterprinzen selbst panerotisch jubelt:*

"An deinen Busen,
Alliebender Vater!"

In einem anderen Briefe dieses nunmehr reisenden Ganymed, noch aus Neapel und an seinen Weimarer Jupiter, den hier pro forma wieder gesiezten Herzog, liest sich das, ins Private übertragen, dann so:

"Ich bin zu allem bereit, wo und wie Sie mich brauchen wollen. [...] Geben Sie mich Sich selbst wieder, daß ich ein neues Leben und ein neues Leben mit Ihnen anfange. [...] Ich habe so ein großes und schönes Stück Welt gesehen, und das Resultat ist: daß ich nur mit Ihnen und in dem Ihrigen leben mag."

Und Herders prüde Caroline, jene empfindsame Kaufmanns-Elektra aus Riga, berichtet denn auch ihrem selbst nach Rom reisenden Ehemann in einem vielleicht warnenden Briefe, Goethe lebe nach seiner Rückkehr aus Rom, "ohne seinem Herzen Nahrung zu geben. Die Stein meint, er sei sinnlich geworden, und sie hat nicht ganz unrecht". *Frau von Stein selbst aber behauptet in einem Brief an Frau Schiller, es ihrerseits vielmehr von Herder zu haben, daß Goethe in Italien sinnlich geworden sei..*

Für beide Damen bedeutet Sinnlichkeit durchaus eine minderwertige Herzlosigkeit und ist als solche abzulehnen. Herder fühlt sich in Rom von ihr angeekelt.

Das sehen heute nachmittag die vielen moretti, ragazzi *und* giovani, *anders, denen ich auf diesem Corso unter alledem begegne und die den einzelgängerischen Fremdling mit schnell taxierendem Seitenblicke streifen, auch auf eben seine Sinnlichkeit prüfen, ohne sich freilich selbst dabei offenbaren oder festlegen zu wollen.*

So nähere ich mich inzwischen schon der bevorstehenden Mündung des Corso in die Piazza Venezia, als mich dessen Hausnummer 314-315 an jenen anderen Philipp, den 24jährigen Fürsten von Liechtenstein erinnert, in dessen gastlichem Hause Goethe hier ihre ältere heimatliche Bekanntschaft erneuert, auch dessen 19jährigen Vetter Wenzel sowie den dichtenden Abate Vincenzo Monti kennenlernt. Dieser mag auf die internationalen Protektionen seines berühmteren deutschen Kollegen spekulieren, die er sich durch eine entsprechende Vorleistung zu verdienen versucht, indem er seiner männerbündischen Poetenakademie "Arcadia", einem päpstlich favorisierten "Schäferorden", Goethe als neues Mitglied zuführt, obwohl dort aus fremden Ländern eigentlich nur junge Prinzen oder Potentaten als dekorierende Elemente dieses klerikal konservativen Literatenzirkels aufgenommen werden. Nach einigem beiderseitigen Zögern wird Goethe, ein rundes Vierteljahrhundert später als ersehnt, nun doch endlich noch zu einem arkadischen Schäfer erkoren, mit verlesenem Sonett auf den Schäfernamen Megalio Melpomenio getauft und somit ausgerechnet der wenig vertrauten tragischen Muse zugeordnet. Seinem Liebling Fritz von Stein berichtet er brieflich von dieser Ausrufung zum "Pastore dell' Arcadia", *gegen die er sich vergebens gewehrt habe,* "weil ich mich nicht öffentlich bekennen will. *[Bekennen?]*

Ich [...] erhielt den Namen Megalio per causa della grandezza oder grandio-
sità delle mie opere, wie sich die Herren auszudrücken belieben".

*Dennoch wird er als Autor so exzessiver Werke wie "Werther" und "Götz
von Berlichingen" nur allzubald aus Mitgliederliste und Sitzungsprotokollen
dieses biederen Hirtenclubs unauffällig wieder eliminiert.*

*Auch ich verlasse nun kurzentschlossen diesen arkadisch auslaufenden
Stier- und Schafs-Corso, weil ich rechter Hand in einer Seitengasse, die
zum Pantheon abbiegt, ein Restaurant namens "Falquetto" erblicke, wo
mich nur eine Verwechslung des italienischen kleinen mit seinem großen
Falken zwischen lauthalsigen amerikanischen Touristen meinen abendlichen Hunger stillen läßt.*

*Denn ich glaube, mich in jener traditionsreicheren Taverne "Falcone" zu
befinden, wo auch Gogol, gleichfalls in Nähe des Pantheon, mit Vorliebe zu
speisen und die Schenken einfallsreich zu überreden pflegt, ihm entgegen
geltendem Gesetz schon vor dem offiziellen Ave Maria sein Essen zu servieren. Aber dieser nicht nur italienisch, sondern gar römisch sprechende Signore Niccolò, der falcone schwerlich mit falquetto verwechseln dürfte, ist
als maßloser Vielfraß solange ein erstklassiger Gast, bis es seiner manischen Hypochondrie wieder beifällt, daß sein Magen "widernatürlich einge-
richtet" sei und "vollkommen verkehrt stehe". Dann wird aus dem leutselig
flirtenden Schlemmer, dessen fast freundschaftlich enge Kontakte zu seinen
Schenken viel Unausgelebtes ersetzen mögen, ein hysterisch nörgelnder und
anspruchsvoller Leuteschinder, den die römischen camerieri gleichwohl be-
lächeln und mit geduldigem Wohlwollen so bevorzugt bedienen, daß es seiner vereinsamten Seele ein Balsam sein mag.*

*Hier bei "Falquetto" aber erspäht umgekehrt mein heutiger Schenke nach
Falkenart della casa einen möglichen, sei es weitergehenden Kontakt mit
mir und versucht, mit einem weltmännischen "Take your time, if you want"
nicht nur meine berechtigte Ungeduld zu beschwichtigen, sondern mich
wohl auch zu einem skrupellosen carpe diem zu animieren. Meine humorige
Reaktion deutet er dann aber allzu unternehmungslustig und schlägt mir,
unter Ausschluß amerikanischer Nachbarsohren, in schnell gewechseltem
Idiom eine gemeinsame Exkursion nach sonstwohin vor: "Si vous désirez un
chauffeur, je suis à votre service." Nein, das ist nicht das "Falcone"; das
"Falcone" gibt es nicht mehr; das hier ist das diminutive "Falquetto" – und*

nach hastig beendetem Mahle schlendere ich ohne Chauffeur durch die abendlichen Gassen zur Piazza della Rotonda: zum Pantheon.

Dort nehme ich meinen digestivo *in der Bar, die dem Pantheon, nur durch den zentralen Obeliskenbrunnen getrennt, direkt gegenüber liegt. Ich denke mir, ihr Inhaber ist, reichgeworden, ein direkter Nachkomme jenes fliegenden Limonadenverkäufers in der laubgeschmückten Bude, den Gogol hier favorisiert und jeweils frequentieren mag, bevor er, als* Cicerone *seiner "brüderlichen" Smirnowa oder anderer russischer Freunde, die Besichtigung dieses unvergleichlich pantheistischen und vor- wie nachchristlichen Thermen- oder Bade-Tempels, von dem er schon als Internatszögling im Knabenschlafsaal von Njeschin eine "Rosette" nachzeichnet und das erstaunliche Höhenmaß dieser größten freischwebenden Kuppel der Welt notiert, mit wohlgesteigerten Stufungen effektvoll in Szene zu setzen weiß.*

Den vergleichslos genialen und ungefiltert direkten Einbezug von Himmel, Sonne, Licht, Natur in dieses fensterlose sakrale Kunstwerk mag Gogol, zu solchem Pantheismus verhängnisvoll unfähig, ebenso übersehen wie die barbarischen päpstlichen Plünderungen der früheren Marmor-, Gold- und Bronzebestände, zumal er sich, nach respektvollen Hinweisen auf die so harmonischen und geometrisch ausgewogenen Proportionen dieser besterhaltenen römisch antiken Architektur, zum Altarbild des Vincenzo de Rossi mit einem Jesusknaben auf dem Arm nicht etwa der Madonna, sondern tatsächlich Stiefvater Josephs hingezogen fühlt.

Aber zweifellos gehört Gogols ungeschmälerte Inbrunst und Anbetung jenem Grabmal zwischen zweiter und dritter Säulennische zur linken Hand: denn hier liegt, wenn auch unweit seiner verlobten Maria Bibbiena, seit fast 320 Jahren sein vergötterter Geistes-, vielleicht auch Fleischesbruder Raphael, Raffaello Santi, aus dessen gemalten Gesichtern ihn "himmlische Leidenschaft" anblickt und in Verzückung geraten läßt. Raphaels Gemälde sind der Leitfaden all seiner zahlreichen römischen Führungen.

Aber zur jetzig späten Stunde interessiert sich auf der feierabendlich überfüllten Piazza keiner der flanierenden oder poussierenden Römer für diesen Raphael und seine Gebeine, keinem von ihnen ist auch, wie weiland jenem frühen Touristen Goethe, von diesem ganzen Pantheon "so das Gemüt eingenommen, daß ich daneben fast nichts mehr sehe".

Zumal die heutige jeunesse dorée, *die sich hier allabendlich zu ihren erotischen Verabredungen am Obeliskenbrunnen dieser Piazza einstellt, sieht alles andere eher als diesen alten Tempel. Diese 14- bis 16jährigen, alle erfolgreich und exhibitionistisch um modischen Chic bemüht, teils polylingual und von attraktiv gesprenkelter Hautfarbe, scheinen derzeit vorrangig an Situationen Interesse zu finden, in denen sie ihre offenbar frischentdeckten panerotischen Küsse mit beiderlei Geschlecht austauschen können: entsprechend begrüßen und verabschieden sie sich pausenlos mit diesen demonstrativ zelebrierten* baci, *die, zumal von* ragazzo *zu* ragazzo, *noch leere Formalitäten, gleichwohl unübersehbar neugierig und in aller ihrer schüchtern-scheuen Unschuld latent sehnsüchtig sind. Goethe hätte an ihnen seine Freude, Gogol vielleicht den voyeuristisch genüßlichen Horror des asketischen Neiders.*

Aber selbst Thomas Mann wäre wohl nicht wenig alarmiert, wenn er, 21jährig, aus seinem Zimmer im zweiten Stock jenes Hauses Nr. 57 direkt zu meiner Linken, mit dem sich die Via del Pantheon aus der Piazza hinauszulösen beginnt, auf diese verführerisch 14jährigen "Bilder am Wege" hinabschauen könnte. "Non c' è niente di piu triste e glorioso", habe ich den mitteilungsbedürftig hingesprayten und mühsam entzifferten Graffito auf einer Mauer der Villa Farnesina am Tiberufer parat, "di una generazione che cambia!" Dahinter, im Inneren noch desselben Palazzo, hängt, just im Schlafzimmer des Kurien-Bankiers Agostino Chigi "il magnifico", Sodoma Sodomas nicht eben unzynisches Gemälde von der "Hochzeit Alexanders des Großen".

Aber hier, an der Piazza Rotonda, wohnt Thomas Mann fast acht Monate lang, als zeitversetzter Nachbar seines Fleischesbruders Ariosto wie auch Pietro Mascagnis, bei dessen Tod noch an einem Augusttag nach 48 Jahren er die also anrainenden "Heroen oder Celebritäten meiner Epoche verschwinden" sieht und aus dessen Oper "Cavalleria rusticana" mich selbst die Abschiedsarie des tenoralen Bauernburschen Turiddu (aus dem dark room *seines dampfenden Kuhstalls) mein Leben lang und auch heute abend noch vor dem Wohnhaus ihres Komponisten an meinen 14jährig allerersten, zufällig onanistischen und erschreckend überraschenden Orgasmus erinnert, wie er mich beim Anhören dieses Gesanges gewaltig heimsucht.*

Die gleichaltrige jeunesse dorée *am Brunnen vor mir erlebt derlei vermutlich nicht eben bei Mascagni-Klängen.*

"Gewöhnt übrigens daran, das Pantheon vor der Hausthür zu haben", *wohnt Thomas Mann nur während des mittleren seiner drei frühen römischen Aufenthalte hier in Ariosts und Mascagnis Nebenhaus. Beim ersten, unmittelbar nach seinen Männererlebnissen*

– zuerst in Raffaeles "buhlerischem" Venedig, dann in Neapel, wo schon für Guru Platen "die Liebe zwischen Männern so häufig ist, daß man selbst bei den kühnsten Forderungen keinen Korb zu gewärtigen hat" *und das auch ihn nun mit* "sinnlicher, süßer, südlicher Schönheit ergreift", *ihn in magischem Vorhinein, sei es als vieltausendköpfige Großstadt, samt und sonders schon an Paul Ehrenbergs* "Physiognomie mit etwas aufgestülpter Nase und etwas aufgeworfenen Lippen" *erinnert –*

wie dann auch beim letzten Hiersein dieser Jugendjahre teilt er mit Bruder Heinrich gleich hinter diesem Pantheon ein Pensionsdomizil in der Via di Torre Argentina, wo er, "nahe dem Teatro Costanzi", *in anachronistischer Nachbarschaft zu Fleischesbruder Stendhal und direkt um die Ecke der gotischen Dominikanerkirche Santa Maria sopra Minerva (mit Fleischesbruder Michelangelos mißliebig erotischem Christusjüngling, mit dem Grabmal des fleischesbrüderlichen Kunstmäzens Papst Leo X. und mit den Fresken des Filippo Lippi aus dem Leben ausgerechnet des so manichäerfeindlichen Heiligen Thomas) im dritten Stock eines sozial degradierten Palazzo sein 22jähriges, aber strikt kontaktarm introvertiertes Leben führt und schreibt.*

Was schreibt er hier? Die "Buddenbrooks". *Da drüben gleich hinter dem Pantheon schreibt er mit violetter Tinte und auf deutschen Folio- oder Kanzleibögen die ersten Sätze und dann noch ein ganzes erstes Viertel seines Durchbruchs- und ersten Welterfolges, der ja eigentlich nur jene* "Knabennovelle des sensitiven Spätlings Hanno" *werden soll.*

In der Via di Torre Argentina da drüben arbeitet er, das Pantheon vor dem Fenster und den gleichfalls schreibenden oder zeichnenden Bruder neben sich, in mönchischer Klausur. "Wir verkehrten mit keinem Menschen."

Anders mag es jene acht dazwischengeschobenen Monate lang sein, als er, von Bruder Heinrich getrennt, allein hier nebenan in der Via del Pantheon neben dem so auslösungsfähigen Heros Mascagni wohnt. Zwar schreibt er

auch hier. Just sein "Bajazzo", wohl auch "Tobias Mindernickel" und "Luis-
chen", "eine sonderbare und häßliche Geschichte, wie sie meiner jetzigen
Welt- und Menschenanschauung entspricht", *entstehen hier, so daß er sein
erstes Buch, den Novellenband* "Der kleine Herr Friedemann", *wahrhaftig
hier herum* "in den Auslagen römischer Librerien liegen sehen" *zu können
behauptet.*

*Aber die hiesige Isolation aus der brüderlichen Jünglings- und Dioskuren-
gemeinschaft von Remus und Romulus Mann mag auch andere Gründe haben.* "Mein Zustand war recht problematisch und unregelmäßig." *Überhaupt
bezeichnet er dieses Rom als* "Herberge unserer Unregelmäßigkeit", *wo ihm,
in* "freiwilliger Verbannung", *der wenn auch knappe mütterliche Wechsel*
"soziale Freiheit" *gestatte und* "die Möglichkeit 'abzuwarten' ": sabr.

"Bei bescheidenen Ansprüchen konnten wir tun, was wir wollten, und das
taten wir." *Was mag das sein? Wohl nicht nur August Platens Gedichte lesen, die er hier kennen und lieben lernt. Wohl nicht nur abends in einem
Café, vielleicht eben meinem hier, Domino spielen und Punsch trinken, vorher im längst verschollenen* "Genzano" *mit sympathischem Schenken pala-
vern und* croquette di pollo *essen – denn dem gesteht er wohl schwerlich,*
"daß man beinahe entschlossen ist, nichts mehr als Reis zu essen, nur um
von der Geschlechtlichkeit loszukommen!" *Das bekennt er einzig dem vertrauten Otto Grautoff. Aber sowieso ist er auch nur* "beinahe" *zum Reisess-
sen entschlossen; in Wahrheit ißt er Hähnchen-Kroketten, und von der Geschlechtlichkeit loskommen kann wohl auch nur einer wollen, der ihr verfallen ist.*

*Aus jenem verlorengegangenen handgeschriebenen, handillustrierten und
handgebundenen Unikat ihres* "Bilderbuches für artige Kinder", *eben des
einzigen Gemeinschaftswerkes, das die beiden Mann-Brüder hier, während
sie in getrennten Wohnungen rings um dieses Pantheon leben, für den fünfjährigen Bruder Viktor und, als Konfirmationsgeschenk, für die 14jährige
Schwester Carla in München schreiben und zeichnen, ist von Thomas' Hand
das Abbild eines halbnackten ausgemergelten Säufers überliefert, der, auf
nur einem Beine tanzend, eine unverkennbar phallische Zunge heraus-
streckt. Bildunterschrift:* "Das Läben". *Daneben eine feixende alte Vettel in
Unterrock und Korsett, mit Schwabbelbusen, ebenso exhibitioniertem Zun-
genphallos und der Unterschrift* "Mutter Natur".

*Mich gelüstet, in diesen Zeichnungen den Schlüssel zu Thomas Manns sepa-
riertem und diskretem "Läben" hier am phallischen Obelisken der Piazza
della Rotonda zu finden.*

*Ich bestelle mir noch einen dritten, umso benebelnderen Fernet branca zur
Bewältigung des "Falquetto"-Essens ohne Reis, schaue den 14jährigen ragazzi bei ihren unentwegten Begrüßungs- und Abschiedsküssen zu und denke an meinen Freund Siegfried, der mir, ein Rom-Experte, diese Piazza als
abendliche* cruising area *disponibler junger Fleischesbrüder ebenso anemp-
fiehlt wie freilich auch, mit noch emphatischerem Nachdruck, den neun Meter breiten Himmels- und Gotteseinfall in der Kuppel des Pantheon und der,
während ich hier fleischliche Ausschau nach Hähnchen-Kroketten und
phallischem "Läben" halte, in einem Münchner Krankenhaus seinem viel zu
frühen AIDS-Tod entgegensiecht.*

*Ein überaus dekorativer, aber römisch mißgelaunter Schenke serviert mei-
nen* digestivo, *und ich trinke ihn auf meinen Siegfried und einen gnädigen
Lichteinfall vom Himmel ...*

Rom, 31. August.

Heute nacht werde ich unverhofft wach.

Ich fühle mich unsagbar wohl.

Meinem Gedächtnis entwindet sich ein sexueller Traum.

Er weckt mich und flieht.

Er hinterläßt mich von oben bis unten sensualisiert.

*Ich kann mich nicht erinnern, jemals von einem sexuellen Traum geweckt zu
werden.*

Das passiert mir hier zum ersten Male.

Ich fühle mich glücklich.

Auch bin ich hochgradig erigiert.

So effektiv ist mein Traum.

Das bedeutet: auch mein Körper nimmt Träume für bare Münze.

Hielte er sie für Schäume, würde er nicht erigieren.

Er hält sie für nicht weniger wahr als alles Wache. Die Seele tut das sowieso. Nur der Geist hinkt zweifelnd hinterher. Das ist jetzt erwiesen.

So wird Rom zur Stadt meiner Träume.

Goethe, dessen Mutter berichtet, daß "von Jugend auf" *Rom zu sehen* "nachts sein Traum" *sei, träumt eben hier, daß er die Belvederer Allee in Weimar reparieren läßt. Extra für Thomas Mann und mich? Als roten Teppich quasi? Ich träume wohl.*

Rom, am 1. September.

Die Basilika des San Pietro in Vincoli an der Via Cavour besuche ich eigentlich nur, um Michelangelos Moses zu sehen.

Aber schon der Anstieg zur vorgelagerten Piazza führt treppauf unter einem Palazzo hindurch und an einer Rampe vorbei, die als Tatorte klassischer Verbrechen legendär sind: seit der Ermordung und Leichenschändung des vorrepublikanisch römischen Königs Servius Tullius durch seine Tochter Tullia, eine femme très dure, *und, etwa zwei Jahrtausende später, einen Giftmord des berüchtigten Cesare Borgia. Die Rampe signalisiert seither den* vicus sceleratus, *den Weg des Verbrechens, die Treppe heißt* salita dei Borgia.

Drunter also trumpets, aber eher des Jüngsten Gerichtes.

Drüber aber jene Basilika, wo die Ketten verehrt werden, mit denen der Apostel Petrus zuerst in Jerusalem, dann im hiesigen Mamertinischen Kerker auf dem Capitol gefesselt und aus denen er durch wundertätige Engelhilfe befreit wird, wie auch Raphael das in einer vatikanischen stanza *malerisch beschreibt.*

Das nicht minder mirakulöse und politisch so symbolische Zusammenfügen und Zusammenpassen der jüdischen und römischen, der östlichen und west-

lichen, asiatischen und europäischen Kettenteile zu einem Ganzen von 38 Gliedern schreibt die Geschichte Papst Leo dem Ersten, Thomas Mann aber, nicht eben frei von literarischem Mutwillen, seinem ebenso erwählten wie legendären und inzestuösen Papste Gregor zu.

Jedenfalls wird auf Veranlassung und Kosten der frommen femme dure *und Cæsarengattin Eudoxia seit dem frühen 5. Jahrhundert an dieser Kettenkirche, einer der allerältesten in Rom, gebaut und, jeweils just an unserem 1. August, das Fest von Petri Kettenfeier begangen, das auch Thomas Mann, augustbefangen, in seinem "Erwählten" nicht unerwähnt läßt.*

Dennoch zieht es mich nicht zum Hochaltar mit jenen magischen Ketten in illuminiertem und golden verziertem Tabernakel, sondern magnetisch rechts an den zwanzig kannelierten dorischen Säulen des Mittelschiffs vorbei und strikt nach hinten ins rechte Seitenschiff und zum Moses, jenem ebenso grandiosen wie kümmerlichen Rest einer ungleich grandioseren Konzeption.

Von den geplanten vierzig Statuen für das Mausoleum, das sich Fleischesbruder Julius II., jener kunstliebende Fürst aller Renaissance-Päpste, beim dreißigjährigen Michelangelo für die Peterskirche bestellt, werden nach achtmonatiger Marmorauswahl in den Steinbrüchen von Carrara und nach vierzigjährigen Auseinandersetzungen mit dem wankelmütigen Auftraggeber und dessen Erben schließlich nur ganze fünf Skulpturen ausgeführt. Zwei davon, Sklavenfiguren, sind inzwischen im Pariser Louvre, die andern drei werden erst 32 Jahre nach dem Tode des Papstes, der am selben 21. Februar stirbt wie auch Gogol, hier in der abgelegeneren und eigentlich sehr viel unwichtigeren eudoxianischen Mörder- und Kettenbasilika in ein Grabmal eingefügt, das von Michelangelos Schülern stammt und in all seiner braven rhetorischen Konventionalität auch keinerlei Hinweis mehr auf die kunsthistorische oder sonstige Bedeutung dieses Julius aufweist, ihn als Sarkophagfigur im Oberteil des Grabmals vielmehr bis zur Unauffälligkeit verkleinert: vielleicht weil das römische Volk seine Gründe hat, ihn schrecklich zu finden und "il terribile" zu nennen.

Auch ist keine einzige der zehn plastischen oder halbplastischen Figuren etwa ein Jüngling, der dem großen Männerfreunde gerecht oder Freude bereiten würde. Sogar unter den drei Skulpturen von Fleischesbruder Michelangelo persönlich sind zwei weiblich: Rahel und Lea, immerhin Schaf-

sprenkler Jakobs Frauen und gewißlich femmes dures, *die hier aktives und kontemplatives Läben symbolisieren.*

Einzig die kolossale Moses-Statue mag mit ihren physiognomischen Ähnlichkeiten eine zeitlose Huldigung an den musischen Sponsor darstellen, erinnert später aber mit "Stirne und Augen, lauter Geist und Feuer" *manchen Zeitgenossen auch an Goethe. Denn sie ist eine überdimensionale Vaterfigur, ein Übervater und Guru, die männliche Autorität schlechthin, der grosse Mann in all seiner geistigen Kraft und muskulösen Stärke, schützend, sorgend, weitblickend, verbietend, zürnend und seit jenem Sinai der Beduinen auch zu göttlicher Strafe ermächtigt, aber doch auch ein Gehörnter, eben* "Mann gar sehr", *wie Thomas Mann derlei seinen Goethe im Gedanken an Herzensfreund Schiller beim Namen nennen läßt:* "Mann im Übermaß und bis zur Unnatur, denn das rein Männliche, Geist, Freiheit, Wille, ist Unnatur", *weil ohne alles weibliche Komplement, wiewohl der monströse Vollbart dieses Moses sich zu Korkenzieherlocken wellt, wie das auf Erden eher Frauenhaar vermag, sonst aber just wie ein alttestamentarisch naiver Gottvater selbst, auch ein umwölkter Zeus in all seiner übergroßen Wucht und Allmacht. Sogar seine rätselhaften Hörner sollen nur auf einer Verwechslung zweier hebräischer Wörter und dem Mißverständnis eines anonymen Übersetzers beruhen: die Bibel spricht nicht von Hörnern, sondern dem Strahlenglanz, einer Aura, wie sie solche Überväter wie dieser Moses wohl haben mögen.*

Ich weiß, daß eben solch ein Mann für manchen andern das männliche Ideal, geradezu der ewige Traumprinz, die unerfüllbare Utopie bedeutet. Goethe zum Beispiel stellt sich einen verkleinerten Abguß dieses Moses in seinem Weimarer Junozimmer auf. Gogol, auf seiner ewigen Vatersuche, führt seine Freunde mit Vorliebe hierher, aber mit geschlossenen Augen, die erst unmittelbar vor diesem Riesen geöffnet werden dürfen; dann ist er stolz auf den wie auf ein eigenes Werk: dieser Moses sehe aus, als habe er Jahrhunderte durchlebt und schaue in eine unendliche Zukunft, zeitlos.

So genießt das einer, der sich nur allzubald selbst auf Gedeih und Verderb einem überväterlich starken Priester ausliefert. Aber was weiß er, was wissen wir alle von Papst Julius II. und dessen Männlichkeit oder Weiblichkeit? Freilich: was weiß Michelangelo davon? Vermutlich mehr als nur jene skandalöse Begünstigung des miserablen Parvenus und Kardinals Alidosi in

Pavia und die legendäre Schändung zweier französischer Aristokraten-Knaben durch diesen Papst persönlich. Denn warum sonst stellt er nach jahrelangem Planen ausgerechnet solch einen Moses in das Grabmal dieses Mannes?

Keine Antwort. Ahnungen. Unterstellungen. Wunschträume? Sollen sie doch. Alles Gute. Viel Spaß.

Ich gehe meiner Wege, durchquere diese Kirche, die mich mitsamt ihrer Ketten-Vitrine am Hochaltar immer noch nicht interessiert, diagonal von rechts hinten nach links vorne, schon dem Ausgang zu, und stehe unverhofft vor einem anderen, noch weit bewegenderen Grabmal.

Hier ist Nicolaus Cusanus bestattet, Nicolaus de Cusa, Nikolaus von Kues oder Nikolaus Krebs, recte*: Nikolaus Cryfftz, jener Winzersohn von der Mosel und universale Geist aus deutscher Provinz, der noch Jahrhunderte später das europäische Denken lebhaft beeinflußt.*

Sein Grabmal ist ungleich schlichter, gänzlich unaufwendig, wiewohl er doch Titularkardinal dieser Kirche in vincoli*, päpstlicher Nuntius und apostolischer Legat, als Erster Generalvikar zeitweilig auch Stellvertreter und ohnehin Freund des Papstes ist, seit Fleischesbruder Pius II. dieses Amt bekleidet. Gegen dessen Vorgänger Nikolaus V., der ihn dann zum Kardinal ernennt, wird er selbst als Kandidat für den Heiligen Stuhl nominiert.*

Den umso bescheidener tiefstapelnden Text seines hiesigen Grabsteines verfügt dieser Cusaner zwar selbst:

DILEXIT DEUM TIMUIT ET VENERATUS EST AC ILLI SOLI SERVIVIT. PROMISSIO RETRIBUCIONIS NON FEFELLIT EUM: Er liebte Gott, fürchtete und verehrte ihn; ihm allein diente er. Die Verheißung des Lohnes hat ihn nicht betrogen.

Aber dieser Text soll sein Grab unter Petrusaltar und Ketten-Vitrine im Mittelschiff markieren: an zentraler Position. Von dort lassen jedoch später wohl die beiden Fleischesbrüder und Päpste Julius II. und Sixtus V., beide zuvor als Titularkardinäle dieser Kettenkirche Kollegen des Cusaners, dessen Gebeine samt Grabstein anläßlich baulicher Veränderungen ins linke Seitenschiff und an die unauffällig abgelegene heutige Stelle verlegen.

Doch an so falschem Orte ist der eingemeißelte Hinweis auf dieses Ruhela-
ger "vor" den Peterketten für immer und ewig sinnlos geworden: HIC IA-
CET ANTE TUAS NICOLAUS PETRECATHENAS.

Überdies ist diesen sterblichen Überresten nicht nur das Herz entwendet,
das auf anonym gebliebene Veranlassung herausgeschnitten und vor dem
Hochaltar der Heimatkapelle in Kues an der Mosel separat bestattet wird:
sie werden auch nicht als der Leib eines Mannes ausgewiesen, der einer der
bedeutendsten Philosophen, Mathematiker, Astronomen und Naturwissen-
schaftler seiner Zeit zwischen Mittelalter und humanistischer Frührenais-
sance, überdies ein wichtiger Theologe, Kirchenpolitiker und Staatsmann,
auch Jurist und Richter, Verwaltungsmann, Seelsorger und nicht zuletzt ein
bedeutender Schriftsteller ist, der seine elf mathematischen Publikationen
als Kardinal verfaßt.

Ich muß hier an das Plädoyer des Mathematikprofessors in meiner Möglich-
keits-Diskussion über Robert Musil vor einem Vierteljahrhundert denken.

Aber von alledem verkündet dieses Grabmal nichts. Soll das die Bedeu-
tungslosigkeit menschlicher Errungenschaften im Angesicht Gottes und des
Todes betonen: tutta osse? *Oder ist es die späte Strafe des Vatikans für ab-*
solut unbotmäßiges, absolut häretisches Denken und Publizieren, das seiner
Zeit aber weit genug voraus ist, um als sündhafte Provokation so wenig zur
Kenntnis genommen zu werden wie Heymes gotteslästerliches Ketzertum im
Brecht-Hause Unseld am Main?

Oder bewahren ihn vor der allfälligen Bestrafung nur die Sympathie des
Papstes und eines einflußreichen humanistisch gleichgesinnten Freundes-
kreises, der im Vatikan damals einen libertinistisch und graekistisch ver-
weichlichten, epikureisch ausschweifenden Flügel rekrutiert?

Denn Nikolaus von Kues ist der erste christliche Denker, der das unantast-
bare Dogma vom ptolemäisch geozentrischen Weltbild in Frage stellt, der
die Erde zu einem Stern unter vielen ebenso bewohnten erklärt, von dem
feststehe, daß er sich bewege, "manifestum est terram moveri", denn "jeder
Teil des Himmels muß sich bewegen [...]. Da es keinen festen Pol am Him-
mel gibt, ist es offenbar, daß man auch keine Mitte finden kann."

Derlei ist damals pure Blasphemie wie auch seine These, daß in einem Uni-
versum total vernetzter Bezogenheiten und Wechselwirkungen keinerlei Ver-

gänglichkeit denkbar sei. Folglich sei der Tod nur die Auflösung eines Zusammengesetzten in das Zusammensetzende: in seine Bestandteile, aber keinesfalls in ein Nichts.

Ein frühpantheistisch säkularer Ewigkeitsbegriff protestiert da gegen alle vatikanische Lehre. Denn die göttliche Wahrheit solle nicht nur ex cathedra *verkündigt, sondern auch mit Hilfe von Mathematik und Geometrie gesucht werden. Dabei begnügt sich dieser erste nichtmediterrane, erste nordeuropäische Mathematiker mit der Wiederentdeckung und Weiterentwicklung dessen, was schon Euklid und Archimedes rund 1700 Jahre vor ihm ausrechnen und beweisen und was die Christen seither verdrängen. Aber der Cusaner greift es unabdingbar auf, dringt als Wegbereiter bis zu ersten Vorahnungen des Newtonschen Gravitationsgesetzes, der universellen Quantenbestimmung neuzeitlicher Naturwissenschaft und Technik, gar der Atomistik und Relativitätstheorie vor.*

Mit alledem und mehr ist dieser aktive Kirchenmann jedoch nichts weniger als ein vorsätzlicher Rebell und bewußter Revolutionär. Sein Monograf Anton Lübke nennt ihn wohl zurecht einen "Apologeten der Einheit, des Friedens, der Versöhnung und Toleranz", *auf geistigem wie theologischem und politischem Terrain. Wohl eben dadurch findet er auch zu jenem formelhaften Konzept, das seither durch die Jahrhunderte mit seinem Namen verbunden bleibt: jener so weitgreifend gesprenkelten* coincidentia oppositorum.

Als Geometer befaßt sich Nikolaus von Kues oft mit dem Kreise. In einem Kreis fallen Anfang und Ende zusammen: sowohl in seinem Mittelpunkt als auch in seinem Umfang. Anfang ist hier Ende, Ende auch Anfang.

Vergrößert man den Kreis, wird die Krümmung seines Umfangs immer geringer. Der denkbar größte Kreis ist schließlich gar nicht mehr gekrümmt, sondern gerade. Das Krumme fällt mit dem Geraden zusammen, das Gerade mit dem Krummen. Mit der Geraden fällt auch der denkbar größte Winkel genau so zusammen wie der denkbar kleinste. Das Kleinste fällt mit dem Größten zusammen, das Größte mit dem Kleinsten. Das steht in seiner Schrift "De docta ignorantia": "Über wissendes Unwissen". *Denn Wissen ist unwissend, Unwissen wissend.*

Die Gegensätze fallen zusammen: coincidentia oppositorum.

Sie fallen nicht nur zusammen, sie gehören auch zusammen. Allenthalben erkennt der Cusaner Kontraste als Bezugspaare. Er sieht und analysiert die Einheit von Leib und Seele, Individuum und Gemeinschaft, Freiheit und Abhängigkeit, Absolutem und Relativem, Endlichem und Unendlichem, Mensch und Gott. Jeweils in sein Extrem getrieben, fällt alles mit seinem Gegenteil zu einer Einheit zusammen. Stärke ist schwach und Schwäche stark. Licht ist dunkel, Dunkel hell. Gut ist böse, böse gut. Aufstieg ist Niedergang, Niedergang Aufstieg. Erkenntnis ist Liebe, Liebe Erkenntnis. Reden ist Schaffen, Schaffen Reden. In "De possest" denkt er so "über Seinkönnen" nach und findet, daß alles Wirkliche möglich, alles Mögliche wirklich sei. Jeder momentane Augenblick enthalte zugleich auch die Ewigkeit. Jede größtmögliche Bewegung koinzidiere mit der totalen Ruhe. Nicht-Sein sei auch Alles-Sein.

Von solcher "Einerleiheit des Alls mit dem Nichts" *läßt Thomas Mann in seiner* "Lotte in Weimar" *noch Goethes Sekretär Riemer sprechen, der vorher als Hauslehrer der Humboldt-Söhne hier in Rom lebt, und derlei zur Basis für alle* "Concilianz", *für Neutralität und Geichmut und Indifferenz und Kälte und Ironie des Künstlers, für die ergo elbische Zweideutigkeit jedes Kunstwerks werden.*

Überall dort aber, wo All und Nichts oder all die andern Gegensätze zur zweideutigen Identität zusammenfallen und das Mögliche wirklich wird, ist Gott. Hier setzt beim Cusaner die Theologie an. Die coincidentia oppositorum *ist* in Deo.

In Deo sind solchermaßen natürlich auch die beiden menschlichen Kontraste, sind Mann und Frau. Auch ihre extreme Gegensätzlichkeit kann zu göttlicher Einheit zusammenfallen. "Denn kein männliches Individuum", *informiert der Cusanus, schon runde 450 Jahre vor Sigmund Freud, in* "De coniecturis" *über seine Mutmaßungen,* "stellt die Männlichkeit genau so wie ein anderer dar, und es gibt schlechthin kein männliches Individuum. In aller Männlichkeit muß, in unterschiedlichem Grade, Weiblichkeit enthalten sein. Männliche Lebewesen weisen daher weibliche Kennzeichen auf, wie zum Beispiel die Andeutung von Brüsten. [...] Ebenso nimmt das Weibliche [...] Männliches in sich auf." *Denn* "jedes Individuum nimmt in seiner einzigartigen Individualität auch Andersartiges auf." *Das ganze menschliche Leben bestehe aus dem Ineinandergreifen von Einheit und Andersheit.*

Diese ahnungslose Ahnung von Yin und Yang überträgt dieser Nikolaus aus Kues auf die ganze Natur: "Die Natur besteht aus männlicher Einheit und weiblicher Andersheit."

Auch anders zu sein, ist also unumgänglich und gerade Erweis der Göttlichkeit.

So dialektisches Konzept des Männlichen mag der Cusaner schon als Kind in der Schule jener Fraterherrn lernen, die sich in der "abgefallenen" niederländischen Provinz Overijssel zuerst in Zwolle, dann im nahen Deventer als "Brüder vom gemeinsamen Leben" zu einer klosterähnlichen Symbiose, freilich ohne Gelübde zusammenfinden, um während der geistlichen Wirren des päpstlichen Schismas in Gütergemeinschaft und uniformer Kleidung kein mönchisch kontemplatives, sondern das arbeitsame und vorrangig sozial verstandene Christentum einer devotio moderna *zu praktizieren, zu welchem Unterricht, Krankenpflege und Armenfürsorge, aber auch Bildungsaufträge wie Klassikerlektüre und Bücherschreiben gehören. Noch Martin Luther läßt sich 14jährig in Magdeburg von diesen "Nullbrüdern" beeindrucken, die ihrer nullhaften Nichtigkeit immer bewußt zu sein trachten und ihm Begriffe wie "Gottinnigkeit" und "Herzgründlichkeit" liefern.*

Aus der Klausur so pragmatischer wie fraterner Internatserziehung bei diesen Nullbrüdern geht der pubertierende Nikolaus an die Universität: fünfzehnjährig nach Heidelberg, siebzehnjährig nach Padua. Dort lernt er als Lehrer und Mentoren den humanistisch gebildeten Legaten Giuliano Cesarini, einen brillanten Rhetor, und Paolo (Paulus, Paul) da Pozzo Toscanelli, namhaften Astronomen, Mathematiker, Geografen und Mediziner, kennen, die ihm beide lebenslang enge Freunde bleiben.

Er selbst wird als "bester Freund" des fleischesbrüderlichen Kardinals Barbo bezeichnet, der sich als Papst später Paul II., den seine Umgebung "Notre Dame de la Pitié" nennt. Sein Sekretär und Adlatus Andrea de Bussi, später Bischof von Acia, ist ebenfalls irgendwo hier in dieser selben Kettenkirche bestattet.

Frauen spielen im Leben des Cusaners nur eine Rolle, als er zuerst die laxen Klarissen des Klosters Brixen, dann die noch skandalöser profanierten Benediktinerinnen des Klosters Sonnenburg bei Sankt Lorenzen im Tiroler Pustertal, die sich von Pagen bedienen lassen, weltliche Festlichkeiten und öffentliche Bäder besuchen, als deren zuständiger Bischof rigoros zur Einhaltung ihrer Gelübde und Ordensregeln auffordert, die renitente Äbtissin Verena von Stuben, eine militante *femme dure*, sogar mit dem Kirchenbann bestraft und von der Teilnahme an Messe und Pfründen ausschließt. In dieser jahrelangen Fehde meidet er aber tunlichst jede persönliche Begegnung mit der aufmüpfigen Klosterfrau.

Unbotmäßige Sinnenfreude versucht er Zeit seines Lebens aber auch allen jenen Priestern und Kanonikern in ganz Europa zu unterbinden, die sich dem Zölibat entziehen und ungetrübt in notorischen Konkubinaten leben. Strikt und ausdauernd "visitiert" er zumal den ländlichen Klerus und dessen geheime Ehen, verdächtige Frauenbesuche und generelle Einstellung zu Frauen. Mit Interdikten und anderen drakonischen Maßnahmen züchtigt er die heterosexuelle Unzucht derer, die zu ungeteilter Hingabe an das Göttliche verpflichtet sind.

Aber auch die Ritter des Deutschen Ordens, jene militanten, kampfes- und männerlustigen Deutschherren, die unter Mißachtung ihrer Gelübde gern ein genüßlich freies Leben führen, sind über lange Jahre Gegenstand seiner kritischen Kontrollen. In sechzehn Briefen dokumentiert sich der Cusaner als "des Ordens guter Gönner und großer Freund". Als er aber, hier zu Rom, in ihrem Ordenshause selbst mit einwohnen will, wird ihm das vom zuständigen Generalprokurator kurz und bündig abgeschlagen: ob etwa wegen seines vielgerühmt untadeligen Lebenswandels? Seiner radikalen Intoleranz? Seiner Schnüffelei in den privaten Intimitäten der Deutschherren?

Er reformiert auch die bürgerlichen Heiratsvoraussetzungen und besteht auf vorheriger Beichte wie auf einer Trauung nicht in, sondern vor der Kirche und auf unerbittlichem Tanzverbot für den Hochzeitstag.

Gerade bei einem so ausgewiesen klugen Mann stimmt derlei Sinnenfeindlichkeit mißtrauisch. Noch wenige Tage vor seinem Tode im umbrischen Todi, nur einen Augusttag vor Thomas Manns Sterbedatum und vier Tage vor dem Tode seines päpstlichen Freundes Pius II., verfügt er testamentarisch zwei Stiftungen: das Nikolaus-Armenhospital in Kues, das mittellosen alten Männern einen Lebensabend nach dem quasi klösterlichen Muster jener "Brüder vom gemeinsamen Leben" bietet, sowie an deren Standort Deventer die "Bursa Cusana", ein Kolleg und Studentenheim mit obligater Übernachtung für mittellose Jünglinge, die zwölf bis achtzehn Jahre alt und gewillt *sind, sich hinter einer Nikolaus-Statue und diesem Wappen des Cusanus, wie ich es auch hier an dessen Grabmal vor mir sehe, den quasi klösterlichen Regeln der Fraterherren und "Brüder vom gemeinsamen Leben" zu fügen.*

Für beide Stiftungen gilt die Bedingung, daß ihre Insassen unverheiratet sind oder von ihren Frauen definitiv getrennt leben. Als "männliche Einheit" soll jeder seine "Andersheit" nicht bei sich haben, sondern in sich tragen.

Mit derart neuen Auslegungsmöglichkeiten jener cusanisch klassischen Formel einer coincidentia oppositorum *im Kopfe wie im Herzen, befreie ich mich jetzt aus den Ketten so fleischesbrüderlich-mosaisch übermännischer und Yang mit Yin verschmelzender Juljus- und Nikolai-Mausoleen in dieser anderen Peters- und praecathenisch auch Paulus-Basilika oder Paulskirche auf diesen so verbrecherisch blutrünstig gesprenkelten* "Gefilden" *mit dem* "Geruch von neuem und altem Mord": *mir* "kann nicht leicht sein. Zu viel ist Totenbesitz."

Auf der Suche nach rettend zusammengefallener Einheit und Andersheit flüchte ich mich in den Hügelpark des Colle Oppio, der sich an diese Kettenkirche sinnig unmittelbar anschließt und von meinem hierorts geradezu klassisch kompetenten "Spartacus"-Führer für aufbegehrende Unterdrückte oder schwule Globetrotter als cruising area *für* clones *ausgewiesen, freilich als AYOR bezeichnet wird: At Your Own Risk. Zwar ohne den seriellen Schnäuzer, aber mit obligat kurzen Haaren und Jeans darf ich hier also auf eigenes Risiko optimistisch sein.*

Aber ich stoße nur auf die abendlich unzugänglichen Ruinen des Badehauses, das die kaiserlichen Fleischesbrüder Titus und Trajan auf den drunter trompetenden Rudimenten jenes legendären und orientalisch märchenhaften Goldenen Hauses im Zentrum der größenwahnsinnig auf 125 Morgen konzipierten Residenz ihres argen Vorgängers und Fleischesbruders Nero errichten und wo lange vorher nur "Henker und Hexen" herrschen.

Dieser Nero, ein unschöner Weichling, der als Sohn eines berüchtigten Sadisten elternlos unter Frauen, gar femmes dures *aufwächst und von einem Friseur, dem Tänzer Paris und später dem stoisch fleischesbrüderlichen Philosophen und Dramatiker Seneca erzogen wird, richtet sich, nachdem er* sich vom aufgenötigten Inzest mit seiner Mutter Agrippina durch deren Ermordung befreit, in diesem Goldenen Hause hier auf dem Colle Oppio perlenverzierte Liebesgemächer ein, in denen er sich, von Paris und Seneca frühzeitig eingewiesen, zunehmend der Männerliebe hingibt. Sein designierter Nachfolger Britannicus, anschließend ermordet, und der tatsächlich übernächste römische Kaiser Otho sind ebenso Partner seiner Sexualität wie unter zahllosen anderen Jünglingen auch der Eunuche Sporus, den er in die Gewänder seiner Ehefrau Poppæa kleidet, öffentlich mit Liebkosungen überschüttet und in einer rituellen Zeremonie schließlich heiratet. Für seine anderen, seine sexuell passiven Gelüste heiratet er außerdem, in nicht minder öffentlichem Ritual, seinen potenten Schenken Pythagoras, von dem er sich in der Rolle der Jungfrau coram publico und mit obligaten Lustschreien deflorieren läßt.

Für sonstige öffentliche Auftritte hält Nero sich eine Claque von fünftausend Jünglingen; er läßt im Theater nackte Tänzer auftreten und besonders gern nackte Knaben an Pfähle binden, um sich beliebig an ihren wehrlos ausgestellten mentulæ zu delektieren.

Aber mehr noch reizen ihn Theater, Gesang, Malerei und Poesie. Seinen frühen Tod von eigener Hand nennt der 32jährige selbst einen Verlust für die Kunst.

Tatsächlich werden diese Ruinen seiner Domus Aurea anderthalb Jahrtausende später zum Fundort prezioser Kunstwerke, an denen sich auch Raphael inspiriert, und in Anwesenheit zufällig Michelangelos wird hier in einem Weinberg nicht zuletzt die weltberühmte und vielerörterte Laokoon-Gruppe aus Rhodos gefunden: drei nackte ionische Männer aus Troja, ein väterlicher Apollo-Priester mit seinen beiden ungeworden ephebischen Söhnen, wehren sich gegen zwei umschlingende Reptilien ihres Gottes. Ebenjener päpstliche zweite Julius aus dem benachbarten Ketten-Grabmal nimmt diese meisterhaft vieldeutige Hellenen-Statue in seine vatikanische Sammlung und den elitären Cortile del Belvedere auf, wo ich sie jetzt noch betrachte. Goethe hat in seinem Weimarer Gartenhaus im Ilm-Park Gipsabdrücke von den Köpfen nur der beiden Epheben.

Auf derlei neronische Spuren also stoße ich hier auf diesem orgiastisch so stigmatisierten Colle Oppio, nicht aber auf vakante Clones oder sonstig männlich andersartige Einheiten oder serielle Einzelkreuzer. Nicht einen *einzigen Passanten kann ich so begreifen. Auch Stricher lassen sich nicht blicken. Die ganze Atmosphäre ist nicht erotisch, sondern trostlos. Vielleicht ist nur die Tageszeit falsch. Oder die Auskunft des "Spartacus". Oder das Läben hat die Clones inzwischen vertrieben. Oder der AIDS-Tod. Oder nur der Vatikan und die Polizei. Die Clones sind weg.*

Also gehe auch ich und weiß nicht, wohin mit meiner koinzidierenden Opposition von Einheit und Andersheit. Am Fuße dieses neronischen Colle Oppio lasse ich mich zunächst in einem Terrassenrestaurant zur Abendmahlzeit nieder und blicke direkt auf die Ruine des Colosseums, das hier, schon vier Jahre nach Neros Selbstmord, von zwanzigtausend jüdischen Gefangenen aus Palästina in demütigender Fron als statische Wunderleistung auf ebenjenen Sümpfen zu errichten begonnen wird, auf denen Nero den künstlichen See seiner Mammut-Residenz anlegen läßt. Es ist das größte geschlossene Bauwerk der römischen Antike, mit mehr als fünfzigtausend sozial gegliederten Zuschauerplätzen das größte Theater der Welt und als Wettkampfarena bis heute noch Muster für sämtliche Sport- oder Fußballplätze rund um den Globus. Offiziell heißt es nach der Familie seiner kaiserlichen Auftraggeber das Flavische Theater, aber nicht nur seine kolossale Größe, auch jene vergoldete Statue, die hier vor dem Haupteingang den häßlichen, mittelgroßen Kaiser Nero als dreißig Meter hohen Apoll und Erzkoloß feiert, mag diesem Colosseum seinen inzwischen längst weltweit einzig gebräuchlichen Namen geben.

Es dient zu Zirkusspielen, Spektakeln und Sportveranstaltungen aller Art, vor allem aber zu jenen mörderischen Zweikämpfen zwischen Gladiatoren, professionellen und speziell geschulten oder aber auch genötigten Schwertfechtern nach altetruskischem Vorbild, oft auch zwischen verurteilten Kriegsgefangenen, Sklaven oder Verbrechern, die hier um ihr Leben kämpfen. Denn einer muß hier zwingend auf der Strecke bleiben, im Sande der Arena verbluten.

Ihre Waffen sind Schwert oder Lanze, Wurfseil oder Fischnetz. Ihre Rüstungen sind bunt und dekorativ. Die Netzkämpfer kommen halbnackt und müssen ihrem Gegner mit Schwert und Rüstung ein Netz über Kopf und Arme werfen, dann einen Dreizack in den Körper des andern jagen, bevor ihr Schwert ihn tötet. Solche Paarung ungleicher Waffen, oft durch das Los bestimmt, ist ein ebenso beliebter Nervenkitzel wie auch die Kämpfe ganzer

Kompanien, von denen nur ein einziger Gladiator überleben darf. Der ist dann ein Star und verdient ein Vermögen. Die Frauen vergöttern ihn.

Verbrecher können hier ihre Freiheit gewinnen, indem sie coram publico *gar noch zu Mördern werden. Auch die Zahl der frühen Christen versucht man, auf diese Weise zu dezimieren, aber meist kämpfen und töten die nicht, so daß man sich ihrer durch ausgehungerte wilde Tiere entledigen muß, was viel zu spielverderberisch ist, um allzu oft zu geschehen. Dennoch heißt es noch heute in Rom, das Colosseo diene, ein früher und fatalerer Karneval, dem "ammazzar' i cristiani".*

So ist denn dieses flavische Theater in Wahrheit ein Schlachthaus. Es dient dem Töten, wessen auch immer. Es macht den Tod zum Spektakel und vermischt ihn verführerisch genüßlich mit circensischen Spielen, mit Show, Theatralik und Sportkampf aller Art. Es befriedigt atavistische Gelüste wie zweitausend Jahre später die Television mit ihren gesprenkelten Programmen aus Tingel-Tangel mit Mord und Totschlag, aus Blut und Blödsinn. Aber Fernsehzuschauer dürfen mittels elektronischer Publikumsbefragung noch nicht über Tod und Leben abstimmen, wie die Römer es in ihrem Colosseum müssen, falls ein deutlich Besiegter dennoch überlebt. Mit aufwärts oder abwärts zeigendem Daumen spielen fünfzigtausend blutrünstige Feierabend-Schöffen aus Freizeit-Jux Schicksal und befinden über Sein oder Nichtsein oftmals schuldlos zufällig ausgelieferter Menschen.

Anders ist es bei den jeweils vorausgehenden Tierhetzen, einem stimulativen Auftakt dieser "Spiele". Da gibt es keinerlei Daumen nach oben. Zu Tausenden und Abertausenden werden hier Tiere, mit Vorliebe exotische Gattungen, barbarisch und zynisch zu Tode gequält, ganze Arten ausgerottet. Denn in allen Weltteilen des riesigen Imperium Romanum werden sie eingefangen, aufgekauft und eigens nach Rom verladen. Hier werden sie oftmals bunt geschmückt oder angemalt, gar dressiert, dann von ausgebildeten Spezialisten mit bösen Tricks der Belustigung und dem Nervenkitzel enthemmter Zuschauer ausgeliefert. Namentlich Löwen und Elefanten, auch Nilpferde werden zu Hekatomben abgeschlachtet. Allein in den hundert ersten Tagen des Einweihungsfestes lassen hier neuntausend Tiere qualvoll ihr Leben. Einmal tötet sogar der fleischesbrüderliche Kaiser Commodus persönlich in einer einzigen Vorstellung zuerst mit Pfeil und Bogen von der Gale-

rie hinab angeblich hundert Bären, dann in der Arena unten noch je einen Tiger, einen Elefanten, ein Nilpferd.

Auch exotische Echsen werden hier umgebracht, Krokodile.

So hemmungs- und grenzenlos ist hier die Gier nach Blut.

Es wird schließlich weggespült, indem die Arena unter Wasser gesetzt und für Seeschlachten zwischen Galeeren freigegeben wird, auf denen ravennatische und misenische Matrosen kämpfen, während ihre nautischen Kameraden, die ich mir besonders schmuck und knackig vorstelle, hoch oben auf der Galerie die Seile und Flaschenzüge jenes zeltdachähnlichen Purpursegels bedienen, das an 240 Masten die römischen Männer vor Sonnenbrand oder Regen schützt.

Denn es sind nur Männer, die hier töten, zuschauen, johlen und außer sich geraten. Frauen sind dabei unerwünscht und werden allenfalls auf den allerobersten Reihen der Galerie geduldet, wo die plebs *sitzt. Erst in der römischen Spätzeit emanzipieren sich auch Frauen zu gleichberechtigten Gladiatorinnen.*

Aber eigentlich ist dieses ganze Colosseum Männersache: eine exklusive Bastion für voyeuristisch virile Sadisten, die hier in klassenloser Gemeinschaft unter sich und gnadenlos hart sind: was die entschwundenen Clones vom Colle Oppio nur vorspielen und unverbindlich imitieren. Was manche Ledermänner zelebrieren. Was die SS in Auschwitz praktiziert. Die Brutalität ist exzessiv. Das Schlachten eine Augenweide. Eine Lust. Ein Rausch. Ein Narkotikum. Selbst der Alypius, jener ernsthafte, um Enthaltsamkeit ringende und treue Freund des Heiligen Augustinus, verfällt hier wider Willen und besseres Wissen der Faszination von Blutbad und Todesschreien, ist "wie berauscht von einer Art Wildheit" *und wird süchtig nach diesem Gemetzel.* "Denn sobald er das Blut sah", *berichtet Augustinus in seinen "Confessiones",* "durchdrang ihn wilde Gier, konnte er sich nicht mehr abwenden, sondern war von dem Anblick wie gebannt, schlürfte Wut ein und wußte es selbst nicht, hatte seine Wonne an dem frevlen Kampf und berauschte sich an grausamer Wollust."

Vielleicht kompensiert er damit seine forcierte Keuschheit und seine asketische Liebe zum Augustinus. Vielleicht kompensieren alle diese radikalen Feierabend-Sadisten ihre lebenslängliche Unterdrückung durch die kaiser-

lichen Tyrannen in diesem Empörungsersatz, in dieser stellvertretenden Ra-
che, in dieser Projektion von Wut und Haß auf Delinquenten und Christen
und Haudegen und Tiere, während drunter die obligate Begleitmusik phalli-
scher Trompeten, Hörner und Flöten ein aufreizend aggressives Bläserkon-
zert zu ergänzen pflegt, wie es hier heutzutage noch die banda, *jenes belieb-*
te Blasorchester der carabinieri, *einem begeisterten Publikum an manchem*
zivilisierten Wochenende des späten 20. Jahrhunderts vorspielt.

Das genossene Abschlachten zieht sich hier über ein halbes Jahrtausend
hin. Dann spezialisiert sich die Arena auf Kämpfe zwischen Mann und Stier,
vereinzelt wird noch Theater gespielt, aber die mächtig werdenden Christen
vernachlässigen "heidnische" Traditionen und Gebäude; Erdbeben und
Brände, barbarische Normannen- und Wikingerverwüstungen tun ein Übri-
ges, die Dynastie der Frangipani baut sich das Colosseo im späten Mittelal-
ter zur Familienfestung um, und die Renaissance samt Michelangelo benutzt
es als Steinbruch für ihre Palazzi, Farnese wie Venezia und andere; eines
Tages ist es dann schließlich die heutige Ruine in all ihrer rudimentären
Imposanz.

Im Rokoko endlich stilisiert Papst Benedikt XIV. dieses Schlachthaus, diese
Schädel- und Folterstätte mit ihren Blutbädern über Gebühr und Fakten zur
Märtyrerstätte und spricht sie heilig, stellt ein Bronzekreuz auf und etabliert
hier die karfreitägliche via crucis. *Von so abermals blutiger Mystifizierung*
mag es kein allzu weiter Weg mehr zur Magie von Zauberern, Geisterbe-
schwörern und Hexen sein, die hier schon zu Lebzeiten des fleischesbrüder-
lichen Bildhauers Benvenuto Cellini ihre Schwarze Kunst und Séancen zele-
brieren, Dämonen oder gar den Teufel beschwören, der in diesem bösen
Gemäuer durchaus heimisch sein mag.

Aber auch Obdachlosen und Bettlern oder asketischen Eremiten, wie Goe-
the sie hier noch beobachtet, gewährt dieser ungut verwunschene Platz eine
Bleibe, zumal ihn sich nunmehr die Flora erobert und mit ihrer milden Ge-
walt überwuchert. 420 Pflanzenarten werden hier gezählt, denen Schafe und
Ziegen, wenn sie unter Aufsicht hübscher römischer Hirtenknaben in der
blutgetränkten Arena weiden, weniger anhaben als später die ihrerseits
abermals mörderischen Archäologen- und Touristenheere oder die ätzenden
Abgase römischen Autoverkehrs.

Aber schon vorher findet endlich dieser Ort des Bösen einige Jahrhunderte lang als Idylle und pittoreskes Motiv für romantische Sonntagsmaler aus aller Welt seinen Frieden. Ein deutscher Männerchor pflegt hier in Vollmondnächten so lange seine romantischen Ständchen und Serenaden zu singen, bis die banausische römische Polizei ihm das verständnislos verbietet.

Sie ist sehr viel nachsichtiger, als mehrere Menschenalter später und just in Thomas Manns Todes-, einem katholisch besonders heiligen Marienjahr der amerikanische Sexualforscher Dr. Alfred G. Kinsey kurz vor seinem eigenen August-Tod dieses Colosseum als ein Zentrum öffentlich ausgestellter Ausschweifungen und jeglicher Art von Sexualität kennenlernt, wie sie hier in Nischen, Ecken und Gängen ihren Ort findet, während an einem nahen Märtyreraltar die Messe gelesen wird. Von der römischen Schwulenszene macht er hierorts speziell die Domäne der etwa 14jährigen aus.

Aber als ich jetzt, gut ein weiteres Menschenalter später, mit einer Grappa schließlich meine Terrassen-Mahlzeit beende, hat sich auch heute jener unsägliche Mond über dieses kolossale Amphitheater erhoben, der hier ganze Generationen von Schwärmern und Genießern entzückt und daran erinnern könnte, daß in China der Ursprung allen Theaters vom Monde abgeleitet wird, seitdem ein Kaiser das fantastische Treiben lunarer Feen hienieden nachgestaltet wünscht.

Auch mich läßt dieses nächtliche Mondtheater jetzt mühelos wissen und fühlen, was nicht nur im Isthmus von Formentera jener lunige kleine Thai, was hier nicht nur Goethe und Gogol, nicht nur Charles Dickens und die Fleischesbrüder Stendhal und Lord Byron glücklich erbeben, gar aufschreiben läßt. Sie alle berichten von Glanz und Heiterkeit, Melancholie und Eulenruf, Feierlichkeit und abermaligem Zauber, Stendhal gar von der Wollust dieser Stimmung von luna *und* lunus *über dem Colosseum. Goethe entwickelt hier von solchem Mondlicht aus die prophetisch produktive Idee einer nächtlich allgemeinen Illumination der römischen Architektur: "So haben Sonne und Mond, eben wie der Menschengeist, hier ein ganz anderes Geschäft als anderer Orten",* und Nicolaus Cusanus könnte das bestätigen, als er hier den römischen Mond zum Maßstab und Korrektiv seiner Kalender-, zumal seiner Oster- und Auferstehungsberechnungen macht.*

Gnädig befriedender und erlösender Mond über diesem argen Monstrum läßt aber Zeit nicht nur zählen und berechnen; er heilt und versöhnt auch ihre Wunden und Narben, er lehrt ihren Wechsel, ihr Verstreichen, ihr Kommen und Gehen, ihr Schwellen und Schwinden, ihre Gunst oder Ungunst, ihre Gnade. Was Zeit ist, hat die Menschheit beim Monde gelernt, mehr als bei der Sonne. Ohne zu blenden, gibt er der Erde und allem Lebendigen das rechte Maß, eine Frist und den Rhythmus von Werden und Weichen, von Vergehen und Wiederkehr.

Daran hindert ihn auch die goethisch geordete elektrische Konkurrenz mit ihrer Bestrahlung der bösen Ruine nicht. Umso besser sehe ich, daß auch die ihre Zeit, ihre gütig verzeihende Mond-Zeit hat. Wie sich das Wasser aus Neros See hier in Ströme von Blut verwandelt, lösen diese sich nunmehr endlich in Licht und in Frieden auf. Nur ganz leise und in äonenentferntem decrescendo *höre ich durch betörende Zikadenchöre hindurch tief drunter Elefanten und Trompetenbäume wimmern und posaunen.*

Ich breche auf und gehe, vom Mondlicht beschützt und geleitet, auch beflügelt, den ganzen neronischen Colle Oppio zurück und an San Pietro in Vincoli mit seinen ruhenden Übermännern vorüber zu jenem "Hangar", einem Landeplatz und rekreativen Refugium für fledermausflügge Hexeriche und sonstige einschlägig fleischesfraterne Männer: "Rome's cruising bar" in der Via in Selci.

Dort fixiert mich sofort, wenn auch scheu und diskret, schon beim ersten Gin Tonic am kupplerisch rechtwinklig günstigen Tresen ein Fulvio. Er fixiert mich über Eck und mit ernstem Blick, ohne Lächeln, nur kurz, aber oft.

Er ist nicht jener obligate römische moretto *von stereotyper schwarzlockiger und penetranter* bellezza, *wie sie schon Thomas Mann hier in Rom vor hundert Jahren mit ihrem gewissenlosen Tierblick "nervös" macht. Er ist ein Fulvio; einer jener Jünglinge, wie die antiken Marmorbüsten sie oft präsentieren: rundköpfig, rundgesichtig, mit kurzem, aber welligem Haar, das nicht schwarz, das dunkelblond ist, und mit kleinem Munde, der beim Lächeln noch kleiner wird und die Lippen kräuselt; helle Augen: nicht eben blau, aber hell; von eher großem Wuchs und nicht allzu hager, angenehm vollschlank mit so griffigem Fleisch auf den Hüften wie sogar der Apoll im Cortile del Belvedere; und eben rundköpfig, rundgesichtig, mit kleinem Mund und rund. Wie der Merkur aus dem 4. Jahrhundert vor Christus im Etruskischen Museum des Vatikan. Oder wie jener besonders bezaubernde*

Marmorjüngling aus dem karischen Tralles, ein ganzes Jahrhundert jünger, aber im fernen Istanbul.

Dieser Fulvio also ist aber in Begleitung und parliert mit einem Kumpan, der für unseren Funkkontakt keine Antennen hat. Dennoch bin ich diskret und verkrümle mich in die hinteren Innenräume dieser schlauchigen Bar mit ihrem schicken Design in effektvoll dosiertem Dämmerlicht und mit modi-scher Klientel aus lauter alerten ragazzi *und* giovani, *die sich bald drängen, so voll wird es.*

Die Atmosphäre ist aber schwingungslos. Ohne erotisches Radar, auch viel zu beredt. Alle quatschen. Ein allgemeines Palaver füllt lauthals die Räume. Mehr Kaffeeklatsch als cruising. *Mehr Tratschereien über Passiertes als neues Geschehen. Keine Blicke, kein Verfolgen, kein Hin- und Hergehen, kein Rekognoszieren, kein Pirschen. Auch keine Einzelgänger, keine einsa-men Jäger, keine Sammler. Dafür Cliquen, Grüppchen, Trauben. Man kennt sich, man hat Gemeinsamkeiten, man frischt sie auf, man ergänzt sie verbal. Aber man sucht hier nicht. Man lauert nicht. Man fädelt nichts ein. Man kocht nichts an. Hier passiert nichts.*

Plötzlich steht Fulvio neben mir. Wieder in Begleitung seines Kumpanen, mit dem er pausenlos redet, auch ohne mich jetzt eines einzigen Blickes zu würdigen, aber nah; sehr dicht; auf jener Grenze zu unvermeidlichem Kör-perkontakt. Also Tuchfühlung, wenn man will. Will man das? Eben das bleibt unklar. Kein Blick. Über lange Zeit: kein Blick. Auch kein Tuchsignal. Keinerlei ausgestreckter Fühler. Keinerlei Versuch. Keine zufällige Berüh-rung. Nur dieser greifbar nahe dunkelblonde Rundkopf aus Tralles, dieser runde Merkur, androgyn, mit dem kleinen Mund. Dieser Fulvio eben. Mit seinem Kumpan. Der redet und redet. Fulvio hört nur noch zu. Hört er wirk-lich zu? Wo sind seine Gedanken? Seine Tentakel?

So balanciert sich das hin, bleibt in reizvoll elektrischer Schwebe, läßt alles offen, macht alles möglich, schlägt keinerlei Tür zu, vibriert.

Man weiß hier auch nicht, wohin. Es gibt keinen dark room. *Keinen Kon-takthof, keine geeigneten Nischen. Derlei ist hier nicht vorgesehen. Vor den Videofilmen ginge es: auf amphitheatralisch aufgetürmten Bänken im Schummerlicht. Aber keiner tut es da. Keiner faßt keinen an.*

Der Vatikan ist zu nah.

Na, und? Das Goldene Haus ist noch näher, mit seinem Perlenzimmer.

Aber ein Trümmerhaufen.

Wo kann man was ausprobieren?

Ich gehe aufs Klo. Auch das Klo ist leer.

Aber prompt geht die Tür auf. Ein ragazzo *stellt sich dicht neben mich. Fulvio ist es nicht. Ein römischer* bello. *Er pinkelt auch nicht. Steht nur da wie ich. Fragt mich aber plötzlich, ob ich Italienisch verstehe.*

"Un poco."

Sagt mir, er mache es für Geld: "Lo faccio per soldi."

Hoppla.

Schon wird er ungeduldig, drängelt: "Vuoi?"

"Credo di no."

"Va bene." Er geht hinaus.

Auch ich gehe hinaus.

Ich hole mir einen neuen Gin Tonic.

Fulvio geht aufs Klo.

Sein Kumpan postiert sich vor der Klotür wie eine Wache. Rührt sich nicht von der Stelle. Wie ein body guard. *Wahrscheinlich hat er doch was bemerkt und paßt jetzt auf.*

Gut, gut: keine Angst, ich störe euch nicht.

Fulvio bleibt sehr lange auf dem Klo.

Der Kumpan schaut schon auf die Uhr.

Ich nuckle an meinem Gin Tonic.

Der Kumpan zündet sich eine Zigarette an.

Die Klotür geht auf.

Fulvio kommt heraus und sieht mich.

Unsere Blicke liegen ineinander.

Fulvio sagt seinem Kumpan Bescheid und geht wieder ins Klo zurück.

Der Kumpan entfernt sich.

Jetzt will ich es wissen.

Ich gehe ins Klo.

Fulvio steht am Waschbecken und wäscht sich die Hände.

Ich stelle mich an die Pinkelwand.

Fulvio beobachtet mich im Spiegel des Waschbeckens.

Wir sind allein im kleinen Raum.

Fulvio trocknet sich die Hände ab.

Er hört, daß ich nicht pinkle.

Auch er tritt jetzt an die Pinkelwand.

Aber nicht neben mich, sondern über Eck.

*Das Klo hat zwei Pinkelwände eben in jenem selben rechten Kuppelwinkel
der Theke im Tresenraum.*

So stehen wir da: nicht weit voneinander, aber voneinander abgewandt.

Keiner pinkelt.

Beide warten.

Ich fühle mich beobachtet.

Ich schiele über die Schulter, aber Fulvio blickt nach oben.

Über ihm entdecke ich einen Spiegelstreifen.

Oh, auch über mir entdecke ich einen Spiegelstreifen.

*Diese Spiegel sind so geschickt angewinkelt, daß man sich über Eck in die
Augen sehen kann.*

Fulvio und ich schauen uns über Eck in die gespiegelten Augen.

Fulvio lächelt. Die Lippen seines kleinen karischen Hermesmundes kräuseln sich. Das bezaubert mich.

Ich löse den rechten Winkel auf und mache ihn spitz, indem ich mich langsam zu Fulvio drehe.

Auch Fulvio macht seinen Winkel ganz spitz und dreht sich zu mir.

Wir zeigen einander spitzes Gestänge, das sich nicht lumpen läßt.

Fulvios Rundgesicht ist jetzt ernst.

Die Sache wird ernst.

Ich fasse mit ruhigem Griff in Fulvios Gestänge, ich packe es. Er bebt.

Da geht die Tür auf. Jemand kommt herein.

Wir fahren auseinander, drehen uns ab.

Der Neue tritt zum Waschbecken und schaut in den Spiegel.

Fulvio packt sein Gestänge ein.

Der Neue kämmt sich ausführlich vor dem Spiegel.

Auch ich packe mein Gestänge ein.

Fulvio geht hinaus.

Auch ich gehe hinaus.

Draußen steckt Fulvio sich eine Zigarette an und lächelt mir gekräuselt entgegen.

Ich frage ihn, ob er mit seinem Freunde hier sei.

Nein-nein, mit einem Bekannten.

Wir stehen sehr nah beieinander.

Ob er was trinken wolle?

Nein.

Er schaut mir gekräuselt in die Augen.

Sein Arm hängt dicht neben meinem herunter.

Seine Hand packt meine Hand.

Sein Zeigefinger bohrt sich in meine Handfläche.

Sein Zeigefinger gerät außer sich.

Wir gehen.

Wir gehen in die Mondnacht.

Wir gehen zu Fulvio. Er heißt Massimo.

"Mann erhitzt er auf Mann."

Bei Massimo tun wir alles, was Nicolaus Cusanus eher versäumt.

Trompetenjubel.

Sogar was Nero und Michelangelo eher unterlassen.

Und was Goethe jauchzen macht: "O wie fühl ich in Rom mich so froh!"

283
Scho-bo-num-e-kub-b'ogbuale-ba-jem-e-kidi-a-lenne

Yan feiert einen runden Geburtstag und lädt mit Bedacht recht bedenkenlos zu einem Fest am Vorabend ein.

Er stellt die Fête unter das provozierend befremdliche Motto einer Tagebucheintragung des 21jährigen Grafen August von Platen:

"Gott allein leidet nicht, denn sein ganzes Wesen ist Tat."

Um auf so göttliche Weise einen Abend, eine Nacht lang hinlänglich leidensfrei zu sein, bittet Yan die Eingeladenen, ihr eventuelles Geburtstagsgeschenk durch irgend akutes Tun vor Ort und nach Götterart *ad libitum* zu ersetzen.

Nun sind die Gäste da.

Gudrun, Schwester Hanne und Schwager Reinhard sorgen produktiv und *ad oculos* für Herstellung und Angebot lukullischer Genüsse.

Yussuf bietet in orientalischem Fantasiekostüm und kokett halbverschleiert Getränke an und stellt, ein mutwilliger Saqi, provozierend indiskrete Fragen.

Aber noch herrschen fremdelnder Gruppen- und Cliquenklüngel und steife Passivität vor.

Keiner mag ein Eisbrecher sein.

Einzig Juljus schreitet zu ersten göttlichen Aktionen, um kommunizieren zu helfen. Er bietet Joints an, die aber wenig Anklang finden. Dann furzt er oft und laut im Sinne einer vertrauensbildenden Maßnahme. Manche Männer lachen darüber, manche Frauen wechseln fluchtartig ihren Platz. Aber die unterdrückte Empörung lockert insgeheim auf.

Paulus verkündet leuchtend, er stelle für Yan eine adäquate Anthologie aus einschlägig gesprenkelten Texten zusammen, aus denen er im Verlaufe des Abends zusammenhanglos vorzutragen gedenke. Als Kostprobe dessen, was Yans Thomas Mann in einem amerikanischen Tagebuch als den *"eigentümlichen Reiz dieses Aneignungsgeschäftes"* bestätigt, liest Paulus nun anläßlich gerade von Yans morgigem Geburtstag, der ja auch sein eigener ist und das scheinbare Vergehen von Zeit wie nichts anderes signalisiere, eine angemessene Passage aus *"Kind dieser Zeit"*, der ersten Autobiografie des damals 26jährigen Klaus Mann:

"Ist es nicht so, daß dem Erlebten einfach dadurch, daß es Vergangenheit wird, ein Reiz und eine Würde zuwachsen, die es nicht hatte, während wir es bestanden? [...] Sind wir es uns bewußt, daß irgendein Stück Leben, mit dem fertig zu werden so gut es eben geht, wir gerade im Begriffe sind, in zwei, drei oder zehn Jahren die Glorie des Legendären, das rührend Unantastbare des Mythos haben wird – nur weil es w a r [...] ? Nicht allein die abgelebten Abenteuer und Lieben, sondern mehr noch die Gerüche, Lichtreflexe und Luftberührungen, die wir [...] in den geheimen Schatzkammern unseres Gedächtnisses verwahren, bilden den ungeheuren Kräftevorrat, aus dem heraus wir alles, was wir neu leben müssen, speisen, steigern und ergänzen. Unendliches System der ständigen Bezugnahme in unserem Unterbewußtsein!"

Juljus protestiert gegen derlei Behauptetes mit lautem Furz.

Paulus liest unbeirrt weiter:

"Immer läßt das Neue uns an das Alte denken, und wir wahren die Zusammenhänge [...], indem wir, scheinbar unabhängig und möglichst schnell, vorwärts eilen. / Deshalb halte ich so viel vom Pathos der Dankbarkeit. Dem Vergangenen dankbar sein – einfach dafür, daß es w a r – [...] Ich halte viel von der Treue und von der Anhänglichkeit."

Schütterer Applaus quittiert paulinischen Vortrag und anzüglichen Zeit- und Geburtstagstext.

Nicht jedem berührt er das Herz. Jean-Pierre zum Beispiel macht seinem vielmehr ennuyierten Herzen Luft, indem er abrupt auf die Wiedergabetaste seines Kassettenrecorders drückt und Dalida singen läßt. In präzisem *playback* täuscht er eigenen Gesang vor und bewegt sich in abstrusen Tanzschritten, in denen das Casino de Paris, die Sentiments der Sängerin und zeitgemäßere Rock- und Disco-Zuckungen eine bizarr gesprenkelte Fusion eingehen. Jean-Pierre ist raffiniert, gleichwohl abschätzig billig als Frau kostümiert, trägt modische Damenfrisur in Hellblond und perfektes *make up* mit bombastischen Wimpern, hochhackige Pumps und eine allesumwehende, allesumschlingende violette Boa aus Straußenfedern. Sein Auftritt ist schräg und schrill. Er ist ordinär. Zugleich nostalgisch. *Fin de siècle* und Jahrtausendende in einem. Das Verruchte von anno dazumal im Supermarkt. Jean-Pierre greift sich vulgär und wie Michael Jackson in die Hoden unter seinem grellen Fummel. Dann läßt er lasziv und rätselhaft, ganz Dame und *demi-monde*, seine Boa wehen. Dann beginnt er, obszön zu strippen. Aber das okkupiert ihn so, daß er sich heillos in Dalidas Text verheddert. Er hängt, indes das *playback* erbarmungslos weitersingt.

Yans Gäste lachen.

Jean-Pierre fühlt sich lächerlich. Da er zum Lachen keinen Bezug hat, wird er cholerisch, dann hysterisch und bricht ab. Wütend und unbeherrscht rauscht er auf seinen hohen Hacken vonhinnen.

Die Gäste klatschen umso anhaltender, auch ironisch, auch für seinen willkommenen Abgang.

Aber das Eis ist gebrochen.

Juljus beginnt, Brennholz zusammenzutragen und im Garten eine Feuerstelle vorzubereiten.

Hinrich Linnekogel, jener Rentner aus dem Supermarkt der Bücher, tritt ins Zentrum allgemeiner Aufmerksamkeit und holt in aller Ruhe aus seinem Rucksäckchen ein handschriftliches Manuskript hervor. Dann hängt er sich das Rucksäckchen wieder auf den Rücken, räuspert sich und ruft mit heller, wenn auch leicht brüchiger Stimme:

"Für das Geburtstagskind und für Helmuth Hübener lese ich aus einem der ersten Briefe des 25jährigen Friedrich Schiller an seinen 28jährigen Freund Christian Gottfried Körner:

'Verbrüderung der Geister ist der unfehlbarste Schlüssel zur Weisheit. E i n z e l n können wir nichts. [...] Freuen Sie sich, theurer Freund, daß unsre Freundschaft das Glück hatte, d a anzufangen, wo die gewöhnlichen Bande unter den Menschen zerreißen. Fürchten Sie von nun an nichts mehr für ihre unsterbliche Dauer – '"

Linnekogel hält inne und stellt klar: " – also für die unsterbliche Dauer der Freundschaft".

Über so unsterbliche Freundschaft verliest er dann ferner:

"Ihre Materialien sind die Grundtriebe der menschlichen Seele. Ihr Terrain ist die Ewigkeit und ihr non plus ultra *die Gottheit."*

Zwei Frauen kichern. Zwei andre tuscheln.

Juljus bastelt geräuschvoll an seinem Holzstoß.

Hinrich Linnekogel liest nur umso trompetenheller weiter:

"Kalte Philosophie muß die Gesetzgeberin unserer Freundschaft sein, aber ein warmes Herz und ein warmes Blut muß sie f o r m e n . [...] So viel ist gewiß, daß ich von Euch aufgefordert sein möchte, den Riß – "

Hinrich stellt klar: "den Grundriß – *'zu dem schönen stolzen Gebäude einer Freundschaft zu machen, die vielleicht ohne Beispiel ist."*

Diesen letzten Satz schmettert der kleine Greis nicht ohne Pathos zu Yan hinüber.

Dann schnallt er sein Rucksäckchen ab, legt sein Manuskript in aller Sorgfalt hinein und buckelt wieder auf. Die Umstehenden akklamieren ihm mit Sympathie und wohlwollendem, leicht belustigtem Applaus von oben nach unten.

Attacca scheppert orientalisch klagende, orientalisch rhythmische Musik aus leicht übersteuerten Verstärkern. Wie ein entfesselter Orkan fliegt Said herein und führt seinen persischen Derwisch-Tanz vor: in prächtig knöchellangem, eng tailliertem Paillettengewande und mit Gesichtsschleier, der nur seine stechend schwarzen Augen preisgibt. Said tanzt wie ein Wirbelwind: schnell und mitreißend, leichtfüßig drehend und mit unerschöpflichem Reservoir graziösester, filigranster Arm- und Handbewegungen, die schließlich, wohl kundigeres Publikum gewohnt, zum Mitklatschen auffordern.

Die meisten Zuschauer erfüllen seine gestische Bitte, aber nur wenige dauerhaft. Sein Tanz ist auch zu lang. Sein schwindelerregend monotones Tempo soll wohl ursprünglich in Trance versetzen, aber dazu ist hier niemand willens. Die flüsternden Gespräche über Saids Darbietung und Kostümierung beginnen, das Thema zu wechseln und lauter zu werden. Manch einer wechselt dann auch den Schauplatz, als er begreift, daß die Dramaturgie der Derwische eben gerade keine Varianten, keinen Aufbau, keine Steigerung, keinen von lang her angepeilten Höhepunkt, sondern nur Rausch und Hypnose stetiger Widerholung kennt.

Ein zweites, konkurrentes Publikum schart sich indessen um Yussuf, der an kleinem Kindertisch quasi außerhalb des geselligen Treibens einzelne Anwesende schnellen, begabten Striches zu porträtieren beginnt. Die entstehenden Ähnlichkeiten sind so frappant, auch entlarvend, daß sie viel Gelächter ernten, auch zu ängstlicher Flucht anstiften. Denn Yussufs Zeichnungen offenbaren. Sie stellen bloß. Aber er schenkt sie nicht den Dargestellten, sondern Yan als dem zentralen Bezugspunkt all dieser so heterogen gesprenkelten Gäste.

Der Derwisch-Tanz ist beendet und heimst verdienten Schlußapplaus, auch zugerufene Zugabenwünsche ein. Aber Said spürt wohl doch die Vorbehalte und entfliegt in seinem Schleier ohne Wiederkehr.

Paulus trägt onanistisch, wo er gerade geht oder steht und ohne eigens Zuhörer zu versammeln, eine weitere Geburtstags-Preziose aus seiner Anthologie vor:

"Alter ist Vergangenheit als Gegenwart, eine von Gegenwart nur überlagerte Vergangenheit."

"Oh, wie schön: Goethe, stimmt's?" biedert sich eine allzu laute Schauspielerin an. "Aber nein", rügt Paulus sie leicht verächtlich: "Thomas Mann natürlich, 'Doktor Faustus' " und läßt sie stehen.

Auf der Terrasse läßt sich inzwischen inmitten längst vorbereiteter Technik und bereitliegender Instrumente Benjamins *Band* nieder und probiert Mikrofone und Boxen aus.

Juljus ist es im Garten mittlerweile gelungen, sein Feuer zu entfachen und zu so lodernden Flammen zu stimulieren, daß es fortan viele latente Pyromanen anlockt. Sie starren süchtig in die Lohe und werfen was auch immer zerstörungslüstern hinein.

Bei Yussuf explodiert eine Lachsalve befriedigter Schadenfreude.

Die *Band* intoniert jetzt mit gnadenlos hoher Phonzahl und begleitet Benjamin, der sein erstes Lied *"Für Yan"* nennt. Sein immer wiederkehrender Refrain lautet:

"Versteck dich oder zeig dich,
mach auf oder zu,
versteck dich oder zeig dich,
versteck dich, mach auf,
aber zeig dich, mach zu,
mach auf, mach zu,
mach auf, mach zu,
mach zu, versteck dich,
zeig dich, zeig dich,
versteck dich, mach auf,
mach zu, mach zu,
bitte zeig dich, mach zu ... !"

Juljus fängt an zu tanzen. Allein. Provozierend. Mit weiträumig grotesken, ausladenden Gesten und Sprüngen. Hahnenhaft spreizend. Angriffslustig.

Die andern schauen ihm zu, machen hämische Bemerkungen und lassen ihn allein. Sie bestrafen ihn für Fürze, verfrühte Joints und extravagante Alleingänge.

Aber zwei Schauspieler juckt es als erste, diese Show nicht einzig so einem *outcast* zu überlassen. Sie fangen auf ihre umso geschmeidigere, umso routiniertere Weise an zu tanzen und nehmen Juljus effektbewußt viel von seinem Freiraum weg. Yans junger Filmproduzent und seine Freundin gesellen sich problemlos hinzu. Bald tanzen viele. Gudrun tanzt mit Philipp. Horst mit Werner. Paulus tanzt mit Klas. Yans Kameramann mit seiner Frau, Schwester Hanne mit ihrem Reinhard, Babatundé allein. Plötzlich tänzelt auch Rentner Linnekogel vor sich hin.

Benjamin und seine *Band* sind groß in Form und drehen grenzenlos auf.

Juljus holt Yan zum Tanzen. Yan verweigert sich instinktiv. Dann kann er aber Juljus nicht widerstehen. Er fügt sich, geht artig mit und steht denn also inmitten seiner Freunde, die alle einander nicht begreifen können und sich verächtlich aus dem Wege gehen. Yan steht da und stampft auf der Stelle. Inmitten. Da gesellt sich Yussuf zu ihm und überspielt seine rhythmischen Probleme mit arabisch-osmanisch gesprenkeltem Charme und Flirt. Ein Schauspieler tritt hinzu. Ein Kostümbildner. Babatundé. Gudrun. Horst und Werner. Ein junger Dramaturg. Der Rentner. Dann Klas im hauseigenen Parfüm seines Arbeitgebers Yves St. Laurent. Dann noch einige Fernsehleute. Mit lachenden Augen und zuckenden Leibern bilden sie einen Kreis um Yan, rocken und schwofen und klatschen Yan zu, drehen sich vor ihm, bieten sich ihm dar und feiern seinen Geburtstag. Jeder lacht ihm mit eigenem Lachen in die Augen. Jeder offeriert sich auf seine Weise. Keiner sieht die andern, jeder nur Yan und sich.

Yan inmitten sieht alle. Er dreht sich stampfend um sich selbst und macht sich zum Komplizen eines jeden Gegenübers, sei es gegen alle andern. "Treue und Anhänglichkeit" zu jedem. Mit jedem hat er eine Geschichte. Er kommt sich wie jenes Elementarteilchen mit seinen *sum over histories* in Feynman's Pfadintegralmethode vor, das so viele Geschichten wie Möglichkeiten, das alle Geschichten dieses Universums hat. "Ihr Terrain ist die Ewigkeit und ihr *non plus ultra* die Gottheit."

Plötzlich sieht Yan auch Severin mit seinem kalkweiß und haselnußbraun halbierten Jürükenschädel über feinem Tuchmantel inmitten seiner Gratulanten. Er will hin zu ihm. Aber da beginnt Benjamins *Band*, einen klassischen argentinischen Tango zu plündern und zu zerfetzen. Damit verunsichert sie die meisten Tänzer. Aber Jean-Pierre drängt sich umso energischer in den Kreis um Yan. Gewaltsam und *mouf* packt er Yan wie ein Opfertier und zelebriert mit ihm einen abgezirkelten, ausladend promenierenden Tango in jähen Brüchen, mit federnden Knien und wilden Richtungswechseln.

Die andern Tänzer weichen erleichtert aus und beobachten belustigt, wie dieser blondperückige Transvestit mit Pumps und Federboa gleichwohl dominiert und ihren Yan einem gnadenlosen Körper-Ritual unterwirft. Yan gibt sich willig seinem Berdaschen und einem Tango hin, von dem er sich mühelos vorstellt, es könne auch der letzte sein.

Yussuf läßt sich am Rande der Tanzfläche nieder und zeichnet mit flinkem Stift das bizarre Tango-Paar in seinen abrupten Positionen. Die Umstehenden vergleichen seine Skizzen mit ihren Modellen und lachen befreit. Das bezieht aber Jean-Pierre, mit Lachen inzwischen nicht eben vertrauter, wieder blitzschnell auf sich, bricht noch schneller ab, läßt Yan fast fallen und rauscht mit seinen knallenden Hacken abermals beleidigt vonhinnen.

Applaus, Gelächter, Applaus – für wen immer.

Die *Band* macht eine Pause.

Yan läßt sein erinnerungsschweres Gästebuch kursieren.

Paulus rezitiert ohne Rücksicht auf ein Auditorium aus den "Confessiones" des Heiligen Augustinus:

"Weder das Zukünftige existiert noch das Vergangene, und man kann auch von Rechts wegen nicht sagen, es gebe drei Zeiten: Vergangenheit, Gegenwart und Zukunft."

Lachsalve von Yussufs Zeichentisch.

Paulus zitiert weiter:

"Vielleicht sollte man richtiger sagen, es gibt die drei Zeiten Gegenwart des Vergangenen, Gegenwart des Gegenwärtigen und Gegenwart des Zukünftigen. Denn diese drei sind in der Seele, und anderswo sehe ich sie nicht."

Von der Feuerstelle her wird die wohlabgestützte Stimme einer vortragenden Schauspielerin immer lauter. Aber noch hält Paulus dagegen:

"Gegenwart des Vergangenen ist die Erinnerung, Gegenwart des Gegenwärtigen die Anschauung, Gegenwart des Zukünftigen die Erwartung."

Das bleibt ohne Resonanz, und die geschulte Stimme der Schauspielerin obsiegt mit ihren endlos aneinander gereihten Anekdoten von Zen-Mönchen und deren pointierender Moral.

Da aber weder sie selbst noch einer ihrer Zuhörer rings um das heimelig prasselnde Feuer hinlänglich über Zen, geschweige über Mönche informiert ist, provoziert sie nur allzubald eine bedrohlich ebenso endlose Kette mehr oder minder pointierter Samurai-Anekdoten, mit denen ein Syndikus vom Fernsehen diesem Umfeld seine Bildung und musische Kompetenz zu beweisen trachtet.

Juljus rettet diese lähmende Situation, indem er respektlos einen Traum erzählt, der ihn seit Jahren leitmotivisch im Schlaf heimsuche:

"Also, ich komme eine Treppe aus dem U-Bahn-Schacht hoch. Die ganze Straße ist voll von Lederleuten, die hin- und herrennen. Es herrscht Chaos. Denn Hamburg brennt. Die Stadt steht in Flammen. Überall bilden sich hektische Warteschlangen. Denn jeder Einwohner muß sich einer gesetzlichen Gesundheitskontrolle unterziehen: wer sich dabei als gesund erweist, wird hingerichtet.

Ich stelle mich in eine Warteschlange und bekomme für Yan und mich je einen länglichen verschweißten Plastikbeutel mit flüssig-geligem Inhalt. Aus einer Drossel und diversen Chemikalien ist da eine Mixtur von Viren und sonstigen Krankheitserregern zusammengebraut, die einen vor Gesunderklärung mit Todesfolge bewahren soll. Dieser Plastikbeutel braucht nur neben Nahrungsmittel gelegt zu werden, deren Verzehr einen dann so krank macht, daß man der Hinrichtung entgeht.

Mit diesen Virustüten in den Händen wollen wir schnell nach Hause. Aber die Flammen umzingeln uns schon und kommen immer näher. Es qualmt auch stark. Die Lederleute geraten in Panik. Nur Yan bemerkt nichts von alledem und spricht über seine Arbeit an der 'Saga von Lamai'."

Freundliches Schmunzeln ringsum im Kreise, der dann gespannt und wortlos Juljus weiter zuhört:

"Ich packe Yan und finde auf Schleichwegen eine Möglichkeit, dem Flam-
meninferno zu entkommen. Ich führe ihn in mühsamem Anstieg auf einen
Berg. Mitten in Hamburg. Von da oben ist das verheerende Ausmaß des
Flächenbrandes zu überblicken. Ich zeige Yan, was in seiner Stadt ge-
schieht. Jetzt sieht er es endlich auch. Wir starren in das giftig qualmende
Flammenmeer, das bis zum Horizont reicht und keine Hoffnung zuläßt.

Yan wirft seine Virentüte in die Flammen hinunter. Auch ich werfe meine
Virentüte in die Flammen hinunter. Dann umarmen wir uns leidenschaftlich
und nehmen Abschied. Jeder geht seinen eigenen Weg bergab und versucht
auf eigene Faust, dem ausweglosen Feuer zu entrinnen.

Sofort verliere ich Yan aus den Augen. Der Rauch verhindert auch jede
Sicht. Mir selbst gelingt es, außerhalb der Stadt zu einem ländlichen Anwesen durchzudringen, wo alle Freunde meines Lebens schon auf mich warten.
'Endlich kommst du!' rufen sie mir entgegen und brechen sofort mit mir zu
einem geheimnisvollen, weit entfernten, aber absolut sicheren Zufluchtsort
auf. So, Ende des Traumes. Immer an dieser Stelle ist Schluß. Jedesmal."

Hilf- und ratloses Schweigen ringsum.

Juljus füttert die heruntergebrannte Glut zu seinen Füßen mit neuem Holz.

Der junge Dramaturg versteigt sich zu einer Deutung des Traumes. Gudrun
widerspricht ihr. Der Produzent widerspricht Gudrun, der Dramaturg dem
Produzenten, Rentner Linnekogel dem Dramaturgen. Bald liegen sich alle in
den Haaren.

Juljus hält sich heraus und stochert im Feuer.

Yussuf überreicht Yan seine neusten Schnellporträts, die besonders komisch
sind. Sie lachen beide inmitten der heftigen Debatte ringsum.

"Wer ist Severin?" fragt plötzlich eine Stimme in Yans Rücken. Sie gehört
einem jungen Schauspieler, der gerade Yans Gästebuch durchblättert.

"Severin ist ein guter Freund", wimmelt Yan ihn ab.

"Tolle Schrift", sagt der Schauspieler, "und toller Text. Ist er heute auch hier?"

"Klar", sagt Yan sibyllinisch: "Severin ist immer da. Grade vorhin beim Tanzen habe ich ihn noch gesehen."

"Den will ich kennenlernen", sagt der junge Schauspieler und schreibt selbst mit raumverschlingend schwungvoller Schrift seinen witzig gemeinten Dank in Yans Gästebuch.

"Also, jetzt möchte ich auch was erzählen", sagt Babatundé, der Kongolese, am Rande der Feuerstelle. "Es ist ein Märchen aus meiner Heimat, von den Pangwe, die nördlich des Kongo leben. Die Pangwe haben die Unterstämme Jaunde, Mwele, Bene, Bulu, Ntum, Fang und Mokuk. Ich erzähle das Märchen für Yan."

Jetzt wird es still am Feuer. Die schon Knutschenden entfernen sich vorsorglich, um wechselseitige Störungen zu vermeiden.

"Also, es war einmal ein Mann", erzählt Babatundé mit seinem spröden Akzent, "der hieß Bongo-be-ntúudumo und hatte eine Tochter namens Akúkedanga-be-bongo-be-ntúudumo. Dieser Name bedeutet, die Tochter war noch schöner als eine Schnecke."

Schütteres Kichern, leicht obszön.

"Akúkedanga-be-bongo-be-ntúudumo hatte vier Liebhaber, die sie aus verschiedenen andern Dörfern besuchen kamen. Alles in Ordnung. Aber einmal kamen diese vier Liebhaber alle gleichzeitig. Unterwegs trafen sie sich. 'Wohin gehst du?' fragte jeder den andern. 'Zur Akúkedanga-be-bongo-be-ntúudumo', sagte jeder zu jedem. 'Das trifft sich gut', fand jeder, und Schobo-schua sagte: 'Gehen wir alle zusammen hin. Dann können wir sehen, wen von uns dieses Mädchen am meisten liebt.'

So zogen sie gemeinsam vor das Haus des Mädchens. Der Vater sagte: 'Oh! Vier Männer. Ich habe doch nur eine Tochter. Na, mal sehen.'

Und seine Frau sagte: 'Oh! Vier Männer! Ich weiß, daß unsre Tochter mit vielen schläft. Aber vier auf einmal?'

Die vier Männer sagten, die schöne Schnecke solle eine Entscheidung treffen.

Das tat die. Sie entschied sich für den, der Scho-bo-num-e-kub-b'og-buale-ba-jem-e-kidi-a-lenne hieß, das bedeutet 'Männliches Huhn und Frankolin, die wissen, wann der Morgen anbricht'."

"Was ist denn ein Frankolin?" fragt Juljus dazwischen.

"Ein Rebhuhn oder Rebhahn", antwortet Babatundé. "Dieses Tier gilt im Kongo als besonders schwul. Frankolin ist auch ein böses Schimpfwort, im Kongo: sowas wie Schwuchtel oder Arschficker."

"Und ausgerechnet den liebt dieses Mädchen am meisten?" fragt die Freundin des Filmproduzenten.

"Richtig", sagt Babatundé: "so ist es."

"Und die andern?" fragt Gudrun: "was machen die andern drei Männer?"

"Das ist jetzt ein Rätsel für euch", lacht Babatundé: "was glaubt ihr? Was passiert mit den andern Männern?"

"Na, die gehen wieder nach Hause, was sonst?" sagt die Frau des Kameramannes.

"Oder sie warten, bis der Rebhahn fertig ist", orakelt ein Schauspieler.

"Oder sie vergnügen sich miteinander", witzelt Paulus.

"Oder sie werden hingerichtet", sagt Hinrich Linnekogel.

"Sie können sich ja auch einfach andre Frauen suchen", bagatellisiert eine chauvinistische Schauspielerin.

"Und was passiert wirklich?" fragt Benjamin.

"Also, das Mädchen liebt die Schwuchtel", sagt Babatundé; "also liebt ihr Vater den Scho-bi-schua; ihre Mutter liebt den dritten, der Scho-bö-ngönne-ma-kö-make heißt; und ihr Bruder liebt den vierten, der Scho-bö-kaa-jem-bodscho-melang heißt.

Ja, und so schliefen sie alle zusammen in der Hütte."

"Na, super", sagt Juljus, viele applaudieren, und alle lachen.

"Aber das Märchen ist noch nicht fertig", sagt Babatundé nach einer Weile, als sich die Unterhaltung aufzulösen droht "Als die andern sahen, wie der

Rebhahn die Schnecke in den Arsch ficken wollte, wurden sie eifersüchtig. Die Stimmung in der Hütte wurde sehr schlecht. Da beschlossen die Schwuchtel und das Mädchen, heimlich zu fliehen und im Heimatdorf des Mannes zu heiraten. Das taten sie auch.

Aber als Scho-bö-ngönne-ma-kö-make das erfuhr, machte er der Mutter, die ihn ja liebte, die bittersten Vorwürfe: ausgerechnet mit der Schwuchtel! Aber die Mutter sagte: 'Oh! Was kann ich dafür? Ich stecke nicht in der Haut meiner Tochter.' Da wurde ihr Liebhaber wahnsinnig wütend; er tötete die Mutter sofort mit seinem Buschmesser und kehrte in sein Heimatdorf zurück. Sowieso bedeutete sein Name 'Ich gehe aus, um wiederzukommen'."

"Und die andern?" fragt Gudrun so empört wie ungeduldig.

"Naja, der Scho-bo-schua, den der Vater liebte", erzählt Babatundé weiter, "der machte dem Vater auch heftige Vorwürfe. Aber der Vater sagte: 'Oh! Was kann ich dafür? Ich stecke nicht in der Haut meiner Tochter. Ich hätte die Schwuchtel nicht genommen.' Aber Scho-bo-schua ließ sich so nicht abwimmeln. Da ließ sich der Vater vom Entführer seiner Tochter den Brautpreis auszahlen und bot dieses Geld seinem empörten Geliebten an. Der sagte: 'Ich will kein Geld!' Da bot ihm der Vater ein anderes Mädchen seiner Familie an. Auch das verschmähte sein Geliebter und sagte: 'Ich will keine Frau mehr. Denn ich will nur noch mit dir zusammenleben. Für immer. Deine Frau ist tot. Wenn du ins Bett gehst, werde ich jetzt immer neben dir liegen. Wenn du pissen mußt, werde auch ich pissen. Und wenn du scheißen gehst, werde ich dir zuschauen.' "

Kurze weibliche Peinlichkeitskiekser. Aber Babatundé vollendet unverdrossen:

"So groß war seine Liebe. Und so taten sie es denn auch und lebten glücklich zusammen."

"Und der letzte Liebhaber?" fragt die Freundin des Filmproduzenten.

"Dem war die Entführung des Mädchens überhaupt nicht mehr wichtig. Er schlief und lebte problemlos und glücklich mit dem Bruder des Mädchens."

"Und was bedeutet sein Name?" fragt Yan.

" 'Der keine Schlechtigkeiten kennt' ", sagt Babatundé und lacht.

"Ich finde dieses Märchen ziemlich frauenfeindlich", beanstandet jetzt der junge Dramaturg.

"Ach was, es ist durch und durch schwul", hält Paulus dagegen.

"Ja, überraschend für Zentralafrika", spielt sich der weitgereiste Kameramann auf.

"Weil ihr das Ende noch nicht kennt", sagt Babatundé. "Bei den Pangwe-Kongolesen gibt es eine Fetisch-Figur aus Lehm, die heißt Ngi und verkörpert die Stärke eines Feuers, das alles reinigt."

"Unser Fegefeuer", ruft jemand dazwischen.

"Kann sein", sagt Babatundé. "Und dieser Ngi: der sorgt auch für geschlechtliche Reinheit."

"Was ist das denn?" fragt Paulus aggressiv.

"Erstens darf Sex nicht bei Tageslicht stattfinden."

"Auf einmal puritanisch!"

"Und zweitens?"

"Darf der Sex zwischen Männern nicht überhand nehmen. Oder vorherrschen."

"Was passiert dann?"

"Dann macht Ngi die Männer krank, die das tun. Er schickt ihnen die Lepra, die keiner überlebt."

"Und in deinem Märchen?" fragt Juljus.

"Sterben der Bruder und sein Freund an der Lepra, der Vater und sein Freund an der Himbeerkrankheit."

"Was ist das denn?"

"Eine äquatorialafrikanisch tropische Syphilis."

Schweigen.

Dann sagt Paulus: "Fazit: es überleben nur Schwuchteln, die heiraten."

"Und wie alt ist dieses Märchen?" fragt Klas.

"Viele Jahrhunderte älter als AIDS", reagiert Babatundé.

Schweigen.

"Dann kommt es aus einer schwulenfeindlich faschistischen Unterdrücker-Gesellschaft", sagt ein junger Schauspieler.

"Richtig", fügt der junge Dramaturg hinzu: "wo das Schwulsein für schlimmer gilt als Frauenraub."

"Auch als der Mord an der Mutter", sagt Benjamin.

"Oder diese Gesellschaft ist derartig schwul, daß so ein Märchen notgedrungen die kritische Opposition vertritt", rätselt Philipp.

"Stimmt das?" fragt Gudrun; "ist der Kongo so schwul?"

"Das weiß ich nicht", weicht Babatundé geschmeidig aus. "Ich glaube auch, dieses Märchen hat mehrere Schichten, aus ganz verschiedenen Zeiten. Weil es immer weitererzählt wurde. Von ganz verschiedenen Erzählern; oder Dichtern. Jeder tut noch hinzu, was er für wichtig hält. Sowieso kann so ein Märchen jeder verstehen, wie er will. Vielleicht sind hier auch mehrere Märchen zusammengewachsen. Aber bei einzelnen Unterstämmen der Pangwe soll Männersex ziemlich normal sein. 'Bi abo pfinga' sagen schon die kleinen Jungen dazu: 'wir machen Spaß'."

"Darf ich mal stören, Yan?" tritt ein älterer Schauspieler hinzu und unterbricht die kongolesische Ethnologie. Er hält Yans Gästebuch aufgeschlagen in der Hand und sagt: "Ich kann hier die Unterschrift nicht lesen – aber diese Porträtzeichnung: ist das nicht Barrault? Hat Barrault dich mal besucht, das wäre ja – oder?"

"Ja, das ist lange her", sagt Yan.

"Toll. Und ist das ein Selbstporträt? Hat er sich selbst da hingezeichnet? Das wäre ja – "

"Ja, mit dem Kugelschreiber, freihändig ohne Radiergummi."

"Aber vor dem Spiegel?"

"Nein, aus dem Gedächtnis."

"Wahnsinn."

Und Barraults Eintragung wird herumgezeigt.

"Muß er aber Jahre lang vor dem Spiegel studiert haben."

"Oder beim endlosen Ansehen von 'Kinder des Olymp'."

"Nein, dieser Text ist ja auch so wahnsinnig. Wirklich toll."

"Lies doch mal vor. Wo ist denn Jean-Pierre?"

Der läßt sich nicht mehr blicken.

Also liest der junge Dramaturg aus Yans Gästebuch vor, was Jean-Louis Barrault da hinterlassen hat:

" *'Qu'un ami véritable est une douce chose.*
Il cherche vos besoins au fond de votre cœur,
Il vous épargne la pudeur
De les lui découvrir vous-même.
Un songe, un rien, tout lui fait peur
Quand il s'agit de ce qu'il aime.

(LaFontaine, Les deux amis)

LaFontaine est mon grand' frère, et vous, avec ma toute nouvelle amitié,
vous me faites penser à lui.

Merci. J. L. Barrault' "

"Was soll denn das alles heißen?" fragt Juljus leicht gereizt.

"Ja, übersetzen, übersetzen!" klingt es im Chor: "wo ist Jean-Pierre?"

" *'Ein wahrer Freund ist eine süße Sache'* ", übersetzt der junge Dramaturg bereitwillig und fährt fort:

" *'Er sucht deine Bedürfnisse auf dem Grunde deines Herzens,*
Er erspart dir die Scham,
Sie ihm selbst zu offenbaren.
Ein Traum, ein Nichts, alles macht ihm Angst,
Wenn es sich um das handelt, was er liebt.'

(Aus LaFontaine, Die beiden Freunde)

*LaFontaine ist mein großer Bruder, und Sie, mit meiner ganz neuen
Freundschaft, Sie lassen mich an ihn denken.*

Danke. J.-L-Barrault"

"Toll", sagt der ältere Schauspieler.

Einige applaudieren.

"Gratuliere: ein wunderbarer Text!"

"Und von einer Zärtlichkeit!"

"Ist Barrault denn schwul, das ist mir neu."

"Na, wenn das kein Angebot ist!"

"Oder nur Schauspieler-Gesülze, unverbindliches Süßholzraspeln."

"Oder raffinierte Spekulation auf lukrative D-Mark-Angebote!"

"Wieso eigentlich Lafontaine?"

"Und wie ist es mit dieser Freundschaft weitergegangen?"

"Mysteriös", sagt Yan und erzählt, wie er Jahre später, als er mit Severin für
eine Giraudoux-Inszenierung in Paris recherchiert, auch Freund Barrault in
seinem damaligen Theater am Quai d'Orsay besucht. Schon vor dem Theater
kommt ihm, als Kassandra und Unglücksrabe mit dunkler Brille über Basi-
liskenaugen, Samuel Beckett entgegen und mag einen bösen irischen Fluch
murmeln. Denn als Yan dann seinem Freunde Barrault keine reizlosere Inszenierung als die eines ganzen Mozart-Zyklus anbietet, lehnt Barrault nicht
nur schnöde ab: aus Zeitmangel, seinem eigenen Theater zuliebe; er ist
auch, schildert Yan der Geburtstagsrunde, ganz außergewöhnlich spröde
und unliebenswürdig, gewährt Audienz nur im Theater-Foyer vor der Vorstellung, ist unnahbar und läßt offen, ob er sich an jenen zitierten Abend seiner Freundschafts-Offerte im Gästebuch noch erinnert. Er läßt Yan und dessen Angebot in Bausch und Bogen abblitzen.

"Das ist typisch. Alles bloß Fassade. Schöne Sprüche."

"Typisch Schauspieler."

"Typisch Theaterdirektor."

"Typisch Franzose."

"Typisch Star."

"Oder es liegt an dir, Yan", sagt Gudrun plötzlich: "wie hast du denn nach diesem Text im Gästebuch die angebotene Freundschaft gepflegt? Hast du dich gekümmert, hast du dich interessiert, hast du sie irgendwie erwidert?"

"Aus Scheu nicht. Aus Dezenz. Auch aus Zeitmangel."

"Aber viele Jahre später plötzlich darauf reflektieren und beruflichen Vorteil herausschlagen wollen: so geht das wohl auch nicht mit einer so delikaten Freundschaft. Vielleicht ist sein Gedächtnis im Foyer sogar besonders gut."

Allgemeines Schweigen.

"Oder?"

"Ja, vielleicht", sagt Yan. "Da ist sie dann weg. Vorbei und verweht. Dieselbe Welle kehrt nicht wieder. Futsch."

Der Alkohol beginnt, seine sentimentalen Effekte auszuspielen.

Paulus mit seiner Geburtstags-Anthologie leuchtet umso heller auf und liest zusammenhanglos aus jenem Vortrag "Meine Zeit" vor, den Thomas Mann, fast 75jährig, nicht allzu lange nach seiner Rückkehr aus Weimar in Chicago hält:

" *'Die Zeit arbeitet für uns alle, wenn wir sie gewähren lassen bei ihrem Werk des Ausgleichs und der Aufhebung von Gegensätzen zu höherer Einheit und wenn wir sie, der einzelne und die Völker, erfüllen mit der Arbeit an uns selbst. Die Zeit ist ein kostbares Geschenk, uns gegeben, damit wir in ihr klüger, besser, reifer, vollkommener werden. Sie ist der Friede selbst, und Krieg ist nichts als das wilde Verschmähen der Zeit, der Ausbruch aus ihr in sinnlose Ungeduld.'* "

"Das stimmt total", sagt der Dramaturg mit schwerer gewordener Zunge.

"Was ist eigentlich Treibgut?" fragt unvermittelt Said, der seine persische Saqi-Schönheit wieder unverschleiert zeigt.

"Was so alles auf dem Meer angeschwommen kommt", sagt Hanne: "wieso denn?"

"Nur so", sagt Said.

"Es muß übrigens beim nächsten Polizeirevier abgeliefert werden", ergänzt der Fernseh-Syndikus, "aber nach deutschem Recht hat der Berger einen Anspruch auf Bergelohn."

"Ach so", sagt Said.

"Kuck mal da!" ruft Yussuf dazwischen und zeigt zur Tanzfläche, wo plötzlich ein verblüffend naturgetreuer, nur mannshoher Hahn steht.

Es ist Reinhard, Yans sammelwütiger Schwager und Hähne-Skulpteur.

Allgemeines Gelächter.

Dann erwartungsvolle Stille.

Der Hahn macht ein paar zaghafte Hahnenschritte, ein paar ruckartige Kopfbewegungen in alle Richtungen, gockelt kurz, richtet sich dann hoch auf, schlägt mit den Flügeln, macht einen langen Hals und kräht mit lautem, durchdringendem und anrührend sehnsüchtigem Kikeriki.

Sofort fällt Juljus ein, kräht aus vollem Herzen und macht auch Yussuf und Philipp Mut: sie krähen gleichfalls, was ihre Lungen hergeben. Währenddessen krähen Reinhard und Juljus aber weiter und stimulieren auch Horst und Werner, Benjamin und Hinrich Linnekogel, Klas und Babatundé zu inbrünstig lockenden und verlangenden Hahnenschreien. Sogar Said und der Syndikus, auch Benjamins Musiker und manch einer von den Theater- und Fernsehleuten stimmen schließlich ein: alles kräht.

Einzig Paulus, der auch jetzt kein *galetto* sein will, fängt mit seiner fast countertenoral, fast knäbisch ungeworden hellen Stimme und *a capella* jenes "Bimbam" des Knabenchores aus Gustav Mahlers Dritter Sinfonie zu singen an. Es mischt sich dominant in das allgemeine Krähen ringsum.

Benjamins *Band* fügt einen tollkühn langen und schrägen Tusch hinzu.

Spätestens jetzt liest der Betrunkenste von seiner Uhr ab: es ist Mitternacht und Yans Geburtstag angebrochen.

Großer Applaus.

Alle drängen sich um Yan, gratulieren ihm, umarmen und küssen ihn, bringen Trinksprüche aus und lassen ihn hochleben.

Yan legt seinen Arm um Paulus, der genauso Geburtstag hat, und bezieht ihn in die allgemeine Gratulationscour ein.

Da fahren mehrere Taxen vor. Ihnen entsteigen Karel, Yans früherer Regie-Assistent und holländisch-australischer Krösus, sowie ein ganzes Rudel verdächtig hübscher und modisch gekleideter Jünglinge.

"Happy birthday", ruft Karel mit seinem unwiderstehlichen jüdischen Charme, "Gott leidet nicht, weil er es immer tut. Also tun wir es auch! Warum tun wir es denn nicht? Ich bitte, sich zu bedienen. Die jungen Herren tun es mit jedem, zu jeder Schand-Tat bereit!"

Die jungen Herren sind also Stricher aus einem Knabenbordell, das der Krösus für diese Geburtstagsnacht kurzer Hand aufgekauft hat.

Allgemeines Gelächter, schütterer Beifall.

Schweigen.

Die Jungs stellen sich rücklings in einer Reihe an die Hauswand, heben ein Bein hoch und stützen es mit der Schuhsohle gegen die Mauer. So fixieren sie ihre vermeintlichen Freier. Die vermeintlichen Freier samt Frauen und Freundinnen fixieren die paraten Knaben.

Es wird peinlich.

Juljus kräht noch einmal laut und sehnsüchtig schrill.

Paulus wiederholt in der Not sein "Bimbam".

Karel wiederholt: "Also tun wir es doch! Gott zuliebe. Damit wir nicht leiden. Tun wir es!"

In diesem Augenblick stürzt Jean-Pierre auf seinen hohen Damenhacken und mit wehender Straußenboa aus dem Geräteschuppen hervor und wirft eine Stinkbombe, die auf der Tanzfläche explodiert.

Ein allgemeiner Aufschrei. Dann Panik und chaotisches Gerenne: Massenflucht.

Der schnell verbreitete martialische Gestank informiert zwar über die Harmlosigkeit des Sprengkörpers, ist aber gleichwohl unerträglich.

Fast alle retten sich ins Haus. Türen und Fenster werden hektisch geschlossen.

Alle sind atemlos und blaß vor Schrecken. Einige zittern. Einige lachen. Einige schimpfen. Viele schauen durch geschlossene Scheiben in den Garten hinaus, der einsam, vernebelt und trostlos daliegt. Zwei Frauen weinen.

Yan versucht, Jean-Pierres diffizile Psyche zu erklären und daß ein Mensch ohne Lachen einen bizarren Ersatzhumor entwickeln mag. Aber die ersten Gäste verabschieden sich jetzt. Die Stimmung ist kaputt. Die Stricher fragen, ob sie jetzt gehen können und telefonieren nach Taxen.

Im allgemeinen Durcheinander steigt Rentner Hinrich Linnekogel mit umgeschnalltem Rucksack auf einen Stuhl und ruft mit seiner so hellen wie brüchigen Stimme:

"Meine Herrschaften, ich bitte um Ruhe für Helmuth Hübener, ich bitte um Ruhe!"

Tatsächlich wird es still.

Und ohne Manuskript spricht Hinrich Linnekogel auswendig und schwindelfrei in diese Ruhe hinein:

"Aus Helmuth Hübeners Flugblatt von Anfang Januar 1942:

'Wir wollen sein ein einzig Volk von Brüdern,
In keiner Not uns trennen und Gefahr.' "

Ein paar Schauspieler, die den "Wilhelm Tell" irgendwann gespielt haben, wiederholen diesen Text des Rütli-Schwures in verspielter Ironie, um die prekäre Situation zu retten:

" *'Wir wollen sein ein einzig Volk von Brüdern,*
In keiner Not uns trennen und Gefahr.' "

Dann wieder Linnekogel auf seinem Stuhl:

" *'Wir wollen frei sein, wie die Väter waren,*
Eher den Tod! als in der Knechtschaft leben.' "

Allgemein infiziertes Wiederholungs-Gemurmel, schon nicht mehr allein von den studierten Schauspielern:

" *'Wir wollen frei sein, wie die Väter waren,*
Eher den Tod! als in der Knechtschaft leben.' "

Linnekogel, drunter hörbare trumpets, schließt krönend ab:

" *'Wir wollen trauen auf den höchsten Gott*
Und uns nicht fürchten vor der Macht der Menschen.' "

Alle wiederholen jetzt lauthals und mit voller Stimme:

" *'Wir wollen trauen auf den höchsten Gott*
Und uns nicht fürchten vor der Macht der Menschen.' "

Linnekogel steigt von seinem Stuhl herunter.

Einige applaudieren. Einige lachen. Einige haben Tränen in den Augen. Einige umarmen Linnekogel. Einige ihren Nachbarn. Einige schnappen sich einen Stricher und verschwinden mit dem. Einige verabschieden sich und flüchten nach Hause. Einige gehen auch, ohne sich zu verabschieden.

Das Fest ist beendet. Es löst sich auf.

449
Mithras

Aus Yans "Römischem Tagebuch":

Rom, 3. September.

Vom Forum Romanum gehe ich zur Villa Wolkonskij.

Aber vom Forum Romanum nehme ich mir zwei steinerne Talismane mit: eine Marmorfliese und einen Ziegelstein. Für diesen Diebstahl schäme ich mich nur halbwegs. Denn die heutigen Ruinen und Trümmer und Reste dieses Forums sind nur zum kleinsten Teil das Werk von Erdbeben, Witterung oder Zerstörung, zum weitaus größeren aber die Relikte jener skrupellosen

*Demontage aristokratischer oder päpstlicher Bauherrn und Baumeister, die
das andere, das christliche Rom des Mittelalters und der Renaissance aus
dem Gestein der antiken Stadt errichten. Jahrhundertelang wird hier bedenkenlos abgerissen und weggetragen. Noch Michelangelo bedient sich hier.*

*Insofern bin ich als Dieb hier in bester Gesellschaft und moralisch legiti-
miert, zumal die beiden Trophäen auch klein genug für meine Hosentaschen
und ohnehin lose, ihren Stammplätzen also ohnehin bereits verlustig sind;
ich breche nichts ab.*

Der eine, ein kleiner Flachziegel, stammt aus der Nova Via, *jener Parallele
zur klassischen Triumphstraße der* Via Sacra, *direkt am Fuße des Palatin,
und gehört zu einem antiken Wohnhaus, von dessen Innenleben mir dieser
Augenzeuge die exzessivsten Orgien suggeriert.*

*Mein zweites Diebsgut ist eine Marmorfliese vom Palatin: aus dem Fußbo-
den des Tricliniums in der* Domus Flavia *des fleischesbrüderlichen Kaisers
Domitian, hier also seit dem 1. Jahrhundert. Das Triclinium ist der kaiserliche Speisesaal, zweifach über Eck konzipiert und so übermäßig, daß er als
Cœnatium Iovis gar Jupiter persönlich gewidmet ist: vielleicht auch weil
man von seinem griechischen* alter ego *jene Vorliebe für Ganymed oder gar
noch andere Schenk-Knaben kennt, wie sie hier aus dem Jünglingsharem
des benachbarten* pædagogiums *zu jeglichem Bedienen eines Kaisers eingeteilt werden, der sich* "Dominus et Deus" *nennen läßt.*

*Ich male mir die Ephebenbeine aus, die hier auf meiner Fliese stehen, wäh-
rend sie von einem liebeshungrigen Kaiser und Herr-Gott nach der Mahlzeit schenkelaufwärts gestreichelt werden und vor Glück oder Schrecken erbeben. Oder ein* cinædus, *eine männliche Bajadere, bietet eben hier seine
tuntig obszönen Positionen der Wollust dar.*

*Aber über all derlei hinaus noch erinnern mich meine beiden gestohlenen
Steine an die meditativen Stunden der Verzauberung, wie ich sie hier einen
elysischen Vormittag lang zentral inmitten, dennoch außerhalb einer modernen Millionenstadt verlebe: außerhalb ihres nahen Verkehrslärms, ihrer
manischen Geschäftigkeit und des chaotisch hektischen Veitstanzes um ihre
Goldenen Kälber, in berauschende Zeitlosigkeit und eine irreale Realität
entrückt, die zwischen zusammenhanglosen Torsi und Signalen einer begnadeten, aber exotisch verrätselten Architektur und mediterran überwuchern-*

der Flora aus Zypressen, Pinien und Sempreverde, aus Oliven- und Feigen-, phallischen Mandel- und vollends mythischen Granatapfel-Bäumen zumal in den barocken Farnesischen Gärten des Palatin mit einer außerirdisch enthobenen Insel der Seligkeit überraschen, auf der auch Goethes ungoethische Akademie der arkadischen Hirtenbrüder zu tagen pflegt.

Meine Seele verfällt hier in eine heiter gesprenkelte Trance von ungekannter Beglückung. Dabei spielt für mich sicher die kleinste Rolle, daß dieser zweifellos überaus magische Platz fast ein Jahrtausend lang Zentrum der ersten Weltmacht dieses Planeten, Zentrum der Welt in einem Maße ist, wie es das weder vorher noch nachher jemals wieder gibt. Hier, auf diesem Forum, werden Politik und Geschäfte eines Imperiums gemacht, hier finden seine Religion, seine Kunst und seine Gerechtigkeit, aber auch seine alltägliche Geselligkeit ihren Ort. Hier ist die Mitte der Welt mit dem Miliarium Aureum, *jener bronzierten und vergoldeten phallischen Marmorsäule, von der aus sämtliche Entfernungen dieser Welt gemessen werden. Hier ist ein machtbewußt willkürlicher archimedischer Punkt und eine Parallele zum Zeitmaß* ab urbe condita *gesetzt. Der Rest des Globus ist Etappe, Provinz, "Dritte Welt". Hier ist* urbs, *dort* orbis.

Krönung dieser urbs, *zumal in den kaiserlichen Jahrhunderten, ist der Hügel des Palatin, zu dem sich die klassischen Ruinen des Forums heute fast unmerklich übergangslos hinauf erstrecken. Hier residieren die römischen Könige, Patrizier und sämtliche Cæsaren mit all ihrem Hofstaat und dem paranoiden Größenwahn auch in ihrer Architektur, so daß ihre vergleichslosen Paläste noch als Ruinen "wie Felsenwände dastehen" (Goethe). Denn dieser Palatin gilt schon seinen klassischen Bewohnern als* locus sacer *und die Wiege Roms. Menschen gibt es hier schon in der späten Eiszeit. Sie siedeln hier spätestens im 10. Jahrhundert vor Augustus oder Christus als indo-europäische Latiner in einem Dorf, dessen Entwicklung zur Stadt dann jener legendäre Romulus beflügeln mag. An dessen wundersame Errettung erinnern lange noch Riten und Sanctuarium zu Ehren jener Wölfin, in deren Dienst alljährlich im Februar nackte Jünglingsprozessionen ausziehen.*

Überhaupt bedingt das prähistorische Alter dieser Siedlung auf dem Palatin eine vorherrschend etruskisch matriarchale Tradition. Tempelreste und sitzende Statue einer vierzigbrüstigen oder -hodigen Magna Mater aus vorchristlicher Zeit erinnern an die ephesische Kybéle, Relikte von Tempeln der

Bona Dea, der Vesta und des Vestalinnenklosters an atavistisch obszöne Fruchtbarkeitsmagie, exklusiv weibliches Feuermonopol und radikal anti-männlichen Keuschheitsfanatismus jener femmes dures *aus dem 8. Jahrhundert vor Christus oder Augustus.*

Diesen matriarchalen Palatin bedroht jahrhunderte-, wenn nicht jahrtausendelang der gegenüber liegende Hügel des Capitols als patriarchal orientiertes Feindesland mit seinem tricapitolinischen Jupiter-Tempel, den ma-gisch-prophetischen tripudia *eines Augurenkollegiums, das mit Vorliebe aus jungen Hähnen weissagt, und mit einem Hirten-Tempel für Fleischesbruder Hercules als Heiligtum potenter Virilität.*

Aber auf dieser also archaisch geprägten Domäne magischer Männlichkeit siedeln sich wohlweislich allerfrüheste Christen in Gestalt von Mönchen an, die hier die patriarchalen Urmuster dieses Hügels fortsetzen mögen und schon im 6. Jahrhundert auf den Fundamenten des hiesigen Juno-Tempels ihre erste Kirche errichten. Vierhundert Jahre lang sind es gar griechische Ordensbrüder, dreihundert Jahre lang Benediktiner, seit dem 13. Jahrhundert Franziskaner, die hier ihre Kirche, Santa Maria in Aracœli, haben, neben der später jene Cordonata, *Michelangelos großzügige Rampentreppe zum* Campidoglio, *von den mythologisch zwielichtigen Dioskuren, die Gogol hier als "Prachtkerle" anzuhimmeln pflegt, in Ghetto-Marmor und kolossaler Mannesnacktheit viril verziert und gekrönt wird.*

Als sich diese Bastion mystifizierter Männlichkeit, lange vorher, mit dem weiblichen Antipoden des Palatin schließlich in der dazwischen liegenden Talmulde zu einem Ausgleich ihrer Gegensätze, zu einer politischen coincidentia oppositorum *und zur* Pax Romana *dieses Forums vereinigen, mag hierbei ein glücklich und harmonisch gesprenkeltes Amalgam dieser konträren Prinzipien entstehen.*

Denn zweifellos sind Forum Romanum und Palatin nicht nur Zentrum von Weltmacht, Kultur und Handel, sondern auch unvergleichliche Hochburgen bekennender und exzessiv ausgelebter Homosexualität.

Von den irisierenden Zwillingsbrüdern Romulus und Remus, gar Castor und Pollux, deren drei erhaltene Tempelsäulen auf matriarchaler Seite, zwölf Meter hohe Phalloi aus dem 5. Jahrhundert vor Christus, im Volksmund "die drei Schwestern" heißen, einmal großzügig abgesehen:

schon im republikanischen Rom ist die Männerliebe so verbreitet, daß im 3. Jahrhundert vor Christus hier die lex scantinia *für derlei die Todesstrafe vorsieht. Aber weder wird sie strikt und oft verhängt, gar vollstreckt, noch schreckt sie die Schwulen ab. Oder sie bewirkt nichts. Denn noch im 1. Jahrhundert nach Christus notiert der satirische Sittenrichter Martial:*

"Die Männer haben eine zweifache Bestimmung: einerseits für die Frauen, andererseits für die Männer."

Dieser Maxime folgen denn auch fast alle römischen Kaiser und sind zumindest bisexuell aktiv. Schon der erste, Caius Octavius Augustus, mit dem mich ja überdies auch unser beider chronische Schlaflosigkeit verbindet, ernennt seinen Adoptivsohn Lucius Cæsar eben 14jährig zum Consul und widmet ihm hier auf dem Forum eine nachlesbar beschriftete Marmorwand, was alles Mutter Livia, eine frühe Mia Farrow und femme dure, *so eifersüchtig macht, daß sie ihren begünstigten Sohn und dessen Bruder Caius, der mit im wollüstigen Spiele sein mag, lieber vergiftet;*

ihr Sohn Tiberius überlebt, heiratet pro forma *die Schwester seines Stiefvaters Augustus, wird Kaiser und exzessiv pädophil;*

Nachfolger Caligula liebt zumal den Pantomimen Mnester und wird hier ermordet, während er sich eben um den Knabenchor einer Theatervorstellung kümmert;

auch Domitian läßt bei makaber pervertierten Gastmählern (in "meinem" Triclinium) angemalte nackte Knaben seines pædagogiums *tanzen;*

Vorgänger Otho, Neros "Witwe", ist so masochistisch passiv, daß er allgemein als erleidender pathicus *bezeichnet wird;*

nach Neros Vorbild heiratet auch Kaiser Heliogabalus, der "Sonnengott", bevor ihn seine Großmutter achtzehnjährig ermorden läßt, einen Sklaven, dessen offen ausgestelltes Psolum er als "Mysterium des Frühlings" öffentlich zu küssen pflegt;

daß die rund vierzig spätrömischen Soldatenkaiser, die von ihren Truppen per Akklamation gewählt werden, fast alle schwul sind, scheint seine militanten Wählergrupen weniger zu stören als zu stimulieren.

Aber auch reiche Bürger halten sich nach kaiserlichem Muster den Jüng-lingsharem eines pædagogiums. *Patrizier pflegen ihre mannbar werdenden Söhne in Sklavenbetten sexuell trainieren zu lassen. Sklave zu sein, bedeutet hier ohnehin, seinem Herrn auch als Geliebter zu Gebote zu stehen.*

Schwule Zentren sind die Toscanierstraße, viele Friseursalons und alle Thermen. Hier stehen Ringer und Athleten für jedermanns Gelüste zur Ver-fügung. Solche Sportler wie auch Schauspieler und Sänger gelten als beson-ders begehrenswert, wenn sie die Eidechse ihrer Vorhaut nach Art jener frühen ephesischen Kollegen, "deren Begierde man zügeln wollte" (Goethe), mit einoperierter Spange, mit Ring oder Draht verbarrikadieren, um Erek-tionen zu verhindern und ihre Energien nicht fälschlich sexuell zu vergeu-den; einen dergestalt Infibulierten dennoch zu verführen, gilt hier wegen dessen aufgestauter Unersättlichkeit als ausnehmend reizvoll und ergiebig.

Aber die offiziellen Liebesdiener der Thermen sind die jungen officiosi, *auch jene halb oder ganz kastrierten* spatalocinædi, *die den Übergang zur Prostitution darstellen.*

Für bezahlte Männerliebe gibt es aber jene Lupanarien mit phallischem Signet, in denen mittellose Jünglinge aus den Provinzen und junge Künstler oder Intellektuelle auf der Suche nach einem Mäzen sich als knäbisch passi-ve pueri *oder aber aktiv juvenile* exoleti *zur steuerpflichtigen Verfügung halten. Auf den Straßen des Forums geben sie sich zu erkennen, indem sie sich mit ihrem Mittelfinger anzüglich den Kopf kratzen.*

Die Gesellschaft dieses römischen Forums ist so zutiefst homo-erotisch, daß gar die curia, *jener feierliche Sitzungssaal des hiesigen Senates mit seinen dreihundert Mitgliedern, eine archaisch inzüchtige Domäne von Männern ist, die diese Enklave ihrer virilen Exklusivität zu hüten und zu zelebrieren wissen. Die Zahl der schwulen Politiker, Rhetoren und Künstler ist hier Le-gion, so daß sich jenes lateinische Distichon mit seinem anzüglichen Palin-drom, das auch Goethe geläufig ist, folgerichtig über den angedichteten päpstlichen Fleischesbruder Sixtus IV. hinaus auf diese ganze Stadt, ihre Gesellschaft und ihre Geschichte bezieht:*

"Roma, das an 'verkehrter' Liebe sich freute,
Schuf das Wort 'amor' aus seinem verkehrt gelesenen Namen":

"Roma quod ab inverso delectaretur amore
Nomen ab inverso nomine fecit amor."

*Folgerichtig demonstriert auch die Architektur dieses Forums eine weltweit
entfaltete Kultur auf phallischen Säulen nach griechischem Muster.*

*Militärische Siege werden mit phallisch linearen Männermärschen von Kai-
ser, Soldateska und Kriegsgefangenen durch vaginal rectale Triumphbögen
und mit obligatem Opfer eines fraternen weißen Stiers im patriarchal capi-
tolinischen Jupiter-Tempel gefeiert.*

*Im Stadion des Domitian auf dem Palatin erleide auch, heißt es, noch im
späten 3. Jahrhundert der Heilige Sebastian, zeitlose Ikone so manches Homosexuellen, solch einen erotisch vielfach nachempfundenen Märtyrertod;
noch Thomas Mann erklärt ihn in der Stockholmer Nobelpreis-Rede tollkühn schelmisch zu seinem "Lieblingsheiligen", dessen lächelnde "Marter-
schönheit" gar für unkatholische Gegenwartskunst zur Orientierung werde.*

*Als dieses Forum Romanum dann nach tausendjähriger Blüte an Bedeutung
und Leben verliert, zum Steinbruch und von Mutter Erde oder einer alles
überwuchernden Flora bedeckt und befriedet wird, bleibt ihm, Jahrhunderte
lang, das Odium, gespenstische* cruising area *von Geistern und Dämonen zu
sein, bis es, als* campo vaccino, *zur Viehweide und zum Viehmarkt, wohl
auch zum Tummelplatz manches adretten Hirten und Treibers wird, der hier
Madrigale singen, sich sehnen, zur Schau stellen und erproben mag.*

*Von diesem vielfach stigmatisierten Forum Romanum also gehe ich zur Vil-
la Wolkonskij.*

*Ich lasse das Colosseum, das mich nun ohne lunare Verklärung mit seinen
augenlosen Arkadenhöhlen noch ungleich blutrünstiger anstarrt, links einfach liegen und trotte unterhalb des Colle Oppio die siestaheiß triste Via
San Giovanni in Laterano entlang. Sie ist fast menschen- und völlig män-
nerleer, als haben die antiken Römer des Forums schließlich gar ihre Fortpflanzung verweigert. Umso trostloser ist diese schnurgerade Nebenstraße
mit ihrer beschwerlichen Steigung, ihren altersgrauen und vernachlässigten
Häusern, ihren, scheint's, ausgestorbenen Wohnungen, ihren leeren Ge-
schäften und Kneipen.*

Zielstrebig fliehe ich der Villa Wolkonskij entgegen.

Aber da bremst und verführt mich linker Hand unverhofft die Basilika San Clemente aus dem 12. Jahrhundert. Rasch inspiziere ich die karge Intimität ihres Brunnenvorhofs als des einzig erhaltenen mittelalterlichen Atriums in ganz Rom, überfliege dann in der Katharinenkapelle die Fresken des Masolino da Panicale mit ihrer hierorts ersten perspektivischen Malerei und kapriziere mich ausführlicher auf die Apsis mit ihrem bemerkenswerten byzantinisch goldgrundigen und chromatisch satten Mosaik, dessen Geist und Technik mich mitsamt Schafherde und gloriosem Leithammel, mitsamt meinen vielbesprochenen Heiligen Paulus und Augustinus sowie einer gesprenkelten Vermischung christlicher und "heidnischer" Elemente an die starken ravennatischen Eindrücke von San Vitale und Sant' Apollinare in Classe vor dreißig Jahren, kurz: an meine juvenile Italienreise mit Severin erinnert.

Umso schneller drängt es mich abwärts, und ich steige aus dieser Oberkirche des späten in die Unterkirche des frühen Mittelalters hinunter. Sie stammt aus der Mitte des 4. Jahrhunderts und scheint mit präzise synchronem Grundriß das Fundament der darüberliegenden Basilika vorwegzunehmen oder vorzugeben. Ihr imposantes Alter, das sich in all der kellerig feuchten Kühle und Gruftigkeit zumal an den byzantinisch romanischen Fresken kund tut, die, aus verschiedenen Jahrhunderten stammend und in ihren Texten ein schon italienisch gesprenkeltes Latein verwendend, allesamt verweht und verblichen, abgeblätterte pastellose Überbleibsel früher und strenger Kunst sind und bevorzugt Episoden aus dem Leben jenes legendären dritten Papstes, Clemens I., darstellen: eines jüdischen Sklaven und wohl noch Mitarbeiters des Apostels Paulus, der ihn in seinem Brief an die Philipper lobend erwähnt.

Aber auch ein Sarkophag mit vorchristlichem Reliefschmuck, ein "heidnisches" Epitaph, ein Bodenmosaik mit asymmetrischem Schmetterlingsornament, schließlich die Grabstätte jenes thessalischen Linguisten Kyrillos, der mit seiner Erfindung des glagolitischen Alphabets die slawische Literatur begründet und auch Gogol seine Schrift an die talentierte Hand gibt: all das weht mich in der Dunkelheit und durchdringenden Kälte dieser urchristlichen Säulenbasilika des Souterrains schaudererregend an.

Gleichwohl treibt es mich nicht wieder nach oben, ins traulichere Spätmittelalter, sondern gar in jenes noch tiefer gelegene Untergeschoß, das sich präzise unterhalb der Unterkirche seinerseits in zwei Hälften teilt.

*Inmitten eines unsichtbar plätschernden unterirdischen Wasserlaufes, der
zum Colosseum hinunterrauscht und die dortigen Seeschlachten nautisch
ermöglichen mag, liegt rechts von einem trennenden Korridor das Wohnhaus eines vermutlich wohlhabenden Römers, der wohl auch Clemens heißt
und vielleicht sogar Consul und christlicher Märtyrer ist. Sein Haus scheint
aus vorchristlich republikanischer Zeit zu stammen und stellt im 1. Jahrhundert einen seiner Räume für allerfrüheste christliche Versammlungen und
Gottesdienste zur Verfügung. Solche vielfach noch geheimen Orte tragen
damals einfach den "Titel" des jeweiligen Hausbesitzers, hier also* titulus
Clementis, *werden später als offizielle Gotteshäuser Titularkirchen genannt
und einem Kardinal als Titularbischof unterstellt wie San Pietro in Vincoli
dem Nicolaus Cusanus. Der hiesige* titulus Clementis, *den wohl auch Paulus und Petrus noch besuchen, buckelt so statisch wie historisch die beiden
anderen darübergestapelten Christenkirchen durch die Jahrhunderte.*

*Links von jenem trennenden Korridor jedoch, auf gleicher Höhe mit Haus
und Titel ebendieses Clemens und nicht minder bachumplätschert, liegt ein
anderes Wohnhaus wohl des 1. Jahrhunderts und bietet gegen Ende des 2.
Jahrhunderts Raum für einen "heidnischen" Tempel, der dem vedisch-persi-
schen Mithra-Kult geweiht ist, wie ihn römisch republikanische Legionäre
schon 67 Jahre vor Christus aus Kleinasien, gar aus Ephesos, importieren
und binnen kurzem mit fünfzig solchen kleinen Mithræen in Rom etablieren.*

*Dieser exklusive Männer-, weil ursprünglich Hirtenkult, der Frauen rigoros
ausschließt, seine Priester Väter nennt und von den fleischesbrüderlichen
Kaisern Commodus und Diocletian sonderlich begünstigt wird, bleibt auch
hier zumal für Soldaten attraktiv. Recht eigentlich ist er eine Militärreli-
gion. Das mag in seinem Ethos der Treue und des Gehorsams, in seiner op-
timistischen Moral und tröstlichen Jenseitsverheißung gerade für staatliche
Todeskandidaten, aber auch in einer zentralen Bewertung des Sieges über
den Feind seinen Grund haben. Mithras ist ein soldatisch männlicher,
Schutz und Erfolg verheißender, auch junger, goldhaarig leuchtender Gott.
Niemand ruft seine Hilfe vergeblich an. Ethnologe Peuckert definiert ihn
auch als den starken Gefährten, der dem Soldaten bei allen Versuchungen
beisteht:* "Er ist der Verteidiger von Wahrheit und Gerechtigkeit, ist der Be-
schirmer der Heiligkeit und furchtbarste Widersacher aller Höllenmacht, der
ewig Junge und Starke".

Seine Männlichkeit ist so exklusiv, daß er Frauen nicht einmal zum Geborenwerden benötigt. Mithras wird im Schatten eines heiligen Baumes und am Ufer eines Flusses aus einem Felsen geboren. Nur Hirten haben die Niederkunft dieses "kreißenden Steines" gesehen und das so erschienene Gotteskind als Erste angebetet und beschenkt. So ist dieser Gott von Anfang an ein Mann der Herde, der Weiden und Fluren, des Wachsens und Gedeihens, des Nachwuchses und des Lebens. Unter all den vielen orientalischen Wachstums- und Fruchtbarkeitsgöttinnen ist er als Mann Rarität oder Unikum.

Sein Kult, den Fleischesbruder und Kaiser Julian "Apostata" später gar an die Stelle der christlichen Staatsreligion zu setzen gedenkt, beruht auf einer sehr spezifischen Götterbeziehung zwischen diesem felsgeborenen Mithras und dem Apollon, der ihn beauftragt, den Stier "aus der Mondregion" zu töten. Besagter Ur-Stier ist ein mystisches Symbol für Fruchtbarkeit, Frühling und Leben, seine Tötung keine Vernichtung, sondern die Öffnung und Zerteilung eines potenten Wachstumswesens, insofern ein Fruchtbarkeitsopfer und allgemeine Erweckung. Denn indem Mithras das Blut dieses Stieres vergießt, ruft er alles pflanzliche, mit dem verströmenden Samen des Tieres alles animalische Leben auf der Erde und überhaupt die Vielgestalt des Universums hervor. Gleichzeitig etabliert er mit diesem Stierblut das Prinzip des Guten und einen vitalistisch-pantheistischen, auch messianischen Erlösungskultus.

Denn diese Lebens-, Moral- und Religionsstiftung feiern Apollon und Mithras mit einem Festmahl, an dessen Ende die beiden göttlichen Freunde in vorchristlich feurigem Wagen gemeinsam gen Himmel fahren. Dort wird der vedisch-brahmanische Mitra zum Gott der Freundschaft, der griechisch-römische zum Gott der Männerbünde. Im Sanskrit heißt Mitra der Freund, im Avestischen Freundschaft.

Insofern bleibt die rituelle Aktualisierung dieses Festmahls unter befreundeten Männern mit ekstatischem Himmelsaufstieg stetig so Zentrum wie Höhepunkt dieses babylonisch-chaldäisch inspirierten Mithras-Kultes. Wie in den meisten Mithræen wird er auch hier unter San Clemente in einem kleinen höhlen- oder kellerartigen Raum zelebriert, der die finstere Welt symbolisieren soll und an dessen Decke ein gemaltes Sternenfirmament die verheißene Himmelfahrt und Lichtgeburt signalisiert.

Folgerichtig finden diese Festmahle auch hier im Eßraum, dem Triclinium dieses Wohnhauses unter San Clemente, und schon lange vor dem Geburtsfest Christi just am 25. Dezember, dem jahreszeitlich orientierten Sonnenfest dieser kosmologischen Gemeinde, statt. Hier können freilich keine Opferstiere getötet und verspeist werden.

Man ersetzt sie durch Hähne, ebenso authentische Repräsentanten der maskulinen Potenz.

Aber man sitzt hier zu Füßen eines Altars, in dessen Basrelief der Zweikampf des Mithras mit dem Stier, außerdem Mond und Sonne dargestellt werden: in brüderlich sinnlicher Körperlichkeit schmiegt sich der siegreiche Mann an den unterworfenen Stier, während zwei jünglingshafte Genien, Cautes und Cautapathes, mit protophallischen Fackeln die Jahreszeiten und Phasen viriler Potenz symbolisieren: eine weist auf-, die andere abwärts.

Im Nebenraum, der scuola Mitriaca, *werden Knaben unterrichtet und esoterisch männerbündisch eingeweiht.*

Unterhalb dieses homophilen Tempels, sagt man, gibt es noch eine vierte, eine noch ältere architektonische Schicht. Aber sie ist noch nicht ausgegraben. Niemand kennt sie. Drunter also, schwant mir vor diesem magisch militärischen Stier- und Hahnenaltar, drunter warten noch mystische trumpets – sei es auf Jüngstes Gericht, amical-fraterne Himmelfahrten und erlösende Lichtgeburten oder sonstige Entmaterialisationen: drunter jedenfalls trumpets.

Als Goethe und Gogol dieses San Clemente besuchen, sind auch mittlere Basilika und Mithras-Etage noch absolut drunter und trumpets. Thomas Mann hingegen ist schon, zumindest als Greis, "in San Clemente bei Mithra ganz tief unten".

Sabr *ist also angesagt.*

In Minutenschnelle steige ich durch Jahrhunderte wie Jahrtausende treppaufwärts und eile jetzt umso zielstrebiger der Villa Wolkonskij entgegen, ohne auf weitere Kirchen, Freundschafts-Kulte oder ablenkend fragende Blikke männlicher Passanten zu achten.

Sogar San Giovanni in Laterano, immerhin schon Cicerone Gogols Favorit, der sich aber selbst als "Mutter"-Kirche ausweist, lasse ich leichten Herzens rechts liegen, obwohl (oder weil) hier die abgeschlagenen Häupter der Apostel Paulus und Petrus ausgestellt werden, und stürme fast begierig durch Via Domenico Fontana und Via Amadeo VIII auf die Villa Wolkonskij zu.

Aber die Via Amadeo VIII erweist sich als zugemauerte und private Sackgasse ohne Zugang zum unmittelbar dahinterliegenden Anwesen der Villa Wolkonskij. Also kehre ich um, biege nach rechts in die Via Emanuele Filiberto, dann gleich in die Via Statilia ein, die denn schon unverkennbar und ausdauernd an der Begrenzungsmauer der Villa Wolkonskij entlangführt.

Die Mauer ist eine weißgekalkte Einheit ohne Öffnungen und Nischen, aber hoch und mit Stacheldraht bewehrt. Dahinter sehe ich aber schon den Park der Villa mit seinen dichten Baumwipfeln. Lebhaftes Vogelgezwitscher heißt mich willkommen. Der Eingang muß weiter unten liegen. Ich stiefele ihm getrost entgegen.

Als Gogol hier zwischen Bäumen dieses Parkes sitzt, die damals noch blutjunge, niedrige Akazien und Jasminsträucher sind, gibt es diese Mauer noch nicht. Immer wenn er hier zu Besuch ist, verfällt er dem Zauber des hiesigen Ausblicks auf "Bögen unendlicher Aquädukte, auf Felder und Berge, und von der anderen Seite auf den besiedelten Teil der Stadt Rom, auf das Colosseum und den Peter", *und er pflegt hier* "ganze Tage unbeweglich, mit glühenden Wangen, auf einer Arkade zu liegen und in den blauen Himmel, auf die herrliche [...] Campagna zu schauen". *Hier fühlt er sich geborgen, aus den bösen Träumen seines russischen Lebens nunmehr* "in meiner Heimat erwacht"; *auch könne es* "kein schöneres Schicksal geben, als in Rom zu sterben". *In der Campagna, wie er sie von hier aus traumverloren erblickt, will er denn ausdrücklich auch begraben sein.*

Die heutigen Bewohner hindert nicht nur diese endlose Mauer daran, den Blick in den Zauber der Campagna schweifen zu lassen. Ich sehe nur ein graues glanzloses Häusermeer, das nervöse Drängeln und Hetzen einer Autolawine, die so endlos ist wie diese Mauer. Nur hinter der sind Bäume, ist Schönheit, ist es grün statt grau, sind Natur wie Kultur, liegt Orplid. Ich trabe und trabe.

Damals residiert hier die Fürstin Sinaida Wolkónskaja, vormals Hofdame in Petersburg und Geliebte Zar Alexanders I., eine vielumschwärmte, von Puschkin und Adam Mickiewicz bedichtete Schönheit und bedeutende Per-

sönlichkeit, die selbst auch schreibt und komponiert, deren beachtlich viriler Kontra-Alt in privaten Opernaufführungen hinter dieser Mauer Rossinis Entzücken auslöst und deren emphatische Konversion zum römischen Katholizismus ihr die Rückkehr nach Petersburg verstellt. Stattdessen führt sie in der hiesigen Luxusvilla einen literarischen Salon von Bedeutung und magnetischer Anziehungskraft zumal für römische wie angereiste Künstler und Intellektuelle, die sie aber gegebenenfalls nur allzugern zu ihrem neuen Glauben zu bekehren trachtet. Auch Gogol wird eben hier solchen Missionierungsversuchen ausgesetzt und als väterlich polnischer Renegat Janowski mit den aufreizend heimelig angesetzten polnischen Resurrektionisten-Mönchen Pjotr und Jeronim zusammengeführt, die auch seinem Faible für Ordensbrüder durchaus gefährlich werden.

Ich trabe und trabe.

Aber dann lernt er, selbst 29jährig, eben hier in dieser Villa hinter Mauer und Stacheldraht den schönen 23jährigen Grafen Jossip Michailowitsch Wjelgorskij kennen. Dessen Vater, einer der ranghöchsten Petersburger Hofbeamten und Modell für den Helden in Gogols "Kalesche", setzt sich beim Zaren mit Erfolg für die Aufführung des "Revisor" ein. Sohn Jossip wird als Vorbild und guter Einfluß mit dem Zarewitsch gemeinsam erzogen und nunmehr auf die Reise in westeuropäische Metropolen geschickt, wo aber seine historischen Interessen vom jungen Thronfolger kaum geteilt werden. Schon in Deutschland kommt es zur Trennung, zumal der junge Jossip an Tuberkulose erkrankt, die er im römischen Klima und im gastlichen Hause der Wolkónskaja, einer Freundin seiner Eltern, auszuheilen hofft.

Hier also begegnet er Gogol, der sich sofort in ihn verlieben mag.

Es ist wohl die erste, die einzige, zugleich schon die letzte große, auch erwiderte Liebe seines Lebens.

Jossip arbeitet noch diszipliniert an einer Bibliografie der russischen Geschichte, ist aber schon so pflegebedürftig, daß sein neuer Freund Nikolai sich zunehmend dieser ebenso bedrohlichen wie tiefbeglückenden Aufgabe widmet. Schließlich siedelt auch er ganz in diese Villa Wolkonskij über, um Tag und Nacht in Jossips Nähe zu sein. Das beginnende Getuschel überhört er, denn "der arme Junge erträgt es nicht, auch nur eine Minute ohne mich zu sein".

Gogol führt hier ein Tagebuch, das postum als "Nächte in der Villa" *publiziert wird.* "Sie waren süß, so ermattend, diese schlaflosen Nächte", *notiert er da.* "Es war so süß, neben ihm zu sitzen und ihn anzuschauen. Seit zwei Nächten sagten wir 'Du' zueinander." *Sie küssen sich auch. Sie liegen beieinander im Bett. Gogol ist außer sich vor Glück und ignoriert die virulente Ansteckungsgefahr. Schwärmerisch beschreibt er diese Zeit,* "als eine junge Seele brüderliche Freundschaft sucht [...], eine unbedingt jugendliche Freundschaft, voll von süßen, fast kindlichen Lappalien und wechselseitigen Zeichen einer zärtlichen Verbundenheit; als es süß ist, sich tief in die Augen zu sehen, weil das ganze Dasein zu Opfern bereit ist, die normalerweise gar nicht erforderlich sind".

Er muß solche Opfer bringen. Denn Jossips Krankheit ist nicht mehr aufzuhalten. "Leider kam es zu intimer, untrennbarer Vereinigung und extremster Brüderlichkeit erst während seiner Krankheit."

Den Sterbenden versucht die besessene Gastgeberin noch durch einen herbeigerufenen Abate zum Katholizismus zu bekehren. Aber Gogol bestellt einen orthodoxen Popen und liest seinem Geliebten dann selbst das Sterbegebet. In Nikolais Armen stirbt Jossip am 21. Mai.

Es ist derselbe Tag, an dem 110 Jahre später in Cannes Klaus Mann diese Erde verläßt.

Für Gogol ist dieses Sterben nach dem Tode von Bruder, Vater und Freund Puschkin, den er just an einem vorabendlichen 2O. Mai kennenlernt, der unverwindlichste Verlust. Er begräbt den Geliebten hier in Rom und behält nur dessen geschenkte Bibel zurück, die ihm Jossip mit zitternder Handschrift widmet: "Meinem Freunde Nikolai – Villa Wolkónskaja".

Ort und Symbol dieser Jünglings-Liebe, die nur fünf Monate dauert und Gogols einzige je erfüllte bleibt, ist für mich heute diese Villa Wolkonskij. Ihretwegen trabe ich an dieser Mauer entlang, die noch immer keinen Eingang, nur Stacheldraht und Endlosigkeit offeriert.

Zwar biegt sie schließlich um die Ecke und eskortiert jetzt die noch ungleich verkehrsreichere Via di Santa Croce in Gerusalemme, aber nach wie vor, festungsartig, ohne jede Aussicht auf Zutritt: ein Bunker; die invertierte Bastion einer Passion. Ich trabe und trabe.

Zurück bleibt Gogol auch eine Porträtskizze von Jossip, die Freund Alexander Andrejewitsch Iwanow, jener ebenso fromme und menschenscheu depressive wie strikt pädophile russische Knaben-Maler, in sein Monumentalgemälde einfügt, an dem er hier mindestens zehn von den 28 Jahren seines römischen Aufenthaltes arbeitet und das die erste Erscheinung Christi vor dem Volke darstellt, wie sie das Evangelium des ephesischen Johannes in seinem Ersten Kapitel über jenen anderen gottbegnadeten Namensvetter am Jordan-Ufer beschreibt.

Gogol wird als einer von sehr wenigen in die Entstehung dieses Lebenswerkes so intensiv einbezogen, daß er sie später in seiner Novelle "Das Porträt" literarisch verarbeitet, Iwanow selbst eines huldigenden und protektionistischen Essays in seinen "Ausgewählten Stellen aus dem Briefwechsel mit Freunden" würdigt. Der Maler seinerseits, der von Overbeck und dessen Nazarenern angezogen und beeinflußt wird, porträtiert den römischen Gogol in drei Aquarellen und baut dessen Konterfei auch in Vorstudien seines Kolossalgemäldes ein. In ihnen ist Gogol als kriechender Sklave und als reuiger Büßer wiederzuerkennen, der dem erstmalig nahenden Christus am nächsten steht, dann aber auch als nackter Mann, der mit einem ebenfalls nackten Knaben dem Jordan entsteigt, wo er von Johannes gerade zur Vergebung seiner Sünden getauft worden ist. Der nackte Knabe neben dem gogolköpfigen Täufling hat den Körper eines Zwölfjährigen, wie er Iwanow am reizvollsten erscheinen mag, aber das Gesicht von Jossip Wjelgorskij. Beide Antlitze sind in der letzten Fassung des Bildes durch andere ersetzt.

Ich trabe. Ich trabe um die Ecke, denn die endlose Mauer biegt jetzt torlos in die Via Giovanni Battista Piatti ein. Das ist nun schon die vierte Seite ohne Eingang in die Villa Wolkonskij. Ich trabe weiter.

Bei ebendiesem Maler Iwanow lernt Gogol auch dessen Schüler, den jungen ukrainischen Bauernsohn I. S. Schapowalow, kennen, der 14jährig als malerisches Talent auffällt, nach Rom geschickt wird und hier jetzt, inzwischen 23jährig, kein Stipendium mehr bekommt. Gogol versucht, ihm zu helfen. Er ordert für je hundert kostbare Rubel drei Raphael-Kopien bei diesem neuen Günstling, von denen er eine, den Christus-Kopf aus der "Transfiguration", zur Petersburger Akademie-Ausstellung nach Charkow schickt. So hofft er,

den Jüngling zu protektionieren, zu dessen Gunsten er hier in der Villa Wolkonskij sogar eine Benefizveranstaltung organisiert. Die Fürstin stellt bereitwillig Räumlichkeit und Bewirtung, der Eintritt kostet fünf Scudi, und
Gogol liest, vor vollzählig versammelter Gemeinde der russischen Künstler-
kolonie, Szenen aus seinem "Revisor" vor. Vielleicht auch die Kaufmanns-
Szene? Aber der sonst so effektbewußte Rezitator seiner Texte ist hier gehemmt und verlegen, liest monoton und zu leise, der Abend wird einzig fi-
nanziell kein Debakel.

Die Verbindung mit Schapowalow wird aber umso intensiver. Sie sehen sich
täglich, Gogol beschenkt ihn mit einem Album seiner eigenen römischen
Zeichnungen, er lädt ihn abends zu Wein und Kartenspiel ein, zeitweilig
nimmt er ihn in seine Wohnung auf.

Plötzlich höre ich menschliche Stimmen hinter Mauer und Stacheldraht: das
Lachen spielender Knaben. Die Villa Wolkonskij beginnt zu leben. Feigen-
bäume hangeln auch mit Ästen und überreifen Früchten mühsam durch den
Drahtverhau. Die Via Giovanni Battista Piatti mündet in die abknickende
Via Ludovico di Savoia, die Mauer folgt diesem Knick und gerät zum Penta-
gon. Unverhofft stehe ich vor einem Tor.

Es ist geschlossen. Es ist verrammelt. Es ist undurchdringlich. Es hat nicht
einmal Gitterstäbe oder ein Guckloch zum Hineinspionieren. Es ist absolut
dicht. Ein dezentes Schild begründet mit entsprechendem understatement:
BRITISH EMBASSY. Ich stehe fassungslos. Wohl das Privatquartier des
Englischen Botschafters, das sich vor Terroristen verbunkert oder in Gogols
Auftrag meinen indiskreten Einbruch in sein lebenslänglich verheimlichtes
Privatissimum verhindert. In dieser Stadt sind wohl auch Geheimnisse ewig.
Unübersehbar bin ich unerwünscht. Dann platscht mir auch noch eine über-
reife Feige vor die Füße. Eine zweite. Mehrere, ringsum und dicht. Eine
trifft mich und verspritzt ihren roten Saft. Eine Blutgranate. Wer wirft, wer
verschießt sie? Der Wind? Die Knaben des Botschafters? Nikolais Seele?

Niemand ist zu sehen, niemand zu hören. Noch eine Feige platscht hinter
mir aufs Pflaster, als ich, nunmehr hoffnungslos, das Fünfeck dieser Josefs-
festung auf sich beruhen lasse und meine Ehrenrunde beende: Gogol, seinem jungen Jossip und ihrer traurigen Liebe zuliebe. Der Kreis ist geschlossen, mein heutiges Leben hat keinen Sinn mehr.

Ziellos, verschmäht und alleingelassen trabe ich zurück, die endlos gerade Via di Santa Croce in Gerusalemme entlang, die, an Gogols anderer Lieblingskirche, jener Santa Maria Maggiore von einem verschneiten Augusttag, vorbei, mehrfach, obwohl pfeilgerade, den Namen wechselt, bis sie schließlich Via Sistina heißt.

In dieser Via Sistina ist Gogol zu Hause. Das vierstöckige Haus Nr. 126 ist neun Jahre lang, trotz zahlloser Reisen nach Rußland und Nordeuropa, seine feste Adresse. Es ist die einzige feste Adresse, die einzige Wohnung, das einzige Zuhause seines ruhelosen Lebens. Damals heißt dieser Teil der Via Sistina, "voll in der Sonne" liegend, noch Via Felice, und sicher verbringt er hier die glücklichste und sonnigste Zeit seines Lebens. Hier fühlt er sich "in eine ruhige Seligkeit versenkt": "es ist nicht meine Heimat, sondern die Heimat meiner Seele, das Land, in dem meine Seele noch vor meiner Geburt gelebt hat".

Hier kommt ihn auch jenes "unüberwindliche Verlangen" *an, sich vollends* "in eine Nase zu verwandeln, so daß es außerdem nichts mehr gäbe [...], außer allein einer ungeheuren Nase".

Kein geringerer als Wladimir Nabokow skizziert in seiner liebevollen Monografie die Bedeutung, die dieses Organ zeitlebens und zumal in Italien für den selbst so nasengeprägten Gogol und dessen Werke hat:

"Es dürfte schwerfallen, einen anderen Autor zu finden, der Schnüffel-, Schnief- und Schnarchgeräusche mit ähnlichem Gusto beschrieben hat. [...] Nasen tröpfeln, Nasen zucken, Nasen werden liebevoll oder grob behandelt; ein Betrunkener versucht, die Nase eines andern *abzusägen*; die Bewohner des Mondes (so entdeckt ein Irrer) sind Nasen. / Dieses Nasenbewußtsein zeugte schließlich gar eine Geschichte, *Die Nase*, die nun wirklich eine Hymne auf dieses Organ ist. Ein Freudianer mag behaupten, daß in Gogols Welt, wo es drunter und drüber geht, die Menschen kopfunter herumlaufen [...], so daß die Rolle der Nase von einem anderen Organ gespielt werde und umgekehrt. [...] Worauf es ankommt, ist festzuhalten, daß er die Nase *als solche* von Anfang an als etwas [...] ansah, das absteht und das [...] auf eigentümliche und groteske Art männlich ist."

Dieser Wichtigkeit mag auch Gogols römischer Wunsch entsprechen, daß seine Nase "Nasenlöcher in der Größe guter Eimer hätte", *denn hier* "fliegen einem mindestens 700 Engel in die Nasenlöcher". *So wollüstig ist hier seine Beglückung. Daher auch:* "In meiner Seele ist der Himmel und das Paradies."

Hier, Via Sistina 126 also, entstehen an arbeitsamen Vormittagen große Teile seiner "Toten Seelen", die er zeitweise seinem Freunde und Mitbewohner "Jules", dem 29jährigen Pawel (Paul) W. Ánnenkow, diktiert.

Der ist hier nicht sein einziger Hausgast. Vor Jossips Tod lebt Gogol zeitweise auch in Wohngemeinschaft mit seinem Internatsfreund Alexander S. Daniljewskij, auch mit dem neun Jahre älteren Historiker Michail P. Pogódin; nach Jossips Tod teilt er die Wohnung mit Ánnenkow, vorher mit Wassilij A. Panów, dem aninserierten Reisegefährten aus Petersburg, später mit dem geliebten und wiederum sterbenskranken Nikolai M. Jasykow, dem "mit der Zunge", auch mit dem Mathematiker Fjodor Wassiljewitsch Tschichow und wohl noch manchem anderen.

Nicht nur sein Haus, die ganze Via Sistina wird damals und wohl ein rundes Jahrhundert lang von Poeten, Malern und Intellektuellen zumal aus dem Ausland bewohnt. Sie gehört zu einem beliebten Künstlerviertel. Heute ist das schwer nachvollziehbar. Heute ist diese Straße grau und glanzlos, eine angejahrte und wenig gepflegte langlinige Aneinanderreihung mehrstöckiger Mietshäuser aus dem 18. Jahrhundert, ohne jede Spur von Lebensfreude oder Schönheit, von Sinnlichkeit oder Fantasie. Aber damals ist sie mit ihrer drallen Vitalität, ihren geselligen Nachbarschaften und den Tieren, gar krähenden Hähnen vor den Häusern eben das, was Gogol eine "echt römische Straße" nennt und für Ausländer und "Sonderlinge" sonderlich attraktiv sein mag.

"Ihm gefiel die Unscheinbarkeit solcher dunklen, unordentlichen Straßen", *schreibt er darüber in seinem Fragment "Rom",* "der Mangel aller hellen, gelben Farbe an den Häusern, dieses Idyll inmitten der Stadt, die Ziegenherde, die auf dem Straßenpflaster ausruhte, das Schreien der Kinder und diese reine feierliche Stille, die unsichtbar auf allen Dingen zu liegen schien und die auch den Menschen umfing".

"Le capre e gli scultori spasseggiano, Signora, sulla Strada Felice dove ho la mia stanza", *berichtet er in einem Brief: er sehe hier* "immer die gleichen deutschen Künstler mit schmalen roten Bärtchen und immer die gleichen Ziegen, ebenfalls mit schmalen Bärtchen".

In der Tat ist diese Via Sistina vor wie nach Gogol eine historische Adresse sowohl vieler Kollegen als auch talentierter Fleischesbrüder aus ganz Europa.

Aus meinem Dorpat zieht hier der Kulturhistoriker Viktor Hehn ein, aus Ludwigsburg kommt jener Friedrich Theodor Vischer, der mit seinem "Faust III" Furore macht;

direkt in Gogols Nr. 126 logiert schon lange vor ihm der Archäologe Wilhelm Uhden, als erster preußischer Ministerresident Vorgänger Wilhelm von Humboldts, mit Ehefrau Anna Maria Magnani, einer römischen Kammerzofe, Kupplerin und "donnaccia", die ihn dann anhaltend mit dem vis-à-vis Nr. 141 wohnenden Fleischesbruder Bertel Thorvaldsen betrügt; der lebt später, wie auch Kollege Christian Daniel Rauch, im Hause Nr. 48, wo auch zahllose andere Künstler Unterkunft finden;

in Nr. 113 residiert zuerst Friedrich der "Teufels"-Müller, Maler, Autor und spitzzüngig undankbarer Goethe-Kritiker, später Franz Liszt aus der Belvederer Allee in Weimar;

in Nr. 107 zuerst Fleischesbruder August Kopisch, der von hier aus die "Blaue Grotte" auf Capri entdecken fährt, dann auch dessen Geliebter August Graf von Platen, jener Todesritter, der gar in dieser grauen Via Sistina die Schönheit mit Augen anschauen und dem Tode anheimgegeben sein mag, schließlich der Historiker Ferdinand Gregorovius, dessen so maßgeblich werdende "Geschichte der Stadt Rom im Mittelalter", wichtige Quelle auch für Thomas Manns "Der Erwählte", wohl eben hier begonnen wird und dessen "Römische Tagebücher" schon der zwanzigjährige Thomas Mann am Pantheon liest;

in Nr. 121 der wilhelminisch neubarocke Bildhauer Reinhold Begas aus Berlin, in Nr. 149 der westfälische Literat Levin Schücking, in Nr. 82 Dorothea, die Tochter Moses Mendelssohns und Ehefrau Friedrich Schlegels, gemeinsam mit ihrer engen Freundin Henriette Herz, der jüdisch-preußischen Begründerin von Tugendbund und "Salon" für Berliner Künstler und Wissenschaftler, auch frühromantischen Seelenfreundin des erotisch so gesprenkelten Theologen Schleiermacher;

unten an der Ecke zur Piazza Barberini Goethes Schwiegertochter Ottilie, die hier als Witwe ein gesellschaftliches Zentrum etabliert;

in Nr. 104 der dänisch märchenhafte Fleischesbruder Hans Christian Andersen, vorher aber Gogols naher Freund Friedrich Iwanowitsch Jordan, ein Augustkind und deutsch-russischer Kupferstecher, der fünfzehn Jahre lang manisch an einer Gravur nach Raphaels "Transfiguration" arbeitet und just an meinem 19. September stirbt: Gogol protegiert ihn nach Kräften, läßt sein Porträt von ihm gravieren und verbringt viele Abende gemeinsam mit ihm und dem besonders gern gesehenen Historien- und Genremaler Fjodor Antonowitsch Moller aus Kronstadt, der baltischer Abkunft ist, daher eigentlich ebenso Möller heißt wie der hiesig pseudonyme Goethe, mit seinem autobiografischen Gemälde "Der Kuß" Aufsehen erregt und auch Gogol zweimal porträtiert.

Aber auch Via Sistina 72, Ecke Via Francesco Crispi, wohnen stets Maler: zuerst der junge Anton Raphael Mengs, jener Klassizist, dessen imitierter und anonymer "Ganymed" Goethes Entzücken auslöst und der in diesem Hause mit Freund Winckelmann folgenschwere Kunsttheorien entwickelt; hundert Jahre später der ebenso junge Franz Lenbach mit seinem Freund und Kollegen Karl Theodor Piloty; zwischenzeitlich kaiserlich österreichische "Kunstpensionäre", die hier ihr zünftiges Studio haben; dann aber, ein Vierteljahrhundert lang, mit viel Personal und auf großem Fuße, die damals vielgerühmte Schweizerin Angelika Kauffmann, Schülerin ihres Vormieters Mengs, mit ihrem malenden Ehemann Antonio Zucchi: in den beiden Etagen ihrer gastlich geführten Wohnung geht der Hochadel Europas ein und aus, besucht sie Kaiser Joseph II. und versammeln sich Künstler und rege Geister, deren Porträts die Gastgeberin mit Vorliebe und Anmut malt. So wird Via Sistina 72 der erste deutsche Salon in Rom.

Hier ist auch Goethe regelmäßig zu Gast. "Er scheint", pointiert später Schiller, "in diesem Hause gelebt zu haben", und: "Die Angelika Kauffmann rühmt er sehr." Tatsächlich gefällt sie ihm ausnahmsweise; denn sonst: "Mit dem schönen Geschlechte kann man sich hier, wie überall, nicht ohne Zeitverlust einlassen." Das schreibt er aber nur seinem Herzog nach Weimar. Doch von Angelika läßt er sich sogar malen, und ihrem Kreise liest er hier die in Villa Borghese soeben beendete Versfassung seiner "Iphigenie" vor, mit deren ungeschonter Nachzeichnung inhumanen Tantulidenge-

*metzels er die menschliche Disposition zu Auschwitz in klassischer Kühle
beim Namen nennt und seine hiesigen Zuhörer ebenso irritieren oder lang-
weilen mag wie auch seine römisch heiter oder altdeutsch "berlichingisch"
gestimmten Hausgenossen am Corso, die sich in "diese fast gänzliche Ent-
äußerung der Leidenschaft" und "in den ruhigen Gang nicht gleich finden"
können. Die beiläufige Liebesgeschichte zwischen Orest und Pylades und
deren "Da fing mein Leben an, als ich dich liebte [...] / du deine Lust in meine Seele spieltest": die überhören sie wohl allesamt.*

*Knapp zwei Jahre später liest Herder hier den Zucchis Goethes Gedichte
vor und wird gleichfalls von Angelika gemalt. Da hat der Piniensprößling,
den Goethe persönlich hochzieht und in Angelikas sixtinischen Garten
pflanzt, bereits Wurzeln geschlagen und zu wachsen begonnen. Im damals
zugänglichen Nachbargarten der Villa Malta, deren Eingang um die Ecke
in der Via Francesco Crispi liegt, setzt er einen Dattelkern, aus dem eine
langlebige Palme emporwächst. Ich unterstelle, daß von den heutigen Palmen dieses Giardino di Malta jene eine mit reifen Dattelfrüchten die goethische ist.*

*Diese Villa Malta, die im Barock noch Giardino della Pigna oder Vignola
heißt, ist ursprünglich Eigentum jenes zu Armut verpflichteten franziskani-
schen Minoritenordens der nahen französischen Kirche Trinità dei Monti
und wird von diesen Bettelmönchen für gutes Geld zunächst als Landsitz
oder Sommerresidenz an regierende, auch nicht regierende Fürsten, Kardinäle und Monsignori, aber auch an den fleischesbrüderlichen "Grafen"
Cagliostro vermietet, der wohl eigentlich Giuseppe Balsamo heißt, aus Pa-
lermo stammt und eine Reise nach Ägypten auf der Insel Malta unterbricht,
um sich vom Großmeister der Malteser Ritter hilfreiche Empfehlungsschreiben an einflußreiche Römer mitgeben zu lassen, so daß er später in diesem
Gebäude hier eine Art Freimaurerloge mit ägyptischem Ritus etablieren
und selbst als Großkophta präsidieren kann; als solchen porträtiert ihn
dann Logenbruder Goethe in seinem gleichnamigen Drama für das Weimarer Hoftheater.*

*Aber da liegt Cagliostro schon im römischen Kerker der Inquisition, und
seine Villa Malta wird von Bailly de Breteuil bewohnt, der hier als Botschafter des Malteser-Ordens residiert und dem preziosen kleinen Anwesen
seinen seither konstanten Namen gibt. Hier logieren dann auch die Herzo-*

gin Anna Amalia, Mutter von Goethes Carl August, auch Herder, auch der lübische Johann Friedrich Overbeck mit seinen Lukas-Brüdern, nach deren nazarenischen Gemälden schon Goethe mit der Pistole schießen möchte. Auch Wilhelm von Humboldt residiert hier anfangs, und Ehefrau Caroline berichtet Schillers Frau: "Wir wohnen hier in einer Villa, die die schönste Aussicht hat, halb Rom, die Peterskirche, die Villa Medici, viele andere schöne Villen und die Latiner-Gebirge. Alles sehen wir von einer Terrasse, die an mein Schlafzimmer stößt."

Zusammen mit den Humboldts und wohl ohne die donnaccia *Magnani feiert Thorvaldsen hier in der Villa Malta seinen allerersten römischen Auftrag, und jener goethekritische "Teufels-Müller" stirbt hier sogar als Gast seines schwedischen Freundes und Bildhauerkollegen Johan Niclas Byström, der die Villa kauft und später an Ludwig I. von Bayern weiterveräußert. Den besuchen hier nicht nur mehrere Päpste als diplomatische Gäste, sondern auch Legionen von Künstlern, die dieser musische Monarch gern um sich schart. Er richtet ihnen hier auch Ateliers, eine Bibliothek und Ausstellungsräume ein und läßt ihren "Tugendbund" mit Arnold Böcklin, Paul Heyse und Fleischesbruder Hans von Marées im Hofe der Villa sein Boccia spielen. Als er sich selbst in Weimar aufhält, dort die Überführung von Schillers Gebeinen in die Fürstengruft veranlaßt und in Goethes Begleitung das Schiller-Haus besichtigt, bedauert er, daß er dessen Besitzer, der damals freilich schon seit 22 Jahren tot ist, nicht beizeiten zur Vollendung "seines so herrlich angefangenen Dramas 'Die Malteser' " ebendiese so vielfältig angemessene Villa Malta habe zur Verfügung stellen können.*

Ein halbes Jahrhundert später kauft Fürst Bernhard von Bülow, deutscher Botschafter, später Reichskanzler und heimlicher Fleischesbruder, die Villa Malta, die heutzutage, vom 19. Jahrhundert bedenkenlos umgebaut, die "Civiltà Cattolica", Zeitschrift des Jesuitenordens, beherbergt und also schließlich wiederum Mönchen dient.

Entsprechend animiert kehre ich von hier in die Via Sistina zurück und passiere deren restlichen Oberteil, am Palazzo Zuccari vorbei, wo im Laufe der Jahrzehnte zahllose Künstler, im Dachgeschoß Winckelmann, im Parterre dessen Erbe, der "ledige" Kunsthistoriker und Prominenten-Cicerone Johann Friedrich Reiffenstein, und im "Tempietto", Vorbau des Hauses Nr. 64, Wilhelm, der dichtende "Griechen"-Müller, vorher auch "Kalmuck", der

Historienmaler Feodor Iwanowitsch, später der nazarenische Peter Corne-
lius wohnen; Tischbein hat hier sein Atelier.

Schräg gegenüber, wo die Via Sistina schließlich in die Piazza Trinità dei
Monti einmündet, stehe ich jäh vor dem heute luxuriösen Hotel Hassler-Vil-
la Medici, wo Alexander Trippel, jener schweizerische Bildhauer, der nicht
zuletzt wichtige Büsten von Goethe, Herder und Friedrich dem Großen an-
fertigt, seine stark frequentierte Akademie für Aktzeichnen mit Studenten
wie nicht zuletzt Tischbein und Schadow etabliert und wo anderthalb Jahr-
hunderte später der fast 79jährige Thomas Mann just am Todestage seines
Leitsterns Gogol zu einem letzten römischen Aufenthalt und zu "Besichti-
gungen" absteigt – "vor allem des bezaubernden Narcissos von Caravaggio", *diesem Fleischesbruder:* "rührend entzückendes Antlitz, dem sein
Spiegelbild zum erstaunlichen Erlebnis wird. Haupt-Eindruck!"

Das notiert er sich, wahlverwandt mit alledem und ein paar Tage lang diese
Via Sistina mit Goethe und Gogol teilend. Denn zum ersten, letzten und ein-
zigen Male halten sie alle drei sich nun nicht nur in derselben Stadt auf,
sondern auch in ein und derselben Straße. Wäre nicht die Zeit, die aber je-
der von ihnen als Illusion durchschaut, so könnten sie sich hier endlich be-
gegnen, verabreden, treffen, unterhalten, umarmen, zusammenschließen,
vereinigen: in der räumlich-nachbarschaftlichen Gemeinschaft sei es eben-
dieses Gebäudes schon oberhalb der Spanischen Treppe und selbige ge-
meinsam, ein außergewöhnliches Männertrio, in magisch genialer unio mystica *genüßlich hinuntersteigen.*

Denn da bin ich nun: auf diesem riesigen zweistöckigen Platz, der städte-
baulich und architektonisch gewiß zu den Geniestreichen des Spätbarock,
des Rokoko, dieser Menschheit gehört und auf die allerheiterste, allerbefrei-
endste Weise ein magischer Ort ist. Von seinem Oberteil, der Piazza Trinità
dei Monti, schreite ich langsam, immer wieder verweilend und im Geiste al-
les andere als einsam über die flachen Stufen dieser "spanischen" Treppe,
die von französischem Gelde einer französischen Kirche zu Füßen liegt, zu
seiner unteren Etage, der Piazza di Spagna, hinunter.

Die fantasievoll verspielte Asymmetrie dieser gigantischen, aber leichten
und lichten Komposition aus Stufenkaskaden und Terrassen, aus Fallen und
Verweilen, aus Teilen und Vereinigen, Sog und Verweigerung, Schwung und
Verharren, Verästelung und versöhnender Harmonie lockt seit zweieinhalb

Jahrhunderten Tag um Tag Menschen aus aller Welt hierher, die nichts anderes wollen mögen als sich an Leib und Seele wohlfühlen. Das gelingt hier sofort.

Wohlig gehe ich treppab zwischen all den bunten jungen Leuten, die sich hier friedlich entfesselt niederlassen und dem sabr *überlassen. Freaks und Travellers und Blumenkinder und Junkies und Touristen und Pfadfinder und Jugendgruppen aller Art und zu Sartres Zeiten auch noch junge Existentialisten aus allen Erdteilen lagern hier und kiffen oder trinken oder knutschen oder futtern oder schlecken Eis-Cornetti oder fotografieren und machen Musik und haben Zeit und sind* happy *über etwas Undefinierbares, was Reinhard Raffalt in seinem "Concerto Romano" als "Freude" ausmacht, "den festen und strengen Ernst der Ordnung ins Ungewisse gelockt zu haben, die ur-alte Lust am Verbotenen, die gerissene Kunst der perfekten Schaustellung von etwas, das stimmt und doch nicht ganz stimmt".*

Denn in der Tat ist dieses Gelände hier als Territorium der Spanischen Botschaft dem Zugriff des Vatikans, seiner Sbirren und seiner starren Gerichtsbarkeit von je her verwehrt und entrückt und insofern inmitten strengster Reglementierungen ein Ort nicht gerade der Anarchie, aber doch der Freiheit. Politisches Asyl findet man hier ebenso wie erotische Libertinage; lange dürfen sich einzig hier die römischen Liebespaare öffentlich küssen; lange flanieren hier öffentliche Liebesdienerinnen.

Zu solcher Freiheit des Leibes gesellt sich nur allzu naturbedingt bald auch die Freiheit des Geistes. Als die klugen und schöpferischen Europäer sich auf Bildungsreisen zu begeben beginnen, verlagern zumal die Deutschen und Engländer ihr geistiges Zentrum auf das terreno *rund um diese* Scalinata di Spagna, *auf der ich nun, inmitten all dieser reizvoll feilgebotenen Leiblichkeit heutiger* jeunesse dorée, *auf halber Höhe verharre und mir bewußt bin, daß Winckelmann, Thomas Mann und Schinkel von oben aus ihren Fenstern auf dieses Wunder hinunterblicken. Von links schaut romantisch John Keats, Altersgenosse der jungen Leute ringsum, im Arm seines kaum älteren Freundes Joseph Severn aus dem Fenster jenes winzigen Kaminzimmers, in welchem er, zwei Tage nach Gogol, 25jährig stirbt.*

Gogol selbst gerät auf dieser heiteren Treppe aus Verzweiflung über den Tod seines 29jährigen Freundes Michail Tomarinskij, jenes so geliebten wie gemiedenen Architekten und Restaurators der fleischesbrüderlichen Hadri-

*ans-Villa, so außer sich, daß er eben hier fast zusammenbricht, während
der 20jährige Thomas Mann und dessen 24jähriger Bruder Heinrich hier
aus Goethes "Italienischer Reise" rezitieren und Karikaturen von Passanten, vielleicht auch von jenem lächelnden "Briten" zeichnen, den sie –
gleichfalls aus der Englischen Botschaft? –* "über die Piazza di Spagna"
*kommen sehen und dessen "einfache Selbstgewißheit" Heinrich Mann ein
halbes Jahrhundert später in seiner autobiografischen Besichtigung eines
Zeitalters als typisch für den* "Herrn von 1895" *fixiert, weil sein Gesicht
darauf verzichte zu vergleichen:* "Es ließ das andere – das andere sein."

Das tun hier heute, scheint mir, alle. Ist das vielleicht der genius loci, *der so
zufrieden stimmt, so magnetisch ist? Denn aus den Fenstern der unteren
Etage dieses Platzes schauen mir, am Barcaccia-Brunnen des älteren Berni-
ni und an all den orgiastischen Blumenständen vorbei, so tolerante "Herren" wie William Thackeray und Felix Mendelssohn-Bartholdy und Honoré
de Balzac und solche Fleischesbrüder wie Stendhal und Alfred Tennyson
und Herder und Lord Byron aus ihren Wohnzimmer- oder Hotel- oder Gast-
hoffenstern an der Piazza oder in den Mündungen der diversen Stichstraßen
entgegen.*

*Aus der Locanda Stuart, rechts unten an der Ecke zur Via Babuino, sieht
Gotthold Ephraim Lessing heraus, der da mit seinem braunschweigischen
Prinzen Leopold logiert.*

*Diese Via Babuino ist quasi die Fortsetzung der Via Sistina, nur um die Hö-
he der Spanischen Treppe vom Pincio ins Tal verlagert. Sie ist ebenso dunkel und unfreundlich, ihre Fassadenflucht seit denselben Ewigkeiten reno-
vationsbedürftig. Auch sie beherbergt ganze Generationen von Malern und
Schriftstellern, Archäologen und Bildhauern, die zu vergessen die Geschichte gerecht oder ungerecht genug ist. Mancher von ihnen, wie Thorvaldsen,
Levin Schücking und Maler "Teufels-Müller", wohnt zuerst hier, dann oben
in der Sistina, manch anderer erst dort, dann unten in der Babuino. Einzig
hier, nie dort leben die konkurrierenden Bildhauer Alexander Trippel und
Johann Gottfried Schadow, ferner Arnold Böcklin, in Nr. 68, und Richard
Wagner in Nr. 79-81.*

*Aber im "Valadierschen Hause", Nr. 89, wohnt, als Mieter des Malers Pas-
quale Porfiri, jener 29jährige Karl Philipp Moritz, dessen Pferd an einem
Novemberabend, von einem Ausflug zur Tibermündung bei Fiumicino, wo-*

hin man damals nicht fliegt, sondern reitet, zurückkehrend, auf regenglattem Pflaster beim Ponte Sisto so unglücklich ausrutscht und "mit allen vier Füssen" *stürzt, daß sich sein Reiter an einem Mauervorsprung den Arm bricht. Diesen Patienten, der nun mit* "unsäglichen Schmerzen" *vierzig Tage lang reglos bettlägerig bleibt, macht Goethe, als Augenzeuge des Unfalls, unverzüglich zu seinem Pflegefall. Immerhin ist dieser Kranke auch Schulkamerad seines Lieblings Iffland.*

Täglich mehrmals besucht er den Kranken; mehrere Nächte lang wacht er hier in der Via Babuino an seinem Bett; er organisiert unter den deutschen Künstlern der Nachbarschaft einen ausgelosten Pflegedienst rund um die Uhr und ist diesem jüngeren Kollegen nicht nur ein Freund, sondern, in dessen sibyllinischen Worten, "alles, was ein Mensch einem Menschen nur sein kann".

Das besagt umso mehr, wenn man Goethes sonstige Antipathie gegen Krankheit und Kranke in Rechnung stellt und vorausnimmt, daß er gar Schiller und Christiane Vulpius, als sie auf den Tod darniederliegen, Besuch und jegliche Teilnahme oder Fürsorge verweigert, weil er auf solche Weise auch seine eigene Sterblichkeit zu ignorieren trachtet.

Anders also bei diesem Karl Philipp Moritz in der Via Babuino. In diesem jungen Autor zumal des "Anton Reiser" *sieht Goethe, dem dieser* "merkwürdige" *Bildungsroman* "in vielem Sinne wert" *ist, schon nach einem ersten Spaziergang in den Parkanlagen der transtiberischen Villa Doria Pamphili, wo Thomas Mann auch Adrian Leverkühn und Freund Rüdiger Schildknapp* "ihren Arbeiten nachhängen" *läßt, einen* "sehr guten, braven Mann", *auf dem Krankenlager allzubald gar einen* "jüngeren Bruder", "von derselben Art, nur da vom Schicksal verwahrlost und beschädigt, wo ich begünstigt und vorgezogen bin". *Das Leben des acht Jahre jüngeren Hamelners, der Hutmacherlehrling, Schauspieler, Theologe, Lehrer und Gymnasial-Prorektor in Berlin, schließlich Redakteur der* "Vossischen Zeitung" *und gnadenlos ablehnender Rezensent des jungen Schiller ist, bevor er sich mit Reisebeschreibungen selbst als Schriftsteller beweist, veranlaßt ihn zu einem* "sonderbaren Rückblick in mich selbst", *denn* "ich erstaunte über die Ähnlichkeit". *Hierbei mag von Gewicht sein, daß Moritz, der fast gleichzeitig mit Goethe in Rom eintrifft, ebenfalls auf der Flucht vor der Bindung an eine verheiratete Frau ist, die Goethe pointiert als ein* "Verhältniß des Gei-

stes" einengt. Umso ausführlicher schreibt er hierüber just an Charlotte von Stein nach Weimar.

Aber Moritz, der mit seiner Rom-Reise ebenso abschiedslos "sein bürgerlich Verhältnis aufgehoben", erinnert ihn auch mit seinem "stumpfnasigen und verstörten" Gesicht an jenen unseligen Jugendfreund Lenz und gehört wohl ohnehin zu jenen "kleineren, anschmiegsamen Gefährten", mit denen Goethe sich, wie auch Biograf Friedenthal weiß, "immer gern umgibt".

Auch literarischer Nutzen ist im Spiel: wenn sie im Krankenzimmer der Via Babuino über des Patienten Theorie einer deutschen Prosodie diskurrieren, die Goethe zu seinem "Leitstern" bei der Jambenfassung jenes Dramas um Orest, Pylades und Auschwitz erklärt. Der sachkundige Moritz informiert ihn über "eine gewisse Rangordnung der Silben" und liefert ihm "einen Leitfaden, an dem man sich hinschlingen kann". So saldiert er, was er "bei diesem Leidenden als Wärter, Beichtvater und Vertrauter, als Finanzminister und geheimer Sekretär erfahren und gelernt", und registriert, daß hier "die fatalsten Leiden und die edelsten Genüsse [...] immer einander zur Seite" gehen.

Umgekehrt preist Moritz in seinen Briefen an die Freunde Klischnig und Campe das "unverhoffte Glück" seiner "veredelnden" Begegnung mit Goethe, diesem "wohltätigen Genius", die ihm "die schönsten Träume meiner Jugend in Erfüllung" gehen lasse und die "Wollust" eines "harmonischen Gedankenwechsels" bereite, "wodurch die dunkeln Empfindungen erst zur Sprache und zum Bewußtsein kommen".

Solcher dunklen Empfindungen also bewußt, bezeichnet er Goethe als seinen Spiegel.

Spiegelbildlich schreibt Goethe an Charlotte von Stein, dieser Philipp werde ihm vom Leben "wie ein Spiegel vorgehalten". Tatsächlich führt ja auch er in diesen ersten römischen Wochen noch den Vornamen Philipp, so daß die Spiegelung also spielerisch bis ins Nominale reicht.

Als Goethe gute anderthalb Jahre später nach Weimar zurückkehrt, läßt er dieses "einsiedlerische" alter ego "ungern allein". Nur wenige Monate später ist Moritz sechs Wochen lang sein Gast am Frauenplan und provoziert da spitze Bemerkungen des nicht eben eifersuchtsfreien Schiller, der "die Abgötterei" bemerkt, "die er mit Goethe treibt", und feststellen muß: "sie kamen einander in Rom sehr nahe." *Aber Goethe verteidigt sich so pragma-tisch wie geheimnisvoll:* "Ich kann den Vorteil nicht aussprechen, den mir seine Gegenwart gebracht hat." *Mit Hilfe seines Herzogs macht er diese astrologische Mit-Jungfrau zum Professor für Altertumskunde an der Aka-demie der Künste in Berlin.*

Zwei Jahre später ist Moritz abermals in Weimar zu Besuch. "Von Göthen spricht er mir zu panegyrisch", *findet Schiller:* "Das schadet Göthen nichts, aber ihm." *Zwei weitere Jahre später stirbt er, erst 36jährig: auch er eine Epiphanie? Goethe beginnt mit* "Wilhelm Meister" *und benötigt keine Pro-sodie mehr, gesteht aber,* "wie sehr ich Leid um den armen Moritz trage", *denn* "Ich verliere einen guten Gesellen an ihm" – *und er unterstreicht das Wort Geselle: gar im altdeutschen Sinne eines Stuben- oder Schlafgenossen,* mittelhochdeutschen spil- *oder* êgesellen, *also Gespielen oder Gatten?*

So hat denn auch Goethe seinen römischen Pflegling verloren, wenn auch auf nicht so tragische Weise wie Kollege Gogol. Aber für tragische Lösun-gen ist er wohl ohnehin zu "begünstigt und vorgezogen", *auch zu lebensbe-jahend harmonisch, doch für Gogols Komik und ein Gelächter nicht minder – wie es mich eben jetzt hier rings umbrandet*

Ich sitze noch immer auf den Stufen der Spanischen Treppe, inmitten all der fantastisch kostümierten jungen Leute, sehe sie lachen und schmusen, höre sie Gitarre und Mundharmonika spielen. Sie lassen Joints und Colaflaschen kreisen. Sie haben Zeit und fühlen sich leicht.

Ich stehe auf und gehe in die Via Condotti, die frontal gegenüber liegende und pfeilgerade zum Corso führende Stichstraße, hinein und betrete da, gleich rechter Hand, das Haus Nr. 86 und das legendenumwobene Caffè Greco, das schon im Schaufenster darauf hinweist, daß es hier seit 230 Jah-ren floriert. Damals beginnt hier ein levantinischer Kaffeehändler namens Nicola, mit Hilfe eines griechischen Schenken namens Georgios frischauf-gebrühten Kaffee zu verkaufen. Seither heißt dieses "antico caffè" il greco *, zeitweise inoffiziell* il tedesco, *wenn die deutsche Kundschaft anhaltend überwiegt. Zweihundert Jahre lang überwiegt aber eher die Kundschaft aus Künstler- und Gelehrtenkreisen aller Länder.*

Ich nehme im "Omnibus", *einem schlauchartigen Durchgangszimmer, auf einer schmalen, harten und steiflehnigen Sofabank Platz und lasse mir vom*

traditionsbewußt reservierten Schenken im Frack Getränke und pasticcini
della casa *auf den unbequem runden kleinen Marmortisch lancieren. Er tut
das zögerlich und läßt mich spüren, daß er eigentlich nur kulturhistorisch
prominente Kundschaft zu bedienen gewohnt ist, wie sie sich an den vollge-
hängten Wänden ringsum in Scherenschnitten und all den Ölgemälden dokumentiert, mit denen Generationen von Malern hier ihren Enthusiasmus
für Wirt und Lokal zum Ausdruck bringen oder aber überfällige Rechnun-
gen begleichen.*

*In diesem gepflegten Ambiente von Stuck und Plüsch also, das mittlerweile
eine teuer bezahlte Attraktion für Touristen aus aller Welt bedeutet, damals
aber von Tischbein "eine Art Vorsehung" genannt wird, begegnen sich, bisweilen schicksalhaft, Literaten, Maler, Archäologen, Musiker und Wissenschaftler aller Nationen, unterhalten und bekämpfen, hassen und lieben
sich, rivalisieren, theoretisieren und amüsieren sich. Viele lernen sich hier
erst kennen.*

*Auch Goethe lernt Philipp Moritz hier kennen. Angeblich schmiedet er so-
gar hier, noch als Philipp Möller, an den prosodischen Versen seiner Tan-
talidenüberwindung.*

*Gogol sitzt hier mit seinen malenden Freunden Möller, Iwanow, Schapowa-
low und Jordan, die sich hier ihre heimatliche Post abholen. Dasselbe tut
der priapische Fleischesbruder Wilhelm Heinse.*

*Arthur Schopenhauer gerät hier mit Overbecks nazarenischen Lukas-Brü-
dern in so wütende ästhetische Kontroversen, daß er, aggressiv verjagt, nie
wiederkehrt.*

*Der sterbende John Keats läßt sich von hier seine letzten Mahlzeiten ans
Bett liefern; eine wirft er durchs Fenster hinaus auf die Spanische Treppe.*

Casanova wartet hier tagelang auf das Signal zu einer nächsten Reise.

*Auch Winckelmann und Carlo Goldoni kehren hier ein, auch Herder und
Wilhelm der "Griechen-Müller", auch Maximilian Klinger und Thomas
Mann, Felix Mendelssohn-Bartholdy und Charles Baudelaire, Heinrich
Heine und Franz Liszt, Bertel Thorvaldsen und Giorgio de Chirico, Richard
Wagner und Alberto Moravia, Friedrich Nietzsche, Buffalo Bill und unzähl-*

*bare Legionen bekannter und weniger bekannter Kunst- und Fleischesbrü-
der. Mit ihnen allen gemeinsam verzehre ich hier meine* pasticcini.

*Natürlich sind die Räume dieses Cafés viel zu klein, um sie alle gleichzeitig
fassen zu können. Also kommen sie scheinbar nacheinander, zeitversetzt.
Gleichzeitig ist hier alles sowieso, in diesem zeitlosen Rom, dieser "ewigen"
Stadt. Und:* "Man kann das Gegenwärtige nicht ohne das Vergangene erkennen", *notiert sich auch Goethe hier, vielleicht an eben meinem viel zu kleinen Marmortisch. Und Gogol jauchzt ekstatisch:* "O Vergangenheit, Vergangenheit! Welch ein Jubel, welch eine Befreiung erfüllt unsere Seele,
wenn wir von dem hören, was vor langer, langer Zeit [...] einmal in der Welt
geschah! Und wenn nun noch ein Blutsverwandter, ein Großvater oder Ur-
großvater an jenen Ereignissen teilnahm, ah – dann verstummt der sonst so
beredte Mund." *In solchem Sinne vergangenheitsberauscht, datiert er hier
in Rom seine Briefe nicht nach christlicher Zeitrechnung, sondern* ab urbe
condita: *um die "ganze" Vergangenheit mitzuzählen. Dieses Rom sei ihm,
schreibt er, vielleicht eben hier im Caffè Greco, an Marie Balabina,* "die
Begegnung zweier Zeitalter, die die beiden größten Gedanken der Welt" *in
brüderlicher Verbundenheit verkörpere. Aber deren beider* "wundersame
Ansammlung abgelebter Welten und der Reiz ihrer Verbindung mit der
ewig-blühenden Natur – all das ist dazu da, die Welt aufzurütteln", *ergänzt
er, dreißigjährig, in jenem Fragment, das er "Rom" nennt.*

"Die Jahrtausendperspektive Europas", *berichtet der greise Thomas Mann
vor Studenten der Hamburger Universität,* "wie hat sie mich ergriffen, als
ich jetzt in Rom war, die Fülle seiner Denkmale diesen tiefern Durchblick in
mir aufriß und das Herz mit einer Wehmut, dem Stolze recht ähnlich erfüllte."

Und Goethe bestätigt schon am fünften Tage seines hiesigen Aufenthaltes:

"Wenn man so eine Existenz ansieht, die zweitausend Jahre und darüber alt
ist, durch den Wechsel der Zeiten so mannigfaltig und vom Grund aus verändert, und doch noch derselbe Boden, derselbe Berg, ja oft dieselbe Säule
und Mauer, und im Volke noch die Spuren des alten Charakters, so wird
man ein Mitgenosse der großen Ratschlüsse des Schicksals."

373
Fu-hsi

Yan greift zu seinem Diktiergerät und sagt ihm:

Das Buch vom I Ging *geht, lese ich, auf jenen mythisch-legendären Ur-Kaiser und göttlich-magischen Kulturheros Fu-hsi zurück, der im 3. Jahrtausend vor Christus sowohl Bruder wie Ehemann der Schöpfergöttin Nü-kua, Erfinderin der Ehe, ist und einen ebenso schlangengestaltigen Unterleib hat wie auch sie.*

Der I Ging *nun, der sich aus den acht Trigrammen des Fu-hsi zusammensetzt und weiterentwickelt, behauptet seit mehreren Jahrtausenden, alles Künftige sei im Gegenwärtigen verborgen.*

Ebenso ist dann das Gegenwärtige im Vergangenen verborgen.

Insofern ist auch das Künftige schon im Vergangenen verborgen: denn das Künftige ist im Gegenwärtigen ist im Vergangenen verborgen.

Aber das Vergangene ist auch im Gegenwärtigen noch verborgen. Ebenso ist das Gegenwärtige im Künftigen und das Vergangene also auch im Künftigen verborgen.

Das Vergangene ist im Gegenwärtigen ist im Künftigen verborgen.

Das alles erweist sich, sobald das Gegenwärtige vergangen ist. Dann ist das Künftige gegenwärtig.

In diesem Gegenwärtigen ist dann bereits wieder das Künftige verborgen.

Eben darauf verweist der I Ging *des Fu-hsi vor mehreren Jahrtausenden schon ebenso wie heute; also verweist er auch künftig darauf.*

Mit einem Wort: alles ist eins? Die Zeit ist eine Einheit? Es gibt keine Zeit?

Goethe macht das alles so konkret wie einfach und einleuchtend, wenn er 67jährig in einem Brief aus Weimar an seinen Freund Karl Friedrich Zelter schreibt:

"Freilich erfahren wir erst im Alter, was uns in der Jugend begegnete."

Yan legt das Diktiergerät wieder an seinen Platz zurück.

349
Cacildo

Yan geht schwimmen.

Vorher und nachher duscht er: ausführlicher als nötig, weil es da viel zu sehen und zu zeigen gibt. Man kann auch Signale versenden, die erwidert oder
schreckhaft ignoriert werden. Meistens bleibt alles im reizvollen Schwebe-
zustand vielversprechender Latenzen und spannungsvoll schwirrender Möglichkeiten, die sich noch nicht offenbaren, noch nicht festlegen, aber erst
recht nicht verleugnen wollen. Augen und Schwänze fungieren da als Antennen, Tentakel und Semaphore, jähe Abgänge, sinnlose Wiederkünfte und
variable Badehosenrituale mit oder ohne preisgebende Entblößungen als
Akzente und Interpunktionen, als Lockrufe, Absagen, indifferent widerruf-
bare Verheißungen, als kokett oder ängstlich verrätseltes Ja und Nein.

Heute duschen sie zu viert.

Außer einem arg- und blicklos schnaufenden Walroß, das sich in fanati-
schen Seifenorgien ergeht und mit Bierbauch, Ehering und verschrumpel-
tem Zwergenschweiflein nicht die geringsten Sensorien für die Delikatesse
gemeinsamer Waschungen offenbart, sind da noch ein schütter mittelblon-
der, aber pickelig verhemmter und nur heimlich lauernder Naturbursche, der
seine unübersehbare Rebellion in der Badehose versteckt und Blickkontakte
meidet, sowie, gleich neben Yan, unter der nahen Nachbardusche, ein dunkelhäutiger, gazellenschlank hochbeiniger Jüngling mit schulterlang gewell-
tem Haar, das er mit artistisch gesenktem Kopfe allem Duschwasser vorzu-
enthalten weiß, mit neugierig schweifenden Augen und einem recht langen,
aber vollkommen ungebogenen, linealgeraden und eher unfleischigen,
gleichwohl proper beschnittenen Genital, das durch seine Schlagseite auffällt: es ist absolut schief.

Diese Gazelle, eine fragile und wahrhaft schwarzfersige Impala-Antilope,
vermeidet zwar allzu direkte Augensignale für Yan, aber sie kokettieren beide mit scheinbar zufälligen, scheinbar bedeutungslos unabsichtlichen Pirou-

etten, mit denen sie, inmitten der aggressiven Sprenkelstrahlen ihrer Duschen, zueinander und wieder voneinander weg rotieren, sich zeigen und wieder verbergen, sich anbieten und wieder verweigern. Dieses Spiel zieht sich hin.

Wenn Yan dann endlich deutlicher werden und zur Augensprache überwechseln will, scheitert das jeweils am Blick der Gazelle, der sich zwar nicht gerade verschließt, aber stetig und unabkömmlich auf Yans Gemächte fixiert ist. Da lohnt sich ein Abwarten: *sabr*.

Plötzlich und überstürzt verläßt der pickelig schüttere Naturbursche, fast fluchtartig und mit auffällig unauffällig vorgehaltener Hand, den Duschraum. Das Walroß schrubbt sich indessen schnaufend den Bierbauch und glaubt, hier allein zu sein, ist in Frieden und einig mit sich selbst.

Yan und die Impala-Gazelle exerzieren das Ritual ihres Wasserballetts.

Ein solarisch bronzierter Erfolgsmensch mit modisch provozierender Badehose und überheblich selbstgefälliger Physiognomie betritt den inzwischen hitzig dampfenden Raum und demonstriert seine wählerischen Ansprüche, indem er beim Anblick von Walroß, Yan und Gazelle den gepflegten Kopf geringschätzig hoch und zur Seite wirft und sofort wieder hinausrauscht: ihm steht der Sinn nach sehr viel Besserem!

Yan und die Gazelle prolongieren die Pirouetten ihres nassen Balztanzes, reißen auch in zusätzlicher, in restloser Preisgabe ihre Arme zur Dusche hoch, um so letztendlich sogar noch die Behaarung der Achselhöhlen als inzwischen einzig verbliebene Mysterien ihrer Leiber einander zu offenbaren, und ziehen sich selbst bisweilen blitzschnell, aber in wohlberechneten Sichtmomenten am Schwanz oder tun so, als wögen sie mit prüfender Hand ihr Skrotum ab.

Endlich zieht das Walroß seine schlabbrige Badehose an, sammelt alle Duschgels, Shampoos, Waschlappen, Bürsten und sonstigen Utensilien seiner exzessiven Wochenend-Reinigung zusammen und verläßt laut schnaufend den Duschraum.

Yan und die Gazelle bleiben allein.

Die Spannung schnellt sprunghaft hoch.

Yan versucht, sie zu erden und eine plötzlich sehr möglich werdende Flucht der Gazelle zu verhindern, indem er beiläufig ritenlos nach seiner Seife greift und ausgerechnet jetzt unverhofft so tut, als wolle er sich hier überhaupt nur arglos waschen.

Aber dieser Griff zur Seife ist wohl doch allzu hektisch, sein Blick unter halbgesenkten Lidern allzu strikt seinerseits auf das tiefdunkel schiefe Lineal seines sehr, sehr nahen Nachbarn gerichtet. Jedenfalls flutscht ihm die glitschig geduschte Seife flugs aus der Hand und springt zu Boden. Noch ehe er sich aber nach ihr bücken kann, kniet die Impala-Antilope schon vor ihm, greift gazellenflink nach der weiter davonhüpfenden Seife, ist aber durchaus behender als die und hält sie, wohlweislich weiterhin kniend und mit betörend sehnigem, betörend ebenholzfarbenem Unterarm und betörend langfingeriger, aber hellhäutiger Innenhand dem umso vielfacher betörten Yan entgegen, aber eigentlich unweigerlich direkt vor dessen prallen Schwanz, der nun innerlich schon zu zucken beginnt.

Yan verzögert strategisch die Annahme der Seife und blickt der weiterknieenden Gazelle in die dunkelbraun warmen Antilopen-Augen, die jetzt auch endlich standhalten und Yans unmißverständliche Augenfrage mit einer unverschleiert offenen Bereitschaftserklärung erwidern, die sich jeder Koketterie enthält und in ihrem paraten Ernst an den mondsüchtigen Siamesenknaben in jenem magischen Isthmus von Ca'n Parra erinnert.

In diesem Augenblick geht die Tür auf. Jemand kommt herein. Yan greift sofort zur Seife, und die Gazelle schießt hoch, täuscht vehementes Duschen vor.

Aber der Eintretende ist schon wieder jener anspruchsvoll bronzierte Wichtigtuer in der modischen Badehose, der auch jetzt wieder hier nicht findet, was seinen hohen Erwartungen entspräche, und daher mit der gleichen stereotyp geringschätzigen Kopfbewegung leicht vorwurfsvoll auf dem Absatz kehrt macht und anspruchsvoll hinausrauscht.

Yan und die Gazelle sind wieder allein. Wie lange aber noch? Jetzt heißt es, keine Zeit mehr zu vergeuden, und panisch synchron greift jeder nach dem entgegenschwellenden Schwanz seines heißgeduschten Nachbarn.

Aber schon wieder geht die Tür auf. Gazellenschnell lassen beide los und drehen sich zur komplizenhaft schützenden Armaturenwand. Die Tür fällt

wieder zu. Beide warten, manisch zur Wand gewendet und spitzen Ohres,
aber niemand kommt herein. Ein blinder Alarm. Oder hört ihre Angst schon
Gespenster? Wie auch immer: ein Signal zu sofortiger Initiative. Eine Aufforderung zu eiligstem Handeln. Noch stehen sie beide wie Pissende mit
dem Gesicht zur Wand und kontrollieren mißtrauisch wartend die prekäre
Situation. Ihre Psoloi bauen schon ab.

Aber tatsächlich sind sie allein in diesem Duschraum.

"Wo anders wäre besser", fragt die Gazelle in akzentfreiem Deutsch und fast
flehendem Geflüster.

"Komm", sagt Yan zu seiner eigenen Überraschung und bedient sich spontan eines fast barschen Tones.

Er zieht seine Badehose an und verläßt den Duschraum. Fast hündisch folgt
ihm die Impala auf ihren hohen, schwarzfersigen Antilopen-Läufen, wohin
auch immer. "Du wartest unten", herrscht Yan sie über die Schulter an und
geht in die Sammelkabine. Die Gazelle folgt flinken Fußes, aber wortlos.
Stumm und fremd, fast feindlich trocknen sich beide dort ab und ziehen
sich, beziehungslos, kontaktlos, freilich etwas zu hastig, als gelte es, ja keine Zeit zu verlieren, nebeneinander an. Kein Wort fällt. Kein Blick wird ge-
wechselt. Yan fragt sich, warum er plötzlich so schroff ist, und weiß keine
Antwort.

Er ist angezogen und gehbereit, als die Impala noch ihre schulterlang welligen Haare frisiert und unnötig fönt. Yan geht wortlos hinaus.

Die Gazelle huscht sofort hinterher. Wortlos verlassen sie das Schwimmbad,
wortlos gehen sie nebeneinander her und den kurzen Weg zu Yans nahe ge-
legener Wohnung. Keinerlei Frage, kein Kommentar, kein Blabla und erst
recht kein Flirt. Die Sache ist ernst, die Luft eher dick. Yan spürt, daß er
ausfällig wird, falls die Gazelle jetzt irgendwas fragt oder sagt. Aber sie
kuscht und trottet hochläufig brav neben Yan daher.

Yan weiß nicht, was los ist, aber genießt es sehr.

So erreichen sie seine Wohnung. Yan führt die Gazelle sofort ins Schlafzimmer. Die Gazelle will Yan dort umarmen. Aber Yan verwehrt ihr das. "Zieh
dich aus", herrscht er sie an. Sie fängt an, sich aufzuknöpfen. Aber Yan
greift hastig ein und reißt ihr brachial die Kleider vom Leibe. Dabei splittern

Knöpfe. Irgendwas reißt. "Die Fetzen fliegen." Und kaum ist der ebenholz-farbene Oberkörper nackt, boxt Yan mit geballter Faust gegen dessen fla-che, konkave Brust und stößt die Impala aufs Bett.

Die Impala bebt. Yan knöpft ihr brutal den Hosenstall auf, holt lieblos rup-pig das schiefe Lineal heraus, das jetzt die Zimmerhöhe auszumessen trach-tet, und reißt dann mit einem einzigen Ruck die Jeans von den langen Ga-zellenläufen. Die Impala wimmert und dreht sich auf den Bauch. Yan schlägt sie mit flacher Hand auf den kleinen Arsch und sagt: "Vonwegen. Steh auf."

Die Gazelle pariert: zitternd und jäh zum spillerigen Hänfling mutiert, steht sie mit trockenem Schluchzen vor Yan und mißt, mit schiefem Lineal, den Abstand aus, der sie trennt. "Nun zitter nicht!" befiehlt Yan: "zieh mich aus!"

Bebend und nackt fällt der Hänfling vor Yan auf die Knie, öffnet Yans Ho-senstall und greift flatternd hinein. "Du sollst mich ausziehn!" faucht Yan, und der Hänfling zieht artig Yans Hose, dann die Boxer-Shorts bis auf die Knöchel hinunter. Der Hänfling kauert sich tief zu Boden, hebt Yans trotzig aufgestemmte Füße einzeln hoch, streift die Schuhe ab und krempelt müh-sam die Hosenwülste über Yans Fersen. "Schneller!" sagt Yan, und der Hänfling sputet sich hektisch beim Ausziehen auch noch der Socken.

Lang auf dem Boden liegend, bedeckt er Yans Füße jetzt mit unterwürfigen Küssen. Yan läßt ihn kurz gewähren, dann stößt der eben geliebkoste Fuß ihn weg: "Auf die Knie!"

Der Hänfling kniet sich auf.

"Hemd weg!"

Der Hänfling schleicht sich mit seinen fieberheiß bebenden doppelfarbigen Händen von unten her und dezent an Yans drohend ragender Meßlatte vor-bei unter das noch sorgfältig zugeknöpfte Hemd, verharrt an Yans Brust-warzen, die er zaghaft zu zwirbeln beginnt. "Melk mich nicht", schnauzt Yan ihn an: "Hemd weg!"

Die grazilen Gazellen- und Hänflingskraller kommen am Hals zum Vor-schein und öffnen den obersten Hemdenknopf. Dabei erhebt sich der Hänf-ling von den Knien und mißt mit schiefem Lineal jetzt Yans Unterbauch aus. Yans eigene Latte nimmt dabei zwischen den ebenholzschwarzen Impala-Läufen das Damm-Maß.

"Das sind Druckknöpfe, du Trottel: reißen!" Aber die fiebrigen Hänflingskrallen sind unter Yans Hemd gefangen und können nicht so reißen wie anbefohlen.

"Ich kann das nicht", säuselt der Hänfling, "es geht nicht: jetzt bist du mir böse."

"Vonwegen", sagt Yan, "hör auf mit dem Scheiß, und reiß mir das Hemd auf, los! Du reißt jetzt das Hemd auf! Los!"

"Ich kann nicht", wimmert der Hänfling und wird hysterisch: "es geht nicht, é impossível, ich kann das nicht von innen, hilf mir, ich kann nicht, sinto muito, ich tauge zu gar nichts, jetzt schimpfst du mit mir, schrei mich an, mach mich fertig! Bitte! Bitte! Faz favor!"

"Nun grade nicht", sagt Yan und beharrt: "Du reißt jetzt das Hemd auf, sofort!"

"Nein", trotzt der Hänfling und wird zum Ziegenbock: "schlag mich doch! Schlag mich! Du traust dich nicht. Trau dich doch. Trau dich!"

Yan wird zur Sphinx und schweigt.

"Na, schlag mich", insistiert das Böckchen: "ich weigere mich. Ich reiß dir das Hemd nicht auf. Ich bin ungehorsam. Schlag mich. Na, schlag mich schon, schlag mich! Los, schlag mich doch, bitte!"

Aber Yan sagt "Nein" und ist selbst überrascht, wie kalt und leise er das sagt. "Du reißt mir jetzt sofort das Hemd auf. Na, los schon: pariere!"

Aber wortlos schüttelt das nackichte Böckchen den Kopf und wird wieder Hänfling. In die Hänflings-Augen schießen ihm Tränen. Sein Atem fliegt. Seine ebenholzsehnigen Unterarme liegen immer noch glatt, aber zitternd auf Yans Brusthaut auf.

"Jetzt heul nicht, wegen dieser Knöpfe", hört Yan sich verächtlich sagen und reißt sich in Gottes Namen eigenhändig die Druckknöpfe auf und das Hemd vom Leibe.

Dampfend und nackt steht er da.

Wie erlöst fällt der Hänfling ihm sofort um den Hals und klammert sich fest.

Yan umarmt ihn ruhig und drückt ihn beruhigend an sich.

"Fester!" flüstert der Hänfling in Yans rechtes Ohr: "Fester! Noch fester! Zerquetsch mich!"

Sofort läßt Yan los.

"Faz favor!" haucht die Gazelle und küßt sich dann hals-, brust- und bauchabwärts zu Yans Gepränge hinunter. Yan läßt es geschehen und rührt sich nicht. Er berührt die Gazelle nicht. Als die aber seinen Psolon verschlingen will, stößt er damit zu wie ein Specht: mit hellrot dickem Schnabel-Dolch in das bebend schwarze Gazellengesicht; nicht in den Mund: ins Gesicht. Und noch einmal.

Die Gazelle kippt nach hinten und fällt auf den Berberteppich, bleibt keuchend auf ihrem Rücken liegen und leuchtet Yan von da unten an: "Ja! Weiter! Los! Mach mich fertig!"

Yan schaut wortlos von oben hinunter in das lockende, rufende Gesicht, auf die fliegende ebenholzglatte Hühnerbrust, auf den fliegenden ebenholzglatten Knabenbauch, auf das ebenholzrosig rebellierende schiefe Lineal da unten.

"Bitte!" haucht der leuchtende Hänfling und lächelt mit einem verzagten Lächeln, das Yan ins Herz trifft.

Langsam, mit fast bedrohlicher Ruhe und warnend ragendem Gestänge tritt Yan jetzt breitbeinig über die bebende Schönheit da unten auf seinem Berberteppich. Seine Füße kommen rechts und links, aber ohne Hautkontakt neben die fliegenden ebenholzschwarzen Flanken zu stehen. In prüfender Ruhe schaut Yan in die erwartungsvoll fragenden Augen, auf den verführerisch lächelnden Mund da unten. So verharrt er reglos und schweigend.

Die Spannung steigt.

Die Gazelle erträgt das nicht länger und dreht sich, zärtlich und behutsam und ohne Yans Füße zu berühren, auf ihren Bauch.

Yan rührt sich nicht und läßt sie verhungern.

Die Gazelle reckt ihm den wackelnden ebenholzglatten und ebenholzschwarzen, kleinen und harten Knabenarsch entgegen.

Yan schaut ihn sich aufmerksam an, aber rührt sich nicht.

Die Gazelle bewegt den hochgestreckten Arsch in langsamem Schwenken hin und her.

Yan muß an jenen Schnitzel-Arsch vor Jahrzehnten im Schlafsaal der gogolschen Leuchtenburg denken und rührt sich nicht.

Die Gazelle ruckelt mit ihrem drallen Ärschchen nach oben und unten, nach rechts und links, nach unten und oben, nach links und rechts.

Yan verlagert sein Gewicht auf den linken Fuß, hebt den rechten hoch und bewegt ihn langsam, aber ohne Berührung über den ebenholzglatten Knabenrücken auf diesen zuckenden Arsch zu, der das zu spüren scheint und erwartungsvoll still hält. Yans große Zehe verharrt über der hingebungsvoll dargebotenen Arschspalte. Reglos.

Die Gazelle hält den Atem an.

Yans Zehe taucht langsam und zart in die Tiefe dieser Spalte ein.

Die Gazelle rührt sich nicht.

Yans Zehe verharrt am Grunde der Spalte, wo sie Widerstand spürt.

Sie wartet.

Langsam umfängt die Gazelle seine Zehe mit zärtlich zusammengezogenen, ebenholzknackigen Arschbacken.

Yan läßt seine Zehe die Spalte entlang nach unten und dann millimeterweise nach oben, aus der Spalte hinaus und über das Steißbein, dann, millimeterweise, das ganze Rückgrat entlang bis zu den Spitzen der schulterlang welligen, locker gefönten Haare wandern. Dort läßt er seine Zehe wieder kurz verharren.

Die Gazelle liegt reglos da und verspannt sich.

Dann fährt Yan mit ganzem Fuß und schnellem Ruck unter die Perücke, reißt sie vom Kopf und schleudert sie unter die nahe Kommode.

Der Hänfling schreit auf und fährt jäh auf die Knie hoch.

Sofort packt Yan mit beiden Händen seinen entblößten Kopf und hält ihn gewaltsam fest.

Die Gazelle fängt an zu weinen.

Yan massiert ihr die negroid gekräuselte dichte Wolle in beruhigend ebenmäßigen und tröstlich zarten, aber festen Kreisbewegungen.

Die Gazelle hält krampfhaft still und läßt es weinend geschehen.

Yan massiert. Er massiert und streichelt. Er streichelt und massiert. Er streichelt.

Rücklings vor ihm kniend krallt sich die Gazelle mit den langen Fingern beider Hände an Yans Oberschenkeln fest. Yans Psolon preßt sich in die Kräuselwolle ihres Hinterkopfes und assistiert dort beim Massieren und Streicheln.

Yan streichelt die Gazelle. Er streichelt die bloßgestellte Wolle, den wolligen Hinterkopf, die nassen Wangen, den zuckenden Mund. Er streichelt die knochigen Schultern, die ebenholzglatte Brust, deren winzige Warzen. Er umkreist die winzigen Warzen. Er umkreist sie. Er versucht, sie in all ihrer Winzigkeit zu zwirbeln. Er verschränkt seine Arme über der ebenholzglatten Gazellenbrust und preßt das gedemütigte Geschöpf mit starker Güte und Wärme an sich.

So verharrt er. Lange.

Die Gazelle beruhigt sich. Sie entspannt sich. Sie fügt sich. Sie gibt auf. Sie beginnt zu schmelzen.

Yan hält sie. Er beschützt sie in all ihrer Blöße.

Langsam senkt sie ihren Rumpf auf die ebenholzschwarzen Antilopen-Fersen hinunter, lehnt sich behutsam zurück und schmiegt sich an Yans noch immer gespreizte Oberschenkel.

Yan legt seine Hände auf die knochigen Schultern der Gazelle und läßt sie dort ruhig liegen: eine tröstliche Bürde und Bewährungsprobe.

Die Gazelle macht sich noch kleiner und steckt in sanfter Rückwärtsbewe-
gung ihren Kopf zwischen Yans gespreizten Schenkeln hindurch, beugt sich
dabei zurück, küßt *en passant* Yans Hoden ab und erreicht dann mit ihrem
noch tränenfeuchten Gesicht Yans breitspreizig angespannten Arsch. Sie
drückt ihr Gesicht in seinen Arsch. Das läßt er geschehen, als merke er
nichts.

Lange preßt die Gazelle so ihr Gesicht in Yans Arsch: bewegungslos; reglos.

Yans Hände liegen jetzt ruhig auf dem ebenholzglatten Knabenbauch oberhalb jenes zaghaft zuckenden schiefen Lineals.

So verharren sie beide.

Dann spürt Yan, wie sich die Nase der Gazelle langsam in seine durchge-
duschte Arschspalte zwängt. Er hält den Atem an. Die Nase erreicht den
Spaltenboden, verharrt, tastet vorsichtig aufwärts und verharrt.

Auch die Gazelle hält den Atem an.

Nichts rührt sich mehr, regt sich mehr. Nichts geschieht.

Nach langem *sabr* fühlt Yan die hartgespannte, aber unendlich zarte Gazel-
lenzunge sein Arschloch berühren. Zielsicher trifft sie in dessen Mitte. Dann
umkreist sie die. Sie kreiselt. Dann sucht sie wieder die Mitte. Sie findet sie.
Sie hat sie. Sie hält sie. Sie drückt sie. Mit ihrer allervordersten, allerspitze-
sten, allersensibelsten Spitze stößelt sie zu. Ganz leicht. Dann fester. Dann
noch fester. Sie beginnt einzudringen.

Mit gewaltsamem Ruck befreit sich Yan. Die Gazelle fällt rücklings auf den
Teppich. Aber Yan packt sie, zieht sie hoch und schmeißt sie brutal aufs
Bett. Er wirft sich auf sie, klappt ihre Läufe hoch und beginnt, sie zu verge-
waltigen.

Jetzt wehrt sich die Gazelle. Sie wehrt sich vehement, mit überraschender
Kraft. Yan hält kräftig dagegen und wird immer gieriger auf die Vergewaltigung. Umso heftiger wehrt sich die Gazelle. Je mehr sie sich wehrt, umso
gewalttätiger wird Yan. Je gewalttätiger er wird, desto wütender wehrt sich
die Gazelle. Sie kämpfen, sie ringen, sie boxen, sie schlagen sich, sie schrei-
en: sie spielen. Denn die Gazelle wehrt sich nur scheinbar. Yan vergewaltigt

sie nur scheinbar. Alles ist abgekartetes Spiel: ein selig machendes, glücklich machendes, inbrünstig einvernehmliches, jubelnd und jauchzend einiges Spiel ... Sie lieben sich.

Die Gazelle kommt dann noch mehrere Male zum Spielen. Jeweils unverhofft ruft sie an: "Kann ich jetzt kommen?" Und hat dann jedesmal neue Ideen, wie sie sich Yan unterwerfen, sich vor ihm demütigen, sich besiegen und unterdrücken lassen kann.

Die Gazelle heißt Cacildo und hat brasilianische Eltern, ist aber in Bagdad geboren und zuerst in Neu-Delhi, dann in Bonn aufgewachsen, weil der Vater Diplomat ist. Cacildo studiert Musik und steht am Anfang einer Pianistenlaufbahn. Ihm und seiner Karriere zuliebe bleibt die Mutter in Deutschland, als ihr Mann einem politischen Terrorakt zum Opfer fällt. Cacildo muß ihrer heimwehkranken Witwenseele alle schmerzhaften Entbehrungen versüßen und ersetzen. Das tut er, indem er ihr von allen *Concours* für junge Pianisten den ersten, schlimmstenfalls den zweiten Preis und manches Stipendium nach Hause mitbringt. Nur Frauen darf er nicht mitbringen. Männer erst recht nicht. Er ist Pianist. Eine Tastengazelle. Kein Mann. Ein musisch fingernder Hänfling mit Artistenperücke. Yan mag ihn sehr.

Aber dann ruft er eines Tages an, als Yan gerade zu einer Spielplanbesprechung ins Theater muß. Kommentarlos legt ihm Cacildo diese Absage als Ablehnung aus und vertieft sich seither genüßlich in Schmerz und Unwertexzesse eines Verschmähten. Eines Fallengelassenen. Weggeworfenen. Überflüssigen. Er ruft nicht mehr an, und Yan ist ohnmächtig: aus Rücksicht auf die eifersuchtstolle Mutter hat Cacildo ihm nicht einmal sein Telefon verraten. Yan muß akzeptieren, daß die Gazelle leiden, daß sie an Sehnsucht erkranken, den Verzicht zelebrieren, ihr gebrochenes Herz genießen will.

Er resigniert.

Als aber, Monate später, Cacildo ein großplakatiertes Konzert gibt, kauft Yan sich denn doch eine Karte in der ersten Reihe und hört also seine immer noch sehr geliebte Gazelle in schmuckem Frack und mit schulterlang welligen Haaren ein Klavierkonzert von Mozart spielen.

Zuerst ist alles wie üblich: der Gazellen-Mozart klingt heiter und leicht und einfach und klar und rein und befreit und erlöst und himmlisch wie immer bei guten Pianisten. Die Technik ist überdies perfekt, der Anschlag souverän, die Präsenz faszinierend, das Podiums-Charisma bestrickend. Ein junger Stern erstrahlt da am Flügel.

Aber plötzlich erschrickt Yan. Cacildo spielt nicht mehr Mozart, er spielt Chopin. Berauschende Eleganz, erotische Verlockung, sinnliche Kaskaden, verschwimmend vieldeutige Akkorde, Sehnsucht, Verfallenheit, *bellezza*, Salon, *morbidezza* und Auflösung, Sucht, Chopin.

Yan könnte heulen. Der Junge vertut sich. Hat er ihn wahrgenommen, da in der ersten Reihe? Ist Yan schuld, weil er ihn ablenkt? Alles ist verloren. Warum hilft ihm denn niemand? Der Dirigent scheint nichts zu bemerken, genießt sein onanistisches Fuchteln und läßt diese hochtalentierte Gazelle statt Mozart pedaldurchrauschten Chopin zelebrieren.

Aber eigentlich ist es inzwischen schon gar kein Chopin mehr: verwoben und schwierig, belastet und spröde, kompliziert und von Schumann. Aus Chopin wird Schumann. Aus Mozart wird Chopin wird Robert Schumann. Nur allzu rhythmisch. Allzu metronomisch. Provozierend hämmert die Linke das Metrum. Fast schrill opponiert die Rechte und kämpft sich ironisch ins Freie. Sie spottet und höhnt, sie kichert und schneidet dem herrischen Rhythmus verspielte Fratzen. Umso feuriger fordert die Linke zum Tanz auf. Sie geht ins Blut. Sie hüpft. Das ist kein Schumann mehr, das ist Strawinskij. Was macht dieser Junge?

Gottlob, er findet zurück. Jetzt spielt er wieder Mozart: klar und rein und erlöst und einfach und heiter und leicht und befreit und himmlisch. Er fängt sich, er kehrt heim, er bereut, er begreift, er repariert, er rettet, alles wird wieder gut und klar und rein und erlöst. Und durchsichtig. Und ehern. Und strikt. Und unerbittlich. Und kühl. Und streng. Und von weit her. Und aussermenschlich. Und überirdisch. Und jenseitig. Und ewig. Und göttlich. Und von Bach. Cacildo spielt Bach.

Er ist wahnsinnig und spielt Bach. Er spielt Bach. Er spielt Bach und spielt Bach. Rigoros. Aber noch was dazu. Er spielt Mozart. Er spielt Bach und spielt Mozart. Mozart von Bach. Oder Bach von Mozart. Aber dann wieder Mozart von Schumann. Schumann von Mozart. Mozart von Beethoven. Beethoven von Mozart, Chopin von Mozart, Mozart von Bach.

Yan ahnt was.

Sein Cacildo läßt ihn erahnen, wie Mozart die ganze Musik, diese dreihundert Jahre, ihre ganze Geschichte: wie er die einfach enthält; sie verwertet; vorwegnimmt; sie in sich hat. Auch wie diese ganze Musik, drei Jahrhunderte lang, immer Mozart spielt; ihn verwertet; variiert und erweitert; ihn in sich hat, immer. Und jeder. Ihn niemals vergessen kann, nie mehr.

Yan flattert.

Sein Cacildo zeigt ihm, wie man in später Stunde aktuelle Musik macht. Wie moderne Kunst nicht vergessen kann, daß es spät und sie selbst ein Nachkomme ist. Es ya tarde. Das kann sie nicht vergessen. Sie kann nichts vergessen. Muß immer an alles denken, was vorher ist. Treibt das zuhauf. Versammelt das alles. Sie sammelt. Ist ein Sammler. Ein Sammler von Treibgut. Läßt nichts mehr aus. Vergessen wäre Undank. Verlieren Barbarei. Übersehen Vandalismus. Verzichten Untergang. Alles lebt von allem. Wächst an allem, reift an allem. Braucht auch alles. Alles hängt zusammen. Nichts ist isoliert. Nichts einsam. Nichts allein. Nichts steht für sich. Drunter trumpets. Immer. Immer drunter trumpets.

Beim Applaus, der orkanhafte Formen für diese exotische Schwarzfersen-Antilope annimmt, erhebt sich Yan als erster, mitten da in seiner vordersten Reihe, damit Cacildo ihn sieht.

Er erfährt nicht, ob das gelingt.

Denn Cacildo verbeugt sich neutral: zwar schief, ein ganzleibig schiefes Lineal, aber ohne sonstige Signale für Yan.

Er ruft auch nie wieder an.

Erst Monate später findet Yan unter seinen Winter-Pullovern einen Zettel von Cacildos Hand:

In seiner Mozart-Rede zitiert Hugo von Hofmannsthal die Bibel: "Ein jedes Licht leuchtet seine Zeit; gedenket des erloschenen und zündet ein neues an und wandelt."

451
Fra Angelico

Als Yan zu Beginn der zweiten Woche seines römischen Aufenthaltes in einer *heure bleue* über die barocke Piazza Navona, diesen alten *circo agonale*, schlendert, um hier an Ort und Stelle der historischen "Festa di Agosto" und jenes volkstümlichen Befana-Festes, das zu Epiphanias dem Vergnügen der römischen Kinder dient, seinen Apéritif zu nehmen, hört er aus dem soeben passierten Boulevard-Café des "Tre Scalini", wo ja auch Thomas Mann *"vorzüglich"* speist, seinen Namen rufen.

Tatsächlich sitzt da Raffaele, frisch aus Venedig angereist, über einem *tartufo della casa* und wartet auf ihn: "Ich wußte, daß ich dich hier treffe."

"Wieso das denn?"

"Kennst du deinen Goethe so schlecht? Was er von hier aus seinem Carl August nach Weimar schreibt?"

Yan muß passen und kann erst viel später in Hamburg mit Rührung nachlesen, *"daß bey einer wahren Harmonie der Gemüther man einander immer wieder begegnet, wenn man noch so weit auseinander zu gehen scheint"*.

"Na, wie gefällt dir dieses Rom?" fragt Raffaele gleichwohl nicht ohne ironischen Unterton. "Wen hast du hier sonst noch getroffen? Sicherlich Goethe, oder?"

"Auch Gogol und Thomas Mann: alle drei sogar in ein und derselben Strasse. Und was machst du hier? Seit wann bist du hier?"

"Seit gestern. Ich möchte hier Priester ficken."

"Ficken die sich anders?"

"Weil ich sie alles büßen lassen will, endlich: alle Demütigungen meiner Kindheit, alle Unterdrückungen. Sie sollen zu stöhnen haben."

"Wie wäre es da mit den Jungs von der Schweizer Garde? Erzkatholisch sind die auch, aber viel hübscher. Und in Kostümen deines Namensvetters Raphael."

"Aber nicht im Fummel. Ich muß Soutanen hochreißen. Oder Kutten zerfetzen."

"Aber die Schweizer Gardebuben sind alle jung, alle zwischen 18 und 25, Gardemaß 1,78, charakterlich angeblich einwandfrei und garantiert unverheiratet: das ist Vorschrift. Übrigens: warum eigentlich? In diesem potenten Alter?"

"Nein, ich muß es jetzt endlich den Pfaffen heimzahlen: alle die Erniedrigungen. All die Vergewaltigungen meines Geistes und meiner Seele."

"Aber die Schweizer Garde sind immerhin 120 Mann!"

"Priester gibt es hier noch mehr. Guck mal, da drüben, vor Sant' Agnese die drei."

"Du bist wie Gogol. Der starrt hier auch jedem Abate, jedem Mönch hinterher und gesteht, sich an ihnen nicht sattsehen zu können."

"Ach, der! Dieser Orthodoxe! Der sucht doch nur einen Vater, dessen Züchtigungen er sich unterwerfen kann: wie später seinem Mörder-Popen. Aber ich will sie abstrafen, diese Bande, sie kleinkriegen, fertigmachen, alle: ohne Gnade!"

Er lacht und wechselt abrupt das Thema: "Was gefällt dir denn nun am besten, in diesem Rom?"

Yan überlegt nicht lange: "Dieses Trio von Männerliebe, Tod und Kunst. Wie *Roma* das Palindrom zu *amor* ist, so besteht jedes dieser beiden Wörter auch zu großen Teilen aus *mors* oder *morte*. Und *morte* ist nicht weit von *arte*."

"Auch konkret?"

"Auf Schritt und Tritt. Die ganze Antike hier, das frühe Christentum, die Renaissance: alle vermischen sie Männer- und Todeskulte zu Kunst. Noch Goethe packt in dieser Tradition die Amour zwischen Pylades und Orest ins Tantalidenmassaker. Gogol ist hier, wenn er nicht moribunde Jünglinge anhimmelt oder begräbt, mit seinen abstrusen 'Toten Seelen' beschäftigt, und Thomas Mann nennt seinen Roman vom sensitiven Spätling Hanno hier noch nicht 'Buddenbrooks', sondern 'Abwärts'."

"Aber ihm stirbt hier kein Geliebter. Und deinem Goethe schon gar nicht."

"Kennst du den unkatholischen Friedhof nicht?"

"Wie bitte?"

"Ja: den *cimitero acattolico*? Laß uns da morgen hingehen."

"Morgen will ich in den Petersdom: Priester jagen."

Aber auf ihre kultivierte Weise schließen sie einen Kompromiß und gehen andern Tages in die Vatikanischen Museen.

*

Sie halten sich einen ganzen Tag, acht Stunden lang, in den Vatikanischen Museen auf, wiederholen die vordisponierten Rundgänge mit Favorisierungen und Schwerpunktbildungen auf eigene Faust und nehmen erlesenen Kunstsinn, auch manische Sammelwut vieler Päpste ebenso zur Kenntnis wie den finanzpolitischen Weitblick ihrer Kapitalanlagen, ihre skrupellose Ausbeutung und ihre Diebstähle, zumal in den ethnologischen Kollektionen ägyptischer, etruskischer, griechischer und sonstiger Raub-Exponate aus den Missionsgebieten *urbis et orbis*.

Schon der ungleich gutartigere Goethe beanstandet in Rom nicht nur das Hehlertum des hiesigen Katholizismus, von dem er Charlotte von Stein nach Weimar berichtet, wie es hier zum Alltag gehöre, daß Mörder und Totschläger in jeder nächstbesten Kirche Schutz, Asyl und Absolution erhalten; dem Freunde Knebel schreibt er überdies: *"Alle Kirchen geben uns nur die Begriffe von Martern und Verstümmelung. Alle neuen Palläste sind auch nur geraubte und geplünderte Theilgen der Welt – Ich mag meinen Worten keine weitere Ausdehnung geben!"*

Yan und Raffaele mögen das umso mehr und tun es auch.

Aber in die Sixtinische Kapelle kehren sie dennoch dreimal zurück, um da vor allem zu ergründen, welche Visionen hier Fleischesbruder Michelangelo in seinem "Jüngsten Gericht" von Sterben, Tod und Jenseits entwickelt. Raffaele merkt an, ein wie harter, wie liebloser Christus hier über die Toten zu gnadenlosem Gericht sitze; der Autor der Bergpredigt sei das mitnichten. Dieses Fresko sei zuallertiefst unchristlich, alttestamentarisch unerlöst, hoffnungslos und christuskritisch, denn die Auffahrenden und Erwählten sehen nicht glücklicher oder beseligter oder erlöster aus als die Verdammten: dieser Christus verdamme ausnahmslos alle und kenne keine "Gerechten".

Yan bestätigt, wie dieses Gemälde *"als Apotheose meiner durchaus pessimistisch-moralistischen und antihedonistischen Stimmung"* auch den zwanzigjährigen Thomas Mann erschüttere und wie Gogol hier die leider nicht genauer erläuterte *"Geschichte vom Geheimnis der Seele"*, vielleicht also gleichfalls die Offenbarung ihrer allgemeinen Verdammenswürdigkeit erblicke.

"Und Goethe?" spöttelt Raffaele: "war der etwa nicht hier?"

"Doch", weiß Yan: er ist oft hier, mit Tischbein, auch mit den Jünglingen Lips und Bury, und könne *"nur sehen und anstaunen"*, wie die *"innere Sicherheit"*, aber auch wie die *"Männlichkeit"* dieses malenden Fleischesbruders *"über allen Ausdruck"* gehe.

Raffaele warnt davor, diese Kapelle nur als Ort der Kunst, sei es mit einer apokalyptischen Prise Tod wahrzunehmen: sie vermische die beiden auf unverwechselbar hiesige Weise mit ihrer primär gegebenen Religiosität zu jenem typisch römischen Amalgam, jener undividierbar gesprenkelten Einheit aus alledem.

"Nur *amore* fehlt hier völlig", witzelt Yan.

Die finde sich in Michelangelos Decken-Fresken, korrigiert Raffaele: "wenn auch nüchtern und unromantisch, aber voll von Mitleid und Wissen und Barmherzigkeit und Agape. Und dann die Erschaffung Adams: wenn das nicht der Ur-Eros sei, zwischen Vater und Sohn, diese Ur-Beziehung, die eine einzige Richtung, ein Ziel, eine Sehnsucht kenne und sich im Finger verdichte, der nichts als den andern Finger suche, von Finger zu Finger, wenn das nicht phallisch sei, von Mann zu Mann. "Komm, wir gehen noch einmal in den *Cortile del Belvedere*!"

Unterwegs muß Yan noch an diesen Finger-Eros und an jenen Formenterenser Haschisch-Abend mit Juljus denken, wie einzig ihre Zeigefinger sich langsam aufeinanderzubewegen und ihre ganze Gier und Spannung verkörpern, und was aus dieser Fingerbewegung alles seither entsteht und wie er sich seine fünfjährig weihnachtlichen Zeigefinger in die fünfjährig weihnachtlichen Ohren, wie seine Mutter ihm in Wladislaws Posen ihren Zeigefinger ins Arschloch steckt und wie das später Lederkerle und sonstige im Lederkeller und sonstwo mit ihren Lederfingern und sonstwas wiederholen und wie Thomas Mann seinen Weimarer Drehstift mit einem Lapis Lazuli am Ringfinger hält und wie Abdullah in Jericho auf dem tell es-Sultan mit der Wünschelrute seines lebensschwieligen Zeigefingers die Jahrtausende verwischt und wie der bäurisch pubertäre Zeigefinger des *chico marítimo* in Formentera sein *"not possible"* in die Welt wackelt und wie Yan selbst im vermeintlichen *Rome Club* von Bangkok mit seinem zagenden Zeigefinger schamlos auf Boi Nr. 33 X deutet und wie Goethe in seinen venezianischen Epigrammen jeden Refiets als *"eilften Finger"* bezeichnet und wie Massimo ihm im "Hangar" seinen Zeigefinger in die Handfläche bohrt und wie in alledem diese Erschaffung Adams enthalten sein mag und fortwirkt.

"Außerdem", unterbricht Raffaele solche Reminiszenzen, "ist diese ganze Sixtinische Kapelle, diese Kombination aus höchster Kunst und höchster Geistlichkeit, eine Idee jenes Fleischesbruders, nach dem sie benannt ist und auf den sich jenes lateinische Distichon mit der spiegelbildlichen Austauschbarkeit von *Roma* und *Amor* bezieht: Papst Sixtus IV. Insofern repräsentiert sie als Ganzes sehr wohl auch Männer-*amore*."

Ex-Protestant Yan befragt jetzt den Ex-Katholiken Raffaele nach jenem Gerücht, daß seit den Tagen jener fatalen Päpstin Johanna jeder neu designierte "Heilige Vater" sich, bevor er definitiv gewählt wird, auf eine *sedes stercoraria* setzen müsse, die als Kotstuhl ein faustgroßes Loch in der Sitzfläche habe; über dem müsse sich der Kandidat mit gerafften Gewändern und anatomisch so geschickt niederlassen, daß von unterhalb dieses Stuhles das ermächtigte Männergefinger just des jeweils jüngsten Kardinals durch das Loch in der Sitzfläche greifen könne, um das maskuline Gemächte des Nominierten zu verifizieren; erst wenn hiernach das erlösende *"Habet testes"* ertöne, könne der Rauch zum Himmel steigen und das *"Habemus Papam"* verkünden: ohne Habet kein Habemus. Papst Benedikt VIII. soll das *anno* 1012 als erster genossen haben.

Yan will von Raffaele wissen, ob dieses Gerücht die Wahrheit sage, ob jener anatomische Test auch heute noch Usus sei und ob er in ebendieser Sixtinischen Kapelle stattfinde. Aber Renegat Raffaele ist wohl doch katholisch so linientreu erzogen, daß ihm derlei Indiskretionen unbekannt oder *tabu* sind oder aber doch gar als allzu obszön erscheinen.

Auf der Rückkehr zum Achteck des Belvedere passieren sie abermals die diversen Abteilungen des Museo Pio-Clementino, verharren da wiederum, jeweils von Körperschönheit überwältigt, in der Sala Rotonda vor dem Herkules und dem Antinous aus Palestrina, in der Sala delle Muse vor dem Apoll, dann vor dem Torso von Belvedere, den Michelangelo zu seinem Lehrer erklärt, in der Sala degli Animali vor dem stierischen Minotaurus und jenem Meleager, wie er Jahrhunderte lang samt Hund und Wildschweinkopf zu den sieben schönsten antiken Meisterwerken gezählt wird, und in der Galleria delle Statue vor dem unvergleichlich betörenden Eros von Centocelle und jenem Apollo Sauroctonos, den Fleischesbruder Praxiteles für alle ästhetische Ewigkeit mit einer vorhäutigen und schwanzwechselnden Eidechse kombiniert.

Yan stellt die These auf, daß es sich um alle diese virilen und praevirilen Schönheiten handeln muß, wenn Thomas Mann gesteht, *"die antike Plastik des Vatikans"* habe hier seiner Zwanzigjährigkeit *"mehr zu sagen als die Malerei der Renaissance"*.

Raffaele bezieht auch solchen Satz primär auf diesen *cortile ottagono*, den sie jetzt endlich erreichen und der mit seinem *"idealen"* Hermes, dem Laokoon-Trio und zumal mit jenem legendären Apollo vom Belvedere ästhetisch-erotische Meisterwerke versammelt, die zeitlose Maßstäbe setzen, stabilen Weltruhm besitzen und Millionen Schönheitssüchtige aus aller Welt zu aufwendigen Reisen in dieses intime Achteck unter offen römischem Himmel veranlassen. Zumal über diesen Apoll wird, seit Winckelmann hingerissen den *"ewigen Frühling"* solcher *"reizenden Männlichkeit"* und *"gefälligen Jugend"*, die *"sanften Zärtlichkeiten auf dem stolzen Gebäude seiner Glieder"* und den *"Himmlischen Geist"* verherrlicht, *"der sich wie ein sanfter Strohm ergossen"*, unübersehbar viel empfunden, gedacht, gesagt und geschrieben. Winckelmann selbst vergißt *"alles andere über dem Anblicke dieses Wunderwerkes der Kunst"*.

Sein Schüler Goethe, dessen *"schön geformter Mund"*, weiß Yan, die Weimarer Schauspielerin Caroline Jagemann *"an den Apoll von Belvedere erinnerte"*, als diese Schülerin seines Lieblings Iffland und Geliebte seines geliebten Herzogs in Goethes eigener Inszenierung August Wilhelm Schlegels ur-ionisch fleischesbrüderliche Hosenrolle Ion mit verwechselbarer Apollo-Pose und *"auffallender Gleichheit"* von Vater und Sohn spielt,

Goethe also nennt diese prominente und vielgeliebte Statue *"jünglings-frey"* und *"so grenzenlos erfreulich"*, *"daß ich daneben fast nichts mehr sehe"*, denn sie *"übersteigt alles Denkbare"* und ist *"aus der Wirklichkeit hinausgerückt"*. Gleichwohl oder eben deshalb, witzelt er später obszön, wolle er diesen Apoll nur ja nicht *"in Pantalons"* sehen. Und seinem Herzog gesteht er brieflings, daß er den hiesigen antiken Erotica *"im Stillen ergeben"* sei.

"Und Gogol? Na, sag schon!"

"Gogol kommt in der Tat oft hierher, besonders mit seiner 'brüderlichen' Smirnowa, die er immer wieder den Nil, jenen wiederum übervaterhaften, aber nackten Marmortitanen mit Krokodil und ebenso nackter Knabenschar, im Museo Chiaramonti, dann die so faszinierend ineinander verschlungenen Männer und Reptilien des 'Laokoon' und schließlich diesen Apoll in stundenlang wortloser Betrachtung zu bewundern veranlaßt. Solche Schönheit ist für ihn nur ein weiterer Weg zu seiner Frömmigkeit. *'Das war eine Religion'*, sagt er zu Freund Pogodin, *'sonst könnten sie nicht von einem solchen Gefühl für Schönheit durchdrungen sein'*."

"Einem solchen Gefühl für männliche Schönheit", korrigiert Raffaele, als sie kurz danach in der stillos und kommerziell ordinären *fast-food*-Kantine des Vatikans eine industrielle Erfrischung zu sich nehmen und zwischen schmucken, aber heterosexuell illusionslosen, muffig mißgestimmten Schenken auf die vielen Leinwand-, Bronze- und Marmormänner dieser Kunstsammlungen zu sprechen kommen.

Raffaele fühlt hier jenen Eindruck bestätigt, den er schon aus den vertrauteren florentinischen Uffizien mitbringe: wie sehr Antike und Renaissance dem maskulinen Körper den Vorzug ihrer Sympathie zuteil werden lassen. In unerschöpflichen Variationen bringen sie Schönheit, Kraft und Durchgeistigung des Männerleibes zum Ausdruck.

"Denk an den Athleten Apoxyomenos, an Herakles mit dem Knaben Telephos in der Galleria Chiaramonti oder Canovas Perseus im Pio-Clementino: lauter makellos schöne Männer. Der weibliche Körper wird wenig beachtet, selten unbekleidet gezeigt und allenfalls mythologisch, kaum je historisch empfunden. Erst das Mittelalter mit seinem Marienkult entdeckt die Frau:

freilich nicht als erotisches Individuum, nicht als Frau, sondern als Madonna
– als Heilige. Der Mann tritt mit anatonischem Verismus als Realität auf, sei
es als jener unjunge Marsyas im Museo Gregorio Profano, die Frau immer
nur als Symbol; der Mann als Körper, die Frau als Geist, später als Seele;
der Mann als erotische Schönheit, die Frau als Emblem; der Mann als sinnlicher Reiz, die Frau als Gegenstand religiöser Anbetung. Der Mann ist Natur und profan, die Frau sakral. Sie bleibt es, selbst als sie aus byzantini-
scher Strenge erlöst und, von Giotto, als Frau entdeckt wird.

Darstellung der Frau bedeutet Jahrhunderte lang Madonnenkunst. Aber der
Mann ist Mensch. Der Mensch ist Mann."

Raffaele schweigt mit Nachdruck: er hat dieWahrheit verkündigt.

"Und der heutige Frauenkult?" erinnert Yan: " *pin up-* und *cover-girls*,
Filmstars und Schönheitsköniginnen, *Models* und *groupies* – dieser ganze
überbordende Hetero-Sexismus?"

"Symptome einer Spätzeit. Erst seit Giotto, also seit kurzem", bleibt Raffaele beharrlich: "erst seit 1300 emanzipiert sich das Frauenbild und wird zur
sexistischen Ikone des 20. Jahrhunderts, der der männliche Körper seine
ganze verführerische Interessantheit abtreten muß. Aber noch diese profane,
diese wohlfeil vermarktete Sex-Ikone ist ein Ausläufer des Madonnenkul-
tes."

"In so einem Museum sieht man, daß das Jahrtausende lang anders ist."

"Klar. Nur: dem schwulen Klerus mag das hier auf die Dauer zu verführerisch und gefährlich sein: jedenfalls soll einer der Päpste hier alle Männer-
statuen kastriert und ihre Phalloi in einer *chambre séparée* gespeichert, auch
numeriert haben. Aber da lassen sie uns nicht rein."

"Dann komm", sagt Yan, "ich möchte dir noch was viel Schöneres in der
Etruskischen Sammlung zeigen."

Dort kommt Raffaele ihm zwar zuvor und macht ihn noch schnell auf die
Grabstele des Ringkämpfers aus dem 1. Jahrhundert vor Christus aufmerksam: wie der puerile Diener nach dem Genital des willigen Athleten zu greifen scheine.

Dann aber zeigt Yan seinem Raffaele den nahen rundköpfigen Merkur aus dem 4. vorchristlichen Jahrhundert:

"So sieht mein Massimo aus."

*

Andern Tages schlägt Raffaele überraschend den Besuch jenes unkatholischen "Friedhofs der Ausländer" vor.

Der ist nur wenig älter als das Caffè Greco, wenig jünger als die Spanische Treppe und wird seinerzeit nicht etwa eigens angelegt. Er ensteht, indem einzelne nichtkatholische Ausländer, ein englischer und ein hannöverscher Student, beide 25 Jahre alt, von Adel und beide Georg getauft, hier beiläufig und weit außerhalb der Stadt in der freien Landschaft vergraben werden, die damals noch *i prati del Popolo Romano* genannt wird und wo Schaf- und Ziegenherden unter Aufsicht schmucker, gar zeigefreudiger Hirtenknaben ihre lebensfreundlichen Weideplätze haben. Noch heute bewahrt dieser Friedhof mit seinen Zypressen, Pinien und Palmen die landschaftliche Atmosphäre der Campagna und zählt mit blühenden Oleander- und Rosenbüschen, mit rotem Kamelien- und weißem Gardenienflor zu den schönsten, gewißlich und auch historisch zu den romantischsten, jedenfalls zu den verführerischsten Friedhöfen dieses Planeten.

"Man könnte sich in den Tod verlieben, wenn man an einem so lieblichen Ort begraben wird."

Das schreibt Percy Shelley, wohl als er hier, selbst 27jährig, seinen dreijährigen Sohn William zwischen den beiden adligen Georgs-Studenten begräbt. Nur drei Jahre später hat er zu solchem Verlieben selbst die Gelegenheit.

Zu dieser ungewöhnlichen Schönheit mag beitragen, daß die wenigen Gräber im älteren Teil, der *parte antica* dieses Friedhofs, ohne jedes übliche Reglement in die Landschaft verstreut sind und daher noch einen persönlichen Eigenwillen, individuelle Freiheit und eine anarchische Chaotik vermitteln, die dem Tode gemäßer scheinen mag als die gebräuchlichere Kasernierung in Reih' und Glied.

419

Außerdem nimmt sich dieser ältere, wildere, archaischere Wiesen- und Campagna-Friedhof auch die ungewöhnliche Freiheit, zu Füßen einer markanten Pyramide aus Travertin und Luni-Marmor zu liegen, die 37 Meter hoch, zweitausend Jahre alt und selbst ein Grabmal ist. Denn in ihr liegt Gaius Cestius, ein römischer Prätor und Volkstribun, begraben, der als Mitglied der priesterlichen *Septemviri Epulones* auch für religiöse Opfermahle zu Ehren Jupiters zuständig und insofern ein quasi sakraler Ganymed ist, nach Julius Caesars Ermordung freilich, mitschuldig oder nicht, auf die ächtende Liste der vogelfrei Proskribierten gerät, dennoch erst sehr viel später ein Grab benötigt. Rechtzeitig läßt er sich nach ägyptischer Mode dieses Mausoleum errichten. An dessen Sockel tummeln sich heute auf der einen Seite Hunderte von autarken Katzen, auf der andern, außerhalb des Friedhofs, laut Spartacus schwule Suchende und Sammler in anderer *cruising area.* Aber davon bemerken Yan und Raffaele heute nichts.

Ein junger Kater begrüßt sie vielmehr mit exhibitionierten Hoden, als kämen endlich die beiden besten Freunde seines früheren Lebens daher. Yan verschweigt solche Assoziationen mit Rücksicht auf Raffaeles immer noch ausgesparte Severin-Verstimmung, hält das Tier insgeheim für Reinkarnation oder ruhelosen Geist jener Katze, die Gogol brutal ertränkt, als er fünf ist, und erwidert die stürmisch angetragene Liebe dieses fraternen Tieres, das sich sofort entschließt *to join their company,* in ihrem Bunde der Dritte zu sein und mit den beiden Freunden die so unordentlich verteilten Grabsteine der *parte antica* zu besuchen.

"Du weißt", versucht Raffaele, vom wadenschmusenden Kater abzulenken, "daß schon die Augen des Apostels Paulus auf dieser Pyramide des Cestius ruhen, als er auf seiner letzten Reise durch jene benachbarte Porta Ostiensis hindurch, die heute ihm zu Ehren Porta San Paolo heißt, die Aurelianische Stadtmauer passiert, hier also römischen Boden und seinen Sterbeort, aber auch den Wohnort jener Briefpartner betritt, die er sonderlich strikt vor der Männerliebe warnt?"

"Siehst du die beiden kurzen zylindrischen Marmorstümpfe da links", setzt Yan situationsbedingt dagegen: "mit den Efeuranken über der lateinischen Beschriftung? Sie gelten den beiden Söhnen Wilhelm von Humboldts, dem erstgeborenen Wilhelm, der hier neunjährig, seines Vaters Liebling, an einem Augusttag, und dem einjährigen Gustav, der vier Jahre später stirbt.

Der letzte Satz in den Fieberfantasien des sterbenden kleinen Wilhelm fordert seinen Bruder auf, ihm hierher zur Pyramide zu folgen: *'Venite con me alla piramide'*. Der *"sehr gebeugte"* Vater pflanzt Bäume um die beiden Gräber, vielleicht die da, und bittet als *Königlich-Preußischer Gesandter beim 'Heiligen Stuhl'* den Vatikan um die Genehmigung einer Umzäunung dieses städtischen Weideplatzes: sie soll die Gräber seiner Kinder vor hemmungslos verfressenen Viehherden, gar Kaninchen und grabschänderisch obligatem Vandalismus schützen. Diese Einfriedung wird genehmigt, aber ebensowenig errichtet, wie ein Begräbnis von Nichtkatholiken hier bei Tageslicht gestattet wird. Erst sehr viel später läßt der Vatikan einen abgrenzenden Graben zu, bei dessen Aushebung zu Füßen der Pyramide pittoreske Teile der antiken *Via Ostiensis* zutage treten, der sich aber bald dermaßen mit toten Katzen und Hunden füllt, daß er *fossa dei cani* genannt wird. Dennoch kauft Humboldt sich hier 14 Quadratmeter dieses verführerischen Geländes für eine Grabstätte seiner ganzen Familie. Aber die beiden kleinen Söhne bleiben hier allein."

Nur wenige Meter von diesen hügellos phallischen Gebrüdersäulen entfernt, stehen Yan, Raffaele und Kater jäh vor einem anderen, weit mehr besagenden Doppelgrabe. Dessen linker Grabstein erwähnt unter marmorner Lyra einen namenlosen *young English poet*, der sich auf dem Sterbebette nachstehenden Grabspruch wünsche: *"Here lies One Whose Name was writ in Water."* Aber der Nachbar-Grabstein verrät unter marmorner Palette, daß links daneben einer liegt, dessen Name keineswegs in Wasser, sondern *"among The Immortal Poets of England"* in die Literaturgeschichte geschrieben steht: John Keats.

Neben ihm, bei ihm und mit ihm ruht hier sein *"devoted friend and deathbed companion"*, der Maler und Englische Konsul Joseph Severn, ein anderer Josef oder Jossip also aus britannischem Diplomatencorps (oder *British Embassy)*, der seinen 25jährigen Freund an der Spanischen Treppe zu Tode pflegt, selbst erst 85jährig, aber auch in Rom stirbt und sich noch 58 Jahre später in das Grab seines Jugendfreundes legen läßt.

Die anrührende Liebesgeschichte dieser beiden *death-bed companions* lesen Yan und Raffaele mühelos aus den beiden Marmortafeln dieses Doppelgrabes nach Art von Achill und Patroklos, von Hans Henny Jahnn und Gottlieb

Harms, auch von Goethe und Schiller heraus, wie es da, so romantisch und malerisch wie zu Herzen gehend, zu Füßen der antiken Pyramide liegt.

"Auch Goethe will hier begraben werden", erdet Yan schließlich ihr bewegtes Schweigen.

"Auch Todesritter Platen", weiß Raffaele: "dem Tode hier sicher sonderlich preisgegeben ob so viel Schönheit; aber beide sind es nicht."

"Goethe taucht hier schon an seinem zehnten römischen Tage auf", erzählt Yan. "Und kurz vor der Abreise berichtet er seinem fünfzehnjährigen Liebling Fritz von Stein, er habe *'vor einigen Abenden, da ich traurige Gedanken hatte'*, sein eigenes Grab *'bei der Pyramide des Cestius gezeichnet, ich will es gelegentlich fertig tuschen, und dann sollst du es haben.'* "

"Oh morte e amore!" flucht Raffaele muttersprachig dazwischen. "Und gibt es dieses gezeichnete Grab noch?"

"Natürlich. Von Fritz von Stein, ihrem vertrauten *"Brüderchen"*, leiht es sich in dessen elterlichem Wasserschlosse Kochberg auch die Rudolstädter Charlotte von Lengefeld aus, die diese *"melanchcolische Landschaft"* gleich an Ort und Stelle ausgerechnet als Geschenk für ihren noch nicht einmal verlobten Friedrich Schiller kopiert. Der heutige Betrachter dieses Blattes sieht vor der Pyramide des Cestius einen Grabstein mit dem Namen Goethe."

"Den gibt es hier aber ebensowenig wie einen mit dem Namen Platen", behauptet Raffaele keck.

"Den mit dem Namen Goethe gibt es. Komm mit."

Sie verlassen die *parte antica*, verlieren an deren Begrenzung die Begleitung des wehmütig greinenden Bruderkaters, betreten die neuere *zona vecchia*, wo die Gräber in ordentlichen und enggefügten Reihen nebeneinander liegen, und steigen dort gleich, an den Grabsteinen vieler Maler und Schriftsteller vorüber, hügelan.

Unterwegs zitiert Yan, wie Goethe, schon wieder in Weimar, in seiner achten römischen Elegie das hiesige Capitol mit dem Olymp, Rom also mit dem erdentrückten Sitz der Götter, dem Himmel, vergleicht:

"Dulde mich Jupiter hier, und Hermes führe mich später,
Cestius Denkmal vorbei, leise zum Orcus hinab."

Der Tod, interpretiert Yan, sei ihm damals nur über diese Pyramiden-Idylle vorstellbar und wünschbar.

Aber dann halten sie, schon oben an der südlich begrenzenden Aurelianischen Stadtmauer, unverhofft vor einem anderen Doppelgrabe. Die rechte Marmorplatte erinnert an Percy Bysshe Shelley, diesen august-geborenen Poeten, und bezeichnet ihn auf Anweisung ihres Auftraggebers Lord Byron und oberhalb eines Ariel-Zitates aus Shakespeare's "Sturm", das auf Shelley's Todesart anspielen mag, als das Herz aller Herzen: "COR CORDIUM". Damit mag auch auf den romantisch bizarren Einäscherungsritus in Viareggio hingedeutet werden, als EDward Trelawney, Shelley's wie auch Byron's Kollege und intimer Freund, der Percy's ertrunkenen Leichnam aus dem Ligurischen Meere birgt, das Herz des Poeten vor der Verbrennung rettet und separat beerdigen läßt. Noch 59 Jahre später und nach einem exotisch abenteuerreichen Leben, teils an der Seite Lord Byron's, läßt sich dieser Trelawney, 88jährig, hier an der Seite seines befreundeten Herzens aller Herzen begraben.

"Da kann nur Liebe im Spiel sein", sinniert Raffaele vor diesem sechsten Doppelgrabe eines Männerpaares.

Aber Yan zieht ihn weiter, in die *zona prima* jenes Friedhofsteiles, den später die deutsche Botschaft hinzukauft. Dort stehen sie, schon nach wenigen Schritten abermals an den Gräbern nordeuropäischer Künstler und Diplomaten vorbei, vor einem marmornen Grabstein tatsächlich mit dem Namen Goethe. Ein Porträtmedaillon von Fleischesbruder Thorvaldsen und eine lateinischsprachige Inschrift geben Auskunft, daß hier Goethes Sohn liegt, der seinem Vater vorauseile:

GOETHE FILIUS PATRI ANTEVERTENS.

Dieser Text stammt vom dergestalt überholten 81jährigen Vater und unterschlägt rigoros den Vornamen wie das Eigenleben des einzigen Sohnes.

"Das ist brutal", sagt Raffaele als familienfreundlicher Italiener. "Aber wieso stirbt dieser August in Rom?" (Und er betont diesen akzentuiert nachgereichten Vornamen wiederum wie den Monat auf der letzten Silbe.)

"Der greise Vater erinnert sich seiner eigenen Rom-Erlebnisse", referiert
Yan: "er erinnert sich seiner Ankunft in Rom als eines *'zweiten Geburtstages, einer wahren Wiedergeburt'* und kann nicht vergessen, daß er nur hier
'empfunden, was eigentlich ein Mensch sei'; also erhofft er sich auch für seinen verwilderten und verkümmerten Sohn eine solche Aufmöbelung von
Geist wie Seele und schickt ihn, in Begleitung des unlustigen Eckermann,
hierher."

"Aber was den Vater belebt, das tötet den Sohn: na, bravissimo!"

"Schon auf der Anreise, nach Angaben des Vaters *'von Mailand [...] über
Brescia, Verona, Padua nach Venedig, welches er auch recht wacker durch-
stöberte; sodann über Mantua, Cremona, Lodi nach Mailand zurück'*,
bricht sich dieser unselige August, der übrigens auch noch Julius heißt, unterwegs das Schlüsselbein, leidet auch an einer Hauterkrankung und verfällt
erneut dem Alkohol. Er weiß um seinen Zustand und spricht, *'immer sin-
gend und tanzend'*, schon in Sorrent und Pompeji *'von der Möglichkeit, daß
er ja noch in Italien sterben könne. [...] Ich werde keinem Menschen fehlen.'*
Beim Abschied wünscht er da ein Wiedersehen *'in Rom oder Dort'* und
weist *'gen Himmel. Er war aber ganz lustig dabei.'*

In Rom ist er dann aber allzu lustig. Er steigt oberhalb der Via Veneto und
nahe der Villa Malta in der Via di Porta Pinciana ab, wo auch die nazarenischen Lukas-Brüder wohnen. Aber unterhalb der Via Veneto, eben an jener
Piazza Barberini, wo an der Ecke zur Via Sistina seine ungeliebte Ehefrau
Ottilie nach seinem Tode einen munteren Salon führt, gibt die römische Kolonie deutscher Poeten und Maler im 'Chiavica', einer düsteren Künstlerde-
stille, ein feuchtfröhliches Fest zu seinen, des Olympiersohnes, Ehren. Bertel Thorvaldsen ist von der Schönheit des dick Gewordenen überrascht.
Aber die Fête mag über dessen geschwächte Kräfte gehen. Im Petersdom er-
kältet er sich überdies. Von einem oktöberlichen Tagesausflug in die Albaner Berge, ebenfalls zehn Tage nach seiner Ankunft in Rom, kehrt er schon
fiebernd zurück. In der nächsten Nacht stirbt er: an einem *'Gehirnschlag als
Folge einer nicht zum Ausbruche gelangten Pockenkrankheit'*. Der Obduk-
tionsbefund bezichtigt *'Verwachsungen im Gehirn'*, die aber heutige Mediziner als rhesogene Spätschäden erkennen.

Eine letzte eigene Publikation in Ottilies Hauszeitschrift 'Chaos' erfolgt unter Augusts ironisch anmutendem Pseudonym Adoro:

'Ich will nicht mehr am Gängelbande
Wie sonst geleitet sein,
Will lieber an des Abgrunds Rande
Von jeder Fessel mich befrein!' "

"Das klingt nach Todessehnsucht", meint Raffaele. "Oder nach Selbstmord?"

"Witwe Ottilie", scheint Yan diese Frage zu ignorieren, "glaubt jedenfalls nicht, *'daß man durch Heuchelei die Toten ehrt'* und beklagt jetzt *'mehr die Art des Zusammenlebens wie seinen Tod'*. Vielleicht spielt sie, in deren Leben Biograf Oskar Jellinek ohnehin Freundinnen von je als *"das Hauptaktivum"* wahrnimmt, in so indirekter Weise auch auf Augusts enge Freundschaft mit dem schwulen Karl von Holtey an."

"Und der Vater?"

"Als der nach vierzehn Tagen von diesem *'Außenbleiben'* seines einzigen Sohnes erfährt, schießen ihm zwar Tränen in die Augen, aber er flüchtet in die Distanz des Lateinischen und bekräftigt dem Boten *'mit großer Fassung und Ergebung'*, daß er nie vergesse, einen Sterblichen gezeugt zu haben: *'Non ignoravi me mortalem genuisse!'*

Dem Freunde Zelter berichtet der 81jährige brieflich über Augusts Aufenthalt in Rom: *'Nach wenigen Tagen schlug er den Weg ein, um an der Pyramide des Cestius auszuruhen, an der Stelle, wohin sein Vater, vor seiner Geburt, sich dichterisch zu sehnen geneigt war. [...] Und so, über Gräber, vorwärts!'*

Im übrigen schweigt er über den Tod des Sohnes, auch dem nicht eben völlig schuldlosen Eckermann gegenüber."

"Wie Thomas Mann nach dem Selbstmord von Klaus Mann?" fragt Raffaele nicht ohne Ironie: "genau die gleiche Schuldverdrängung?"

"Nicht nur das Schweigen ist ähnlich", läßt Yan sich nicht veräppeln. "Wie der schweigende Thomas Mann in Vulpera beim Abfassen der Weimarer Goetherede jenes lebensgefährlich unstillbare Nasenbluten erleidet, so wird der schweigende Goethe bald nach dem Tode Augusts von einem doppelten Blutsturz heimgesucht. Denn *'das Außenbleiben meines Sohnes drückte*

mich', gesteht er Zelter, *'auf mehr als eine Weise, sehr heftig und widerwärtig'*."

"Seine Spekulation auf eine Wiedergeburt schlägt also fehl", bilanziert Raffaele. "Rom ist auch *mors.*"

"Komm mit", sagt Yan, "ich zeige dir noch etwas."

Und sie gehen, zwischen *zona prima* und *zona vecchia*, hügelab und an weiteren Künstlergräbern vorbei.

Raffaele fragt: "Was sagt Thomas Mann eigentlich über diesen natürlichen
Sohn seines Übervaters: gar nichts?"

"Vonwegen. Das ganze sechste Kapitel lang gibt er ihm, in 'Lotte in Weimar', ebenjener titulären Charlotte Kestner gegenüber, die Gelegenheit zu
ausführlicher Selbstverteidigung und Selbstentblößung. Auch zu kräftiger
Vaterschelte."

"Doch wohl keine Aufwertung eines Sohnes, oder?"

"Vater Goethe darf sich dann revanchieren und seinen Sohn eine *'Frucht
lockeren Behelfs'*, gar *'ein Drüberhinaus, ein Nachspiel'* nennen – *'Die Natur schaut kaum noch hin'* – , so daß Klaus Mann, als dessen Vater das im
Familienkreise vorliest, erschreckt in seinem Tagebuch notiert: *'Muß ich
mich durch die Charakterisierung des August von Goethe betroffen fühlen?
[...] Ein gewisses l e i c h t e s Gefühl der Peinlichkeit werde ich dabei
nicht los'.*"

"Und ist dieses Nachspiel, dieses Drüberhinaus auch so folgen- und kinder-
los wie Klaus Mann?" fragt Raffaele lauernd.

"Nicht direkt. Aber Thomas Mann läßt seinen Goethe pessimistisch von
'Schattenenkeln' sprechen: *'den Keim des Nichts im Herzen'*. Die beiden Jungen sind heillos schwul. Der jüngere, Wolf, stirbt um ein Haar auch in Rom.
Jedenfalls sucht den 25jährigen hier ein ausnehmend peinigender Anfall jener chronischen Gesichtsschmerzen, die er selbst als eine *'körperliche Verzweiflung'* begreift, mit solcher Heftigkeit heim, daß er sich nicht imstande
sieht, das Grab seines Vaters vor der Pyramide zu besuchen. Später lebt er
hier vier Jahre lang als Legationssekretär der Königlich Preußischen Gesandtschaft und arbeitet privatim an einer Geschichte der italienischen Bi-

bliotheken bis 1500, die aber ebenso unbeendet bleibt wie jene Bibliografie der russischen Geschichte in der Villa Wolkonskij."

Yan bleibt stehen und zeigt rechts auf den ersten Grabstein in vorderster Reihe der *zona vecchia*.

Sie stehen am Grabe Georg August Kestners, des langjährigen Sekretärs, später Geschäftsträgers, schließlich Ministerresidenten der Königlich Hannoverschen Gesandtschaft, der überdies auch England beim 'Heiligen Stuhl' repräsentiert. An Gogols achtem Geburtstag kommt er vierzigjährig nach Rom und bleibt hier 36 Jahre lang, bis zu seinem Tode. Musisch interessiert und begabt, selbst auch als Schriftsteller, Sänger und Pianist aktiv, inspiriert und gestaltet er das kulturelle und gesellschaftliche Leben der deutschen Kolonie in Rom. Er ist Mitbegründer und Archivar des berühmten Deutschen Archäologischen Instituts am Tarpejischen Felsen, Präside diverser Organisationen und liefert mit seiner Kunst- und Antiquitätensammlung den Grundstock zum Kestner-Museum in Hannover. In Rom lebt er zeitweise in der Villa Malta, meist aber in der Via Gregoriana, einer Parallelstraße der Via Sistina, Nr. 42, wo vor ihm Wilhelm von Humboldt wohnt.

Dieser August Kestner bleibt unverheiratet, was damals in solchen gesellschaftlichen Positionen ungewöhnlich und heute mehr als aufschlußreich ist. In seinem Traktat 'Über die Nachahmung in der Malerei', mit dem er, goethekritisch, für Overbeck und dessen Lukas-Brüder eintritt, findet sich der verdächtige Satz

'Gar häufig geht der Weg zum Wahren durch die Extreme'.

August Kestner ist der vierte Sohn von Charlotte Buff, die vom jungen Goethe geliebt und durch 'Die Leiden des jungen Werthers' zum ersten Mal, von Thomas Mann 165 Jahre später durch 'Lotte in Weimar' ein zweites Mal in die Weltliteratur erhoben wird. Goethes Liebe zu dieser Lotte ist insofern legendär.

Lotte heiratet dennoch nicht Goethe, sondern jenen Kestner, der im Roman Albert, im Leben Christian heißt. Goethe heiratet eine Christiane.

Goethe und Christian Kestner, diese beiden Verehrer Lotte Buffs, haben am selben 28. August Geburtstag.

Goethes Sohn heißt August wie auch dieser vierte Sohn der Kestners.

"Und kennt Goethe", unterbricht Raffaele, "diesen Fast- oder Pseudo- oder Quasi-Sohn, diesen anderen August?" (Er betont August auf der letzten Silbe.)

"Er wird zwar nicht dessen Pate", sagt Yan, "wie er es, stürmisch drängend, bei allen neun Kestner-Kindern zu werden wünscht, aber nur beim Erstgeborenen wird, den die Eltern freilich gegen Goethes Willen Georg und nicht Wolfgang taufen. Aber August Kestner besucht ihn, 38jährig, mit seinem Bruder Theodor und an einem August-Tage ausgerechnet auf der Gerbermühle bei den Willemers, als Goethe den 'West-östlichen Divan' im Kopf hat und Saki just neben Suleika, den kleinen Paulus neben Marianne placiert, also für Fast- oder Pseudo-Söhne eines längst vergangenen Lebens und Liebens nur noch höfliche Umgangsformen parat hat.

Aber als er seinen eigenen August dann therapeutisch nach Rom schickt, gibt er dem diesen August Kestner als hiesigen Bezugspunkt, als römische Kontaktadresse an."

"Und treffen sich diese beiden unbrüderlichen Brüder hier, dieser Doppel-August?" fragt Raffaele und betont das Wort August wieder auf seiner letzten Silbe.

"August Kestner organisiert für August Goethe jenes finale Künstlerfest in der Abwasser-Höhle der 'Chiavica' an der Piazza Barberini; nur in Begleitung des 26jährigen Malers Friedrich Preller aus Weimar machen die beiden selbdritt jenen Ausflug in die Albaner Berge, von wo der eine August so krank zurückkehrt, daß er *unter den Augen* des anderen stirbt. Dieser andere veranlaßt dann wohl das Begräbnis des einen unter der Pyramide, wo sie nun beide liegen – diese potentiellen, diese virtuellen Brüder: vom selben Vater und doch nicht."

"Verschiedene Väter, verschiedene Mütter, nicht einmal wahlverwandt und dennoch von rätselhafter Identität, die aber mißlungen, vom Schicksal verhindert ist", resümiert Raffaele. "Vielleicht hätte aus beiden nur einer werden sollen."

"Nanu?"

"Ja, vielleicht hätte der sich dann wohler gefühlt. Goethe hätte mit Lotte schlafen sollen."

"Derlei mag auch Thomas Mann im Sinne haben, wenn er in 'Lotte in Weimar' seinen August Goethe zur verpaßten Fast- oder Quasi-Mutter Lotte Kestner sagen läßt:

'Was hätte erst werden können und wieviel glücklicher wären vielleicht wir alle geworden, wenn die Idee des Verzichtes nicht maßgebend gewesen [...] wäre';

und im Gegensatz zum *'Wirklichen, das wir kennen, so, wie es geworden ist'* bezeichnet er *'das Mögliche, das wir nicht kennen, sondern nur ahnden können'* als *'das Wahrzeichen der Verkümmerung'*;

und Vater Goethe persönlich nennt dann bei Thomas Mann gar alle Wirklichkeit *'nur das verkümmerte Mögliche'*."

"Damit nähern wir uns unserm heiklen Dauer-Thema von der heimlichen Identität zweier Menschen auf noch prekärere Weise", packt Raffaele plötzlich ihren alten Stier bei den Hörnern.

"Wieso?" fragt Yan irritiert zurück.

"Insofern als zwei ähnliche Spielarten die Verkümmerung dessen darstellen, was es an ihrer Stelle lieber geben sollte. Komm, jetzt zeige auch ich dir was auf diesem Friedhof."

Raffaele geht los und irrt suchend durch die Gräberreihen auch von *zona prima*, *seconda* und *terza*. Yan stiefelt verblüfft hinterdrein und verweist nur beim Hakenschlagen ihrer Odyssee auf die Gräber *'am Wege'* der Maler Hans von Marées und Johann Christian Reinhart, Carl Fohr und Jacob Asmus Carstens, des Architekten Gottfried Semper und des Bildhauers Johan Niclas Byström aus der Villa Malta.

Aber Raffaele bleibt erst am äußersten Westrande dieses Friedhofs stehen, wo als extremer Außenseiter, wie ein *outcast* und *outlaw* sogar noch hier unter den konfessionellen Exoten, Antonio Gramsci bestattet ist: Klassiker des italienischen Kommunismus. Seine Asche, CINERA ANTONII GRAMSCII, die die Grabinschrift benennt, oder 'Le ceneri di Gramsci', die Fleischesbruder Pasolini besingt, wird unter evangelische Ausländer verbannt und von römischen Katholiken in alle Ewigkeit ferngehalten.

Yan liest auf dem Grabstein inmitten totaler Schmucklosigkeit und Vergessenheit die Lebensdaten dieses sardischen Gerechtigkeitskämpfers und erkundigt sich ahnungsvoll nach den Umständen seines Todes.

"Die Faschisten bringen ihn um. Sie bringen ihn um, indem sie ihn unter Mißachtung seiner parlamentarischen Immunität verhaften und aus rein politischen Gründen von Mussolinis Sondergericht mit ausschließlich politischen Richtern zu zwanzig Jahren Gefängnis verurteilen.

Schon zu Beginn dieser Haftzeit leidet er an *'absoluter'* Migräne, an Depressionen, nervlicher Erschöpfung und einer urikämisch bedingten Periodontitis, die ihn alle Zähne verlieren läßt. Bald kommt eine Gürtelrose, dann eine fast totale Schlaflosigkeit, schließlich eine schwere Lungentuberkulose mit Blutstürzen hinzu. Des weiteren erkrankt er an Arteriosklerose und einer tuberkulösen Wirbelsäulenentzündung mit Abszeßbildung und Auflösung der Wirbel. Später kommen noch Anfälle von Gicht und Angina sowie eine starke Überhöhung des Blutdrucks hinzu. Zunehmend leidet er an Fieber- und Ohnmachtsanfällen, an Gewichtsverlust, mehrtägigen paraphastischen Sprachstörungen und an Gedächtnisschwund, den er selbst als *'Verflüchtigung des Gehirns'* bezeichnet.

Alle diese schweren Erkrankungen des Einzelhäftlings bleiben vorsätzlich ohne jede ärztliche Betreuung oder sonstige Pflege. Insofern handelt es sich hier um indirekten Mord.

Auch die sogar faschistisch gesetzlichen Straferleichterungen für Kranke werden Gramsci verweigert. Unter dem Druck der Öffentlichkeit nicht zuletzt des Auslandes wird er schließlich in zynisch und sadistisch verzögerten Raten nach zehnjähriger Haft freigelassen. Aber am Tage seiner vergeblich erwarteten Heimkehr stirbt er, hier in Rom, in einem polizeilich bewachten Krankenhaus, das 'Qui si sana' heißt: hier wird man gesund.

Gramsci hinterläßt 32 *quaderni del carcere*, 'Hefte aus dem Gefängnis', mit insgesamt viertausend Maschinenschriftseiten, darunter italienische Übersetzungen von Texten Goethes und Gogols.

Im Fieberwahn der letzten Zeit spricht dieser konsequente Marxist von der *'Unsterblichkeit der Seele'*."

Raffaele bricht ab.

Auch Yan schweigt. Dann sagt er: "Das Wirkliche als das verkümmerte Mögliche. Das sollte auf diesem Grabstein stehen und zum Wallfahrtsort aller Kommunisten und Sozialisten werden."

Raffaele schweigt.

Schweigend verlassen sie diesen *cimitero acattolico.*

*

Roms *mors* ist für Yan und Raffaele zunehmend mehr als nur ein Anagramm. Soghaft zieht es sie in jene historischen Grabanlagen der *Roma Subterranea* und zu den patrizischen *tombae* der antiken Via Appia.

Aber gleich in den Katakomben der Heiligen Domitilla, jenem größten von den mehr als fünfzig frühchristlich-"heidnisch" gesprenkelten Massenfriedhöfen weit außerhalb der Stadt, nur wenige Wanderminuten von Yans Duce-Domizil entfernt und die staubige Via delle Sette Chiese entlang, haben sie das pikante Glück, als derzeit einzige Besucher einen jungen Grab-Führer in Mönchskutte ganz für sich zu haben.

Er begrüßt sie in jener imposanten, weil vollkommen unterirdischen "Basilika der Heiligen Nereus und Achilleus", eines anderen, klerikal ewigen achilleischen Männerpärchens also, aus dem 4. Jahrhundert und entfacht mit seinem rustikal knackigen Charme unverzüglich Raffaeles resolute Habgier. Er heißt Fra Angelico und führt uns, mit reservierter Belustigung über Raffaeles zielstrebige Unmißverständlichkeit, in jenes gruftig kühle Labyrinth einer mehrstöckigen Totenstadt, deren enge, aber sehr lange Straßen beidseitig von Längsnischen und Grabkammern gesäumt werden, in denen sich uralte Sarkophage und Urnen stapeln.

Unsern unumgänglichen Gänsemarsch stoppt Fra Angelico bisweilen, um uns auf einzelne Särge, Inschriften oder Wandmalereien hinzuweisen. Raffaele, ihm natürlich begierig direkt auf den Fersen, läuft dann fast schamlos auf ihn auf und stellt sinnlose Fragen, nur um das nahe Beieinanderstehen auszukosten und in die Länge zu ziehen. Später behauptet er, in all der sparsam beleuchteten Dunkelheit registrieren zu können, wie Fra Angelicos Au-

gen verheißungsvoll aufglühen, als er auf Malereien deutet, die "Christus
und seine Jünger" oder "Der gute Hirte" heißen.

Auch seine stereotype, aber in unserm Triolen-Falle natürlich besonders
sinnlose Warnung, sich von der Gruppe nur ja nicht abzusondern und im Irr-
garten der Katakombe unrettbar abhanden zu kommen, legt Raffaele als ko-
kette Aufforderung zu einem makabren Rendezvous zwischen vermoderten
Leichnamen aus, an dem dieser zeugenscheue Kuttenlüstling nur durch
Yans störende Überzähligkeit gehindert werde. "Denn wenn man sich hier
verirrt", sagt Angelico, "ist auch kein Rufen zu hören."

"Wie romantisch!" provoziert Raffaele unverfroren. "Aber warum sollte
man rufen?"

"Weil man nicht zurückfindet."

"Aber Sie sind doch bei mir. Warum soll man da zurück?"

Alle lachen diskrepant.

Bei der Verabschiedung gibt Raffaele sich sogar als Doktoranden aus, der
über Bestattungsformen promoviere, und bittet den Engelsbruder für den
Fall nachträglicher Anfragen um eine Telefonnummer. Lächelnd verweist
da dieser sinnliche Mönch auf die offizielle Zentrale der römischen Kata-
kombenverwaltung im öffentlichen Telefonbuch.

Raffaele erwägt schon eine morgig alleinige Wiederkehr, wird dann aber auf
der Via Ardeatina, mitten auf ihrem Fußmarsch zur Via Appia Antica, durch
einen Wegweiser nachhaltig abgelenkt.

Denn der verweist auf die Fosse Ardeatine, und Raffaele weiß noch aus seiner Schulzeit, was die sind. Sie stehen in kaum einem Reiseführer, jedenfalls in keinem deutschen, und sind eine der wenigen römischen Gedenk-
stätten, deren Betreten kein Geld kostet. Hier werden nämlich im Morgen-
grauen eines Frühlingsmorgens vor fast fünfzig Jahren 335 römische Männer von Hitlers Schergen zusammengeschossen. Sie sind Geiseln. Sie werden ermordet, weil in der Via Rasella, mitten in Rom, 33 Südtiroler Polizi-
sten einem Bombenanschlag des römischen Widerstandes zum Opfer fallen.
In seiner ostpreußischen Wolfsschanze ordet Hitler in einem Tobsuchtsan-
fall an, im Gegenzug tausend Italiener zu exekutieren und das ganze Stadtviertel zu sprengen. Dabei wären zumindest auch Spanische Treppe und

Trevi-Brunnen, Palazzo Barberini und Quirinale, Villa Medici und Santa
Trinità dei Monti, auch Via Veneto und jene Via Sistina samt Villa Malta
zerstört worden. Wer das verhindert, ist Raffaele nicht bekannt. Wahrscheinlich weiß es niemand mehr. Hitler läßt es sich nur durch die Zusiche-
rung abkaufen, daß für jeden getöteten Deutschtiroler sofort zehn römische
Männer, *summa ergo* 322, erschossen werden.

Aber zum genauen Nachrechnen und Abzählen hat da keiner die Zeit und
die Muße. Vielleicht können die Schergen der SS auch nur bis drei zählen.
Jedenfalls werden 335 Geiseln wahllos aufgegriffen. Keine von ihnen ist am
Attentat beteiligt. Wahrscheinlich wissen sie gar nichts davon. Siebzig von
ihnen sind Juden.

Vor ihrer hastigen Exekution findet jener 30jährige SS-Hauptsturmführer
Erich Priebke, der später jahrzehntelang im südargentinischen San Carlos de
Bariloche das ungeahndete Leben eines Metzgers und Fabrikanten hausge-
machter deutscher Würste führt, gleichwohl Zeit und Muße, eine alphabeti-
sche Strichliste anzulegen, die als erstes Opfer den Medizinstudenten Agni-
ni, als letztes einen Leutnant Zironi nennt.

Raffaele und Yan betreten die weiträumige Parkanlage, die dem Andenken
dieser Ermordeten gewidmet ist, und suchen zunächst das Mausoleum auf.

In einem Raum ohne Seitenwände, aber unter bunkerartig niedrig lastender
Betondecke stehen hier 335 Sarkophage. Vor jedem brennt ein Ewiges
Licht, das trotzig sogar das *Sia ammazzato* der deutschen Nazis überlebt.
Vor jedem sind drei eingebaute Vasen fast sämtlich, auch jetzt nach fast einem halben Jahrhundert noch, mit frischen Blumen gefüllt; nur an wenige
dieser Opfer denkt heute niemand mehr. Aber an jedem ihrer Sarkophage
erzählen Foto und Texttafel, wer der hier aufgebahrte Ermordete ist.

Yan und Raffaele gehen von Sarkophag zu Sarkophag, lesen alle 335 Tafeln
und betrachten jedes der 335 Porträts. Alle Berufsstände sind von diesem
Massaker betroffen: Kaufleute, Arbeiter, Ingenieure, Priester, Journalisten,
andere.

Alle Lebensalter sind vertreten. Der Älteste ist 74.

Der Jüngste ist 14.

Yan stellt sich mit Hilfe der Fotos jeden dieser 335 Männer im Augenblick seiner leibhaftigsten Vitalität vor: als konkret sexuelle Realität. Auch als Latenz und Möglichkeit seiner noch ungelebten, noch bevorstehenden Sexualität, um die sie alle betrogen werden. Yan wird von einer Woge fraterner Solidarität übermannt.

Trotzdem hält er durch.

Jetzt stehen sie vor den Sarkophagen von sechs Juden, die alle zur selben Familie gehören: ein Großvater, dessen beide Söhne und deren drei Söhne im Alter von 17, 18 und 19 Jahren. Yan denkt an die weiterlebenden Frauen und Mütter dieser Sippe. Auch die Ermordung ihrer Männer und Söhne gehört Jahrtausende lang zu den Privilegien des Patriarchats. Das bedenkt sicher kaum eine *femme dure*, die um Gleichberechtigung der Frauen kämpft.

Von diesem düsteren Mausoleum der 335 sind es nur wenige sonnenüberflutete Schritte zu einem kleinen Museum, das unpolemisch und sachlich historische Zeitungsmeldungen, Requisiten, Fotos von Hitler und Mussolini, aber auch ein deutsches Maschinengewehr zur Schau stellt. Es dokumentiert auch die Abfolge des damaligen Geschehens.

Als Yan und Raffaele in der ausgelegten Besucherliste zurückblättern, stellen sie fest, daß Yan hier seit Jahr und Tag der erste Deutsche ist.

Wieder in der sonnenverklärten Parkanlage, werden sie durch chorisch lateinisches Beten zu jenen namengebenden Höhlen geführt, wo unter einem Felsengewölbe das deutsch nationalsozialistische Niedermetzeln dieser 335 römischen Männer stattfindet: *"Qui fummo trucidati."*

Unter dem Kommando des SS-Obersturmbannführers Herbert Kappler, der damals in Rom Polizeiattaché ausgerechnet der Deutschen Botschaft ist und dieses Abschlachten seinen Untergebenen wahrheitswidrig als *"kriegsrechtlich einwandfreie Maßnahme"* plausibel zu machen trachtet, werden die Knienden einzeln und aus *"möglichst kurzer Entfernung"* erschossen: um Zeit und Munition zu sparen und *"eine unnötige Schießerei zu vermeiden"*. Der amerikanische Publizist Robert Katz recherchiert und beschreibt dieses Abschlachten später in seinem Buch "Mord in Rom", schildert da auch, wie die alphabetisch Nachgeordneten schon auf den Leichen ihrer Freunde, Väter, Brüder und Söhne niederknien müssen.

Nur durch ein respektvoll distanzierendes Eisengitter vom Ort des Grauens getrennt, spricht hier heute gerade eine italienische Reisegruppe ihr gemeinsames Gebet für die hingeschlachteten *trucidati*. Eine zweite Reisegruppe naht sich und beginnt schon von weitem und nachgerade begierig mit einem lauten Gebet in der Sprache ihrer Vorfahren.

Eine in deutscher Sprache betende Reisegruppe tritt nicht in Erscheinung.

Ohnehin haben bundesrepublikanische Staatsanwaltschaften dieses Blutbad zuerst als lediglich *"Beihilfe zum Totschlag"* verharmlost, dann sobald wie möglich für verjährt erklärt.

Oberhalb dieser Meuchelgrube wird der abgesperrte Radius eines beträchtlich großen Minentrichters zum Museumsobjekt. Er dokumentiert den Versuch der Mörder, angesichts der südlich bereits anrückenden alliierten Befreiungstruppen die Blutspuren ihres Massakers mit Sprengkraft zu verwischen und die liegengelassenen Leichen unter losgebombten Sandmassen zu begraben.

Nicht weit von hier, schon auf der Via Appia Antica, soll Jesus Christus dem Apostel Petrus erschienen und von diesem, just auf der Flucht vor den Schergen des Kaisers Nero, gefragt worden sein, wohin er gehe: *"Quo vadis, domine?"* Die Legende überliefert auch die Antwort des Gefragten: *"Vado Romam iterum crucifigi"* – er gehe nach Rom, sich dort abermals kreuzigen zu lassen.

Auf ebendieser Via Appia Antica liest Yan nur eine Stunde später auf einem kleinen alten Wohnhaus die Aufschrift *Qui nun se more mai* und mißversteht in ardeatinischer Benommenheit, daß man hier nun stirbt. Aber Raffaele korrigiert, daß dieses *Nun* kein deutsches Jetzt, sondern ein dialektrömisches *Non* sei und daß man hier also niemals sterbe. So koinzidiert hier unverhofft auf deutsch-römisch gesprenkelte Cusanus-Weise der Augenblick mit der Ewigkeit, die Ewigkeit mit dem Augenblick.

Das scheint hier freilich diese ganze weltberühmte und unsterblich vitale Landstraße mit ihren magnetisch gesprenkelten Nachbarschaften von antiken Mausoleumsruinen und feudalen Campagna-Latifundien, von rund zweitausend Jahre altem Tode und exklusivstem Lebensluxus hinter Bougainvilleen-Kaskaden und in arkadischer Landschaft auf ihrem Wege in die schon sichtbaren Albaner Berge auf tröstlichste und besänftigendste Weise zu atmen, inmitten von Pinien und Zypressen, Palmen und Bambus, Feigen-, Öl- und phallischen Mandel-Bäumen: das Ineinander und Miteinander von Tod und Leben, von Leben und Tod. Auch sie koinzidieren. Denn Leben ist Tod. Demnach müßte Tod auch Leben sein. Aber gelten da noch die Gesetze der Logik, die sich auf Analogie berufen?

In der hiesigen Residenz und zumal in der Zirkusarena des Kaisers Maxentius, dessen Gerichtsbasilika Yan schon auf dem Forum Romanum besichtigt, gelten sie unübersehbar durchaus noch. Denn hier ist neben dem Grabmal, das zu Beginn des 4. Jahrhunderts nach dem Vorbild des Pantheon für den kindlich verstorbenen Kaisersohn Romulus und für unsere heutigen Besucheraugen errichtet wird, das ganze riesige Zirkusgelände im Ausmaß mehrerer Fußballfelder und mit den Turmruinen seiner Trompeter-Emporen – drüber trumpets – ein einziges überwältigend vitales Biotop.

Yan und Raffaele sind hier die einzigen Besucher dieser unvorstellbar friedlichen Lautlosigkeit. Wortlos und ziellos wandern sie durch das schier endlose Meer aus hüft- bis brusthoch blühendem Fenchel und langstieligem, aber kleinblütigem Löwenzahn. Sie schwimmen in diesem weglos goldgelben Blütenmeer inmitten von überwältigend fruchtbaren Populationen goldgelb schaukelnder Schmetterlinge und goldgelb flitzender Eidechsen.

In absoluter Ruhe entfaltet hier Leben seine ganze sieghafte, auch noch postvitale Opulenz in Goldgelb und hat jene lärmenden circensischen Spiele und hysterischen Wagenrennen rings um die wohlerhaltene Mittel-Spina und jenen ägyptischen Granitobelisken, der heute auf der Piazza Navona Berninis Vier-Flüsse-Brunnen krönt, mit der Souveränität von anderthalb stattgefundenen Tier- und Pflanzenjahrtausenden überstanden.

Gogol flieht am Todestage jenes geliebten Architekten Tomarinskij von der Spanischen Treppe eben zu dieser Via Appia und findet hier zur Befremdung seiner Begleiter so schnell die Balance und den Frieden seiner Seele wieder, daß er den Verlust des Freundes zu verschmerzen oder gar zu vergessen scheint.

Und Goethe ist hier am Tage nach seinem ersten Besuch der Cestius-Pyramide und entdeckt in den Grabruinen dieser Via Appia eben nicht die menschliche Vergänglichkeit, sondern gerade den *"Begriff von solidem Mauerwerk"* und zeitüberdauernder Stabilität: *"Diese Menschen arbeiteten*

für die Ewigkeit, es war auf alles kalkuliert, nur auf den Unsinn der Ver-
wüster nicht, dem alles weichen mußte."

Auf Goethes Zeichnung von diesem Zirkusfeld des Maxentius sieht man inmitten der sprenkelig getupften Arena zwei männliche Gestalten stehen, die
zur nahen Anhöhe mit dem so "soliden" Grabmal der Triumviren-Gattin
Cæcilia Metella blicken. Nicht anders stapfen Yan und Raffaele nun zeitlos
bewegt durch die unbesiegbare Lebenslust von Fenchel und Schmetterlin-
gen, Löwenzahn und vorhäutigen Eidechsen.

323
Gregor

Yan liest Gudrun die verbliebene zweite Hälfte seines Vortrages über Klaus
Mann vor:

Die Nachricht vom Selbstmord seines Erstgeborenen erreicht Thomas Mann
im Stockholmer Grand Hotel, wo unlängst Klaus selbst noch logiert und in
das der Vater heute just von einer Besichtigung barocker Enthauptungs-
schwerter im Wrangel-Schloß Skokloster am Mälarsee zurückkehrt. Über-
morgen soll er in der Universität Uppsala, die Klaus erst vor anderthalb
Jahren ebenfalls besucht, andern Tags im Stockholmer Börsensaal vor der
Schwedischen Akademie seinen Vortrag über "Goethe und die Demokratie",
im Radio Stockholm für die Schallplatte über "Goethe, das deutsche Wun-
der" halten. Dann soll es in die Schweiz, von dort schließlich nach Frank-
furt und Weimar gehen, wo die Goethe-Preise mit einer Ansprache quittiert
werden sollen, die er erst schreiben muß.

Dieses ganze Programm wird nach der Todesnachricht sofort in Frage ge-
stellt und gegen "direkte Heimkehr" ausgespielt, dann aber, zwar verkürzt
und beschleunigt, dennoch eingehalten, um "aktiv zu bleiben und dem Le-
ben das Seine zu geben": "Ich glaube, es muß sein."

An der Beerdigung in Cannes nimmt seitens der Familie nur Bruder Mi-
chael teil, der als Mitglied des San-Francisco-Orchesters unter Pierre Mon-

teux just Europa bereist, nur zufällig also gerade nahe ist, "plötzlich da war" *und in besagter* "seltsamer Beziehung" *zu Klaus* "über dem schon versenkten Sarg des Bruders" *auf seiner Bratsche ein Largo* "in das Grab hinab" *spielt; Heinrich Mann nennt sein Instrument in diesem Zusammenhang ein* "violon d'amour".

Schwester Erika veranlaßt erst später an Ort und Stelle den rechten Grabstein mit einer englischsprachigen Inschrift aus dem Lukas-Evangelium, deren Wortlaut Klaus dem eben angefangenen Roman "The Last Day" *schon als vertröstendes Motto voranstellt:* "Wer sein Leben verliert, der gewinnt es." *Seine Schreibmaschine, ein Koffer, seine Mäntel (seine Mäntel!) sind das materielle Vermächtnis, das den Eltern just in jenem Zürcher Hotel* "Baur au Lac" *ausgehändigt wird, wo vor gut 44 Jahren die Ehe, der dieser Klaus entstammt, mit Hochzeitsnacht und ungesunden Flitterwochen ihren unguten Anfang nimmt.*

Vater Thomas verhält und äußert sich schon bald nach dem ersten "Trauerund Schreckenseinbruch in dem großen Stockholmer Zimmer" *auf eine Weise, die damals und später oft als Gefühlskälte, Herzlosigkeit und lieblose Distanzierung von Klaus verstanden oder ausgelegt und angelastet wird. Dazu tragen nicht nur die befremdlich strikte Fortsetzung dieser* "Ehrenreise" *und das Fernbleiben vom Grabe bei. Auch seine Bezichtigungen und Vorwürfe, die spontan im Tagebuch und in ersten Briefen ausdrücklich Mutter Katia und Schwester Erika, nicht aber Klaus selbst bedauern und etwa eigenen Schmerz betont verschweigen, beanstanden an diesem Freitod unbarmherzig* "das Kränkende, Unschöne, Grausame, Rücksichts- und Verantwortungslose" *und die Unfähigkeit dieses Sohnes zu gebotener* "Treue, Rücksicht und Dankbarkeit".

Dabei bedient Thomas Mann sich fast variationslos desselben Vokabulars, mit dem er nahezu vierzig Jahren zuvor schon den Selbstmord seiner Schwester Carla kritisiert, wenn er ihr in Briefen an Paul Ehrenberg und Bruder Heinrich außer der eben zitierten Rücksichtslosigkeit vor allem den Mangel an "Solidaritätsgefühl" *vorwirft: dadurch sei ihrer aller* "Existenz mit in Frage gestellt, unsere Verankerung gelockert". *Solch ein Selbstmord sei* "g e g e n   e i n e   s t i l l s c h w e i g e n d e   A b r e d e", *gegen das Gefühl* "unseres gemeinsamen Schicksals".

Was zuvor noch als kühle Distanzierung wirkt, entlarvt sich nun so als deren Gegenteil. Der Davongegangene wird so sehr als Bestandteil einer allgemeinen familären Einheit empfunden, daß solche Alleingänge frevelhaft und eigentlich gar nicht möglich sind. Insofern sei es "nicht ganz leicht", *einer solchen geradezu widernatürlichen Isolation und Eigenmächtigkeit überhaupt* "gerecht zu werden". *Schließlich sind alle im selben Boot so problematischer Verstrickungen und Nöte, hätten dieselben Gründe zur Verweigerung, machen aber dennoch gemeinsam, loyal und solidarisch weiter. Aussteigen ist insofern Verrat.*

Vielleicht auch deshalb wird dieser Tod des Sohnes schon nach acht Wochen vorläufig weitgehend verdrängt. Dem sobezeichneten "guten George" *oder* "getreuen Motschan, einem Sohn" *und stets präsenten Eskort, fällt auf der ganzen Weimar-Reise auf:* "Dieser Name fiel nicht", *auch in privaten Gesprächen nie.*

Aus den Lautsprechern vor dem Weimarer Nationaltheater und zu Goethes und Schillers bronzenen Füßen höre ich diesen Vater zwar, auf eben akatholisch "cestische" *Weise ohne Namensnennung und nur als Auftakt zu einem André-Gide-Zitat, von seinem* "verstorbenen Sohn, einem Opfer dieser Krisenzeit", *orakeln, aber noch ein Jahr später moniert sein eigenes Tagebuch, daß er in einer Dankrede zur Feier seines 75. Geburtstages im Zürcher Saffranhaus* "des armen Klaus hätte gedenken sollen". *Er tut es nicht.*

Aber das Schweigen, das über den toten Klaus verhängt und notfalls mit kokettem Goethe-Zitat als jenes drückende "Außenbleiben" *beschönigt oder aufgewertet wird, mit dem er freilich bald auch das Verschwinden seines Pudels, in spielerischer Abwandlung sogar das* "Ausbleiben" *der so ersehnten Post seines Zürcher Schenken Franz Westermeier bezeichnet –*

dieses Schweigen über den außenbleibenden Klaus muß noch andere Ursachen haben.

Nur zum Teil mag das mit jenem Ungenügen an sprachlicher Kapazität zusammenhängen, jener "prompten und oberflächlichen Erledigung des Gefühls durch die literarische Sprache", *die er schon Tonio Kröger als* "Kaltstellen und Aufs-Eislegen der Empfindung" *brandmarken läßt.*

Doch was Zunge und Feder diesmal verschweigen und verdrängen, offenbart die tief verstörte Psyche nur allzubald mittels direkten körperlichen Ausdrucks.

In den Wochen und Monaten nach dem Tode des Sohnes ist Thomas Mann gesundheitlich anhaltend "anfällig", "angegriffen" *und* "leidend". *Zu* "andauernder Magenverstimmung und Darmschwäche aus Depression", *die sich auch als* "Ostipation" *und* "quälende Leibschmerzen" *äußern, gesellen sich eine* "arge Ohrenplage", *ein* "schlimmes Auge", *ein* "schwarzer Zungen-Pilz" *und Fußbeschwerden. Er registriert allgemein* "schlechtes Befinden", "fragwürdigen Nervenzustand" *und eine* "unruhige" *Verschlechterung seiner chronischen Schlaflosigkeit.*

In Vulpera im südlichen Engadin schließlich, wo Thomas Mann in der dreiwöchigen Klausur des Hotels "Schweizerhof" *endlich seine Goethe-Ansprache für Frankfurt und Weimar schreibt, verursacht eine geplatzte Vene tagelang unstillbares und hartnäckig wiederkehrendes Nasenbluten,* "das auch mit Psychischem zu tun hatte" *und so gefährliche Ausmaße annimmt, daß erst mehrfache ärztliche, auch chirurgische Behandlung diesen explosiven und* "alles verschmierenden" *Aderlaß des Greises befriedet. Das Manuskript jener Frankfurt-Weimarer Ansprache ist bis heute von den Blutungen ihres tief irritierten Autors stigmatisiert. Es mag sein Herzblut sein, das sich da Bahn bricht und verströmt.*

Gleichwohl übersteht er die Strapazen und "vielen Abenteuer der vielfältigen, sonderbaren Reise" *auch nach Weimar, wo er zwar* "Stationen des Kalvarienberges" *zu bestehen habe, aber* "gesund geblieben" *sei,* "schlecht und recht standgehalten" *und* "mit guter Miene meinen Mann" *gestanden habe.*

Trotzdem scheint seine ganze Vitalität zur Ader gelassen. Er sei "auch schon recht müde von all dem Leben", *gesteht er Carl Ehrenberg; und seinem Tagebuch:* "Lebensüberdruß und Verlangen nach Abberufung". *Schließlich:* "Warum soll ich nicht zugrunde gehen? Mein Leben ist ausgelebt."

Solche Resignation ist freilich nicht nur greisenhafter Kraftmangel, nicht nur Reaktion auf die empfindlichen Tode dieser zehn Monate. Denn schon vor einem halben Jahrhundert beichtet er ja Bruder Heinrich jene "vollkommen ernst gemeinten Selbstabschaffungspläne" *und sein Verständnis des Todes* "als eine Möglichkeit [...], zum Leben zu gelangen".

Was immer das damals und letztlich heißen soll: Thomas Mann mag wissen, wovon er spricht, wenn er nach dem "Außenbleiben meines Sohnes" *dessen* "Todestrieb", *dessen* "von langer Hand unwiderstehlich wirkenden Todeszwang" *und, immer wieder, den* "Ausdruck tiefer Wunscherfüllung auf seinem Gesicht im Tode" *erwähnt.*

Aber er weiß auch allzu gut, daß nicht nur Klaus von solcher Todessehnsucht, solcher Sympathie mit dem Tode trieb- und zwanghaft beherrscht ist. Das wird am deutlichsten, als er, selbst 38jährig, an einem andern Maitag die Grabrede für den vierzigjährig und scheinbar so abstrus verstorbenen Kollegen Friedrich Huch, einen "blonden Siegfried" *mit* "blauen strahlenden Seemannsaugen", *hält, der 26jährig eine so verblüffende, nicht eben unverdächtige* "Sehnsucht" *und* "verliebte" *Freundschaft zu Bruder Viktor Mann an den Tag legt, als der noch zehn (zweimal fünf) und für Huch* "wie ein versunkenes Gestirn ist".*

"Er war ein Dichter", *sagt Thomas Mann am Sarge Friedrich Huchs,* "und solche pflegen mit dem Tode auf vertrautem Fuß zu stehen; denn wer so recht der Vertraute des Lebens ist, der ist auch derjenige des Todes. [...] Es würde schwerlich gedichtet werden auf Erden ohne den Tod. Wo wäre der Dichter, der nicht täglich seiner gedächte – in Grauen und in Sehnsucht? Denn die Seele des Dichters ist Sehnsucht, und die letzte, die tiefste Sehnsucht ist die Erlösung."

Solche Todes-Ästhetik hat hier ein stark autobiografisches Fundament. Später bezeichnet Thomas Mann sie als "Todesrittertum" *und Charakteristikum speziell jener schon von Platen* "dem Tode anheimgegebenen" *Männerliebe, wie er sie auch als eigentliche Todesursache Friedrich Huchs diagnostiziert, der die Trennung von seinem Freunde Ludwig Klages nicht verwinden, nicht überleben kann.*

Noch seinen eigenen "Zauberberg" *deklariert Thomas Mann 55jährig in seinem* "Lebensabriß" *primär als einen Versuch, solche* "Faszination durch den Tod" *und dessen verführerischen* "Sieg höchster Unordnung" *zu bekämpfen und zu* "verkleinern". *Im zentralen* "Schnee"-*Kapitel dieses Buches läßt er einen ganzen Satz in solchem Sinne gar gesperrt drucken:* "Der

Mensch soll um der Güte und Liebe willen dem Tode keine Herrschaft ein-
räumen über seine Gedanken."

*Hierin erkennt er ohnehin lange die Aufgabe von Kunst und Künstler: alle
Neigung zu Tod und Abgrund mit dem Schönheitssinn zu kombinieren und
insofern ein Mittler zwischen Tod und Leben zu sein. Wohl eben darum
kann er, gut 58jährig, aus Küsnacht an den 27jährigen Klaus von* "Lachge-
fühlen" *berichten,* "an denen Tod und Grab nichts haben ändern können –
warum sollten sie auch", *und selbst der 73jährige notiert sich noch wenige
Wochen vor Beginn jener vierteiligen Todessequenz des Weimar-Jahres seine offenbar immer noch harmonisierenden* "Gefühle über Wollust und
Tod".

*Schon ein solches Begreifen des Todes ermöglicht in seinem Zusammen-
hang oder Zusammenspiel mit Leben, Kunst und Männerliebe ein so tiefes,
so einvernehmliches und brüderliches Verständnis für Klaus und dessen
Entscheidung, daß ein Teil der beanstandeten väterlichen Zurückhaltung
oder Wortlosigkeit wenn nicht gar als Zustimmung, so doch als wissender
Nachvollzug gedeutet werden mag.*

Nicht grundlos räumt er im "Faustus"-*Roman dem Begriff eines* "ruhigen
Verständnisses", *wie es nur Bauern und Künstler, eben* "Leute von Verständnis", *haben, einen überraschend großen Platz ein: denn* "Verständnis
sei im Leben das Allerbeste und Wichtigste", *weiß Else Schweigestill und
nimmt dann den Tod des Ehemannes* "mit der gleichen stillen Gefaßtheit,
dem selben verständigen Willigen ins Menschliche" *hin wie ihrerseits auch
Mutter Leverkühn.*

Eben solch ein "verständiges Willigen ins Menschliche" *mag Thomas Mann
nach dem Selbstmord des Sohnes praktizieren wollen, wenn er, Adorno gegenüber, sein eigenes* "Alles verstehen" *erwähnt.*

Hierin mag ihn freilich auch jener "neue Humanismus" *bestärken, den er
schon vor fünfzehn Jahren beiläufig in jenen* "Tagebuchblättern aus den
Jahren 1933 und 1934" *vermerkt und in einem August als sein* "Leiden an
Deutschland" *publiziert. Er erwähnt da die moderne Physik mit der aktuell
gewordenen* "Irrationalität im Inneren des Atoms" *und begreift:* "Das immer
tiefere Eindringen ins Kleinste und vermutlich Letzte führt ins Unendliche,

und die Grenze zwischen dem Materiellen und Immateriellen stellt sich als fließend heraus."

Lakonisch fixiert er unverzüglich die biologischen und psychologischen Konsequenzen solcher quantenmechanischen Einsichten: "Man sieht Energie (Strahlung) zu Materie werden und Materie ins 'bloß' Energiehafte zurückkehren (zerfallen)."

Mit dieser Aneignung quantenphysikalischer Entdeckungen löst sich auch für ihn der traditionelle Todesbegriff auf. Die klassische Unterscheidung zwischen Stoff und Geist, zwischen Leib und Seele gibt es demnach nicht mehr. Materie und Energie alternieren in fließenden Übergängen. So muß auch der Tod seinen paulinischen Stachel, jedes Sterben viel von seinem Schrecken verlieren. Folgerichtig prophezeit Thomas Mann damals als Produkt dieser physikalischen Erkenntnisse "ein eigenartiges Souveränwerden des Menschen", *eine vom Tode emanzipierte Anthropologie als* "Grundlage und Pathos des neuen Humanismus".

Und noch der 73jährige erheitert sich kurz vor Beginn von Toten-Jahr und Weimar-Reise, just am Sterbetage seines eigenen Vaters, an der rezenten Entdeckung jener "gewichtlosen" *Neutrinos, die er als* "das gefundene missing link zwischen Energie und Materie" *begrüßt und* "in welche wohl alle Körper sich auflösen werden".

"Naja", wendet Gudrun jetzt ein.

"Doch, schon", hält Yan dagegen und liest weiter:

Solche Informationen bezieht der physikalisch wenig Vorgebildete aber keineswegs etwa, als er in Princeton lebt, direkt von Nachbar Albert Einstein, wiewohl der ihm persönlich für "humanitarian services" *die Einstein-Medaille der Zeitschrift* "Jewish Forum" *überreicht, auch nicht von Allen Shenstone, dem befreundeten kanadischen Ordinarius für Physik, oder von Golos Taufpaten, dem entfernt verwandten Physik-Professor Rudolf Walter Ladenberg, auch nicht von Schwager Peter Pringsheim, reputiertem Atomphysiker in Berlin, Brüssel und Chicago, und nicht einmal von Ehefrau Katia, die als erste Münchner Abiturientin noch beim großen Konrad Röntgen Physik studiert: nein, er erfährt,* "was eigentlich vorgeht", *ausdrücklich* "von jungen Physikern", *sicher nicht denselben, wohl aber den gleichen* "netten jungen Physikern", *die Werner Heisenberg seinerzeit veranlassen, seine Quantenforschungen im faschistischen Leipzig fortzusetzen, statt in Columbia den Weg zur Atombombe verstellen zu helfen.*

Für Thomas Mann nun sind solche Entdeckungen keineswegs ein Weg zum Tode, sondern vielmehr ein Beleg dafür, daß es den im hergebrachten Sinne gar nicht gibt.

Also ist auch leicht nachzuvollziehen, wenn er nach geglückter Krebsoperation am " 'toten' Organismus" zu zweifeln beginnt, "von dem niemand weiß, wie tot er vor seiner wirklichen Auflösung ist". Zu gogolesker Angst vor Scheintod und allzu früher Bestattung ist es da auch für ihn nicht mehr weit.

Aber so schreckenlose und wissenschaftlich attestierte Unsterblichkeit muß folgerichtig auch darauf ihren Einfluß haben, was landläufige Kritiker nach dem Tode des Sohnes als seine Gefühlskälte beckmessern.

Dennoch benutzt er derlei Quantenschliche durchaus nicht als Notausgänge für seine persönlichen Verstrickungen in den Freitod seines ältesten Sohnes. Schon sein vielzitierter Vorwurf, Klaus hätte das Mutter und Schwester "nicht antun dürfen", stellt seinen eigenen Anspruch auf "Rücksichtnahme" nicht aus Gleichgültigkeit oder Kälte, sondern eben aus dem genauen Wissen zurück, daß Klaus es ihm, dem Verstrickten, sehr wohl antun kann. Auf Schonung meldet er selbst durchaus keine Ansprüche an.

"Und warum tut Klaus es Mutter und Schwester an?" fragt Gudrun, ein bißchen anachronistisch.

"Weil er in seiner finalen Vereinsamung nachweislich niemandem mehr Rücksicht zu schulden meint: *'Wenn es mir belieben wird, mich fallen zu lassen, hält mich nicht das Pflichtgefühl der Liebe.'* Denn: *'Man muß aus allen menschlichen Bindungen treten, e h e man es tut.'* "

Gudrun schweigt.

Yan sieht ihr sensibles Gesicht, das ihn in so versunkenen Momenten an seine eigene schon lange außenbleibende Mutter erinnert, und genießt eine warme Welle unsagbar alten Wohlgefühls in seinem ganzen Körper.

Gudrun sagt: "Lies weiter."

Yan tut es:

Als Erika Mann nach Jahresfrist ein Buch mit Nachrufen auf ihren toten Bruder publiziert, rühmt der Vater im Vorwort jenen "guten", "ehrlichen", "reinen" *Willen seines Sohnes, jeden* "Schatten zu leugnen [...], der von meinem Dasein fiel auf das seine und ihm [...] das Leben erschwerte". *Es sei dies auch der Wille, trotz allem jegliche* "Verwünschungsgefühle seiner Seele fernzuhalten". *Dabei konzediert er, indirekt, die Berechtigung von Verwünschungsgefühlen. Im persönlichen Briefe an Freund Hermann Hesse wird er schon bald nach diesem Tode noch deutlicher:* "Mein Verhältnis zu ihm war schwierig und nicht frei von Schuldgefühl".

Diese eingestandene Schuld will er freilich unverzüglich mit Klaus teilen, denn der sei "als junger Mensch in München ein recht übermütiger Prinz, der viele herausfordernde Dinge beging". *Die Atmosphäre der wechselseitigen Verführung wird also wieder heraufbeschworen und bezichtigt. In der Tat mag sie Anfang und Keimzelle der ganzen Katastrophe sein. Denn in jenem nachgerufenen Vorwort präzisiert er dann auch den Beginn dieser chronisch-manischen Todessehnsucht seines Prinzen:* "Seit wann? Wahrscheinlich seit seine Kindheit endete", *die er dann gleich noch einmal als* "spielerisch-übermütig" *etikettiert. Sie endet wohl in jener pubertären 14-jährigkeit, als der Vater sich in ihn verliebt und ihn zumindest begehrt. Schon hierin mag eine schuldhafte Verstrickung liegen.*

Marianne Krüll vermutet in ihrem "Netz der Zauberer" *auf Psychologenweise, daß Klaus die verdrängten Todeswünsche des Vaters, der sie zu* "romantischer Todesssehnsucht" *sublimiert, auszuleben den väterlichen* "Auftrag" *erhält. Indem er den ausführt, werde er vom Vater letztlich zum Selbstmord verführt.*

Thomas Mann selbst beendet seinen erwähnten Nachruf auf Klaus mit dem verschachtelt geständigen Satz: "Es fehlte nur, daß man von Undank spräche für ein so zweideutiges und schuldhaftes Geschenk wie das des Lebens."

Damit schließt er den Kreis zu jenen frühen Gedanken angesichts seines noch zwölfjährigen Sohnes, daß jemand wie er keine Kinder haben "sollte". *Damals:* "dies Sollte verdient seine Anführungsstriche".

Nun aber, nachdem Klaus dieses Sollte mit seinem Selbstmord empfindlich bekräftigt, holt Thomas Mann zu einer trotzig verklärenden Gloriole all sei-

ner Problematik und ihrer beider Leben aus, indem er, in "seinem" 75. Jahr, nun also doch, seinen letzten Roman publiziert, "Der Erwählte": eine schelmisch strahlende Apotheose des Inzests.

"Wieso denn das?" fragt Gudrun in verblaßter Erinnerung an frühere Lektüre.

Wie schon beim "Doktor Faustus", liest Yan, *liegen nun auch bei dieser komödienhaft versöhnlichen Lebensbilanz die Wurzeln in Thomas Manns Jugend. Bereits der Neunzehnjährige macht sich als unakademischer Gasthörer der Technischen Hochschule München Notizen zu einer Vorlesung des Literarhistorikers Wilhelm von Hertz über "Höfische Dichtung" und nach der virilen Tafelrunde des Königs Artus, dann dem einschlägig fleischesbrüderlichen Minnesänger Ulrich von Liechtenstein namentlich über Hartmann von Aue und dessen epische Legende von jenem "Gregorius", den sich Thomas Mann damals sofort als "christlichen Ödipus" und einen Roman "mit einem bestimmten Grundgedanken" vormerkt.*

Drei Sätze dieser Vorlesungsnotate mögen über mehr als ein halbes Jahrhundert hinweg als Keimzellen dieses Altersromans zu verstehen sein:

1.) " 'Man sagt, die Weiber lieben heftiger als die Männer. Dem ist nicht so.' (H. v. A.)"

2.) "Ein Mann, der unbewußt seine Mutter heiratet, wird heute wohl Scham, aber keine Gewissensbisse empfinden."

3.) "Im Mittelalter lag das Kind quer im Ehebett der Eltern ... "

Diese Notizen stammen aus einer Zeit, als der Neunzehnjährige seine Katia noch gar nicht kennt, geschweige einen Sohn hat, und beziehen sich also wohl auch auf Erfahrungen in der elterlich-geschwisterlichen Familie, der er damals noch keineswegs entwachsen ist. Sein Vater ist da erst vor drei Jahren gestorben, er selbst ist Mutters Liebling, Neben-Ich Lula erst siebzehn, Bruder Heinrich verfällt gerade der dreizehnjährigen Carla, und Bruder Viktor steht blondgelockt in jenem fünften Lebensjahr.

Das alles mag als Basis und erste Anregung dieses Inzest-Romanes gelten, den er nun, 72jährig, in Angriff nimmt, den er auch zur Zeit seines unterbrechenden Weimar-Besuches als Fragment in Kopf und Herz bewegen mag und der nicht zuletzt ein Plädoyer für Klaus, ihrer beider so gesprenkelten Lebensweg und für erlebte oder verweigerte Genüsse stehen mag.

Denn "sehr oft", weiß Benediktinerbruder Clemens, der fiktive Chronist dieses Romanes, "ist das Erzählen nur ein Substitut für Genüsse, die wir selbst oder der Himmel uns versagen".

Diesen Clemens, einen Geistesbruder jenes faustischen Dr. Serenus Zeitblom, läßt Thomas Mann also, sei es substitutiv und anhand der "Gesta Romanorum" wie jenes frühnotierten "Gregorius" des Hartmann von Aue, diese Geschichte arger Fleischessünde aus der Frühzeit des Christentums referieren. Denn große Sünde, weiß Clemens, "geht einem Kristen nahe und bewegt sein Herz zu einer Art Verehrung".

Grimald, Herzog in Flandern und Artois, begehrt seine mannbar werdende Tochter Sibylla. Die aber liebt und begehrt einzig ihren Zwillingsbruder Wiligis, und am Sarge des rivalisierenden Vaters ist sie dem schließlich "als Schwester-Herzogin mein süßes Neben-Ich, Geliebte": gemeinsam entdekken und zelebrieren die verwaisten Geschwister ihre Leiber, weil sie "in aller Welt von niemand anderem wissen wollten als von uns besonderen Kindern. Aber etwas Schuld [...] trägt auch Herr Grimald, der Beigesetzte, nicht nur, weil er uns erzeugte, sondern auch, weil er gar zu ritterlich zu dir war, du Süße, und mich eifernd oft von deiner Seite trieb, – das trieb mich zu dir ins Bette" – "ganz wie ein Hengst, ein Bock, ein Hahn!"

So sticht der Sohn also den väterlichen Rivalen aus, begeht den Inzest mit der Schwester in narzißhaftem Hochmut ihrer Exklusivität, und sie lieben "einander, sich selbst das Eine in dem Andern".

Thomas Mann nennt das schon am 19. September der Frühphase und noch vor dem Tode des Sohnes "die Selbstverständlichkeit der Geschwisterliebe. Niemand sonst ist fein genug."

Diese aristokratisch elitäre Komponente des Inzests schließt an die "Ebenbürtigkeitswonne" des frühen "Wälsungenblutes", mehr noch an den Geschwister-Inzest von Siegmund und Sieglinde in Vorbild Richard Wagners "Walküre" an, traditions- und geschichtsbewußt aber durchaus auch an ein weit verbreitetes Verhalten alter Kulturvölker und, lange vorher schon, vieler Naturvölker rund um den Globus.

In Nordostsibirien, in Polynesien und in Vorderasien, bei Indianern und Indogermanen wird der mythologisch übliche Inzest der Götter von vergotteten menschlichen Herrscherfamilien in religiöser Adaption übernommen und exklusiv praktiziert: auch in Baghirmi, Kambodscha, Siam und Birma, auch bei Savunesen, bei Niasem und Kalangs auf Java und den Alfuren der Minahassa.

"Moment mal", ruft Gudrun um Hilfe: "unklar! Bei allen diesen Völkern gibt es Inzest oder wie?"

"Nur in den Königsfamilien. In den Fürstenhäusern, die sich als irdische Repräsentanten ihrer jeweiligen Gottheiten empfinden."

"Und diese Gottheiten treiben es alle unter Geschwistern?"

"Das sowieso." Und Yan liest weiter:

Für die Katschin in Birma gehen alle irdischen Könige und Fürsten ausschließlich aus göttlichem Inzest hervor. Dieser Glaube ist chinesisch beeinflußt. Aber der japanische Mythos führt sogar den Beginn der gesamten Menschheitsgeschichte auf das zeugende Geschwisterpaar Izanagi und Izanami zurück. Ähnlich primäre göttliche Ehen zwischen Bruder und Schwester kennen die Ägypter von Isis und Osiris, die Chinesen von jenen Fu-hsi und Nü-kua, die Griechen von Kronos und Rhea oder Zeus und Hera, die Germanen von ihren fruchtbarkeitsmythischen Wanen.

In Ägypten übernehmen die gottähnlichen Pharaonen zumal der ptolemäischen Dynastie diesen göttlichen Brauch der Geschwisterehe, reichen ihn auch an ihre Untertanen weiter, bei denen noch in neueren Zeiten die Ehe zwischen Vettern und Cousinen so weit verbreitet ist wie bei den Beduinen im Negev.

"Kleopatra?" hakt Gudrun, mit der Spätzündung des Mitdenkenden, nach.

"Ist Geschwister-Kind, Geschwister-Enkelin und Ehefrau ihres Bruders, richtig." *Oder die peruanischen Inka-Herrscher: bei denen ist 14 Generationen lang unter Berufung gleichfalls auf göttliche Vorbilder, zur Reinerhaltung des fürstlichen Blutes und zur Vermeidung von Erbfolgestreitigkeiten die Geschwisterehe striktes Hausgesetz und absolut tabu. Die Vornehmen des Landes und die Krieger übernehmen diesen Brauch als Zeichen auch ihrer eigenen Erlesenheit.*

Im alten Persien wird Inzest in allen Spielarten seit Kambyses nicht nur von den Königen praktiziert. Geistliche Ämter sollten da tunlichst mit Söhnen aus Geschwisterehen besetzt werden, und Magier pflegen dort ihre Mütter zu heiraten. Im Zend-Avesta, der Heiligen Schrift der Parsen, wird die Geschwisterehe ausdrücklich für gottwohlgefällig erklärt.

Auch im sonstigen Orient, auch bei den Kamtschadalen und auf Hawaii gelten in königlichen und adligen Familien Bruder und Schwester nach göttlichem Muster als die natürlichen Gatten.

In Europa wird im Imperium Romanum *zumal der Spätzeit planer Inzest zwar geahndet, aber Caesaren wie Tiberius, Claudius, Caligula und Publius Clodius genehmigen ihrer Besonderheit unbeanstandet eine Ehe mit der eigenen Schwester.*

Unter neuzeitlich-europäischen Kulturen kennt namentlich das französische Rokoko den Inzest erlauchter Geister und Potentaten. Der Marquis de Sade beschreibt die sexuellen Praktiken von Geschwistern oder Eltern mit ihren Kindern, wie sie die Herzöge von Choiseul und Philipp von Orléans, die Kardinäle Richelieu und de Tencin, der Politiker Mirabeau, der Schriftsteller Rétif de la Brétonne und schließlich gar Napoleon I. praktizieren. Gar Goethe schildert im "Wilhelm Meister" jene Baronin, die "ihren Bruder von Jugend auf dergestalt geliebt, daß sie ihn allen Männern vorzog" und schließt folgerichtig die unanfechtbar stimmige Frage an: "Gab es nicht edle Völker, die eine Heirat mit der Schwester billigten?" Er beantwortet sie 78jährig im Gespräch mit Eckermann: "Wir müßten denn nicht wissen, daß unzählige Fälle vorgekommen sind, wo zwischen Schwester und Bruder, bekannter- und unbekannterweise, die sinnlichste Neigung stattgefunden".

"Da bin ich baff", sagt Gudrun: "da wird es ja schon hautnah."

"Ja", sagt Yan, "es ist hautnah. Auch Goethe selbst und Schiller haben tief gesprenkelte libidinöse Bande zu ihren Schwestern. Und warum heißt unsre Rosa de Ca'n Parra mit Nachnamen Forn Forn? Weil Vater und Mutter ebenso derselben Familie Forn entstammen wie in Heidelberg die Frau Paulus der Familie Paulus. Hör weiter:"

Und in eine so ehrwürdig alte und weltweite Tradition also weiß Thomas Mann nun sich selbst und das herzogliche Geschwisterpaar seines späten Romanes eingebettet, das schließlich auch seinen Sohn, ebenjenen Grigorß,

*zeugt, der, aus christlichen Schuldgefühlen unverzüglich ausgesetzt, erst in
die Heimat zurückkehrt, als er mannbare Siebzehn ist, und, in der Tat ein
anderer Ödipus, ahnungslos seine verwitwete Mutter heiratet. Als Geschwi-
sterkind empfindet er sich selbst zwar als einen* "Drachen", *einen* "Basilis-
ken" *(was aber* "körperlich nicht weh tut")*, und noch ehe er seine nur allzu
willige Mutter schwängert, träumt die,* "daß ich einen Drachen gebar, der
davonflog, aber wiederkehrte und sich zurückdrängte in den zerrissenen
Mutterschoß!" *Ohnedies einzig durch christliche Moral auf Irrwege eines
Sünden- und Schuldbewußtseins gedrängt, weiß Sibylla nicht, daß solch ein
Drache in außerchristlichen Landen die denkbar größte Verehrung genießt,
und auch dieser so drakonische Grigorß ist in der Tat* "sehr schön zu sehen,
wie Kinder der Sünde, aus welchem Grunde immer, es öfters sind, ein herrlicher Mann".

Dieser herrliche Mann ist denn auch der einzige, den seine Mutter im Bette
"lieben konnte seit des holden Bruders Verschwinden"*, und mag, wie schon
sein sündiger und ebenbildlicher Vater Wiligis, ein Konterfei nicht zuletzt
auch Klaus Manns sein, als der noch jener* "übermütige Prinz" *ist und viele*
"herausfordernde Dinge beging"*, für die er später ebenso mit dem Leben bezahlen muß wie dieser Bruder* in litteris *Wiligis von Flandern und Artois.*

*Erst als, im Roman, dessen Frau und Sohn zwei Töchter zeugen, mit denen
Grigorß nur* "irrtümlich" *nicht* "auch noch in ein Verhältnis geriet und etwa
gar Kinder von ihnen hatte, wodurch die Verwandtschaft ein völliger Abgrund geworden wäre" –

" 'Irrtümlich'!", lacht Gudrun auf.

"Irrtümlich nicht", verdeutlicht Yan diese Pointe und liest unbeirrt weiter:

*– erst da fliegt alles auf, und alles tief Unterbewußte wird bewußt und ihrer
christlichen Moral zum sündhaften Frevel, der arg gebüßt werden muß, in
extremer Kasteiung und Selbsterniedrigung. Denn jeder Inzest muß in
christlichen Landen erbarmungslos geächtet und geahndet werden.*

*Aber schon dem biederen Benediktiner-Chronisten Clemens fällt auf, daß
die Natur sich an der vermeintlichen Un- oder Widernatur eines solchen Inzestes durchaus nicht stört.* "Er war ein Mann, und sie war eine Frau, so
konnten sie Mann und Frau werden, denn weiter ist der Natur an nichts gelegen. [...] Ihr Gleichmut ist bodenlos."

Wer aber ist das: diese so gleichmütige Natur?

Bruder Clemens verschweigt nicht, daß manch einer so heidnisch ist, die Natur eine Göttin und unsere Mutter zu nennen, der der junge Thomas Mann in Rom einfach eine phallische Zunge zeichnet, und er fährt fort: "Ja, die Natur ist sich selbst einerlei" *und toleriere es daher bedenkenlos, wie dieser hübsche siebzehnjährige Grigorß* "nicht vorwärts zeugt in der Zeit, sondern zurück in den Mutterschoß und Nachfahren erweckt, denen, so zu sprechen, das Gesicht im Nacken sitzt. Ein Pfui der Natur und ihrem Gleichmut."

Das ist aber erst das vorsichtig präludierende Entree zu einer viel spektakuläreren Billigung und Gutheißung all dieser inzüchtigen Christengreuel. Offensichtlich ist derlei nämlich nicht nur jener göttlichen Mutter Natur gänzlich "einerlei", *sondern Gott Vater und Sohn aus Martin Bubers* "Urbeziehung" *haben offenkundig sogar Gefallen an solchen Paarungen.*

Denn als in Rom die Nachfolge des verstorbenen Papstes ansteht, der ja hienieden Gott Vaters und Sohnes Stellvertreter ist, tut Gott Vater oder Sohn persönlich als blutendes Lamm in einem Traumgesicht kund und zu wissen, daß Er exklusiv ebenjenen inzüchtig sündigen Gregorius aus Flandern, einen in der urbs *vollkommen Unbekannten,* urbi et orbi *zu seinem irdischen Statthalter erkiese.*

Denn Erwählung wie diese und überhaupt "Heiligkeit" *werden ausdrücklich* "verdient durch die Entstehung aus Geschwister-Verkehr und durch Blutschande mit der Mutter", *übernimmt Thomas Mann nur allzugern aus den* "Gesta Romanorum", *aber auch aus der Frömmigkeit alter Völker.*

Damit versetzt sein göttliches Lamm jener augustinischen Erbsünde den Todesstoß.

Denn wem aus Gründen solcher Moral unter Menschen kein Platz bleibt, weil "all sein Fleisch und Bein aus Sünde bestand – aus seiner Eltern Sünde – ", *der findet nun also seinen Standort eben oberhalb der Menschen.*

Auch diese soziale Aufwertung und Rehabilitation vermeintlicher Blutschande mag Thomas Mann aus präzivilisatorischen Traditionen ableiten und durch deren unvorstellbar ehrfurchtgebietendes Alter legitimieren. Denn bei Naturvölkern Ostasiens, Australiens, Polynesiens und des präco-

*lumbianischen Amerika wie auch in indogermanischen und altorientali-
schen Hochkulturen, belegt etwa Hermann Baumann in seinen ethnologischen Studien zur Bisexualität in Ritus und Mythos, kann wahrhaft mächtig
nur sein, wer nicht in oder unter, sondern eben über den Gesetzen steht. Nur
außerhalb ihrer ist er nicht deren Sklave, sondern ihr Herr.*

*Um solche extrasoziale Immunität zu erlangen, muß aber auch das Tabu
des Inzestes konsequent und nachhaltig gebrochen werden. Denn zu höchster Machtentfaltung verhilft schon damals nur die Magie des doppelten Geschlechtes, indem die beiden konträren Sexualpotenzen des Menschen rigoros vereinigt werden: nicht aber innerhalb sozialer Ordnungen und legaler
Ehen, sondern nur in eben radikaler Sprengung aller legalistischen Einen-
gung. Jedenfalls bei den zentralaustralischen Aranda, aber auch bei Kamtschadalen, Buschmännern und manchen Indianerstämmen dokumentiert
erst ein absolut zügelloser Lebensstil die effektive Macht dessen, der sich
über alle gesellschaftlichen und moralischen Bindungen oder Verstrickungen zu erheben weiß.*

*Eine solche zutiefst anarchische Kultur also praktiziert in Thomas Manns
"Erwähltem" auch Papst Gregor, wenn er als* "Hirte der Völker" *alle* "bunte
Notdurft der Erde" *mit seinem* ex cathedra *omnipotenten Hirten- (oder Her-
mes-) Stabe* "zu binden und zu lösen" *erwählt wird.*

*Damit gibt Thomas Mann sich selbst ein probates Mittel an die Hand, jed-
weden Inzest nicht nur zu sanktionieren.*

"Die Neigung Gregors, zu lösen, war Zeit seines Lebens größer, als die zu
binden", *und so löst er dann auch die Verdammung, die über allen inzüchtigen Christen schwebt, mit Hilfe eines Leitspruches in gnädiges Verstehen
auf:*

"Herr! Wie sehr bewundr' ich sie,
Deine heilige Alchimie,
Die des Fleisches Schmach und Leid
Läutert in die Geistigkeit,
Daß der Buhlgespons der Sünde
Höchlichst sie gewürdigt finde,
Irdscher Notdurft allerorten
Öffne Paradieses Pforten."

Nach diesem Rezept nun verfährt Papst Gregor, dieser alchimistisch allzu gesprenkelte und potenziert inzüchtige

"Mann seiner Mutter, seines Großvaters Eidam, seines Vaters Schwäher, seiner Kinder greuliches Geschwister", *das* "seine Mutter zur Base und seinen Vater zum Oheim habe und sozusagen seiner Eltern drittes Geschwister sei"*:*

er verkündet von Petri Stuhl, unter wundersamer Zustimmung der säulenheiligen Paulus und Petrus und summa ex cathedra, *daß all die asketischen Manichäer, Priscillianer, Pelagianer und Monophysiten, auch der allzu puristisch puritanische Kirchenvater Quintus Septimus Tertullianus, jene afrikanischen Donatisten samt sämtlichen sonstigen fundamentalen Leib- und Fleischesfeinden gleichwohl unwürdig jedes geistlichen Amtes seien wie auch er selbst und jedweder Gebrechliche,*

wenn er nicht durch Erwählung, "die an Willkür grenze", *von Gottes Gnade erhoben werde.*

Dieser insofern schon Martin Luther vorbereitende päpstliche "Völkerhirt" *und Schelm also zögert nun auch nicht,* "die Gottheit zur Gnade anzuhalten in Fällen, wo sie schwerlich von sich aus darauf verfallen wäre", *und erteilt insofern auch seiner sündigen Frau Mutter und Mutterfrau, als sie dem neuen Papst ihren vielfachen Leibesfrevel beichtet, ganz mühelos die Absolution:*

"Das ist eine Kleinigkeit und nicht der Rede wert." *Denn:* "Das Maß der Sündhaftigkeit ist strittig vor Gott", *der jede* "Guttat" *gnädig ansehe,* "habe sie auch in der Fleischlichkeit ihre Wurzel. Absolvo te."

Natürlich stößt solche bedenkenlose Mildtätigkeit gerade in Fleischesdingen auf militanten Widerstand im strikten Klerus ringsum, der sich zumal auf jenen Augustinus berufen mag, wie der vom erblich argen Fleischessünder den entgegengesetzten Weg zu dessen Richter gehe.

Aber dagegen läßt dieser legendäre Gregorius, den die Kirchengeschichte freilich unter allen Päpsten dieses Namens aufzuspüren oder zuzugeben Schwierigkeiten hat, "alle Beichtiger und geistlichen Richter" *wissen, ihre Rechtsprechung sei von allzu* "schwieliger harter Hand, die Fleischeswelt aber bedarf einer zwar festen, doch weichen. Will einer den Sünder zu eifrig verfolgen, so stiftet er leicht mehr Schaden als Heil. [...] Darum ist's große Politik, daß Gnade vor Recht ergehe."

"Köstlich", ruft Gudrun: "eine Revolution!"

Was aber, liest Yan weiter, *unter aller so amnestierten Fleischlichkeit speziell Sibyllas inzüchtig blutschänderisches Begehren nach dem eigenen Kinde betrifft, das ihr als "einzig ebenbürtig" erscheine, weil sie Kind und Gatten leider nur als "Einerleiheit" begreifen könne, tröstet der neue Papst sie mit einer salomonischen List, als sie, von Mutter zu Sohn wie von Frau zu Mann, ihn fragt, was sie beide denn vor Gott nach alledem einander noch sein können:*

" 'Bruder und Schwester', antwortete er", *prompt:* " 'in Liebe und Leid und Buße in der Gnade.' "

Damit sind sämtliche ehelichen und sexuellen Bande in eine ideale geschwisterliche Mitmenschlichkeit integriert; der Türspalt zur Wollust zwischen derlei mitmenschlichen Brüdern und Schwestern bleibt aber angelehnt offen.

"Wieso?" fragt Gudrun. "Unklar!"

"Weil solcher Verweis auf die Urbeziehung zwischen Bruder und Schwester auch noch tiefer zielt", sagt Yan. "Hör weiter:"

Ethnologische Inzestforscher wie Otto Rank nämlich wissen und bezeugen, daß sich noch neuzeitliche Liebes- und Ehepaare etwa in Ägypten als "Bruder" und "Schwester" anreden, wie ja überhaupt im Orient ursprünglich Bruder und Schwester als naturgemäße Gatten gelten. Noch im alttestamentarischen Hohelied der Hebräer findet sich oft der Topos "Meine Schwester, o Braut".

Auch im frühantiken Griechenland, später zumal bei Sophisten und Skeptikern, wird Inzest um seiner "natürlichen Gerechtigkeit" willen gepriesen und empfohlen, im späten Rom ist er beliebt und verbreitet, bei Iren und Pikten vor deren Christianisierung noch ebenso üblich wie bei Arabern, Magern und Hibernern.

Aber je tiefer sich die Ethnologen in die Früh- und Vorgeschichte und zu den exotischen Minoritäten des Globus vorarbeiten, desto unübersehbarer wird der Primat des Inzestes als Kontrapunkt zu spätzeitlicherer Exogamie.

Bei den ostafrikanischen Thonga, Hehe und Hungwe, den rhodesischen Schona oder den Netsilik-Eskimos wird der Koitus mit Tochter und Schwester zwar praktiziert, aber im Dienste an Jagd- und Fruchtbarkeitsriten oder schamanistischer Magie schon spezifisch eingeengt.

Doch bei sibirischen Kamtschadalen, bei Wangoros und in Goam ist jahrhundertelang der Inzest eine legitime und als angemessen verbreitete, bei den indonesischen Baduwis im westlichen Java sogar die einzige Art menschlicher Fortpflanzung. Selbst die Genesis schildert den Beischlaf jenes gottwohlgefälligen Sodomiters Lot mit seinen beiden Töchtern: und ihre so gezeugten Söhne Moab und Ammi werden zu Stammvätern jener Moabiter und Ammoniten, deren gesamte völkische Existenz also auf biblisch sanktioniertem Inzest beruht.

Experten folgern aus alledem, Inzest sei nicht etwa nur so alt wie die Kulturgeschichte, nicht einmal wie die Humangeschichte, sondern eine solche biologische Naturnotwendigkeit, daß für alle frühen Hominiden und andere Tiere die Blutsverwandtschaft überhaupt keinerlei Hindernis für geschlechtliche Vermischung bedeute. Insofern gelten auch Seehunde und See-Otter als Vorbild für die amerikanischen Konjagen-Eskimos, wenn sie sich auf Kadjak allen Spielarten des Inzestes genüßlich hingeben.

Heutiges Dokument noch für so urige Legalität seien alle Arten von geträumtem Inzest, der an archaische Vorformen anknüpfe und letztendlich die Vermutung bestätige, daß die menschliche Sexualität primär inzestuös sei.

Diese Ansicht teilt auch Siegmund Freud, der in "Zwangshandlungen und Religionsübung" *eine spätere Verdrängung und Abtretung des ursprünglichen Inzests an die Götter beschreibt, wodurch die religiös inzwischen geächtete* "Blutschande" *so listig wie hartnäckig am Leben erhalten und später mittels königlicher Stellvertreter so inzüchtiger Gottheiten aus der transzendierten Projektion wieder zurückgewonnen werden soll und kann. Dieser numinose Umweg diene seither als Alibi für moralisch angefochtene Unzucht.*

"Naja", motzt Gudrun: "aber mal weiter!"

Eines ähnlichen Umweges und Tricks bedient sich nun auch Thomas Mann in seinem "Erwählten", um die christlich verpönte "Blutschande" zu rehabilitieren. Mit Hilfe eines inzestuös kompetenten frühmittelalterlichen Papstes befreit er alle Inzucht von ihrer christlichen Tabuisierung und führt sie in sündenlose Tradition von Biologie, Naturvölkern und Kulturgeschichte zurück.

Dieses Erlösungsmodell für die eigenen familiären Verstrickungen, das nun dem Ödipus-Mythos endlich ein unkompliziert und rechtschaffen heiteres happy ending *beschert, ist hierzulande freilich nur durch abgrundtief ironischen Einbezug des Christentums möglich.*

Dessen oberste Instanz muß bemüht, dessen tradierter Lasterkatalog und klassisch moralisches Lamento muß, ironisch, respektiert, dessen Bedingung einer unverzichtbar "extremen" Buße muß, ironisch gebrochen, beachtet und eingehalten werden. Denn nicht durch radikale Revolution, sondern nur durch scheinbare und ironisch penible Buchstabenorthodoxie, sei es die blasphemisch persiflierte Trinität von Vater, Sohn und Papst, kann der benötigte und allfällige Freispruch dieser vermeintlichen Sünde eines Inzestes auch religiös authentisch und geistlich rechtskräftig werden.

Jene Buße, die Gregorius in den siebzehn Jahren auf seinem legendären Stein übt und die wie ein frivoles Satyrspiel auf Gogols zerknirschten Sühnetod anmutet, mag in autobiografischer Semantik nicht zuletzt in der vielfach selbstbezichtigenden künstlerischen "Kälte" und einer eigenen Versteinerung wiedererkannt werden, die Marianne Krüll zum Beispiel in Thomas Manns entsagender und verzichtender Verleugnung seiner unstillbaren Männer- und Sohnesliebe zu sehen meint.

Welche Sünde Thomas Mann damit selbst im Sinne dieser parodistischen Legende zu büßen gedenkt, bleibe dahingestellt und sein legitimes Geheimnis. Vielleicht ist er auch hierin ein "Gogol-Sproß", indem er "sein Fleisch bekämpft". Noch im abgeschlossenen Manuskript immerhin ändert er seinen Ausdruck "Buhlgespons der Sünde" zu "Sohngespons der Sünde", und in einem Brief an den Germanisten Eudo Colocestra Mason in Edinburgh betont er, "daß das kleine Werk es unter hundert Späßen mit der Idee von Sünde und Gnade ganz ernst meint".

"Der Erwählte" jedenfalls muß als Thomas Manns rigorose Befreiung aus allen familiären Verstrickungen und christlichen Schuldbezichtigungen gelesen werden und ist ein "Tor der Wahrheit, das man auch das Tor der Möglichkeiten nennen könnte". *Dieses Buch ist sein Durchbruch zu versöhnlich anarchischer Harmonie und insofern sein eigentlich letztes Wort.*

Als es gesprochen ist und Wiesengrund Adorno es liest, berührt es diesen Hausfreund "wie ein Requiem für Klaus und die ganze Seelenlage, für die er steht".

Denn Klaus ist dabei auf der Strecke geblieben: als Märtyrer solcher moralischen Emanzipation. Mitten in seiner Arbeit führt Thomas Mann noch ein Gespräch mit ihm über dieses Erlösungsbuch. Es ist ihr einziges Gespräch zu diesem Werke. Sofort anschließend unterbricht er das Weiterschreiben für mehrere Monate, und vier Wochen später unternimmt Klaus in Santa Monica und ante portas patris *jenen kalifornischen Selbstmordversuch, der heute als die Einleitung seines baldig folgenden definitiven Freitodes gelten muß. Als er zu seiner Reise aufbricht, die schließlich nach Cannes führt und dort endet, verabschiedet ihn der gewarnte Vater mit einer im Tagebuch fixierten* "Mahnung an die Beweise sozialer Freundschaft u. Sympathie, die er erfahren". *Aber er fügt hinzu:* "Blind spot". *So nennen angelsächsische Autofahrer jenen toten Winkel, der sich jeglichem Einblick entzieht.*

Damit beendet Yan diese Probelesung aus seinem Vortrag über Klaus Mann und beginnt, die beiseite gelegten Blätter neu zu ordnen.

"Naja", sagt Gudrun. "Aber eigentlich ist das ja ein letztes Wort allenfalls zum Inzest mit Schwester und Mutter – nicht eben eines Vaters mit seinem Sohne. Der wird ausgespart."

"Das ist dann nur noch eine Nuance", sagt Yan, "eine Variation des Gezeigten. Ethnologen wie Karsch-Haack und Otto Rank bestätigen überdies, daß bei allen Natur- und Kulturvölkern, die viel Inzest praktizieren, auch viel Männerliebe üblich sei. Eins sei da der psychologische Komparativ des andern: eine Spielart, Steigerung, Potenzierung jener atavistischen Neigung zum Ähnlichen, zum Gleichen, zum Eigenen, zum Selbst.

Und Vater mit Sohn: das mag dann nur noch der i-Punkt, der Gipfel, das Identischste, Exklusivste, ein *Nonplusultra* an Einheit, Ebenbürtigkeitswonne und "Einerleiheit" sein – die Krönung dessen, was C. G. Jung als *"Uridee der Selbstbefruchtung"* definiert, wenn er Inzest mit Androgynie, Inzest mit tiefster Selbstverliebtheit verbunden sieht."

"Gut möglich", sagt Gudrun: "nach sowas kann es dann wirklich nur noch puren Narzißmus geben. Das heißt, der fängt ja wohl schon bei solcher Liebe zum eigenen Sohn an."

"Der fängt schon viel früher an", sagt Yan, "warum auch nicht? In Goethes Roman 'Wilhelm Meister' wird nicht zufällig jene hermaphrodisische Mignon als Produkt eines reuelosen Inzestes (zwischen Mönch Augustin und dessen Schwester) und insofern als Verkörperung paradiesisch androgyner Verschmelzung der Gegensätze im Eigenen vorgestellt.

Im Umfeld dieser Mignon tritt nun bezeichnenderweise ein artverwandt artistisches und umso exotischeres, auch mirakulöseres Seiltänzerpärchen in Erscheinung, das als Monsieur Narciß und Demoiselle Landrinette eingeführt wird. *"Liest man den Namen der Dame richtig"*, hilft uns da der dänische Literarhistoriker Per Øhrgaard auf die Sprünge dieser Seiltänzer, dann zeige sich, *"daß das zum Narzißmus gehörige Frauenbild der Mann selbst ist"*, denn der Name Landrinette sei nur eine spielerische Verschlüsselung des Wortes *l'andrinette* und bezeichne eine kleine Männin, das Mannweib, die Amazone, den Hermaphroditen.

"Moment mal", bremst Gudrun und versucht, diesen Goethe-Code auf einen Punkt zu bringen: "Ein Narziß ist also schwul?"

"Eher umgekehrt wird ein Seiltänzer draus", tastet Yan sich weiter und berichtet aus "Wilhelm Meister" noch von der Verbindung jener *Schönen Seele* mit dem Narciß; die Schöne Seele aber sei Amazone, also Männin oder, laut Goethe selbst, *"ein Mädchen, wie es ein Mann gedacht hat"* und das den Narciß nicht länger braucht, nachdem der sie lehrt, sich selbst zu sehen und zu bewundern; denn: *"sie leuchtet nur sich selbst"*.

"Das Schwule ist also narzißhaft", bilanziert Gudrun jetzt seitenverkehrt.

"Mindestens", sagt Yan. "Aber wohl nicht nur. Bei Ovid wird ja der klassisch mythische Narkissos von einer Nymphe geliebt, die Echo heißt: von seinem eigenen Widerhall also, seinem Gleichlaut, seiner Resonanz, seinem *feed back*. Und das brauchen nicht nur die Schwulen. Wehe dem, der hier auf Erden ohne Resonanz, also ohne Narzißmus zu leben versucht. Der werfe den ersten Stein. Denn er kommt nicht weit."

Gudrun schweigt. Dann gibt sie zu: "Ich wäre in meine Tochter bestimmt auch verliebt."

"Ich in meinen Sohn sicher auch", sagt Yan; "und jeder, der nicht aus Beton ist."

"Also alle", sagt Gudrun und versinkt wieder in jener so überaus wärmenden Mutterhaftigkeit.

Beide schweigen.

Yan adressiert dann einen Umschlag an Raffaele, dem er eine Kopie seines Vortrages über Klaus Mann nach Venedig schickt.

Eine weitere Kopie schickt er an Schwester Hanne ins Ruhrgebiet.

"Ich bin ja gespannt", sagt Gudrun schließlich, "wie dein schwules Auditorium darauf reagiert: toi-toi-toi. Und tschüs."

Unverhofft und kommentarlos fährt Gudrun plötzlich ihre Mutter besuchen.

233
Jaroslav

Yan wird durch einen Brief jenes tschechischen Schlagersängers überrascht.

Fast ein Jahr ist es schon her, daß er dem die fotokopierte Pressenotiz über den verurteilten Flitzer aus dem Treppenhaus von Salzgitter geschickt hat. Die Antwort nun kommt in einem Umschlag mit tschechischer Briefmarke und mit mehrfach geänderter Nachsende-Anschrift: Yan ist ein Mensch, der wirklich viel geht.

Der tschechische Schlagersänger hat seinen Brief mit der Hand geschrieben:

Liebe Jan!
Vielen Dank. Hab ich in Salzgitter auch schon Konzert gehabt, aber nicht in

*Treppenhaus. Weiß ich schon, was du sagen willst. Kristian in Schmilinski-
strasse hat mir auch schon von Kunden erzählt. Sagt manche sind viel prominente und sehr langweilige. Aber für Männer von Tschechien andre Probleme.*

*Schau mal, komm ich von Bauernhof. Schon kleine Junge alles Natur. Ken-
nen Sie Hesiodus? Alte griechische Poeta. Kommt auch schon von Bauernhof. Sagt so in Dichtung:*

*"Nackend säe der Mann, und nackend pflüge das Feld er,
Nackend auch ernte der Mann."*

*Nu, kenn ich das auch schon von Bauernhof. Oder besser in Kuhstall. Aber
kennen Sie Jaroslav Hašek? Alte tschechische Poeta. Schreibt so von Abenteuer von brave Soldat Schwejk. Also wie Schwejk will nicht werden Soldat
in Krieg, geht schon mit Krücke zu Komité, hält er da Krücke vor seine
Bleeße, verstehst du? Denken Komité nich wie Bauer vom Hesiodus. Aber
schon falsch. Militäroberarzt Bautze will nich Krücke sehen, will Bleeße sehen und sagt, solche Feigenblätter hat es im Paradies nicht gegeben, den
Kerl sogleich einsperren. Also sagt das natierlich in tschechische Sprache.
Hier ist nur deutsche Übersetzung, aber ebenso.*

*Aber hab ich schon verstanden, wenn keine Bleeße zeigen, einsperren. Bes-
ser Bleeße zeigen. Militäroberarzt Bautze ist schon richtig wie Hesiodus:
Bleeße zeigen ist wie in Paradies.*

*Also schau mal, Janek, zeig ich Bleeße und zeig ich Bleeße. Jede Mal wie in
Paradies.*

*Aber dann du schickst Zeitung über Treppenhaus. Vielen Dank. Kein Pro-
blem. Geht auch ohne Treppenhaus wie in Paradies.*

*Aber jetzt habe gehabt Konzert in deutsche Stadt Montabaur. Sehr scheene
Erfolg, bestimmt. Schickt mir Agent Kritik, auch sehr scheene Erfolg. Aber
lese ich neben Kritik in Zeitung auch von Richter von Montabaur. Hat auch
Bleeße. Aber so viel Geld. Schicke ich dir heute.*

An dieser Stelle seines Briefes hat der tschechische Schlagersänger einen
deutschen Presseausschnitt mit folgendem Wortlaut eingeklebt:

"Zu 38 500 Mark Geldstrafe ist ein früherer Jugendrichter (59) am Amtsgericht Montabaur (Rheinland-Pfalz) verurteilt worden. Er hatte sich bei Betreuungsgesprächen vor etwa 80 Jugendlichen nackt gezeigt."

Unter dieser Pressenotiz steht noch von Hand des tschechischen Schlagersängers:

Also Hesiodus so, Militäroberarzt Bautze auch so, Salzgitter so und Montabaur so. Weiß ich schon nicht mehr, was ich in Deutschland mit Bleeße machen soll. Kennen Sie mir zeigen?

Viele Griesse für Kristian in Schmilinskistrasse.

Ohne Kommentar schickt Yan Fotokopien dieses Briefes an Raffaele und Paulus.

599
Anselm

Yan schreibt einen Brief an die Jüdische Gemeinde:

Sehr geehrte Damen und Herren –

(schon erster Skrupel: gehören Frauen zur Jüdischen Gemeinde? In einer Synagoge der orthodoxen Mea Shearim in Jerusalem jedenfalls bemerkt er Frauen nur in der Diaspora einer ausgemeindeten Empore. Und an der Klagemauer sieht er exklusiv Männer beten. Ist die Jüdische Gemeinde ein Männerbund: *Sehr geehrte Herren?*) –

– ich habe das unstillbare Bedürfnis, Sie, ganz ritenwidrig und transkonfessionell, als Beichtväter zu mißbrauchen, um Ihnen ein Erlebnis schildern zu dürfen, das mir seither auf der Seele liegt und drückt.

Ich bin damals Generalintendant eines westdeutschen Drei-Sparten-Theaters und als solcher nicht nur "Herr" über rund fünfhundert Arbeitnehmer gesprenkeltster Kombinationen, sondern als Dekor auch vielgebetener Gast bei zahllosen gesellschaftlichen Anlässen und privaten Festlichkeiten jegli-

cher Couleur. Wie ich nicht als Person, sondern als Funktionär oder Institution geladen werde, so überwinde ich auch meine persönlichen Aversionen gegen derlei und absolviere solche Besuche als Pflichtpensum ebenjener Institution.

In solchem Sinne folge ich auch eines unschuldig begonnenen Tages der Einladung des Städtischen Baudezernenten, eines einflußreichen Parteifunktionärs, und seiner ausnehmend liebenswürdigen Ehefrau zu einem Essen "in kleinem Kreise". Ich weiß inzwischen, daß solche scheinbar inoffiziellen Privatissima *nicht selten zu einer allzu dienlichen Intimität gereichen, insofern folgen- und segensreich für die Belange des vertretenen Theaters sein können, und sage also zu.*

Das Essen ist vorzüglich und dokumentiert largesse, *Lebensart und Fantasie der Gastgeber, wohl zumal der Hausfrau, die mit mütterlich aufmerksamem Charme zu bewirten, zu umsorgen und zu bestricken weiß. Schon nach wenigen Minuten fühle ich mich hier wohl und geborgen wie selten bei derlei Pflichtveranstaltungen.*

Die munteren Tischgespräche trüben dieses Wohlgefühl nur langsam und spürbarer erst gegen Ende der Mahlzeit. Zunächst kreisen sie natürlich um Theater und jüngste Premieren, auch andere kulturelle Ereignisse hier und anderwärts und weiten sich schließlich auf allgemeine Vorgänge und Probleme des kommunalen Lebens aus.

Das tun sie auf so allgemein beliebige Weise, daß sie sympathisch unverbindlich an der Oberfläche der Vorgänge verharren und problemlos konsensfähig bleiben.

Einzig der baltische Kinderarzt, hagestolz unbegleitet und auffallend knochenlosen Händedrucks, erweist sich bei eigentlich jedem der angeschnittenen Themen als unbeweglicher Sauertopf, der sich halsstarrig gegen jederlei Neuerung, alle frischen Impulse, belebenden Experimente und sonstige Abweichungen von Gehabtem verwahrt. Sein konservatives und allzu emphatisches Spielverderben wird von den Gastgebern bestätigt und so widerspruchslos akklamiert, daß ich das noch zu den Symptomen ihrer wohlbeherrschten Gastlichkeit zu zählen geneigt bin.

Auch der jüdische Bühnenbildner, eine ohnehin chamäleoneske Sonderbegabung grenzenloser Verwandlung und Anpassung und insofern umhegtes

Juwel meines Theaters, stimmt, wiewohl überzeugter Sozialdemokrat und bekennender Homo-Erot, den wehleidig vorgetragenen Vorgestrigkeiten und mißlaunig rückwärts gewandten Behauptungen dieses stehengebliebenen Pädiaters bedenkenlos zu: sicher, vermute ich, um des lieben Friedens willen, aus Höflichkeit, aus Unlust an sinnlosen Konflikten.

Auffälliger sind da schon die temperamentvollen Affirmationen jener älteren Schauspielerin meines Ensembles, einer schlesischen Baronin, die den wohlklingenden Adelstitel ihrer historisch renommierten Familie zwar nicht abzulegen, wohl aber zeitgemäß zu verkürzen und sich im übrigen politisch so weit nach links aus dem Fenster zu lehnen pflegt, daß sie sich offiziell meist nicht mehr als Schauspielerin, sondern in damals opportuner Solidarität mit den Proletariern aller Länder allzugern, aber auch allzu kokett als "Bühnen-Arbeiterin" etikettiert.

Diese Aktrice nun müßte nach Adam Riese angesichts der immer reaktionärer werdenden Standortbestimmungen ringsum eine rote Fahne auf den festlich gedeckten Tisch dieses Hauses stellen. Aber sie tut das mitnichten und verrät die proletarische Revolution und manches mehr wie ein abgefeimter Petrus. Kein Hahn kräht.

Auch ich nicht. Mein anfängliches Wohlgefühl ist zwar dahin, aber ich verzichte auf allfällige Belehrung eines so Unbelehrbaren und glaube mich noch einig mit der wortkargen Mehrheit an der abgegessenen Tafel.

Da kommt abschließend der Kaffee auf den Tisch. Hierzu werden Sahne und modischer Rohrzucker gereicht. Der Hausherr mag das Terrain inzwischen als hinlänglich präpariert erachten und macht nun speziell mich als den Neuling in dieser offenbar eingespielten Runde nicht ohne unverhohlenen Stolz und schon reichlich dreist darauf aufmerksam, daß die Zuckerdose, die er mir reicht, aus purem Golde und mit dem eingravierten Autogramm Hermann Görings verziert, also zusätzlich veredelt sei. Der Reichsmarschall habe sie ihm seinerzeit in Dankbarkeit und Anerkennung für eine architektonische Leistung auf seinem feudalen märkischen Landsitz Karinhall persönlich und eigenhändig zum erinnerungsträchtigen Geschenk gemacht.

So, der Köder ist ausgelegt, der Probeballon gestartet, und alle Augen ruhen erwartungsvoll auf mir. Werde ich diese Prüfung bestehen?

Die Szene erinnert mich gespenstisch exakt an eine ähnlich zahnfühlende Einladung bei deutschen Exil-Faschisten vor Jahr und Tag in São Paulo.

Ich verzichte auf solche Versüßung und blicke zu meinem jüdischen Bühnenbildner. Der verrührt in seinem Kaffee bereits arglos und unbeirrt das braune Gift des Reichsmarschalls. Auch die edle Kommunistin rührt schon.

Ich bin außer mir. Ich möchte weg: die Tafel sprengen und skandalierend dieses Nazi-Haus verlassen. Ich möchte die Zuckerdose aus dem Fenster schmeißen. Ich möchte sagen, daß sie aus dem Zahngold ermordeter Juden und Sozialisten, ermordeter Sinti und Roma, meiner ermordeten schwulen Brüder besteht. Daß sie den sadistisch demütigenden Zynismus eines genüßlichen Massenmörders verkörpert. Daß dieser Göring bei ebensolchem Kaffeetrinken eben in Karinhall einen Berliner Schauspieler seines Hofstaats –

(vielleicht Minetti, wer weiß?) –

– mit satanischer Unverfrorenheit wissen läßt: "Mir ist eigentlich nur wohl, wenn ich Blut sehe" *– kein Geringerer als Thomas Mann dokumentiere das glaubhaft in seinem Tagebuch.*

Aber all das sage und tue ich nicht. Ich denke an die fünfhundert Arbeitnehmer, für deren Wohl und Wehe ich die Verantwortung trage, und weiß, daß solch ein Skandal in diesem so einflußreichen Hause nicht nur andern Tages im Theater seine zwiespältig aufgenommene Runde machen, sondern auch in Rathaus und sämtlichen Gemeinderatsausschüssen, zu denen dieser wohlakkreditierte Baudezernent irgend Zugang hat, schon allzubald üble, seien es denunziatorisch diffamierende Folgen für unser Theater zeitigen würde.

Ich schweige also und trinke meinen bitteren Kaffee hastig bis zur Neige, indes das makaber faschistisch-kommunistisch-jüdisch gesprenkelte Tafelpalaver seinen scheinheilig plätschernden Fortgang, aber auch peinlichst genau zur souverän überspielten Kenntnis nimmt, daß ich auf das testende Reizwort vom provozierend ausgespielten Reichsmarschall in keiner Weise einzusteigen lustig bin.

Damit dürfte feststehen, daß ich zumindest hier nicht wieder eingeladen werde.

Aber das ist jetzt meine geringste Sorge.

Ich täusche also berufliche Verpflichtungen vor und telefoniere unverkennbar überstürzt nach meinem Fahrer.

Aufgewühlt schuldbewußt in dessen Fond sitzend, werden mir seine stereotyp chauvinistischen Forderungen nach law and order erstmals als nahtlos passendes Supplement meines akuten Bildes von einer vielfältig gesprenkelten dauerfaschistischen Umgebung verständlich. Eben heute nun polemisiert dieser Fahrer alter Schule fanatisch gegen den allzu nachsichtigen Umgang mit ausländischen Einwohnern, die ihm zu zahlreich und auch alle viel zu ungewaschen seien. Früher habe es derlei nicht gegeben – da aber müßten wir wieder hin: und drunter die trumpets des Reichsparteitages. Der Sondermeldungen. Der Führerreden.

Mir schwindelt.

Andern Tages lasse ich meine Antennen spielen und erfahre, daß jene so mysteriös korrumpierte kommunistische Baronin in der Hitler-Zeit durchaus nicht rot, sondern so braun wie jener gestrige Zucker ist und es damals in Berlin für opportun hält, oppositionelle Kollegen bei der Gestapo zu verpfeifen. Ich stelle mir vor, wie sie auch in Karinhall bei blutig gezuckertem Kaffee die Namen mißliebiger Rivalinnen fallen läßt.

In jenen Tagen beginnt mein Entschluß zu keimen, den Intendantenvertrag mit dieser Stadt auf keinen Fall zu verlängern.

Vorher ersinne und organisiere ich aber noch eine große Veranstaltung ansässiger "Gastarbeiter", die mit ihren Familien auf der Bühne des Opernhauses eine Art Bunten Abends mit heimatlichen Liedern und Tänzen oder aktuellen Sketchen eigens für ihre Landsleute und in ihrer Muttersprache produzieren. Vorbereitung und Durchführung sind unvorstellbar langwierig, strapaziös und geduldverzehrend, aber der Abend löst mit seiner wild gesprenkelten Collage bei Mitwirkenden und Zuschauern so kostbar rare Beglückungen, so viel Jubel und Rührung aus, daß er mehrfach wiederholt werden muß. Jedermann hält ihn für einen beispielhaft erfolgreichen Schritt zur allfälligen Integration dieser mißachteten Ghetto-Bewohner mit den so konstruktiven Mitteln ihrer eigenen liebenswerten Kreativität. Nie vorher und nachher registriere ich im Theater ein so vielhundertherzig homogenes Glück wie während der völlig unperfekten, aber außergewöhnlich liebevollen Darbietungen dieser Amateure mit fremden Zungen.

Nur jene kommunistisch-faschistische Baronin denkt da anders. Schon in der Pause der Premiere wird mein Pressereferent unfreiwillig Ohrenzeuge, wie sie anwesende Journalisten zu einer pseudo-linken Ablehnung dieses Publikumsjubels zu veranlassen sucht, der ja nur eine dilettantische Verharmlosung der Asylantenproblematik beklatsche, unangebrachtes Wohlgefühl auslöse und restaurative Harmonien, auch ein Willkommen vortäusche, die nicht den Tatsachen entsprechen.

Anderntags kann ich diesen versteckt chauvinistischen Rassismus in einigen Zeitungen nachlesen.

Ich entschließe mich, nunmehr endlich den anhaltenden Aufforderungen aller Regisseure und Dramaturgen des Hauses nachzugeben, die aus künstlerischen Gründen schon längst eine Zusammenarbeit und Weiterbeschäftigung dieser ausgebrannten, verschlissenen und lustlos gewordenen Schauspielerin ablehnen. Ohnedies ist sie im Rentenalter und wirtschaftlich also abgesichert. Ohne jemanden über meine außerberuflichen Erlebnisse mit dieser rotbraun verzuckerten Denunziantin zu informieren, entscheide ich mich, ihren Vertrag nicht weiterhin zu verlängern.

Das ist auch mein später Versuch eines legalen Protestes gegen Görings Zuckerdose.

Überraschender Weise löse ich damit eine ungeahnte Welle der Empörung bei den kommunalen Politikern aus. Zuerst die roten, dann die gelben, schließlich auch die schwarzen Parteifunktionäre im Rathaus schreien lauthals Zeter und Mordio, blasen den juristisch unbedenklichen Fall zur Affäre, zum Skandal, zur obligaten Intendantenkrise auf und offenbaren damit ihre tiefchromatische und sympathetische Verbundenheit mit dieser blaublütig altfaschistischen Opportunistin. Rückschlüsse auf gemeinsame Vergangenheit sind da kaum zu vermeiden. Der scheinbar ausgetrocknete braune Sumpf beginnt zu brodeln und kocht mit unverbrauchter Brutalität, mit altgewohnter Militanz in provinziellem Possenrahmen wieder auf.

Mit allen nur denkbaren Methoden juristischen, politischen und psychologischen Terrors werde ich in den Medien wie insgeheim unter Druck gesetzt und mit sämtlichen probaten Mitteln von scheinbar freundschaftlicher rotarischer Kungelei über öffentliche Verleumdung, prozessuale Nebenkriegsschauplätze und offizielle Beschimpfungen bis hin zu Bestechungsversuchen und massiven Drohungen genötigt, der braunen Rassistin einen neuen Vertrag anzubieten. Einer der Wortführer dieser mafiosen Kampagne wird später Justizminister, ein anderer, der mich parteiintern schamlos zu erpressen versucht, gar Inhaber noch höherer und höchster Ämter dieses Staates.

Schließlich nehmen sie eine krasse Verletzung ihres Vertrages mit dem Generalintendanten ihrer Stadt in Kauf und engagieren ihre Altgenossin auf eigene Faust und wider alles geltende Recht.

Vermutlich wissen sie zu diesem Zeitpunkt auch alle, daß ich nach jenem Essen "in kleinem Kreise" den Blutzucker des Reichsmarschalls verschmähe und meiner Wege gehe.

Ich gehe auch nun wieder meiner Wege. Ich gehe aus Amt und Stadt, nachdem ich am Vorabend noch einen Klassiker zum Thema kleinstädtisch miefiger Verschwörung von Politik, Wirtschaft und Presse gegen Wahrheit und Gemeinwohl zu wohlverstandener und demonstrativ umjubelter Premiere bringe.

Aber auch die vermeintlichen Sieger jubeln und rufen mir höhnisch hinterher, wie einfältig weltfremd ich doch sei, ohne die übliche Forderung nach Entschädigungsgeldern ihr schwarzweißrotbraungoldgelb übel gesprenkeltes Feld zu räumen.

Für mich bedeutet der Abgang damals nur partiell die erlösende Befreiung aus gordischer Verstrickung.

Die Strafe für mein Fehlverhalten angesichts jener Zuckerdose aus Karinhall aber besteht nun durchaus nicht etwa aus den beruflichen Folgeschäden jener Demission, sondern aus lebenslänglich skrupulösem Gewissen.

Sehr geehrte Herren: seither weiß ich aus schmerzlich eigener Erfahrung, daß mit jener vielzitierten und gern mißbrauchten Gnade einer späten Geburt noch nichts gewonnen ist. Die seinerzeit dem Kleinkind ersparte Gelegenheit zu einer Entscheidung für oder gegen Kollaboration, für oder gegen Widerstand gegenüber den Faschisten wird erbarmungslos nachgeliefert. Wahrscheinlich jedem.

Denn wohl für jedermann steht eines Tages plötzlich solch eine Zuckerdose aus Zahngold vor ihm, und alle Augen sind auf ihn gerichtet: ist er ein Werner Krauß oder ein Helmuth Hübener?

Ich für meine Person, meine sehr verehrten Herren der Jüdischen Gemeinde, gestehe noch nach Jahrzehnten, daß ich auch mehrere Jahrzehnte nach Hitler blitzschnell und wider besseres Wissen und Wollen Helmuth Hübener verrate und zum späten Komplizen der Mörder werde. Patres, peccavi.

Bitte seien Sie nicht so höflich, mir unter Hinweis auf meine geschilderte Verantwortung für jenes Theater wie auch auf die vermutete Einmaligkeit meines Fehltritts zu einer Absolution zu verhelfen. Erstens bezweifle ich, daß es für derlei je Absolutionen geben kann.

Zweitens weiß ich im Nachhinein, daß dieser arge Lapsus durchaus nicht isoliert in meinem Leben steht. Schon lange vorher lasse ich, wieder zum Wohle eines Theaters, die korrupten Anbiederungen eines alten NS-Schmieranten zu. Ich lasse mich auch zum Gerhart-Hauptmann-Preis nominieren, in dessen Jury damals ein alte Kämpfer den Ausschlag gibt. Und ich bleibe bedeckt im Hintergrund, als junge Streicher und Bläser eines Rundfunk-Orchesters in meiner Produktion die Zusammenarbeit mit Norbert Schultze verweigern, weil der das Englandlied, die Musik zum NS-"volksbildenden" Euthanasie-Film "Ich klage an", zu Veit Harlans demagogisch fatalem "Kolberg", jenem "staatspolitisch besonders wertvollen" Ufa-"Film der Nation", und derlei mehr für Dr. Goebbels und den Endsieg komponiert.

Als Schultze dann beim gemeinsamen Hotelfrühstück unter vier Augen von sich aus die Sprache auf seine unverjährten Versündigungen bringt, bei diesen Rechtfertigungsversuchen eines übel Genötigten und Gezwungenen aber nicht versäumt, mit leuchtenden Augen zu präzisieren, wie musikalisch begabt und instinktsicher sich doch "der Doktor" bei seiner zensuralen Verbesserung des Englandliedes erweise: da bleibt dieser Norbert Schultze trotzdem für mich primär der legendäre, verehrungswürdige und historischen Bibber auslösende Vater jenes nachgerade mystischen Welterfolges "Lili Marleen", und es ist mir sehr recht, als die Redaktion des Senders im Verbund mit Orchestervorstand und einflußreichen älteren Musikern jene antifaschistische Rebellion der Jungen hinter meinem abgewandten Rücken im Keime erstickt.

Auch die Arbeit mit Bernhard Minetti breche ich aus künstlerischen und menschlichen, nicht aus politischen Gründen ab, und jenen abscheulichen Rassismus meines Beischläfers Jean-Pierre, der Hitler nur wegen mangeln-

*der Effizienz attackiert, toleriere oder überhöre ich schwächlich aus unver-
zeihlicher Fleischesgier.*

Die Mörder sind unter uns, und wir heulen mit diesen Wölfen.

*Aber erst seit der Zuckerdose des Baudezernenten ist mir bewußt, wie un-
verhofft und dreist uns nach wie vor Faschisten ihre Fallen stellen. Nach
wie vor müssen wir uns für oder gegen sie entscheiden. Immer wieder. In jeder Arbeit, mit jedem Projekt, bei jeder Begegnung.*

*Das mag so alt wie die Menschheit sein. Aber Auschwitz ist unser zweiter
Sündenfall. Seither wissen wir noch besser, was gut und was böse ist. Wir
können unterscheiden und müssen entscheiden.*

*Sehr geehrte Herren: Sie können mich von meiner Verschuldung nicht frei-
sprechen.*

Darum bitte ich Sie auch gar nicht.

*Aber wollen Sie mir bitte erklären, was jenen jüdischen Bühnenbildner be-
wegen mag, sich so heiter und konfliktlos von Görings Zahngold-Zucker zu
bedienen und mit jenen Nazi-Kumpanen zu solidarisieren? Ich möchte begreifen, wie man mit Bestien und Mördern und Monstern zu solchem Frieden gelangen kann. Nur von betroffenen Opfern könnte ich das vielleicht erfahren.*

Daher dieser Brief an Sie.

*Aber vielleicht muß man nicht nur Jude, sondern auch so homosexuell wie
jener Bühnenbildner sein, um sich derartig verleugnen und seinen Endlö-
sern anpassen zu können. Das wäre dann die Hohe Schule der Überlebens-
kunst. Wie sehen das die Schwulen in Ihren Reihen?*

Mit sehr freundlichen Grüßen

Ihr ...

Yan fotokopiert diesen Brief in vielen Exemplaren, weil er ihn zeitgleich
auch an die "Gesellschaft für christlich-jüdische Zusammenarbeit", an die
"Aktion Sühnezeichen", an zuständige Gremien der Sinti und Roma, an
kommunistische und sozialdemokratische Funktionäre, an Schwulenverbän-
de und alle erdenklich organisierten Hitler-Opfer zu versenden plant.

Aber er unterschreibt ihn nicht.

Er schickt ihn auch nicht ab.

Denn seine Frage nach dem Verhalten des jüdischen Bühnenbildners erscheint ihm bald unangemessen. Dessen Beweggründe sind unverbindlich privat oder subjektiv und sollen Yan nicht im Nachhinein zum Alibi und Notausgang verhelfen.

Er spürt auch, gar kein Recht zu solcher Fragestellung zu besitzen. Denn es geht nicht um Frieden mit den Monstern.

Es geht um das Eingeständnis stetiger Anfechtbarkeit und allzu leichter Verstrickung.

Es geht um Veröffentlichung der eigenen Schuld.

Um unerläßliches, um relevantes *coming out* und *outing* von fatalerem Kaliber.

Dafür sind ihm Jüdische Gemeinde und Geschädigten-Verbände noch viel zu exklusiv und esoterisch.

Er wartet auf eine Gelegenheit zu totaler Anprangerung solcher Anfälligkeit.

Die *Frankfurter Allgemeine Zeitung* wäre da schon ein geeigneteres Forum, obwohl ...

Aber als Anselm, sein achtzehnjähriger Freund, auch seinen dritten Besuch bei Yan abrupt und panisch, Hals über Kopf und *ljapkin-tjapkin* viel zu früh beendet, abbricht, sprengt: da schickt er diesem Jungen denn doch eine Kopie seines wartenden, seines latenten Briefes an alle hinterher.

Denn Anselm hat unüberwindliche Schwierigkeiten mit seiner Sexualität. Aus christlich rigidem Elternhause erblühend, wo einzig "DIE WELT" gelesen wird, empfindet er sein Schwulsein nicht nur als biologischen Defekt und moralischen Makel, sondern auch und primär als religiöse Schuld und Erbsünde, die ihn gnadenlos belasten und all die rebellierende Erotik seines ausnehmend schönen Leibes so unbarmherzig bekämpfen und unterdrücken, daß Seele und Potenz den ärgsten Schaden nehmen.

Dieser Anselm soll also, um kein neuerliches Opfer Gogol zu werden, lesen, was Yan, auf den er gern hören möchte, ganz anti-augustinisch, für wirkliche, für unverzeihliche, für unverjährbare Schuld hält.

Anselm scheint zu begreifen. Jedenfalls kommt er nach Lektüre des Briefes und legt sich, aus eigenem Antrieb und unverführt, in Yans Bett.

Doch dieser tapfere Versuch mißlingt ihm kläglich. Die Untiefen seines Unterbewußten spielen noch nicht mit. Auch Yan mit seinen Hilfs- und Rettungsversuchen wird in den Strudel des erotischen Debakels hineingerissen. Die dämonisch soufflierten Schuldgefühle dieses unschuldigen Knaben sind stärker, als die all der Mörder und Bestien und Monster und Komplizen und Hehler dieses Planeten es je werden können, auch als die seiner ewig unpardonnierbaren, unamnestierbaren christlichen Schuldner und Erzieher von Augustinus über Kirche und "WELT" bis hin zu Pappa und Mamma.

Anselm verabschiedet sich sibyllinisch und kehrt nie wieder.

Möge er sich nur ja nicht, denkt Yan noch oft, als inzwischen hagestolz verbitterter, impotent sauertöpfischer Kinderarzt an verführerisch gastlichen Verschwörer-Tafeln seinen Kaffee und sein schuldhaft lustloses Leben aus Görings und sonstigen Zahngold-Dosen versüßen und vergiften, sich an schuldlosen Opfern für sein eigenes unschuldig selbstverschuldetes Martyrium zu rächen ein perverses Gelüste entwickeln und zu böser Letzt mit zynischem Sadismus nur noch vor einer verhaßten *femme dure* die Hose herunterlassen!

Yan empfindet es als persönlich schuldhaftes Versagen, diese kindliche Unschuld nicht vor dem anselmischen Sühneopfer eines kaum verfehlbaren Irrweges in ungeahnte Verschuldung an sich selbst bewahren zu können.

Auf Yans vielfache Briefe und Kontaktversuche reagiert Anselm nicht mehr.

457
Filippo

In Rom ist Raffaele mittlerweile nicht mehr aufzuhalten. Er muß dringend in den Petersdom: Priester aufreißen.

"Du bist wie Thomas Mann mit zwanzig", stichelt Yan: der besuche San Pietro damals *"mit Vorliebe, wenn der Kardinal-Staatssekretär Rampolla in pompöser Demut die Messe las. Es war eine außerordentlich dekorative Persönlichkeit, und aus Schönheitsgründen bedauerte ich es, daß seine Erhebung zum Papst diplomatisch verhindert wurde"*.

"Bei mir braucht es kein Kardinal zu sein", raunzt Raffaele. "Ich nehme jeden Provinz-Kaplan. Er muß auch nicht schön sein, nur fromm und im Fummel."

Aber schon als sie den Petersplatz betreten, wird der vormals katholische Raffaele sofort hysterisch: er fühle sich von Berninis beiden halbkreisförmigen Kolonnadenflügeln umklammert wie von einem Kraken; "gleich schnappt die Falle zu, du kennst diese Seelenjäger nicht! Komm, wir hauen ab!"

Aber jetzt will Yan nicht kapitulieren und versucht, Raffaele mit den hundertvierzig Heiligenstatuen zu ködern, die auf den Dächern dieser beiden Krakenkolonnaden eine virile, vermutlich strikt unverheiratete und sicherlich nicht ganz uneinschlägige Leibstandarte von *escorts* und *body guards* dieser dahinterliegenden Riesenkirche rekrutieren. "Hör zu, wie Reinhard Raffalt in seinem 'Concerto Romano' diese, hör zu: diese *'Glieder des himmlischen Hofes'* beschreibt."

Raffaele brüllt vor Lachen, daß es über den ganzen Petersplatz schallt und empörte Touristenblicke einträgt.

"Nein, hör zu: *'Hundertvierzig in Verzückung geratene Gestalten [...] Da sind Mönche in stiller Andacht, zürnende Prediger, demütige Mystiker, hingegebene Priester, ernste Bischöfe und beschwörende Päpste'* – "

"Mehr als ein Drittel sind Frauen", stänkert Raffaele dazwischen, taut dann aber auf, als er rechter Hand die fünfte Statue für Yan als jene Heilige Thekla zumal der griechisch Orthodoxen identifiziert, die, als Knabe verkleidet, dem Apostel Paulus durch ganz Kleinasien, sicher auch nach Ephesos folge und ihm zuliebe keusch bleibe.

"Na, siehst du: die weiß, was einem Apostel gefällt", bemüht Yan sich um Aufheiterung der Stimmung.

"Ja, darum ist sie inzwischen auch aus dem Heiligenkalender gestrichen", räsonniert Raffaele.

"Ja, und darum haben diese 140 verzückten Dach-Heiligen, ob nun Mann oder Frau oder Mädchen als Knabe, hier in diesen Kolonnaden auch insgesamt 284 Säulen und 88 Pfeiler unter sich. Das sind, warte mal – alles in allem 372 Marmor-Phalloi für 140 heilige Löcher: kriegt jedes im Schnitt und im Schritt zumindest zwei, manches sogar drei verschiedene Stempel von unten rein."

"Und wer kriegt den Obelisken?" spielt Raffele jetzt hinschmelzend mit. "Der sieht aus wie der Riesenpimmel für den Riesenarsch von Michelangelos Kuppel auf diesem Petersdom."

Yan schaut auf die Uhr und sagt: "Goethe hat recht: dieser Obelisk hier sagt, vermutlich zufällig, als Sonnenuhr die Zeit an – stimmt genau. Komm mal mit!"

Und er zieht den bereitwilligen Raffaele zu ebendiesem Obelisken hin, von dem der gutpapistische Cicerone Reinhard Raffalt jetzt behauptet, er erhebe just im Mittelpunkt dieses Petersplatzes, der *"wie ein weichgeschwungenes Brunnenbecken"* hierher abfalle, *"seinen rosenfarbenen Leib in den Himmel"*.

"Er meint, seinen rosenfarbenen Schwanz aus dem weichgeschwungenen Hüftbecken", verdeutlicht Raffaele. "Du weißt, wer diesen Pimmel hier aufstellt: Schwuchtel Pius die Fünfte, die sowieso einen Pimmeltick hat und auch auf der Piazza del Popolo so ein Ding erigiert."

"Weil sie nicht weiß", sagt Yan, "daß solche Obelisken bei Kairo in der ägyptischen 'Sonnenstadt' On, was russisch Er heißt, niemals so einsam stehen, immer Teil eines Paares, immer ein Duo, zwei Freunde sind, so daß Ernst Jünger, just an Paul Ehrenbergs August-Geburtstag, tatsächlich glaubhaft *"zuweilen Funken aus ihren Spitzen sprühen zu sehen"* meint. Aber das schert diesen päpstlichen Schwuchtel-Banausen nicht. Und importiert oder amputiert wird dieser steinerne Freundesfinger hier auch schon lange vor ihm: von der Schwuchtel Caligula."

"Ja, und in deren hiesigem Circus, der später aber auf Schwuchtel Nero umgetauft wird, steht er dann gute anderthalb Jahrtausende aufrecht und mit
vereinsamt sprühender Spitze."

"Goethe hat schon wieder recht", unterbricht Yan, als sie den Obelisken inmitten des riesigen Platzes erreichen und sich in seinem Uhrzeiger-Schatten
vor der höhersteigenden Vormittagssonne schützen: er referiert, wie Goethe
mit Jünger Tischbein hier erprobt, daß noch der Schatten dieses Sonnengott-
Fingers just für zwei Männer *"breit genug geworfen"* werde.

"Kein Wunder: Expertenarbeit", sagt Raffaele und legt seinen Arm in diesem maßgeschneiderten *two-men-space* provozierend um Yan. Die Touristen ringsum kichern verstohlen. "Man fühlt sich hier wohl", setzt Raffaele
noch eins drauf, "so richtig innen drin in einem schützenden Riesenschwanz
für zwei Schwuchteln – wie gemütlich! Wo kriegte man solche Obelisken,
paarweise oder vereinzelt sprühend, heutzutage noch?"

Yan liest aus seinem Rom-Führer vor, daß die Verpflanzung dieses 320
Tonnen schweren Obelisken aus Neros nahem *Circus* vier Monate dauere,
900 Arbeiter, 140 Pferde und 44 Winden beschäftige, aber in der Schlußphase seiner hiesigen Erektion auf Sixtus des Fünften fleischesbrüderliches
Geheiß unter absolutem Schweigen erfolgen solle.

"Die Ehrfurcht seiner tuntigen Spielart von Penisneid", stichelt Raffaele.

"Aber als die Seile beim Hochziehen zu reißen – [oder gar durch Funkenflug Feuer zu fangen?] – drohen", liest Yan fabulierlustig weiter, "ruft ein
ungehorsamer Arbeiter in höchster Not 'Wasser auf die Stricke!' Zur Belohnung darf seine Familie seither zu jeder Palmsonntagszeremonie die Palmenzweige liefern."

"Und was darf der, der dieses sadistische Kreuz in die einsam sprühende
Obelisken-Eichel sticht?"

"Schiller lesen, hör zu!" sagt Yan und liest vor:

"Der Obelisk.
Aufgerichtet hat mich auf hohem Gestelle der Meister.
Stehe, sprach er, und ich steh ihm mit Kraft und mit Lust."

Sie feixen ölig. "Aber komm, wir gehen jetzt endlich rein", wird Raffaele ungeduldig: "Priester jagen."

Und sie verlassen ihre phallische Zweimänneruhr und steigen in gnadenloser Vormittagssonne zur gigantischen Fassade hinan.

"Aber du weißt", fragt Raffaele, "daß diese Renommierbasilika, wie sie da heute vor uns steht, gleichfalls das Werk eines maßlosen Fleischesbruders ist?"

"Du meinst Michelangelo?"

"Und dessen Auftraggeber, Papst Julius die Zweite aus dem Moses-Mausoleum der Kettenkirche. Schon euer Luther protestiert gegen den Mißbrauch von Ablaßgeldern für dieses Prestige-Objekt."

"Und Thomas Mann erinnert in seinem 'Erwählten' daran, daß diese Kirche *'von oben bis unten aus dem Material des Circus des greulichen Kaisers Caligula erbaut'* werde und *'also sozusagen ganz und gar aus Schmach und Schande'* bestehe: nicht zuletzt, verschweigt er, aus der petrifizierten Schwulenwollust jenes Sadisten-Circus. Auch Goethe, noch nüchterner und ungleich ironischer, verweist auf die vorherige 'Basilika Neronis' und moniert, daß durch den Einsatz von wohl fünfzig Baumeistern *'die Einheit der Idee zerstört'* und *'der ein Tor sei, der aus dem jetzigen Gebäude Eine homogene und einfache Idee herauskonstruieren wolle'*. Als er dann mit Jünger Tischbein in dieser Kirche *'herumgeht'*, interessiert er sich denn auch vornehmlich für die *'schönen Steinarten'* der Bausubstanz und berichtet seinem Liebling Fritz (von Stein!), daß der verwendete Alabaster *'eigentlich Kalkspat'* sei."

"Die poetische Depoetisierung des Pseudo-Poetisierten durch den Poeten", frohlockt Raffaele *sophisticatedly.* "Hier vor den Treppenstufen", fügt er wetterleuchtend hinzu, "werden übrigens alle Schriften des Giordano Bruno verbrannt."

Dabei erreichen sie Fassade und Vorhalle mit ihren fünf Portalen.

Das Tor des Guten und Bösen wie das der Sakramente erscheint ihnen wenig einladend. Yan wählt daher den äußerst rechten Eingang, steht aber vor der einzig verschlossenen, der vermauerten, der "heiligen" Pforte, die nur im wohlvertrauten Rhythmus von 25 Jahren geöffnet wird. In seiner Affinität zu obelisken Männerpaaren entscheidet er sich dann für das bronzene Mittelportal mit seiner Darstellung von Paulus und Petrus.

Raffaele streift inzwischen an der linken Statue von Fleischesbruder Karl dem Großen vorbei und erachtet das "Tor des Todes" von Giacomo Manzù mit seinen diversen Todesarten als den angemessenen Zutritt zu einer Weltmacht, die Tausende und Abertausende von Fleischesbrüdern, mit oder ohne Inquisition, an Leib und Seele zu Tode foltert. Ihnen allen zu ehrendem Gedenken passiere er, verkündet Raffaele lauthals, dieses Tor des Todes zum Petersdom.

Jetzt sind sie drin. Spontan verwahren sie sich gegen den wohlinszenierten Überfall einer hybriden Autorität, die ihnen gleich eingangs auf gigantomanische Weise ihre, Yans und Raffeles, eigene Winzigkeit und Bedeutungslosigkeit zu suggerieren bestrebt ist. Kopflos versucht Yan, sich mit Schützenhilfe seines Nationalpoeten Schiller in eine Oppositionshaltung zu flüchten, und rezitiert aus dem Gedächtnis dessen Epigramm "Die Peterskirche":

"Suchst du das Unermeßliche hier? du hast dich geirret.
Meine Größe ist die, größer zu machen dich selbst."

Aber Raffaele erkennt gerade an diesem Verspaar das heillose Lutheranertum seines Verfassers, der dieses architektonische Monstrum freilich nur vom Hörensagen kennt, nie selbst nach Rom kommt.

Also wehren sich Yan und Raffaele auf eigene Faust gegen so usurpatorische Unterdrückung und Vergewaltigung, indem sie sich fluchtartig auf das nächste beste Detail in angemessener Größenordnung konzentrieren.

Das nächste beste Detail in angemessener Größenordnung ist zufällig rechter Hand hinter Panzerglas gleich die Pietà des Michelangelo.

Yan erinnert sich an Goethes Satz: *"In Sankt Peter habe ich begreifen lernen, wie die Kunst sowohl als die Natur alle Maßvergleichungen aufheben kann."* Insofern lassen auch sie sich nun von Michelangelos Kunst gegen die päpstlich beabsichtigte Maßvergleichung von Kolossal und Zwergenhaft beschützen. Das erleichtert ihnen Michelangelos Genie hier durch diesen Rückgriff seines fleischesbrüderlich 24jährigen Erfahrungsmangels auf klerikal verkitschte Klischees. Denn später wäre es gerade ihm wohl schwerlich passiert, daß Maria nicht wie die Mutter, sondern wie eine jüngere

Krankenschwester oder Geliebte des Gekreuzigten aussieht, an dessen Foltertod sie freilich so wenig inneren Anteil nimmt, daß ihr Antlitz allergelösteste Teilnahmslosigkeit, wenn nicht gar schöne Gleichgültigkeit ausdrückt, so daß auch der Ermordete sich in ihrem Schoß eher ungeborgen fühlt und schon da die ersten aufbäumenden Anstrengungen zur übermorgigen Auferstehung in die Wege leitet. Aber der Faltenwurf in Marias Fummel und die Muskulatur des fast nackten jungen Mannes sind schon hier überwältigend.

Yan und Raffaele machen sich gegenseitig auf solche Auskünfte dieser Skulptur aufmerksam und retten so auf kritische Weise ihr Augenmaß vor der anmaßend beabsichtigten Erniedrigung.

So distanzierter Betrachtung entgeht dann auch nicht, daß ihnen eben links neben dieser pietätlosen Pietà und *vis-à-vis* zu Carlo Fontanas Denkmal der lesbisch garboverklärten Königin Christine von Schweden, die sich als Katholikin just Alexandra, die also Männer Abwehrende, nennt, eine überdimensional glorifizierende Statue jenes unselig unbarmherzigen Eugenio Pacelli droht, der andere zwölf Jahre lang als Apostolischer Nuntius in Berlin, später als Kardinal-Staatssekretär am Reichskonkordat mit Hitler maßgeblich beteiligt ist und als autokratisch regierender Papst Pius XII. die leibliche Himmelfahrt der Madonna dogmatisiert, den deutschen Holokaust aber diplomatisch ignoriert, also toleriert.

Solch ein Mann neben dieser und aller Pietà ausgerechnet ist auch noch immer Papst, als Thomas Mann, nach 55 Jahren und nunmehr fast 78jährig, in das Rom seiner Jugend zurückkehrt. Es ist ein Rom nicht mehr im Zeichen der "Buddenbrooks", sondern des "Erwählten", der just beendet ist und seinen Autor jenes *Vos Absolvo* über alle Inzest- und sonstigen Fleischessünder so befreiend hat ausrufen lassen, daß dessen Seele sich mit ihrem halbfiktiven Papst Gregor selbst vermischen und austauschen, gar verwechseln mag.

Jedenfalls unterstellt ihm Sohn Michael, den Mythos des eigenen Werkes zu leben, wenn er nun *"nach Vollendung des 'Erwählten' den Papst in Rom besucht, an welcher Stadt er ein ganz neues Interesse gewonnen zu haben scheint"*.

Tatsächlich bittet er diesen zwölften Pius, dem er noch kürzlich verübelt, Hitler nicht exkommuniziert zu haben, nun kurzfristig um eine Privataudienz, die ihm *"in wenigen Tagen"* gewährt wird, und Tochter Monika, die Konvertitin, behauptet, *"er war bis zu seinem Ende erfüllt davon"*. Dabei mag sie verkennen, was ihn bewegt, als er just *"von einer Schweizergarde und einem Kardinal"* im Vatikan *"von einem Goldsaal zum andern"* und schließlich *"vor das Angesicht des Heiligen Vaters"* geführt wird, in dem er, diesem nur neun Monate Jüngeren, nunmehr *"einen symbolischen Bruder"* sehe: *"einen, der gleichzeitig [...] mit ihm den Geist vertrat"*.

Er selbst drückt das nicht ganz so emphatisch aus. Seinem zwölfjährigen Elfen-Enkel Frido und dessen Gebruder Toni schreibt er lakonisch: *"Gestern habe ich den Papst besucht, Seine Heiligkeit Pius XII. Er war sehr freundlich. Bald sehen wir uns wieder, liebe Buben."*

Aber seinem Verleger Gottfried Bermann Fischer schildert er eloquenter und denn doch gerührter jene *"kleine Viertelstunde unter vier Augen"* und in deutscher Sprache, denn *"ich hatte den Eindruck, daß er sich mit größtem Vergnügen an die Zeit seiner Nuntiatur in Deutschland erinnert, die offenbar beste Lebenszeit für ihn war"*.

"Na, siehst du", schlägt Raffaele zu.

"Warte", dämpft Yan. "Sie tauschen auch ihre senilen Gesundheitsprobleme aus, bevor Thomas Mann diesem Papst von seiner Weimar-Reise vor vier Jahren, vielleicht nicht eben über ein Autogramm vor dem Hause des Abbé Liszt in der Belvederer Allee, wohl aber über seinen Abstecher auf die Wartburg berichtet, wo ihm der Bürgermeister von Eisenach den früheren Besuch des Kardinals Pacelli schildert, der hier Martin Luthers Gefängnis *'eine gesegnete Burg'* nenne: diese Erinnerung läßt jetzt die beiden Greise einvernehmlich von der transkonfessionellen *'Einheit der religiösen Welt'* schwärmen."

"Nur daß Pacelli darunter", unterbricht Raffaele, "vielleicht ohne daß Thomas Mann das bemerkt, natürlich nur eine katholische Einheit versteht. Schon die gesegnete Wartburg dürfte pure Ironie sein."

"Wer weiß", räumt Yan ein; "dem florentinischen Archäologen Ranuccio Bianchi Bandinelli, einem überzeugten Kommunisten, gegenüber, verteidigt Thomas Mann seine Aufwartung bei Pacelli in der Tat schon in gesprenkelteren Tönen:

'Der Ungläubige und Erbe protestantischer Kultur beugte ohne die leiseste innere Hemmung das Knie vor Pius XII. und küßte den Ring des Fischers, denn es war kein Mensch und Politiker, vor dem ich kniete, sondern ein weißes Idol, das, umgeben vom gemessensten geistlich-höfischen Ceremoniell, zwei Jahrtausende abendländischer Geschichte sanft und ein wenig leidend vergegenwärtigte.'

Er verschweigt hier, was er nur dem Verleger über die Begegnung mit diesem Softie beichtet: *'Ich denke gern und mit einer gewissen Weichheit an das Vorkommnis zurück.'* Aber einzig vor dem schweizerischen Kollegen R. J. Humm dekoriert er sich mit der päpstlichen Sympathie: *'Er wollte meine Hand garnicht loslassen'.''*

"Tuntensülze", bricht Raffaele ab: "komm, laß uns Priester zum Ficken suchen!"

Und er bricht zu seinem Streifzug durch die bahnhofshallenartige Großmannssucht dieser demutslos klotzenden Superbasilika auf, von der er nicht glauben will, daß der alte Michelangelo ihr Baumeister ist: "Ich dachte, Albert Speer."

"Aber was würdest du tun, wenn du hier den jetzigen Papst triffst?"

"Der wäre mir zu weinerlich. Aber der traut sich sowieso nicht."

"Sag das nicht. Goethe hat seinen hier zufällig getroffen. *'Neulich sind wir in der Peterskirche fast [...] über den Papst gefallen'*, berichtet er seinem eigenen derzeitigen Elfen, dem 14jährigen Fritz von Stein: *'Ihro Heiligkeit knieten in langem weißem Gewande mit der roten Schnur an einem Pfeiler und beteten.'* Das muß damals Pius VI. sein, den Goethe *ex cathedra* auch bei der Christmette hierselbst und beim Allerseelen-Hochamt zuvor als *'die schönste würdigste Männergestalt'* nicht eben unerotisch akklamiert.

Gogol hingegen, der Papst Gregor XVI. in der Ostermesse bei Schwäche- oder Schwindelanfällen, später auch beobachtet, wie er effektvoll *'Brot an das hungernde Volk verteilt'*, beanstandet auf seiner Vatersuche gerade die mangelnde Virilität *'Ihrer'* Heiligkeit: *'Der Papst selbst ist einer alten Frau sehr ähnlich'*, schreibt er abfällig seinen Schwestern: *'Wenn Ihr sein Gesicht auf einem Porträt seht, so denkt Ihr, daß es das Porträt einer Frau sei'.*"

Raffaele bleibt auf ihrem wenig interessierten Bahnhofs-Rundgang plötzlich stehen.

"Aber auch Goethe", fügt Yan noch hinzu, "schildert dem Fritz seinen Papst eher weibisch und despektierlich: *'Er hat keinen Bart, sondern sieht aus wie die Paste, die du kennst'.*"

"Paste, Paste?" wiederholt Raffaele unkonzentriert: "Der Papst als pasta?"

"So heißen damals Gipsabdrücke, zumal wenn sie – "

"Guck mal den da", unterbricht Raffaele jetzt und deutet mit dem Kinn auf einen rothaarig und schlaksig jungen Priester, der an einem der zahllosen Seitenaltäre dieser Riesenkirche gerade die Messe zelebriert. Ein niedlicher Meßdiener assistiert ihm. Sonst nimmt niemand an dieser Messe teil.

"Das ist aber nicht der Papst?" fragt Yan blasphemisch.

"Der kommt vielleicht aus Dublin oder Toronto", sagt Raffaele und fängt schon Feuer. "Priester aus aller Welt, die Rom besuchen, melden sich hier Monate vorher an, um im Petersdom einmal die Messe lesen zu dürfen, nur so, für das eigene Selbstgefühl, onanistisch."

Sie verharren und schauen dem zelebrierenden Gespann, das ihnen den Rücken zukehrt, von hinten zu. Der schlaksig junge Priester bewegt sich hin und her, hantiert und murmelt ein angelsächsisch verquollenes Latein.

"Dem könnte ich jetzt wunderbar von hinten den Fummel hochreißen", murmelt Raffaele in makellosem Deutsch.

Yan trägt nach, wie Goethe in jener Allerseelenmesse seines Papstes von einem *"Verlangen"* ergriffen wird, *"das Oberhaupt der Kirche möge den goldenen Mund auftun und, von dem unaussprechlichen Heil der seligen Seelen mit Entzücken sprechend, uns in Entzücken versetzen. Da ich ihn aber vor dem Altare sich nur hin und her bewegen sah, bald nach dieser bald nach jener Seite sich wendend, sich wie ein gemeiner Pfaffe gebärdend und murmelnd, da regte sich die protestantische Erbsünde [...] und ich zupfte meinen Gefährten, daß wir ins Freie [...] kämen."*

Auch Yan zupft nun in solchem Sinne seinen Gefährten. Der sagt aber: "Geh schon mal vor" und nähert sich, Frömmigkeit vortäuschend und mit hinterrücks gierig starrem Blick, seinem schlaksigen Rotschopf. "Der ist gleich fertig, das muß ich versuchen."

Yan trollt sich diskret und streift in der großkotzigen Bahnhofshalle umher. Aber keine Bahnhofshalle der Welt faßt 60 000 Menschen; wer das kann, ähnelt eher einem Fußballstadion oder einem ausgebauten Colosseum.

Yan stellt sich vor, wie viele der 143 Päpste, die hier, *drunter trumpets paparum*, bestattet sind oder als Riesenstatuen herumstehen und die Touristen einschüchtern, jetzt nur allzugern an Raffaeles Stelle sein und sich an den schlaksigen Iren mit seinem sommersprossigen Nacken heranpirschen oder aber auch an dessen Stelle von Raffaeles Hemmungslosigkeit unwiderstehlich verführt werden möchten.

Dann betrachtet Yan die rote Porphyrscheibe im Fußboden nahe dem Hauptportal, wo Fleischesbruder Karl der Große vor bald zwölfhundert Jahren zum Kaiser gekrönt wird. Das würde der vielleicht auch hinterher gern mit diesem gesprenkelten Ontario-Nacken feiern.

Am Longinus-Pfeiler sieht der gelangweilt bummelnde Yan eine Touristenschlange stehen, die sich aber zügig vorwärtsschiebt. Sie passiert die bronzene Petrus-, ursprünglich eher Jupiter-Statue wohl des Arnolfo di Cambio, indem sie, Tourist um Tourist, den kokett und neckisch hingehaltenen rechten Fuß des Apostels küßt. Der Fuß ist von diesen Küssen seiner Verehrer, die da ahnungslos die heidnischen Traditionen phönizischer Tempeldienste zu Ehren des längst vergessenen Gottes Melkarth fortsetzen, ganz blankgerieben und abgewetzt, wenn nicht gar geschrumpft. Sicher berühren ihn die allerinbrünstigsten Fußfetischisten nicht nur mit keusch und flüchtig hauchenden Lippen, sondern auch mit dem scheuernden Reibeisen ihrer fellatiogierigen Zungen. In gutbürgerlichen Kreisen der Schweiz nennt man den Zustand dieses steinernen Fußes abgefickt.

Im südlichen Querschiff mit seinen international polylingualen Beichtstühlen beobachtet Yan, wie passierende Katholiken kurz niederknien und von dem betreffenden Pönitentiar, der sein Ohr aber dem gerade Beichtenden deshalb keineswegs entzieht, mit einem langen Stabe *en passant* auf den Kopf geklopft werden, mehr oder minder kräftig, mehr oder minder genüßlich: zum Zeichen der christlichen Zugehörigkeit und eines generellen Gnadenerlasses für diese bußfertig Knienden, die ihre Unterwerfung unter so traditionelle Züchtigung gleichfalls mehr oder minder zu genießen scheinen.

Auf der Suche nach weiteren zeitvertreibenden Kuriosa ertappt sich Yan, wie er, von Raffaele infiziert, die zahllosen Priester und Mönche, die hier ihrer Arbeit nachgehen, sich einer Andacht hingeben oder als besichtigende Gäste orgiastisch umherwandern, auf ihre erotische Relevanz und sexuelle Verheißung zu prüfen beginnt. Dabei begegnet er manchem neugierigen Blick aus sehnsüchtig fragenden Augen in allen Farben dieser generösen Schöpfung.

Aber dann traut er seinen eigenen Augen nicht. Er sieht, wie Raffaele und der irisch-kanadische Rotkopf, das abgelegte Meßgewand jetzt im kleinen Köfferchen linker Hand, mit eiligem, zielbewußtem Schritt und in angeregt flirtendem Gespräch dem Ausgang zustreben und diesen unintimen Petersdom verlassen.

Yan beginnt, an die Wundertätigkeit dieses großkotzigen Bauwerks zu glauben.

Trotzdem hält es nun auch ihn hier nicht länger. Er wendet dem größenwahnsinnigen Monstrum den Rücken, eilt zum nächsten Taxistand und fährt zu seinem Massimo.

Dessen kleiner Mund im runden Kopf erweist sich mittlerweile nachhaltig als hinlänglich groß, um alle Maßvergleichungen auf die allernatürlichste Weise aufzuheben.

*

Andern Vormittages schlendern Yan und Raffaele über den Viktualienmarkt des Campo de' Fiori und berichten einander von Rotkopf und Rundkopf, auch wie bammelige Schlaksigkeit und kräusellippige Kleinmündigkeit sich flugs in ihr habgieriges Gegenteil verwandeln lassen.

"Übrigens ist er weder Ire noch Kanadier", komplettiert Raffaele, "sondern australischer Gegenfüßler aus Potts Point und mit zwei Kollegen und Fleischesbrüdern hier, die soll ich unbedingt kennenlernen."

"*Soutanes à trois*, du Glückspilz, aber entschuldige mal", unterbricht sich Yan, "ein Blumenmarkt wie in Amsterdam oder Barcelona ist das hier ja weniger."

"Campo de' Fiori heißt auch nicht Blumenmarkt, sondern Blumenfeld und bezieht sich auf den Naturzustand dieses Platzes, als er noch vor dem antiken Theater liegt, das Cæsars Triumvir und Schwiegersohn Pompejus hier, kurz vor Christus also, als erstes steinernes Theater der Stadt errichten läßt und dessen Reste jetzt unter dem Pflaster liegen."

"Drunter Theater", paraphrasiert Yan mit symbolischem Unterton.

"Aber als vor fast vierhundert Jahren Giordano Bruno hier verbrannt wird, geschieht das vor diesem Theater und ist also die christliche Perversion von *spectaculum*. Da stehen hier auf dem einstigen Pferdemarkt, nachdem die mittelalterlichen Festzüge der päpstlichen *cortei* zwischen den Palazzi der Orsini und Anguillara entschwunden sind, schon seit über hundertzwanzig Jahren Obst- und Gemüse-, Fleisch- und Fischstände. Nur Jeans und Plastik-Souvenirs gibt es hier damals noch nicht. Aber der zynische Euphemismus nachgeborener Rehabilitatoren, für einen Blumenfreund wie Giordano Bruno sei es so sinnig wie tröstlich, eben auf einem Blumenfelde zu verbrennen, ist schon damals nicht einmal faktisch stichhaltig. Komm, laß uns das alles runterspülen."

Und sie lassen sich in einer der vielen Trattorien dieses Marktes, inmitten der so betörend pittoresken Barockfassaden rostrot und ockerfarben abgeblätterter Wohnhäuser ringsum und eben zu Füßen des Denkmals, nieder, das Ettore Ferrari, nach Ende des Kirchenstaates und fast dreihundert Jahre nach jenem barbarischen Justizmord, im Auftrage einer demonstrativ liberalen Stadtverwaltung und mit unübersehbarem Engagement zur ewigen Blamage des Vatikans just an der Stelle dieses Häretiker-Richtplatzes errichtet, weil hier der visionäre Naturphilosoph unter so erbärmlichen wie beschämenden Umständen einem Martyrium des Geistes unterworfen wird, das sich das Oberinquisitionsgericht unter persönlichem Vorsitz von Papst Clemens dem Achten ausdrücklich *"so mild wie möglich und ohne Blutvergiessen"*, also auf dem Scheiterhaufen wünscht.

"Papst Leo XIII.", weiß Raffaele, "protestiert gegen dieses Denkmal, indem er ganztägig vor jener abgefickten Jupiter-Statue seiner Mammutkirche kniet und mit einem Sendschreiben an alle Gläubigen dreist behauptet, dieser Bruno habe keinerlei wissenschaftliche Leistungen aufzuweisen, wohl aber die Wahrheit bösartig verzerrt."

"Dafür wird unter Christen aber keineswegs jeder gleich verbrannt", spottet Yan. "Weshalb verbrennen sie ihn?"

"Die kompletten Prozeßakten sind angeblich ebenso verloren wie die Protokolle der siebzehn Verhöre", zitiert Raffaele ironisch, "weil der Vorsteher der Vatikanischen Archive sie zweihundert Jahre später leider an eine Pariser Fabrik für Altpapier verkauft habe. Einer dennoch plötzlich überlieferten und erst kürzlich publizierten Zusammenfassung, dem *sommario* der Prozeßakten, ist aber gleichwohl zu entnehmen, daß jedenfalls nicht Brunos geistesgeschichtlich und theologisch revolutionären Ideen und Philosopheme so fatalen Anstoß erregen. Auch seine Weiterentwicklung des kopernikanischen Heliozentrismus und seine Theorie von der Pluralität der Welten werden von seinen Richtern unterschätzt und beiseite geschoben.

Sehr viel schwerer wiegt seine Londoner *laudatio* auf die englische Königin Elisabeth I., weil diese eine Ketzerin sei. Auch mit anderen Ketzern habe er auf seinen Auslandsreisen Kontakte. Ferner habe er *'mutwillig verschiedene Sätze gegen den Glauben aufgestellt'*.

Damit scheint aber nicht etwa Brunos sehr dezidierte und fundamentale Kritik am vermeintlichen Opfertode des 'Magiers', gar 'Betrügers' Jesus von Nazareth, an dessen blasphemisch erachteter Gottessohnschaft und am Trinitätsdogma der christlichen Naturfeindlichkeit beanstandet zu werden; alles das wird vielmehr eher verharmlost, ignoriert oder nicht verstanden. Vielleicht provoziert es auch zu früh. Aber seine ebenso frühe und seinerseits ungleich unwichtigere Polemik gegen Madonnen- und Heiligenkult wird umso empörter aufgebauscht und gnadenlos geahndet.

Erschwerend soll dabei freilich seine Homosexualität ins Gewicht fallen."

"Ist die denn erwiesen?" fragt Yan überrascht.

"Du, niemand tratscht damals über seine Bettgeschichten mit ihm. Aber heutige Psychopathologen und Genieforscher pflegen ihn als *"reizbaren, zarten, weichen und homosexuellen Poriomanen"* zu diagnostizieren, der sich zwischen Klosteraustritt und endgültiger Verhaftung sechzehn Jahre seines Lebens, das auch er in den Fünfjahres-Rhythmus altrömischer Lustren einteilt, eigentlich nur panisch-manisch auf der Flucht befinde.

Tatsächlich geht er, als 28jähriger Klosterflüchtling, aus dem zwielichtigen und nicht weniger 'buhlerischen' Neapel nach Rom, wo er noch im Dominikanerkloster Santa Maria sopra Minerva als Nachbar Thomas Manns logiert, von Rom nach Florenz, von Florenz nach Genua, von Genau nach Noli, von Noli nach Savona, von Savona nach Turin, von Turin in den wiederum 'buhlerischen' Freistaat Venedig, wo er die Freiheit von Geist und Liebe kennenlernen mag, von Venedig nach Padua, von Padua in mein Brescia, aus meinem Brescia nach Bergamo, von Bergamo nach Milano, von Milano nach Chambéry, wo später Geistes- und Fleischesbruder Rousseau danach lechzen mag, *'einen Menschen, und zwar sich selbst in seiner ganzen Naturwahrheit zu zeigen'*, von Chambéry nach Genf, wo dieser zeigefreudige Geistes- und Fleischesbruder geboren und Bruno wegen *'uncalvinistischer'*, doch nicht etwa gar hahnenfreundlicher Ansichten drei Wochen lang eingekerkert wird, aus diesem Genf nach Lyon, von Lyon nach Valence, von Valence nach Montpellier, von Montpellier nach Toulouse, von Toulouse nach Paris, von Paris nach London, von London nach Oxford, von Oxford wieder nach London, von London zurück nach Paris, von Paris nach Mainz, von Mainz nach Wiesbaden, wo es damals aber weder Opernbaritone noch einen Kurpark gibt, von Wiesbaden nach Marburg, von Marburg an einem Augusttag ins just postlutherische Wittenberg, aus Wittenberg nach Prag, von Prag in anderem August nach Helmstedt, das damals die freiheitlichste deutsche Universität hat, von Helmstedt nach Frankfurt am Main, von Frankfurt am Main nach Zürich, von Zürich nach Frankfurt am Main, von Frankfurt am Main in einem August wieder nach Venedig und Padua in die vermeintliche Freiheit: nirgends bleibt er länger als zwei Jahre, meist nur wenige Monate oder Wochen."

"Wie Gogol", erinnert sich Yan, "wie Klaus Mann. Aber das gibt es ja nicht bloß bei Schwulen!"

"Der nachlesbare Antifeminismus schon des 35jährigen, zumal in den 'Heroischen Leidenschaften', seinem eigentlich persönlichsten Buche, wird zwar als Literaturkritik verbrämt, die sich gegen klischeehafte Vergötzungen der Frau im epigonal modischen Petrarkismus auflehnt; aber er spitzt sich, sei es ironisch, auch zu solchen Formulierungen zu:

'Ich sage, daß ein Mann ohne Frau wie eine der göttlichen Intelligenzen ist; der ist, sage ich, ein Held, ein Halbgott, qui non duxit uxorem.'

Das Objekt aller 'heroischen Leidenschaften' seines so bezeichneten Helden ist explizit nicht *die,* sondern *'der Geliebte'.* Denn dessen *'Gleichartigkeit erregt, entfacht und festigt die Liebe'.*

In 'La cena de le ceneri', seinem 'Aschermittwochsmahl', läßt er 'den Nolaner', also sich selbst, bekennen:

'Schließlich sucht jedes Ding sein Gleiches und flieht das Gegenteil.'

Dabei solle der hemmende Geist sich zurückhalten, und *'das Fleisch möge dem Gesetz des Fleisches dienen'.* Dieses Gesetz des Fleisches aber erscheine dem 'leidenschaftlichen Heroen' als ebenso vielfältig wie das des Herzens:

"Die Stufenleiter der menschlichen Neigungen kennt so zahlreiche Stufen wie die Stufenleiter der Natur, denn der Mensch weist in der Gesamtheit seiner Möglichkeiten alle Erscheinungen des Seins auf.'

Daher werde in seiner Philosophie *'der Leidenschaftliche als nackter Knabe dargestellt, d. h. einfach, rein und allen Ereignissen der Natur und des Schicksals ausgeliefert'.*

Nicht zuletzt weist Bruno darauf hin, daß in seinem Italienisch die Seele grammatikalisch weiblich, der Körper aber männlich sei – wie ja auch heute noch im Deutschen.

Im Vorwort zu seiner Komödie 'Il candelaio', was nicht nur einen Kerzenhalter, sondern im neapolitanischen Subtext auch einen Stricher bezeichnet, preist er die handelnden Figuren als *'virile Frauen und effeminierte Männer'* an.

In solchem Sinne effeminiert mag man auch seine unübersehbar ekstatische, bisweilen allzu unkontrolliert intuitive Emotionalität empfinden, die seinen Schriften zwar ihren fast schillerischen rhetorischen Elan und die Überzeugungskraft eines erleuchteten Visionärs verleiht, seinem Leben freilich manche fast tuntig unbeherrschte Krise eintragen mag. Aber natürlich mögen, wie bei so manchem Künstler, auch seine unverkennbaren musischen und li-

terarischen Talente eben gerade aus so weiblich etikettierter Gefühls-
schwemme gespeist werden.

Im elisabethanischen London hat er dann auch freundschaftliche Verbindungen zu *'geistreich frivolen'* Hof- und Literatenkreisen, in denen es be-
kanntlich nicht eben unschwul zugeht. Brunos Bekanntschaft mit Fleischesbruder Francis Bacon bleibt zwar nur naheliegende Vermutung; aber daß er
bei seinem Drucker gar William Shakespeare kennenlernt und zu nachlesba-
ren Textstellen wie sogar zu jenem Philosophen Brown im leverkühnisch
vertonten 'Love's Labour's Lost' ebenso anregt wie auch den offensichtlich
stark beeindruckten Fleischesbruder Marlowe und dessen intimste Freunde
Thomas Harriot und Walter Warner, ist mehr als wahrscheinlich, eine enge
Freundschaft mit seinem zumindest frauenskeptischen Landsmann, dem
Montaigne-Übersetzer und Enzyklopädisten John Florio ein Fakt. *'Ich glaube an Gott'*, schreibt dieser, *'aber nicht an Frauen.'*

Und sogar die konservativste Sekundärliteratur bezeichnet Brunos Freundschaft mit Sir Philip Sidney, jenem schönen und begabten Petrarkisten und
Schäfer-Poeten, auch Diplomaten Elisabeths I. und Neffen des Grafen Lei-
cester, als ein *'zweifellos sehr intimes Verhältnis'*, das sich auf den Dramatiker Sir Fulke Greville, Sidney's *'Pylades'*, ausdehnen mag, in dessen Hause
jenes beschriebene 'Aschermittwochsmahl' stattfindet und der noch vierzig
Jahre nach Philip's Tod auf seinen eigenen Grabstein meißeln läßt: *'Hier
ruht der Freund Philip Sidney's'*.

In dieser Zeit jedenfalls polarisiert Bruno vexatorisch alle *'tierische, vulgäre
und brünstige Liebe'* mit Platons *'himmlischer Liebe'*, und die beiden Jahre
in diesem Londoner Freundeskreise empfindet er, wiewohl als Ausländer
nachhaltig rassistisch belästigt, dennoch als die glücklichsten seines Lebens.
Nur in Zürich ist der Einzelgänger später noch einmal jäh und kurzfristig
Mitglied eines so amikalen Zirkels."

"Freunde hat auch jeder Hetero", hält Yan gerechtigkeitshalber dagegen.

"Ja, aber die wenigen Potentaten, deren Aufmerksamkeit und Gunst Giordano je in seinem Leben gewinnt oder sucht, sind alle schwul:

König Heinrich III. von Frankreich, der ihn, inmitten seiner legendären *mi-
gnons* und historisch gewordenen Launen, mit Interesse konsultiert, zum

Professor am *Collège de Cambrai* ernennt und mit türenöffnendem Empfehlungsschreiben, vielleicht gar mit geheimen Aufträgen nach London schickt;

Kaiser Rudolf II. von Habsburg, dieser so musische, ungemein melancholische und wiederum weibisch-launenhafte Mäzen und Sammler, von dem er in Prag für die gezielte Widmung seiner *'160 Thesen gegen die Mathematiker und Philosophen unserer Zeit'* zwar nicht die erhoffte Professur, wohl aber, vielleicht durch dessen Dienerliebling Philipp Lang, eine finanzielle Danksagung erhält, von der er ein ganzes Jahr leben kann;

und Papst Sixtus V., unser Obeliskenfetischist, dem das römische Volk immerhin *"Laudate Pueri Dominum"* hinterherzurufen liebt und nach dessen Krönung Bruno sofort den einzigen Versuch seines Lebens unternimmt, sich mit der Kirche zu versöhnen."

"Aber ohne Erfolg?" fragt Yan.

"Weil er die Bedingung ablehnt, die abgelegte Dominikanerkutte wieder anzuziehen. Ferner lebt der junge Bruno, als er noch seinen Taufnamen Filippo oder Felipe trägt, schon mit 14 Jahren als Student der Logik und Dialektik im *college* der Universität Neapel, seit seinem siebzehnten Lebensjahr aber vollends als Mönch im Kloster San Domenico Maggiore, wo er sich in Teofilo da Vairano, seinen Guru der Philosophie, verlieben mag, überdies elf Jahre lang seine enorme Belesenheit, nicht zuletzt in den Schriften seines *'göttlichen'* Vorbildes Nikolaus von Kues aneignet und den Namen Giordano zulegt: der vom Jordan.

Aber auch die Einordnung in exklusive Männerwelten mag da kanonisch besiegelt werden.

In seinem Londoner Dialog *'Lo spaccio de la bestia trionfante'*, in dem er das gesamte Arsenal der griechischen Mythen folgerichtig als anthropomorphistische Metapher verwendet, hat denn auch Zeus persönlich als prototypischer Menschenmann seinen *'zarten Schenken'*, den berauschenden Ganymed, so selbstverständlich zur Seite und zur Verfügung wie Apollon den Hyakinthos und jeder andere Gott oder Mann *'einen Pagen oder Kammerdiener unter 25 Jahren'*. Jene Entführung Ganymeds, an dessen *'Zuckerwerk naschen zu können'*, sich auch Silene, Faune und Príapos *'glücklich schätzen'*, wird gar astronomisch, im Sternbild des Adlers, am Himmel dokumentiert.

In so beiläufig souverän gehandhabte Schwulenszene fügen sich dann
bruchlos auch Brunos schamlos derbe Vokabeln für die männlichen Genitalien ein: *'Dudelsackschlauch und Pfeifenrohr oder Pilgerstab'*.

Zu böser Letzt sind dann auch bei seiner Verhaftung ausgerechnet durch das
freiheitlich-venezianische Inquisitionsgericht und auf Grund einer Denun-
ziation seines Schülers Zuane Mocenigo, bei dem er sogar wohnt, vor allem
dessen Eifersucht, enttäuschte Besitzgier und Verlustangst, also zumindest
emotional schwule Elemente im argen Spiel einer blindwütig leidenschaftlichen Rache. Dieser junge Zuane, ein venezianischer Gianni oder Juan oder
Jan, aber nicht von Gottes Gnaden, sondern ein effeminierter und exzent-
risch gekleideter Aristokrat, nimmt ihm schließlich gar seine Kleidung weg.
Kennst du eigentlich Brunos anderes Denkmal?"

"Wo?"

"In Nola, wo er *'an der Flanke des Zikadenhügels'* geboren wird, wo anderthalb Jahrtausende früher an einem Augusttag immerhin ausgerechnet der
fleischesbrüderliche Kaiser Augustus stirbt und wo sein Zeitgenosse Gian
Domenico del Giovane da Nola jenes realistische 'Tri ciechi siamo' komponiert, das du von meiner Schallplatte mit florentinischen Renaissance-Ma-
drigalen kennst. In diesem Nola zeigt Brunos Statue, anders als die verheim-
lichende Vermummung der hiesigen Riesenkutte, einen körperbetonten
Mann, der seine rechte Hand provokativ in die fast tuntig kokett ausgestellte
Hüfte stemmt und auch leiblich lässige Libertinage zum Ausdruck bringt."

"Wofür genau, bitte", entschuldigt Yan jetzt die Unbildung eines deutschen
Abiturienten und Heisenberg-"Intimus", "werden ihm eigentlich, hier wie
dort, solche Denkmäler errichtet? Ich meine, nicht jedem Inquisitionsopfer,
nicht jedem Großen Sohn einer Kleinstadt wird so eine Statue gewidmet:
was, präzise, ist seine Leistung, sein so dankenswertes Fazit?"

"Primär und zur Zeit der beiden Denkmalsenthüllungen wohl seine astrono-
mischen Spekulationen, die das heliozentrische und physikalische Weltbild
der Neuzeit wesentlich vorantreiben. Überdies behauptet er zurecht die po-
lare Abplattung der Erde, die Achsendrehung der Sonne, die Ellipsenform
der Planetenbahnen und deren wechselnde Geschwindigkeit je nach ihrer
Entfernung von der Sonne, ferner die Wellenförmigkeit allen Lichtes, auch
daß sämtliche Fixsterne Sonnen seien, daß es dort wie hier noch andere Pla-

neten geben müsse als nur die sechs damals bekannten und derlei Umstürze mehr."

"Und sekundär?"

"Das damals Sekundäre oder Ignorierte ist inzwischen, nach Hiroschima und Tschernóbyl, mit AIDS, Ozonloch und neuzeitlicher Kulturkrise, das eigentlich Primäre. Denn Bruno empfindet und begreift das ganze Universum als einen Organismus: eine lebendige Einheit und unteilbare Ganzheit.

Gleichwohl spalte diese Einheit sich mit ihren sämtlichen Erscheinungen in Zweiheiten, in Gegensatzpaare auf, durch deren dynamisch kämpferische Auseinandersetzung sich alles starre Sein zu lebendigem Werden verwandle und die letztendlich aus dieser Gegensätzlichkeit wieder in die eine unteilbare und zugrundeliegende Einheit zusammenfallen."

"Das ist doch Nikolaus von Kues?"

"Brunos so bezeichnete *'Morgenröte'*."

"Dessen *coincidentia oppositorum*?"

"*In Deo*: ja. Denn auch für Bruno ist *'die Koinzidenz der Gegensätze eine Zauberformel der Philosophie'* und fallen alle Antipoden dieses heterologischen Prinzips, dessen serielle Zweiheiten er ausführlich und bis zum mystischen Dualismus männlicher und weiblicher Zahlen auflistet, zu einer Einheit und absoluten Identität zusammen, die er als Gott empfindet.

In solchem *'obersten und vollkommensten Prinzip, welches alles das ist, was es sein kann'*, koinzidiert und harmonisiert sich für Bruno auch die ewige Dialektik von Wirklichkeit und Möglichkeit; denn *'es würde nicht alles sein, wenn es nicht alles sein könnte; in ihm sind also Wirklichkeit und Vermögen eins und dasselbe. [...] Das, was alles ist, was es sein kann, ist ein Einiges, was in seinem Sein alles Sein enthält'.*"

"Schön. Aber für derlei Cusanus-Dacapo wird diese Zweiheit von Denkmälern doch wohl weder möglich noch wirklich", erdet Yan frotzelnd.

"Warte. Dieser also göttlich einheitliche, dieser so mögliche wie wirkliche Universalorganismus oder Gott verschmilzt in sich auch den Gegensatz von astronomischem Makrokosmos und psychischem Mikrokosmos zu einer Wesensgleichheit und inneren Identität. Daher ist er für Bruno als Ganzes wie auch in jedem einzelnen seiner unendlich vielen, aber gleichrangigen Bestandteile und Manifestationen endlos belebt, also auch endlos beseelt und bewußt.

Auch jeder andere Stern in diesem unendlichen Kosmos sei es. Denn das Ganze wie jede Einzelheit sei in Raum und Zeit ohne Anfang und Ende, ein Kreislauf ohne historischen Fortschritt, aber auch ohne Tod, weil nichts vergehe, ohne daß anderes daraus organisch entstehe, so daß es zwar Verwandlung und ewigen Stoffwechsel, auch im astronomisch makrokosmischen Austausch und Wechselbezug, auch die Beendigung zufälliger und befristeter Zusammensetzung von unsterblich bleibenden Bestandteilen, aber weder irgend definitives Ende noch auch Wiederholungen, nur permanentes Werden, permanente Neuschöpfung aus jenen unsterblichen Ingredienzien gebe, an deren Göttlichkeit jedes Einzelwesen auf immer beteiligt sei."

"Und in solcher Unsterblichkeitshypothese", fragt Yan, "siehst du Brunos Überwindung unserer Katastrophen der Neuzeit?"

"Nicht so simpel", holt Raffaele aus. "Ich sehe sie in seinen Schlußfolgerungen aus dem Axiom, daß der Kosmos ein lebendiger Organismus sei und eine göttlich einheitliche Weltseele habe, die sich in jedwedem Bestandteil dieses Universums manifestiere. Insofern sei es also mehr als nur ein berechenbarer Mechanismus und könne mathematisch-physikalisch nicht hinlänglich erfaßt werden. Daher könne es für menschliche Betrachter auch Physik nicht ohne Meta-Physik und ausschließlichen Materialismus nicht einmal im naturwissenschaftlichen, geschweige im philosophischen oder gesellschaftlichen Sinne geben.

Auch Logik in aristotelischer Anwendung wie überhaupt jegliche Form von Abstraktion und purem Rationalismus müsse im so verstandenen Universum einer unendlich schöpferischen Vielfalt unweigerlich natur- und kosmosfremd, also irreal, sinnlos, falsch und irreführend bleiben. Folgerichtig lehnt Bruno die ganze mathematische Naturwissenschaft, wie sie dann seit den kausal-mechanistischen Bemessungen seines nur sechzehn Wanderjahre jüngeren Zeitgenossen Galilei zur Basis allen neuzeitlichen Denkens samt technischer Umsetzung und katastrophischen Fehlentwicklungen wird, kategorisch und leidenschaftlich ab: *adversus mathematicos*".

Schon bei seinem respektierten Vorgänger Kopernikus, jenem anderen Nikolaus, bekämpft er die Mathematisierung und Unterteilung der unteilbaren Natur als das entscheidende und überwindenswerte Erkenntnishindernis, das Menschen, Welt und alles Lebendige nur als ein Quantum materieller Atome verkenne, mißachte und vernichte. Denn Mathematik und Logik bleiben für ihn ohne objektiven Wahrheitswert.

'De immenso' heißt denn auch eine seiner letzten Frankfurter Publikationen: 'Über das Unmeßbare'.

Hätte sich diese fundamentale Grundsatzkritik an aller neueren Naturbetrachtung durchgesetzt, wäre die Menschheit sicher um viele ihrer bedrohlichsten und unlösbarsten Probleme ärmer. Diesem Planeten bliebe seine Zerstörung vermutlich erspart."

"Ziemlich goethisch", sagt Yan: "dieser antimaterialistische, antimechanistische und todlose Vitalholismus, dieser deduktive Pantheismus – oder?"

"Ja", bestätigt der Brunokenner, "nur daß das Goethische an Bruno natürlich das Brunonische an Goethe ist: Goethe kennt, verwendet, verarbeitet Brunos Gedanken, zumal in Farbenlehre und entelechischer Monadentheorie, überhaupt in seiner Naturphilosophie, wie sie vor allem in 'Faust', aber auch in seinen Gesprächen mit Herder schon in Straßburg, mit Falk nach Wielands Tod und mit Eckermann in Weimar formuliert wird. Der dortigen Akademischen Bibliothek entleiht er zwei Bruno-Bände für die Dauer von sechs Jahren.

So sind auch zwei seiner schönsten Gedichte direkte Bezüge auf Bruno-Texte: *'Gott und Welt'* mit seiner überaus brunonischen Anfangszeile *'Was wär' ein Gott, der nur von außen stieße'*, mehr noch jenes *'Vermächtnis'*, das ich leider nicht auswendig kann. Du?"

"Nur den ersten Vers: *'Kein Wesen kann zu nichts zerfallen'*."

"Genau. Von Bruno gibt es ein Gedicht mit den Schlußzeilen

'Denn alles muß zu nichts zerfallen,
Wenn es im Sein beharren will'. "

"Genial."

"Aber nicht nur Goethe: auch Leibniz, Lessing, Herder, Hamann, besonders Schelling und alle Pantheisten natürlich, sogar Hegel und Schopenhauer – eure ganze Geistesgeschichte ist von diesem Bruno stark beeindruckt und geprägt. Noch Nietzsche bedankt sich in einem Brief just vom giordano-historischen 22. Mai und aus seinem wie Deinem Venedig bei Heinrich von Stein für einen Band mit Brunos Gedichten, die er sich *'zueigne, wie als ob ich sie gemacht hätte und für mich – und sie als stärkende Tropfen >eingenommen<'*."

"Und die großen Naturwissenschaftler?" ahnt Yan: "Die Mathematiker, die Physiker: also, die eigentlich Kritisierten und Provozierten?"

"Sie prolongieren faktisch den Index des Vatikans und ignorieren ihn: nicht nur notgedrungen, wo er ihnen die Basis ihres ganzen Denkens und Erkennens entzieht; sondern sogar auch wo er ihre Einsichten und Entdeckungen vorwegnimmt oder vorbereitet, etwa wenn er alle Sinneswahrnehmung, alles Licht, auch Gewicht, alle kosmischen Standorte und sogar schon die diversen Zeiten der diversen Sterne in einem Maße relativiert, daß Einstein an seine Vorgaben anschließen, oder wenn Bruno den ekstatisch unlösbaren Zusammenhang von Subjekt und Objekt schon so vorformuliert, daß Heisenberg, daß die nachfolgende quantentheoretische Erkenntnisphilosophie ihn zumindest aufgreifen könnte: *'Man erkennt nur, was man selbst ist.'*

Aber Heisenberg lobt nur beiläufig Brunos Religiosität, der noch geistesverwandtere Weizsäcker spart ihn einfach aus."

"Und warum wohl?"

"Vielleicht weil er ihre einseitig quantifizierende Methodik schon im Vorhinein und zurecht als reaktionär entlarvt. Indem sie nämlich ihre Experimente unter irdischen Bedingungen und mit menschlichen, sei es maschinell erweiterten Sinnen durchführen und von hier aus leichtfertig auf Makrokosmos und universelle Wahrheit hochrechnen oder übertragen, verharren sie auch noch nach Kopernikus und dessen Eröffnung des heliozentrischen Paradigmas nach wie vor innerhalb der Scheuklappen geozentrischer Mechanismen, Kategorien und Dimensionen. Ihr Bezugssystem ist unverändert das, was sie auf der Erde, als irdische Geschöpfe und mit irdischen Mitteln, registrieren und ausrechnen. Insofern sind sie noch papistisch mittelalterlich.

Brunos postgeozentrische Totalrelativierung unserer Wahrnehmungs- und Denkkapazitäten wird also von der neuzeitlichen Naturwissenschaft nicht mitvollzogen. Seit vierhundert Jahren nimmt sie diese Chance nicht wahr, weil sie sich damit selbst aus den Angeln höbe. Lieber verharrt sie in ihren destruktiven Irrtümern und führt mit mathematischer Brillanz und technischer Virtuosität in die realitätsferne Sackgasse von Vernichtung und Untergang. Eine Nachfolge Brunos könnte das vielleicht verhindern. Aber nur wenige erkennen und bekennen wie der Popularwissenschaftler Hoimar von Ditfurth, daß Giordano Bruno *der erste Mensch ist, der die astronomische Situation unseres Planeten im Kosmos durchschaut'* und *'deswegen hingerichtet wird'.*"

Raffaele ist am Ende seiner Argumentation und schweigt.

Yan fragt: "Was sollte ich von Bruno mal lesen?"

"Die italienischen Dialoge aus London", empfiehlt Raffaele: "primär vielleicht *'La cena de le ceneri'*, 'Das Aschermittwochsmahl', mit seinen Männergesprächen wohl an den Dialogen des platonischen 'Gastmahls' orientiert, aber ungleich wilder, sprunghafter und kontrastreicher, was er selbst als *'ein Gemisch von Dialog, Komödie, Tragödie, Poesie, Rhetorik, Lob, Tadel, Beweis und Lehre, teils physikalisch, teils mathematisch, teils moralisch, teils logisch'* bezeichnet: eigentlich eine satirisch pointierende Collage unverbunden serieller Elemente, die einem Schreiber wie dir sehr gefallen müßte."

"Jetzt möchte ich mir sein Denkmal auch aus der Nähe ansehen", reagiert Yan.

Sie zahlen, drängen sich wohlig rempelnd an vitalen Gemüsehändlern vorbei zu dieser Statue, also zum Standort jenes gottlos unmöglichen, dennoch wirklichen Autodafés und lesen da die Inschrift der liberalen Denkmalstifter:

"Dem Bruno gewidmet,
von dem Jahrhundert, das er vorausahnte,
hier, wo sein Scheiterhaufen brannte."

Der Giordano Bruno dieses Denkmals wird als Dominikanermönch in der Kutte und mit übergestülpter Kapuze dargestellt. Das sei doppelt falsch,

weiß Raffaele. Denn der hier verbrannt wird, ist längst kein Mönch mehr.
Eben deshalb wird er verbrannt. Auch lassen sie ihn hierbei keine Kutte tragen. Denn die "Bruderschaft von Johannes dem Enthaupteten", jenem anderen "vom Jordan", die sich auch Bruderschaft für Barmherzigkeit und Mitleid nennt, weil prominente Römer hier mit geistlichem Beistand, freilich
vermummt, verurteilte Delinquenten zur Hinrichtung begleiten, bezeugt in
ihrem Bericht, diesem einzig authentischen Dokument, daß Bruno zuvor
entkleidet wird. Diese Bruderschaft verzichtet in seinem Fall auf ihr Recht,
einmal jährlich einen Todeskandidaten freizubitten. Ihr Mitbruder Michelangelo Buonarroti ist damals freilich schon seit 36 Jahren tot.

Giordano Bruno wird also nackt verbrannt: *"spogliato nudo"*.

Das fälschen auch die Reliefs auf dem Sockel mit ihren Szenen von Ermordung und Prozeß. Sie verschweigen mit ihrer wohlmeinend heroisierenden
Hommage auch die Torturen der achtjährigen Einzelhaft ohne Arbeitsmög-
lichkeit in den Bleikammern Venedigs und den menschenunwürdigen Ver-
liesen der hiesigen Engelsburg, auch die Folterungen zumindest auf dem
Rade; denn zur Verbrennung erscheint er in mißhandeltem Zustand: die Arme sind aus den Gelenken gerissen, die Knochen bloßgescheuert, starker
Blutverlust schwächt ihn vollends. Da er sich dennoch bis zuletzt weigert,
seinen Erkenntnissen abzuschwören, wird ihm die Zunge geknebelt oder
durch ein Beißholz daran gehindert, die gaffende Menge zu guter Letzt doch
noch seine Wahrheit wissen zu lassen. *"Als dem hier schon Sterbenden"*, berichtet ein Augenzeuge, *"das heilige Kruzifix vorgehalten wurde, wandte er
mit verachtender Miene sein Haupt."*

"Das alles geschieht zu Füßen eines Theaters und am 17. Februar", kann
Yan es nicht lassen: "nur einen Tag vor Michelangelos, nur vier Tage vor
Gogols Todestag."

"Ja, und der fatale Bruch mit seinem venezianischen Denunzianten erfolgt
am 22. Mai", spielt Raffaele mit.

"Nur einen Tag nach dem *'Außenbleiben'* Josef Wjelgorskijs und Klaus
Manns: ich fasse das nicht."

"Auch Tommaso Campanella stirbt an einem 21. Mai", weiß Raffaele und
deutet auf den Sockel des Denkmals, der an diesen anderen "häretischen"
Dominikaner und päderastischen Fleischesbruder erinnert. Dessen empiristi-

sche Rebellion gegen Aristoteles wird vom Vatikan mit 27 Kerkerjahren quittiert, dessen Buch "De sensu rerum" aber hält gute zweihundert Jahre später noch Goethe bei *"höchst aufmerksamem Lesen"* für ein so *"wichtiges Denkmal"* , daß er in seiner alten Ausgabe eigenhändig die Druckfehler korrigiert.

Aber mit bronzenen Tafeln und Medaillons verweist dieser selbe Bruno-Sockel auch auf die Geistes- und Namensbrüder John Wiclif und Jan Hus, auf Paulus (Paolo) Sarpi und Petrus Ramus, so daß dieses Denkmal, mitten im Herzen des päpstlichen Rom, zu einem Fanal ganz allgemein des Protestes gegen das vatikanische Mittelalter wird.

"Eigentlich", ergänzt Raffaele, "wird hier postum auch noch Nicolaus Cusanus mitverbrannt, denn nach dem Autodafé für Bruno werden dessen eigene Werke für 362 Jahre auf den vatikanisch gegenreformatorischen Index gesetzt, aber die seines stimulierenden Lehrers aus Kues für mehr als 25O Jahre in wohlinszenierte Vergessenheit verbannt."

"Heute sind beide Klassiker", resümiert Yan die Vergänglichkeit auch solcher Ächtungen.

"Ja, weil alles fließt", orakelt Raffaele sphinxhaft und setzt dann nach:

"Ich bin dir ja noch eine Antwort auf einen Brief schuldig, der mich mit deinem Severin identifiziert."

"Fühl dich bloß nicht gedrängt."

"Ich möchte dir meine Antwort hier, vor diesem Denkmal, geben. Darum bin ich hier. Giordano Bruno ist ein bekennender Schüler von Fleischesbruder Heraklit insofern, als er dessen These, daß alles fließe, zur Maxime auch seines eigenen pantheistischen Denkens und Beobachtens macht. In der ewig werdenden, unendlich schöpferischen Vielfalt der Natur sei alles wie Flugsand, verändere und wandele sich in stetem Flusse, so daß nichts sich selbst gleich bleibe. Insofern könne auch nichts einem anderen gleichen. Weder etwas Wahrgenommenes noch der Wahrnehmende seien in zwei aufeinanderfolgenden Augenblicken noch dieselben. Alles sei einmalig und unwiederholbar. Es gebe keinerlei Konstanz.

"Also gibt es auch keinerlei Gleichheit", faßt Raffaele abschließend zusammen, "sondern nur unendliche Verschiedenheit."

"Ich verstehe", sagt Yan. "Ich verstehe, was du mir sagen willst: nein."

"Das ist das Eine", bestätigt Raffaele. "Tut mir leid."

Er schweigt.

Yan fragt schließlich nach: "Welches Eine?"

"Zum anderen", ergänzt Raffaele zögernd, "entnehme ich Brunos Lehre von den Monaden, jenen metaphysischen Ureinheiten der Welt, daß sie bei jenem ewigen Wechsel alles Lebendigen gleichwohl alle Formen und Möglichkeiten des Universums in einem ewigen Kreislauf durchleben. Hierauf beruht sein unabdingbarer Glaube an Wiedergeburt, der an altindische und altgriechische Reinkarnationstheorien anschließt und Goethe Vorschub leistet, als der es für wahrscheinlich hält, daß ihm der soeben verstorbene Wieland, sein androgyner "Merkur", *"im Laufe der Jahrtausende [...] als ein Weltkörper, ein Stern erster Größe"* wiederbegegnen könne. Auch Lessing, Herder, Moses Mendelssohn erwägen ja derlei "Seelenwanderung".

Das alles ist brunonisch. Bruno billigt der Seele zu, in verschiedenen Körpern leben zu können. Zahllose Belege finden sich in seinen *"De gli eroici furori"*, in der *"Cabala del Cavallo Pegaseo con l'aggiunta dell' Asino Cillenico"*, in *"Lo spaccio de la bestia trionfante"* und anderwärts mehr. Noch vor dem Inquisitionsgericht bekennt er seine Überzeugung von solcher Seelenwanderung.

Eben das führt daher ausgerechnet jener so *"phallosbesessene"* Kaspar Schoppe als Augenzeuge seiner Verbrennung schließlich gar zu deren Rechtfertigung ins Feld: der Ketzer Bruno behaupte auf strafbare Weise, *"eine Seele könne sogar zwei Körper beleben"*.

Raffaele hält inne.

Dann wiederholt er: "Eine Seele könne sogar zwei Körper beleben."

Yan schweigt.

"Kennst du hier schon die Via Veneto?" fragt Raffaele, scheinbar sprunghaft.

"Noch nicht", sagt Yan: "ich meide sie."

"Komm", sagt Raffaele: "wir gehen zur Via Veneto."

*

August von Goethe mag nach jener fröhlich kränkenden Sohnes-Fête in den Abwässern der "Chiavica" am Barberini-Platz, mit vielen Promille im Blut und den Tod schon für übermorgen im überdrüssigen Herzen, tief in der Nacht am künftigen Salon Ottilies, seiner *femme dure*, dann an Gogols Haus Nr. 126 vorbei und die Via Sistina entlang schwanken, rechts an der Villa Malta in die Via Francesco Crispi einbiegen und in deren Fortsetzung schließlich seine Pension, schon an den Hängen des bezaubernden Pincio, Via di Porta Pinciana 17, erreichen.

Als Yan und Raffaele heute denselben Weg zurücklegen, wandern sie aber die sehr viel später erbaute, sehr elegante, zwiefach Haken schlagende und dennoch abkürzende Platanenallee der legendären, filmerprobten und neureich schicken Via Veneto bergauf.

Yan berichtet unterwegs von seinem Traum in vergangener Nacht: wie er das Rom-Kapitel seiner "Saga von Lamai" konstruiere, es auf Goethes, Gogols, Thomas Manns und seine eigenen hiesigen Erfahrungen aufteile, aber über dem Ausfeilen sprachlicher Details langsam aufwache und übergangslos im Wachen an ebendenselben sprachlichen Details weiterfeile und insofern eine andere, nicht minder beweiskräftige Identität von Träumen und Wachen herstelle.

"Entschuldige, kennst du Santissima Concezione?" fragt Raffaele plötzlich dazwischen. "Dann gehn wir hier kurz mal rein."

Schräg gegenüber von Via di San Isidoro, wo Gogol kurzfristig seine erste römische Wohnung bezieht, stehen sie vor der schlichten Fassade einer einschiffigen Barockkirche des Kapuzinerordens. Eine zweiteilig gegenläufige Freitreppe führt zu deren Portal. Aber Raffaele hält Yan zurück: "Nein, hier unten, der Seiteneingang."

Dann stehen sie in einem engen und niedrigen Korridor, der sechs fensterlose und gruftartig gewölbte Kammern zu seiner Linken miteinander verbindet. In ihnen allen sind Knochen jeder Art zu grazilen Ornamenten garniert: zu Rosetten, Arabesken, jugendstiligen Blumenmustern, gar dekorativen

Lampen. Aber all diese Zier voller Anmut und Geometrie besteht aus Menschenknochen. Genauer: aus Mönchsknochen. Aus Kapuzinerknochen. *"Tutta osse"*. Dabei bemühen sich jene französischen Ordens-Designer, auf ihrer Flucht vor der mörderischen Pariser Revolution und hier just vom römischen Pater Raffaele, einem Maler und Schriftsteller des Klosters, protegiert, meist um anatomisch methodische Präzision: Schädel bleiben gern bei Schädeln, Hüftbecken bei Hüftbecken, Schulterblatt bei Schulterblättern. Nur kleinere Knochen, Knöchel und Wirbel, dienen allenthalben als Ergänzung, Verbindung, als Muffe zu verspielten, verschnörkelten Rokokogebilden, deren knöchern wiederkehrende Leitmotive stetig Blumen, Tod und Licht sind: denn alle irdische Blüte werde vom Tode dahingemäht und vom auferstandenen Christus im Lichte der Ewigkeit zu neuer Blüte erweckt.

Das entspreche, weiß der leibhaftige Raffaele, franziskanischer Kapuziner-Kontemplation. Geschmack sei hierbei kein Kriterium, makaberer Kitsch kein Einwand.

Über viertausend Kapuzinermönche, auch Laien und Mitglieder der Stifterfamlie Barberini, stellen ungefragt in diesem anonymen Massengrab für solche mehr als brüderliche Vereinigung und Vermischung ihre männlichen Gebeine zur Verfügung. Im Hinausgehen liest Yan einen lapidar lateinischen Kommentar:

"Wir waren, was ihr seid, und ihr werdet sein, was wir sind."

Noch versöhnlich, interpretiert er aus diesem Satze die latente Aufhebung aller Zeitlichkeit heraus.

Aber Raffaele, mit solchen Philosophemen aufgewachsen und tief überworfen, verweist ihn auf die lebensfeindliche Todesdemut dieses Satzes wie des ganzen Ossariums. "Kein Wunder, daß fromme Vitalisten wie Bruno hier brennen müssen. Franziskaner, gar Kapuziner verbringen ihr Leben im Hinblick, im Vertrauen einzig auf ihr Sterben: Perverse."

"Ja, ihr Respekt vor dem Leben, selbst wo es sich ihrer eigenen Idee verschreibt, scheint nicht größer als bei jenen zynisch kriminellen NS-Sadisten, die aus Menschenhaut Lampenschirme fabrizieren lassen", liefert Yan einen deutschen Beitrag: "Vielleicht ist ja auch Papst Pacelli ein solcher Lampenfetischist, hier wie dort: darum sein Reichskonkordat."

"Auch vor Gott, für dessen Ebenbild sie den Menschen ja angeblich halten",
sagt Ex-Katholik Raffaele, "haben diese Christen also keinerlei Ehrfurcht.
Komm, ich zeige dir den i-Punkt oben in der Kirche."

Dort ist dann, inmitten ekstatisch-orgiastisch stigmatischer Franziskus-Gemälde von Domenichino und einem asketisch todessüchtigen Franziskus
von Fleischesbruder Caravaggio, die Grabinschrift des Kardinals Antonio
Barberini zu lesen, der diese Kirche gemeinsam mit seinem leiblichen Gebruder Maffeo, päpstlichem Urban dem Achten, bauen läßt:

"Hic iacet pulvis et cinis et nihil" – hier liege Staub und Asche und gar
nichts.

"Ja", bestätigt Yan, "mit so nihilistischer Lebens-, Welt- und Gottesverachtung kann es wohl keine tolerante Verständigung geben. Ich beginne zu ahnen, was es bedeutet, des Teufels zu sein."

Und schon auf der Flucht aus diesem argen *Cœmeterium Capucinorum* ins
gütig nachsichtige Sonnenlicht verharren sie noch vor Guido Renis inbrünstig sadistischer Darstellung vom Kampfe des juvenil körperlichen, schönen
und ganymedisch adlerbeschwingten Erzengels Michael mit dem masochistisch bäuchlings geketteten nackten Satan um den toten Moses; später malt
jener goethekritische Teufels-Müller dasselbe Motiv und erwirbt sich so seinen Spitznamen.

Yan und Raffaele gehen die Via Veneto weiter aufwärts und erörtern die
Teufelskonzeptionen Renis, Müllers, der Christen, der Manichäer, Augustins, auch Goethes und Gogols, und Yan berichtet gar von Ernst Jüngers
Pariser Katakombendiskurs mit einer Madame de Polignac, in der der Anblick solcher *"düsteren Totenparade eine tolle Lebenslust erwecke; man sei
versucht, dem ersten besten an den Hals zu springen, wenn man herauskäme. Vielleicht galt deshalb in den alten Zeiten die Mumia als Aphrodisiakum"*.

Im oberen Teil dieses prominenten Prominenten-Boulevards lassen sie sich
dann erschöpft unter den riesigen popbunten *ombrelloni* und inmitten der
neureichen Klientel des *Café de Paris* zur Siesta nieder. Hier herrschen modische Eleganz, texanisches Idiom und Nepp, hier wird mit Dollar-Schecks
oder amerikanischen Kreditkarten bezahlt, hier ist alles käuflich, hier regiert
der berechenbare Mammon.

Raffaele wechselt entsprechend von christlichen zu kapitalistischen Spielarten des Teuflischen und zu Federico Fellinis "La dolce vita" in ebendieser *entourage*.

Yan wechselt weiter zu dessen Kollegen Roberto Rosselini über und erzählt, wie der hier den todesmürben Klaus Mann für das Drehbuch zu seinem Film "Paisà" gewinnt, ihn dann aber betrügt, im Vorspann unterschlägt und prozessual belangt werden muß. "Vater Thomas tröstet damals seinen demütigend mißbrauchten Sohn mit jener unvergeßbaren Bibelparaphrase, die er Klaus zum Geburtstag und am Geburtstag meines eigenen Vaters, insofern protoväterlich, also auch sehr an meine Adresse schreibt:

"Wer auf den Film baut, baut auf Satans Erbarmen."

Und nicht ohne Häme deutet Yan auf den viktorianischen Prunkbau des gegenüber liegenden Luxushotels "Excelsior", wo Thomas Mann, fast 78jährig, zehn (oder zweimal fünf) *"überschwänglich reiche, von Eindrücken überfüllte Tage"* samt einem *"fast stürmisch ehren- und sympathievollen Empfang"* erlebt. Dennoch registriere er erst diesmal ausdrücklich jenes römische *"In- und Nebeneinander der Jahrhunderte, des Antiken und Früh- und Hochchristlichen, diese Überfülle von Kunstschöpfungen sinnlicher und mystischer Frömmigkeit und Genialität, – wie im Traum [...], und wie ein sehr starker, ins Gemüt dringender Traum wirkt und lebt es in mir fort"*.

"Von hier aus besucht er dann auch den traumhaften Papst Pacelli?" fragt Raffaele nach: "Nicht wahr?"

"Ja", sagt Yan.

Beide schweigen und nuckeln an ihrem überteuerten Prominenten-Kaffee.

"Ich weiß nicht, ob es vor oder nach seinem Kniefall vor Pacelli ist", sagt Yan schließlich: "aber in diesem Hotel schildert er damals dem Münchner Maler Fabius von Gugel unverhofft seine Teufels-Vision aus Palestrina, vor fünfzig Jahren; er fährt jetzt auch wieder hin, von hier aus, an jenen Tatort Palestrina, das antike Præneste in den Prenestiner Bergen, das als Penestrina schon in Dantes 'Inferno' auftaucht: es gibt dort ein antikes Theater und auch ein Kapuzinerkloster, dessen Garten Thomas Mann zu Adrian Leverkühns *'Lieblingsaufenthalt'* erklärt."

"Kapuzinertheater? Im Inferno? Welche Teufels-Vision?" fragt Raffaele unkonzentriert zurück.

"Na, wie der Teufel da plötzlich spillerig und eisig, aber leibhaftig auf Leverkühns Sofa sitzt und diesem Kierkegaard-Leser jäh einen Pakt offeriert:
lebenslange Kreativität gegen Seele und Herzenswärme. Das ist schon dreimal in den hiesigen 'Buddenbrooks', ausführlicher und genauer aber ein halbes Jahrhundert später im 25. Kapitel des 'Doktor Faustus' nachzulesen:
auch Kunst also als Konkordat mit dem Bösen."

"Ist das nicht, vordergründig politischer", fragt Raffaele, "auch das Thema
in Klaus Manns 'Mephisto'?"

"Und unpolitisch hintergründiger auch von Goethes Mephisto. Immer der
Pakt. Übrigens: Goethes letzter Mephisto unter Max Reinhardt und schon
von Goebbels' Gnaden, der wohnt auch da drüben in diesem Hotel "Excelsior" – Werner Krauß, als er hier Mussolinis Gast ist und zu dessen Komtur
ernannt wird: noch ein Teufelspakt. Aber ich selbst sehe Krauß, im eleganten Smoking, auch noch als funkelnden Teufel in 'Don Juan in der Hölle'
aus Shaw's 'Mensch und Übermensch' auf der Bühne; und in 'Jud Süß' denunziert er in bösem Rassismus den jüdischen Secretarius Levy, insofern
aber auch sich selbst als wahren Teufel."

"Ist er dafür nicht viel zu unbedeutend?" erkundigt sich Raffaele.

"Für Goethe ist doch gerade 'flache Unbedeutenheit' spezifisch mephisto-
phelisch, für Gogol auch: *póschlostj*. Himmler ist völlig unbedeutend. Und
für den späten Gogol ist außerdem alles Theaterspielen, wäre auch Filme-
machen, ist alle Kunst nur pures Teufelszeug."

"Aber das ist schon wieder selbst eine teuflisch christliche Verteufelung",
lacht Raffaele. "Wir drehen uns im Kreise. Für Giordano Bruno ist der Teufel als belebender, aber aussichtsloser *'Wille zur Nicht-Einheit'* sowieso nur
stimulierendes Werkzeug Gottes im Dienst an den voreinheitlichen Zweiheiten und Auseinandersetzungen im Kosmos: ohne Teufel kein Werden."

"Schön", sagt Yan. "Inspirierend."

Aber ihre flackernde Konversation beginnt zu stocken und keinen Auf-
schub für ihr zentrales Thema mehr zu dulden.

"In deinem Salz-und-Brot-Brief nach Venedig", kommt Raffaele schließlich auf den Punkt, "erwähnst du diese Via Veneto im Zusammenhang mit Severin, sparst aber aus, was deinen komplizierten Freund auf diesen verteufelt merkantilen Boulevard treibt. Dreht er hier einen Film?"

"Nein, er sucht sich einen Stricher."

"Ausgerechnet hier: auf diesem Wucher-Pflaster?"

"Anschließend schreibt er mir von hier, nur wenige Tage vor seinem Selbstmord, den letzten Brief", berichtet Yan und zitiert daraus auswendig: *'Um nicht ganz in meinem Komplex zu ertrinken, habe ich mir nach langem Hin und Her die teuerste männliche Kokotte der Via Veneto gekauft (Bumms).'* Und hinter dieses Bumms setzt er ganze neun Ausrufezeichen."

"Ein Versuch, sich an den toupierten Haaren dieses Nutten-Stars aus dem Sumpf seiner Aussichtslosigkeit zu ziehen?" rätselt Raffaele.

"Vermutlich. Aber auch das mißlingt. *'Übrigens hatte ich allerhand zu tun'*, referiert er mir noch von dieser 'Kokotte', *'um sie überhaupt für mich zu gewinnen'.*"

"Anerkennungsmanie", sagt Raffaele. "Ein letztes Aufbäumen."

"Aber der schließlich vollzogene Einkauf des Strichers gewährt wohl auch keine Befriedigung mehr, sondern nur, wie er kurz andeutet, *'eigenartige Folgen der Selbsterkenntnis (beängstigend; nicht deprimierend)'.*"

"Na klar."

"Dann unterschreibt er diesen letzten Brief als *'Dein dummer Severin'.*"

Schweigen.

Ihr Standort ist plötzlich stigmatisiert. Sie sehen das endlose Flanieren, das flatternde Buhlen und vage Signalisieren des schüchternen, des seiner selbst nicht mehr gewissen, des zuallertiefst verunsicherten Severin auf dem Boulevard zwischen diesen Cafés und *vis-à-vis* vom "Excelsior" mit seinen selbstsicheren Luxusgästen aus Chicago und Houston.

Raffaele vermutet, daß Severin angesichts der zweifelsfrei makellosen *bellezza* seines auserkorenen *moretto* durch den einsamen Einzelfinger seiner zerbombten rechten Hand noch zusätzlich gehemmt ist: "Dabei habe ich neulich, in der Sixtinischen Kapelle, an diesen Finger denken müssen, als wir uns nach der 'Erschaffung Adams' dort den Hals verrenken: einen noch wieviel geeigneteren, noch wieviel gottes-phallischeren Adam da unser Severin mit seinem einen Obelisken-Finger abgeben würde; postgomorrhisch, hätte Michelangelo sich dieses stigmatisierte Modell für Gottes Ebenbild auf diesem Planeten gewiß nicht entgehen lassen."

"Spottest du jetzt?" fragt Yan, auf alles gefaßt und gleichzeitig fassungslos.

"Im Gegenteil", wird Raffaele immer ernster. "Wenn ich vorhin an Giordano Brunos Todesplatz jenen Phallos-Schoppe als Kronzeugen die Behauptung dieses Wissenden zitieren lasse, *'eine Seele könne sogar zwei Körper beleben'*, dann greife ich damit doch nur endlich ein Leitmotiv aus deinem Goethe-Brief auf. Inzwischen bin ich diesem Gedanken nachgegangen, weil er so schön, so poetisch, so verführerisch ist, weil er zugleich ein Gefühl ist, das sich, zwischen Freunden, durch die Jahrhunderte fortsetzt und zumindest so alt ist wie unsere Zeitrechnung.

Ich male mir aus, wie Goethe ihn von seinem gerngelesenen Bruno, dieser, rund zweihundert Jahre vorher, in all seiner Belesenheit vom Heiligen Augustinus, der wiederum, rund zwölfhundert Jahre vorher, von Ovid übernimmt, der ihn, weitere 350 Jahre früher, zuerst in seinen autobiografischen 'Tristia', jenen Klagegesängen, formuliert, die er aus der Verbannung im heute rumänischen Constanta sehnsüchtig an dieses hiesig ferne und entbehrte Rom mit Freunden richtet, *'qui duo corporibus mentibus unus erant'*.

Solche Freundeseinheit mag ihn da in all seiner Trauer über leibliche Trennung trösten und aufheitern, wie auch Giordano Bruno leitmotivisch darauf beharrt, er sei *in tristicia hilaris in hilaritate tristis*: in Trübsal heiter, in Heiterkeit betrübt. Kurz, mich erheitert, mich betört inzwischen die Vorstellung, zwei Freunde seien, im Leben wie im Tode, durch eine gemeinsame Seele verbunden."

Raffaele hält inne.

Yan hört seinem Tonfall noch einen Vorbehalt an und schweigt erwartungsvoll.

Richtig fährt Raffaele fort: "Nur daß Severin und ich ja nie befreundet sind. Wir kennen uns gar nicht. Nie gesehen."

Wieder eine Pause.

"Falls Goethes aufgegriffene Definition von Freundschaft als einer einzigen Seele in zwei Leibern hier Ereignis werden soll, kann sie nicht auf Severin und mich zutreffen."

Pause.

"Nur auf Severin und dich."

Pause.

"Oder dich und mich."

Pause.

"Geometrisch allerdings", räumt er dann ein, "ließe sich nun, unbrunonisch, folgern, daß in einem solchen Dreieck, sofern es nur gleichwinklig ist, aus der Gleichheit der beiden Katheten auch die Identität der Hypothenuse abzuleiten sei, die dann freilich gar nicht mehr als solche, sondern als eine dritte, eine gleiche Kathete mitwirke. Bloße Gleichschenkeligkeit genüge da allerdings nicht. Herr Ober? Drei *capuccini*, bitte."

"Zwei *capuccini*", wiederholt der blasierte Nobel-Schenke gelangweilt.

"Drei", korrigiert ihn Raffaele schnell.

"Drei?" glaubt der Schenke seinen Ohren nicht trauen zu können. "Oder erwarten Sie noch jemanden?"

"Er ist schon da", läßt Raffaele die arrogante Indiskretion der Via Veneto abblitzen. In demonstrativem Deutsch wendet er sich dann an Yan und sagt:

"Ich glaube, das sind wir den mißbrauchten Kapuziner-Gebeinen dieses Boulevards schuldig."

"Das schnalle ich erst jetzt", stammelt Yan verdutzt: "daß drei *capuccini* eigentlich drei Kapuzinermönche sind."

"Laß uns hier Mönche schlürfen", frotzelt Raffaele: "tri ciechi siamo."

911
Begocidi und andere

Yan notiert in seiner "Blauen Kladde", was die Diné-Indianer, die später
auch gesprenkelte Schafherden hüten, sich seit Urzeiten in Arizona und
New Mexico über jenen Begocidi erzählen, den die Sonne mit einer Blüte
zeugt: er ist der erste Töpfer, der erste Künstler; er ist der Lieblingssohn der
Sonne, und er ist Transvestit.

Dann hält Yan ein Zitat des barocken Alchimisten Michael Maier fest:

*"Verachte nicht das zweifelhafte Geschlecht, denn dieser Mann, der auch
Frau ist, wird dir den König geben."*

Yan weiß, daß Alchimisten mit dem Wort König ihren Stein der Weisen
meinen, der androgyn ist, und ergänzt nun die Liste seiner "Blauen Kladde"
noch um die königlichen Namen

*Platon
Michelangelo
Shakespeare
Goethe
Aristoteles
Giordano Bruno
Schiller
Newton
Leonardo da Vinci*

*und Göttervater Zeus persönlich, der den Phainon, den Heraklés und den
Euphoríon von den Inseln der Seligen, aber auch seinen eigenen Sohn Sar-
pedon, vor ihnen allen jedoch jenen lügenden kretischen Prinzen Ganyme-
des liebt und den im Olymp zu seinem göttlichen Schenken macht.*

Post scriptum*: vor dem Hamburger U-Bahnhof Kellinghusenstraße in Ep-
pendorf, schräg gegenüber von jenem Freibad, in dem er auf Cacildo trifft,
liest Yan auf einem Briefkasten der Deutschen Bundespost den* Graffito *eines mutwilligen Sprayers:*

MEINE ELTERN SIND MÄNNER.

379
Sawaang

Yan geht auf Go Pih Pih, einer winzigen Zwillings-Insel in der Andamanensee, an Land.

Auf den ersten Blick ein tropisches Capri oder exotisches Sylt mit Promenaden und illuminierten Gartenwegen, mit *shopping* und *high life*, kann es nicht lange seine zentralen *slums* verbergen, die prähistorisch armselig, aber gleichberechtigt in unentwirrbarem Verbund mit dem parellelen Aufschwung ringsum ein Gefühl heimelig heimatlicher Geborgenheit vermitteln helfen. Dazu trägt auch das körperliche, das allgemein sicher ruhende Selbstbewußtsein dieser Insulaner bei, die sich *tschao go*, also "Herren der Insel" nennen.

Schon seinen ersten Lunch nimmt Yan hier im Gartenrestaurant des "Pee Pee Island's Cabanah" ein, das sonst, überteuert, das derzeit führende Hotel am Platze ist. Yans Kellner macht ihn unter liebenswürdigen Verbeugungen auf einen bevorstehenden Platzregen aufmerksam und hilft in letzter trockener Minute bei fluchtartigem Umzug ins Überdachte. Noch gestern abend bei der Ankunft strunzt der Hotelpage: "Go Pee Pee never rain". Jetzt bricht die Sintflut über ganz Südostasien herein. Der Himmel ist weiß.

Aber der Kellner, der Yan ins Überdachte rettet, ist Sawaang. Er ist ein Schenke: ein siamesischer Saki.

Ihr Kennzeichen ist hinfort der Regen.

Abends notiert sich Yan ins "Siamesische Tagebuch":

Sawaang bedeutet "Der Leuchtende", auch "Der Erleuchtete" und ist ein leuchtendes Wunder aus Charme, Naivität und Höflichkeit; aus Zärtlichkeit, Unschuld und kräftiger Mütterlichkeit. Dabei ohne die landesübliche flinke Raffinesse solcher Burschen – eher bäuerlich-tolpatschig, eher groß als klein und eher stiernackig; aber mit der behenden Leichtigkeit auch dicker Walzertänzer.

*Graziös und aufmerksam umsorgt er mich mit einem leicht feierlichen Ritu-
al aus Fürsorge und persönlicher Anteilnahme. Eigentlich sind wir gleich
Freunde. Mit diskreten Zeremonien und süßen Verneigungen betört er mich
und schlägt die gemeinsame Wanderung zum* Mountain View *vor: gleich
morgen früh um acht.*

Ab jetzt ist alles nur noch ein Warten auf morgen früh um acht."

Nachts träumt Yan bereits von Sawaang. Dabei gerät dessen helle Rundköp-
figkeit in wohlige Nähe dessen, was Yan in Deutschland für seinen theologischen Paulus, in Rom für jeden Fulvio oder Massimo so einnimmt. Aber
hier ist so heiter knuddelig Teddyhaftes überdies mit asiatischer Anmut gesegnet und im Rätselhaften des weniger Bewußten belassen. Später liest
Yan in seinem "Nachtbuch", was er bis zu diesem nächsten Morgen um acht
alles träumt:

*Wir mögen uns sehr, im Traum: gegenseitige Liebe auf Anhieb. Ich hole ihn
bei seiner Arbeit ab, er serviert noch, bugsiert mich aber in einen Nebenraum, wo wir schon schmusen ... Dann sind wir plötzlich in Bielefeld, in
zwei sehr konkret geträumten Restaurants, wiewohl ich Bielefeld nur von einem allzu flüchtigen Premierenbesuch kenne, als Gudrun am dortigen
Stadttheater gastiert und dieses Revier für mich insofern mit ihrer Duftmar-
ke stigmatisiert; aber auch mein just bevorstehender Hauptdarsteller kommt
aus Bielefeld, und Gisela von Wysocki, jene so fantasiefreudig schreibmuti-
ge Frankfurter Nachfahrin vielleicht von Gogols Schülerliebe Gerassim
Iwanowitsch Wyssotzkij, pflegt mir ausdauernd ihren künstlerisch hellsichti-
gen Astrologen in Bielefeld zu empfehlen.*

*Jetzt jedoch schenkt mir dort mein vorausgeträumter Sawaang eine sehr
originelle, sehr auffällige knallgelbe Jacke, als kenne er Shakespeare's
Jacques und meine Liebe zu dessen schönstem Satz: "Mein Ehrgeiz geht auf
eine bunte Jacke".*

*Aber ebendieses Unterpfand der jungen Zuneigung Sawaangs bin ich unge-
schickt oder lieblos oder aber auch hemmungslos gierig genug, in diesen
Bielefelder Restaurants unübersehbar auffällig zu bekleckern. Meine auf-
wendig umständlichen Bemühungen, diese Befleckung auf Sawaangs Jacke
zu tilgen, beherrschen lange den Traum und verschulden, daß wir uns aus
den Augen verlieren.*

Dabei kommt Gudrun mit fleckenentfernenden Hilfestellungen ins Spiel, dann auch Brigitte Mira, die mich wegen schwärmerisch anempfohlener Nachwuchsschauspieler zu einer Premierenfeier entführt, wo sich mir ein schmieriger Opernkritiker ausgerechnet aus Wiesbaden aufdringlich offenbart.

Schließlich gelingt es mir, alle diese Behelligungen abzuschütteln und zu meinem Magneten zurückzufinden: zu Sawaang, der mir alle Kränkung mühelos vergibt. Dann haben wir uns endlich ...

Aber in diesem Augenblick wache ich auf, ganz abrupt und mitten in der Nacht. Doch der ganze Traum rettet sich blitzblank übersichtlich und klar in mein Wachsein.

Den Rest dieser Nacht schläft Yan nur noch ratenweise und dem Morgen mit Sawaang entgegenfiebernd.

Um halb sieben erinnert ein sanfter Landregen, daß hier die Regenzeit noch nicht ganz zu Ende ist, beendet aber den Traum vom gemeinsamen Ausflug zum *Mountain View*.

Pünktlich um acht hört der Regen auf. Aber kein Sawaang erscheint. Asische Aufgangs-Versprechungen: vom Winde verweht, vom Regen weggeschwemmt?

Das Hotel bietet unverhofft einen besseren Bungalow an, Nummer 13, und der ersetzt die erträumte Wanderung durch einen banalen Requisiten-Umzug.

Aber um neun hat Sawaang mich wie selbstverständlich und ungetrübt leuchtend in diesem neuen Bungalow aufgespürt. Privatim ist er nun profaner als gestern im Dienst, weniger charismatisch, ohne den süßen Zauber des Zeremoniells und noch recht kindlich: auch verschüchtert ohne Schutz und Würde des Amtes.

Wie Gemsen klettern sie selbander den Berg hoch, konversierend.

Dabei kämpft Sawaang gegen die Schwierigkeit der Thais an, europäische Endkonsonanten mitzusprechen:

"You have a wi?" fragt er bald.

"No", vereinfacht Yan lapidar die Einsamkeit seiner Reise und deutet auf einen einzeln vorübergaukelnden Schmetterling.

Sawaang lacht wissend und vielsagend auf.

Yan, *retour*: "You have a girl friend?"

"No."

Keinerlei Auflachen. Wird es jetzt ernst?

Wie Gemsen klettern sie selbander den Berg hoch.

Oben erwarten sie schon zwei gutgelaunt alberne Kollegen aus dem "Cabanah's": Duang und Mi, Sawaangs beste Freunde. Schützenhilfe? Leibwächter? Mutuelle Renommage?

Jedenfalls endlos kichernde Fotosession vor dem bezaubernden prospekt- und weltberühmten Panorama der *large* geschwungenen schmalen Palmen-Nehrung von Lohdalamm mit ihrem doppelten Strande zwischen davor und dahinter graniten und kalksteinig buckelnden Dschungelbergen. Hier erkennt man die mythische H-Gestalt dieser Dioskuren-Insel.

Jeder der drei asiatischen Schenken vor Ort ist neunzehn: Duang noch spröde und scheu, aber wohl aus Beklommenheit vor Yan; Mi, der fotogeilste und Clown des Trios, deutet immer wieder strahlend auf seine Hühnerbrust und sagt "Mi! Mi!", was auf Thai "Es gibt" bedeutet, aber in englischsprachigem Kontext auch als "Me! Me!" einen narzißhaften Sinn ergäbe.

Sawaang entzieht sich möglichst dem Fotografieren: ist er also Moslem? Seine Physiognomie scheint dem Fremdling hierfür malaiisch genug.

Aber die Erörterung solcher Themen wäre nicht nur indiskret: auch sprachlich unerreichbar. Denn was diese jungen Thais auf englisch sagen, ist für Yan meist kaum zu dechiffrieren. Was er auf englisch sagt, dechiffrieren sie nicht. Wie ein naturgegebenes Ghetto, wie ein isoliert autarkes Biotop verkapselt sich jedes Idiom vor dem andern zu kommunikations- und perspektivlos parallelem Nebeneinanderher. Einzig Sex oder Totschlag, fürchtet Yan, können diese Einsamkeit sprengen und die fatale Trennung punktuell überwinden. Oder auch die Liebe?

Indessen beginnt ihr Abstieg. Er soll, auf anderem Wege, zu besonders reiz-
vollem Strande führen, mündet aber, als Trampel- und Schleichpfad, den
nur Eingeweihte erraten, zunächst direkt in undurchdringlichem Dschungel.
Aber Yans Schenken werden zu Lotsen des Urwalds und springen rufend
und lachend vor ihm her. Dabei pflücken sie anfangs noch würzige Chili-
Blätter.

Dann verliert sich unmerklich ihr Geheimpfad. Oder sie verlieren ihn. *Stundenlang*, beschreibt das später Yans Tagebuch, *schlagen wir uns weg- und
steglos durch steil abschüssigen, regennassen, glitschigen, dichtesten
Dschungel: ohne Machete, die hier dringend geboten wäre. Stolpernd, krie-
chend, rutschend und fallend, von Fußangeln aus Lianenranken gefangen,
von erbarmungslos zustechenden Dornenzweigen umklammert und festge-
halten, durch felsige Flußbetten als letzten Ersatz für Weg oder Steg, naß,
undurchdringlich, unzugänglich, aggressiv und endlos. Wie der Vietkong im
nahen Nachbarland.*

*Urwald: was Pflanzen miteinander entfesseln, wenn man sie läßt – radikal,
gigantisch, gewaltig, brutal, gar nicht harmlos und so stark wie wohl nichts
anderes auf diesem Planeten, der in Wahrheit ihnen gehört.*

*Aber auch hier noch leuchtet Sawaang, dieser Sohn eines Tagelöhners aus
dem Dschungeldorf Saithai, dreizehn Bus-Stunden südlich von Bangkok und
nur wenige Kilometer nördlich vom Muschel-"Friedhof" Susaan Hoi, der 75
Millionen Jahre alt ist, drunter trumpets, aber auch von Pranang, einer
Meeresgrotte mit archaisch präbuddhistischem Phallos-Altar der hiesigen
Fischer:*

*wie eine Wunderblume leuchtet dieser Sawaang auch mitten in diesem In-
sel-Urwald der Andamanensee und behütet mich, schützt mich vor unsichtbar lauernden Waranen ringsum, befreit mich aus Lianen- oder Dornenfal-
len und läßt mir, mit angeborener Kultur und Grazie, auch hier immer lächelnd, den sinnlos werdenden Vortritt. Um mich zu stützen, reicht er mir
oft auch seine Hand: eine feste und trockene, warme und gar nicht mehr
kindliche Männerhand – läßt er sie jeweils etwas zu lange in meiner?*

*Gegen Mittag endlich erreichen wir einen Brunnen am Fuße des Berges, am
Dorfrand von Baan Ton Sai und sind gerettet, in Sicherheit, dem Schutz der
Orientierung wiedergegeben.*

Ich bin schweißüberströmt und total verdreckt, habe Beulen am Kopf und blute aus vielen Wunden. Sawaang fühlt sich schuldig und will mir den sikkernden Lebenssaft mit seinem T-shirt abwischen. Das wehre ich zwar ab; doch es wäre mir eine tiefe Wollust, seinen Geruch auf meinem Gesicht zu haben, seine Hülle unauswaschbar mit der Essenz meines Innersten zu tränken, mein Blut mit seinem Schweiß zu vereinen ...

Er läßt es sich nicht nehmen, mir mit seinen festen Männerhänden wenigstens die Stirn zu waschen, und ich radebreche dabei von meiner Beglükkung über unser gemeinsames Abenteuer. Darauf erwidert diese leuchtende Schenkenblume eines Tagelöhners: "Dann hast du jetzt was zu schreiben."

Nach erschöpftem Rückweg noch über lange türkisblaue Märchenstrände will er beim Abschied nur ja keine Bezahlung. Wir verabreden uns für mein abendliches Dinner in seinem Restaurant.

Aber dort muß ich auf seine Bedienung verzichten. Auch Duang und Mi haben frei. Schon leide ich an Entzug.

Auf dem Rückweg in mein Hotel jedoch stehe ich in der heißen Nächtlichkeit der Palmenpromenade unter Fliegenden Hunden und über torkelnden Nachtkrabben jäh vor Sawaang. Die Insel ist an diesem Abend ohne Strom und dadurch nur umso atmosphärischer in ihrer hautwarmen, stickigen Schwärze ringsum, in der dieser Leuchtende nun sehr dicht vor mir steht und wieder mit seinem ganzen Charisma strahlt. So ein offenes, heiteres, tiefgütiges Gesicht habe ich kaum je gesehen. Aber er versteht überhaupt kein einziges englisches Wort, heute abend: wohl viel zu müde, nach diesem Tag. Wie zum Ausgleich streckt er mir, erstmalig, seine feste, warme und trockene Männerhand zu einem exotisch europäischen und freundschaftlichen Handschlag hin.

Ach, schön so ein Spiel, so ein Sympathisieren, so ein Verströmen von Gefühl, solche Freude über eine fremde Ferienblume.

Spät abends im einsamen Bungalow plötzlich Mozart – wer weiß, woher – aber nah und sehr laut: auf Go Pih Pih im südlichen Thailand, unweit der Grenze zu Malaysia.

Ein Gecko bezieht Yans Bungalow Nr. 13 und bewacht ihn aufmerksam. Diese Bungalow-Kultur, die auch hier, wie schon in Go Samui, die gesamte

Hotellerie beherrscht, vermittelt jedem Gast das gute Gefühl, sein eigener Herr zu sein. Aber in Wahrheit ist wohl immer ein Gecko der Herr.

Tief in der Nacht klopft es dreimal an Yans Tür. Pocht da der Gecko auf sein Hausrecht? Oder ist es der Wind? Oder nur ein abgrundtiefer Wunschtraum? Yan steckt allzu umfangen in der Betäubung seiner Tablette, um es überprüfen zu können.

Hahnenschreie finden hier zwischen vier und fünf Uhr früh statt, in klassischer Sequenz, fast pausenlos, aber offenbar in inselbedingt großer Nähe und entsprechend weniger sehnsüchtig: offenbar kennen und sehen sich diese Hähne, sind wohlvertraut miteinander und schreien das eher affirmativ, eher bekennend als sehnend in die Welt hinaus und in Yans halbwaches Ohr hinein: ohne Distanz, ohne Fernweh, dicht beieinander, wie aus einem Männerheim, einem Hahnenghetto, wo die Gemeinschaft ihre Norm ist und wo sie einander haben – in Sätte, genüßlich, leicht heiser und ohne den letzten Fanfarenton einer lockenden Fermate. So sind Hahnenschreie hier viel weniger trompetenhaft, weniger diskant, dafür sonorer, gutturaler, baritonaler – viriler? Befriedigter? Ausgelasteter? Erschöpfter? Jedenfalls viel weniger bedürftig. *Carpe diem* und *basta*.

Selbigen Morgens kämpfen noch vor Yans Frühstück zwei junge Ziegenböcke vor seinem Dreizehner-Bungalow im Hotelgarten. Die Grenze zwischen Spiel und Ernst scheint fließend. Beide sind sexuell erregt. Als europäische Touristen das Spektakel zu filmen versuchen, werden die beiden Böcke mit Schlägen vertrieben.

Yan beginnt diesen Tag mit Warten auf den Abend. Den obligaten Flirt des putzigen kleinen Frühstücksschenken übersieht er bei seiner obligaten Reissuppe *kao tom kung*.

Die Andamanensee atmet gerade ihre Ebbe ein, und Yan nutzt die Gelegenheit, im Schutze betörend duftenden Kokosöls das weitläufige Watt zu erkunden. Es ist ein eigener Kosmos, ein in sich geschlossenes Biotop – wie Dschungel, Korallenriff, Komposthaufen, Sprache: eine Welt mit Gesetzen, die nur hier gelten. Scheinbar autark, scheinbar unabhängig, scheinbar souverän. Von anderen, externen Biotopen scheint dieses Watt nichts zu wissen oder zu bemerken.

Nur am linken Außenrande dieser idyllisch isolierten Lohdalamm Bay, wo die Andamanensee eben türkisgrün das Land berührt: da fängt sofort und übergangslos der Dschungel an – steil, radikal und undurchdringlich, ein anderes scheinbar autarkes, scheinbar unabhängig souveränes Biofeld mit eigenen Gesetzen.

Einzig die riesigen Mangroven figurieren da als heimliche Grenzgänger, Überläufer, Spione, Verräter oder Vermittler, Agenten und Dolmetscher zwischen den Imperien. Archaische Geschöpfe tropischer Urwaldsümpfe, lassen sie ihr gewaltiges Wurzelwerk bei Flut im Salzwasser, bei Ebbe im Trockenen und an der Luft gedeihen, *fifty-fifty* zwischen den Elementen, in beiden gleichermaßen zu Hause und mit der gigantischen Turmlandschaft ihrer hölzern und leblos scheinenden Stelz- und Luftwurzeln an der Verlandung des Meeres, an der Überwindung der Abgrenzung arbeitend und sich dabei, mit androgynen Blüten und Fruchtembryonen, vivipar vermehrend: quasi lebendgebärende Zwitterwesen zwischen den Biofeldern. Im nahen Malaysia begreift sie Ernst Jünger als *"Übergang des Bios vom Ozean auf das feste Land, als eine der großen Wenden der Evolution"*.

Zu ihren ausladend verzweigten Füßen ist die Ebbe jetzt so weit ausgewichen, daß sie Yans Augen ein anderes scheinbar autarkes, scheinbar souveränes Biotop offenbart: Korallenbänke.

Hierüber scheint die Ebbe jetzt zu erschrecken. Solche Schönheit verschlägt ihr gleichsam den Atem. Doch ihr Maß ist wohl ohnedies voll. Denn die Bucht ist fast leer. Aber ehe sie auf den Mond hört und umkehrt und wieder ausatmet und Flut wird, breitet sie rings über Meer und Himmel und Land eine reglose Stille aus. Alles verharrt. Nichts geht mehr. Kein Wind, keine Welle. Nur Friede. Eine Rast im endlosen Hin und Her. Ein Augenblick des Stillstands. Des Gleichgewichts zwischen Ein und Aus, zwischen Auf und Ab oder Ja und Nein oder Yin und Yang oder Mann und Frau. Die Balance.

Yan sehnt sich nach dem Abend wie das Meer jetzt nach dem Lande und kehrt zurück. Auf dem Heimweg sieht er die Flut voller Vorfreude landeinwärts rollen. Der Wind leistet Vorschub. Wieder überfällt ihn ekstatischer Formulierzwang. Er gehorcht und weiß nicht, wem. Aber es erfüllt ihn mit Wonne.

Sein ersehntes Dinner nimmt er dann also wieder im Restaurant des "Cabanah" ein. Sein Urwald-Trio begrüßt und hofiert ihn wie ein Familienmitglied. Duang und Mi fragen nach seinen Wunden. Sawaang ist da eher diskreter und übernimmt den Part des privilegiert eingeweihten Intimus. Aber als sich, ein vierter Schenke, auch noch Kollege Sajann interessiert in diesen freundschaftlichen Ritus einschleust, informiert ihn Sawaang souverän, daß dieser Fremdling Yan heiße. Schon als so eingeweiht offenbart er sich selbst. Zum Dessert zerteilt seine feste Männerhand eine baumfrische Kokosnuß mit so viel väterlicher Fürsorge, aber auch kindlicher Unschuld, daß der kopflose Yan nun vollends verzaubert und restlos glücklich ist.

Aber den Vorschlag, übermorgen gemeinsam eine Bootsfahrt zur Zwillingsinsel Pih Pih Leh zu unternehmen, läßt der ausdrücklich unaufdringliche Sawaang diplomatisch von Duang und Mi unterbreiten.

Anderthalb Tage lang hat Yan jetzt Zeit, sich auf diese nächste Gemeinsamkeit vorzufreuen, sich dem *crescendo* seiner anhaltenden Formulierekstase hinzugeben, sie in langen Briefen an Raffaele und Paulus, auf vollgeschriebenen Ansichtskarten an Juljus, Gudrun und Yussuf zu manifestieren und so ausführlich wie hingebungsvoll in der Andamanensee, einem so sonderlich exotisch fremden Biofelde, zu schwimmen.

Aber dieses Meer umfängt seine Glücksräusche wie ein heimatliches Urelement. Er kann nicht umhin, an fötale Reminiszenzen zu glauben, und ritualisiert sein Schwimmen nur umso inbrünstiger. Dabei emanzipiert sich sein Gehirn ("oder wer immer das sein mag") immer resoluter, arbeitet autark und erwartet von Yans Bewußtsein nur echsenhaft aufmerksame Sensoren-Bereitschaft und registrierende Fixierungen aller seiner scheinbar automatischen Offerten und überraschenden Produkte.

Notiert er sie später vor seinem Bungalow oder in der Hotelbar sei es in Briefen oder im "Siamesischen Tagebuch", findet er sich nur allzubald im wohligen Spannungsfelde landesüblichen allgemeinen Flirtens. Barkeeper, Schenken, Gärtner, Boys: alle flirten mit ihm. *Flirt der Jungs*, berichtet er Raffaele nach Venedig: *Alle flirten sie. Oder sind schnell zum Flirten bereit. Schöner Umgangston, dieses Flirten. Sollte man übernehmen. Verschönt das Leben, mit seinem lächelnden Offensein, seiner neugierigen Bereitschaft zu spannender Sympathie. Und lernen tut sich das leicht.*

Besonders Bo Nonn, jener putzige Frühstücksschenke, streicht unablässig flirtend um Yan herum, präsentiert zwischendurch auch effektbewußt die besonders seidige Schokoladenhaut seines Oberkörpers, versteht bloß leider auf englisch nicht einmal *Chinese tea*: ein willkommener Anlaß für Yan, sein Thai-Vokabular zu erweitern. *Mai kaodschai* heißt *nix verstehn*. Das ist der Grenzbaum zwischen menschlichen Biotopen.

Zwischen Hunden gibt es den wohl nicht. Jedenfalls zwischen den beiden Clowns nicht, von denen der eine schwarz, der andere weiß ist und die hier den ganzen Tag oder Wochen oder schon Monate lang mit losgerissenen, weit und rasselnd hinterher geschleppten Ketten über Strand und Promenade, durch Hotelgarten und Nachbarslums tollen: *Black and White*, ein unzertrennliches Freundespaar, so komisch wie rührend in ihrer emsig agilen Verquickung von Spieltrieb, Wachsamkeit und geradezu magischer Verbundenheit: eine Einheit. Yan kann sich an diesem gutgelaunten Rüden-Gespann nicht sattsehen.

Endlich kommt die Stunde auch seiner vereinbarten Gemeinsamkeit und des Ausflugs mit Sawaang. Aber Yans Schenken lassen ihn rüde abblitzen: die Bootsfahrt falle aus. Auch morgen gehe es nicht. Übermorgen? Keine Ahnung. Wann dann? Schulterzucken.

Sawaang steht außerhalb und schweigt.

Haben sie die Verabredung von vorgestern vergessen? Was bedeutet hier übermorgen? Die längste Planung reicht wohl immer nur bis morgen. Wehe hier jedem Weitsichtigen. Hier gilt nur Jetzt. *No future*. Wie auf Go Samui auch jenes *No past*. Später fragt Sawaang, was das Gegenteil von Zukunft sei: *"What is opposite of future?"*

Aber jetzt ist er sensibel genug, um Yans überspielte Enttäuschung zu spüren. Er stellt in Aussicht, Yan gegebenenfalls, sollte ein Ausflug doch noch unverhofft möglich werden, in seinem Hotel zu benachrichtigen. Yan klammert sich panisch an diesen Strohhalm und hinterläßt die Nummer 13 in nur ja unmißverständlichem Thai: *sip-sahm*. Sawaang: *"Lucky number!"* Yan, tapfer: *"I am a lucky man."*

Dabei ist er gar nicht *lucky*. Er ist ganz schön *unlucky*. Was ist da passiert? Ist er nicht spendabel genug? Oder zu alt? Oder zu langweilig, gar mit seinem unzugänglichen Englisch? Eben ein *farang*: ein Ausländer. Oder liegt alles wirklich nur an der beschuldigten Änderung ihrer Arbeitszeit?

Bei hoher Flut stürzt Yan sich in die Andamenensee und schwimmt weit hinaus. Er ist mutterseelenallein in diesem fremden Biofeld. Wo ist die Menschheit geblieben?

Ach, dort. Ein verbissener blonder Europäer joggt einsam über den mittagsleeren Strand. Wo die hohe Flut seine Rennstrecke überspült, nimmt er seinen Weg bei jedem Hin und Zurück jeweils ungeniert mitten durch den Fischerslum der sogenannten Seezigeuner, als seien dessen Bewohner gar nicht vorhanden. Aber die ignorieren ihn ebenso strikt. Zwei parallele Biofelder ohne Berührung. Nicht mal ein Lächeln, nicht mal ein Blick!

Als die Flut sich, als wäre auch sie versetzt und verletzt, resigniert in sich zurückzieht, hinterläßt sie ein vollkommen anderes Watt als gestern. Auch jeder Tag scheint ein Biotop für sich. Wo gestern noch Hunderte von Krabben vor Yan die synchrone Massenflucht ergreifen, scheint heute alles ausgestorben. Sind all die Seitwärtsraser ertrunken? Nur ein einziger ist übrig und rennt, verwirrt?, direkt auf Yan zu. Aus Einsamkeit?

Yan verbeißt sich in die Einsamkeit auch von brüderlichen Tieren: der Schmetterlinge, Spinnen, Käfer, der meisten Vögel und Wildkatzen. Wehleidig solidarisiert er sich mit all denen. Aber die Fische in den Ausläufern der beleidigten Ebbe halten höhnisch in Schwärmen gegen ihn zusammen. So ist dieser Planet strukturiert: Gruppen und Einzelgänger. Einzelgänger und Gruppen. Ebbe und Flut. Tag und Nacht. Glück und – ?

Im Hotel überrascht ihn Bo Nonn mit militärischem Salut vor versammelten Flirtern und unasiatischem Handschlag. Als er den Tee serviert, flirtet er so schamlos, daß Yan ihm auf Thai sagt, wie hübsch er ihn finde: *"Khun suai"*. Bo Nonn leuchtet auf und ritualisiert fortan seinen Flirt in berechenbarem Rhythmus. Bei einem Vorbeigehen faßt er Yan einfach kurz ans Knie: vor all den andern Gästen und Mitschenken. Dann entschwindet er kurz, um in noch vorteilhafteres Blau gekleidet wiederzukehren, auch mit blauem Mützchen: *suai!* Sinnlos wischt er so Yans blitzblanken Tisch ab und flirtet. Yan beichtet ihm, in trister Stimmung zu sein: *"Phom mai sanuk"*. Der Schenke feixt und wischt. Auch heute abend sei er allein: *"Jenn nih pomm konn dijo"*. Da feixt der andere nicht mehr. Er weiß wohl, was

Ernst ist. Yan fragt nur noch *"Mya rai?"* und hofft, daß das "Wann?" bedeutet. Bo Nonn fragt zurück, ob Yan jetzt in seinen Bungalow gehe. Dort besucht er ihn dann tatsächlich schon bald danach, sitzt neben Yan auf der Bungalow-Terrasse, raucht eine Zigarette, läßt sich anfassen. Yan gesteht ihm seine Einsamkeit, sagt wieder fehlerhaft *"Kon dijo"* und denkt dabei ans italienische *con dio*: mit Gott allein. Allein mit Gott.

Bo Nonn macht eine gestische Anspielung auf Yans goldene Halskette: er will sie haben, als Vorkasse. Yan versucht ihm zu erklären, daß sie ein unverzichtbares Geschenk von Raffaele und aus Yussufs Istanbul sei. Bo Nonn trollt sich.

Andern Morgens läßt Yan diesen unverändert flirtenden Schenken bei obligatem *kao tom kung* wissen, daß er abreise. Bo Nonn feixt ungerührt.

Auf dem Wege zur *travel agency* trifft Yan im Dorf den schönen Sajann aus dem "Cabanah". Freundschaftlichste Begrüßung, als sei nichts geschehen. Duang kommt hinzu, dann Mi: ob Yan inzwischen schon Pih Pih Leh kenne? Ob sie nicht morgen gemeinsam hinfahren sollten? Als sei nichts geschehen. Sawaang vermisse ihn schon. Lachsalve, herzlich. Bis morgen also, um halb zwei.

Was andern Tages ab halb zwei geschieht, läßt Yan später Raffaele, Gudrun, Juljus, Paulus und Yussuf in seinem "Siamesischen Tagebuch" nachlesen:

Mit der Zeit gehen die Thais wohl gern spielerisch um. Natürlich bin ich pünktlich um halb zwei zur Stelle, aber keiner meiner Freunde läßt sich blicken. Um zwei schließlich entdecke ich sie im Restaurant: teils noch bedienend, teils herumspielend. Ich mache mich bemerkbar. Mi kommt angestürzt, Sawaang herbeigeträumt. Eigentlich sind sie schon seit einer halben Stunde dienstfrei, aber das spielt hier ebenso keine Rolle wie vermutlich die Pünktlichkeit eines Dienstbeginns. Dafür gehen sie jetzt auch spontan einfach weg, mitten im Servieren. "Are you free?" – "Yes."

Denn in unbewußtem Teamgeist wird hier alles improvisiert. Keine Aufgaben- und Rollenverteilung. Jeder greift zu, wo Not am Mann ist. Setzt aber auch genau so unorthodox aus. Dann springen die andern ein, absprachelos und selbstverständlich.

Arbeit wird nicht als Fron verstanden, sondern als Spiel mit Nötigem, als lustiges Helfen. So ist auch das Verhältnis dieser jungen Schenken zu ihren Gästen voller Respekt und Aufmerksamkeit, aber: auf gleicher Ebene, von Mensch zu Mensch, nicht als Diener zum Herrn. Daher die selbstverständlich freie Konversation mit jedem Gast, die unverhohlen offenen Spielereien untereinander; man setzt sich auch an freie Nebentische. Keine Selbsteinschätzung als Personal, gar als Gesinde.

Jetzt sind fünf Sakis in einer halben Stunde umgezogen, haben ein longtail boat *gechartert, dabei einen guten Preis für mich ausgehandelt, Schnorchelmasken, Schwimmwesten und Trinkwasser beschafft, und los geht es zunächst zur Umrundung der Hauptinsel Pih Pih Donn. Wir tuckern an einsamen Stränden und gigantischen Felswänden entlang.*

Wir sind sieben im Boot. Der Kapitän ist achtzehn, hat auf der Inselschule zwei Jahre Englisch gelernt und klagt, noch keine Frau zu haben. Was er mir damit wohl signalisieren will? Ein pfiffiges, zutrauliches Bürschchen.

Aber Duang ist hier unangefochten der Chef. Er hat eine wache Intelligenz, ist viel erwachsener als die Gleichaltrigen und fühlt sich offenkundig verantwortlich für die ganze Unternehmung. Mi und Sawaang sind die Clowns. Sajann gibt sich als majorenner Macho.

Sawaang mit nacktem Oberkörper, kleinem Kinderbäuchlein und glatt noch in den ungewordenen Achselhöhlen: ein Knabe, der in Ausflugsstimmung machohafte Attitüden vorführt, ein aufgesetzt derbes Gröhlen, und offenbar Zoten mag – Weiberwitze ohne Tabu! Aber um seine recht pralle Badehose hat er ein knallrotes Handtuch gewickelt, das er wie seinen Augapfel hütet: ein Schleier, ein Schutzschild, ein Feigenblatt.

Mi fragt mich, ob ich weiß, was ein host *sei: Duang sei ein* host. *Homerisches Gelächter. Duang wehrt sich empört, denn* host *ist hier ein* candelaio: *honorierter* lover. *In Bangkok gibt es* host bars *für Knabenkontakte.*

Plötzlich ballen sich Hunderte kleiner Fische um irgendeinen unsichtbaren Leckerbissen an der Wasseroberfläche. Ein hektisch quirliger Pulk. Darüber kreisen, unbemerkt und fatal, zwei Seeadler: kreisen in siegessicherer Ruhe, gleichsam im off, *stoßen dann blitzartig zu und packen sich die Fische, die leichtsinnig ganz auf ihren Leckerbissen konzentriert sind. Zwei*

Biofelder: die Fische und ihre Opfer; die Adler und ihre Opfer. Ergo: wer und die Adler? Eine Armbrust fehlt jetzt ...

Die Biofelder berühren sich einen Augenblick lang, greifen kurz ineinander und leben dann weiter in ihrer splendid isolation.

Der erste Stop wie befürchtet: Schnorcheln im Korallenriff, direkt aus dem Boot ins Allertiefste. Trotz Schwimmweste eine arge Mutprobe für mich, zumal vor diesen fischartigen Knaben. Es geht nur durch grenzenloses Vertrauen zu Sawaang und dessen unausgesprochen selbstverständlicher Bereitschaft, mich schlimmstenfalls zu retten. Also, los! Und die Maske funktioniert, die Schwimmweste trägt: ein anderes Biofeld, weit weg. Scheinbare Zeitlosigkeit, Schwerelosigkeit, Friedlichkeit – wie nicht auf diesem Planeten. Man ist "außerhalb": selbst auch ganz schwerelos, braucht nicht zu schwimmen, schwebt von selbst ... ! Am anrührendsten wieder die Furchtlosigkeit der Fische, die einen selbstverständlich als ihresgleichen und gutartig akzeptieren: Biofeld! Sie wissen nichts von Tücke. Darum gehen sie auch den Fischern des andern Biofeldes so leicht in die bösen Netze. Angsterregend die riesigen Seeigel, vor denen zu warnen der väterliche Duang nicht müde wird.

Sajann führt mir indessen mit seinem schönen Schlangenkörper betörende Unterwasserartistik vor. Sawaang weicht nicht von meiner Seite, ist aber auch jetzt unter Wasser noch der Buffo. Er bleibt es auch auf der Überfahrt nach Pih Pih Leh.

Die Wunder dieser Zwillings-Insel: die Bucht von Loh Sah May, quasi ein idyllischer Binnensee oder Fjord zwischen schwindelerregend hohen Kliffwänden; der generöse Maja- Strand mit sprudelndem Felsenquell; die eindrucksvoll riesige Viking Cave *mit prähistorischen Höhlenzeichnungen und den so suppentauglichen Nestern der Salangane-Schwalben.*

Das alles begleitet von endlosem Fotografieren, teils illegal, und viel Gelächter. Witzchen über Sawaangs und meine Verbundenheit übergehen wir beide mit lächelnder Würde und umso exklusiveren Fotos. Ihm ist das alles offenbar keineswegs unlieb, eher schmeichelhaft. Auch an ihm fällt mir jene Selbstsicherheit des tschao go *auf: Ego im Idealmaß, mit sich im Reinen, aber nie auf Kosten anderer. Heile Psyche, vor dem Sündenfall.*

Aber sein schamhaftes Feigenblatt aus knallrotem Frotté bleibt ein ewiges Rätsel, das gelöst werden möchte ...

Wieder im Hafen von Baan Ton Sai, nehmen wir noch gemeinsam obskure Süßigkeit zu uns: Aspik in Eiswürfeln – eine Schlemmerei für die Buben. Mir glauben sie eine Coca Cola schuldig zu sein: Symbol meines Biofeldes und von meinesgleichen hier skrupellos importiert.

Dann der Abschied mit endlosem Gewinke und im Wohlgefühl einer stabilisierten Freundschaft. Unbelastet gehen sie wieder zu ihrer Arbeit, spielen da übergangslos einfach weiter.

In meiner Seele registriere ich Glücksgefühle wie bei jener Seychellen-Rundfahrt auf Mahé. Auch so ein punktuelles Nachholen früher Versäumnisse. Auch Freude, in einem so konträren Biofeld angenommen zu werden, dessen so strikte Grenze momentweise aufzuheben.

Abends esse ich im "Cabanah" an einem Tisch in Mi's Revier. Während der serviert, steht Sawaang, vielleicht dienstfrei, auf seine feierlich respektvolle Weise Wache und unterhält mich aufs Allersüßeste und mit all seinem rituellen Asiatencharme "wie am ersten Tag".

Nach dem Essen nimmt er mich ins Dorf mit. Diesmal begleitet uns der sehr mädchenhafte Saa, der siebzehn ist und mich bisweilen ungeniert einhakt. Sawaang kauft rätselhafte Materialien ein. Dann lädt er mich in "sein Zimmer" in der barackenartigen Kellnerkasernierung ihres viersternigen Nobel-Hotels ein. In einem Mehrbettraum sitzen wir dort allesamt unter Familienfotos und Illustriertenausschnitten mit Jagdflugzeugen und Kampfhubschraubern, vielleicht aus dem nahen Vietnam, aber auch unter einer Bastmatte mit islamischen Motiven auf großblumig grün gesprenkeltem Linoleumboden und basteln runde Lotos-Schiffchen aus Plastik und Styropor statt aus Bananenblättern.

Wir sind zu siebt: Sawaang, Mi, Duang, Sajann, Saa und der besonders hübsche, besonders liebenswürdige und musische Nock, der mich die so entscheidende Melodie des Wortes suai *für hübsch zu hören und nachzusprechen lehrt. Einer hübscher als der andere, kleben, lachen, flachsen sie, informieren mich, nehmen mich auf selbstverständlichste Weise in ihren feierabendlichen Kreis auf und respektieren mich liebevoll als Sawaangs*

*Gast oder Freund. Als ich mich endlich losreiße und aufbreche, laden sie
mich zur morgigen Feier von* loi kratong *ein.*

*Sawaang begleitet mich zu meinem Bungalow. Zum ersten Mal sind wir al-
lein, überdies in nächtlicher Dunkelheit und Einsamkeit. Umso größer sind
Scheu und Dezenz. Wir sind befangen wie ein Liebespaar in erster Phase.
Sawaang ist unerfahren und ohne jede Koketterie. Ich bin froh und viel zu
schüchtern, um die Situation zu mißbrauchen und ihn zu berühren. Vor Bungalow Nummer* sip-sahm *will er hastig zurück: "zu seinem Lotos-Schiffchen". Das ist richtig so. Auf Morgen also:* sawadíh kapp.

Unser Geheimnis ist auch viel zu zart und keusch für Handfesteres.

Am nächsten Morgen mietet Yan sich ein *longtail boat* und fährt endlich zu
jenem abgelegeneren *Long Beach*, wo Gudrun vor Jahr und Tag ihren Bungalow hat. Sie preist diesen Strand seither als geheimes Juwel an. Jetzt also
wandelt Yan hier auf ihren vertrauten Spuren. Aber die sind verweht: nur
vom Winde? Yan fremdelt auch an diesem engeren Strande und kehrt mit
Heimweh hastig zurück in Sawaangs Gefilde.

In seiner heimischeren Lohdalamm Bay liegt heute ein Stück Palmenstamm
im abermals neuen Watt. Mitteldick und einen guten Meter lang, ist der da
so allein und so schwer, daß er sich mit Yans Fuß nicht vom Fleck bewegen
läßt. In seiner phallischen Einsamkeit bleibt er unerreichbar: ein dunkles
Unikat, ein düsterer Einzelgänger, ein verhärteter Single. *Die nächste, die
engste, vielleicht auch die strengste Grenzlinie zwischen Biofeldern,* formuliert Yan vor sich hin, *ist wohl die Individuation. Die ist wirklich unüber-
brückbar. Ein eiserner Vorhang.*

Aber als die Flut wieder hereinzuspülen beginnt, hebt sie diesen introver-
tierten und eigenbrötlerisch unbeweglichen Palmenstamm mühelos hoch
und treibt ihn spielerisch hin und her, dann auf und davon, als sei er ein
Federgewicht und aus ihrer Welt.

Zwei fantasievollst gemusterte, buntest gesprenkelte Schmetterlinge gaukeln
drüber hin. *Was ist anmutiger, was poetischer, was symbolträchtiger als
dies Beieinander und Miteinander so hagestolzer Einzelgänger?*

Abends, nach gemeinsam erspieltem Dinner im "Cabanah", ist dann *loi kratong*: festliches Ende der Regenzeit und Höhepunkt des buddhistischen Son-

nenumlaufs. Unter dem letzten Vollmond im November wird es seit über siebenhundert Jahren zu Ehren der "Mutter allen Wassers" an Fluß- und Seeufern, zumal an Meeresstränden begangen.

Sie beginnen dieses Fest im *Privatissiumum* des Schenkenzimmers: bei Musik und Whisky und Tabak. Jeder wird mit seinem gestrigen Lotos-Schiffchen fotografiert. Der herzliche musische Nock spielt Gitarre und singt. Dann geht die Laute reihum wie die Whiskyflaschen. Die übermütig gelaunten Schenken wechseln häufig das Hemd und werden immer hübscher. Yan weiß jetzt, wie man *suai* intoniert. Die Stimmung wird immer sinnlicher, die Atmosphäre immer dichter und immer intimer. Die englische Konversation, die eher trennt als verbindet, verstummt. An ihre Stelle tritt wortlos lächelnde, hingesunkene Hingabe an die Situation dieses Biotops.

Sawaang, zu guter Letzt mit *sweat shirt* im Knallrot seines Frotté-Feigenblatts, trinkt hastig eine ganze Flasche *mae kong,* dieses milderen hiesigen Whiskys, leer. Danach ist er für den Rest des Abends außer Rand und Band: ein junger Bock, ein roter Faun, mit blühendem Witz und aggressiver Vitalität.

Er treibt die lethargisch versinkenden Freunde zum Aufbruch an. Denn der offizielle Teil des Festes findet auf dem Platz vor der Inselschule statt.

Was sich dort ereignet, schildert Yan auf seinem Rückflug ins europäische Biofeld mit einem Brief an Raffaele in Venedig:

Schon auf dem Hinweg zur Schule fängt es an zu regnen. Aber niemand läßt sich dadurch die Festesfreude schmälern. Niemand beachtet den Regen, der immer stärker wird.

In Sawaang setzt das Whisky-Unmaß unterwegs unaufweichliche Englischkenntnisse frei, die sonst von Hemmungen blockiert werden mögen. Jetzt strömt sein Redefluß ungehindert auf mich ein: "Do you enjoy? If you enjoy I am happy. If you no enjoy I am unhappy." Und vom Whisky-Pinkeln am Wegesrande zurückkehrend: "My toilet was very happy ... very romantic ..."

Das eigentliche Fest auf dem überfüllten Schulplatz, den ich mit einer kichernden Suite von etwa zehn jungen Anhängern betrete, findet dann schon bei strömendstem Dauerregen statt. Zum Abschluß der Regenzeit läßt er unsereinen noch einmal ahnen, was das sein kann: Monsun.

Trotzdem tanzen alle unter freiem Regenhimmel – ich als einziger farang *und Hand in Hand mit Sawaang. Sein Bekenntnis zu mir ist nun vollends öffentlich, vor versammeltem Inselvolk: ohne Kalkül, wohl auch ohne sexuelle Motivation, aber demonstrativ – eine vorbehaltlose Kundgabe unserer Zusammengehörigkeit. Er läßt mich und alle wissen, daß er sich für mich zuständig fühlt. Er tanzt auch unmißverständlich obszön mit mir,* coram publico, *ein Satyr, ein Pan. Er hält mir platzende Knallkörper dicht vor mein Geschlecht und platzt fast selbst vor knalliger Körperlichkeit, in die er mich rastlos, wild und deutlich einbezieht.*

Dann bietet er mir sein Zimmer, sein Bett, seine Kleidung an – eine exzessive Offerte brüderlicher Intimität. Er kann nicht ahnen, welche Seligkeit die angebotene Kleidung in mir auslöst.

Als zwei pitschnaß kichernde Inselmädchen insistieren, ob ich ihren Sawaang möge, und ich antworte "Yes, I like him", aber sie wollen mehr wissen und fragen "But do you like him very much?" – da sage ich einfach "Yes", vor allen, und Sawaang nimmt das lässig und selbstverständlich hin, ohne jede Verlegenheit: auch mein Geständnis auf solchem Umweg über diese katalysierenden Kicherliesen.

Und als der Regen nicht aufhört, sondern alles und jeden bis ins Innerste durchnäßt und aufweicht, da treten wir beide unsern Rückweg an, Sawaang und ich, Hand in Hand, durch knöcheltiefes Pfützenmeer, das uferlos in den angrenzenden Dschungel schwappt und den einzigen Pfad nicht einmal mehr ahnen läßt ...

Um Mitternacht sind wir beide dann fast allein im leeren, verregneten Watt von Lohdalamm. Jetzt ist die Stunde der Lotos-Schiffchen. Die Szene ist plötzlich intim und still. Sawaang ist ganz bei sich, leise und gesammelt. Er skizziert mir den religiösen Hintergrund dieses Brauchtums und setzt für uns beide solch ein kratong *mit brennender Kerze und Räucherstäbchen, Glücksmünze und Göttergeschenk im nächtlichen Meer aus. Alte Macumba-Schauer jagen mir über die nasse Haut.*

Aber Sawaang bittet Gott, daß wir uns wiedersehen.

Gott antwortet sofort, daß Er diesen Wunsch nicht erfüllen will, und pustet unsre Kerze mit nächster Welle aus.

Sawaang und ich übersehen das so höflich wie ungläubig.

Als ich ihn Jahre später mühsam wiederfinde und an dieses konträre Gottes-urteil erinnere, sagt er nur liebevoll lakonisch "Dann kannst du mehr als Gott".

Aber das Fest ist jetzt vorüber. Sawaang begleitet mich zu meinem Bunga-low. Erst jetzt spüren wir, wie durch und durch naß wir sind. Uns fröstelt. Ich lade Sawaang nicht in meinen Bungalow mit der lucky number *ein; ich bedränge ihn nicht. Warum nicht? Nicht nur aus Schüchternheit oder Ver-nunft. Wohl auch aus Furcht, den ganzen Zauber im letzten Moment zu zer-stören. Denn morgen früh reise ich ab.*

Rückwirkend könnte alles mißlungen sein.

Lieber soll es für immer ein Rätsel bleiben. So wird es den Zauber behalten, so lange ich daran denken kann.

In Colorado notiert sich 32jährig Klaus Mann: "Die schönsten Lieder sind die ungesungenen."

Andern Morgens verläßt Yan mit frühem Schiff dieses Go Pih Pih. In letzter Sekunde erfüllt Sawaang sein Versprechen und erscheint zum Abschied im Hafen: blitzblank, ohne Whisky-Spuren, aus dem Ei gepellt proper, aber wie in Zeitlupe oder Trance, trotz der verspätet allerletzten Sekunde, wie ein Schlafwandler, wie der mondsüchtige Thai-Knabe aus dem Isthmus von Ca'n Parra. Ist er es gar? Aber diese Welt betritt er im selben Jahr, da Seve-rin sie verläßt. Eine Seele jedenfalls in zwei Körpern?

Sawaang ist wieder ganz zart, ganz leise: sanft, höflich, zeremoniell und wortkarg. Der junge Bock ist verschwunden. Ihr Abschied ist eher kühl, gleichsam desinteressiert und ganz unsentimental. Und notgedrungen sehr kurz: Yans Schiff sticht in See. Kein Winken.

Auf der Überfahrt sind Yans Gedanken noch bei der wahnsinnigen gestrigen Nacht dieses *loi kratong* auf Go Pih Pih und wie die Menschen dort im strö-mendsten Regen tanzen, wie sie Pfützen gar nicht zu umgehen suchen, son-dern heiter durchwaten, wie sie mit Kleidern ins Meer, unversehrt durch den dornigsten Dschungel gehen und furchtlos mit wütendem Seegang spielen.

Fast ein halbes Jahr später liest er in Hamburg, was Klaus Wenck in seinen "Studien zur Literatur der Thai" über die Mentalität dieser Menschen berichtet:

"Die Natur wird nirgendwo als feindlicher Widerpart des Menschen empfunden, als etwas Unheimliches, Nicht-Erklärbares. Man ist sich ihrer Schönheit stets bewußt und fühlt sich in ihr offensichtlich geborgen. Ein Gefühl von der Einheit alles Seienden ist latent vorhanden, von der Gleichwertigkeit jeglicher Lebensform – was als Relikt der magischen Weltsicht angesehen werden mag."

In solche magische Weltsicht ordnet Yan später seine unerklärbare Begegnung mit Sawaang ein.

Er ahnt jetzt auch, warum auf Thomas Manns Schreibtisch in Zürich wie Kalifornien zwischen zwei Leuchtern die Statuette eines männlichen Thai steht.

239
Pjotr Michailowitsch

Yan fährt zu seinem Verleger nach Frankfurt und schlägt dem vor, ein Buch über Exhibitionismus zu machen.

"Wie kommen Sie denn darauf?"

Der Verleger nennt sich Kurt Gurt und residiert in der obersten Etage eines neunzehnstöckigen Hochhauses. Sein Schreibtisch ist so placiert, daß ihm die ganze Mainmetropole zu Füßen liegt. Von andern Verlegern unterscheidet ihn auch, daß sein Schreibtisch und Büro nicht in Manuskripten ertrinken, sondern leergefegt sind: *clean*. Sie demonstrieren: bei ihm bleibt nichts liegen; nichts wartet; alles ist erledigt.

Auf seinem Schreibtisch liegt einzig und diagonal ein hölzerner Taktstock mit Elfenbeinknauf. (*"Du dirigierst!"*?)

Yan erzählt diesem Verleger sein Erlebnis in der Sahara: wie sich im Bled El Dscherîd jener Berberhirte vor dem Touristenbus exhibitioniert.

"Ja, und?" fragt Dr. Gurt. "Die Wüste lebt. Das weiß schon Ernst Jünger: *In der Wüste muß man nehmen, was kommt.'* Kennen Sie seine 'Subtilen Jagden' gar nicht: *'Die Passanten sind da selten und absonderlich.'* Nie gelesen?"

Und schon dokumentiert er seine Belesenheit mit jener Anekdote, wie auch Ernst Jünger, zwischen Hammamet und Nabeul, einem tunesischen Berber mit Herde begegnet, aber da regnet es so heftig, daß er auf die Frage des Schäfers *"Comment ça va?"* nur naß und hastig *"Mal"* antwortet, was den Hirten aber zum Rückschluß veranlaßt, daß es ihm demnach wohl an einer Liebschaft mangle: *"Pas d'amour?"*

Über so sexuell verengte Logik lachend, demonstriert Dr. Gurt sofort seine prinzipielle Kompetenz für den angebotenen Stoff, ohne aber deswegen auf eine angemessen platzanweisende Demütigung des Bittstellers zu verzichten:

"Sehr schön das alles. Bloß daß meine Kundschaft nicht grade in der Sahara liest. Und im Frankfurter Goethehaus exhibitioniert sich niemand. Auch in Marburg nicht. Oder Wiesbaden. Auch auf dem Kurfürstendamm nicht. Sogar in Bonn nicht. Oder in Brüssel."

"Also, in Wiesbaden schon", orakelt Yan. "Vielleicht auch in Brüssel: Paul Verlaine immerhin, nicht eben ein Sahara-Berber, wirft, wie uns die Gebrüder Goncourt berichten, *'in einem Anfall von wildem, tierischem Priapismus seine Kleider zu Boden'* und macht sich *'splitternackt an die Verfolgung eines Hirten aus den Ardennen'* – gar nicht so weit von Brüssel."

"Dieser Hirte war sicher Rimbaud, und Priapismus ist *ganz* was andres. Kennen Sie Krafft-Ebing nicht? Ohne Krafft-Ebing können Sie doch nicht über Exhibitionismus publizieren! Und Havelock Ellis: auch nicht?"

"Gerade Krafft-Ebing weist darauf hin", kontert Yan, "daß manche Exhibitionisten nicht nur ihre Genitalien zeigen oder den Po, sondern den ganzen Körper entblößen. Andere wollen beim Kopulieren beobachtet werden."

"Das wäre mir viel zu oberflächlich, zu äußerlich", tadelt Dr. Gurt. "Das Ganze wäre doch wohl etwas subtiler anzusiedeln."

"Darum komme ich ja zu Ihnen", schmeichelt nun Yan. "Weil Sie so gute Memoiren edieren: Autobiografien, Tagebücher. Krafft-Ebing zählt auch den Tagebuchautor zu den psychischen Exhibitionisten."

"Ach Quack", ranzt Dr. Gurt. "Nennen Sie mir einen einzigen Exhibitionisten, der Memoiren von literarischem Rang schreibt. Churchill und Augustinus sind keine Exhibitionisten."

"Aber Rousseau umso eindeutiger", folgt Yan diesem logischen Rösselsprung. "Lange-Eichbaum, immerhin klassischer Genie-Pathograf, bezeichnet dessen "Confessions" als klaren Exhibitionismus. Und seine Genitalien exhibitioniert Rousseau spätestens mit Siebzehn."

"Ich weiß", pariert der belesene Kurt Gurt: "aber nur als infantile Provokation seines latent primären Flagellantismus. Er entblößt sich, um dafür bestraft und geschlagen zu werden."

"Leppmann hält Exhibitionismus sowieso für eine Form von Masochismus: von Selbsterniedrigung."

"Ja, aber Havelock Ellis für eine Form von Sadismus: genüßlicher Verletzung anderer, ich weiß, ich weiß. Aber das ist mir alles viel zu akademisch. Auch zu klinisch, verstehen Sie? Als Krankheitsbeschreibung interessiert mich das alles erst recht nicht. Krank sind meine Leser selbst. Man müßte gerade das Gegenteil beweisen: daß es total gesund ist, sich zu zeigen. Gesund und normal. So alt wie die Welt. Ein Ethnologe müßte so ein Buch machen. Über den Exhibitionismus bei den Primitiven."

"In der Sahara zum Beispiel", insistiert Yan vermessen.

"Nein, ohne Touristenbusse. Schon lange vor der zivilisatorischen Dekadenz. Aber klar: da fehlt natürlich noch der Kitzel, da braucht sich noch keiner extra zu zeigen."

"Also, bei den Tschuktschen – ", hat Yan parat.

"In Sibirien", brilliert Dr. Gurt: "da ist es viel zu kalt für sowas."

"Aber wenn da ein Schamane jemanden verzaubern will, muß er sich nackt dem Monde präsentieren und ausrufen: 'O Mond! Dir zeige ich meine Genitalien. Vor dir habe ich kein Geheimnis. Erfülle mir auch meine geheimsten Wünsche. Verhilf mir zur Macht über den Sowieso'."

"Schamanismus ist *ganz* was andres", argumentiert Kurt Gurt. "Das wäre auch viel zu exotisch für meine Kundschaft. Die lesen doch täglich in der *BILD*-Zeitung, daß um die Ecke ein Mantelaufreißer ihren Kindern auflauert. Hautnah, verstehen Sie? Aktuell. So ein Buch müßte aktuell sein. Und hautnah."

"Darum mache ich ja auch ein Interview mit so einem Mantelaufreißer von nebenan: also vorbestraft; der kann das ausführlich dokumentieren."

"Wo haben Sie denn den her?"

"Aus dem Fernsehen. Aber da durfte er nur mit verzerrter Stimme und Balken vor den Augen drei Gemeinplätze des Moderators wiederholen."

"Eben. Das wäre viel zu platt. Das Ganze ist ja wohl doch etwas komplizierter."

"Genau. Dieser Mann vertritt nämlich die These: Der Augenblick des Zeigens ist ein Rausch."

"Ach, du lieber Gott, kommen Sie mir jetzt bloß nicht mit einer neuen Drogen-Theorie: der Pendler als Süchtiger, als Junkie! Nein, gibt es da nichts in der griechischen Mythologie: also zeitlos klassisch, aber pikant und knackig konkret? Nix? Fehlanzeige?"

"Wieso denn? Die Geschichte des Narkissos, den die Quellnymphe Echo liebt. Nur mit ihrem Widerhall seiner Seufzer kann er sich der verliebten Betrachtung seines schönen Spiegelbildes in ihrer Quelle hingeben. Aber sie verkümmert an seiner Eigenliebe. Er jedoch kann ohne Echo nicht leben. Wer kann das schon? Ohne Resonanz, muß er auf sich aufmerksam machen. Er muß sich zeigen. Der Exhibitionist ist der Narziß ohne Echo. Siehe Rousseau. Er muß Beachtung provozieren. Er muß Liebe provozieren. Auch Rousseau ist solch ein Narziß. Darum verwandelt die gütige Erdmutter den Narziß in die Narzisse, die überall auffällt und jedem gefällt."

"Hübsch ausgesponnen", lächelt Dr. Gurt. "Nur: Narzißmus ist *ganz* was andres. A propos: wie wäre es mit dem Nazismus? Diese Uniform- und Ordens-Exzesse? Dieses pfauenhafte Radschlagen von Funktionären und Schwadroneuren, diese rhetorischen Masturbationen, dieses wollüstige Baden in hysterisierter Menge, diese brachial organisierte Vergötzung des Selbstdarstellers: alles nichts? Keine Recherchen? Kein Material?"

"Onanismus ist *ganz* was andres", piekt Yan zurück. "Aber als Erika Mann
nach Nürnberg kommt, um dort im Auftrag der amerikanischen Zeitschrift
'Liberty' für einen Bericht über die Hauptkriegsverbrecher des Nationalsozialismus zu recherchieren, betritt sie in Begleitung von Captain Dolibois,
dem US-Vernehmungsoffizier, auch die Zelle von Julius Streicher, jenem
Stürmer und antisemitischen Protagonisten sadistischster Brutalität und
mehrdeutigst gesprenkelten Namens. Obwohl diese zwillingshafte Schwester Klaus Manns *'in ihrem üblichen männlichen Aufzug'* vor Streicher steht,
'wußte der sofort, wer sie war', berichtet Dolibois: *'er spreizte die Beine
noch etwas weiter [...] und sagte: Na, sind Sie also gekommen, um all die
wilden Tiere im Zoo anzustarren. Dann können Sie auch gleich alles sehen!
Dabei [...] ließ er seine Hose herunter und entblößte sich'.*"

Kurt Gurt wendet sich jetzt auf seinem luxuriösen Drehsessel zur seitlichen
Fensterfront seines Penthouse-Büros und läßt den Blick weit über Frankfurt,
Main und Dom und Deutsche Bank und Goethehaus und Suhrkamp Verlag
und hiesige *Allgemeine Zeitung* und Paulskirche schweifen, ohne auf Strei-
chers Streich zu reagieren. Auch ohne sich um Yan zu kümmern. Woran
denkt er? An seine eigene Nazizeit? An Nürnberg-Assoziationen? Seine Tätigkeit als Volontär beim "Stürmer"? An sonstige Entblößungen seines Lebens? An *ganz* was andres?

Aber er schweigt. Er offenbart sich nicht.

Yan wühlt inzwischen in den Vorratskammern seiner zerebralen Datenbank
und läßt blitzartig all seine hübschen Anekdoten von ballettösen Hasenpfo-
ten, Opernsänger im Kurpark, polnischen Wladyslaw-Pfeifen und Boy Gobert Revue passieren. Denn vorläufig kann er sich von diesem Gurt noch
nicht so weit exhibitionieren, daß er dem gesteht, allen Exhibitionismus als
ein zentrales und legitimes menschliches Bedürfnis zu exhibitionieren, frei-
zusprechen und zu sanktionieren.

"Und Sie selbst?" kehrt Dr. Gurt da jäh zurück und stößt wie ein Habicht zu.
"Was zeigen Sie von sich selbst? Meine Kundschaft erwartet heutzutage,
daß der Autor sich nicht hinter dem Buch versteckt. Er muß sich persönlich
einbringen, Flagge zeigen, sich preisgeben. Was verbindet Sie selbst mit
dem Phänomen des Exhibitionismus? Na los, lassen Sie was sehen!"

Was meint er damit? Wie soll Yan das verstehen? Kindheitsverletzungen rasen ihm sofort durch sein Gedächtnis: wie Eltern und Lehrer, später Ehefrau und Kollegen ihm in exponierten Momenten seines Lebens die Resonanz verweigern, die fällige Betrachtung schuldig bleiben und sein Zeigebedürfnis umso mehr stimulieren. Und wie sich das leitmotivisch durch sein ganzes Leben zieht: daß gerade die ihm das Echo vorenthalten, von denen er es lebensnötig erwartet, und daß er so immer mehr zum Zeigen gezwungen wird. Soll er das alles nun Dr. Gurt erzählen? Nein, bullshit. Empfindlichkeiten; rührselige Selbstbemitleidungen, die nichts besagen! Was aber dann? Die eigenen Tagebücher anbieten? Einbeziehen, hinein verarbeiten? Langweiliger Autismus! Oder preisgeben, was ihm Friedrich Weinreb bestätigt, dieser chassidisch weise Kabbalist, der eigentlich Efraim Fischl Jehoschua heißt und aus seinem Lemberg ein *"altes Wissen"* mitbringt, daß alles Verbergende im Menschen das Männliche, alles Vorzeigende aber das Weibliche sei: je androgyner also ein Mann, desto exhibitionistischer? Nein, esoterischer Mumpitz wäre sowas für diesen eng gegürteten Dr. Aufgeklärt.

Oder das Kunstmachen? Dessen unauflöslicher Zusammenhang mit Zurschaustellung? Klaus Mann zitieren, der alle künstlerische Begabung als *"eingeborenen Exhibitionismus"* begreift: *"die tiefe Lust jedes artistischen Menschen am Skandal, an der Selbstenthüllung; die Manie zu beichten – wem es auch immer sei"*: aber diesem Kurt Gurt? Warum nicht: *"da erst nach den Geständnissen"*, behauptet Klaus Mann, der es wissen muß, *"das eigentliche und wahre Geheimnis beginnt"*.

Aber Klaus Mann weiß auch, daß man nur vor *"nichtbegehrtem Objekt"* geneigt ist, *"alles zu zeigen [...], als wirkungsvollen Ersatz"*: Havelock Ellis nennt das "erotischen Symbolismus". Denn *"wenn das Objekt begehrt ist"*, will Klaus Mann sich selbst nur verstecken. Dr. Gurt ist gewiß kein begehrtes Objekt. Also, zeig's ihm! Los! Aber der will keine sexualpsychologische Ästhetik, der will Handfestes. Intimitäten. Histörchen. Welche? Den Sorauer Bahnhof?

"Nur keine Hemmungen", drängelt jetzt Kurt Gurt, "wenn Sie über solch ein Thema schreiben wollen! Auch Krafft-Ebing definiert den Exhibitionismus gerade über das Wegfallen oder Überspringen anerzogener Hemmungen. Na?"

"Einer meiner Vorfahren gleichen Namens und in direkter Linie", sprudelt Yan jetzt *ljapkin-tjapkin* hervor, "stirbt als kaiserlich russischer Generalleutnant Zar Alexanders des Ersten, als Gogol schon, im 14. Lebensjahr und im Knabenschlafsaal des Internats von Njeschin, 'mysteriöser Zwerg' genannt wird und von entbehrten Brüdern, aber auch von ersten Theaterplänen samt Frauenrollen und entsprechender Kostümierung träumen mag."

"Transvestismus ist *ganz* was andres", pfeift Dr. Gurt Yans historischen Ansiedlungsversuch zur Ordnung.

"Ja, aber als dieser verwandte General, Pjotr Michailowitsch, noch ein blonder Leutnant, *'hübsch wie ein als Mann verkleidetes Mädchen'* und der reichlich gesprenkelte Geliebte von Gregor Nikolajewitsch Tjeplow, jenem Sekretär und Berater Katharinas der Großen gegen deren Mann und Vorgänger, Zar Peter den Dritten, ist, da – "

Kurt Gurt ergreift seinen Taktstock. Yan begreift und wird schnell konkret:

" – da setzt dieser niedliche Leutnant Pjotr Michailowitsch *'sich als kluger Bursche über alle Vorurteile hinweg'*, und während eines Diners in Anwesenheit einer prominenten französischen Hetäre oder *femme dure* der Petersburger Gesellschaft ist er eines Abends *'von der Überlegenheit seines Geschlechts so eingenommen'*, daß er es seinem italienischen Tischnachbarn – *'voll Neugier'*, berichtet dieser, *'ob ich seiner Schönheit gegenüber gleichgültig bleiben könne'* – *'sogleich zur Schau stellt [...] und mit allen seinen Reichtümern prunkt'*.

Nun ist dieser italienische Tischnachbar zufällig kein geringerer als Giacomo Casanova, der souveräne Erotiker, und fixiert in seinen Memoiren nicht nur diese besonders ungehemmte Exhibition, sondern auch die anschließenden *'Beweise zärtlichster Freundschaft'* mit meinem hübschen Vorfahren, der mich, wo möglich, erblich oder genetisch entsprechend belastet."

Attacca beginnt Dr. Gurt jetzt mit seinem paraten Taktstock zu dirigieren, wobei er sich die tonlos, aber mühelos erkennbar gepfiffene Ouvertüre zur "Entführung aus dem Serail" selbst zuliefert. Orchester und Kapellmeister also dergestalt in Personalunion, erhebt er sich, geht klanglos flötend und taktschlagend in seinem Büro umher und gibt sich besonders inbrünstig Mozarts Zitat jenes einschlägig assoziativen Janitscharen-Themas hin, das er über Gebühr und mit eigenmächtig improvisierten Übergängen so beharrlich

und fast aggressiv repetiert, daß er seinen Besuch und dessen exhibitionisti-
sche Exhibition über dieser eigenen dirigistischen Exhibition vollkommen
zu vergessen scheint.

Plötzlich, wie es beginnt, bricht dieses musikalische Intermezzo oder Im-
promptu auch wieder ab.

"Und ich bin die ganze Zeit darauf gefaßt, daß Sie als Kronzeugen für Ihre
Kateridee mal wieder Ihren Guru Thomas Mann ins Feld führen: seine
Gleichsetzung von Kunst und Offenbarung, von Literatur und Entblößung
des Intimsten. *Dieses Intimste'*, das steht doch schon im Münchner Tagebuch, *'ist zugleich das Allgemeinste'*: Exhibitionismus pur! Aber davon wissen Sie wohl gar nichts – wie? Oder wie er als Greis, ein gutes Jahr nach
Weimar und mitten in den Notaten jener Verliebtheit in den Zürcher Schenken Franz noch in Chicago sein August-Tagebuch befragt: *'Warum schreibe
ich dies alles?'* und die spätere Publikation solcher allerintimster Diarien
dann so motiviert und rechtfertigt: *'Es kenne mich die Welt!'* – samt seiner
ganzen Schwulität. Das, mein Lieber, das ist Exhibitionismus, wo er interessant wird. Wie soll unser Buch denn heißen? Haben Sie wenigstens schon
einen Titel?"

"Viele Alternativen", schwindelt Yan überrumpelt drauf los: "vielleicht 'Zeigen ist Rausch'?"

"Oder?" fragt Dr. Gurt.

"Oder 'Schausteller'."

"Oder?"

"Oder 'Zeiger und Blößen'."

"Weiter."

"Oder einfach 'Blößen'."

"Zu nackt. Ist das schon alles?"

"O nein! Oder *'Coram publico'*. Oder 'Der Ur-Zeiger', ohne H."

"Oder?" Gnadenlos.

"Oder ganz plakativ: 'Komm raus!' Oder 'Laß mal sehen!' Oder 'Zeig her!'."

"Oder 'Zeigt her eure Füße, zeigt her eure Schuh': nein, das ist alles Mist, das wissen Sie. Das Buch heißt natürlich 'Der Hirtenschwanz'. Oder halt! Noch besser: 'Der gesprenkelte Hirtenschwanz'. Das macht neugierig. Das verkauft sich. Und ist trotzdem komplex genug. Also los, mein Lieber, nun zeigen Sie bald mal, was Sie haben und können."

Und Yan macht sich an die Arbeit.

523
Marcel

Yan überwindet sich schließlich und schreibt den längst fälligen Brief an die Magazin-Redaktion der *Frankfurter Allgemeinen Zeitung*:

Sehr geehrte BlattmacherInnen,

bitte entschuldigen Sie die ungebührliche Verzögerung meiner Reaktion auf Ihren so interessanten Fragebogen. Aber ihn auszufüllen, ist mir lange als wahre Überforderung erschienen.

Da Sie sich jedoch darauf berufen, daß kein Geringerer als Marcel Proust ihn "gleich zweimal" auszufüllen keinerlei Schwierigkeit hat, bin ich inzwischen, auf der Suche nach kompetenter Hilfe, dessen Antworten nachgegangen.

Dabei stelle ich zum einen fest, daß ihm wohl nicht beide Male derselbe Fragebogen vorliegt. Dem Ihrigen ähnelt eher sein erster, aus einem englischen Album, der freilich nur aus 24 Fragen besteht, während Sie von Ihren Opfern ganze 37 Offenbarungen ihres Intimsten erheischen.

Aber selbst von seinen nur 24 Fragen läßt Marcel Proust ein ganzes Viertel platterdings unbeantwortet und verweist so alle überhand nehmende Indiskretion in ihre Schranken.

Zum Beispiel verweigert er die Auskunft, wer er denn sein möchte, wenn er nicht er wäre: if not yourself, who would you be? Bei Ihnen heißt das lapidarer "Wer oder was hätten Sie sein mögen?". Verrät er nicht.

*Auch vor der aufdringlichen Erkundigung nach seinem "augenblicklichen
Seelenzustand" oder* your present state of mind, *was Sie, couragiert, mit
"gegenwärtiger Geistesverfassung" übersetzen, tritt er in kommentarlosen
Streik.*

Ebensowenig reagiert er auf die Frage nach your chief characteristic, *seiner
hervorstechenden Eigenschaft oder was ihn am ausdrücklichsten charakte-
risiere; Sie fragen da nach dem "Hauptcharakterzug" und blieben bei Ihrem
Proust wohl gleichfalls ohne Antwort.*

*Ich an seiner Stelle würde nun hierauf gern mit dem Zitat eines Briefes ant-
worten, den Elektra Herder, jene geborene Flachsland aus dem Riga meines
Vaters, an ihren Mann nach Rom schreibt. Sie schildert ihm da ein Gespräch mit Goethe, der gerade von dort nach Weimar zurückkehrt und in
den ja beide Herders zuvor nicht eben unverliebt genug sind, um diesen Pä-
dophilen zum Paten ihres augustgeborenen Sohnes August zu machen.*

*Von Goethes besagten poströmischen Äußerungen jedoch führt gar die
"empfindsame" Rigenser Kaufmannsfrau ebendiese an:*

"Gar schön wars, wie er sagte, daß ein einzelner Mensch nie einen Charakter in dem höchsten Ausdruck haben könne; er würde nicht leben können; er
müsse vermischte Eigenschaften haben, um zu Existieren."

*Derlei wäre wohl auch für Proust ein geeignet bravouröses Abschmettern
dieser törchten Frage nach hervorstechender Eigenschaft oder ausdrück-
lichstem Hauptcharakterzug, und selbst der glücklich unbefragt bleibende
Romheimkehrer "war in der Stunde, da er dies alles sprach, recht in seinem
Himmel".*

*So wichtig ist ihm offensichtlich dieser generelle Verzicht auf jede unge-
sprenkelte Eindeutigkeit des Menschen.*

*Auch ich, muß ich Ihnen heute gestehen, bin anfangs der Versuchung erle-
gen, dem beschriebenen Beispiel Ihres angeblichen Parade-Ausfüllers
Proust zu folgen und all die schiefen Fragen Ihrer langen Liste einfach ohne Antwort zu belassen. Dabei wäre ich freilich noch viel rigoroser verfah-
ren als der so viel höflichere Sucher nach der verlorenen Zeit, der übrigens
am selben Tage Geburtstag hat wie einer meiner besten Freunde in Venedig.*

Ich gestehe, in dieser Phase um ein Haar Ernst Jünger gefolgt zu sein, der sich, 95jährig, strikt verweigert, als ihm einer seiner Pariser Leser "Prousts 'Fragebogen' " zur Beantwortung vorlegt: er habe keine freie Minute "pour me pencher sur un questionnaire ridicul et insuffisant".

Dann aber haben sich meiner ausführlichen Recherche die näheren Umstände erschlossen, unter denen der höfliche Proust jedenfalls jene ersten englischen Albumfragen entweder beantwortet oder aber schroff ignoriert. Sie werden ihm nämlich von Antoinette Faure, einer Tochter des Politikers Félix Faure, vorgelegt, der später immerhin Präsident der Französischen Republik wird. Tochter Antoinette mag schon damals ahnungslos für die Gilberte "In Swanns Welt" Modell stehen und ist eine liebe Jugendfreundin, eigentlich Spielkameradin des etwa gleichaltrigen Proust. Sie kennen gewiß jenes hübsche Foto dieser beiden gleich groß noch "Ungewordenen". Denn als Antoinette ihm spaßeshalber, aber offenbar hartnäckig genug und insofern also durchaus schon femme dure, *jene inzwischen so folgenschweren englischen Albumfragen vorlegt, ist Marcel just 14. Ich darf Sie wissen lassen, daß das ein absolut magisches Lebensalter ist.*

Umso mehr also reizen mich manche seiner unverweigerten Antworten, die er freilich nicht coram publico *wildfremder Zeitungsleser, sondern aus privatem Vergnügen und einer guten Freundin gibt.*

Einzig ihr also gesteht er verspielt, welchen Fehler er am ehesten entschuldige, for what fault you have most tolerance: *"Das Privatleben des Genies".*

Inwiefern ist Privatleben ein Fehler?

Und was versteht bereits dieser 14jährige unter Privatleben?

Für seine favourite heroes in real life *und Ihre "Helden in der Wirklichkeit" sucht er dann umso vielsagender ein schillernd gesprenkeltes "Mittelding zwischen Sokrates, Perikles, Mohammed, Musset, Plinius dem Jüngeren, Auguste Thierry".*

Neben letzterem bezeichnet er, noch aufschlußreicher, als seinen favourite prose author *und Ihren "Lieblingsschriftsteller" ausgerechnet einen erotisch ebenfalls so gesprenkelten Kolibri wie George Sand, diese intersexuell so emanzipierte Liebhaberin zerbrechlicher Epheben oder Frauen und Autorin nicht zuletzt gerade des Mignon-Romans "Consuelo".*

Ergänzend hierzu pointiert schon der 14jährige Marcel, wen er hingegen von Herzen verabscheue: "die von der Süße der Zuneigung nichts wissen" *oder* qui ignorent les douceurs de l'affection.

Aber vollends brüderlich wärmt mich jene ebenso 14jährig zärtliche Antwort auf die Frage nach seiner idea of happiness, *Ihrem verblaseneren "Traum vom Glück": "in der Nähe derer zu leben, die ich liebe". Im Französischen ist das aber, teuerste heteromonogame FAZ, ganz unmißverständlich ein exklusiv und strikt maskuliner Plural:* vivre près de tous ceux que j'aime. *Hubert Fichte übersetzt das resolut mit "seine Freunde bei sich versammelt wissen".*

Das könnte in der Tat auch für mich ein wahres Glück sein.

Mit diesen und ähnlich gesprenkelten Antworten Ihres Kronzeugen also beginnt das Eis meiner anfänglichen Verweigerung zu schmelzen.

Sieben Jahre später ist Proust dann, 21jährig und Freund des venezolanisch augustgeborenen Komponisten Reynaldo, seines ersten Geliebten just mit dem schönen Nachnamen Hahn, inzwischen erfahren und mutig genug, um jenem anderen, zweiten Fragebogen zu gestehen, an Frauen schätze er am meisten "die Tugenden des Mannes", an Männern hingegen umgekehrt "weibliche Reize". Der Autor von "Sodom und Gomorrha" beginnt, sich zu offenbaren.

Jetzt entdecke ich überdies, daß Hubert Fichte, unser bahnbrechender Fleischesbruder und so begabter Reporter vom Platz der Geköpften, *auch seinem Kiez-Freund, Romanhelden und Interview-Partner Wolli Indienfahrer jenen älteren, noch den ersten, englischen wie auch Ihren Fragebogen vorlegt, um Wollis und Marcels Auskünfte miteinander zu vergleichen. Wolli amüsiert zumal mit seiner Antwort, welche Eigenschaften er bei einer Frau am meisten schätze: "den Mann, den sie liebt, nicht zu stören". Und wenn er nicht er wäre, möchte er sein Vater sein.*

Allerwerteste FAZ: erst auf solchen Umwegen verdeutlicht sich mir also, was Sie mit Ihrem renommistisch hingetupften Hinweis auf den so fleischesbrüderlichen Fragebogenausfüller Marcel Proust in Wirklichkeit meinen: eigentlich wollen Sie Schwulitäten erkunden und nennen das "heikel".

Warum sagen Sie das nicht unverklemmt und deutlich?

*Damit türmen sich vor mir freilich unverzüglich neue Schwierigkeiten auf,
denn was ich Ihnen unter solchen Umständen ehrlichkeitshalber alles zu erzählen habe, müßte den Rahmen Ihrer formalen und moralischen Kapazitä-
ten bei Weitem sprengen. Lange quäle ich mich also mit dem Versuch einer
publizistisch handlichen Kurzfassung nach dem so bewährten Muster Ihrer
Kollegen von "Reader's Digest".*

*Dann lese ich aber gottlob noch ein weiteres Mal die feinfühlig 14jährigen
Antworten des später schlaflosen Voyeurs, auch Sadisten Proust und finde
da zu allerletzt die Albumfrage nach seinem* favourite motto, *das Sie dann,*
bref et boche, *als "Ihr Motto?" zu erkunden trachten. Zu seiner Lieblingsde-
vise also erklärt Marcel Proust schon damals anonym, aber grundsätzlich
"eine, die sich nicht kurz zusammenfassen läßt,* qui ne peut pas se résumer,
weil ihr einfachster Ausdruck, la plus simple expression, *das Schöne, Gute
und Große in der Natur ist:* de beau, de bon, de grand dans la nature".

*Mit dieser gnadenlosen Absage an alles kurz Zusammengefaßte eröffnet mir
Ihr Proust ein Sesam, durch das hindurch ich nun alle Ihre forschen Fragen
nach meiner Biografie so gewissenhaft wie hinlänglich beantworten kann.
Denn prinzipiell antworte ich von Herzen gern auf kompetente Fragen. Wer
einschlägig fragt, kann alles von mir erfahren. Nur muß er mündlichen Antworten freilich zuhören mögen. Zu schriftlichen Antworten kommt es oft
nur, wenn nicht zugehört wird; oder wenn fällige Fragen einfach nicht gestellt werden. Schreiben ist so bisweilen die pure Kompensation für uner-
fragtes Antworten.*

*In solchem Sinne beantworte auch ich hier vorliegend manche der leider
ausgebliebenen Anfragen Ihrerseits.*

*Gut drei Jahre lang sitze ich mit alledem über Ihrem Fragebogen. Was nun
schließlich vor mir liegt, ist dann aber auch unter Berufung auf alles Schöne, Gute und Große in der Natur für das* Weekly *einer seriös dosierten Ta-
geszeitung doch allzu ausführlich.*

*So entschließe ich mich denn vollen Herzens, Sie kürzerer Hand nur über
das Schöne, Gute und Große in der Natur des Mannes zu instruieren. Richtig sind es so bloße 1113 Seiten geworden, die sich in Form und Umfang
einer Saga von Lamai mit der von Ihnen provozierten Exhibition des Aller-
intimsten, der Preisgabe nicht zuletzt sogar eines veritabel gesprenkelten*

Hirtenschwanzes im maghrebinischen Bled El Dscherîd und vielerlei sehnsüchtiger Hahnenschreie allerorten befaßt.

Ich hoffe sehr, mit solcher Beantwortung der ja als "heiter und heikel" etikettierten Anfragen Ihrer beabsichtigten "Herausforderung von Geist und Witz" zu genügen und in Ihrem allerwertesten Blatte bald den Vorabdruck meiner Saga wiederlesen zu können.

Für den redaktionellen Umbruch aufrichtig Hals- und Beinbruch wünschend,

danke ich Ihnen für Ihr Interesse an meiner Person und deren weitgefächerten Beziehungen

nicht als Ihr Leser,

wohl aber als Ihr sehr ergeben gesprenkelter Schreiber

X. Y(an) Z.

Diesen Brief an die *Frankfurter Allgemeine Zeitung* fügt Yan seiner Manuskriptsendung bei, die er noch am selben Abend als schwergewichtiges Wertpaket in die allgemeine Goethestadt expediert, wo ja auch Gogol, als "der mit der Zunge" aus dem benachbarten Hanau schon tot ist, so schwer erkrankt, daß er just aus dem einschlägig nahen Kurbad Wiesbaden einen sei es baritonalen, sei es väterlichen oder brüderlichen Priester seiner Kirche kommen läßt, weil ihm am Main schon *"Herz- und Pulsschlag zeitweilig aussetzen"*, und wo später Thomas Mann in der hessischen Kirche Pauls den Goethepreis erhält und im Städtischen Gästehaus jene trunkenen Nazilieder zu überhören vorzieht ...

3
Canaima

Yan greift zu seinem Janus und will auf Papier übertragen, was er erst gestern in der Wartehalle des Amsterdamer Flughafens seinem Diktiergerät anvertraut.

Aber was er da jetzt zu hören bekommt, ist nicht der gestrige Einfall, sondern eine längst für gelöscht gehaltene Textstelle aus seiner "Saga von Lamai". Yan stoppt sie und sucht die Amsterdamer Notiz per Schnell-Vorlauf. Stattdessen spielt ihm das Gerät nun aber ein weit zurückliegendes Gespräch mit Juljus vor. Er spult zurück und hört seinen Paulus aus dem Epheserbrief vorlesen. Er wird hektisch und spult wieder vorwärts: Cacildo spielt makellosen Mozart. Weiter vor: Raffaele erklärt ihm grammatische Ausnahmeregeln des Italienischen. Wieder zurück: Dalida singt. Noch weiter zurück: Werner Krauß rezitiert seinen Shylock. Yan sucht die Gebrauchsanweisung zu seinem Janus und findet sie nicht. Er versucht es noch einmal mit Tastendruck: Igor Dübel spricht über "Emilia Galotti" in Bangkok. Kein Zweifel: das Gerät ist kaputt.

Yan ist verzweifelt. Panisch hetzt er das Band hin und her: er vernimmt nur andere, jetzt auch zunehmend fremde, aber immer männliche Stimmen, die sich mehr und mehr sogar in Dispute verwickeln. Sie fallen sich schon gegenseitig ins Wort, übertönen und überlagern sich bald in anschwellendem Stimmengewirr von weit her. Jetzt kann man jählings auch sehen, wer da grade spricht. Es sind Männer, die in Istanbul jene alte Galata-Brücke überqueren, die über das Goldene Horn führt. Die Brücke ist für allen Autoverkehr gesperrt und nur für Männer freigegeben, die in großen Scharen, wie eine Völkerwanderung, von Ost nach West, von Beyoglu, dem venezianischen Galata, ins alte Konstantinopel, nach Byzanz strömen. Dabei sprechen sie alle miteinander, unterhalten sich, erzählen was, lachen und strömen, strömen. Sie ergießen sich. Ein Ende ihres *corriente* ist nicht abzusehen.

Unter all ihrem Gerede aber hört man ferne Blasmusik: drunter trumpets, mit gestopften Trompeten, in strahlendem C-dur.

Yan steht inmitten, kann aber trotzdem all den Männern in die unrasierten Gesichter schauen. Sie kommen auf ihn zu. Viele sehen sehr schön aus und tragen brillantenbesetzte Ritterkreuze. Auch Jean-Pierre trägt so ein brillantenbesetztes Ritterkeuz, freilich auf seinem Hosenstall. Yan lächelt ihm zu, aber Jean-Pierre bleibt todernst.

"Ich lache auch nie", hört Yan plötzlich dicht hinter sich Nikolai Gogol sagen. Er dreht sich um und steht direkt vor Goethe in seiner Kostümierung aus Tischbeins Campagna-Gemälde mit intersexuell "langem Kleide über zu kurzen Hosen und riesigem Sombrero auf aufgedrehtem Haar". So steht er inmitten einer schmusenden Knabencorona und hält seinen Favoriten Helmuth Hübener liebevoll im Arm. Freudig überrascht, will Yan ihn begrüßen, aber Goethes Augen bleiben auf die strömenden Männer des Goldenen Hornes gerichtet, denen er donnernd seine vielzitiert selbstparodistische Feierabend-Formel zuruft:

"Vorüber, ihr Schäfchen, vorüber –
immer vorwärts gerückt, denn wird's fertig!"

Jetzt erst bemerkt Yan, daß die Männer auf der Brücke tatsächlich gesprenkelte Schafs- und Ziegenböcke mit sich führen. Manch einer stützt sich dabei auf einen hermetischen Hirtenstab. Oder Pilgerstab? Sogar Harry Meyen kommt so mit Bock und Stock daher. Sein Bock ist unruhig. Auch andere Böcke drängen sich dicht an die Beine der gehenden Männer. Sie blöken begierig und versperren den Männern den Weg. Aber diese Böcke sind weder Schafe noch Ziegen, sondern Lamas, die von den Männern gefickt werden wollen. Yan erinnert sich sofort, daß es bei den Khetchuan-Indianern in Peru keine jugendlich potenten Lama-Hirten geben darf, weil diese Tiere so lüstern nach menschenmännlichem Fick sind.

Aber hier gelten keine peruanischen Indianer-Gesetze. Ein Galata-Mann nach dem andern holt aus der Hose oder unter der Dschellabah seinen allzu paraten Psolon hervor und knöpft sich so ein brünstiges Lama vor. Auch sein Paulus tut das: leuchtend. Auch der tschechische Schlagersänger. Schon prangt die ganze Galata-Brücke von mächtig ragenden, suchenden, zuckenden, stößelnden Männerkolben. Manch einer ist an schwarz-rot-goldenem Bundesbande mit brillantenbesetztem Ritterkreuz dekoriert. Andere wieder, wie Horst und Werner, sind mit einer Vorhautspange infibuliert, was die Lamas freilich nur vollends kirre macht. Einzig die Beschnittenen dieses Demonstrationszuges haben keine solche *fibula*, dafür aber als Eichel einen kaltblütig züngelnden Eidechsenkopf.

"Man hefte dem Priapus keine fibula an", hört Yan jetzt dicht hinter sich Goethe donnern. Er wendet sich um und sieht an Goethes Platz nunmehr Thomas Mann mit gelbem Drehstift für den schmusenden Knabenpulk aufschreiben, daß Goethe mit diesem Kommentar zu den römischen "Carmina Priapea" gegen jeglichen Versuch einer Zügelung oder Unterdrückung sexueller Begierden protestiere. Das stimuliert die mitlesenden Knaben, nun auch Thomas Mann die Hose zu öffnen. Er läßt es leuchtend geschehen und

zitiert euphorisch keuchend seinen Leverkühn: *"Beziehung ist alles."* Schon beginnt Schnitzel aus der Leuchtenburg, ihn zu blasen. *"Und willst du sie näher beim Namen nennen"*, stöhnt Adrian beseligt, *"so ist ihr Name 'Zweideutigkeit'."*

Die Knaben balgen sich jetzt um sein Blasrohr und übersehen problemlos, daß es schon wieder zu Goethe gehört, der es genüßlich hinhält und schmunzelnd zur Brücke ruft: *"Bezüge sind das Leben."*

"Drunter Flöten", antwortet von der Brücke ein elbisches Echo mit der Stimme jenes jordanischen Abdullah aus Jericho.

Yan wendet sich um und sieht auf der Brücke die Kopulation mit den Lama-Böcken in schwungvollem Gange.

Die Brücke überquert jetzt den Jordan.

Die schnaufend und stöhnend stoßenden Männer werden in ihrer Mitte um mehrere Haupteshöhen von einem Flöte spielenden Hirten in weiter Pelerine und mit breitkrempigem Pilos-Hut auf schmalturmigem Jürükenschädel überragt: es ist der eichelnsammelnde Pan aus der Asischen Süßholzmacchia. Seine Herde besteht aus aufmerksamen Waranen und Leguanen. Ach was, es ist doch nicht der Pan, es ist der Sahara-Berber aus dem Bled El Dscherîd: ganz deutlich, ragend. Auf seiner Syrinx spielt er im Takt der Lama-Kopulation ein florentinisches Madrigal: *"O fortunato giorno"*. Tatsächlich: es ist Raffaele.

Nein, doch nicht: es ist Severin!

Yan stürzt auf ihn zu.

Da wird die Galata-Brücke sofort zum venezianischen Rialto, der über die Ilm nach Buchenwald führt, und Severin ist mit Yan noch verkracht. Er übersieht ihn einfach wie weiland Harry Meyen und versorgt indessen all die ausgelaugten Männer ringsum, die jetzt die Buchenwalder Sträflings-kleidung tragen, mit ungesäuerten Mazzenfladen, die heißhungrig verschlungen werden.

Nur Gogol lehnt ab, weil er gerade wieder an seinen chronischen Verdauungsstörungen leide. Thomas Mann gibt sich ihm brüderlich als kundigen Leidensgenossen zu erkennen und empfiehlt ein erprobtes Medikament.

Auch Bruder Schiller notiert es sich. Aber Bruder Molière bietet ihnen allen seine verheißungsvoll große Klistierspritze an: "Ich liebe Klistiere! Die helfen so angenehm!"

"Finger hilft besser", mischt sich mit polnischem Akzent Yans Masseur ein und beweist lachend und mit ausgestrecktem elftem Finger, daß er tatsächlich selbst jener zeigefreudige Bauernknecht Wladyslaw aus dem anhaltischen Kuhstall ist.

Helmuth Hübener fragt Gogol, warum er als Magenkranker seinen tödlichen Hungerstreik ausgerechnet im Fastenmonat und an jenem 5. Februar beginne, an dem er seinerseits im Hamburger Bieber-Haus von den Nazis verhaftet werde.

"Haben wir abends?" tritt jener Lazarus vom benachbarten Hamburger Hauptbahnhof hinzu.

"Ich bestehe aus Zukunft", sagt Gogol und verwandelt sich in Franz Kafka, nein: in Klaus Löwitsch, nein: in den rundköpfigen Massimo vom Colle Oppio.

Yan stürzt auf ihn zu.

Aber gerade da bietet Raffaele mit Severins ernsten Augen dem leuchtenden Sawaang eine Flasche Maekong-Whisky zum Mazzotfladen an; Blick in Blick stoßen sie miteinander an und trinken gefahrvolle Brüderschaft.

Drunter hört Yan jetzt weder trumpets noch Panflöte, sondern seine japanische Altistin mit hessischem Akzent und lyrischem Bariton in der Villa Wolkonskij jenes biedermeierlich tränenselige *"Mutterseelenallein"* singen.

Sie wird weithin hallend von Goethes Stimme übertönt, die durch ein Megaphon, wie es Filmregisseure bisweilen verwenden, anordnet, daß alle anwesenden Männer sich jetzt für die nächste Szene nackt ausziehen müssen. Goethe sieht dabei aus wie Hans-Dietrich Genscher und trägt einen Augenschirm. Neben ihm steht sein Film-Team, das aus Boy Gobert, Klaus Mann, Fritz Jott Raddatz und Rosas *sobrino* Jaume besteht.

Auf der Brücke ziehen sich jetzt alle Männer die Sträflingskleidung aus. Das geht sehr schnell. Als erster steht Severin unbekleidet vor dem nackten Raffaele. Erstmals schaut jeder dem andern wortlos in die eigenen Augen.

Dann fallen sie sich in die Arme. Dann fallen sich auch all die andern nackten Demonstranten jubelnd in die Arme. Ein allgemeines begeistertes Umarmen nach Art von siegreichen Fußballspielern bricht aus. Ekstase greift um sich. Lachen und Jauchzen. Drunter ein Männerchor: *"Seid umschlungen, Millionen!"* Alles drückt und knutscht sich zu zweit, zu dritt, zu viert, in Gruppen, in Massen. Mancher Psolon hebt da interessiert seinen Eidechsenkopf. Andere sprengen die *fibula* und singen kanonartig Goethe/Beethovens fleischesbrüderlichen Refrain *"Welch Glück sondergleichen, ein Mannsbild zu sein!"*

Aber Genscher, der jetzt so aussieht wie Boleslaw Barlog, donnert durch seinen Verstärker dazwischen:

"Achtung, wir drehen! ... Ton ab! ... Klappe!"

Ionisch homerisches Männergelächter aus tausend hodigen Kehlen quittiert seine Klappe. Sogar Jean-Pierre und Gogol müssen da lachen. Niemand hat jetzt noch Lust, irgendwelchen Regie-Anweisungen zu folgen. Auch Thomas Mann und sein Freund Hans Reisiger lachen im Weiterknutschen.

"Weißt du noch, damals in Küsnacht, unser Spaziergang?" fragt "Reisi" und streichelt den Freund endlich unbeeinträchtigt.

"Natürlich", antwortet der "Zauberer": "du stellst mir die Frage *'Was will man?'*."

"Und du antwortest: die Antwort hierauf bekennend zu schreiben, würde dich zerstören."

"Hat es aber durchaus nicht", feixt der Zauberer, "im Gegenteil: Verschweigen hätte zerstört." Und will seinen Reisi küssen, weil der denn doch schließlich *"der am wohltuendsten auf mich wirkende Mensch"* sei. Aber Nicolaus Cusanus unterbricht sie: "Keine humane Entwicklung ohne *coincidentia oppositorum*, also keine Kultur ohne Zwitter."

"Un uomo in una donna", schwärmt Michelangelo.

"Also Schwulsein als menschliche Pflicht", strahlt Reisi und sieht aus wie Hubert Fichte.

Alle vier umarmen sich zärtlich.

Inzwischen hat Barlog sein Megaphon an Jürgen Fehling weitergereicht und ordnet mit dessen Stimme an:

"Achtung, Männer: wir drehen! ... Wir drehen! Männer! ... Ton ab! ... Klappe!"

Diesmal lacht niemand mehr, weil Juljus und Yussuf gerade ihre abgelegten Kleidungsstücke mit Cacildo und Sawaang auszutauschen beginnen. Jeder weiß, daß sie dabei auch ihre Gefühle, ihre Kulturen, ihre Religionen austauschen. Gogol, Goethe und Thomas Mann folgen ihrem Beispiel und tauschen ihre Mäntel aus. Sofort werden allgemein Kleider getauscht. Dschellabah wird gegen Lederkluft, Lederkluft gegen Fummel ausgewechselt. Neue Begeisterung macht sich breit. Raffaele und Severin erwerben so eine knallrote Dschellabah, die sie sich nun gemeinsam überziehen und in der sie fortan als siamesische Zwillinge mit nur einem Leibe, aber zwei Köpfen umherflanieren. Ihr Beispiel macht sofort Schule. Allerorten sieht Yan unzertrennliche Freundespaare in ein- und demselben Gewande vereint.

Hakîm und Talal, die Beduinenbrüder aus Raahat, füllen sogar gemeinsam mit dem Berberhirten aus der Sahara ein hellblaues Abendkleid und lassen Yan wissen, daß dieser dritte Mann ihr beduinischer Vetter Abdul, aber auch ihr Gatte sei, der sich nur vor blauäugig blonden Epheben entblöße, wie er sie in jedem Touristenbus vermutet.

Drunter ertönt jetzt vielstimmig jenes *"Bim-Bam"* für Knabenchor von Gustav Mahler.

Erst jetzt bemerkt Yan, daß links neben der Galata-Brücke noch eine andere, eine viel kleinere, feinere, schmalere, zierlichere und verziertere Brücke die Laguna von Gilgal zur Leuchtenburg überquert. Die Brücke ist voll von Knabenchören, die jenes Bim-Bam singen. Ihr Vorsänger und Dirigent ist Philipp, zugleich besagter Opernbariton aus Wiesbaden, der sich hier nicht länger zu exhibitionieren braucht, weil er nackt ist. Auch all die Knaben sind nackt. Budivoj singt mit Dalidas Stimme *"Es sucht der Bruder seine Brüder"* aus "Fidelio", vermischt das aber raffiniert mit Emanuels Flamenco-Gesängen. Die Knaben kontrapunktieren es mit katalanischen Kastagnetten und ihrem eigenen diskanten Bim-Bam. Unter den Singenden erkennt Yan den kleinen Alexander mit seinem Glasauge, Jens-Peter aus dem Frankfurter Bahnhofsklo, die beiden klingelnden Moritze, den Junior vom Orinoko, den Tuk-Tuk-Fahrer aus Bangkok und den zupfenden kleinen Marrak-schi, der die *femmes dures* so meidet, aber auch Rrricarrrdo, der mit sol-chem Bim-Bam keine Probleme hat, den kleinen Paulus aus Heidelberg, den elbischen Frido oder Echo, auch Fritz von Stein, die beiden Humboldt-Söh-ne vom unkatholischen Friedhof und den mondsüchtigen kleinen Thai mit dem Gesicht von Sawaang.

Tatsächlich spiegelt sich nämlich inzwischen der Mond im *canale grande* und läßt erkennen, daß die Kinderbrücke langsam auf die Allenby-Brücke zutreibt: gleich stoßen sie zusammen. Da stimmt Philipp plötzlich mit engel-haftem Sopran Heisenbergs Lieblings-Arie an: Händels *"Er weidet seine Herde, dem Hirten gleich"*. Das ostinate Knaben-Bimbam benötigt hierzu auch Altstimmen und findet sie in den 14jährigen Goldkehlen des noch un-gewordenen Juljus, auch Helmuth Hübeners, Klaus Heusers und Klaus Manns, des Canaima-Jesús und Peters im Baumgarten, aber auch Schnitzels und all der anderen Gogol-Refietse aus dem Schlafsaal der Leuchtenburg. Sogar die Strichjungen von Yans Geburtstags-Party bimmeln und bammeln und baumeln da mit.

Als die Brücken schon fast zusammenstoßen, kann Yan im Mondlicht er-kennen, daß weder Budivoj noch Philipp den Knabenchor anführt, sondern Goethe persönlich, der nun auch das Brückenmanöver leitet. Unter seinen rezitativ gesungenen Anweisungen berühren sich Knaben- und Männerbrük-ke. Ihr Zusammenprall ist unspürbar und so sanft wie das Ablegen des deut-schen Umsiedlerschiffes in Tallinn. Und Männer und Knaben liegen sich sanft in den Armen.

Aber im selben Augenblick erhellen *attacca* hochvoltige Autoscheinwerfer die nunmehr verbreiterte alte Galatabrücke, und durch die Gasse der auswei-chenden Männer und Knaben fährt langsam ein überdimensional riesiges Müll-Auto. Der Chauffeur ist Werner Heisenberg in Müllkutscher-Kluft. Auf seinem Schoß sitzt beseligt Hupsi von Meyerinck und himmelt ihn an.

Das Müllauto passiert die Brücke so langsam, daß jeder der Männer seinen Ballast entsorgen kann. Viele werfen einfach ihre Kleidung in den giganti-schen Sperrmüll-Schlund dieses Sammelfahrzeugs, andere ihr verbrauchtes Mobiliar und wertlose Requisiten oder erloschene Souvenirs. Es regnet Rit-terkreuze. Yans Schwager Reinhard wirft kurzentschlossen sein August-Ar-chiv, dann auch das Brett mit den rostigen Nägeln aus dem *mare nostrum* hinein. Andere Treibgut-Sammler folgen seinem Beispiel. Helmuth Hübener läßt übermütig seine blutroten Flugblätter hi-neinflattern, Yussuf seinen Zigarettenproviant folgen, Benjamin sein Massa-ge-Öl, Emanuel seine Castagnetten, Ricardo sein Dreirad, Gogol seine leib-haftigen Kirchenväter, Raffaele und Severin dessen Hand-Prothese, Giorda-no Bruno Lineal und Computer, der jüdische Bühnenbildner die goldene Zuckerdose, der Sahara-Hirte sein Foto von Edda aus Jukkasjärvi, Paulus seine Bibel, Klas und Hupsi ihre Särge.

Jeder erleichtert sich, stößt was ab, jeder opfert was, jeder ist Raupe und Schmetterling.

Yan wirft seine "Blaue Kladde" in den Sperrmüll.

Drunter hierzu Posaunen, gar prä- oder posthistorische Schoparim aus Jeri-cho oder Gilgal oder Ulm: oder schon vom Jüngsten Gericht? Denn das Müllauto saugt alle Opfergaben begehrlich in sich auf und zerfetzt sie so-fort in seinem ambulanten Reiß-Wolf. Dabei fährt es ungerührt immer wei-ter und zwingt all die Spendenden wie der Rattenfänger von Hameln zur ste-ten Nachfolge wie in einem endlosen Beerdigungs- oder Rosenmontags- oder Fronleichnams- oder Kreuzzug lustvoll demonstrierter Selbstbefreiung.

Goethe, Gogol und Thomas Mann pilgern jetzt nebeneinander und singen mit Erna Bergers Knabensilber und der Melodie des "Exsultate, iubilate", daß sie drei Blinde seien: *"Tri ciechi siamo"*.

Längst hat ihre Demo inzwischen die Köhlbrandbrücke verlassen, den Bled El Dscherîd mit Köln und Jericho passiert und den Platz der Geköpften in Marrakesch überquert.

Jetzt erreichen sie das Forum Romanum, wo das Müllauto zunehmend be-schleunigt, all die Demonstranten hinter sich läßt und über die Via Sacra, schließlich durch den Triumphbogen des Constantin entschwindet.

Verzückt stehen all die Männer und Knaben im Mondlicht, das sich über die schwulen Gefilde dieses magischen Platzes ergießt.

Die Mondnacht ist lautlos. Nur die Zikadenmänner in den Mangroven und Ruinen ringsum stürzen sich mit ihren Verführungskünsten auf ihre menschlichen Geschlechtsgenossen und sind erotisch überaus erfolgreich.

Irgend ein Mann kniet nieder. Ein zweiter. Ein hundertster. Alle. Sie knien vor Luna und Lunus, vor den Zikadenmännchen, vor den Mangroven, vor ihren antiken Fleichesbrüdern, vor ihrer aller Gemeinschaft.

Sie verneigen sich und beugen ihre Köpfe zur Erde wie Betende. Sie verharren in dieser Gebetsposition. Sie strecken ihre Ärsche dem Mond entgegen und warten ein brüderliches *sabr*.

Kein Streichholz wird über ihren Ärschen entfacht. Aber hier und da, wie durch Geisterhand oder sprühenden Funkenflug von all den amputierten Obeliskenspitzen herab, entzündet sich eine Wunderkerze. Noch eine. Noch eine. Hunderte, Tausende. Keine erlischt je wieder. Sie funkeln und sprühen ohne Ende, in brüderlicher Vereinigung und erleuchten die betenden Ärsche. Sie werden so hell, daß sie die knienden Männer und Knaben überstrahlen. Bald sieht der Mond nichts Menschenmännliches mehr, nur noch ein Meer von sprühenden Bruderfunken. Da weiß er, daß Gott Canaima dieses stumme Gebet all der vereinigten Männer erhört, ihre Unterwerfung gutheißt, ihre Hingabe annimmt. Denn sie alle bekennen sich zu seinen Gesetzen, verharren in seinem Weltplan, sind ihm und sich selbst unbeirrbar treu. Darum läßt er sie heimkehren, nimmt sie auf in seinen gewaltig schützenden Kosmos.

Die Zikaden verabreden ein befriedigtes *decrescendo*, dann ein beglücktes *pianissimo*. Dann ein *tacet* und schlafen ein.

Canaimas Funken stieben geräuschlos durch die Mondnacht.

Drunter leise Hahnenschreie, sehr weit entfernt, sehr sehnsüchtig, sehr zärtlich, sehr schön.

Dann Stille.

Yan genießt die Zikaden, die Hahnenschreie, die Wunderkerzen im Mondlicht.

Dann genießt er die Stille Canaimas.

Er genießt sie.

Er genießt sie.

Dann wird sie ihm langweilig.

Nichts passiert mehr.

Die Männer sind weg.

Er wacht auf.

Er wird wach und stellt fest, daß er wach ist.

Sofort greift er zum Telefon und ruft Juljus an.

Er erzählt ihm den ganzen Traum, in aller Ausführlichkeit.

"Wahnsinn", sagt Juljus. "Schreib das auf. Du kannst doch schreiben. Damit du es ja nicht vergißt. Schreib es auf: los, sofort. Warum tust du es nicht?"

Yan tut es.

Quellen der "Blauen Kladde"

Hermann Baumann: Das doppelte Geschlecht. Ethnologische Studien zur Bisexualität in Ritus und Mythos. Berlin (1955)

Berlin Museum (Hg.): Eldorado. Homosexuelle Frauen und Männer in Berlin 1850-1950. Geschichte, Alltag und Kultur. Ausstellungskatalog. Berlin 1984

Cécile Beurdeley: L'amour bleu. Die homosexuelle Liebe in Kunst und Literatur des Abendlandes. Berlin 1988

Gisela Bleibtreu-Ehrenberg: Der Weibmann. Kultischer Geschlechtswechsel im Schamanismus. Eine Studie zur Transvestition und Transsexualität bei Naturvölkern. Frankfurt am Main 1984

Hans Blüher: Die Rolle der Erotik in der männlichen Gesellschaft. Eine Theorie der menschlichen Staatsbildung nach Wesen und Welt. Jena 1921

Hans Blüher: Studien zur Inversion und Perversion. Das uralte Phänomen der geschlechtlichen Inversion in natürlicher Sicht. Schmiden bei Stuttgart 1965

Jacob Burckhardt: Weltgeschichtliche Betrachtungen. 1905

Nigel Cawthorne: Sex Lives of the Popes. London (1997)

Dietrich Ebener (Hg.): Die Knabenmuse. In: Die Griechische Anthologie in drei Bänden, 3. Band. Berlin 1991

Erik H. Erikson: Der junge Mann Luther. Eine psychoanalytische und historische Studie. Reinbek 1970

Hanns Fuchs: Richard Wagner und die Homosexualität. Berlin 1903

André Gide: Corydon. Vier sokratische Dialoge. Frankfurt am Main 1964

Bernd-Ulrich Hergemöller: Mann für Mann. Biographisches Lexikon zur Geschichte von Freundesliebe und mannmännlicher Sexualität im deutschen Sprachraum. Hamburg 1998

Magnus Hirschfeld: Die Homosexualität des Mannes und des Weibes. Berlin 1914

Ferdinand Karsch-Haack: Das gleichgeschlechtliche Leben der Naturvölker. München 1911

Karl Kerényi: Pythagoras und Orpheus. Präludien zu einer zukünftigen Geschichte der Orphik und des Pythagoreismus. Zürich o. J.

Hermann Kinder (Hg.): Die klassische Sau. Handbuch der literarischen Hocherotik. Zürich 1986

Rudolf Klimmer: Die Homosexualität. Hamburg 1965

Klaus Koch / Eckart Otto / Jürgen Roloff / Hans Schmoldt (Hg.): Reclams Bibellexikon. Stuttgart 1978, 1982

Dr. R. v. Krafft-Ebing: Psychopathia sexualis. Stuttgart 1924

Elmar Kraushaar: Schwule Listen. Namen, Daten und Geschichten. Reinbek 1994

Wilhelm Lange-Eichbaum / Wolfram Kurth: Genie Irrsinn und Ruhm. Genie-Mythus und Pathographie des Genies. München / Basel 1967

Martin Luther: Tischreden. Herausgegeben von Hans Heinrich Borcherdt und Walther Rehm. München (1933)

Thomas Mann: Tagebücher 1918-1921 und 1933-1955. Frankfurt am Main 1979-1995

Herbert Marcuse: Triebstruktur und Gesellschaft. Frankfurt am Main 1957

Hans Mayer: Außenseiter. Frankfurt am Main 1981

Gerald Messadié: Teufel Satan Luzifer. Universalgeschichte des Bösen. Frankfurt am Main 1995

Albert Moll: Berühmte Homosexuelle. Wiesbaden 1910

Albert Moll (Hg.): Handbuch der Sexualwissenschaften mit besonderer Berücksichtigung der kulturgeschichtlichen Beziehungen. Leipzig (o.J.)

Geoffrey Parrinder: Sexualität in den Religionen der Welt. Olten und Freiburg i. Br. 1991

Will-Erich Peuckert: Geheimkulte. Hildesheim-Zürich-New York 1988

Otto Rank: Das Inzest-Motiv in Dichtung und Sage. Grundzüge einer Psychologie des dichterischen Schaffens. Leipzig und Wien 1926

Robert von Ranke-Graves / Raphael Patai: Hebräische Mythologie. Über die Schöpfungsgeschichte und andere Mythen aus dem Alten Testament. Reinbek 1986

Curt Riess: Auch du, Cäsar ... . Homosexualität als Schicksal. München 1981

Maurice Sachs: Der Sabbat. München 1967

Axel Schock: Die Bibliothek von Sodom. Das Buch der schwulen Bücher. Frankfurt am Main 1997

Helene Stourzh-Anderle: Sexuelle Konstitution, Psychopathie, Kriminalität, Genie. Wien/Bonn 1955

Hans-Georg Stümke / Rudi Finkler: Rosa Winkel, Rosa Listen. Homosexuelle und "Gesundes Volksempfinden" von Auschwitz bis heute. Reinbek 1981

Irving Wallace / Amy Wallace / David Wallechinsky / Sylvia Wallace: Rowohlts indiskete Liste. Ehen, Verhältnisse, Amouren und Affären berühmter Frauen und Männer. Reinbek 1981

Martin S. Weinberg / Colin J. Williams: Male Homosexuals. Their Problems and Adaptations. London, Toronto 1974

Friedrich Weinreb: Kabbala im Traumleben des Menschen. München 1994

Harry Wilde: Das Schicksal der Verfemten. Die Verfolgung der Homosexuellen im "Dritten Reich" und ihre Stellung in der heutigen Gesellschaft. Tübingen 1969

und viele Monografien

sowie zahllose Tageszeitungen, Zeitschriften, Fernsehsendungen

und vielgestaltige Selbstbekenntnisse

Quellen der Zitate von oder über Thomas Mann und Klaus Mann

Thomas Mann: Gesammelte Werke in dreizehn Bänden. Frankfurt am Main 1974

Thomas Mann: Tagebücher 1918 bis 1921 und 1933 bis 1943, herausgegeben von Peter de Mendelssohn. Fünf Bände. Frankfurt am Main 1977-1982

Thomas Mann: Tagebücher 1944 bis 1955, herausgegeben von Inge Jens. Fünf Bände. Frankfurt am Main 1986-1995

Thomas Mann: Notizbücher 1 bis 6, herausgegeben von Hans Wysling und Yvonne Schmidlin. Frankfurt am Main 1991

Thomas Mann: Briefe 1889 bis 1955, herausgegeben von Erika Mann. Drei Bände. Frankfurt am Main 1961-1965

Thomas Mann / Heinrich Mann: Briefwechsel 1900 bis 1949, herausgegeben von Hans Wysling. Frankfurt am Main 1975

Thomas Mann: Briefe an Otto Grautoff 1894-1901 und Ida Boy-Ed 1903-1928, herausgegeben von Peter de Mendelssohn. Frankfurt am Main 1975

alle erschienen im S. Fischer Verlag, Frankfurt am Main;

ferner

Gerhard Härle: Die Gestalt des Schönen. Untersuchung zur Homosexualitätsthematik in Thomas Manns Roman "Der Zauberberg". Königstein/Taunus 1986

Gerhard Härle: Männerweiblichkeit. Zur Homosexualität bei Klaus und Thomas Mann. Frankfurt am Main 1988

Inge Jens (Hg.): Thomas Mann an Ernst Bertram. Briefe aus den Jahren 1910-1955. Pfullingen (1960)

Marianne Krüll: Im Netz der Zauberer. Eine andere Geschichte der Familie Mann. 1991

Erika Mann: Das letzte Jahr. Bericht über meinen Vater. Frankfurt am Main 1956

Frido Mann: Professor Parsifal. Autobiographischer Roman. München 1985

Golo Mann: Mein Vater Thomas Mann. Lübeck 1970

Golo Mann: Thomas Mann. Erinnerungen an meinen Vater. Bonn o. J.

Golo Mann: Erinnerungen und Gedanken. Eine Jugend in Deutschland. Frankfurt am Main 1986

Julia Mann: Ich spreche so gern mit meinen Kindern. Erinnerungen, Skizzen, Briefwechsel mit Heinrich Mann. Berlin 1991

Katia Mann: Meine ungeschriebenen Memoiren. Frankfurt am Main 1974

Klaus Mann: Kind dieser Zeit. München 1932

Klaus Mann: Der Wendepunkt. Ein Lebensbericht. Frankfurt am Main 1952

Klaus Mann: Briefe und Antworten, herausgegeben von Martin Gregor-Dellin. Zwei Bände. München 1975

Klaus Mann: Tagebücher 1934 bis 1935. München 1989

Klaus Mann: Tagebücher 1944 bis 1949. München 1991

Michael Mann: Fragmente eines Lebens. Lebensbericht und Auswahl seiner Schriften von Frederic C. und Sally P. Tubach. München 1983

Monika Mann: Vergangenes und Gegenwärtiges. München (1956)

Viktor Mann: Wir waren fünf. Bildnis der Familie Mann. Konstanz 1949

Peter de Mendelssohn: Der Zauberer. Das Leben des deutschen Schriftstellers Thomas Mann. Erster Teil 1875-1918. Frankfurt am Main 1975

Georges Motschan: Thomas Mann – von nahem erlebt. Nettetal 1988

Heinz Winfried Sabais: Thomas Mann in Weimar. *In:* Fazit. Hessische Beiträge zur Literatur, 1982

Paul Scherrer / Hans Wysling: Quellenkritische Studien zum Werk Thomas Manns. Bern/München 1967

Claus Sommerhage: Eros und Poesis. Über das Erotische im Werk Thomas Manns. Bonn 1983

Hans Wysling / Marianne Fischer (Hg.): Dichter über ihre Dichtungen, Band 14/I-III: Thomas Mann. Frankfurt am Main 1975-1981

Quellen sonstiger Zitate

Elisabeth Bergner: Bewundert viel und viel gescholten ... . München 1978

Wilhelm Emrich: Die Symbolik von Faust II. Sinn und Vorformen. Bonn (1957)

Elisabeth Heisenberg: Das politische Leben eines Unpolitischen. Erinnerungen an Werner Heisenberg. München 1980

Anton Lübke: Nikolaus von Kues. Kirchenfürst zwischen Mittelalter und Neuzeit. München 1968

Ernst Jünger: Siebzig verweht. Band I - V. Stuttgart 1980-1997

Ernst Jünger: Strahlungen. Band I und II. Stuttgart 1949/1959

Ernst Jünger: Subtile Jagden. In: Sämtliche Werke. Zweite Abteilung, Band 10, Essays IV. Stuttgart (o. J.)

Simon Karlinsky: The Sexual Labyrinth of Nikolai Gogol. Harvard University Press, Cambridge, Mass. 1976

Werner Krauß: Das Schauspiel meines Lebens. Stuttgart 1958

Reinhard Raffalt: Concerto Romano. Leben mit Rom. München 1972

Hans Söhnker: ... und kein Tag zuviel. Hamburg 1974

Holger Tiedemann: Die Erfahrung des Fleisches: Paulus und die Last der Lust. Stuttgart 1998

Friedrich Weinreb: Legende von den beiden Bäumen. Alternatives Modell einer Autobiographie. Bern 1981

Carl Friedrich von Weizsäcker: Wahrnehmung der Neuzeit. München Wien 1983

Carl Zuckmayer: Als wär's ein Stück von mir. Horen der Freundschaft. Frankfurt am Main 1967

Crequi & Sankt Priest,

das hiesige Schiller-Kapitel (Band II, Seite 27), erwies sich schon während seiner Ausarbeitung als unzulänglich, die ganze Fülle des gebotenen Stoffes angemessen zu präsentieren.

So keimte bereits bei seiner Niederschrift die Idee einer separaten, einer vollständigeren Darstellung. Deren Umsetzung liegt inzwischen als Trilogie mit dem Titel "STERNGUCKER ODER DAS IDYLL EINES OBDACHLOSEN" vor (Details siehe Seite 562 !).

Moritz Pirol

Der Inhalt

beider Bände in alphabetischer Folge der Kapitelnamen

IM >ORPHEUS UND SÖHNE< VERLAG

Moritz Pirol

HAHNENSCHREIE

Erster Band

ISBN 978-3-938647-15-8

Moritz Pirol

LIEBESBRIEF AN FREMDEN KÖNIG

66 Männerporträts aus Thailand
Mit Fotos von Nohng Noh

ISBN 978-3-938647-14-1

Moritz Pirol

STERNGUCKER
ODER DAS IDYLL EINES OBDACHLOSEN

Schiller-Trilogie auf den Spuren von Brief- und Schelmenroman

I. Purpurflügel – II. Doppelsonnen – III. Kranichrufe

ISBN 978-3-938647-00-4 + 978-3-938647-01-1 + 978-3-938647-02-8

Moritz Pirol

NACH OBEN OFFEN. REFLEXE

Tagebuchnotizen in sechs Bänden von 1952 bis 2005

ISBN 978-3-938647-04-2 + 978-3-938647-05-9 +
+ 978-3-928347-13-4 + 978-3-938647-06-6

Band 2 bis 5 lieferbar – Band 1 und 6 in Vorbereitung

Hanno Lunin

DREI TOLLE TAGE

Deutsche Szenen mit Gesang
zum 9., 10. und 11. November

Mit Notenanhang und historischem Kalendarium

ISBN 978-3-938647-11-0

Simon Pellegrini

KREOL BEDUÏN & TRANS

Drehbücher zu drei Fernsehspielen:

Safety First – Maktub oder Das Gesetz der Wüste – Eine Feldstudie

ISBN 978-3-938647-10-3

Simon Pellegrini

KAISERWETTER ! (DU GUTE ALTE ZEIT !)

Ein episches Drehbuch
zur wilhelminischen Skandalaffäre von Kotze

ISBN 978-3-938647-12-7

Willi Schmidt

DIE KINDERRASSEL

Briefe
mit Reden und Essays
zum deutschen Theater zwischen 1953 und 1974

Mit Fotos und Erläuterungen herausgegeben von Hanno Lunin

ISBN 978-3-938647-09-7

© 2000 by Moritz Pirol
Alle Rechte vorbehalten
Neuauflage 2008
Hersteller: Books on Demand GmbH, Norderstedt
>ORPHEUS UND SÖHNE< Verlag Hamburg
ISBN 978-3-938647-16-5